D1875454

Herbert Rosendorfer

Gesammelte Werke
in Einzelausgaben
Band 5

Der Ruinenbaumeister

Herbert Rosendorfer

Der Ruinenbaumeister

Roman

nymphenburger

Curt Werner Graef,
dem alten Freund
gewidmet

© 1992 nymphenburger
in der F. A. Herbig Verlagsbuchhandlung GmbH, München
Erstausgabe im Diogenes Verlag, Zürich 1972
Alle Rechte, auch die der photomechanischen Vervielfältigung
und des auszugweisen Abdrucks, vorbehalten
Schutzumschlag: Felix Weinold, München
Satz: MPM, Wasserburg
Gesetzt aus der 10 1/2 auf 12 1/2 Palatino
Druck und Binden: Wiener Verlag, Himberg
Printed in Austria
ISBN 3-485-00666-1

Wer in einen Zug steigt, in dem sechshundert Nonnen eine Wallfahrt nach Lourdes antreten, ist froh, ein Abteil für sich allein zu finden, auch wenn ihm darin ein komisches leises Pfeifen und mehr noch ein leichter kalter, säuerlicher Geruch auffällt.
Wahrscheinlich singt die Glühbirne, dachte ich mir, Glühbirnen singen vor ihrem Ende bisweilen, darin den Schwänen ähnlich. Ich legte meinen Koffer ins Gepäcknetz und öffnete das Fenster, um die Ausdünstung des wohl schweißfüßigen Vorpassagiers auszulüften. Als aber der Zug abfuhr, ich mich hinsetzte, die Beine aus- und die Füße unter die gegenüberliegende Bank streckte, da wurden sie mit einem Griff umklammert und festgehalten.
Ich ließ meine Zeitung fallen, konnte vor Schreck nicht schreien und versuchte instinktiv zu strampeln. Wenn ich mich nachträglich auf meine Gedanken in jenen Bruchteilen von Sekunden besinne, so meine ich, ich hätte im ersten Moment an eine Riesenschlange gedacht.
Es war aber ein Mensch; ein Mann in einem für die Jahreszeit viel zu dicken und für seine Statur viel zu großen Fischgrätmuster-Mantel mit außerordentlich ausgebeulten Taschen, so wie sie Leute haben, die stets all ihre Habe mit sich tragen. Vorerst sah ich allerdings nur seinen Kopf, den er unter der Bank hervorstreckte.
»Helfen Sie einem Verfolgten«, flüsterte er, »einem bedauernswerten Opfer seines Berufes.«

»Lassen Sie meine Füße los«, sagte ich.
»Ziehen Sie die Vorhänge vor die Coupéfenster zum Gang«, flüsterte er weiter und schob meine Füße von sich. Ich zögerte, zog aber dann jene rouleauartigen, schmutzigen Stoffbahnen herunter, die in den Waggonabteilen hinter den Fenstern in kleinen Stahlschienen laufen, die man mit einer unhandlichen Lederlasche betätigt, und die die Tendenz haben, in unheimlicher Geschwindigkeit und mit schnalzenden Geräuschen gleich wieder hinaufzuspringen. Meist sind es insgesamt drei: ein breiteres Rouleau vor dem Fenster in der Abteiltür und zwei schmale vor den Fenstern links und rechts davon. Hat man das zweite herunten, springt das erste wieder hinauf. Arbeitet man mit akrobatischer Behendigkeit, bringt man es vielleicht fertig, daß für wenige Sekunden zwei der Rouleaus unten bleiben. Zieht man dann vorsichtig am dritten, schnalzt mindestens eins, wie nach Auslösung eines diabolischen Mechanismus, wieder in die Höhe. Offensichtlich geht die Konstruktion dieser Rouleaus vom dreihändigen Menschen aus.
Der Mann war, als ich endlich alle Rouleaus zur Ruhe gebracht und geschlossen hatte, unter der Bank hervorgekrochen und saß, in seinen schmutzigen Mantel gewickelt, in der Ecke des Coupés. Sein Gesicht war unrasiert, sein Mund rot und naß. Er flüsterte immer noch: »Dank! Dank! Sie halfen einem Verfolgten.«
»Hoffentlich«, sagte ich und flüsterte unwillkürlich auch, »werden Sie nicht von der Polizei verfolgt?«
»Ich bin ein Opfer meines Berufes«, sagte er. Ich hatte jetzt den Eindruck, daß er eher stark heiser war und gar nicht laut reden konnte.
»Auch verfolgte Einbrecher sind in gewissem Sinn Opfer ihres Berufes.«
»Ich hätte Sie wahrhaftig nicht belästigt, wenn Sie mir

nicht in den Bauch getreten hätten«, sagte er etwas beleidigt.
»Entschuldigen Sie«, flüsterte ich.
»Wie bitte?«
»Entschuldigen Sie«, flüsterte ich und beugte mich vor. Er roch nach Bier.
»Schon gut«, sagte er. »Wissen Sie, ich habe nämlich keine Fahrkarte.«
»Das denke ich mir.«
»Schon gar nicht für die Erste Klasse.«
»Und wenn jetzt der Schaffner kommt?« flüsterte ich.
»Drum habe ich Sie ja gebeten, die Vorhänge herunterzuziehen – da meint der Schaffner, Sie schlafen, und klopft mit seiner Zange an die Tür, bevor er hereinkommt. Dann verschwinde ich rasch wieder. Es ist auch besser, wir machen dunkel.«
Er stand auf und löschte das Licht. Nur mehr die kleine blaue Birne und hie und da das fahle ärarische Licht eines verschlafenen Bahnhofes, den wir passierten, beleuchteten unser Abteil.
»Einbrecher, meinen Sie?« flüsterte er, »nein, nein. Ich hatte viel ausgefallenere Berufe. Ich bin nicht das Opfer eines Berufes, im Grunde genommen bin ich das Opfer mehrerer Berufe. Das liegt in der Familie. Wir haben alle ... mein Bruder zum Beispiel – kennen Sie das Buch ›Der Club der seltsamen Berufe‹?«
»Chesterton«, flüsterte ich.
»Mein Lieblingsbuch. Ich könnte es allein, ohne meinen Bruder, um einige Kapitel bereichern. Ich war zum Beispiel Pächter eines Damensonnenbades –«
»Oh la la!« flüsterte ich.
»Ja, das habe ich mir auch gedacht. Mein Vorgänger hatte sich in das Kassenhäuschen eine Spezialwand einbauen lassen: von außen sah sie wie eine gewöhnliche Mauer

aus, von innen war sie ein Fenster, durch das man das ganze Bad überblicken konnte. Aber selten genug kam eine Junge, und noch seltener war es eine Hübsche. – Die ziehen sich woanders aus! – Nein: meistens waren es dikke alte Weiber oder dürre alte Weiber. Wie Knäuel nackter Grottenolme wälzten sie sich auf dem Rasen und räkelten ihre krummen Altweiberzehen in der Luft. Nach wenigen Wochen träumte ich schon –«

Wie ein Peitschenschlag zerschnitt das Hinaufschnellen eines Rouleaus seine Rede. Wieselflink war der Damensonnenbadpächter unter der Bank, kam aber, als er den Grund des Geräusches erkannt hatte, alsbald wieder hervor. Ich zog den Vorhang herunter.

»Das ist kein Leben«, flüsterte er, ein wenig außer Atem, »hier, schauen Sie das einmal an.«

Er gab mir ein schmutziges Blatt Papier, auf das, soweit ich es beim Licht der blauen Notlampe erkennen konnte, viele Punkte gemalt waren.

»Was ist das?« flüsterte ich.

»Mein Bruder . . ., aber lassen Sie mich erst erzählen, wie ich meine Erfindung machte. Es war schon im Gefängnis –«

»Also doch«, flüsterte ich.

»Nicht was Sie denken, ich bin wirklich kein Krimineller! Ich war im Gefängnis, weil ich ein paarmal, ich gestehe: nicht ganz nüchtern, in halbfertigen Häusern oder Ruinen schlief. Einmal erwischte ich dabei die Garage einer Polizeistation. Ein Polizist stieg mir mitten in der Nacht – versehentlich, ich will nichts Unrechtes von der Polizei sagen, sicher versehentlich – auf den Bauch. Ich schrie auf . . . Aber das ist ja uninteressant. – Im Gefängnis jedenfalls gab es Wanzen. Die Wanzen brachten mich auf die Idee mit der selbsttätigen Zimmerreinigung. Wenn man, so überlegte ich, den Wanzen ganz kleine, winzig kleine Radiergummi unter die Füße bindet und sie dann im Zimmer ausläßt, kriechen sie überall herum und radieren den Schmutz weg. Zwar sind Wanzen sehr leicht, können also beim Radieren keinen starken Druck ausüben, dafür sind sie aber hartnäckig und kriechen viel herum – oft über die gleiche Stelle, und dann macht es die Masse. – Ich entwarf also Pläne für die Befestigung der Radiergummis an Wanzenfüßen. Kaum hatte ich meine Strafe abgesessen, tat ich mich mit einem gewissen Leisentritius zusammen – kennen Sie Leisentritius?«

»Nein«, flüsterte ich.

»Wie bitte?« hauchte er – der Zug ratterte nämlich sehr laut.

»Nein«, flüsterte ich noch einmal.

»Es hätte ja sein können. – Nun, wir machten erst Versuche mit toten Wanzen, dann mit lebenden. Als ich einmal aus dem Haus ging, hat dieser Simpel Leisentritius sämtliche Versuchstiere aus Unachtsamkeit entkommen lassen – sie krochen überall herum, leider auch über meine Pläne und Konstruktionszeichnungen, und radierten alles aus. Beim Heimkommen fand ich sozusagen mein Lebenswerk vernichtet –«

»Dann haben Sie ihn erschlagen –«, flüsterte ich.

»Leisentritius? Aber nein –«

Da klopfte es an der Tür, die im nächsten Moment aufgerissen wurde – der Damensonnenbadpächter und Wanzendompteur war aber schon unter der Bank. Nicht der Schaffner, sondern ein Boy aus dem Buffetwagen hatte geklopft. Er bot Erfrischungen an. Ich verlangte zwei Becher Bier.

»Zwei?« fragte der Boy, »Sie meinen einen großen?«

»Nein«, flüsterte ich – »Nein«, sagte ich, »zwei, oder meinetwegen zwei große.«

Der Buffetboy schenkte ein, ich zahlte, er grüßte und entfernte sich wieder.
»Das ist ungeheuer anständig von Ihnen«, flüsterte der Fremde, als er aus seinem Versteck kroch, »woher wissen Sie, daß ich so gern Bier trinke?«
»Ich habe es mir gedacht.«
Er nahm einen kräftigen Schluck. »Nein, Leisentritius habe ich nicht umgebracht, nicht ganz jedenfalls; aber mit Toten hatte ich dann lange genug zu tun. Ich erfand nämlich etwas Neues: ein spezielles Leichenbestattungsunternehmen. Das ist komplizierter als das mit den Wanzen. Wenn ich es Ihnen erzähle, setze ich einiges kaufmännisches Verständnis voraus.«
»Na ja«, flüsterte ich, »– aber sagen Sie, als der Buffetboy Licht gemacht hat, habe ich Ihren Zettel da genauer gesehen – was sollen all die schwarzen Punkte denn bedeuten?«
»Die Punkte sind Löcher«, flüsterte er.
»Wirklich?« Ich nahm den Zettel wieder in die Hand.
»Sie *stellen* Löcher *dar*. Aber davon später. Mein Leichenbestattungsunternehmen basierte darauf, daß Leute zwar gern ein prunkvolles Begräbnis möchten, zu Lebzeiten aber nicht gern etwas dafür ausgeben. Daß noch dazu reiche Leute besonders geizig sind, kam meinen Plänen entgegen. Ich schloß also mit alten, reichen, nach Möglichkeit kranken Leuten Verträge ab. Darin verpflichtete ich mich, ein den Vorstellungen des Kunden entsprechendes prunkvolles Begräbnis auszurichten: Kränze, Blumen streuende Knaben, Trauerredner, Pompfuneberer, trauernde Jungfrauen, Chöre, Heere von uniformierten Sarg-, Kranz- und Ordensträgern, Böller, Trauerballette, tragbare lebende Bilder, die markante Szenen aus dem Leben des Verblichenen darstellten ... ich hatte sogar einen Hymnenkomponisten unter Kontrakt. So was kostet

natürlich Unsummen. Das machte den geizigen Knackern aber nichts aus, denn bei Lebzeiten mußten sie nichts zahlen. Sie mußten mir lediglich – selbstredend suchte ich nur Kunden von dauernder Bonität aus – ein notariell gesichertes Legat in der Höhe der betreffenden Summe übermachen. – Hätte ich nach ihrem jeweiligen Tod den Zirkus wirklich veranstaltet, wäre mir ein Reingewinn von schätzungsweise drei bis vier Prozent geblieben. Ich aber setzte mich mit den Erben in Verbindung und verzichtete für zehn Prozent auf das Legat. Meist bekam ich dann die Leiche als Dreingabe ... Können Sie sich an die Fett-Plastiken erinnern, die früher in jeder Metzgerauslage standen? Oft waren es Schweinchen in Metzgerkleidung, die einen Schinken trugen, in den ein ansprechendes Muster oder die Jahreszahl eines Geschäftsjubiläums und dergleichen geschnitten waren. – Nein? – Solche Plastiken machte ich aus den Leichen. Ich hatte praktisch den Umsatz als Reingewinn ...«

Er trank mit dem zweiten Schluck das Bier aus.

»Ich hätte mich allerdings nicht in die Kunst versteigen sollen. Als ich in der Galerie nächst St. Stephan in Wien einmal ein paar abstrakte Metzgerschweinchen ausstellte –«

Jemand riß, ohne anzuklopfen, die Tür auf. Zwar war der Damensonnenbadpächter, Wanzendompteur und Dekorations-Fettstatuarius nichtsdestoweniger sogleich unter der Bank, doch der Strahl einer starken Taschenlampe erfaßte gerade noch einen Fuß, ehe auch dieser unter dem Sitz verschwand.

»Kommen Sie heraus«, sagte eine feste Stimme, »Polizei!«

Das Licht wurde angedreht. Zwei Männer, offenbar Polizisten in Zivil, standen im Abteil. Ächzend kroch der Fremde unter der Bank hervor.

»Habe ich doch nicht falsch gerechnet, Einsteinchen, daß

wir dich hier finden. – Kennen Sie ihn?« fragte mich der ältere Beamte streng.
»Ich habe ihn eben kennengelernt«, sagte ich.
»Und Sie haben im Ernst geglaubt, unser Einsteinchen da habe eine Erste-Klasse-Fahrkarte?«
»Ist das *meine* Eisenbahn?« sagte ich.
»Ihr könnt mir nichts nachweisen, ihr Arschbullen –«
Der jüngere der Polizisten holte aus, der ältere hielt ihn zurück.
»Warte –«, sagte er, »zumindest, Einsteinchen, bist du schwarz mit der Eisenbahn gefahren, und jetzt hast du uns beleidigt. Hast du einen Ausweis dabei?«
Der Fremde fuhr umständlich in die Innentasche seines schäbigen Mantels. Ich bemerkte, wie seine Augen nervös flackerten; er suchte und suchte ... plötzlich sprang er blitzschnell auf die Sitzbank, riß mit der einen Hand das Fenster auf und zog gleichzeitig mit der anderen die Notbremse; die beiden Polizisten wurden durch die sofort einsetzende gewaltige Bremsung umgeworfen und fielen übereinander auf die Sitzbank; ich wurde von meinem Sitz nach vorn und auf die Polizisten geschleudert. Der Fremde benutzte die offensichtlich von ihm vorausberechnete Situation, um sich flink aus dem Fenster zu schwingen.
Ehe sich die Beamten aufgerappelt hatten und ans Fenster eilten, war er in der Dunkelheit verschwunden. Die Nonnen kreischten. Der jüngere Polizist pfiff mit der Trillerpfeife. Weitere Polizisten, Schaffner, Speisewagenkellner, anderes Zugpersonal und nicht zuletzt zahlreiche Neugierige drängten sich in heillosem Durcheinander auf den Gängen. Mühsam gab der ältere Polizist seine Befehle. Der Zug mußte warten. Beamte suchten draußen den Bahndamm und die nähere Umgebung ab, aber die Suche war aussichtslos: die Strecke führte hier, soweit man se-

hen konnte, durch unwegsames Gelände mit Wald und dichtem Gebüsch, und es war eine finstere Neumondnacht. Auch hatte ich den Eindruck, daß die Polizisten davor zurückscheuten, sich allzuweit vom Zug zu entfernen – wohl um seine Abfahrt nicht zu verpassen. Die Suche wurde bald aufgegeben. Die Nonnen beruhigten sich. Wir fuhren weiter. Die Neugierigen auf dem Gang verliefen sich, nur der ältere Polizist blieb bei mir im Abteil und erklärte, er müsse mich als Zeugen des Vorfalls vernehmen. Ich berichtete also alles, was vorgefallen war, auch was mir der Fremde erzählt hatte, und der Polizist schrieb mit. Dann mußte ich das Protokoll unterzeichnen, und der Beamte schickte einen seiner Untergebenen, der draußen Posten gefaßt hatte, in den Buffetwagen.
»Wollen Sie auch was?« fragte er mich.
Ich ließ um einen Kaffee bitten. Der Kriminalinspektor – ich nehme an, daß er diesen Rang bekleidete – orderte zwei Paar Würstel und ein Bier. Offensichtlich betrachtete er seinen Dienst als beendet. »Sie gestatten doch, daß ich hierbleibe?« fragte er.
»Bitte«, sagte ich.
Er machte es sich in dem Sitz bequem, auf dem kurz vorher noch Einsteinchen gesessen hatte.
»Viel zuviel Aufwand«, sagte er, »im Vertrauen gesagt.«
»Was hat er denn getan?«
»Das darf ich Ihnen eigentlich nicht sagen.«
»Ein Kapitalverbrechen scheint es mir jedenfalls nicht zu sein, eher ein bißchen verrückt.«
»Ich sage Ihnen ja: viel zuviel Aufwand. – Ob er verrückt ist? Jeder einigermaßen schlaue Gauner spielt vor Gericht und im Gefängnis den Verrückten; wenn man ihnen alles nachweisen kann, ist das die einzige Verteidigung. Manche spielen so geschickt den Verrückten, daß sie tatsächlich verrückt werden. Aber ob *er* da verrückt ist? ...«

Der Adjutant brachte das Bier, die Würstel und den Kaffee und wurde dann entlassen.

»Wir trauten unseren Augen nicht«, sagte der Kriminalinspektor kauend, »als ausgerechnet Einsteinchen mit einer ›Panorama-Show‹, wie er es nannte, auftauchte. Wie er die Lizenz bekommen hat, ist uns ein Schleier. Die ›Panorama-Show‹ war nichts anderes als vier oder fünf Kästen, in die man zehn Pfennig einwerfen konnte, worauf hinter einem Guckloch eine Serie von Bildern vorüberzog. Dazu bekam man zwei Kopfhörer, aus denen man begleitende Musik und Erklärungen zu den Bildern hörte. – Wir waren von Anfang an überzeugt, daß der Gauner auch unzüchtige Bildserien hatte, aber wir konnten ihn nie dabei erwischen. Er hat nicht nur einen Riecher für alles, was mit uns zusammenhängt, er kennt natürlich auch so gut wie jeden Kriminaler. Wenn einer von uns auftauchte, führte er immer nur ›Unsere Alpen‹, ›Aus der Welt der Feuerwehr‹ oder ›Höhepunkte der Olympiade Helsinki 1952‹ vor. Ich gebe zu: weil wir uns so darauf konzentrierten, ihm unzüchtige Bildserien nachzuweisen, entging uns der eigentliche Trick bei der Sache. Die Gucklöcher an den Kästen waren nämlich so tief angebracht, daß sich die Leute beim Hineinsehen bücken mußten. Fünfundachtzig Prozent der männlichen Bevölkerung bewahrt, nach Polizeistatistik, die Geldbörse in der Gesäßtasche auf. Augen und Ohren abgelenkt, das Gesäß wegen der zu tief angebrachten Gucklöcher in die Luft gestreckt – selbst ein weniger geschickter Taschendieb als Einsteinchen hätte da ein leichtes Spiel gehabt! Aber, wie gesagt, es ist uns einfach entgangen, weil wir nur an unzüchtige Bilder dachten ... Bis heute, da hatte einer – wer denkt auch an so was – eine gespannte Mausefalle in der Tasche, und die schnappte über Einsteinchens Finger zu ... Geistesgegenwärtig ist er ja, der Einsteinchen. Er

lief unverzüglich davon und sprang auf einen eben ausfahrenden Zug. Wir waren grad wieder einmal da, wegen der unzüchtigen Bilder. Einige Kollegen wollten ihm nach und auch auf den Zug springen – halt! schrie ich, das ist auch so ein Trick von ihm, aber den kenne ich. – Er springt nämlich sofort von der anderen Seite wieder ab und schleicht sich in aller Ruhe in einen anderen Zug, während man wie ein Narr auf der nächsten Station den ersten Zug umkrempelt. – Halt! schrie ich deshalb, Einsteinchen kann nur in *diesem* Zug sein«, der Inspektor deutete auf den Boden. »Als wir die sechshundert Nonnen sahen, kam uns natürlich das Grausen. Einsteinchen, sagte ich mir, bringt es fertig und lockt eine Nonne aufs Klo, nimmt ihr die Kleider weg, und während die nackte Nonne im Klo sich so geniert, daß sie lieber erfriert als um Hilfe ruft, spaziert er als Schwester Oberin durch den Zug und sammelt womöglich schon Spenden für die Mission. Wir mußten also alle Nonnen untersuchen – peinlich, peinlich! Wir fanden zwar etliche als Nonnen verkleidete Geistliche, aber Einsteinchen fanden wir nicht. So blieb zum Schluß nur dieses Abteil, nachdem wir den ganzen Zug durchsucht hatten.«
– Wie sehen die Paßbilder von Nonnen aus? wollte ich fragen, denn diese Frage, die mich seit langem bewegte, fiel mir auch hier wieder ein – ohne Kopfbedeckung, das rechte Ohr frei ... lassen sich Nonnen das gefallen? Und wenn, sind sie gerade dann nicht unkenntlich? – Der Inspektor aber stand schon auf und verabschiedete sich. Die nächste Schnellzugstation nahte. Dort mußten alle Polizisten aussteigen, um zurückzufahren und weiter nach Einsteinchen zu fahnden.
– Wenn er jetzt, dachte ich, lehnte mich in meinem Sitz zurück und drehte das schmutzige Stück Papier in der Hand, das Einsteinchen zurückgelassen hatte, – wenn er

jetzt, nachdem er aus dem Zug gesprungen, sofort wieder in den Zug gestiegen war, etwas weiter hinten, zum Beispiel, und dann ... Draußen ging eine Nonne vorbei – aber vielleicht hatte ich mich getäuscht, und sie hatte keine Bartstoppeln und zwinkerte mir nicht zu.
Ich rätselte an der Zeichnung oder Schrift oder was immer es war auf jenem Papier herum. Es sah so aus:

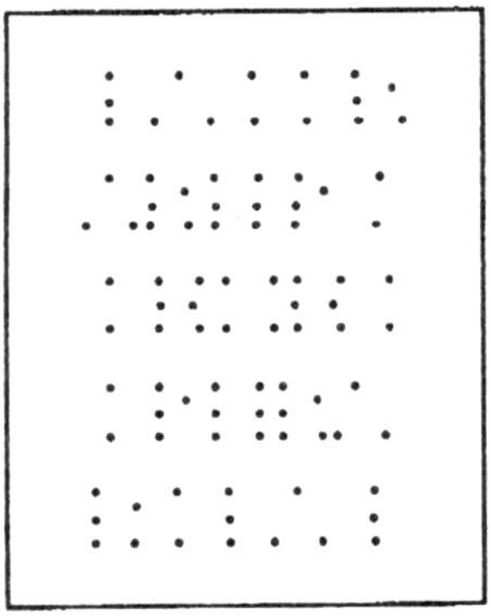

– Löcher sollen die Punkte darstellen! dachte ich. In diesem Moment überfiel mich die Erkenntnis, diese Sekunde schon einmal gelebt zu haben – ich schloß die Augen. War es in einem früheren Leben gewesen? In meinem jetzigen? Oder sollte es eine Prophezeiung sein? Man nennt dies das Doppelspiel eine Art tiefinneren Zweiten Gesichts – ich dachte angestrengt nach ...
Von irgendwoher führte die Straße im grellen Licht des Mittags an einer Parkmauer vorbei. Die Bäume dahinter waren ausladend und hoch, zehnmal höher als die Mauer: einer kaum zu bändigenden Flut gleich, schäumte das Grün über das schmale Ziegelband.
Wie ein gewaltiges schwarzes Siegel – nicht wie ein Wap-

pensiegel, sondern wie das Handzeichen der hundertfach ineinander verschlungenen Initialen eines vielnamigen Barock-Fürsten – stand das Tor, zurückgesetzt zwischen den nur leicht rötlichen Pfeilern, in der endlosen, fahlen Flucht der Mauer. Durch sein Gewicht hatte sich einer der offenbar statisch falsch berechneten Pfeiler gesenkt, und der eine Flügel – nur er ließ sich öffnen – hatte eine tiefe Spur in Form eines Viertelkreises in den feinen Kies des Parkweges gekratzt.
Der Torflügel fiel hinter mir ins Schloß, komplettierte sich wieder mit dem anderen zu dem fürstlichen Namenssiegel, das jetzt – gegen die in der schattenlosen Hitze flimmernde Straße draußen betrachtet – gleichsam auf das vergilbte Pergament eines längst gegenstandslos gewordenen Privilegs gesetzt schien.
Ich wandte mich zum Park. Kein Laut – außer dem verklingenden Singen des Torflügels – bewegte den lichtblauen Berg mittäglichen Schweigens über den Bäumen.

Bald erreichte ich einen Seitenweg, den niedrige Taxusbüsche säumten. Ihr Duft, durch Gewohnheit an Friedhöfe erinnernd, wo ihre Zweige immergrün im Weihwasser der Marmorkesselchen vor den Gräbern liegen, ihr Duft fing sich zu seltsamer Stärke unter den Zweigen der Kastanien, die über dem schmalen Weg zusammengewachsen waren wie das Dach eines Laubenganges – zusammengeschlagen wie die Wasseroberfläche über dem Ertrunkenen. Vom Himmel waren nur kleine, zierliche Flecken zu sehen: dort, wo sein fast zu Weiß erstrahlendes Blau in mutwilliger Unregelmäßigkeit durch die Zweige blickte. Auf seinem Weg aber – vom weißen Blau des Himmels herunter bis zu mir unter die Flut der Kastanien – machte das Licht eine Art Substanz-Verwandlung durch, eben jene, von der alle Alchimisten geträumt ha-

ben: in Gold. Wie kostbare Fische leuchteten hie und da in der Tiefe der Bäume vom Lichtstrahl golden getroffene Blätter auf, oder wie – vielleicht trügerische – Goldadern inmitten schwarzgrün kristallener Gebirge.
Eine weitere Abzweigung führte mich zu einem kleinen, kaum mannshohen Denkmal. Unter der schattigen Kuppel der Kastanien, in einer Grotte, saß im Boskett aus dunklen Bäumchen, umgeben von kugelig gestutzten Taxusbüschen, auf einem Marmorsockel ein trauernder Genius. Ein Flügel fehlte ihm. Den einen Ellenbogen hatte er aufs Knie gestützt, in der schlaffen Hand einen Lorbeerkranz, der über den Rand des Podestes hing. Ich trat näher, beugte mich nieder, um die Inschrift zu lesen, und sah erst jetzt, daß ihre Lettern abgebrochen waren. Nur noch die kleinen Löcher im Stein zeigten an, wo sie einmal eingelassen gewesen. – Der Genius, der ehemals vielleicht den frühen Tod einer kindlichen Prinzessin betrauert hatte, trauerte um nichts mehr, trauerte um sich selber, um seinen verlorenen Sinn – war Trauer an sich geworden ... (traurig wie das vergessene Wort einer untergegangenen Sprache, stumm und unauffindbar in die Tiefe der Zeit versunken, in unsterbliche Vergessenheit).

Der weitere Verlauf des Weges ließ mich bald nicht mehr zweifeln, daß es nicht nur der falsche war, sondern daß er auch aufgehört hatte, Weg zu sein: schmal, hohl in dunkle Erde getreten, von Moos gesäumt, manchmal von ihm überwuchert, krümmte sich der Pfad bald nach links und bald nach rechts. Weit ausladende Büsche versperrten – nicht ernst, eher spielerisch – die Sicht. Der Park hatte den Charakter freien Waldes angenommen.
Da dieser Pfad, der mich nicht mehr leitete, den ich vielmehr eigensinnig suchen mußte, stetig abwärts führte, beschleunigte ich meinen Schritt, teilte rudernd mit beiden

Händen die Büsche. Endlich spürte ich, wie der Grund unter mir weicher und feuchter, das Moos dichter und, je weiter ich vordrang, um so saftiger wurde.

Als ich die letzten Zweige zur Seite bog, sah ich, daß der Wald wieder zum Park geworden war: ein See lag vor mir, ruhig wie eine ungeäderte Platte spiegelnden schwarzen Steins, rundum eingefaßt von Trauerweiden, mit kühlenden Ufern voll kurzgeschnittenen, weichen Rasens.

Jenseits des Sees, von Bäumen halb verdeckt wie das Gesicht einer schönen Herzogin von der Kapuze ihrer Ballrobe, erhob sich auf einem kleinen Hügel zwischen sumpfigem Gras ein runder Tempel mit sechs Säulen. – Ich ging auf eine Bank aus verwittertem Stein zu, die wenige Schritte entfernt am Stamm einer dicken Weide lehnte, und ließ mich darauf nieder. Unter dem Baldachin der tief hängenden Zweige wollte ich eben das Vergnügen eines schweigenden Tagtraumes genießen, als ich hinter mir den Kies des Weges in regelmäßigen Abständen wie in einem Wirbel aufknirschen hörte. Ich drehte mich um.

Ein älterer Herr vollführte mit ausgestreckten Armen Pirouetten und federnde Sprünge in getragenem Zeitmaß. Er beugte das Knie, streckte den Fuß vor, schnellte die Arme zur Seite oder über den Kopf, streckte sich, duckte sich, spreizte die Beine – alles im Ablauf geregelter Wiederholungen. Weniger um ihn nicht zu stören, als weil ich bei seinem Anblick selber in das Gefühl beglückender Harmonie verfiel, rührte ich mich nicht, bis der Tänzer mich erblickte. Er hielt inne, schien einen Augenblick unschlüssig und schritt dann, so gemessen wie er vorher getanzt, auf mich zu. Ich erhob mich, bereit, ihn um Entschuldigung zu bitten.

»Guten Tag, mein Herr«, sagte er, offenbar gar nicht unglücklich über die Störung.

»Grüß Gott«, erwiderte ich, »ich fürchte, Sie gestört zu haben.«
»Nein«, sagte er, »fürchten Sie nichts, Sie sind ohnedies gerade zurecht gekommen.«
Er machte eine Verbeugung; ich hatte meinen Hut gezogen, und da er keinen trug, setzte ich den meinigen nicht mehr auf, sondern legte ihn auf die Bank.
»Behalten Sie Platz«, sagte er, »und entschuldigen Sie mich für den Moment. Ich werde Sie sofort bedienen, wenn Sie es gestatten.«
Ich setzte mich und betrachtete ihn, wie er feierlich einige Schritte ins kurze Ufergras hinein ging, niederkniete und eine Schnur, die an einem Pflock angebunden war, aus dem Wasser zog. Am Ende dieser Schnur hingen zwei Flaschen. Er knüpfte sie los und kehrte, in jeder Hand eine Flasche, zu mir zurück.
»Sie sind gerade zurecht gekommen«, wiederholte er und reichte mir die Flasche mit dem dunklen Inhalt, »ich hoffe, es ist kühl genug. Nehmen sie dies. *Ich* trinke im Sommer Helles.«
Ich erklärte, daß es meinetwegen keiner solchen Umstände bedurft hätte, da auch ich im Sommer nicht ungern Helles tränke – allerdings in der Regel und überhaupt das Dunkle bevorzuge. Daraufhin bot er mir sein Helles an, was ich aber ablehnte.
Kühle Wassertropfen rannen an den Flaschen herab und netzten uns die Hände, und die Gewißheit, daß keiner dieser Tropfen es vermocht hatte, durch das Glas der Flasche zu dringen und ihren Inhalt zu verwässern, vervollständigte meine und sichtlich auch des Tänzers Harmonie zu einem sanften Akkord zarten Gefühls und inniger Friedlichkeit.
Nachdem wir das Bier getrunken, zog er sich Schuhe und Strümpfe aus, krempelte die Hose auf bis ans Knie, ging

hinüber zum Pflock und streckte die Füße ins Wasser. Ich folgte ihm und tat wie er. Und während wir so saßen, unter dem mächtigen Schirm der Trauerweide, die ihre Zweige wie einen Vorhang aus flirrenden Schnüren länglicher Perlen ins Wasser hängen ließ, teilten sich die Zweige, und ein Schwan tauchte aus dem Gespinst der Sonnenstrahlen herein in den milden Schatten der Weide. Leise bewegte sich das Wasser, und ebenso leise bewegten sich seine gespiegelten Reflexe bis hoch hinauf unter die Krone des Baumes und versetzten den Perlenvorhang der Blätter in scheinbare Bewegung.

Wir spielten mit den Zehen im Wasser, und ich glaubte, reden zu müssen, um den Tänzer als Dank für die Bewirtung etwas zu unterhalten.

Ich begann damit, wie merkwürdig und ungemein traurig es mir erschienen sei, daß an dem kleinen Denkmal die Inschrift fehle und nun niemand mehr erfahren könne, worum der namenlos gewordene Genius auf seinem steinernen Sockel trauere.

»Im ganzen Park«, sagte der Tänzer, »gibt es kein solches Denkmal.«

Ich war über seinen barschen Ton erstaunt, aber mehr noch darüber, daß er – der sogar über mein Kommen unterrichtet gewesen schien – das Denkmal nicht kannte, und ich sagte ihm dies.

»Sie haben recht, wenn Sie annehmen, daß ich jeden Baum und jede Grotte im Park kenne. Es wundert mich stark, wenn ausgerechnet *Sie* mir ein bisher unbekanntes Denkmal zeigen wollten. Wo soll es denn gewesen sein, ungefähr?«

Ich deutete in die Richtung hinter uns.

»Dort am allerwenigsten«, sagte er.

Ich schwieg.

»Dort ist nur die Sommervilla des Königs Nathalocus.«

Da ich ihn mit meinem Gespräch nur unterhalten wollte, insistierte ich nicht weiter und sagte ablenkend:
»Wer ist der König Nathalocus?«
»Der König Nathalocus lebt nicht mehr. Er regierte vor langer Zeit über Schottland und fiel der Eifersucht einer bösen Hexe zum Opfer.«
»Und wie das?«
»Die Geschichte interessiert Sie?« Der Tänzer zog ein Büchlein, das sehr alt schien, aus der Tasche und schlug es an eingemerkter Stelle auf. »Das habe ich vorausgesehen. Hören Sie zu.« Er begann vorzulesen.
In Schottland regierte, ohngefähr zur Zeit des Kaisers Decii, ein König mit Namen Atrich. Während sich der König, ein Tyrann, um alles andere kümmerte als um sein Reich, vielmehr sein hauptsächliches Tage- und Nachtwerk darin suchen zu müssen glaubte, daß er die edlen Damen seines Hofes caressierte und stupierte, mit grausamer, höhnischer Lust sich soweit vergaß, von nackenden Edelfrauen sich bei der Tafel und auch sonst bedienen zu lassen, dabei nicht ungern unterschiedliche Stalldirnen in Pasteten backen und – herausgegessen – auf dem Tische tanzen ließ, und was dergleichen Schweinsbrünstigkeiten mehr waren, währenddessen trieb sich seine Königin, Bertha, eine Hexe, in den Betten der Küchenknechte und Hofmohren herum, daß man solche Lustgewöhnlichkeiten in der Historie sonst vergeblich sucht.
Nur zwo Jünglinge aus den edelsten Geschlechtern des Landes, Lord Nathalocus und Lord Findoch, vermochten es, sich sowohl dem lästerlichen Treiben des Hofes als auch den Nachstellungen der Hexe Bertha, der die Schönheit dieser beiden Jünglinge mächtig ins Auge stach, fernzuhalten.
Es versteht sich, daß in einem Reich, wo der König sich mehr um die Baurendirnen kümmert, die er von nackenden Edelfrauen bedienen läßt, als um die Finanzen und ums Militair, daß sich da bald eine Faction von Malcontenten bildet, die zu-

nächst leise und endlich laut und frech die Absetzung des Königs fordert. Als der König noch immer nicht zur Vernunft kommen wollte und seine bestialische Regierungsweise nur noch dreister fortsetzte, erwählten die Unzufriedenen die zwei edlen Lords Nathalocus und Findoch zu ihren Häuptern und marschierten auf die Königsburg.
Der König aber, umgeben nur von seinen überbackenen Stalldirnen und den nackenden Damen – da er, wie berichtet, das Militair gänzlich vernachlässigt – sich so umzingelt von seinen Feinden sah, verzweifelte, und ehe noch die Burg erstürmt ward, entleibete er sich und fuhr mit etlichen seiner Metzen in die Hölle.
Nathalocus und Findoch wollten nun in vornehmer Bescheidenheit voreinander zurücktreten. Einer wollte den anderen zum Nachfolger des unartigen Atrich machen. Da es aber jeweils nur einen König über Schottland geben kann, einigten sich die beiden, denen die anderen Lords die Wahl freigestellt hatten, dem Los die Entscheidung zu überlassen: es fiel auf Nathalocus. So wurde Nathalocus König von Schottland, wie berichtet, um die Zeit des gräßlichen Christenpersecutors Decii. In inniger Liebe aber blieb der neue König seinem Freunde Findoch zugetan und wies ihm den ersten Platz neben sich zu.
Die Hexe Bertha jedoch hatte es vermocht, mittels ihrer Zauberkünste aus der Burg unbeschadet zu entweichen. Sie veränderte ihr Angesicht, sagte niemandem, wer sie sei, lebte im Wald und genoß bald großes Ansehen im ganzen Reich als Zukunftsdeuterin, Sternen- und Handleserin und Viehbesprecherin. So begab es sich, daß die Kunde von der großen Hexe eines Tages auch an den Hof gelangte, wo der gute König Nathalocus mit seinem Herzens-Mignon Findoch regierte. Nach geraumer Zeit beschloß der König, die Hexe nach seinem inskünftigen Geschick befragen zu lassen.
Selbstverständlich erschien ihm für diesen Auftrag niemand geeigneter denn sein treuer Freund Findoch, den er alsdann auf

den Weg zur Hexe schickte. Als der nun vor die Hexe trat, sah sie – das versteht sich, denn sie wußte ja, wer er war – ihre Stunde gekommen. Grimmig fragte sie den getreuen Findoch: ...

Der Tänzer ließ das Buch sinken, schaute mich an und schwieg eine Weile.

»Sagen Sie«, sagte er dann, »sind Sie gekommen, um das Geheimnis des ›Namenlos Trauernden Genius‹ zu erfahren?«

»Nein«, sagte ich, »ich habe das Denkmal rein zufällig entdeckt und dachte gar nicht an irgendwelche geheimnisvolle Bewandtnis. Ich glaubte, Sie kennten es nicht?«

»Mir ist«, sagte er, »aus gewissen Gründen die Rede verwehrt. Dort –«, er zeigte auf den Tempel jenseits des Sees, »dort werden Sie zwar auch nicht erfahren, was es mit dem Genius auf sich hat, aber gewiß wird man Ihnen dort weiterhelfen können.«

»Ich bin ja wirklich nicht wegen des Denkmals hierher gekommen. – Aber bis zum Tempel scheint es nicht weit zu sein ...«

»Sie müssen um den See herum gehen. Was allerdings die Entfernung angeht: man täuscht sich da leicht.«

Ich schaute ihn bedenklich an.

»Wenn ich ihn nicht erreiche, werde ich auch nicht unglücklich sein«, sagte ich.

»Gut«, sagte er, »ich werde Sie ein Stückchen begleiten.«

Wir zogen unsere Strümpfe und Schuhe wieder an, krempelten die Hosen herunter, und ich folgte dem Tänzer, der sich jetzt vom Seeufer abwandte und einen Pfad durch die niedrigen Schlehdornbüsche bahnte. Rascher als ich gedacht, befanden wir uns auf einem breiten, mit Kies bestreuten Weg.

Gerade als er mir die Richtung weisen wollte, bemerkte ich zwei kleine, nicht mehr als einen halben Meter große Herren, die uns regungslos anstarrten.

»Ach, die Achtermaler«, sagte mein Begleiter und wandte unruhig und fahrig geworden den Kopf, »Sie entschuldigen mich. Ich habe noch woanders zu tun. Am besten fragen Sie die beiden da nach dem Weg. – Leben Sie wohl!«
»Und die Geschichte vom König Nathalocus von Schottland?«
»Ein andres Mal«, sagte er, »mein Name ist: Daphnis, der Tänzer. Sie finden mich fast immer dort an der Trauerweide, bei der steinernen Bank ... Leben Sie jetzt wohl!«
Wie ein Taucher im Wasser verschwand er zwischen den Schlehdornbüschen.
Die Zwerge standen unter dem Denkmal eines liegenden Brücken- oder Quellgottes – Hand in Hand, und doch, trotz der brüderlichen Pose, mit den Augen aneinander gefesselter Feinde. Ich näherte mich den beiden. Es war mir peinlich, daß ich so viel größer war als sie, und ich faßte mich bei der Anrede ausgesucht höflich:
»Grüß Gott«, sagte ich, »Herr Daphnis, mit dem Sie mich, gleichermaßen geschätzte Herren, eben haben kommen sehen, hat mir versichert, daß Sie –«
»Was Herr Daphnis versichert«, sagte der eine der Zwerge, »ist mir Wurst!«
»– uns –«, fügte der andere hinzu.
»– wenn nicht widerwärtig«, vollendete der erste. Sie blickten mich feindselig an, als erwarteten sie eine Antwort, von der sie im voraus sicher zu sein meinten, sie werde eine neue Provokation sein. Die Antwort wurde mir verständlicherweise nicht leicht.
»Ich wäre gern«, sagte ich nach kurzem Überlegen einfach und der Wahrheit entsprechend, »zu jenem Rundtempel gekommen, den man von dieser Seite des Sees aus sieht.«
»Auch was Sie wollen«, sagte der erste Zwerg, »ist uns Wurst.« Wegen des allgemein verbreiteten Schuldgefühls

eines normal Gewachsenen gegenüber einem Krüppel konnte ich mich nicht zu Grobheiten entschließen. Während ich mir eine Antwort zurechtlegte, schauten mich die Zwerge immer noch unverwandt an, drehten sich dann plötzlich um, ständig Hand in Hand, und gingen in Richtung auf eine Brücke, die, breiter als lang, einen schmalen Zu- oder Abfluß des Sees überspannte. Ich stand unschlüssig, da wandte sich der zweite Zwerg um, ohne die Hand seines Bruders – so wenigstens glaubte ich, ohne es wörtlich zu denken, das Verhältnis zwischen ihnen – loszulassen, und rief mir zu:
»Ja, wenn Sie den Weg zum Tempel wissen wollen, müssen Sie uns schon folgen, Sie Holzkopf!«
Ich folgte zögernd. Als die beiden an die Brücke gelangten, machten sie Anstalten, in einen Trampelpfad einzubiegen, der dem Wasserarm entlang führte. Wieder drehte sich der zweite Zwerg um, streckte mir die Zunge heraus und sagte – kaum verständlich, da es sich mit herausgestreckter Zunge schwer reden läßt –:
»Dahin –«
Dabei beschrieb er mit dem Kopf einen Halbkreis, wies mir also quasi mit der Zunge den weiteren Weg: er führte über die Brücke.
Ohne sich noch einmal umzusehen, Hand in Hand, verschwanden die Zwerge im hohen Schilf.

Von der kleinen Anhöhe aus, auf die ich bald danach gelangte, hatte man einen weiten Blick. Hinter bewaldeten Hügeln verborgen lag der See. Was man von hier aus sah, war nicht mehr Park, es war freie Landschaft. Sei es, weil ich auf ungeschützter Höhe stand, sei es, daß der Nachmittag gekommen war – es ging ein leichter, linder Wind, fast nicht Wind zu nennen, eher das Schmeicheln sanft bewegter Luft. Es schien, als wäre die turmhohe

Hitze des Mittags in sich selber verglüht. Je ferner, um so lichter, schließlich wie ruhender Dunst über dem Horizont, verloren sich die Kronen der Bäume in tausendfach variierenden Farben, vom satten Samtgrün bis zum flirrenden Lavendel.
Unter mir, am Fuß der Anhöhe, zog ein Fluß dahin. Man sah ihn nur ein Stückchen weit, dort, wo der Weg ans Wasser führte – und dort lag auch, halb versteckt durch die Uferbäume, der kleine Dampfer ...

»Das waren Schizeon und Paitikles«, sagte der Ruinenbaumeister – Ruinenoberbaurat – Weckenbarth, »die Achtermaler.«
»Mechanische Zwerge«, fügte Dr. Jacobi hinzu.
»Keine Menschen?« fragte ich.
Wir saßen in leichten Korbstühlen auf dem Achterdeck des kleinen Dampfers, der so flach war, daß die Reling kaum kniehoch über dem Wasser lag. Seine Aufbauten – zwei Stockwerke – nahmen die ganze Länge des Schiffes ein, sie wurden von gußeisernen Säulen getragen, und ihre Wände waren abwechselnd aus Glas, aus emaillierten Platten und aus durchbrochenem Metall. Zwei fast kerzengerade, grünlackierte, mit Messingreifen hie und da armierte Schlote rauchten schwach. Wir befanden uns auf dem Dach des ersten Stockwerkes, auf dem ersten Deck.
»Keine Menschen«, lachte Herr Weckenbarth, »feindliche Brüder. Ein etwas sonderlicher Mechaniker, so geht das Gerücht, habe einen mechanischen Diener konstruieren wollen. Er plante ihn als Zwerg, weil Roboter in Gigantenform sich nicht ungern, wie die Erfahrung lehrt, gegen den eigenen Herrn kehren. Zwar tun das Roboterzwerge vielleicht auch, aber mit denen wird man leichter fertig. Der Mechaniker – Harmlosius hieß er, sagt man – konstruierte zunächst versuchsweise zwei solche Zwerge.

Beide waren aber nicht vollkommen. Bevor der Mechaniker die Tugenden beider Zwerge zu einem Perfekt-Zwerg vereinen konnte, starb er. Er hatte aber vorher wenigstens aus der Not eine Tugend gemacht und die beiden zusammengespannt: jeder von ihnen läuft vierundzwanzig Stunden, wenn er aufgezogen ist. Das Werk des einen Zwerges läuft immer dann ab, wenn das des anderen zwölf Stunden gelaufen ist; und jedem ist ein Mechanismus eingebaut, der bewirkt, daß einer den anderen zu der bestimmten Zeit aufzieht. So sind sie technische Siam-Zwillinge aneinandergekettet, obwohl sie wegen der Vorzüge des einen, die dem anderen fehlen, aufeinander neidisch sind. Nur sie wissen, wie sie wechselseitig zu reparieren sind, nur Schizeon und sonst niemand, nicht einmal Paitikles, weiß, wie Paitikles funktioniert, und umgekehrt. Würde der eine den anderen zur gegebenen Zeit nicht aufziehen, zerstörte er sich selbst, und um ihre Existenz, vielmehr: ihr Funktionieren nicht aufs Spiel zu setzen, dürfen sie sich also nicht weiter als tunlich voneinander entfernen. Vereinigt, sind sie fast ein Perpetuum mobile – nur der endliche Materialverschleiß wird sie erlahmen lassen –, getrennt wären sie in längstens vierundzwanzig Stunden tot, oder: kaputt.«
»Interessant«, sagte ich.
»Mustergültig«, sagte Dr. Jacobi, »war ein Genie, dieser Haremlosius.«
»Harmlosius«, lachte der Ruinenbaumeister.
»Ich glaube«, erlaubte ich mir einzuwerfen, »daß es weder den einen noch den anderen Namen gibt.«
Ein weiterer Herr, Don Emanuele Da Ceneda, der vierte unserer Runde, dessen Anwesenheit hiermit erwähnt sein soll, sagte, wie bisher auch, nichts.
»In Diensten stehen sie bei einem Herrn Direktor Riedl«, fuhr der Ruinenbaumeister fort, »als Achtermaler.«

»Achtermaler?«
»Herr Riedl ist ein Sonderling«, sagte Herr Weckenbarth. »Selber kenne ich ihn nicht. Mein Bruder hat aber zu Zeiten, als er noch darauf angewiesen war, einige Monate im Jahr in Riedls Fabrik gearbeitet. Herr Riedl betreibt ein Azetylen-Werk. ›Betreibt‹ ist zuviel gesagt, eher das Gegenteil: er tut alles, um das Werk zu ruinieren, aber das gelingt ihm nicht, weil es nahezu eine Monopolstellung hat. Ich darf Ihnen Beispiele nennen: Herr Riedl ist äußerst lärmempfindlich. Da er die Landwirtschaft liebt, hält er auch Hühner, aber nur alte Hühner, die zwar keine Eier legen, dafür aber auch nicht mehr gackern. – Einmal im Monat, erzählte mir mein Bruder, wurde das Werk für einen Tag stillgelegt, und alle Angestellten und Arbeiter – vierzig insgesamt – mußten in einer Kette über die Wiese hinter der Fabrik schreiten und dabei sorgfältig alle Steine aufsammeln, damit sich die Kuh des Herrn Riedl beim Grasen nicht das Maul anstieß. – Lärmempfindlich also. – Lastwagen durften auf dem Fabrikgelände nicht angelassen, sondern mußten von Hand geschoben werden, bis sie außer Hörweite waren; und als einmal im Lastwagen eines Kunden des Herrn Riedl bei geöffnetem Schlag das Autoradio eingeschaltet blieb, kam dies – buchstäblich – Herrn Riedl sofort zu Ohren. Der betreffende Fahrer bekam umgehend ein Schreiben mit, worin Herr Riedl verfügte, daß er künftig auf Aufträge seitens dieses Kunden verzichte.
Herr Riedl hat aber auch einen Hang zum Sport. Außer dem Bogenschießen huldigt er dem Rollschuh. Um Rollschuh laufen zu können, ließ er eine Fabrikhalle räumen. Auf den Boden wurde mit Ölfarbe ein großer Achter gemalt, den Herr Direktor Riedl dann sonntags nachzieht – in Anwesenheit allein des Oberwerkmeisters Leinhartinger, der bei vollen Feiertagsbezügen gehalten ist, beson-

ders gelungene Achter des Direktors mit begeisterten, verhalten begeisterten Ausrufen zu quittieren. Um diesen Achter anfangs zu malen und später – sooft er vom Direktor zerfahren worden war – auszubessern, wurden die mechanischen Zwerge eingestellt. Deswegen Achtermaler – ganz einfach. – Ach«, sagte er, »mein Bruder könnte Ihnen ganze Serien von Geschichten über den Herrn Riedl erzählen!«
Ebenso unmerklich, wie der Nachmittag der Dämmerung zu weichen begonnen hatte, war der Dampfer von seinem Anlegeplatz weggefahren.
Die Schatten der Bäume, von der untergehenden Sonne langhin über den Fluß geworfen, berührten fast das andere Ufer, wo, nur einen unregelmäßigen Streifen breit, das Wasser rotgolden das letzte Tageslicht widerspiegelte. Die Hitze des Tages war vergessen, nur seine Ruhe war geblieben. Leise bewegten sich die Büsche im linden Wind. Die Zweige der Trauerweiden schwankten mit der kaum wahrnehmbaren Strömung. Wo sie den Blick auf eine eben noch sonnenbeschienene Lichtung mit sattem Rasen und steinernen Bänken freigaben, hätte es nicht gewundert, einen Hirten um eine verlorene Phyllis weinen zu sehen, oder eine Gruppe Schäferinnen nach einem Rigaudon tanzen, das ein listiger, aber sonst ungefährlicher Faun auf seiner Mundorgel spielt.
»Abendfrieden«, sagte ich nach einer Weile, die alle geschwiegen hatten – was mir gewiß sein ließ, daß meine Empfindungen geteilt wurden –, »so könnte es bleiben, um uns in Ewigkeit das Gleichgewicht der Seele zu erhalten.«
»Was meinen Sie damit?« sagte nach einer weiteren Weile Dr. Jacobi.
»Nichts«, sagte ich. »Ich meinte – *meinen* ist falsch, mir kam es vor, bei der Betrachtung dieses Abends, als wäre

das der Urfriede, der eigentliche Zustand der Welt, das ewige, tiefe, in sich ruhende Glück der Zufriedenheit, oder so –«

»Die Welt ist aber nicht ewig?«

»Das wollte ich nicht sagen.«

»Nun«, sagte Dr. Jacobi und deutete mit einer kurzen Geste an, daß er die ebenso kurze Diskussion abschließen wollte, »ich möchte nicht zu jenen gehören, davon die Schrift sagt, daß sie das Volk verführen, indem sie sagen: ›Die Zeit ist gekommen.‹«

»Allerdings wäre gerade das«, sagte Herr Weckenbarth, »ein Zeichen dafür, daß es mit der Welt zu Ende geht.«

»Ja«, sagte Dr. Jacobi, »die falschen Propheten. – Ich fühle mich nicht befugt«, wandte er sich eindringlich an mich und legte die Hand auf die Brust, »die Heilige Schrift auszulegen, aber da Sie einmal die Frage angeschnitten ...«

»Nichts wollte ich weniger, Herr Dr. Jacobi –«

»Nein, nein«, sagte Herr Weckenbarth, »aber einmal muß es doch zur Sprache kommen. Ich«, wandte auch er sich nun an mich, »habe an der Theorie keinen Anteil, verstehen Sie, ich bin Techniker. Dr. Jacobi – das ist die Theorie. Nichts gegen die Theorie!« Lachend klopfte er Dr. Jacobi auf die Schulter. »Also, Doktor –«

»Nun«, Dr. Jacobi sah mich an, »wenn ich die Evangelien vergleiche, so muß ich bemerken, daß in dreien davon völlige Übereinstimmung besteht.«

»Nur in dreien?« fragte Weckenbarth.

»Das vierte schweigt sich überhaupt aus«, sagte Dr. Jacobi, »– das in dreien darin Übereinstimmung herrscht: der HErr wird von seinen Jüngern nach dem Ende der Welt befragt. Der HErr ignoriert die Frage nach der genauen zeitlichen Fixierung und ermahnt lediglich zur Wachsamkeit. Er verdeutlicht sich, wie fast immer, durch ein Gleichnis. Hier, wenn ich mich recht erinnere, unter anderem durch das von den klugen und den törichten Jungfrauen.«

»Das heißt also«, führte Weckenbarth weiter, »daß es ein Ende der Welt geben wird?«

»Ja«, sagte Dr. Jacobi, »und so ganz ohne konkrete Hinweise wollte der HErr seine Jünger, offenbar auf deren Drängen hin, nun doch nicht lassen. Wir sollen wissen, wenn die Zeit nahe ist. Diese konkreten Hinweise sind:«

»Tausend Jahre und nicht tausend Jahre«, sagte ich.

»Den Ausspruch habe ich in der Schrift nicht gefunden, auch den nicht, daß die verstreuten Juden erst wieder ins gelobte Land zurückkehren würden –«

»Beides trifft immerhin jetzt zu ...«, sagte der Ruinenoberbaurat.

»Ja, nehmen Sie etwa an, das Ende der Welt stünde bevor?« fragte ich.

»Unmittelbar vielleicht nicht«, meinte Dr. Jacobi. »Für das unmittelbare Bevorstehen des Weltendes hat der HErr – um zur Schrift zurückzukehren – einige seiner konkreten Anmerkungen gemacht: die Sonne und der Mond werden verlöschen und die Sterne vom Himmel fallen. Das besagt wohl, daß die Erdrotation unregelmäßig wird. Auch die Brände und Fluten, von denen die Rede ist, deuten darauf hin. Aber, wie gesagt, das alles kommt direkt vor der Wiederkunft Christi, sozusagen in die ersten Posaunen- und Tubenstöße der Engel hinein. Andere Anhaltspunkte, weniger unmittelbare, habe ich schon angedeutet: die falschen Propheten. Und dann – ehe ich es vergesse: allen Völkern muß das Evangelium verkündet sein. *Verkündet!* – Angenommen müssen sie es nicht haben.«

»Diese Voraussetzung«, sagte Ruinenoberbaurat Weckenbarth, »liegt vor. Wir haben eine Auskunft der Congregatio de propaganda fide eingeholt.«

»Eigentlich«, sagte ich, »ist die Voraussetzung selbstverständlich: ohne mit der Möglichkeit, sich den richtigen Glauben zu eigen zu machen, konfrontiert –«

»Schon, schon«, sagte Dr. Jacobi kurz, »aber hören Sie, welche Theorie wir über die falschen Propheten ausgearbeitet haben: – Die falschen Propheten verkünden eine eigene, bestechende Lehre, wirken Wunder und äffen den HErrn nach: Worauf trifft das zu, heutigentags? Wer wirkt heutzutage Wunder? Es gibt keine Wunder mehr, werden Sie sagen ... Freilich –«, er lachte, »die falschen Propheten, das heißt, namentlich ist es *ein* falscher Prophet, und der ist so vif und bezeichnet seine Wunder nicht als solche, oder dann nur ironisch. Er sagt: ich brauche keine Wunder, und trotzdem ist mir nichts unmöglich. Daher sein Zulauf ... Sie erraten noch nicht, wer es ist? Ich will Ihnen ein paar seiner ›Wunder‹ nennen, an denen gemessen die Brotvermehrung und die Erweckung des Lazarus harmlose Tricks waren: der falsche Prophet kann machen, daß Sie hier sprechen und tausend Kilometer weiter gehört werden, ja mittels eines anderen ›Wunders‹ kann man Sie sogar sehen. Er kann Ihr Bild aufbewahren, Ihre Stimme, und Sie erscheinen jemandem, der es wünscht, längst nachdem Sie gestorben sind. Er läßt Sie in der Luft fliegen, dort essen, trinken und schlafen; er kann eine Million Multiplikationen in einer Sekunde ausführen. Er kann eine Maus so groß wie ein Schwein wachsen lassen, und er kann um den Mond herumfliegen. Er kann aus Luft Schießpulver, aus Teer Ölfarbe, aus Dreck Papier machen, und – mit seiner Hilfe kann man aus allem Geld machen ... Sind das keine Wunder? – Entschuldigen Sie, Sie wissen längst, worauf ich hinaus will: die Technik ist der große falsche Prophet, der diese Wunder wirkt. Nur haben sie alle – wie treffend – einen Pferdefuß: man kann sie, wenn man geduldig genug ist, erklärt bekommen. Aber das, sagen die Techniker, sei eben das größte Wunder: daß es gar keine Wunder sind! – Ach, diese Blindesten der Blinden, die dem falschen Propheten nachlaufen – und seit gut zweihundert Jahren gilt das ja als schick –, sie glauben, es sei völlig ungefährlich, *weil man alles erklären kann* ... Verblendung durch Aufklärung.«

»Dr. Jacobi«, sagte Herr Weckenbarth leise zu mir, »hat ein Buch mit diesem Titel geschrieben.«

»Die Technik«, sagte Dr. Jacobi, »ist ein Abgott geworden, mit Riten, Offenbarungen und Legionen von Legionen von Priestern. Wobei ich nicht sage, daß alle Techniker ihre blinden Priester sind«, rasch wandte er sich zum Ruinenoberbaurat, »hier ist ein Mann der Technik, der dem falschen Propheten nicht verfallen ist!«

Weckenbarth lächelte verschämt und bescheiden.

»Wir haben, das heißt, Freund Weckenbarth hat«, fuhr Dr. Jacobi fort, »die Technik gegen sich selber ins Feld geführt. Aber davon soll *er* Ihnen erzählen.«

Der Ruinenbaumeister lächelte noch immer beschämt ob des Lobes und begann nach einigem Hin und Her der Höflichkeit:

»Wir mußten von der Voraussetzung ausgehen, daß das Überleben wichtig ist. Der Zeitpunkt des Weltendes – das hätten wir wohl schon erwähnen sollen – ist durch die in letzter Zeit entwickelten ›Wunder‹-Waffen und allerneuesten Kriegsmittel, die man kaum mehr herkömmliche ›Waffen‹ nennen kann – ich darf darüber noch nicht reden –, durchaus in die Kompetenz der Menschen, besser gesagt, in die der Generäle, also des Zufalls gestellt. Wir mußten demnach auch von der traurigen weiteren Voraussetzung ausgehen, daß der Weltuntergang technisch – technisch! – jede Minute möglich ist ... Selbst wenn man nur die vergleichsweise harmlose Bombe von Hiroshima

vor Augen hat – also: da hat es Leute gegeben, Japaner, die sind, verstehen Sie mich recht, ich bin Techniker, und ich sage alles kraß, die sind einfach verdunstet. Tod durch Verdunsten, in einer Sekunde einfach –«, er machte die Andeutung eines Pfiffes, »vom Leben zum Dampf. Nun ist es so – doch das ist wieder Theorie: Dr. Jacobi, wollen nicht *Sie* fortfahren?«
Weckenbarth schwieg, auch Dr. Jacobi sagte eine Weile nichts. Dann stellte er mir die sichtlich nur einleitende Frage:
»Glauben Sie an ein Leben nach dem Tod?«
»– Ja«, sagte ich.
»Glauben Sie auch an Himmel und Hölle?«
»Darüber habe ich lange nicht nachgedacht.«
»Wir –«, er deutete auf Herrn Weckenbarth, Don Emanuele Da Ceneda und sich, »wir glauben daran. Nicht in der Form der heißen Hölle mit den kannibalischen Seelen-Sudkesseln, wie sie, töricht genug, unseren Kindern beigebracht wird, nicht einmal«, er lächelte, »in der zweifellos gehobeneren Form, wie sie uns Dante schildert. Wir glauben an eine Verteilung von Himmel und Hölle etwa in der Art, ja – Weckenbarth, sagen Sie das Gleichnis –«
»Eine Rakete«, sagte Herr Weckenbarth, »bekommt beim Start, und so weiter und so fort, mit Trägerstufen und so weiter und so fort, innerhalb des – sagen wir der Einfachheit halber: – irdischen Bereiches eine gewisse Geschwindigkeit.«
»Diese Geschwindigkeit«, sagte ich, »muß so groß sein, daß die Anziehungskraft der Erde überwunden wird.«
»Darauf kommt es jetzt nicht an. Nur soviel: *eine Rakete, die den irdischen Bereich verlassen hat, behält die Geschwindigkeit bei, die sie beim Eintritt in den ›Weltraum‹ hat.* Dann – dann ist es aus, und an der Geschwindigkeit ist absolut nichts mehr zu ändern.«

»Und so«, fuhr Dr. Jacobi fort, »ist es mit der Seele. – Auch darüber habe ich ein Buch geschrieben.« Mit sichtbarem Genuß streifte er sich ein wenig Zigarrenasche von der Weste – und zwar, was ihm entging, auf die Hose. »Sie glauben an ein Leben nach dem Tod. Ich sage: Bewußtsein nach dem Tod. Ist es nicht naheliegend zu behaupten, jenes Bewußtsein nach dem Tod richte sich bei jedem nach dessen Bewußtsein *vor* dem Tod? – Sie sollten darüber nachdenken ... oder mein Buch lesen ... Wissen Sie«, sagte er dann schnell, »wie ich mir wünsche, zu sterben? In einem Moment, wo ich so recht ein apollinisches Vergnügen empfinde, wie etwa beim Anhören des Adagios aus der Prager Symphonie oder des ersten Satzes –«, mit Tränen in den Augen und rührender Feierlichkeit nannte er den ganzen umständlichen Titel: »Des Quartetts für zwei Violinen, Viola und Violoncello in d-Moll, Opus posthumum, genannt: ›Der Tod und das Mädchen‹. Ich denke mir, daß ich dann, gleich einem Mozartschen oder Schubertschen Motiv höchster Seligkeit von Ewigkeit zu Ewigkeit schwänge.« Er lächelte wieder und bemühte sich, seine Rührung zu verbergen. »Ich halte eben Mozart und Schubert für die beiden korrespondierenden höchsten Gipfel der Musik. – Auch darüber«, jetzt lachte er, »habe ich ein Buch geschrieben.«

»Um dem Doktor«, fuhr der Ruinenbaumeister fort, »diese Möglichkeit zu gewähren, und vielen anderen Menschen eine ähnliche, um also dem überraschenden, *zufälligen* Tod –«

»Dem Tod als Abfallprodukt der großen Zerstörung –«, unterbrach Dr. Jacobi.

»– zu entgehen, vergleichbar dem Tod des Verdunstens jener Japaner etwa, um unbeschadet den Weltuntergang zu erleben, der unserer Meinung nach nahe bevorsteht,

und in vollendeter seelischer Harmonie ins Jenseits zu schnellen, haben wir –«
»– hat er –«, sagte Dr. Jacobi.
»– einen Turm gebaut. Also Turm ist irreführend – eher einen ›negativen Turm‹, einen Turm, *der in die Erde führt.* Stellen Sie sich eine riesige Zigarre vor, die senkrecht in der Erde steckt: nur ein Hundertfünfundzwanzigstel davon ragt aus dem Erdboden, und dieser Teil ist so hoch wie die Peterskuppel, auf den Millimeter genau. – Wir halten aufs Symbolische! – Die Geschichte ist also ziemlich umfänglich.«
»Und war sehr aufwendig«, sagte Don Emanuele Da Ceneda, der also doch dem Gespräch zugehört hatte.
»Ja, allerdings«, sagte Herr Weckenbarth mit der Zufriedenheit der überwundenen Schwierigkeiten, »dafür bietet die ›Zigarre‹ aber Raum für gut drei Millionen Leute.«
»Und«, betonte Dr. Jacobi, »für meine Instrumente: eine Guarneri und eine Amati. Ein Amati-Cello von allerdings fraglicher Echtheit, aber immerhin, und eine Viola von Albani ...«
»Einem Landsmann von mir«, sagte ich, um auch wieder etwas zu sagen.
»Weckenbarth wird die zweite Geige spielen«, sagte Dr. Jacobi, »Don Emanuele die Bratsche« – Don Emanuele Da Ceneda deutete eine Verbeugung an –, »ich selber die erste Geige.«
»Ich wäre nicht nur gern bereit«, sagte ich, »sondern dankbar, wenn ich das Violoncello ...«
»Das betreffende Quartett stellt aber hohe Anforderungen!« sagte Dr. Jacobi ernst.
»Leider«, seufzte ich, »leider besonders der erste Satz. Wenn nur der letzte der schwierigste wäre, zu dem würde es ja wohl im Ernstfall gar nicht kommen ...«

Ein Steward trat zu Herrn Weckenbarth und flüsterte mit ihm. Der flüsterte darauf Dr. Jacobi etwas zu. Dr. Jacobi wiegte den Kopf und pfiff leise und wollte wiederum Don Emanuele etwas zuflüstern, der aber sagte nur: »Mir recht, mir recht.«

Weckenbarth beugte sich zu mir: »Möchten Sie Huhn oder lieber Fisch?«

»Ich schließe mich«, sagte ich, »gerne Ihnen an.«

Der Ruinenbaumeister nickte dem jungen Mann zu, der sich verbeugte und entfernte.

»Vielleicht interessieren Sie einige bauliche Einzelheiten unserer Riesenzigarre«, sagte Weckenbarth zu mir.

»Ja«, sagte ich, »ich nehme an, stärkster Eisenbeton –«

»Aber nein«, sagte Weckenbarth, »die Außenhaut ist so dünn, daß Sie sie mit der Hand eindrücken könnten; eine besonders präparierte Aluminiumfolie. Die Zeiten der mechanischen Kriegführung sind vorbei – keine Atom- oder Heliumbomben mehr, die kann man wie nichts neutralisieren! Nein, nein, es gibt eine neue Strategie. Näheres darf ich, wie gesagt, nicht verraten ... Jedenfalls wird das Weltende nicht so kommen, wie Bruder Emman vermutet hat –«

»Wer ist Bruder Emman?« fragte ich.

»Bruder Emman? Sie kennen die Geschichte vom Bruder Emman nicht? Es war im ersten Jahr des Pontifikates Johannes XXIII., und eigentlich war Bruder Emman Kinderarzt in Mailand und hieß Bianca. 1945 erhielt er auf mystischem Wege von seiner verstorbenen Schwester die Botschaft, daß infolge einer irrtümlichen Atombombenexplosion der größte Teil der Menschheit noch vor den Olympischen Spielen 1960 vernichtet werde.

Dr. Bianca nannte sich fortan Bruder Emman, gründete eine Sekte, der er sogar eine eigene Sprache entwarf, und errechnete mit Hilfe eines ›Buches Isaias‹ die Katastrophe bis auf die Minute genau: der französische Nationalfeiertag 1960, 13 Uhr 45.

Im Laufe der Jahre trat er mit der Crème der verstorbenen Weltliteratur in spiritistische Verbindung: mit Demosthenes, Lao-Tse, Dante und Petrarca, endlich aber mit dem Erzengel Gabriel, der ihm wiederum den Verkehr mit einem nicht näher bezeichneten Himmelswesen namens ›Logos‹ vermittelte. Die Erdachse werde, so erfuhr Dr. Bianca im Verlauf dieses Verkehrs, durch die besagte irrtümliche Atombombenexplosion um fünfundvierzig Grad gedreht, so daß das Meer alles Land überschwemmen werde. Nur die Tibetaner würden – wie auch anders! – weniger durch den schützenden Himalaja als durch ihre notorische mystische Protektion überleben. Vielleicht war es kein Gedanke der Unvernunft, der Dr. Bianca kam, als er konstatierte, daß mit dem alleinigen Überleben der Tibetaner einer künftigen Welt nicht viel gedient sein könne. Er kaufte deshalb – Mittel flossen ihm aus den Mitgliedsbeiträgen seiner Sekte genügend zu – ein Berghaus auf dem Mont Blanc, oberhalb Courmayeur, und nannte es ›Pavillon Gehavonise‹, was in seinem Sektenesperanto ›Zur Ehre Gottes‹ hieß.

Im Frühjahr 1960 begannen die letzten Vorbereitungen des Bruders Emman. Er transportierte – wo es ging, auf Kredit, da er ja zu erwarten glaubte, mit der Welt gingen auch seine Schulden unter – Lebensmittel, Decken, Medikamente und Kohlen auf den Mont Blanc. Autos wurden hinaufgeschleppt und Fässer um Fässer voll Benzin. Die Schulden gingen in die Hunderttausende, als Dr. Bianca Anfang Juli erkannte, daß die Automobile bei einem neuen Universal-Diluvium von zweifelhaftem Wert sein würden, mitsamt dem Benzin. Da es ihm auf einige Tausend Schulden nicht mehr ankam, ließ er in fliegender Hast drei Motor-, ein Segel- und unzählige Schlauchboote auf den Mont Blanc schaffen. – Vielleicht hat nicht zuletzt das in allen Zeitungen verbreitete Bild des aufgetakelten Segelbootes auf dem Gletscher vor der Kette der Aiguilles bewirkt, daß bereits damals eine weltweite Erregung über den kleinen Kreis der Erleuchteten um Emman hinaus um sich griff. Die natürlichste, wenn auch nachhaltigste Erregung befiel den Schaffner der Drahtseilbahn nach Courmayeur. Er war dem Ansturm der – es sind uns genaue Zahlen überliefert – 550 Italiener, 151 Franzosen, 108 Engländer und so weiter, 99 Chinesen und des einen Liechtensteiners nicht gewachsen und erlitt einen Nervenzusammenbruch.

In Bologna mußte die St. Antonius-Kirche am Vormittag des 14. Juli wegen übermäßigen Beicht-Zudrangs geschlossen werden. In London sah sich die sonst ruhige Schenke ›Zum Weltuntergang‹ in Chelsea einem ebenso heftigen und magischen Andrang gegenüber. Der Mufti von Syrien erließ einen öffentlichen Aufruf, in dem er die Prophezeiungen des Bruders Emman vom islamitischen Standpunkt aus verdammte. Eine Frau aus Athen rief am Morgen des 14. Juli im Vatikan an und wünschte den Papst in Sachen Weltuntergang zu sprechen.

Einen gespenstischen Anstrich erhielt die Geschichte dadurch, daß tatsächlich in der Nacht vom 14. zum 15. Juli im Gebiet des Mont Blanc ein leichter Erdstoß verzeichnet wurde. – Das war aber auch alles! – Am 15. Juli kam Dr. Bianca aus seinem versiegelten Pavillon ›Gehavonise‹ hervor und sah sich zunächst den höhnischen Gesichtern einer Menge von Reportern gegenüber – die, im Fall er hätte recht gehabt, unverdient in den Genuß der Rettung gekommen wären – und dann einer noch größeren Menge von Gläubigern. Zu seinem Glück wurde er sofort nach Übertreten der italienischen Landesgrenze in Untersuchungshaft genommen und so dem Zugriff seiner Anhänger entzogen,

die von ihm das Geld forderten, um die Motorboote wieder vom Mont Blanc herunterbringen zu lassen.
Drei Jahre hat er bekommen, wegen Betruges. Dann wanderte er aus – wohin? Natürlich nach Indien.«
Dr. Jacobi lachte. »Ich sehe noch heute das Bild in der Zeitung vor mir: eine leicht stämmige Frau besseren Alters in Knickerbockers, eine Jüngerin Emmans, die auf der Trompete zum Abmarsch nach dem nicht stattgehabten Weltuntergang bläst!«
»Schwächlicher Ersatz für die Posaunen des Jüngsten Tages«, sagte ich.
»Die wir unsererseits mit Streichquartett übertönen wollen«, sagte Don Emanuele Da Ceneda.
»Hoffen wir«, sagte ich, »daß die Tonarten der letzten Posaunenmusik und die unseres Quartetts übereinstimmen.«
»Ich bitte Sie«, sagte Dr. Jacobi, »wir wollen d-Moll spielen. Können Sie sich diese Tonart für die letzten Posaunen vorstellen?«
»Wenn ich denke«, sagte Weckenbarth, »daß unser Heil ... dort drüben ... der Theorie nach davon abhängt, daß uns vier bestimmte Instrumente zur Verfügung stehen, ja mehr noch: daß nicht einer in der Aufregung am Schluß falsch greift und wir von einem Mißklang getragen ins Jenseits schlittern ... Ob es da nicht besser wäre, einen schönen A-capella-Gesang einzustudieren, ein Luca Marenzio-Madrigal: ›Luci serene e chiare‹?«
Dr. Jacobi lachte. »Man könnte ja auch heiser sein! Außerdem sind wir unter uns Männern hier, könnten also höchstens an ein Männerquartett denken. Und als ›Lützows wilde verwegene Jagd‹ durch den Weltraum zu schwingen, scheint mir nicht ganz das Wahre!«
»Schluß«, sagte Weckenbarth, »heute geht die Welt wohl nicht mehr unter.«

»Sicher nicht vor dem Abendessen«, sagte Don Emanuele Da Ceneda.

»Täuschen wir uns nicht –« Dr. Jacobi lächelte amüsiert und ein wenig boshaft, »außer unserer Theorie gibt es noch andere Möglichkeiten: spätestens dann, wenn die Schimmelpilzschicht der Menschheit sich so weit verbreitet hat, daß sie sich Kopf an Kopf über den ganzen Erdball reiht, spätestens dann ist unsere arme, alte Welt zum Untergang verurteilt.«

»Könnte man diesen Zeitpunkt errechnen?« fragte ich.

»Na-ja«, sagte Weckenbarth, »man weiß aber nicht, wie weit die Bestrebungen der ›negativen Bevölkerungspolitik‹ die Berechnungsgrundlagen verschieben.«

»Negative Bevölkerungspolitik?« fragte ich.

»Es scheint«, sagte der Ruinenoberbaurat, »auf den ersten Blick eigenartig, daß der Anstoß zu dieser Bevölkerungspolitik ausgerechnet vom musikwissenschaftlichen Institut der Universität München ausgegangen ist; es war aber so, wie ich hiermit vorausgeschickt habe.

Die Bevölkerungszunahme der Welt erfolgt in Form einer Lawine, genauer gesagt, die Menschheit vermehrt sich etwa im Maß einer geometrischen Reihe: wenn es heute sechs Milliarden sind, sind es morgen zwölf, übermorgen vierundzwanzig – wobei unberücksichtigt bleibt, daß das Lebensalter der Menschen ebenfalls steigt! Alle ernährungstechnischen Errungenschaften eingerechnet, ist einmal die oberste Grenze des Produzierbaren erreicht. Ich will mir ersparen, hier die grenzenlos anarchischen Zustände auszumalen, die uns dann drohen würden ... Um solchen Entwicklungen vorzubeugen, hatte man bereits recht frühzeitig versucht, eine neue Bevölkerungspolitik zu betreiben – allen voran *Indien*. Während anderswo noch Kindergeld und steuerliche Vergünstigungen für Kinderreiche gewährt wurden, hatte man in Indien schon eine Kindersteuer eingeführt. Zwei Kinder zu haben bedeutete Luxus! Die Gelder, die durch diese Steuern in die Staatskasse flossen, wurden – sofern sie nicht in der ortsüblichen Korruption versickerten – für Prämien ausgeworfen und an jene Personen gezahlt, die sich freiwillig sterilisieren ließen. Sterilisierten eröffneten sich, vom Staat deutlich gehätschelt, außer den Prämien, hervorragende berufliche Chancen. In den Beamtendienst wurden nur noch Sterilisierte aufgenommen. Höhere Militärposten, die höheren Stellen an den Yoga-Schulen, kurz, alle lukrativen und korruptionsfähigen Stellen und endlich auch der diplomatische Dienst wurden langsam Beute der Eunuchen. Ins diplomatische Konzert der Völker mischte sich die Fistelstimme Indiens.

Früher oder später mußte es kommen, daß das Abendland – dem ja alles Indische teuer – eine ähnliche Entwicklung antrat. Diese Entwicklung ging, wie gesagt, vom musikhistorischen Institut der Universität aus, wo indirekt auch das furchtbare Schicksal meines Onkels Heino – eines Vetters meiner Mutter – seinen scheinbar so harmlosen Anfang genommen hat.

Sie wissen, kurz nach Ende des sogenannten Ersten Weltkrieges begann in Deutschland eine Bewegung, die ›Händel-Renaissance‹. In dem scheint's unerschöpflichen Goldbergwerk der Barockmusik, das eine Zeitlang verschüttet war, begann man wieder zu graben. Es bildeten sich Musikzirkel, die auf Gamben, auf Theorben, auf dem Baryton und sogar auf der Radleier musizierten. – Die Orgelbauer bauten die Dämmerregister des Fortschritts-Jahrhunderts wieder aus den Silbermann-Werken aus. – Nur die *eine* Form, gerade sie, in der die Barockmusik ihren vollen Ausdruck gefunden hat, schien im Original unwiederbringlich verloren: die Oper! Das hing an einem einzigen, winzigen Umstand: die Barockoper italieni-

schen Stils steht und fällt mit den Kastraten! – Denn die echte Kastratenstimme erlaubt Koloraturen und andere Forderungen an den Atemumfang, vor denen jeder Frauensopran kapitulieren muß.
Da seinerzeit auch in München die Aufführung der Oper, wenn ich mich recht erinnere – ›Olimpiade‹ von Pergolesi, in der Originalbesetzung, aus diesem Grunde scheitern mußte, verfiel ein findiger Assistent des musikwissenschaftlichen Instituts – der dabei allerdings nicht an eine baldige Realisierung, sondern an die Zukunft dachte –, ein Dr. Mitterwurzer, auf die Idee, sich mit dem Bundesfamilienministerium in Verbindung zu setzen. Er veröffentlichte – vom Musikhistoriker zum Bevölkerungskalkulator geworden – ein umfangreiches Memorandum, das die Gefahren der Überbevölkerung alarmierend darlegte. Im Anhang dieses epochemachenden Werkes erwähnte er die Wiederentdeckung des Kastratenwesens als wünschenswerte Folge der neuen Bevölkerungspolitik.
Lange nach dem Tod des Dr. Mitterwurzer wurden seine Pläne in einem Umfang, den er nie erwartet hätte, verwirklicht. Wenngleich kaum mehr jemand an den eigentlichen Anstoß zu der ganzen Entwicklung dachte, so wurde doch aus dem in eine Kastratenschule umgewandelten Regensburger Domgymnasium die Pflanzstätte jener Kastraten ersten Ranges, die jetzt alljährlich im Festspielhaus in Bayreuth – wo vordem, das wissen Sie vielleicht nicht, die seinerzeit sehr beliebten Opern eines sächsischen Komponisten aus der Gründerzeit gegeben worden waren, Robert Weber hieß er – am Anfang der Festspiele jene ›Olimpiade‹, Mitterwurzern zu Ehren, in einer Galavorstellung singen ...
Damit hatte aber mein unseliger Onkel Heino Pramsbichler nichts zu tun. Der Onkel war lediglich Beamter im

Behördennetz, mit dem ein neu gebildetes Bevölkerungsministerium das Land überzog. Die medizinischen Abteilungen dieser Behörden leiteten und überwachten die Sterilisation, die administrativen, deren einer mein Onkel Heino angehörte, stellten die diversen Zeugnisse aus, nahmen die unzähligen damit verbundenen oder dafür erfundenen Verwaltungsvorgänge wahr und zahlten die gesetzlich für freiwillige Sterilisation – ähnlich dem indischen Vorbild – ausgesetzte, nicht unerhebliche Prämie aus.

Der Begriff ›Sterilisation‹ tauchte natürlich als ein Fremdwort – und besonders wie jedes treffende solche – im Behördenwortschatz nicht auf; hier hieß das, auf gut deutsch: ›Entfruchtung‹. Mein Onkel war also Bundesentfruchtungswart, später Bundesoberentfruchtungswart. Jahr um Jahr versah er seinen Dienst, ohne daß dem vorgesetzten Entfruchtungsrat etwas Tadelnswertes an seiner Amtsführung aufgefallen wäre, was dann auch daraus zu ersehen war, daß er – ein gesetzteres Alter erreicht, von dem die Behörde geschlechtliche Unanfechtbarkeit ableitete – in die Prüfungsstelle versetzt wurde. Die ›Entfruchtung‹ ging nämlich so vor sich, daß die betreffende Person – der ›Entfruchtling‹ – zu einem eigens dafür legitimierten Arzt ging, der den Eingriff vornahm und der die Lenden des Entfruchtlings mit seinem Dienstsiegel versah. Beim Entfruchtungsamt wurde dieser Stempel dann geprüft – von der Prüfungsstelle, wohin man meinen Onkel versetzt hatte –, gelöscht, und die Prämie ausbezahlt.

Die Prüfung, ein etwas peinliches Verfahren, fand in einem Dienstraum hinter doppelten Türen statt ... Mein Onkel war im achtundfünfzigsten Altersjahr und im dreiundzwanzigsten Dienstjahr, als im Verlauf der nachmittäglichen Dienststunden die eben sterilisierte Emma Holzmindel nach Aufruf in das Dienstzimmer trat. Onkel

Heino sah nicht von seinem Schreibtisch auf, war mit dem Abschluß des vorher abgefertigten Falles beschäftigt und sagte nur: ›Nehmen Sie Platz.‹ Emma setzte sich.
›Name?‹ Onkel Heino blickte immer noch nicht auf.
›Holzmindel, Emma.‹
›Alter?‹
›Achtzehn.‹
Der Onkel schaute auf. Vor ihm saß eine rötliche Blondine angenehmer Fülligkeit. Das Gesicht etwas flach, die Bakken etwas breit, im ganzen etwas bleich – was aber von der überstandenen Sterilisation herrühren mochte –, und den rechten Mundwinkel durch ein faszinierendes Muttermal hart am Lippenrand zu bezwingender Melancholie verzogen. Die ganze Erscheinung war von einer Körperhaftigkeit, die alles andere als dezente Gedanken hervorrief.
›Fräulein –‹, Onkel Heino schluckte, ›Holzmindel, bitte machen Sie sich frei.‹
›Schon wieder?‹
›Keine Angst, ich muß nur den Stempel prüfen.‹
Fräulein Holzmindel stand auf, drehte sich um und zog einen Reißverschluß an der Seite ihres Rockes auf. Durch bauchtanzähnliche Bewegungen schüttelte sie den Rock von den Hüften und stieg mit ihren roten, hohen und weit ausgesparten Schuhen heraus.
Onkel Heino seufzte.
›Bitte?‹ fragte Fräulein Holzmindel auf das Seufzen.
›Ihre Adresse?‹
›Bollandstraße 16, erster Stock links.‹
Emma hatte ihre Bluse aufgenestelt und ließ sie von den Schultern gleiten. Wie zwei exotische Blüten über dem Rand einer zu engen Vase entfalteten sich Schulterblätter und umgebende Rundungen über dem weißen Spitzenmieder. Sie drehte sich um.

›Noch –?‹

Wie viele Personen mehr oder minder weiblichen Geschlechts hatte er nicht schon ungerührt an sich vorbei paradieren lassen? – Es muß wohl das Schicksal selbst gewesen sein, das den Sockel seiner Standhaftigkeit hinterrücks unterhöhlte, das ihn in eine süße Brandung stürzen ließ und ihn fortwirbelte zu den alabasternen Fleischesklippen der Sünde – nicht wahr, lieber Dr. Jacobi?«

Dr. Jacobi zupfte an seinem Kinn. Weckenbarth fuhr fort:

»Köstliche Pokale gleichsam, schäumten die spitzenbesetzten, knappen Schalen des Mieders über von rosigflaumiger Fülle ...

›Noch weiter –?‹ fragte Emma.

Onkel Heino schreckte zusammen. ›Ich – ich muß Ihren Stempel überprüfen.‹

Emma hakte das Mieder auf. Dem Onkel schwindelte – in all dem nun sichtbar gewordenen Glanz wiederholte sich das faszinierende Muttermal vom rechten Mundwinkel knapp an der äußersten Höhe des linken Busens.

Wie viele Stempel hatte Onkel Heino schon geprüft, ohne je an etwas anderes als an Amtswahrnahme zu denken?

›Der Stempel‹, ächzte Onkel Heino, ›der Stempel ist noch nicht zu sehen.‹

Das noch an Emma Verbliebene, das kaum Schnupftuchgroße, Spinnwebfeine, prall an die Haut sich Schmiegende, dieses Restliche zerrte Fräulein Holzmindel endlich nicht ohne kleine Mühe über ihre Schenkel und legte es dem Onkel auf den Schreibtisch.

Der violette Stempel – jetzt war er zu sehen.

›Bitte –‹, schwach wies Onkel Heino auf das mit weißer Wachsleinwand bespannte Sofa.

Mit graziösem Schlenkern der Knöchel entledigte sich Emma der roten Stöckelschuhe.

Der Onkel holte die Amtslupe ...

Nachdem er Emma entlassen, verschloß er seinen Schreibtisch, obwohl es erst halb vier war, sperrte die übrigen Akten ein und ließ den wartenden Entfruchteten vor seinem Zimmer mitteilen, daß die Amtsstunden aus Gründen einer Konferenz für heute abgelaufen wären. Die Petenten murrten und gingen. Da einer sich beschwerte, trug diese Eigenmacht Onkel Heino am anderen Tag einen Verweis seitens seines Vorgesetzten ein ... Onkel Heino kümmerte dies nicht mehr.«

Der Ruinenoberbaurat machte eine Pause. Ein greuliches Räuspern war hinter uns zu hören. Ich fuhr herum. Ein Neger in einer vom Kinn bis zum Boden reichenden Schürze, ein blutiges Messer in der Hand, stürzte auf Weckenbarth zu. Wäre er ein Mörder gewesen, ich hätte den Ruinenbaumeister in meinem Schreck nicht einmal warnen können. Es war aber nur der Koch, der die Hühner geschlachtet hatte und nun Herrn Weckenbarth in die Küche bat.

Weckenbarth entschuldigte sich, seine Geschichte unterbrechen zu müssen – nur er könne, sagte er, die richtige Füllung für die Hühner bereiten. Bei und nach dem Essen werde er die Fortsetzung erzählen.

Dr. Jacobi drängte bescheiden, aber bestimmt darauf, mit in die Küche genommen zu werden: »Sie nehmen immer zuviel Curry, lieber Weckenbarth! Sie meinen Truthühner vor sich zu haben.« So blieb ich allein mit dem Herrn im schwarzen Anzug, der mir als Don Emanuele Da Ceneda vorgestellt worden war und der, wie erinnerlich, im Lauf des Nachmittags kaum mehr als drei Worte gesprochen hatte. Er trat jetzt auf mich zu und sagte: »Wenn auch Sie nichts vom Hühnerfüllen verstehen, schlage ich vor, wir bleiben bis zum Abendessen auf Deck. Ich habe Ihnen etwas zu sagen.«

Er legte die Hand auf meinen Arm und führte mich an die Reling. Die Maschinen des Schiffes hatten aufgehört zu arbeiten. Die Schaufelräder drehten sich nicht mehr, nur weißer Schaum drang unter ihnen hervor und vermischte sich mit den großen, zarten Algenflächen. Wären diese Algenflächen auf dem dunklen Wasser nicht gewesen, die der Bug teilte und die sich in ausladenden, ruhigen und spielerischen Bewegungen hinter dem Heck wieder vereinten, ich hätte die Fortbewegung des Dampfers gar nicht wahrgenommen.

Don Emanuele blickte hinaus aufs Ufer. Er war alt, sehr alt, vielleicht über Neunzig, schätzte ich. Seine Augen lagen tief in den Höhlen. Die Stirn darüber bildete einen brauenlosen, eigenartigen Vorsprung, fast wie ein Vordach, oder eher noch wie der scharfkantige Rand einer Schirmmütze.

»Vor allem aber habe ich eine Frage an Sie, *meine* Frage, die ich an jeden richte, den ich kennenlerne«, er blickte traurig ins Wasser, »– die mir aber noch niemand hat beantworten können. Kennen Sie«, er schaute mir mit Tränen in die Augen, »kennen Sie Stellidaura?«

Wäre nicht sein tiefer, erschütternder Ernst gewesen, ich hätte geglaubt, seine Frage sei scherzhaft gemeint oder er wolle mich vor den Kopf stoßen.

»Wer ist Stellidaura?« fragte ich nach einigem Zögern.

Er sank, wie geschlagen, in sich zusammen.

»Auch Sie nicht«, sagte er, »auch Sie nicht. Ich werde es wohl nie erfahren.«

»Ich bedaure«, sagte ich, »aber vielleicht, wenn Sie Ihre Frage präzisieren wollten, könnte ich ... da ich viele Leute kenne ...«

»Ich bin unfähig zu sterben«, sagte er und lachte wie sich selber zum Hohn, »und sie, Stellidaura, ist längst tot, aber wie, wie ist sie gestorben? – O Stellidaura, mein Engel, welche Qualen magst du gelitten haben, o Stellidaura, mein Engel ...«

Er stand für einige Momente reglos, den Blick zum Himmel gerichtet. Dann wandte er sich wieder zu mir. »Sie sprach neapolitanisch, das ist alles, was ich von ihr weiß, außer, daß sie schön war wie vom Paradiese und von einer Reinheit, wie sie selbst das Paradies nicht kennt. Stellidaura ...«

»Wo haben Sie die Dame denn zuletzt gesehen?« fragte ich, um seinen Schmerz durch Sachlichkeit zu lindern, »vielleicht läßt sich daraus etwas schließen.«

»In Venedig«, sagte er, »im Carneval des Jahres siebzehnhundertvierundsiebzig.«

Er machte eine Pause, und ohne auf mein begreifliches Erstaunen zu achten, ohne es überhaupt zu bemerken, begann er die Geschichte seiner Stellidaura zu erzählen:

»Es war in Venedig unter der Regentschaft des Dogen Alvise IV. Mocenigo. Die großen Zeiten der Republik waren längst vorüber. Der Korse, dem sie zum Opfer fallen sollte, war bereits geboren. Der Glanz Venedigs war am Erlöschen, sein Ruhm flackerte nur noch, und wo einst Kaufherren die Güter der Welt verhandelten, verschacherten dunkle Existenzen beider Erdhälften Wurzeln und Früchte der Sünde. Die alten Familien waren müde geworden. Viele hatte mit dem Sterben eines verbitterten Greises, der vielleicht noch die Verteidigung Corfus mitgemacht, der Tod aus dem goldenen Buch von San Marco gelöscht. Wenn auch ein Mocenigo auf dem Thron im Dogenpalast saß, und wenn auch die weißgekleideten Nonnen in den Höfen der Klöster am Lagunenufer die engelhaften Konzerte der Gabrieli und des Vivaldi spielten, das Volk in den Theatern dem Pessarino und der Brunetta zulachte, so regierte doch über der Stadt ein unheimliches, unbekanntes Furienheer grausamer Intrigen, das nur hie und da – augenblicklichen Schrecken verbreitend, aus Vorsicht sofort wieder vergessen – in Gestalt seiner grauen Schergen ans Licht trat und seine bedauernswerten Opfer vor unerbittliche, blutrünstige Gerichte und in die feuchten Gefängnisse schleppte, aus denen es kein Entrinnen gab. Und das Volk, angeführt von Abenteurern aus aller Welt, die – unter dem Privileg der Maskenfreiheit – ihre Scharlatanerien trieben, tanzte über den Kerkern der Unglücklichen, tanzte, tanzte und lachte, mit zugeschnürter Kehle, bis – ja, bis die heimliche, allgegenwärtige und überall totgeschwiegene Moderjustiz wieder zuschlug ... tanzte den hektischsten aller Tänze, den auf dem Vulkan, zwischen den Palästen, den Kirchen, den Brücken und den stinkenden, stummen und in aller Pracht des versinkenden Menschenalters schillernden Kanälen Venedigs.

Nun, zu meiner Geschichte: ich bin Jude, aber ich bin getauft, obwohl erst in meinem sechsten Lebensjahr; und ich nahm den Namen des mich taufenden Bischofs an.

Mit zwanzig Jahren wurde ich in meiner Vaterstadt zum Priester geweiht und oblag in der Provinz, dem Rest des venezianischen Festlandes, das ehemals die ›terra ferma‹ hieß, literarischen und rhetorischen Studien. Nach dem Abschluß dieser Studien zog es mich, wie jeden, in die Hauptstadt, die Königin der Städte, nach Venedig.

Durch Vermittlung meines Bischofs und Gönners erhielt ich eine Stelle als Hauslehrer der Kinder eines Senators der Republik. Da ich dort das Vertrauen der Hausfrau erwarb, gestaltete sich mein Posten einträglich, ohne daß ich mich im übrigen viel anzustrengen und ohne daß ich im geringsten meiner Freiheit Zwang anzutun gehabt hätte.

Ich bewegte mich ungehindert wie jeder Venezianer, oder besser, wie jeder in Venedig; verborgen hinter meiner

Halbmaske, mit Mantel und Degen des Kavaliers: von Priesterkleidung keine Spur – wie sollte auch einen jungen Mann von natürlichem Stolz die smaragdgrüne, meerblaue und sonnengoldene Seidenpracht, die noch immer am Rialto zu haben war, nicht zur Eitelkeit verführen!

Es war dies mein geringster Fehler ... In dem Jahr gedankenloser Gottesferne las ich keine Messe und nahm mir eine Geliebte. Sie stammte aus dem Hause eines herabgekommenen Adelsgeschlechts der Republik und hieß Angiola Tiepolo. Wenig älter als ich, mit alabasterweißen Gliedern wie eine Venus des Veronese und von der raffinierten Liebesglut einer Teufelin, war sie von einer Eifersucht, die jeder Beschreibung spottet.

Angiola hauste mit ihrem Bruder Bajamonte – der seinem Verschwörernamen alle Ehre machte, wie Sie bald sehen werden, und der einige unbesoldete und anspruchslose Hofämter bekleidete – in einem Palast in der Nähe der Salute, der, da er dreißig Personen standesgemäßes Unterkommen gewährt hätte, jetzt aber nur von den Geschwistern bewohnt wurde, ein Heim für Fliegen, Spinnen, Ratten und die herrenlosen Katzen Venedigs geworden war. Mit Hilfe einiger geprügelter Diener wurde ein Teil der Räumlichkeiten notdürftig gegen das Ungeziefer und die Katzen verteidigt. Alles andere versank im Staub, der langsam zu den goldgerahmten, zerfallenden Ahnenbildern aufwirbelte, wenn man einen Fuß in die verlassenen Galerien setzte. Moos und Schmutz bedeckten das Wappen der Tiepolo im marmornen Mosaik der ehemals festlichen Vorhalle des Palastes.

Für mich, als meine Geliebte mich in ihren Palast ziehen hieß – um mich besser überwachen zu können –, wurde mittels einer regelrechten Großoffensive eine Galerie gesäubert und darin mein Bett aufgestellt, in dem ich, da

die Nächte mit Vergnügungen erdenklichster Art zugebracht wurden, den Tag über schlief – natürlich mit Unterbrechung der Unterrichtsstunden, die ich bei der Familie des Senators zu geben hatte.
Bajamonte Tiepolo, ein aufgeschwemmter junger Mann, trat mir vom ersten Augenblick an feindlich entgegen. Er war heimtückisch, boshaft, faul und von jener Art Männer, die sich nur für ihresgleichen geschlechtlich erwärmen. Ich will alles eher als ihm dies ankreiden, um so weniger, als ihn eine andere Leidenschaft heftig und verwerflich ergriffen hatte: das Spiel.
Tag und Nacht spielte er in den Höhlen des Ridotto und hatte ein sehr beständiges Geschick darin: er verlor immer. Nach und nach hatte er alles verspielt, was er und seine Schwester noch an finanziellen Werten besaßen. Darauf verspielte er das Geld, das Dumme ihm liehen, und verbrachte so, wenn er nicht spielte, verfolgt und bedrängt von Gläubigern, fluchend und schimpfend seine Tage im Palazzo versteckt.
Mich behandelte er feindlich, aus welchem Grund auch immer; verlangte, mit ›Exzellenz‹ angeredet zu werden, was ihm gar nicht zukam, und nahm mir stets alles Geld ab, das ich nicht vorsichtig genug war, vor ihm zu verbergen. Er und seine Schwester hatten mich – nur darin waren sie sich einig –, den jungen, unerfahrenen, leichtgläubigen Provinzler, in ihrer Gewalt.
Verliebt in die Alabasterglieder der teuflischen Angiola, von denen ich für alles entschädigt zu sein glaubte, spürte ich nicht einmal das ganze Ausmaß dieser Tyrannei.
So ging es einige Monate. Die Libertinage dieser Verhältnisse behagte mir Vierundzwanzigjährigem prächtig. Da nahte das Ende des Karnevals. Mit dem ersten Glockenschlag des Aschermittwochs würden der Ridotto und alle Spielbanken schließen. Während sich draußen Mummen-

schanz, Verkleidung und Verführung zu immer tollerem Tumult steigerten, bemächtigte sich der ›Exzellenz‹ die unsinnige Idee, all die Unsummen, die er verspielt hatte und ringsumher schuldig war, binnen der wenigen Tage wieder zurückgewinnen zu müssen. Er spielte wie ein Besessener und verlor natürlich weiterhin.
Zuletzt, als er förmlich seiner Schwester die Kleider vom Leibe weg verspielt hatte, raste er wie im Wahn durchs Haus, auf der Suche nach weiter Verpfändbarem. Er entdeckte nichts mehr, außer meinem Bett. Ich stellte mich davor und sagte: ›Exzellenz –‹
Er aber zog seinen Degen und hätte mich ohne Zweifel niedergestochen, wenn nicht seine Schwester ihn zurückgehalten hätte. Rasend vor Wut, in der Angst um die Sekunden, die er vertrödelt glaubte, wenn er nicht vor dem Spieltisch saß, hätte er auch die Schwester getötet – da zischte sie ihm etwas zu, was ich nicht verstehen sollte und wegen der Entfernung zwischen uns auch nicht verstand.
Don Bajamonte Tiepolo ließ den Degen sinken, blickte mich unsagbar dumm an und verschwand.
›Was haben Sie ihm gesagt?‹ fragte ich Angiola.
›Gehen Sie, gehen Sie, und schaffen Sie Geld her!‹
›Ich wüßte nicht woher, mein Engel.‹
›Ach‹, jetzt zischte sie mich an, ›Sie sehen doch: wenn Ihnen Ihr Leben lieb ist, so gehen Sie und schaffen Sie Geld her. Ich habe meinem Bruder weisgemacht, daß Sie Gold herstellen könnten. Los, sehen Sie jetzt zu, wo Sie hundert Zechinen herbringen, oder er bringt Sie um, und mich Unglückliche dazu!‹
Hundert Zechinen – das war mein Verdienst für ein ganzes Jahr, ein Vermögen für mich, woher sollte ich es nehmen? Hätte mir ein Teufel für meine arme Seele das Geheimnis des Goldmachens verraten, in meiner Not wäre

ich den Pakt eingegangen. So aber, was sollte ich tun? Ich verließ den Palast, um in mein Café zu gehen, wo ich das Vorrecht genoß, anschreiben lassen zu können. Ich hatte *eine* Lira in der Tasche, eine einzige, und die schenkte ich, aus unerklärlichem Trotz, einem Bettler, der auf den Stufen vor San Trovaso saß.
Ich hatte den Bettler, einen von den tausend Bettlern Venedigs, gar nicht weiter angesehen, war schon einige Schritte vorbei, da sagte er mit leiser, aber merkwürdig dringender Stimme: ›Danke, mein Herr, und ich weiß daß heute der Tag Ihres Lebens gekommen ist‹. Es riß mich herum. Ich schaute ihn an, stutzte und fragte, was er mit der Bemerkung sagen wolle. Statt einer Antwort gab er mir eine Visitenkarte – stellen Sie sich vor: ein Bettler, der über eine Visitenkarte verfügt – und sagte: ›Besuchen Sie mich; vielleicht werden Sie es nicht bereuen.‹
Nachdenklich ging ich ins Café, in dem übrigens auch der göttliche Conte Gozzi verkehrte. Dort verbrachte ich einige Stunden mit Freunden und vergaß meine elenden Umstände in geistreichem Gespräch. Doch als es Abend geworden und einer meiner Freunde nach dem anderen aufgebrochen war, kam mich meine Not wieder an. Hätte ich nur Geld gehabt – am liebsten hätte ich mich reuig, aber auf der Stelle in mein Dorf zurückbegeben, allem den Rükken gekehrt und auf Venedig verzichtet. Mitten in diesen reuigen Gedanken sah ich einen Gondoliere das Café betreten. Er blickte sich um, als suche er jemanden, schaute mich dann scharf an und winkte mir etwas fragend und unsicher. Ich glaubte, meine Geliebte habe ihn nach mir geschickt, wie das öfter der Fall gewesen war, stand auf und folgte ihm. Draußen wartete eine Gondel, die ich bestieg und in der ich zu meinem Erstaunen eine Dame fand – elegant, aber bemerkenswert einfach gekleidet und, wie ich, maskiert. Es konnte nicht Angiola sein!

›Mein Gott‹, sagte die Unbekannte mit einer Stimme, die zwar voll Anmut, aber auch voll bebender Angst war, ›mein Gott, wer sind Sie?‹
›Das frage ich Sie‹, sagte ich, ›Sie haben mich rufen lassen.‹ Sie schwieg ängstlich und ohne zu wissen, was sie tun sollte. Der Gondoliere hatte die Gondel inzwischen eilig in die Richtung gegen den Canal Grande zu gesteuert. –«

Wir wurden unterbrochen. Ein Steward hatte seit einiger Zeit hinter uns gehüstelt, ohne von Don Emanuele oder von mir – der ich ins Zuhören so vertieft war wie der alte Mann ins Erzählen – recht bemerkt zu werden.
»Das Souper ist serviert, Hochwürden.«
»So werde auch ich die Fortsetzung meiner unglücklichen Geschichte aufschieben«, sagte Don Emanuele. Wir stiegen hinunter in einen mit Teppichen ausgelegten und tapezierten ovalen Salon. Dort warteten Dr. Jacobi und der Ruinenoberbaurat am gedeckten Tisch. Wir setzten uns zu ihnen.
Weckenbarth wandte sich zum Steward: »Vergessen Sie nicht, Alfred will *zwei* Hühner, mit mehr Curry.«
»Wer ist Alfred?« fragte ich.
»Welche Geschichte soll jetzt weitererzählt werden«, sagte Weckenbarth mit großer Freundlichkeit, »die von meinem Onkel Heino oder die Ihrer Stellidaura, Don Emanuele? – Ich müßte mich sehr täuschen, wenn Sie nicht die Zeit ohne uns ausgenutzt hätten, um –«
»Da Sie«, sagte Don Emanuele mit einem kleinen gereizten Unterton, »ohnedies nicht auf Ihre Kartenpartie mit Alfred verzichten werden wollen, wird für Ihre Geschichte nach dem Essen kaum Zeit bleiben, während wir –«, er zeigte auf mich und sich, »uns dann wieder aufs Deck zurückziehen können.« »Alsdann«, sagte Herr Wecken-

barth, »– wo war ich stehengeblieben? – Ach ja, Onkel Heino hatte Emmas Geburtstag und Adresse nicht nur in die Amtsakten eingetragen, sondern auch auf einen Zettel notiert, den er an sich nahm, obwohl das mehr als überflüssig war – in seinem Denken gab es nur, wie einen ständig rumorenden Ostinato, den einen Gedanken: ›Bollandstraße 16, erster Stock links‹ . . .

Das Haus Numero 16 war ein alter, großer Bau mit verwitterten weißen Fensterrahmen und einem seit Jahren provisorischen Holztor vor der zugigen Hauseinfahrt. Im Parterre war ein Polizeirevier untergebracht. Das Haus zu betreten, wagte Onkel Heino – feiertäglich gekleidet – zunächst nicht. Erst als er schon eine Stunde gewartet hatte, ging er vorsichtig das Stiegenhaus mit der abgeblätterten Ölfarbe bis in den ersten Stock hinauf. An der Wohnungstür links las er ›BELLONI‹, auf Messing, und darunter, auf einem einfachen Aluminiumschildchen, ›Holzmindel‹. Hauptmieter waren also allem Anschein nach die Bellonis. – Onkel Heino drehte sich um und überdachte die Lage der Wohnung, um dann von der Straße aus die dazugehörigen Fenster bestimmen zu können. Da hörte er in der Wohnung Türen gehen und Schritte. Schnell stieg er in den zweiten Stock hinauf. Jetzt hörte man Stimmen . . . Sekunden darauf öffnete sich die Wohnungstür, und heraus trat sie – sie, Emma. Sie trug einen leichten blauen Staubmantel, wandte sich in der Tür um, rief: ›Mir pressiert's, mir pressiert's –‹ und rannte hastig die Stiegen hinunter. Onkel Heino rannte hinterher.

Mit knapper Not erreichte Emma eine Straßenbahn – die, mit noch knapperer Not, auch Onkel Heino erreichte. Die Straßenbahn fuhr zur Stadtmitte. Dort stieg Emma aus und lief geradewegs in eine größere Gastwirtschaft. Onkel Heino, vorsichtig wie ein Späher, lugte von außen durch die breiten Fenster. Der weitverzweigte Saal – eine Bierhalle – war um die Zeit nicht stark besucht. Emma eilte zwischen den Tischen durch und verschwand hinter einem Pfeiler. Onkel Heino überlegte. Er verließ seinen Posten, trat ins Lokal und tat, als suche er einen ansprechenden Platz – beobachtete aber dabei immer den Teil des Saales hinter jenem Pfeiler. Da tauchte Emma wieder auf und servierte einem Gast ein Bier. – Onkel Heino hatte richtig kombiniert: Emma war Kellnerin. Befriedigt wandte er sich um und setzte sich an einen Tisch, der augenscheinlich nicht zu Emmas Service gehörte: vorerst wollte er ja nicht auffallen.

Im Lauf des Abends – Onkel Heino aß in dem Lokal – lernte er den Buchdrucker Sperlmann kennen, den Apotheker – der jeden Abend nach sorgfältigem Studium der Speisekarte ein Sardellenbrot bestellte – und zuletzt einen Mann Namens Franzi, dem an jeder Hand einige Finger fehlten, woraus Onkel Heino insgeheim schloß, er wäre Sägewerksarbeiter. – Onkel Heino hatte sich ahnungslos an einen Stammtisch gesetzt. Er wurde aber dort offensichtlich geduldet, was ihm sehr lieb war, denn er zweifelte nicht, daß die Herren Emma kannten und er von ihnen etwas über sie erfahren könne.

Zu fortgeschrittener Stunde steuerte Onkel Heino, der ungewohnt drei Halbe Dunkles getrunken hatte, leicht benebelt auf die Damen-Toilette zu. Franzi, der vermeintliche Sägewerksarbeiter, zog ihn in die rechte Richtung. Jetzt erachtete der Onkel den Moment für gekommen, seinen neuen Freund auf Emma anzusprechen.

›Die Emma‹, sagte Onkel Heino, ›sauber ist die Emma –‹ Franzi sagte nichts.

Erst später, als das Lokal fast leer war, als der trinkungewohnte Onkel Heino nach weiteren zwei Halben schon beim Anblick des Bieres seinen Mageninhalt an sich halten mußte, als der Herr Apotheker und dann

auch Herr Sperlmann gegangen waren, und nachdem Franzi eigensinnig darauf bestanden hatte, daß die Musik an den Tisch berufen wurde, wo sie ihn zu einem eher gemütsvoll als musikalisch vorgetragenen Lied begleiten mußte – Onkel Heino wußte anderntags nur mehr, daß darin mehrfach ein ›Frauenkäferl‹ vorgekommen war –, erst dann wandte sich Franzi an Onkel Heino und sagte:
›Was für a Emma meinst'd, was für eine?‹
Onkel Heino erklärte.
›Dös is ja die Bobbi‹, sagte Franzi.
– Aha, dachte sich Onkel Heino, sie wird familiär Bobbi gerufen, und beschloß, sie von nun an bei sich ebenso zu nennen. Weiter erfuhr er aber nichts, war auch damit beschäftigt, eine Maß, die ihm Franzi unbedingt spendieren wollte, höflich abzuwehren. Beinahe wäre Franzi beleidigt gewesen, wenn nicht ein Zeitungsverkäufer dazwischengekommen wäre, der ihn vom Thema der offerierten Maß ablenkte. Franzi kaufte die Morgenzeitung und faltete daraus mit seinen wenigen Fingern geschickt zwei Papierhelme, die er und Onkel Heino überstülpten und auf dem Stück gemeinsamen Heimwegs trugen. Als sie sich trennten, mußte der Onkel schwören, am nächsten Tag wiederzukommen, was er auch ohne diesen Schwur, aber nicht Franzis wegen, getan hätte.
Das ging acht Tage so. Das Bier, das er seinen ›Stammtischfreunden‹ spendieren mußte, wenn die Runde an ihm war, und überhaupt der erhöhte Bedarf seiner neuen Lebensart erschöpften den Monatsetat Onkel Heinos, ohne ihn seinem Ziel näher zu bringen – im Gegenteil: die von ihm strategisch gedachte List, sich von Tisch zu Tisch wie ungefähr in das Service Bobbis zu pirschen, erwies sich als fast unausführbar geworden. Als sich der Onkel nach Ablauf einer und einer halben Woche einige

Tische vom Stammtisch wegsetzte, wurde er von Franzi unter großem Hallo und Vorhaltungen, die seinen Verstand unter lebhafte Zweifel stellten, an den alten Tisch heimgeholt.
Onkel Heino war verzweifelt. – Da geschah, in der Woche darauf, das Wunder. Die Kellnerin des Stammtisches wurde krank. Vertretungsweise übernahm Bobbi das Rayon.
Das war an einem Montag. Von der Mittagspause an hatte Onkel Heino, statt Akten zu bearbeiten, auf hundert Bögen Amtspapier immer und immer wieder ›Bobbi – Bobbi – Bobbi –‹ geschrieben, groß und klein, deutsch und kurrent, in Antiqua übers ganze Blatt oder tausendmal, winzig, in gestochener Stenographie. Einige Bögen waren dem Amtsvorsteher hinterbracht worden, der diesen – wie erinnerlich: zweiten! – Vorfall zum Anlaß nahm, Onkel Heino nach Dienstschluß einen sehr, sehr ernsten Verweis zu erteilen. Schlimm dabei war, daß Onkel Heino sich anmerken ließ, wie wenig er den Reden des Bundesentfruchtungsrates Beachtung schenkte ...
Abends entschädigte ihn das erwähnte ›Wunder‹ für die Amtsunbill. Onkel Heino war überwältigt, als Bobbi vor ihm stand – die ihn offenbar nicht wiedererkannte – und nach seinen Wünschen fragte. Sie trug ein schwarzes Kleid und eine kleine weiße Schürze mit einer winzigen Tasche just über der Stelle, wo der violette Ovalstempel des Entfruchtungsarztes von ihm entfernt worden war ...
Als seine Freunde kamen, schützte er Ärger im Amt und daraus resultierende körperliche Unpäßlichkeit vor, um nicht zuviel trinken zu müssen. – Klarer Kopf, so sagte er sich, ist heute vonnöten.
Er und seine Freunde waren wieder einmal die letzten Gäste im Lokal. Wie immer brach der Herr Apotheker als erster auf, dann der Buchdrucker Sperlmann, und endlich

– Bobbi ging schon daran, die weiß-blauen Tischtücher einzusammeln und die Stühle auf den Tisch zu stellen – wurde auch Franzi unruhig. Er spülte, wie es seine Art war, fast als sei es ein hygienisches Bedürfnis, mit dem letzten Schluck Bier den Mund aus, spuckte auf den Boden – ›Für die toten Maurer‹, sagte er dazu – und wandte sich an Onkel Heino:
›Nachher?‹
›Janein‹, sagte Onkel Heino, ›ich wart' noch.‹
›Auf was?‹
›So.‹
Franzi wunderte sich, war aber bereits zu schlaff, um zu diskutieren. Er umarmte – wie immer – Onkel Heino und dann den Wirt, der die Aufräumarbeiten der Kellnerinnen überwachte, und ging. Absichtlich hatte Onkel Heino noch nicht bezahlt. Bobbi trat jetzt mit einer entsprechenden Aufforderung an den Tisch.
Der Onkel öffnete die Geldtasche. Den Überraschten traf es wie siedendes Blei: wohl konnte er noch die Zeche bezahlen, aber sein im Lauf des Abends gefaßter Plan hätte weit höhere Mittel erfordert, als er noch vorfand! – Er beschloß dennoch, wenn auch in reduziertem Ausmaß zu handeln.
›Bobbi‹, sagte er, ›weit haben Sie nicht heim?‹
›Es geht‹, sagte Bobbi.
›Ich fahre in Ihre Richtung.‹
›Woher wissen Sie das?‹
›Ich fahre auf alle Fälle in Ihre Richtung.‹ – Man sieht, daß der klare Kopf des Onkel Heino sich lohnte, wenn solche Schlagfertigkeit am Platz war.
Bobbi lächelte. Sie musterte den Onkel und kam zu dem Schluß, daß die angebotene Heimfahrt wohl nicht mit übermäßigen Risiken verbunden wäre ...
›Mit dem Auto?‹

›Freilich, mit dem Auto.‹
Bobbi räumte geschwind das Restliche auf, band die Schürze ab und zog eine Lederweste an.
›So‹, sagte sie, ›ich bin's.‹
Onkel Heino schob sich aus der Bank, setzte seinen Hut auf und ging voran. Draußen winkte er einem Taxi.
›Ein Taxi?‹ sagte Bobbi.
›In die Wirtschaft‹, sagte Onkel Heino, ›wenn ich trink, fahr ich nie selber ...‹ – Eine sogenannte Schweizerkäs-Lüge: nur die Löcher stimmen ...
Im Wagen landete – wie es so heißt – der Onkel seinen großen Coup:
›Bollandstraße 16‹, sagte er.
›Ja, woher ...?‹
Onkel Heino antwortete mit einer weltmännischen Geste.
Sie bedrängte ihn mit Fragen, er aber schwieg lächelnd. Wenn sie, versprach er ihr, am nächsten Abend wieder mit ihm heimführe, würde er es ihr erklären. Allerdings nicht im Taxi, fügte er hinzu, er würde sich erlauben, sie in ein Nachtcafé einzuladen.
Bobbi reagierte unbestimmt. Auch war man in der Bollandstraße angelangt. Bobbi stieg aus, dankte und verschwand schnell.
Die Taxifahrt (nicht die mit Bobbi, die war kurz, sondern die anschließende nach Hause) verschlang den einzigen größeren Schein, den Onkel Heino noch hatte.
In einer unruhigen Nacht stellte sich dem Onkel also die Frage, wie der folgende, hoffentlich süße Abend zu finanzieren sei.

Er kam im Amt um einen Vorschuß ein. Hohnlachend, unter Hinweis auf den gestrigen Vorfall, lehnte der Vorgesetzte ab.

Onkel Heino aber hatte eine Untermieterin. Sie hieß Frau Firstenhaar, war etwa sechzig Jahre alt und betrieb einen Zeitungskiosk in einem kleinen Park. Onkel Heino wußte, daß die Frau – mit der Abneigung gewisser Leute gegen die unverständlichen und undurchsichtigen, ja geradezu amoralischen Machenschaften der Banken mit ihren Nummern und Girokonten und Schaltern aus Marmor –, daß die Frau ihre Ersparnisse im Haus aufbewahrte. Nur einen kleinen Betrag, sagte sich Onkel Heino, wolle er von ihr leihen – allerdings ohne ihr Wissen, denn wissentlich hätte die geizige Person keinen Pfennig herausgerückt ... Mit einem Nachschlüssel – auf den er als Hauptmieter Anspruch zu haben glaubte und von dem Frau Firstenhaar nichts bekannt war – öffnete er ihr Zimmer und schaute sich um. – Wo würde so ein altes und beschränktes Frauenzimmer ihr Geld aufbewahren? Er griff unter die Matratze: nichts; in den Vasen, im Kopfkissen: nichts; es war nichts hinter den Bildern, nichts in der hohlen Muttergottes, nichts in der Zierguitarre und nichts unterm Käfig der Elster. – Im Käfig? Onkel Heino lüpfte das geblümte Handtuch.
Der Vogel wurde sofort wach und sagte: ›Was ist das Gold? Ein toter Stein.‹
Angewidert ließ Onkel Heino den Handtuchzipfel sinken. Da rasselte etwas. Der Onkel fuhr herum – es war jedoch nur der Stolz in Frau Firstenhaars Meublement, eine Spieluhr, die zur vollen Stunde die Melodie des Chorals ›Hier liegt vor Deiner Majestät im Staub die Christenschar‹ aus Michael Haydns ›Deutscher Messe‹ abhaspelte ... Die Uhr stand auf der Nähmaschine. – Die Nähmaschine! – Unter dem Überwurf aus wulstig-knotiger Wollspitze würgte Onkel Heino eine kleine Schublade hervor: nichts. Auf der anderen Seite der Nähmaschine war eine zweite Schublade, darin ein abgegriffenes Teeschächtelchen ...

Onkel Heino war wie geblendet, als das Schächtelchen offen in seinen Händen lag. Er mußte sich auf einen ebenfalls mit Wollspitze behäkelten Stuhl setzen. Die Summe war überwältigend. – Und so was, dachte er, wohnt in Untermiete und trinkt den Kaffee vor lauter Geiz dünn wie von gebrühten Maikäfern! Aber es ist wohl zuviel verlangt vom Menschen, rechtzeitig vom Geiz auf die Verschwendung umzustellen.
Er nahm einen Hundertmarkschein ... nach kurzem Zögern einen zweiten.
›Zweihundert werden genügen, außerdem lege ich ihr selbstverständlich den üblichen Zinssatz dazu, am Ultimo.‹
Onkel Heino machte Schächtelchen, Schublade und Zimmertür wieder zu und ging.

Bobbi war auf Onkel Heinos Geheimnis begieriger, als er erwartet hätte: ohne Schwierigkeit ließ sie sich von ihm nach Dienstschluß in ein Nachtcafé führen. Eine unermüdliche Musik-Box füllte die Stätte mit solchem Lärm, daß Onkel Heino keine andere als die mit einem freudigen Schauer begrüßte Möglichkeit blieb, dicht an Bobbi heranzurücken, um, den Mund an ihrem Ohr, die versprochene Erklärung abzugeben.
Lang und umständlich, verschlüsselt und unter blumig-poetischen Ausschmückungen, erzählte er, woher er wußte, wo sie wohnte.
Die Reaktion Bobbis war Onkel Heino rätselhaft. Bobbi dachte lang nach, sehr ernst und sehr angestrengt, betrachtete ihn dann prüfend, daß er bis über die Glatze rot wurde, und dann lachte sie, lachte aus vollem Halse, unhörbar, weil der Musikautomat sie übertönte. Sie beugte sich zu Onkel Heinos Ohr und sagte: ›Gehen wir.‹
Sie wollte in ein anderes, ruhigeres Lokal. Es kam nur

mehr eine Bar in Frage. Onkel Heino war froh, beide Hundertmarkscheine mitgenommen zu haben ...
An diesem Abend verbrauchte er das von Frau Firstenhaar entliehene Geld restlos. Für das, was ihm nach der Bar noch blieb, kaufte er am Bahnhof eine Flasche Sekt, die mit in die Wohnung genommen wurde. Kaum fünf Meter von Frau Firstenhaar entfernt, durch nur zwei Wände von ihr getrennt, von ihr, die Onkel Heino ahnungslos die Pforten zum Paradies geöffnet hatte, parodierte nach dem dritten Glas Sekt Bobbi eine Entkleidungskünstlerin, die sie zuvor in der Bar gesehen hatten. Als der Morgen bereits dämmerte, ereignete sich dann das, was Onkel seit einer etwas inzestuösen Jugendverfehlung nur noch in unruhigen Träumen erlebt hatte ... wie heißt es bei Boccaccio? ›Er bestellte ihr Gärtlein wakker, und sie legten vier Poststationen auf dem Wege der Liebe zurück.‹«
Wir hatten – auch Herr Weckenbarth, der große Fähigkeit darin zeigte, gleichzeitig zu essen und zu reden: »durch langes tibetanisches Willenstraining«, pflegte er zu sagen – den köstlichen Curry-Hühnern ausgiebig zugesprochen. Jetzt stand der Steward wieder hinter Weckenbarth und flüsterte.
»Er wird schon warten können«, sagte der Ruinenoberbaurat, »sagen Sie ihm, ich erzähle gerade eine Geschichte.«
Der Steward verschwand. Während die Diener abräumten, zündeten wir uns Zigarren an, und Herr Weckenbarth fuhr fort:
»Um die Zeit, da Onkel Heino normalerweise eine halbe Semmel mit Konsum-Streichkäse zur vormittäglichen Amtsstärkung verzehrte, erwachte er im Bett, neben sich die unbekleidete Kellnerin Emma Holzmindel – vulgo Bobbi.

Um ein angemessenes Frühstück bereiten zu können, mußte er eine neue Anleihe bei Frau Firstenhaar nehmen. Er huschte an der Elster vorbei zur Nähmaschine, wo, wie jede geschlagene Stunde, die Uhr ihren Choral spielte: ›Hier liegt vor Deiner Majestät im Staub die ...‹ – ›... Firstenhaar‹, sang Onkel Heino launig.

Dieser Mittwoch war der erste Tag, an dem Onkel Heino nicht zu seinen Freunden in die Wirtschaft ging: einerseits weil Bobbi in der Nacht nach geendigtem Dienst ohne weitere Umstände zu ihm kommen wollte, und andrerseits, weil er befürchtete, eine teuflische Fügung möchte es bewirken, daß er, der zeit seiner Beamtenschaft nie ohne vorherige Verständigung vom Arbeitsplatz ferngeblieben war – selbst im Krankheitsfall sich zunächst ins Amt geschleppt und sich dann erst vom Amtsvorsteher hatte nach Hause schicken lassen –, in der Gastwirtschaft oder auf dem Weg dorthin von einem Kollegen gesehen werden könnte.

Als Bobbi am Nachmittag gegangen war, legte sich Onkel Heino nieder. Etwa um acht Uhr klopfte es an seiner Tür. Es war Frau Firstenhaar.

›Wenn ich störe, guten Abend‹, sagte Frau Firstenhaar, ›dann sagen Sie es mir, bitte.‹

Niemand hätte – begreiflicherweise – Onkel Heino mehr stören können als eine jetzt offenbar bewußte Gläubigerin. Schlaftrunken suchte er seine Entschuldigungen zu ordnen.

›Ich habe nämlich eine Bitte.‹

›Ja?‹ fragte Onkel Heino.

›Es ist etwas sehr Heikles‹, sagte Frau Firstenhaar und legte ein weißes Couvert auf den Tisch.

›Nehmen Sie bitte Platz‹ – am besten, dachte Onkel Heino, ich sage ihr, ich hätte keine Zeit.

›Ich habe zwar keine Zeit jetzt‹, sagte er.

Frau Firstenhaar beugte sich vor und wisperte:
›Es sind Diebe im Haus!‹
›Das ist ja lächerlich, Frau Firstenhaar ...‹
›Und ich kenne sie!‹
– Sie meint mehrere? dachte Onkel Heino etwas erleichtert.
›Und wer sind sie?‹
›Es ist *eine*.‹
›Eine?‹
›Die Woschek vom zweiten Stock.‹
Frau Woschek war eine ältliche Person, die, mit einem Textilgeschäft vor Jahren falliert, in zweiter Ehe einen Kunstmaler geheiratet hatte, der ihr aus seiner ersten Ehe zwei Kinder hinterließ. Der Stiefsohn Frau Woscheks, der davon lebte, daß er unter die Gemälde seines Vaters falsche Signaturen setzte, um sie zu gesteigerten Preisen zu verkaufen, war, da diese Tätigkeit ihn nicht restlos ausfüllte, ein leidenschaftlicher Rattenjäger. Einmal hatte er dabei Frau Firstenhaar mit Schrot in die Wade geschossen – aus Bosheit, wie Frau Firstenhaar sagte, aber die konnte dem Rattenjäger vor Gericht nicht nachgewiesen werden ... Es tröstete Frau Firstenhaar zwar etwas, daß er kurz darauf tatsächlich eingesperrt worden war, weil er einen Experten empfindlich verletzte, der ein Bild des Vaters selig, vom jungen Rattenjäger keck mit ›Rembrandt‹ signiert, für unecht erklärt hatte, aber der Groll gegen Frau Woschek selber – die Firstenhaar dachte wie ihresgleichen selbstverständlich in Bahnen der Sippenhaft – war ungesühnt geblieben.
›Die Woschek vom zweiten Stock?‹ Onkel Heino wiegte den Kopf.
›Was hat sie denn gestohlen?‹
›Vierhundert Mark!‹
›Wem?‹

›Mir!‹

›Eine Frechheit‹, sagte Onkel Heino.

›Ein Verbrechen‹, sagte Frau Firstenhaar.

›Da sollte man ...‹, sagte Onkel Heino bedächtig.

›Ich habe hier‹, sagte Frau Firstenhaar, ›ein Couvert und ein Papier mitgebracht. Ich werde die Person anzeigen, und ihren Sohn!‹

›Aber der sitzt doch –‹

›Trotzdem.‹

›Gut‹, sagte Onkel nach einer Weile. Er war vor Erleichterung heiter und gutmütig aufgelegt. ›Ich nehme an, Sie möchten –‹

›Ja‹, sagte Frau Firstenhaar, ›Sie sind doch sozusagen eine Amtsperson ...‹

›Ich bin es nicht sozusagen, ich *bin* eine Amtsperson.‹

Frau Firstenhaar reichte ihm das Couvert.

›An wen richten wir es?‹ fragte sie.

›N-hm – ans Erzbischöfliche Ordinariat‹, schlug Onkel Heino vor.

›– Nein, wirklich? Ich hätte gemeint, an die Polizei?‹

Onkel Heino flüsterte mit konspirativer Miene:

›Ja, haben Sie denn noch Vertrauen zur Polizei? Nachdem man die Woschek und ihren Sohn schon wegen des Schusses in Ihre Wade nicht eingesperrt hat! Ahnen Sie da nichts?!‹

›Nein‹, sagte Frau Firstenhaar unschuldig.

›Daß die raffinierte Woschek die Polizei bestochen hat?‹

Frau Firstenhaar ging ein Licht auf.

›Also!‹ sagte Onkel Heino.

›Aber warum dann ans Erzbischöfliche ...?‹

›Es ist doch eine Sünde von der Woschek, oder? Und glauben Sie, die Woschek könnte den Erzbischof bestechen?‹

Das Schreiben mit – auf Wunsch Frau Firstenhaars – überausführlichem Tatbestand und umfassender Charakterschilderung der Frau Woschek wurde also ans Erzbischöfliche Ordinariat gerichtet. Onkel Heino versprach, den Brief selbst zu besorgen. Frau Firstenhaar bedankte sich innig, wenn auch ganz im Innersten mit der Erledigung der Sache nicht vollauf befriedigt.

›Haben Sie‹, sagte Onkel Heino zum Schluß – er hatte bebenden Herzens gewartet, bis er dies, scheinbar ganz nebenher, anschneiden konnte – ›haben Sie noch mehr Geld im Haus?‹

›Nein.‹

›Ach so‹, sagte Onkel Heino. ›Sonst würde ich Ihnen empfehlen, es auf die Bank zu tun.‹

›Nie‹, sagte Frau Firstenhaar.

›Damit die Woschek es nicht findet, wenn Sie noch eins hätten.‹

›Dann nehme ich es mit in den Kiosk‹, sagte Frau Firstenhaar entsetzt.

›Da tät die Woschek schön lachen!‹

›Warum?‹

›Weil es dort die ganze Nacht unbeaufsichtigt liegt.‹

Frau Firstenhaar war, von Onkel Heinos Argumentation in die Enge getrieben, dem Weinen nahe.

›Aber ich will kein Geld auf die Bank tun. Banken sind so ... so ...‹

›Ich kenne Hunderte von Banken.‹

›Ja?‹

›Ich könnte es auf unsere Amtsbank legen‹, sagte jetzt Onkel Heino. – Das genial erfundene Wort *Amtsbank* wirkte Wunder.

›Wenn mir‹, sagte Frau Firstenhaar, ›keine Zinsen abgezogen werden ...‹

›– Abgezogen? Im Gegen ..., nun, ich werde mit unserem Bankamtsinspektor reden. Ich bin per du mit ihm. Bringen Sie mir ihr Geld, am besten gleich ...‹

Onkel Heino legte also ein Konto bei einer Bank an. Das Konto lautete auf den Namen Heino Pramsbichler und war binnen sechs Wochen erschöpft.
Wieder war es ein Dienstag: Onkel Heino wurde – nach einem mißglückten Versuch, auch bei der Amtskasse eine heimliche Anleihe zu nehmen – aus dem Amt entfernt. Er, der in letzter Zeit durch gröbste Nachlässigkeit aufgefallen war, hatte sich dadurch verdächtig gemacht, daß er plötzlich abends länger blieb und Überstunden vorschützte. Nur weil noch kein Schaden entstanden war und im Hinblick auf seine langjährige, tadellose Amtsführung wurde von einer Strafanzeige abgesehen.

Ohne gute Gefühle ging Onkel Heino zum letztenmal seinen gewohnten Heimweg.

Die Firstenhaar erwartete ihn. Seufzend überlegte der Onkel eine neue Ausrede, warum in ihrer Sache gegen die Woschek bisher immer noch kein greifbarer Erfolg eingetreten war. Aber Frau Firstenhaar wollte einen Teil des deponierten Geldes haben, um eine Reparatur am Kiosk vornehmen zu lassen. Onkel Heino versuchte, ihr die Reparatur auszureden. Da entdeckte sie im Lauf des Disputes den Brief ans Erzbischöfliche Ordinariat, der noch immer auf des Onkels Schreibtisch lag. – Frau Firstenhaar nahm den Brief und ging ohne ein weiteres Wort hinaus.
Um halb neun, früher als üblich, kam Bobbi.
›Hast du heute deinen freien Tag?‹
Bobbi setzte sich ernst und schweigend aufs Kanapee.
›Ziehst du dich nicht aus?‹
Onkel Heino war es gewohnt, daß sich Bobbi, sobald sie die Wohnung betrat, entkleidete und ihm – nur mit einem winzigen Batistschürzchen und einem steifen

Serviererinnen-Häubchen bekleidet – einen Imbiß servierte.
›Mir ist heute nicht nach Ausziehen ... Dir auch nicht‹, sagte Bobbi, ›wenn du hörst, was mir der Doktor gesagt hat –‹
›Welcher Doktor?‹
›Ich kriege ein Kind.‹
Onkel Heino faßte sich erst nach Minuten.
›Das ist unmöglich‹, flüsterte er.
›Warum?‹
›Du bist doch – du bist doch entfruchtet –‹
Bobbi lachte.
›Lach nicht!‹ Endlich hatte Onkel Heino etwas gefunden, das seinen heutigen Demütigungen und Widrigkeiten das Pflaster des gerechten Zornes auflegen konnte: ›Das muß‹, sagte er, ›das muß der Staat bezahlen. Der Staat! Das kann nur die Folge einer fehlerhaften Entfruchtung sein. – Oder der Arzt ist schadenersatzpflichtig. Der läßt sich ohne weiteres feststellen. Ich schaue morgen im Amt nach –‹, er schrak zusammen, es gab ja kein *morgen* mehr für ihn im Amt ..., ›das muß jedenfalls der Staat zahlen. Ich habe seit heute nichts mehr mit dem Staat zu tun. Der Staat muß alles zahlen!‹
›Aber ich bin gar nicht entfruchtet, Liebster.‹
›–‹
›Meine Schwester Emma‹, sagte Bobbi, ›uns haben schon viele verwechselt, weil wir Zwillinge sind. Ich‹, Bobbi lachte jetzt laut und warf sich, die Beine in der Luft, in die Sofakissen zurück, ›ich bin nicht entfruchtet ...‹ Dann schlüpfte sie aus den Kleidern.
Eben band sie sich, auf dem Kanapee stehend, das Batistschürzchen um, als Frau Firstenhaar den Kopf hereinstreckte.
›Oh‹, sagte sie, lächelte und zog die Tür wieder zu.

Onkel Heino stürzte ihr nach. Sie war bereits in ihrem Zimmer verschwunden. ›Wer hat Ihnen gesagt, daß Sie ohne anzuklopfen –!‹ schrie der Onkel.
›Sie haben eben bei mir auch nicht angeklopft, außerdem *habe* ich angeklopft. Das haben Sie in Ihrer – Ihrer Orgie nur nicht gehört.‹
›Orgie, sagen Sie! Orgie zu meiner Braut?‹
›Ich will‹, sagte Frau Firstenhaar und zog den Brief ans Erzbischöfliche Ordinariat unter der Tischdecke hervor, ›ich will mein Geld zurück.‹
›Das Geld –‹, zischte Onkel Heino, ›so, so, das Geld, das Geld . . .‹
›Herr Pramsbichler! –‹ Frau Firstenhaar wich, den Brief an die Brust gepreßt, zurück.
Onkel Heino packte sie beim Hals und drückte sie in den Sessel neben der Nähmaschine.
›Sie sind‹, gurgelte Frau Firstenhaar, ›Sie sind auch von der Woschek bestochen –‹
Er drückte immer fester zu. Frau Firstenhaar sank vom Stuhl, aber der Onkel ließ erst von ihr ab, als er mit kaltem Grausen zu hören vermeinte, wie ihre Halswirbel unter dem Druck seiner Hände knirschten . . . – Es war aber nur das einleitende Geräusch der Spieluhr, die jetzt anhob: ›Hier liegt vor Deiner Majestät im Staub die . . .‹
Onkel Heino eilte aus dem Zimmer.
›Was war?‹ fragte die nackte Bobbi.
›Der hab ich die Meinung gesagt.‹
›Du bist ja auf einmal so lustig?‹
›Ach‹, sagte Onkel Heino, ›jetzt hab ich wieder Luft, wo ich ihr die Meinung gesagt hab.‹

Am anderen Tag – Bobbi schlief noch – schlich sich Onkel Heino in Frau Firstenhaars Zimmer. Die lag, wo und wie er sie am Abend zuvor verlassen hatte. Der Onkel fühlte

ihr den Puls. Dann drehte er ihren Kopf hin und her: er ließ sich mühelos um hundertachtzig Grad drehen. – Waren es doch die Halswirbel gewesen? – Onkel Heino nahm sein Taschenmesser und ritzte die Untermieterin etwas an. Es kam kein Blut. Sie war entschieden tot.
Leise stand Onkel Heino auf, ging hinaus und versperrte sorgfältig die Tür. Dann nahm er seinen Hut und einen Bogen Papier und ging zum Kiosk. Dort befestigte er das Blatt am Rouleau: ›Wegen Todesfall geschlossen‹ schrieb er darauf.

Die folgenden Monate waren für Onkel Heino kein Honiglecken. Bald war es aus mit Bobbis Imbiß-Servieren – sie wurde nicht nur weniger ansehnlich, bekam Froschaugen und verlor einige Zähne, sie wurde auch zänkisch, und nachdem sie den – um mit Onkel Heinos Amtsdeutsch zu reden – Mittelpunkt ihrer Lebenshaltung endgültig aus der Bollandstraße in Onkel Heinos Wohnung verlegt hatte, murrte sie beständig vom Heiraten.

Aber Onkel Heino dachte nicht ans Heiraten, zumal er jetzt von der bescheidenen Firstenhaarschen Rente leben mußte.
Um diese Rente beim Postamt abholen zu können, hatte er eine Vollmacht gefälscht und die nötige Unterschrift aus dem Brief ans Erzbischöfliche Ordinariat kopiert, den er, zusammen mit der Elster, zwei Tage nach dem Ableben der Firstenhaar aus deren Zimmer geholt hatte.
Den Vogel schenkte er Frau Woschek. An der Firstenhaarschen Tür aber brachte er ein Vorhängeschloß an und erklärte Bobbi, die Frau – die sich im übrigen auf einem längeren Verwandtenbesuch befände – habe dies vor ihrer Abreise getan.
Nach wenigen Tagen verbreitete sich ein unangenehmer

Geruch. Anfangs war es nur im Gang, später überall in der Wohnung und endlich sogar draußen im Stiegenhaus zu bemerken. In den Kleidern blieb er selbst nach stundenlangem Lüften noch hängen. Bobbi wurde es regelmäßig schlecht, wenn sie das Haus betrat. Onkel Heino schob es auf die Schwangerschaft.
Weniger um diesen Geruch zu beseitigen als um eine gute Idee auszuführen, die ihm mit der Zeit gekommen war, betrat Onkel Heino ein letztes Mal das Zimmer der Frau Firstenhaar. Er vermied es, dorthin zu schauen, wo sie liegen mußte.
Er steckte ihre Schlüssel ein, die – noch von ihrer Hand hingelegt – auf dem Tisch lagen. Dann machte er sich daran – selbstverständlich hatte er eine Zeit gewählt, wo Bobbi bei der Arbeit war –, die Tür mit einer speziellen Filzschicht fugenlos zu verkleben. Selbst das Schlüsselloch vergaß er nicht. Und schließlich brach er an beiden Fenstern des Zimmers eine Scheibe heraus, um dem Geruch so einen bequemen Abzug zu schaffen ... Tatsächlich verschwand der Geruch fast ganz. – Vom verbleibenden Rest wußte man nicht, war er wirklich vorhanden oder war es albtraumhafte Geruchs-Erinnerung an die schrecklichen Wochen.
Mit den Schlüsseln der Frau Firstenhaar sperrte Onkel Heino den Kiosk wieder auf, betrieb ihn in ihrem Namen weiter und kaufte oder verkaufte ohne Anstände von Kunden und Lieferanten Zigaretten, Zeitungen und Limonade.
Bobbis begreifliches Erstaunen beschwichtigte er mit der Ausrede, der Kiosk habe von vornherein ihm gehört und sei an Frau Firstenhaar nur verpachtet gewesen. Jetzt habe er, auf Grund des ungebührlichen Verhaltens der Frau damals, an jenem Abend, die Untermieterin aus dem Kiosk hinausgeworfen.

Bobbi glaubte dies zwar, ihre Neugierde konzentrierte sich aber nun auf das Zimmer, das in ihren Augen etwas ganz Geheimnisvolles bergen mußte, da es die Alte extra mit Schloß und Riegel versehen hatte. Onkel Heino gab allerhand Erklärungen ab – auf jede lästige Frage Bobbis unbedacht eine andere.
Als sie ihn tagaus, tagein fragte und fragte und auf die Widersprüche in seinen vielen Antworten hinwies, erklärte er endlich, daß sie schlicht und einfach in dem Zimmer nichts zu suchen habe, basta.

Es war wieder an einem Dienstag, diesmal im frühen März – Bobbi befand sich im fünften Monat ihrer Schwangerschaft –, als Onkel Heino, wie inzwischen üblich, um halb acht Uhr die Wohnung verließ, um zum Kiosk zu gehen. Als er ihn aufsperren wollte, bemerkte er, daß er die Schlüssel vergessen hatte. An dem Schlüsselbund befanden sich auch die Schlüssel zu jenem Zimmer ...
Obwohl er stehenden Fußes umdrehte und heimlief, begegnete ihm bereits auf halbem Weg die Polizei, die freilich Onkel Heino als solchen außerhalb des Kioskes – wo sie ihn suchte – nicht erkannte.
Bobbi hatte den Schlüsselbund gefunden, vielmehr: hatte gesehen, wie Onkel Heino vergaß, sein augapfelgleich gehütetes Heiligtum aus der Hose vom Vortag in die heutige zu tun. Bald hielt sie den richtigen Schlüssel in Händen und trat ins Zimmer der Frau Firstenhaar. – Bei dem gebotenen Anblick erlitt sie eine Frühgeburt.
Frau Woschek drückte – sie hatte Bobbis gellende Schreie gehört – mit von der Neugierde verliehenen, goliathischen Kräften die Wohnungstür ein, half Bobbi, holte die Rettung und vor allem die Polizei, die sich alsbald zu Onkel Heinos, respektive Frau Firstenhaars selig Kiosk aufmachte.

Was sich dann begab, ist schnell erzählt, ist aber das eigentlich Merkwürdige an Onkel Heinos Geschichte:
Er hatte bei sich einen Regenschirm und eine Aktentasche, in der er, wie immer, eine Brotzeit und das Wechselgeld trug. Nachdem er, der Polizei nachblickend, kurz überlegt hatte, stieg er in die Straßenbahn zum Bahnhof. Ein Zug nach Frankreich wäre sofort gegangen, aber, so rechnete der Onkel, erst in etwa acht Stunden über der Grenze gewesen. Er wartete also eine Stunde, dann fuhr ein Zug nach Italien, der bedeutend eher über die Grenze nach Österreich kam. Sein Wechselgeld reichte für eine einfache Fahrkarte bis Bozen. Etwas Geld blieb ihm. Damit vertrieb er sich die Zeit bis zur Abfahrt im Nonstopkino, wo er einen Film über die holsteinische Wasserfauna und einen über die Gewinnung von Aluminium sah.
Onkel Heino hatte wieder einmal richtig kombiniert: die Polizei hatte diese rasche Flucht, so ganz ohne Zögern, nicht für möglich gehalten. Ohne Anstände passierte er die Grenze.
Er stieg in Bozen nicht aus und wurde erst in Verona vom Schaffner aus dem Zug vertrieben.
Der Onkel ernährte sich in der Folge zuerst von halbwegs reifen Früchten, die er nächtens aus den Gärten, später von den Ständen der Märkte stahl. Größeren Hunger stillte er durch Zechprellereien. Den Hut verlor er, als er – dem Beispiel eines Landstreichers folgend – hinten auf einen fahrenden Lastwagen sprang. Die Aktenmappe tauschte er bei einem Schuster gegen neues Besohlen der Schuhe ein. Ein wilder Bart machte ihn unkenntlich. Er wurde zwar einige Male verhaftet, spielte aber den Taubstummen, so daß eine Identifizierung ausgeschlossen war.
Nur den Schirm hütete er – wir werden sehen warum.
Er nächtigte in Stadeln, in Ställen, in Garagen und Boots-

schuppen. Eine Zeitlang fuhr er mit Zigeunern. Auf einem Wagen, mit dem ein Bauer Schweine in die Ewige Stadt führte, rollte Onkel Heino über die Via Flaminia durch die Porta del Popolo – den gleichen Weg, den Goethe einst genommen.

Die Stadt, die große Stadt, die einzige Stadt – die Stadt schlechthin, die ewige, heilige URBS ROMA, das Herz und die Seele der Welt, die Mutter der Städte, empfing Onkel Heino, wiewohl er mit Säuen auf einem Wagen seinen Einzug hielt, an einem strahlenden Frühlingstag mit der ganzen Pracht ihrer schimmernden Kuppeln, ihrer aufrauschenden Brunnen, die die silbernen Banner ihrer Fontänen im leichten Wind über die Kolonnaden wehen ließen, mit ihren Treppen und Basiliken, mit der Herrlichkeit der Obelisken und dem Glanz der marmornen Kaiser und Heiligen, die mit der Gebärde der grüßend oder segnend ausgestreckten Hand dem von dieser himmelgleichen, wolkengetürmten Einmaligkeit geblendeten Fremden entgegenrufen: ›Salve ... du bist hier! Du bist hier, wohin alle Straßen führen. Du bist am Ziel. Neige dein Haupt – es kann nur noch ein Unglück für dich geben: die Fülle des Glücks nicht zu ertragen, die es bedeutet, in Rom zu sein.‹« Herr Weckenbarth unterbrach sich – »So – oder ungefähr so, bitte verzeihen Sie diese kleine Übersteigerung; aber wenn ich an Rom denke, ergreift es mich, wie alle Ruinenarchitekten ... – Ja, ja«, sagte er zornig zum wartenden Steward, »Herr Alfred wird sich gedulden.«
Der Steward flüsterte erregt.
»Ach so«, sagte Weckenbarth, und zu Dr. Jacobi gewandt: »Der andere ist schon da.«
»Alsdann, gehen wir«, sagte Dr. Jacobi, »sonst schießt Alfred noch vor Ungeduld durch die Wand!«

»Und was war mit Onkel Heino?« sagte ich.
»Nun«, sagte Weckenbarth im Stehen, »wenige Tage darauf wurde Onkel Heino von der Schweizergarde festgenommen, als er versuchte, seinen Regenschirm in die Vatikanischen Gärten einzupflanzen. Einem deutschen Dominikaner, der als Dolmetscher beigezogen wurde – als Dolmetscher vom Deutschen zum Schweizerischen –, erzählte Onkel Heino die ganze Geschichte. Der Dominikaner erwirkte die Genehmigung, daß der Regenschirm in einer entfernten Ecke der Gärten, hinter einem Geräteschuppen eingepflanzt werden durfte ... – er suchte mich auf, Jahre danach, und vertraute es mir unter dem Siegel der Verschwiegenheit an.
Onkel Heino war damals schon tot.
Irdischer Gerechtigkeit jedenfalls war er von den vatikanischen Stellen nicht zugeführt worden, darüber allerdings mochte mir der Dominikaner aus naheliegenden Gründen nichts Näheres erzählen. Ich nehme an, er wurde unter falschem Namen in ein Kloster verbracht. Wir, seine Angehörigen, hatten bis zum Auftauchen des Dominikaners nichts mehr von ihm gehört. Wir kennen auch sein Grab nicht. – Bei den Behörden gilt der Fall als ungeklärt ...«
»Und hat der Regenschirm dann geblüht?« fragte Dr. Jacobi.
»Das hätte wohl in der Zeitung gestanden –«, sagte Weckenbarth und lächelte.
Auch wir – Don Emanuele und ich – standen auf. Dr. Jacobi war bereits hinausgegangen. Der Ruinenbaumeister folgte ihm.
»Eine merkwürdige Geschichte«, sagte ich.
»Meine Geschichte ist noch viel merkwürdiger«, sagte Don Emanuele.
»Gewiß«, sagte ich, »und ich brenne darauf, ihre Fortset-

zung zu hören. Aber sagen Sie eins zuvor: was spielen die Herren denn nun?«
»Bridge«, sagte Don Emanuele.
»Weckenbarth, Dr. Jacobi, Alfred – wenn ich ihn so nennen darf, ohne ihn zu kennen –, und wer noch?«
»Ach«, sagte Don Emanuele, »ein abendlicher Gast, den wir nur bewirten können, wenn wir unterwegs sind. Um mit ihm Bridge zu spielen, haben sie – Weckenbarth und Jacobi – dieses Boot gemietet. In einem Haus ginge es nicht, verstehen Sie?«
»Nicht ganz«, sagte ich vorsichtig, aber Don Emanuele erklärte nichts weiter.
Es war vollends Nacht geworden, als wir wieder an Deck kamen. Das Schiff glitt mit nicht mehr als einem leisen Gurgeln durch die Dunkelheit. Wir legten uns in Liegestühle und deckten uns mit schwarz-gelb karierten Plaids zu. Don Emanuele löschte das Windlicht, um schwärmende Mücken und Nachtfalter nicht anzulocken, und jetzt befanden wir uns – der Mond war noch nicht aufgegangen – unter dem Sonnensegel in völliger Finsternis. Das Zirpen der Grillen vom Ufer her erfüllte die Luft. Wie aus einer fremden Welt drang Don Emanueles Stimme zu mir, als er in seiner Erzählung fortfuhr.

»Ich hatte also eine Gondel bestiegen, die sofort danach abstieß, und darin eine mir unbekannte, maskierte Dame vorgefunden …
›Ich flehe Sie an, verlassen Sie die Gondel!‹
›Sie werden doch nicht wollen, daß ich ertrinke?‹
›Aber was wollen Sie? Lassen Sie mich allein, ich bitte Sie.‹
Ihre Stimme klang merkwürdig. Bis jetzt war das Abenteuer nicht alltäglich, aber auch nicht besonders bemerkenswert gewesen: man war in eine falsche Gondel ge-

stiegen – ein Irrtum – zwei Entschuldigungen, die Angelegenheit wäre erledigt gewesen. Was hielt mich zurück, was ließ mich auf Mittel sinnen, ein Gespräch anzufangen, um damit mein Bleiben zu begründen? Es war ihre Stimme, in der etwas von Leid klang, vom Leid der Verlassenen, von der Angst der Verfolgten, obwohl die Unbekannte sich vor mir nicht zu ängstigen schien.
In der Hoffnung, auch sie werde sich zu erkennen geben, nahm ich meine Halbmaske ab und stellte mich vor.
›Meinen Namen kann ich Ihnen nicht nennen‹, sagte sie, ›halten Sie mich deswegen nicht für unhöflich – aber‹, fügte sie schnell hinzu, ›nicht einmal dem, für den der Gondoliere Sie hielt, hätte ich ihn genannt.‹
›Ihre Heimat jedoch werden Sie niemandem verleugnen können – aus jedem Ihrer Worte spricht deutlich, daß Sie aus Neapel stammen.‹
›Mein Jesus, Barmherzigkeit‹, flüsterte sie, ›in der Tat?‹
›Nun‹, sagte ich, mich fröhlich gebend, ›vielleicht bemerkt es nicht ein jeder, aber gewiß derjenige, dem Sie mit Ihrer Engelsstimme sogleich das Herz verwundet haben . . .‹
Mit einem Seufzer sank sie in den Sitz zurück, unfähig zu ergründen, was sie sollte und wollte, da sie jenen, für den mich der Gondoliere gehalten, nicht angetroffen. – Jetzt schien mir ein Abenteuer sicher, und ich beschloß, es mir nicht entgehen zu lassen.
›Madame‹, sagte ich, ›Sie haben Kummer, haben Schmerzen. Lassen Sie mich es sein, der Sie tröstet. Das Geschick hat uns zusammengeführt, ein höherer Wille, der die Augen Ihres Gondoliere gerade auf mich gelenkt hat. Erlauben Sie, daß ich in der Gondel bleibe, in der ich zu Ihren Füßen knien will.‹ Sie aber wandte nur den Kopf ab.
›Wer weiß, Madame, ob er, mit dem mich Ihr Gondoliere verwechselt hat, nicht treulos ist –‹
Leise schrie sie auf. Aber ich, ich redete weiter, schwatzte,

daß es jetzt meine Pflicht als Kavalier sei, ihr zur Seite zu stehen, da sie bubenhaft verlassen, und so weiter ... In der Hauptsache plapperte ich Wiederholungen in immer neuen, dürftigen Ausschmückungen. Es half, verständlicherweise, nichts. Sie fragte nur, als ich erschöpft nach weiteren Wendungen der Beredsamkeit suchte:
›Warum quälen Sie mich, warum steigen Sie nicht aus?‹
Da rutschte mir unversehens die Wahrheit heraus:
›Weil ich nicht glauben kann, daß es mir versagt sein soll, Sie vollends kennenzulernen, nun da ich einmal so zufällig in Ihr Leben getreten bin. Gelingt es mir nicht, werde ich ruhelos werden wie Sie. Sie tragen ein Geheimnis mit sich, nach dem ich mich mein Leben lang quälen werde.‹
›Sie haben es aber‹ – ein Hauch von Munterkeit, die sonst wohl ihr Wesen bestimmen mochte, umspielte sie – ›versäumt, sich selbst ebenfalls mit einem Geheimnis zu umgeben – vielleicht wäre dann auch ich neugierig geworden? Mich, das kann ich Ihnen versichern, umgibt nichts –‹
Das letzte war deutlich Koketterie.
›Dann dürfen Sie mir Ihren Namen sagen.‹
›Nein‹, jetzt lachte sie sogar ein wenig, ›ist es denn so selten in Venedig, daß eine Frau vorzieht, unerkannt zu bleiben? Nehmen Sie an, ich wäre die Gattin eines – Procurators der Republik und eben dabei gewesen, meinen Liebhaber zu treffen ...‹
›Sie sind keine Venezianerin‹, sagte ich.
›Ein Procurator der Republik könnte eine neapolitanische Gattin haben –‹
›Also sind Sie tatsächlich Neapolitanerin?‹
Sie lachte wieder. Im selben Augenblick stieß die Gondel an, und die Unbekannte wurde schwermütig wie am Anfang.
›Ich Unglückliche‹, sagte sie, ›wir sind da, ich bin da‹,

verbesserte sie sich. ›Jetzt wird Ihnen nichts übrigbleiben, als auszusteigen.‹

›Wir könnten noch ein wenig hin und her fahren, einige Confects zu uns nehmen –‹

›Wo denken Sie hin!‹

›Wenn nicht heute, so morgen vielleicht –‹

›Wer weiß, wo ich morgen bin.‹

›Sie reisen ab?‹

Die Unbekannte reichte mir die Hand. Ich küßte sie stumm, und als ich wieder aufblickte, sah ich, daß sie weinte.

›Warten Sie morgen um die gleiche Zeit dort, wo Sie heute der Gondoliere angetroffen hat‹, flüsterte sie mir zu. Eilig verließ sie die Gondel und verschwand in einem Toreingang. Mein erster Gedanke war, ihr zu folgen, aber dann bedachte ich, was sie mir zuletzt gesagt hatte. Ich wollte ihren Wunsch respektieren, jetzt allein zu sein. Morgen sollte ich sie ja wiedersehen, wenigstens von ihr hören! Aber die Zeit bis dahin, das wußte ich, würde mir so langsam vergehen, als säße ich im Fegefeuer. Wie anders sollte es kommen, o Stellidaura, wie anders ...«

Don Emanuele machte eine Pause. Der Mond war noch immer nicht aufgegangen. Aus der Kabine Alfreds, des Unbekannten, hörten wir lautes Lachen.

»Sie haben die Dame nie mehr wiedergesehen?«

»O nein, vielmehr, o ja, ich habe sie wiedergesehen, aber vorher ereignete sich noch allerhand. Haben Sie vergessen, daß ich eine Geliebte hatte?

Ich folgte der Unbekannten also nicht, sondern blieb in der Gondel sitzen und überlegte. Dann fragte ich den Gondoliere, ob er die Dame kenne.

›Nein, Signor.‹

›Wem gehört die Gondel?‹

›Mir, Signor.‹

›Es ist eine Mietgondel?‹
›Ja, Signor.‹
›Wo hat dich die Dame gemietet?‹
›Hier, Signor, und ich sollte mit Ihnen wieder hierher zurück fahren.‹
Der Gondoliere wußte nichts. Ich ließ mich zum Palast der Geschwister Tiepolo rudern. Als ich dort ankam, fiel mir ein, daß ich kein Geld besaß, um den Gondoliere zu entlohnen. Ich hieß ihn warten und ging ins Haus. Als erstes begegnete mir der saubere Don Bajamonte. Kaum war er meiner ansichtig geworden, als er den Degen zog und schrie:
›Wo ist das Geld?‹
›Sachte, sachte, Exzellenz‹, sagte ich, ›hätten Sie die Güte, die Gondel zu bezahlen, die mich hierher gebracht hat ...‹
›Also du hast kein Geld?‹
Die Drohung in seiner Stimme ließ keinen Raum zum Rätseln.
Notgedrungen spann ich das Märchen fort, das seine Schwester am Nachmittag begonnen hatte.
›Ja, glauben Sie, Exzellenz, Goldmachen sei so einfach wie Kartenspielen? Ich habe mir gewisse Ingredienzen besorgen müssen, die teuer genug waren; jetzt ist es nur recht und billig, daß Sie die Gondel bezahlen.‹
›Zeig her das Zeug, daß du gekauft hast.‹
›Wenn Sie wollen, daß kein Gold daraus wird, Exzellenz, zeige ich es Ihnen. Es verträgt nämlich kein Licht.‹
Er warf mir zwei Lire zu und fragte: ›Wann gedenken Sie das Gold zu machen?‹
Ich würde morgen, so überlegte ich schnell, wohl irgend etwas auftreiben, irgendwoher, und wenn ich nun selber mein Bett verpfänden müßte, also sagte ich:
›Nicht vor dem morgigen Sonnenuntergang. – Aber wenn

Sie einen besseren Goldmacher wissen?‹
Mit einem Fluch entfernte er sich. Ich ging hinaus und entlohnte den Gondoliere. Als ich wieder ins Haus trat, kam Angiola die Treppe herunter. Sie bebte.
›Ich hätte meine Lüge besser gespart, als ich meinem Bruder sagte, Sie könnten Gold machen!‹ schrie sie mich an. ›Wenn er Sie heute nachmittag erstochen hätte, wären Sie nicht fähig gewesen, mich abends zu hintergehen. Es hat längst Mitternacht geschlagen! – Wo waren Sie?‹
›Im Café.‹
›Im Café – im Café‹, äffte sie mich nach, ›ich habe tausend Mal tausend Diener hingeschickt, und Sie waren nicht dort! Ach, ich Unglückliche –‹, und es begann einer ihrer Eifersuchtsausbrüche, die – obwohl immer in neuer Form – stets darauf hinausliefen, daß sie unter Flüchen sich selbst bedauerte und mir alle eingebildeten oder tatsächlichen Ungerechtigkeiten, die ihr von früheren Liebhabern zugefügt worden waren, als die meinigen vorwarf. Solche Tiraden durften – bei Lebensgefahr – nicht unterbrochen werden, und ich hatte dieses Gebot bis anhin treulich beachtet. Jetzt aber wurde es mir zu dumm, und ich antwortete auf die hundertmal wiederholte Frage ›Wo waren Sie – wo waren Sie?‹ einmal mit:
›Heute eben in einem anderen Café.‹
Da packte sie ein Tintenfaß, das zufällig neben ihr stand, und warf es nach mir. Mit der erhobenen Hand rettete ich mein Gesicht, aber das splitternde Glas zerriß mir die Hand – Blut, vermischt mit Tinte, schoß in Strömen an mir herunter. Angiola, die kein Blut sehen konnte, ergriff schreiend die Flucht.
Ich verband meine Verletzung notdürftig und gleichgültig gegen allen körperlichen Schmerz, nur in Gedanken an sie, die Unbekannte. Je mehr mich Angiolas Verhalten anwiderte, um so höher, himmlischer erstand vor mir die

Reinheit jenes unbekannten Engels. Ich verachtete Angiola, und ich verachtete mich, der ich ihr Geliebter gewesen war.
So schlief ich ein – in welche Träume, das können Sie sich denken. Meine Hand muß gräßlich gebrannt haben, da die Tinte unzweifelhaft in die Wunde gedrungen war, aber ich spürte nichts davon ... Daß ich mir damals mit dieser Verwundung nicht das Blut vergiftet, daß ich sie, schlafwandelnd gleichsam, überlebt habe, schreibe ich nur der übernatürlichen Kraft der Gedanken zu, die mich für Stellidaura beseelten.«
Der Mond war endlich aufgegangen. Auf den leichten Wellen und in den Baumkronen am Ufer spielten silberne Reflexe.
Vielleicht ohne es selber zu merken, summte Don Emanuele eine einfache Melodie vor sich hin – wohl in Erinnerung an ein Lied, das im Zusammenhang mit den Begebenheiten in Venedig stehen mochte. Auch ich begann im Angesicht des Mondes meine Gedanken lyrisch zu beschäftigen und zitierte:

»O Nacht, zwar schwarze, aber linde Zeit,
Mit Frieden überwindend jedes Streben,
Wer recht sieht und versteht, muß dich erheben,
Und wer dich ehrt, ist voll Verständigkeit.«

Plötzlich drang aus der Kabine Alfreds, der mir nicht vorgestellt worden – ja ich hatte den Verdacht, der vor mir verborgen worden war –, lautes Geschrei. Zwei Stimmen, in deren einer ich deutlich die des Ruinenbaumeisters erkannte, wiederholten immer wieder mir unverständliche Ausdrücke, wahrscheinlich Bridge-Ausdrücke. Alfred – ich nahm an, er war es – redete geschwind, mit polternder Stimme, in einer fremden Sprache, und Dr. Jacobi, den man ohnehin kaum verstand, überschlug sich im Schreien und gab unartikulierte, wenn auch scharfe Laute von sich. – Die distinguierte Bridge-Partie war hörbar in einen unfeinen Streit geraten!

Als ob er sich darüber schämte, erzählte Don Emanuele hastig weiter:

»So wonnevoll und sehnsüchtig mein Einschlafen, so selig meine Träume gewesen, so grausam war mein Erwachen am nächsten Morgen. Meine Hand schmerzte, und der ganze Jammer meiner unglücklichen Lage kam mich an. Was half es, daß ich mir vorwarf, ich wäre selber schuld an meiner Not, ich wäre ein Verworfener, ein abtrünniger Priester? – daß ich mir vorrechnete, wie lange ich keine Messe mehr gelesen?

Das heißt, so ehrlich waren meine Vorwürfe gar nicht. Ich fand nicht Trost in Reue und guten Vorsätzen, ich fand nur Trost im Gedächtnis an *sie*, sie, von der ich zu jener Stunde nicht einmal wußte, wie sie hieß.

Ich zweifelte zwar nicht, daß ich sie heute abend wiedersehen würde, aber was sollte danach kommen? Wie sollte ich sie gewinnen können, bei allen meinen verwickelten Verhältnissen – die ich zudem vor ihr verbergen mußte, wollte ich ihre Achtung nicht verlieren?

Vorweg war es notwendig, daß ich Geld herbeischaffte. Der einzige Weg schien mir, die Senatorin, deren Söhne ich unterrichtete, um einen weiteren Vorschuß zu bitten. – Es ist wohl unnötig zu sagen, daß ich bereits auf Monate hinaus im voraus bezahlt war. – Ich kleidete mich also an und ging, obwohl an diesem Tag keine Lektion zu halten war, zur Senatorin. Ich erklärte es ihr und gebrauchte eine Ausrede, die gerade glaubhaft erscheinen mochte.

Die Senatorin wollte eben das Zimmer verlassen, um die Geldkassette zu holen, als sie meine verbundene Hand bemerkte. Mitleidig erkundigte sie sich nach der Ursache. Diesmal log ich so ungeschickt, daß sie einen Widerspruch in meiner Ausrede entdeckte und – mit dem Interesse der jetzt peinlichen Höflichkeit – weiterfragte. Ich verwickelte mich in immer neue Lügen, die ich brauchen mußte, um vorangegangene nicht als solche erkenntlich werden zu lassen. Bald fiel mir nichts anderes mehr ein, als hie und da einen Fleck Wahrheit einzuflechten, und schließlich war meine Erklärung nicht nur völlig unglaubwürdig geworden, sondern auch ehrenrühriger, als es die Wahrheit gewesen ware.

›Wie‹, fragte die Senatorin, ›Sie wären von Baiamund Tiepolo, dem Cousin der Schwägerin meines Gatten, während Sie in San Simeone Piccolo die Messe lasen, vom Treppenabsatz herunter auf einen Weinpokal gestoßen worden? Ich wußte nicht, daß Sie Baiamund Tiepolo kennen, den Kapaun. Wir sind zwar verwandt mit derlei Leuten, aber wir verkehren selbstverständlich nicht mit ihnen.‹

›Nein, nein‹, sagte ich schnell, ›nicht eigentlich ihn als vielmehr seine Schwester –‹

Die Senatorin, wie von einem Insekt gestochen, schrie auf und wich zurück, als sähe sie Male einer ekelerregenden, ansteckenden Krankheit in meinem Gesicht. Sie gab mir nicht nur keinen Vorschuß, sondern entließ mich auf der Stelle aus ihrem Dienst – um ihren Söhnen die Ansteckung zu ersparen – und verbot mir für alle Zeit ihr Haus.

Der Senator, erfuhr ich später, hatte einmal mit Donna Angiola ein kurzes, aber sehr stürmisches Verhältnis gehabt, das ihn in Verbindung mit gewissen Kreisen einer geheimen Sekte brachte und beinahe zu seiner Verbannung aus Venedig geführt hatte.

Wie dem auch sei, meine einzige Hoffnung, zu Geld zu

kommen, hatte sich zerschlagen, und ich wagte nicht, in die Ca' Tiepolo zurückzukehren; verzweifelt irrte ich umher. Auf der Suche nach einem Geldstück, das ich vielleicht vergessen in irgendeiner meiner Taschen noch tragen mochte, fand ich die Karte, die mir der Bettler am Tag zuvor gegeben hatte.

Verblendet und dankbar für die geringste Hoffnung, kam mir die absurde Idee, daß ich von jenem Bettler die Lira, die ich ihm geschenkt, zurückfordern könnte. Ich eilte in das betreffende Viertel und war erstaunt, unter der genannten Adresse ein stattliches, großes Haus vorzufinden. Gefaßt, auf einen Irrtum oder eine Irreführung aufmerksam gemacht zu werden, klopfte ich an. Es öffnete mir ein wohlgekleideter, alter Mann, in dem ich erst nach einiger Mühe den Bettler wiedererkannte, der mir gestern diese – also offensichtlich doch seine – Adresse zugesteckt hatte. Er aber erkannte mich sofort und schien erfreut, mich wiederzusehen.

Er bat mich in einen weiten, prachtvoll eingerichteten Saal, an dessen Wänden sich in merkwürdiger Regelmäßigkeit schwarze, eisenbeschlagene Truhen reihten. In der Mitte des Saales aber, auf einem eingelegten Tisch, ruhte eine kleine Truhe – das treue Modell der anderen, jedoch mit Gold beschlagen.

Der Alte klatschte in die Hände. Ein Mädchen erschien, schön und gesittet, so schön und so gesittet, daß ich – wäre nicht der stetige Gedanke an *sie* gewesen – mich sicher brennend in ihre stille Anmut verliebt hätte. Sie sprach den Alten mit Papa an und fragte nach seinen Wünschen.

›Bring uns Chocolade, mein Kind‹, sagte er. – Sie müssen wissen, daß Chocolade damals das Vornehmste war, das man zu sich nehmen konnte! – Als die Tochter gegangen war, sagte der Alte:

›Da Sie ohnedies alles erfahren werden, kann ich es Ihnen im voraus sagen: der einzige Nachteil meiner Existenz ist, daß ich mir niemanden für meine persönliche Bedienung halten kann. Bedienstete für die Küche und so weiter sind natürlich vorhanden, sie kennen mich jedoch nicht. Ein Kammerdiener müßte fast mit Sicherheit einmal in die Verlegenheit kommen, von mir vor irgendeiner Kirche um eine milde Gabe angegangen zu werden ...‹, er lachte fröhlich, ›so bedient mich meine Tochter.‹

Wir plauderten dann über allerhand Alltäglichkeiten, und ich wagte nicht, an das zu rühren, was mich im Augenblick einzig bewegte: die eine Lira.

Das junge Mädchen servierte nun die Chocolade, und der Alte begann zu erzählen:

›Ich heiße‹, sagte er, ›Odoardo Eugenio Zaparini und stamme aus einer Orgelbauerfamilie – mein Vater, mein Großvater, mein älterer Bruder Adam Orazio, alle sind Orgelbauer gewesen.

Als mein Vater starb, nachdem er viele klangvolle und berühmte Werke geschaffen hatte, war ich vierzehn Jahre alt und kam unter die Obhut meines wesentlich älteren Bruders, der zu jener Zeit bereits weitum großes Ansehen genoß. Er baute begehrte Orgeln in allen Teilen der Republik, vornehmlich aber hier in Venedig selber. Der Rat beschloß dann sogar ein Gesetz, wonach ihm bei Todesstrafe untersagt wurde, die Republik zu verlassen. Man wollte eifersüchtig verhindern, daß auch andere Städte mit Orgeln aus seiner Hand sich schmückten. Beinahe hätte es ihn den Kopf gekostet, als er ergriffen wurde, da er in einem Salzfaß im Gepäck des englischen Gesandten auf ein Schiff geschmuggelt wurde, um in London eine Orgel für den großen Händel zu bauen. Nur der Umstand, daß ein Werk in einem Kloster – dem ausschließlich Damen aus der Aristokratie der Stadt angehörten, die

auf ihre Zaparini-Orgel nicht verzichten wollten – noch seiner Vollendung harrte, rettete ihn. Später gelang ihm die Flucht von Belluno aus, und er kehrte nach Schlesien zurück, woher mein Großvater Adam gekommen war. Dort starb er, vor Jahren schon, als Orgelbauer geehrt wie als Maulheld, Sprüchemacher und Säufer verrufen ...
Solange ich unter seiner Fuchtel litt, hat er – auf seinen Ruhm nicht weniger eifersüchtig bedacht als die Republik auf den ihrigen und offenbar ein mir vielleicht angeerbtes Talent befürchtend, anstatt mich in die Geheimnisse unserer Familie einzuweihen, alle Aufzeichnungen, die mein Vater und mein Großvater hinterlassen hatten, vor mir versteckt. Er zwang mich in ein Kloster und bestimmte mich für den geistlichen Beruf.
In der engen Zelle aber begann das väterliche Blut wie der Ton einer Bordune in mir zu rumoren, sooft ich durch meine Klostergenossen vom Ruhm meines Bruders hörte. Je näher der Tag rückte, an dem ich meine Gelübde ablegen sollte, die mir schlimmer als der Tod erschienen, um so unruhiger verbrachte ich die Nächte. Im Wachen und im Träumen sah ich riesige Orgeln, die meinen Ruhm mit einem Sturm aus Tausenden von Pfeifen über die ganze Welt fegen sollten. Ich sah mich, wie ich mit meinen Orgeln die Reiche der Welt, die Republik, Kaiser und Papst stürzen ließ, ich sah, wie ich den ganzen Erdball beherrschte, und ich sah endlich, wie durch die Gewalt meiner Werke der Himmel und die Hölle ineinander fielen und nur eins übrig blieb: ich und meine über die geborstenen Himmel hinausragenden Pfeifen.
In der letzten Nacht, bevor ich mein Gelübde ablegen sollte, beschwor ich – ich wage seinen Namen nicht auszusprechen, bis ich nicht endgültig erlöst bin – beschwor ich ihn ...
Das ganze Kloster geriet in Aufruhr, als sich der Qualm

von Pech und Schwefel zäh wie Brei durch die Gänge wälzte. Ich aber hielt meinen Pakt in Händen, darin mir zugesichert war, daß jeder von mir übernommene Auftrag, mühelos vollendet, ein nie gesehenes und gehörtes Meisterwerk hervorbringen sollte. Mein Ruhm sollte unaufhaltsam sein und namentlich den meines Bruders verblassen, ja lächerlich erscheinen lassen. Außerdem hatte ich mir ausbedungen, daß ich reich werden sollte, unermeßlich reich – und was hier als meine Geldgier erscheint, war mein Glück, wofür ich Gott lobe. Denn in dem Pakt – anstatt einer, nennen wir es: Verfallszeit für meine arme Seele – war ausgemacht, daß ich mit der millionsten Zechine, die ich für meine Arbeit, für irgendeine Tätigkeit oder in Anerkennung irgendeines Verdienstes zugewendet erhalten würde – in Geld oder Naturalien, in Liegenschaften oder Fahrnis – zur Hölle fahren sollte.
Diese Klausel des Paktes war hochadvokatisch ausgeklügelt:
Erbschaften, Forderungsübertragungen, an alles war gedacht, vom Umrechnungskurs fremder Währungen bis zu den Schneckenhäusern, mit denen die Chinesen für ihre eßbaren Würmer bezahlen – alles mit meinem Blut niedergeschrieben! an alles war gedacht, nur an Almosen nicht, denn er, der Untere, kann in seiner Hoffart nicht glauben, daß man schenken und danken kann.
Zunächst bemerkte ich aber diesen Punkt nicht. Ich machte auch wenig Gebrauch von dem Privileg, ohne Mühe und Vorkenntnisse Orgeln bauen zu können. Ich glaubte, dazu noch Zeit zu haben, und außerdem fielen mir plötzlich – Sie lachen – von allerhand Onkeln und Tanten Erbschaften über Erbschaften zu. Sie galt es zu verbrauchen. Zunächst also lebte ich, ich glaubte es wenigstens, lebte so, daß ich auch ohne Pakt binnen kurzer Frist zur Hölle hätte fahren müssen. Meine Untaten waren Legion. – Ob

ich bei meinem Lotterleben Buch geführt habe? – Nein, freilich nicht, einer der Schüler, die sich bald um mich gesammelt hatten, besorgte diese Dinge.
Erst an dem Tag, als mir eine alte Frau zwei Zechinen brachte – eine hatte ich ihr geliehen, die andere mir als Zins ausbedungen –, erst als ich diese schändliche Zins-Zechine sah, da überkam mich die Angst, die heilige, rettende Angst, und ich wußte: vom Himmel eingegeben, dies ist die millionste! Ich wich vor der Frau wie vor dem Feuer zurück und rief: »Ich will es nicht, behalten Sie das Geld! – weg! weg!« – Jetzt spürte ich es, mein Schutzengel kehrte mit mächtigen Flügeln zurück ... Ich entdeckte die Lücke in der Vereinbarung und beschloß, hinfort von Almosen zu leben.
Am Anfang wurde es mir nicht leicht. Aber dann gewöhnte ich mich an bescheidenes Leben – oft erhielt ich an die zehn, zwanzig Lire am Tag geschenkt, dreimal soviel, als ich zum Leben brauchte. Und im Laufe der achtundvierzig Jahre, die seitdem vergangen sind, kam dieses Vermögen hier zustande.‹
Er stand auf und öffnete, eine nach der anderen, die Truhen. Nach Sorten geordnet lagen die Geldstücke in den randvollen Kisten.
›Ich muß mich nur vorsehen, keine einzige Lira anders als geschenkt zu bekommen. Und bevor mit dem Geld etwas gekauft wird, muß ich alles weiterschenken – früher schenkte ich es meiner Gattin, seit ihrem Tode meiner Tochter –, denn sobald ich etwas über den Wert einer Zechine mir erstehen würde, wäre das – da ich es ja nicht mehr als Geschenk erhalten, sondern mir erkaufen würde – meine Höllenfahrt ...
So bin ich zum Wohltun gezwungen. Alles, was Sie hier sehen, gehört meiner Tochter Fiametta, außer dem Gelde selber, und auch das wird ihr nach ihrer Heirat gehören.‹

Ich erkundigte mich höflich nach dem Stand der Dinge, was dies anging, und erfuhr nun, daß Messer Odoardo mich ausersehen hatte, sein Schwiegersohn zu werden – wenn, so sagte er, seine Tochter mir einigermaßen annehmbar erschiene. Er hatte mich, von mir unbemerkt, seit meiner Ankunft in Venedig beobachtet und war der Meinung, daß ich der richtige Mann für seine Tochter sei.
›*Ich?*‹ rief ich.
›Ja, Sie.‹
›Sie haben mich beobachtet, seit ich in Venedig bin?‹
›Jeden Ihrer Schritte.‹
›Entweder‹, sagte ich, ›haben Sie nicht gut beobachtet oder aber Ihre Wahl, die auf mich gefallen ist, ist völlig unverständlich. Ich bin‹, holte ich aus, ›ein unwürdiger Priester, ich hänge in den Fängen einer borstenhaarigen Kurtisane, ich bin eben aus dem Dienst gejagt worden . . .‹
›Ich weiß das alles‹, sagte Messer Odoardo ruhig, ›und ich weiß, daß Sie ein guter Mensch sind.‹ Ich stürzte vor ihm nieder, küßte unter Tränen seine Hände und beteuerte gleichzeitig, daß ich auf seinen Plan nicht eingehen könne, aber um die Gunst bäte, ihn Vater nennen zu dürfen.
Es muß eine grobe Enttäuschung für ihn gewesen sein, doch er faßte sich sofort, umarmte mich und sagte:
›Warum, mein Sohn, ist es dir nicht möglich?‹
Hätte ich einem so edlen Greis, einem Manne von so natürlicher Güte, bereit, mir alle Wohltaten der Welt zu erweisen, etwas anderes darauf erwidern können als die Wahrheit?
Ich brauchte ihm nichts zu erzählen, er wußte ja alles. Nur eins wußte er nicht: die Wunde, die Stellidaura – deren Namen ich da noch gar nicht kannte – in meine Seele geschlagen hatte. Ich gestand es ihm, und daß es mir unmöglich sei, an eine andere Frau auch nur zu denken.

›So‹, sagte er ruhig, obgleich eine Enttäuschung bemerkbar war. ›Einen Tag zu spät. Ich habe gestern gesagt: der Tag deines Lebens sei gekommen –‹
›Ich erinnere mich‹, sagte ich.
›Ich dachte, es macht dich so neugierig, daß du noch am gleichen Tag zu mir kommst ... aber, ich sehe, auch so ist es der Tag deines Lebens geworden.‹
›Abgesehen davon: ich bin Priester‹, sagte ich, ›ich könnte gar nicht heiraten.‹
›Ließe sich alles regeln‹, sagte er, ›notfalls zieht ihr nach Genf und werdet protestantisch, wie meine Ahnen.‹ Er senkte traurig den Kopf.
Heiße Tränen stürzten aus meinen Augen. Ich küßte Messer Odoardo die Hände und schluchzte, daß ich zu ihm gekommen sei, um nichts anderes zu erbitten als jene Lira, die ich ihm am vorhergehenden Tag gegeben hätte.
Mit feuchten Augen, aber beherrscht und gütig und ohne mich zu verachten, schob mich der Alte von sich und nahm vom Tisch das Kästchen, das Modell der Goldkisten.
›Öffnen Sie es‹, sagte er mit ruhiger Stimme.
Ich öffnete es und fand darin, auf Sammet gebettet, eine Lira. ›Es ist die Lira, die Sie mir gestern gegeben haben. Sie sollte Ihnen Glück bringen. Ich hatte gedacht, daß dieses kleine Kästchen die edelste Mitgift sei, die ich Ihnen und meiner Tochter zu geben hätte: das Symbol Ihres guten Herzens. Aber nehmen Sie sie jetzt und gehen Sie getrost, mit meinem Segen. Möge Sie diese Lira glücklich machen, so wie Sie es erträumen, das ist alles, was ich Ihnen noch wünschen kann.‹
Ich nahm Abschied von ihm und eilte in mein Café. Es war gewiß kein Zufall, daß dort ein Zettel angeschlagen war, ein gewisser Herr gewissen Namens, ein Engländer, sei bereit, sich mit jedem, der Lust hätte, gegen Geld im

Damespiel zu messen. Der Engländer saß im Café. Ich bot ihm eine Partie zu zwölf Soldi an. – Die ganze Lira zu setzen, wagte ich nicht ...

Anfangs langsam, dann immer schneller gewann ich. Mit vierundzwanzig Dukaten verließ ich den Engländer, dem ich noch eilig eine Revanche für morgen versprach, und lief in den Ridotto. Was ich mit meiner einen Lira nicht gewagt hätte, das konnte ich nun mit den Dukaten wagen: ich beteiligte mich am *L'hombre.*

Sie werden das Spiel nicht kennen. Es soll aus Spanien stammen und ist äußerst kompliziert. Ich spielte nur *Obscurs,* das ist die gewagteste *Chicane* des ganzen *L'hombre,* und ich sage Ihnen, es war zwei von fünf Malen, daß ich die *Spadille,* die *Manille* und die *Basta* – das sind die höchsten Trümpfe – aus dem Talon abhob ...

Das sagt Ihnen alles nichts, aber vielleicht können Sie sich einen Begriff davon machen, wenn ich Ihnen versichere, daß ich nur deswegen nicht als Falschspieler angesehen wurde, weil der halbe Ridotto mich umstand und kein Taschenspielertrick der Welt den vielen geübten Spieleraugen entgangen wäre. Als ich an die vierhundert Zechinen gewonnen hatte, erklärte ich, eine Pharao-Bank eröffnen zu wollen. Sogleich meldeten sich alle, die mich umstanden hatten, als Pointeure, um ihr Glück an dem meinen zu messen. – Sie verloren ... – Ungerechnet die Pfandscheine und weiß der Kuckuck welche Schuldverschreibungen, die ich achtlos wegwarf, gewann ich insgesamt gut und gern sechstausend Zechinen. Und ich hätte weitergewonnen, hätte sich noch ein Spieler gefunden, der gegen mich zu setzen bereit gewesen wäre.

Aber die eine Lira, bemerkte ich plötzlich, fehlte unter meinem Gelde ... Ich hatte sie mit einem eingekratzten Kreuz unter dem Bauch des Markuslöwen markiert. Ich suchte fieberhaft in meinen Taschen, aber ich fand sie

nicht. Ich trat hinaus, der dumpfe Vorhang der venezianischen Nacht hatte sich über die Stadt gesenkt. Da überfiel mich der hohle Schrecken wie körperliche Übelkeit. Ich glaubte mich nicht von der Stelle bewegen zu können, mein Magen war wie mit glühendem Blei ausgegossen, und schwarz, wie die venezianische Nacht nicht schwärzer sein kann, wurde es vor meinen Augen: im Taumel des Spieles hatte ich die verabredete Stunde im Café vergessen! Wie gejagt, die schmerzhaften Pfeile des Selbstvorwurfs im Leibe, eilte ich dorthin. Es war natürlich zu spät. Ja, so erzählte man mir, vor Stunden schon sei ein Gondoliere hier gewesen und habe jemanden gesucht. Unverrichteter Dinge sei er wieder gegangen. Niemand konnte eine weitere Auskunft geben.
Ich lief weiter, nahm eine Gondel, befahl, mich kreuz und quer durch Venedig zu fahren, dort hinein – nein, hier, dieser Gondel nach, nein, zurück, diesen Bogen, jenen Bogen ... – und wieder zurück ins Café, vielleicht ... ich wäre am liebsten überall zugleich gewesen. Ich suchte alle Theater ab, rannte hin und her, bis mich meine Füße nicht mehr trugen. Als das Café schloß, in das ich endlich zurückgekehrt war, ging ich, jetzt ganz ohne Hoffnung, beladen mit meinen Vorwürfen und in den Händen das verwünschte Geld, um dessentwillen ich die wohl einzige Chance verpaßt hatte, sie wiederzusehen, in den Palazzo Tiepolo zurück.
Don Bajamonte erwartete mich mit gezücktem Degen. Ohne ihn zu Wort kommen zu lassen, warf ich ihm das Geld vor die Füße und sagte:
›Hol Sie der, von dem das Geld kommt, Exzellenz.‹
Er achtete nicht auf mich, raffte die Zechinen wie ein verhungerter Hund die Knochen zusammen und verschwand – unzweifelhaft dorthin, wo ich sie gewonnen hatte, um sie, womöglich noch schneller, wieder zu verlieren.

Ich ging, die lästigen Liebkosungen Angiolas abwehrend, zu Bett. Mit brennenden Augen, unter Tränen flammendster Qual, schlief ich ein.

Früh am Tag erwachte ich vom Geschrei der ›Exzellenz‹. Ich hatte mich offenbar geirrt: die glückliche Lira mußte sich doch bei dem gestrigen Gewinn befunden haben, denn Don Bajamonte hatte gegen seine Gewohnheit nur die Hälfte des Geldes verspielt. Seine Schwester verlangte das Übriggebliebene, um die drückendsten Schulden des Haushaltes zu bezahlen. Er aber wollte gerade in mein Schlafzimmer eindringen, um mich zu veranlassen, das Verspielte durch meine vorgeblichen Goldmacherkünste wieder herzuzaubern, denn das Ende des Carnevals, und damit die Möglichkeit, im Ridotto zu spielen, war nahe.

Ich schlich mich auf Umwegen aus dem Haus und ging dumpf und ungetröstet durch die Straßen Venedigs. Eine glückliche Fügung ließ mich, ganz gegen meine Gewohnheit, schon mittags in mein Café treten. Dort erwartete mich die Nachricht, daß vor einer Stunde ein Gondoliere da gewesen wäre, der in einer weiteren Stunde mit einer Botschaft für mich wiederkommen wollte.

Sie können sich denken, wie diese Nachricht meine Lebensgeister weckte! Ungeduldig wartete ich auf den Ablauf der Stunde. Richtig trat dann auch der mir bekannte Gondoliere ein, erblickte mich mit Freuden und bat mich, ihm zu folgen. Er erzählte, daß er mich gestern schon und heute wieder gesucht hätte und daß die unbekannte Dame mich bäte, in ein verschwiegenes Haus in der Giudecca zu kommen. Ich befahl ihm, mich dorthin zu rudern.

Sie empfing mich, die ich jetzt zum ersten Mal unmaskiert sah. Ich hatte die heftigsten Vorwürfe erwartet, sie aber war von solcher Herzlichkeit, ja Zartheit, daß ich überwältigt war. Mit keinem Wort erwähnte sie mein gestriges Verhalten, das ihr nicht anders als gleichgültig oder unhöflich und in jedem Falle verletzend erscheinen mußte. Indessen schienen sie großer Kummer und große Unruhe zu plagen. Ich bat sie, mir zu erzählen, was sie bedrücke.

›Das kann ich nicht‹, sagte sie, ›noch nicht. Aber ich habe Sie nicht ohne Grund rufen lassen. Soviel nur darf ich sagen: ich werde aufs grausamste verfolgt. Ein Wink, das Wort eines Spions können mein Verderben sein. Ich bin keine Stunde sicher, daß mich nicht die Sbirren aufgreifen und verschleppen.‹

Ich versicherte ihr, daß ihr, solange ich bei ihr sei, nichts geschehen könne, und was man an derlei Dummheiten bei solcher Gelegenheit sagt. Sie aber fuhr fort:

›Ich muß *weiterfliehen*. Woher ich komme, haben Sie schon erraten. Warum ich gerade hierher, in eine Stadt geflohen bin, in der Willkür und das finstere Regiment blutrünstiger Intriganten herrschen, wo Denunziation und Spionieren der Lebensunterhalt der halben Bevölkerung sind, können Sie nicht wissen. Vielleicht – vorausgesetzt, Sie willigen in meinen Plan – werde ich es Ihnen, mit der ganzen traurigen und merkwürdigen Geschichte meines wie von einem Fluch beladenen Lebens später einmal erzählen. Nur das noch: ich kam wegen eines Mannes, von dem ich mir Rettung erhoffte. Sein Abgesandter war es, mit dem Sie mein Gondoliere verwechselt hat. Aber dieser Mann hat mich getäuscht, und ich muß annehmen, daß er sich zu meinen Feinden geschlagen hat – das ist das Schrecklichste, ich weiß so gar nichts in der Düsterkeit der Gefahren ...‹

Sie weinte, und ich versuchte, sie zu trösten. Unter heftigem Schluchzen fuhr sie fort:

›Ich weiß nicht, warum ich zu Ihnen Vertrauen habe. Sie

scheinen mir wie von einem guten Geist gesandt. Helfen Sie mir ... Fliehen Sie mit mir, nehmen Sie mich, wenn Sie mich nicht abstoßend finden, zu Ihrer Frau. Alles, was ich habe – es ist nicht viel mehr als mein armes Leben –, soll Ihnen gehören.‹

Ich stürzte zu ihren Füßen nieder. ›Lieben Sie mich? Ich bin der glücklichste Mensch unter der Sonne. Ich liebe Sie unaussprechlich ...‹

Sie unterbrach mich und legte die Hand auf meinen Arm. ›Ich vertraue Ihnen, Sie werden mich beschützen, und ich werde Ihnen eine gute Frau sein.‹

›Ich weiß nicht einmal, wie Sie heißen?‹

›Stellidaura‹, sagte sie, ›und ich stelle nur eine Bedingung: Sie dürfen mich nie nach meinem Leben vor unserer Begegnung fragen.‹

Nichts leichter als das, dachte ich. Wie alt wird sie sein? Wenn es hochkommt, zweiundzwanzig. Was kann sie schon groß erlebt haben. – Ich habe damals, werter Freund, noch nicht gewußt, daß Frauen auch im Alter von zweiundzwanzig Jahren schon mehr erlebt haben können, als ein Mann sich vorstellt. –

›Wohin fliehen wir?‹ fragte Stellidaura.

›Nach Genf‹, sagte ich, ›wir müssen protestantisch werden, denn auch ich ...‹

›Auch Sie? Werden auch Sie verfolgt?‹

›Ich bin Priester‹, sagte ich.

›Und Sie haben vermutlich keinen roten Soldo in der Tasche?‹

›So ist es‹, sagte ich.

›Es ändert nichts‹, sagte Stellidaura, ›und es ist gar kein schlechter Gedanke, protestantisch zu werden. Darauf wäre ich noch gar nicht gekommen. – Wir müssen noch heute nacht fliehen.‹

›Auch auf der Stelle, wenn Sie wollen.‹

›Nein‹, sagte sie, ›ich habe noch Dinge zu regeln, die einige Stunden in Anspruch nehmen. Kommen Sie pünktlich um elf Uhr hierher. Kommen Sie, wenn man so sagen kann, gestiefelt und gespornt. Daß Sie bis dahin schweigen werden, darum brauche ich Sie wohl nicht zu bitten.‹

Ich stand auf, wollte ihre Hand küssen. Sie bot mir ihren Mund.

Es war ein freundschaftlicher Kuß, kein Zweifel. Würde aus der Zuneigung Stellidauras Liebe werden? Ich zweifelte nicht. Eine zweiundzwanzigjährige Frau kann auf die Dauer nicht ohne Liebe leben – dachte ich. Aber andere Dinge umwölkten mein Hirn: nach Genf ... wovon leben? Ich sprach weder deutsch noch französisch. Womit kann ein davongelaufener Priester Geld verdienen? Bedenken in großer Menge türmten sich auf.

In tiefsten Gedanken, schwankend zwischen allen Gefühlen der Liebe und der Ungewißheit, begab ich mich zunächst in eine Kirche, dann in mein Café und endlich gegen Abend in den Palazzo Tiepolo. Zum Glück war Don Bajamonte nicht da. Angiola machte mir eine Szene, die mich überhaupt nicht berührte. Ich ließ meine ehemalige Geliebte stehen und ging in mein Zimmer.

Die Liebe zu Stellidaura, der Reiz des Abenteuers und nicht zuletzt meine eigene elendige Lage in Venedig bewogen mich endlich, meine Bedenken zurückzustellen. Irgendwie, so sagte ich mir, müsse es gehen. Vielleicht würde ein gütiger Stern uns dorthin leiten, wo allen Widrigkeiten zum Trotz unser Glück blühen könnte. Leichten Herzens packte ich heimlich meine Sachen – wenig genug, in der Hauptsache meinen geliebten Petrarca und ein paar lateinische Klassiker – und ließ mich, oh, ich ahnungsloser Narr, ohne Eile zur Giudecca rudern. Mit dem Glockenschlag elf wollte ich bei ihr sein und sie in die Arme schließen ...

Freudig und hochgestimmt glitt ich durch das maskenfrohe Venedig eines letzten Carnevalabends, erwiderte die lustigen Grüße der bunten Harlekine an den Ufern und auf den lampiongeschmückten Brücken, warf überschäumend vor Glück – und zugleich ein wenig wehmütig, weil ich das alles ja für immer verlassen wollte – die Kußhändchen schöner Colombinen zurück in das Halbdunkel geheimnisvoller Zimmer hinter zierlichen Balkonen, sang zu den Mandolinenklängen mit tollen, tanzenden Maskengruppen auf vorübergleitenden Plätzen, vor denen in den Wassern des Kanals die hellerleuchteten Fenster der geschmückten und lichtergeputzten Fassaden sich irrlichternd und wie im Takt einer Barcarole wiegten. Es war mir, als müsse ich, klein und unbekannt, es umarmen, dieses große, sterbende und doch in der ganzen Maskenpracht seines liebenswürdigen Volkes so herrliche, unvergleichliche – trotz allem unsterbliche Venedig.

Ach, liebster Freund, ich kann Ihnen meine Stimmung, gemischt aus so widersprüchlichen Gefühlen, nicht beschreiben: Stellidaura wähnte ich mein, freudig wollte ich ihr folgen und Venedig verlassen – die Stadt, von der ich in jener Stunde erkannte, daß sie für alle Zeit die Perle in der Muschel der Welt bleiben und daß ich sie immer, immer lieben würde. – Was hülfe es, die gesamte Erde zu erobern, wenn man seinen Fuß nie mehr nach Venedig setzen darf? – Trotz des Glücks im Herzen, trotz meines Jubels auf den Lippen hatte ich Tränen in den Augen.

Je näher wir der Giudecca kamen, desto weiter blieb der Carnevals-Trubel zurück. Es wurde still. Punkt elf Uhr erreichte ich das unscheinbare Haus, aber statt Stellidaura empfing mich die jammernde Vermieterin: eine halbe Stunde zuvor war die geheime Polizei der Republik ins Haus eingedrungen, habe Stellidauras Habseligkeiten mit lächerlicher Feierlichkeit konfisziert und meinen armen Engel, der sich stumm und verzweifelt gewehrt hätte, in eine mit Ketten verhängte Gondel geschleppt, die rasch in die Nacht verschwunden war.

O Stellidaura!

Geschlagen allerdings, so sagte die Alte weiter auf meine Frage, habe man sie im Hause und auf dem Weg zur Gondel nicht, aber dann, als die Gondel losgemacht hätte, wären ihre Schreie weit übers Wasser hörbar gewesen. Und hinter den Fenstern, über die ausnahmslos sofort die Jalousien heruntergelassen worden waren, als die Ketten-Gondel auftauchte, hätten alle Leute für die arme Seele der schönen Dame ein heimliches Kreuz geschlagen, denn mehr, flüsterte mir die Alte zu, mehr könne man nicht für sie tun.

Wie gut ich das wußte! In all meiner Verzweiflung vermochte auch ich nichts für meine Stellidaura zu tun, als ein Kreuz für ihre arme, geliebte Seele zu schlagen. Dabei war es mir – ich darf heute noch nicht daran denken, wie mir zumute war, als ich mir meinen ziellosen, ja sinnlosen Weg durch die lärmende, lustige Menge bahnte. Ich setzte eine rote Maske mit einer langen Nase auf, aber die Tränen, die ich damit verbergen wollte, rannen unter ihr hervor und netzten meine Lippen, während Scaramuccio vor, hinter und über mir die Lieder von Liebe und Tod in Venedig sang, süß wie die Nachtigall, munter wie die Brise von der Lagune und bitter, bitter wie der Geruch von Venedigs Meertang ...

Ich suchte, hin und her gestoßen von den ausgelassenen Masken, unter dem samtenen Himmel der venezianischen Frühlingsnacht, unter den perlenden Kadenzen der Serenaden die Pforten der unterirdischen Staatsgefängnisse.

Aber wer wußte, wo die grausame, bestechliche und so

über die Maßen verkommene Gerichtsbarkeit der bei lebendigem Leibe verfaulenden Republik ihre Opfer mit langsamen Qualen gleichsam zu Tode sezierte? Gegen Mauern wäre zu kämpfen gewesen, doch gegen eine riesige, tausendköpfige unverwundbare Qualle?

Es hat lange gedauert, glauben Sie mir, junger Freund, bis sich mein Haß in reinen Schmerz verwandelt hat. Ich bin darüber ruhelos geworden und wandere seitdem durch die Welt. Die giftige Qualle der Republik ist wenige Jahre später in sich selbst zusammengesunken. – Ich war in jenem traurigen Venedig, das, fast entvölkert, statt vor den Sbirren vor jedem französischen Tambour zitterte. Der Sitz der Dogen war Gubernium einer fremden Macht geworden, und wo einst Harlekin die Venezianer lachen machte, hoben französische Offiziere den traurigen Rest der venezianischen Jugend aus, um sie auf den Feldern einer fremden Schande erfrieren und verderben zu lassen. Wo einst der Ridotto stand, war jetzt ein Bordell für die Besatzung, und in den Verliesen der Staatsgefängnisse lagerte Proviant für die hirnwütigen Expeditionen des zwergwüchsigen Narren, den die Revolution in Paris ausgespuckt hatte, um Europa zu vergiften.
Von Stellidaura habe ich keine Spur mehr gefunden. – Auch Sie«, wandte er sich zu mir, »den ich frage, wie jeden, dem ich begegne, wissen nichts von ihr. Es wird wohl ein ewiges, bleiernes Geheimnis bleiben, das mir nicht nur den Schlaf, sondern auch den Tod raubt ... O Stellidaura!«
Er schwieg.
Betroffen vermochte auch ich kein Wort hervorzubringen – was hätte ich auch sagen sollen? Ich stand auf und ging langsam zur Reling. Gedankenverloren sah ich, wie über den Bäumen eine Leuchtkugel aufstieg, platzte und in ei-

nem roten Sternenregen herniedersank. – Ein Sommernachtsfest, hier im Park? – dachte ich verwundert. Da ertönte ein Schuß. Aus Alfreds Kabine drang erregtes Stimmengewirr. Plötzlich stand Don Emanuele neben mir:
»Um Gottes willen, kommen Sie! Kommen Sie, schnell!«
Er zog mich durch eine kleine Tür und einen eisernen Steg entlang.
Ein fahler, gelblicher Schein begann die Nacht zu erhellen. »Jetzt ist es soweit«, sagte Don Emanuele; er keuchte im Laufen, und mit einemmal wußte ich, daß es nicht vor Anstrengung war, sondern weil ein Gefühl ihn ergriffen hatte, das sich auch auf mich übertrug: die Angst.
»Der Morgen?« sagte ich, beklommen und ungewiß, ob ich Hoffnung haben sollte.
»Es gibt keinen Tag und keinen Morgen mehr. Kommen Sie, schneller – sonst ist es zu spät.«
Am Himmel, bis zum Zenith, bildeten sich regelmäßige Streifen von intensiverem, aber immer noch fahlem Gelb. Wir waren ans Ufer gelangt – wie hätte ich nicht sagen können. »Dorthin –«, Don Emanuele zog mich zu einer kleinen Rampe, von der zwei steinerne Treppen, in figurengeschmückte Balustraden gefaßt, auf einen Platz mit einem Springbrunnen hinunterführten. Rücksichtslos war die edle Einfassung des Brunnens mit Schutt und Erde überworfen. Das Wasser, aus seinem Becken verdrängt, floß in schmäleren und breiteren Bahnen ringsum auf den Kies. Alte Kastanien und Buchen waren – dem Anschein nach achtlos und hastig – gefällt worden und hatten Statuen von ihren Sockeln gestürzt, marmorne Bänke umgeworfen und zierliche Stein-Geländer eingedrückt. Ein Ding, riesig, fremd, wie aus einer anderen Dimension eingebrochen, überragte mit kaltem Besitzanspruch alles, was grünte und wuchs. Es war eine Art Kuppel, silbrig schimmernd, und erinnerte in Form und Farbe entfernt

an ein Zeppelin-Luftschiff, das senkrecht in der Erde steckte.
Wir liefen die Stufen hinab, auf den silbrigen Körper zu.
»Nicht anfassen!« rief Don Emanuele.
Durchs Unterholz hasteten wir an dem Ding entlang, das mir jetzt eher wie ein großes Zirkuszelt erscheinen wollte.
»Machen Sie sich darauf gefaßt«, keuchte Don Emanuele, »daß es zu spät ist ...«
Wir stolperten weiter. Ein Geruch wie von fischigem Schweiß verbreitete sich. Don Emanuele grunzte – wie mir schien – zustimmend.
Plötzlich gelangten wir auf eine Lichtung. Die frischen Schnittflächen der gefällten Bäume zeigten, daß auch sie erst jüngst gerodet worden waren.
Eine Gruppe von vielleicht dreißig Mädchen, alle in einer Art knapper, glitzernder Höschen – eigentlich waren es nur straßbestickte Sterne, deren Strahlen sich vom Schoß aus um Gesäß und Hüfte legten –, die Beine in schwarzem Netztrikot, wippende Federn am Kopf und einen Fächer aus Straußenfedern vor den Busen gedrückt, liefen, von einem Mann in legerer Hose und schwarzem Rollkragenpullover angetrieben, über die Lichtung.
Sie eilten auf eine Öffnung des Riesen-Zeltes zu. Diese Öffnung oder Pforte zog sich in einem spitzwinkeligen Dreieck nach oben und begann sich eben mit einem zischenden Geräusch nahtlos nach unten hin zu schließen.
»Gottlob«, sagte Don Emanuele, »noch nicht, aber fast!«
Wir rannten hinter den Mädchen her auf den Spalt des Zeltes zu. Er war schon sehr niedrig, als wir ihn erreichten, und die letzten Mädchen hatten kriechen müssen, um hineinzukommen. – Don Emanuele nahm sich dennoch die Zeit, sich noch einmal umzublicken. Seine Miene werde ich nie vergessen: es war sein Abschied von der Welt.

Ich wurde an den Füßen gepackt, schlug hart auf meine Ellenbogen und wurde ins Zelt gezerrt. Danach streckte Don Emanuele Kopf und Arme durch den Spalt. Ich ergriff einen, der Mann im Pullover den anderen Arm, und wir zogen Don Emanuele herein. Hinter ihm schloß sich die Wand mit zischender Glut.
Die Mädchen, auf einem Haufen zusammengedrängt, zitterten vor Angst und jammerten: »Es kommen doch noch welche, die anderen sind doch noch draußen ...«
Ein Herr in Uniform, der jetzt auftauchte, bedauerte. »Wir können nicht mehr aufmachen. Es tut mir leid. Wer jetzt noch draußen ist, ist verloren. – Darf ich um Ihre Namen bitten?«
Der Mann im Rollkragenpullover erklärte, es handle sich um den Teil einer Revue-Truppe. Man habe gerade geprobt, daher die Kleidung. Er, sagte er, sei der Impresario, und Nanking sein Name.
»Vorname?«
»Nur Nanking – ohne Vornamen.«
Die Fragen des Uniformierten waren keine Zeremonien der Höflichkeit, sondern eine Personal-Formalität. Auch wir, Don Emanuele und ich, mußten unsere Personalien zu Protokoll geben. »Der Bunker«, sagte der Uniformierte, »ist leider nur zu einem Bruchteil gefüllt. Er könnte etwa drei Millionen Menschen fassen. Bis jetzt sind knapp zehntausend registriert! Es ist eben alles viel zu schnell gekommen.«
Als Don Emanuele seinen Namen nannte, wurde der Uniformierte devot. Er entschuldigte sich, uns nicht vorweg abgefertigt zu haben, und zitterte vor Aufregung beim Schreiben.
»Herr Weckenbarth?« fragte Don Emanuele.
»Gewiß, gewiß«, sagte der Uniformierte, »er sitzt unten ...«

»Dann ist wohl auch Dr. Jacobi ...«
»Gewiß, gewiß ...«, vor lauter Servilität büßte der Uniformierte an Glaubwürdigkeit ein. Man hatte den Eindruck, als bejahe er angesichts Don Emanueles schlichtweg alles.
»Es wäre auch zu entsetzlich gewesen«, wandte sich Don Emanuele zu mir, »wenn gerade sie den Bunker nicht mehr erreicht hätten. – Führen Sie uns zu ihnen«, sagte er dann zu dem Soldaten.
Die Mädchen und Herr Nanking waren von einem anderen Uniformierten nach rechts weggeleitet worden. Ein langer, kaum beleuchteter Gang folgte nach beiden Seiten hin der Krümmung des Bunkers. Türen aus Stahl, alle mit Bullaugen, wie Telephonzellen, führten ins Innere: es waren die Türen zu den Lifts.
Wir gingen nach links. Mit einem sonderbaren Schlüssel öffnete der Uniformierte eine der Türen und ließ uns ein, dann stieg auch er in die kleine Kabine aus glänzendem, hermetischem Metall. Eine schwere Wand des gleichen Metalls schob sich vor die Tür, und am Liftschalter, einer Art überlangem Thermometer mit einer Skala aus roten und schwarzen Strichen, begann eine Quecksilbersäule von Marke zu Marke zu fallen.
Der Uniformierte lachte unterwürfig, als er sah, wie mich dieses ›Thermometer‹ faszinierte:
»Wir haben tausendsechzehn Stockwerke – halt! – nicht anlehnen!«
Erschrocken blickte ich mich um: die Wand hinter mir wurde immer heller, stumpfweiß, dann hellblau, dann grünlich und schließlich scheinbar durchsichtig, schwimmend grün in grün, als führe man durch ein unbelebtes Aquarium.
»Dies ist ein Metall«, erklärte der Uniformierte, »das kalt glüht. Es glüht wegen der hohen Geschwindigkeit des

Lifts, wir spüren nur nichts davon, weil wir einen Druckausgleich haben.« An einer roten Marke, etwa am unteren Drittel des Thermometers, kam die Quecksilbersäule zum Halt.

Die Metallwand glitt zur Seite, der Uniformierte stieß die Tür auf, und wir traten auf ein Gerüst aus schwarzem Gestänge hinaus, das um einen schier unglaublich großen Raum lief – weit wie ein Dom und schwach erleuchtet.

»Ganz sind wir nicht fertig geworden«, sagte der Uniformierte entschuldigend, »bitte folgen Sie mir, auf diesem Weg sind wir schneller dort, als wenn wir mit dem Zwischenlift gefahren wären.«

Im Dämmer des ungeheueren Raumes schritten wir über die hallenden Bretter. Die Größe des Raumes bedrückte nicht, im Gegenteil, sie vermittelte – wenigstens mir – ein Gefühl der Geborgenheit: – eintausendsechzehn Stockwerke, von denen dieser Raum hier vielleicht nur eines war – wir mußten im Schoß der Erde geborgen sein, vor welcher Gefahr auch immer.

Über eine kleine Leiter hinab ging es zu einer Tür. Der Uniformierte läutete. Ein anderer Uniformierter öffnete. Unser erster Uniformierter erklärte kurz, wer wir seien, und verabschiedete sich salutierend. Wir folgten dem zweiten. Der war unwirsch.

»Sind Weckenbarth und Jacobi hier?« fragte Don Emanuele.

»Ja«, sagte der zweite Uniformierte, ohne sich umzudrehen.

»Gott sei Dank«, sagte Don Emanuele und hängte sich erleichtert, fast im Überschwang bei mir ein.

An unzähligen Türen vorbei gingen wir durch verschiedene Korridore, die alle mit Teppichen ausgelegt und freundlich hell beleuchtet waren. In den Nischen standen

große, nicht immer geschmackvolle Bodenvasen mit immergrünen Pflanzen. Niemand begegnete uns.
Endlich kamen wir in eine Art glasgedeckten Wintergarten, eine Wendeltreppe führte auf eine von Bücherwänden gesäumte Galerie; hier hieß uns der unwirsche Uniformierte in Lederfauteuils Platz nehmen und verschwand. Nach einiger Zeit tauchte ein dritter Uniformierter auf, ein Chinese, grinste und lispelte etwas. Weil er dabei auf eine große, gepolsterte Flügeltür deutete, traten wir dort ein und standen nun in einer Garderobe. Da wir nichts abzugeben hatten, gingen wir gleich weiter und gelangten durch mehrere Drehtüren und Vorgemächer in ein Herrenzimmer, wo ein Kaminfeuer brannte und wo drei Männer beim Portwein plauderten: Dr. Jacobi und Weckenbarth, die mit dem Gesicht zu uns saßen, stellten ihre Gläser ab und lachten erfreut. Der dritte erhob sich – es war dies wohl der mysteriöse Alfred.
Zwei kaum über einen halben Meter große, mürrisch blickende Männlein, die im Hintergrund gesessen hatten, standen auf und verschwanden durch eine Tapetentür.
»Und jetzt«, sagte der Ruinenbaumeister Weckenbarth, »müssen wir schauen, daß wir zum Gabelfrühstück kommen!«
»Wie das?« sagte ich, »es war spät abends, als mir Don Emanuele seine Geschichte zu Ende erzählt hatte – seitdem können doch nicht mehr als zwei Stunden vergangen sein . . .«
»Zeit«, sagte der Ruinenbaumeister, »ist jetzt nicht mehr so ganz der richtige Begriff. Durch gewisse technische Vorkehrungen ist die Zeit hier herinnen etwas, sagen wir, ramponiert worden, wenigstens die absolute Zeit. Nicht, daß wir das gewollt hätten, aber die technischen Maßnahmen brachten diese Verzerrung leider mit sich. Wenn man die Zeit gleichlaufend zur Körpertätigkeit, mit dem

Wechsel von Hunger und Schlaf berechnet – relative Zeit –, die ist natürlich geblieben.«
»Aha.«
»Ja – es ist eben schwierig, etwas zu erklären, was man selber nicht versteht.«
»Gehen die Uhren hier nicht mehr?« Ich schaute auf meine Uhr. Sie zeigte halb zwei.
»Natürlich gehen die Uhren. Ein Radio funktioniert auch dann, wenn der Sender kaputt ist ... so ungefähr müssen Sie sich das vorstellen.«
»Auf meiner Uhr ist es jetzt halb zwei – ist es hier nicht halb zwei? Irgendwo muß es doch halb zwei sein! Wo ist die Zeit geblieben, die jetzt halb zwei *hat? Dieses* halb zwei? *Ist* draußen halb zwei?«
»Möglich.«
»Doch wohl sicher!«
»Die Frage ist akademisch. Von draußen trennt uns mehr als jeder Unterschied, der früher denkbar war.«
»Was?«
»Sagt es Ihnen etwas, wenn ich, vereinfacht, sage: die Dispositionsparallaxe?«
Die anderen waren auf unser Gespräch aufmerksam geworden und hatten ihres deswegen unterbrochen. Don Emanuele erkundigte sich jetzt seinerseits nach dem Gabelfrühstück.
»Drüben«, sagte Weckenbarth.
Wir standen auf. Durch eine kleine Tür, die derjenigen gegenüberlag, durch die die beiden mechanischen Zwerge verschwunden waren, kamen wir in einen ovalen Salon, der eine aufgedeckte Bettcouch und ein Waschbecken enthielt. Ich bat Dr. Jacobi, mir die Hände waschen zu dürfen.
»Gewiß«, sagte er. Die anderen gingen voraus.
»Wenn ich mir die Hände länger als zwei Stunden nicht

gewaschen habe, werde ich unfähig, irgendeinen Eindruck aufzunehmen, ja – irgendeinen Gedanken zu fassen.«
Unter dem kühlen Strahl ließ ich wohlriechenden Schaum in das Becken schwemmen.
»Das Bewußtsein der ungewaschenen Hände lähmt je länger, je stärker jedes andere Gefühl, jede Laune, jeden Gedanken, beherrscht mich schließlich so, daß, wenn sich die Möglichkeit zum Händewaschen nicht endlich ergibt, ich außer mich selber gerate, nicht mehr ich bin, nicht ich und nicht einmal ein anderer Mensch, nur ein Tier, weniger als das: der Schatten des zehrenden Verlangens; ich habe dann nur noch ein Organ, das auf den nächsten Wasserhahn und Seife gerichtet ist ... Mystisch ausgedrückt, wohl so etwas wie Schuld ...«
Ich nahm, die erfrischten Hände wohlig tropfend, das steifsaubere, weiße Handtuch. Während ich mich abtrocknete, schaute ich gedankenlos in den Spiegel.
»Deswegen«, fuhr ich fort, »bin ich völlig unfähig zum Bergsteigen, das heißt, dem Bergsteigen Genuß abzugewinnen. Bis man oben ist, wo es schöne Aussichten gibt, und so fort, die die Mühe lohnen, muß man so viel Berg anfassen – und nirgends Wasser ... Selbst der majestätische Dolomiteneindruck könnte mich bei ungewaschenen Händen nicht fesseln!«
»Na ja«, sagte Dr. Jacobi, »das Bergsteigen ...«
Jetzt erst sah ich im Spiegel das Fenster. – Ein Fenster! – ich erinnerte mich daran wo wir waren. – Das Fenster ging auf einen Park hinaus. Hinter einer steinernen Balustrade mit zwei zueinander blickenden Sphingen zog sich schräg ein Spalier von jungen Pappeln hin, unterbrochen von kegelförmig gestutzten Taxusbüschen, die in der Abendsonne lange Schatten warfen. Ich wurde stutzig: nur die Büsche warfen Schatten, nicht die Pappeln ...

»Dr. Jacobi!« rief ich und drehte mich um. Er folgte meinem Blick und lachte.
»Hat Sie das Theater erschreckt?«
»Welches Theater?«
»Wir sind hier in der Loge eines unserer Theater. Wahrscheinlich ist es auch nicht ganz fertig! Es ist ja nichts fertig hier herinnen.«
Ich trat ans ›Fenster‹ und sah jetzt die ganze Dekoration: eine ins Bläuliche gerückte Szenerie für ein Schäferspiel.
»Zumindest hat man die Schatten für die Pappeln noch nicht gemalt.«
»Weder mit noch ohne Schatten wird man spielen können.«
»Wieso nicht?«
»Wer sollte denn spielen?«
»Vielleicht die Girls von der Revue.«
»Wer?«
»Mit uns, mit Don Emanuele und mir, sind eine Anzahl Revue-Girls und ihr Impresario hereingekommen, als vorletzte, wir waren die letzten.«
»Dann nehmen Sie diese Loge, damit Sie sich vor dem großen Eindruck die Hände waschen können – und es Ihnen nicht so geht wie beim Bergsteigen.«
»Pardon«, sagte ich, »ich habe Sie mit meiner Bemerkung hoffentlich nicht verletzt? Sind Sie Bergsteiger?«
Ich hatte in aller Naivität gefragt, und Dr. Jacobi lachte laut.
»Nein – ich, ein Bergsteiger? Nein, nein, ich habe nur einmal im Leben eine Bergtour miterlebt.«
»Und ohne Vergnügen?«
»Ein sonderbares Erlebnis«, sagte Dr. Jacobi, »es ist lange her, und ich war – versteht sich – noch jünger. Durch einen Vetter von mir bin ich dazu gekommen, der war Malteser-Ritter, und sein Ballei war irgendwie verwandt

mit dem Veranstalter der Expedition – ja, es war schon eine richtige Expedition, keine gewöhnliche Bergtour! Durch die angedeutete Protektion wurde ich eingeladen – normalerweise mußte man zahlen, wenn man mitwollte, und zwar nicht wenig. Die Kosten eines solchen Unterfangens waren ja gewaltig. Sechzig Träger waren angeheuert, das notwendige Material und der Proviant immens.

Das Dorf, von wo wir aufbrachen, gehörte, wie die ganze Umgebung und selbstverständlich auch die Jagd, meinem Gastgeber. Die sechzig Träger, lauter kräftige Burschen aus dem Dorf, waren zum größten Teil illegitime Söhne des alten Grafen oder Söhne von illegitimen Söhnen des ganz alten Grafen. – Roda Roda sagt: ein tüchtiger Majoratsherr macht sich seine Hintersassen selber ... – Sechzig Burschen also begleiteten uns hinauf. Jeder von ihnen trug einen großen Rucksack und dazu entweder ein Seil, ein Stück Zelt oder eine Stange. Außer den Zelten, dem Proviant und so weiter schleppten sie eine zerlegte Haubitze nebst Munition mit sich. Wir selber trugen unsere Feldstecher – wir, das waren die drei jungen Grafen Heinrich, Severin und Balthasar, die Frau des Grafen Severin, Gräfin Wilhelmine, und außer mir einige andere Jagdgäste, zur Hauptsache paying guests. Dazu kamen noch einige Jäger und Bergführer.

Am ersten Tag erreichten wir auf noch ziemlich zivilen Wegen ein Jagdhaus der Gastgeber, wo das Nachtlager für uns vorbereitet war. Trotz der allgemeinen Müdigkeit und der großen Kälte wurde kaum geschlafen. Alles sprach vom bevorstehenden Aufstieg. Einer der Jäger, mit Namen Loisei, war der gefeierte Held. Er hatte die Höhle – unser Ziel – entdeckt und mußte mehrmals genau erzählen, wie ihm das gelungen war.

Dann spielte man sehr lang Karten und trank dabei so

viel, daß der Schnapsvorrat der Expedition aus den Beständen des Jagdhauses ergänzt werden mußte, was den Protest des dort stationierten Jägers hervorrief.
Am nächsten Morgen in der Früh, so gegen drei Uhr, brachen wir auf. Weder Mond noch Sterne waren zu sehen. Der Wind pfiff uns den Eisstaub ins Gesicht. Wir stapften durch knietiefen Schnee. Gleichmäßiges Schwarz umgab uns.

Die Kanone war in der Nacht zusammengesetzt worden, denn – so hieß es – dieser komplizierte Vorgang lasse sich unter den primitiven Zuständen weiter oben nicht mehr durchführen. Ich konnte nichts sehen, aber ich stellte mir vor, wie schwierig das Geschütz hier zu ziehen war.
Einige windsichere Sturmleuchten wurden angezündet, aber der Sturm blies sie sofort wieder aus. So wurde ein langes Seil entrollt: einer der Jäger trat an die Spitze, und hinter ihm reihten sich die Mitglieder der Expedition auf, einer nach dem andern, immer eine Hand am Seil. Ich stemmte mich – der Weg führte steil aufwärts – mit gesenktem Kopf wie ein Stier dem Sturm entgegen. Manchmal blickte ich auf, den Schal an den Mund gepreßt, und sah, wie der führende Jäger mit der Laterne, die für Sekunden flackernd brannte und die der Sturm wie eine Fahne in waagrechte Lage blies, nach einer Markierung suchte.
Zunächst stiegen wir ... eine Ewigkeit. Bald fegte uns der Wind von vorn, bald von hinten über den Haufen. Schwitzend, dabei mit erfrorenen Gliedern, eine verkrampfte Hand am Führungsseil, mit eisverkrusteter Nase, stieg ich hinter meinem Vordermann her, und meine Gedanken waren – ebenfalls verkrampft – nur damit beschäftigt: wie werden wir da je wieder herunter kommen? Aber vorerst ging es hinauf ...

Wenigstens wurde es nach einiger Zeit, nach der ersten der vielen Ewigkeiten, die wir an diesem Tag marschierten, etwas heller. Ein Streifen Himmel über den offenbar östlichen Bergzügen färbte sich grau. Dabei, so schien mir, wurde es noch kälter. Ich sah jetzt, daß wir ein enges Hochtal hinaufstiegen. Schwarze Felsen unter glasigem Eis türmten sich links und rechts in die Höhe, und von ganz oben, wo das Tal in den dort noch schwarzen Himmel mündete, schien der Sturmwind mit Fallgeschwindigkeit herunterzupfeifen. Ich blickte hinter mich: eine lange Kette zog sich im Zickzack das Tal herauf. Ich war ein Glied dieser Kette, das achte. Ganz hinten wurde von den Burschen die kleine Kanone nachgezerrt.

Nach ein paar Stunden Steigen wurde Rast gemacht. Vor einer unbewegten, schieferfarbenen, grobgeballten Wolkenwand, die den Himmel über uns bedeckte, wehten hellgraue, faserige Wolkenfetzen hinter den Gipfeln auf. Die Mündung des Hochtales schien immer noch gleich weit entfernt. Ein Fäßchen Schnaps wurde durchgegeben und für jeden ein Stück gekochtes kaltes Rindfleisch, Brot und ein Teller Kartoffelsuppe, die in einer tragbaren Gulyás-Kanone unten am Ende des Zuges, anscheinend im Gehen, gekocht worden war. Die Kartoffelsuppe wurde mir, ehe ich den Löffel eintauchen konnte, leider in flachem Bogen aus dem Teller geblasen. Ich äußerte mich zu einem anderen Jagdgast – dem siebten Glied vor mir in der Kette –, daß jetzt wohl bald die Sonne aufgehe, weil es heller werde. Nein, sagte er, es werde jetzt bald Nacht. – Ich hatte nicht nur die örtliche, ich hatte auch die zeitliche Orientierung verloren: der schmale helle Streifen am Himmel, das war der Tag gewesen!

Nach der Rast stiegen wir weiter. Es wurde wieder finster, und so wußte ich nicht, ob wir die Talmündung hoch oben in den Himmel letzten Endes doch noch erreichten.

Wir langten – ich hatte schon aufgegeben, irgend etwas zu denken oder zu hoffen – bei einer Almhütte an. Im Sommer hauste hier der Hirt eines Teiles der gräflichen Herden. Jetzt hatte man die Hütte für unser Kommen vorbereitet. Ich war bloß froh, daß es dem Wind, der durch die fingerdicken Risse zwischen den Balken pfiff, diesmal nicht gelang, mir meine Suppe aus dem Teller zu blasen: sie schlug nur leise Wellen. Anschließend gab es Schnaps. Ich legte mich bald nieder, wickelte mich in einige Decken und schlief zusammengerollt ein. – Schlief ein, trotz des Lärms der anderen, die wieder bis spät in die Nacht hinein mit künftigen Abenteuern prahlten und Karten spielten. – Ich sehe noch wie heute, wie der Wind eine Karte, die ein Spieler hoch in die Luft hielt, um sie auszuspielen, mit einer plötzlichen Bö erfaßte, dem Spieler aus der Hand riß und flatternd an einen Spalt in der Wand blies, wo sie knickte und hinaus in das schwarzeisige Inferno gesogen wurde. Ein heftiger Streit entstand, weil sich herausstellte, daß dennoch keine Karte im Spiel fehlte.

Als ich erwachte, glaubte ich in Milch zu liegen: es herrschte dichter Nebel. Ich machte den Fehler, mit der bloßen Hand aus der Decke zu fahren, um auf die Uhr zu schauen, und streifte dabei versehentlich das Ohr meines noch schlafenden Nachbarn. Sofort fror mein Finger daran fest. Ich erkannte dies nicht gleich und wollte den Finger wegziehen. Da brüllte der Nachbar auf, fuhr mit einem Fuß aus seinen Decken und fror mit dem Zeh an einem Balken fest. Mit einer Lötlampe, die für solche Fälle mitgeführt wurde, konnte ich vom Ohr meines Nachbarn, sein Zeh von dem Balken getrennt werden.

Der Aufbruch verzögerte sich durch diese Widrigkeiten und weil – wie ich zu meinem Trost bemerkte – sogar der Jäger, dem die Führung übertragen war, mit dem Schnurrbart am Schnapsfäßchen festgefroren war.

Dann wurden Schneeschuhe verteilt: große, geflochtene, fächerförmige Teller, die mit Riemen an den Schuhen befestigt wurden. Als ich den ersten Schritt in den Schnee hinaus machte, versank ich bis über den Kopf. Mit einer Winde, die vorsorglich bereitgehalten worden war, zog man mich heraus. Die Schneeschuhe, belehrte man mich, hätten den Zweck, die Löcher, in die man versank, größer und damit sichtbarer zu machen – ein normales Loch von Menschenumfang würde der Wind sofort zuwehen. Solcherart abhanden gekommene, erfrorene und im Frühling wiedergefundene Bergsteiger nenne man im Volksmund ›Plumpsverreckerl‹.

So brachen wir denn erneut in die schöne, geheimnisvolle Welt des winterlichen Hochgebirges auf. Der Nebel nahm mit zunehmendem Tag ebenfalls zu. Er verschwand nur für eine Stunde, als ein höllischer Sturm das Hochtal hinauffegte – denn, so sah ich jetzt zwischen Hangen und Bangen: wir befanden uns noch immer inmitten der schwarzen, eisglänzenden und von riesigen Schneewächten gekrönten Felsen. Das Loch oben war nicht näher gerückt.
Ich will Sie nicht mit der Schilderung der weiteren Mühseligkeiten plagen, die wir, ich weiß nicht wie, überstanden, bis wir endlich das Himmelsloch erreichten. Die Bergwelt ringsum war majestätisch. Die hellgrauen Wolkenfetzen auf dem schieferfarbenen Himmel jagten nun unter uns dahin. Soweit unsere verkrusteten Augen und die kleinen Eisnadeln, die uns der Sturm ins Gesicht trieb, es erlaubten, sahen wir, daß es Möglichkeiten gab, noch weiter hinaufzusteigen.
Ich bemerkte, wie der Führer mit dem älteren der jungen Grafen verhandelte, bald dahin, bald dorthin wies, und sich endlich tatsächlich für den Weg noch weiter hinauf

entschied. Wir kletterten oder krochen vielmehr bäuchlings über einen scheußlichen Grat aus Schnee. Links und rechts zog sich ein steiles, brettebenes Schneefeld hinunter, wie ein Hasenbraten gespickt mit unregelmäßigen, knorpeligen Felsen – sonst undenklich glatt und weit – bis hinein in die brodelnde, eisige Dampfküche.

Auf dem Grat wurde Rast gemacht. Da diesmal die Gulyás-Kanone vorn, also vor mir war, mußte ich siebzig Teller mit Reisauflauf nach hinten reichen: immer die Telleroberfläche senkrecht gegen den Wind, damit er – seine Bosheit überlistet und in Tugend verwandelt – den Auflauf am Tellerboden festhielt. Eine falsche Bewegung, und der kostbare Auflauf wäre in die Eis-Dampfküche hinunter geflogen. Endlich kam auch ich zu meiner Portion, löffelte sie – rittlings auf dem Grat sitzend – senkrecht vom Teller. Dann wurden die leeren Teller wieder nach vorn gereicht und es ging weiter.

Ich fürchtete schon, daß diesmal auf dem Grat übernachtet werde, doch da nahm er ein Ende, und ein schmalbrüstiges, leicht nach außen in allerhand Schrunden abfallendes Schneeplateau wurde zum Biwakplatz erklärt. Der singende Wind, die brodelnden Nebel unter uns und die endlos sich hinziehenden Wolkenfelder, aus denen hie und da wie Inseln weiße Bergspitzen ragten, vermittelten mir das Gefühl, mich in ungesunder Höhe zu befinden.

Obwohl völlig gleichgeartet, erweckten diese Bergspitzen in meinen Gefährten hohe Begeisterung. Sie schrien einander zu: ›der Hinterwöllner‹, ›der Vorderkropfkogel‹ und ›das Hendlabjoch‹.

Naß, als hätte ich in den Kleidern gebadet, müde wie eine Novemberfliege und frierend, daß ich meinte, auseinanderfallen zu müssen, kroch ich in das Zelt, das die Jägerburschen inzwischen aufgestellt hatten. Ich wickelte mich

in meine Decken, das heißt, ich knickte die gefrorenen, wie ein Brett steifen Plaids ungefähr meinen Körpermaßen entsprechend zurecht und schloff dann in dieses kalte Couvert. Die Gefährten allerdings begannen, und die jungen Grafen schlossen sich nicht aus, greulich zur Guitarre vom vagen Begriff des Bergvagabunden zu singen. Das edle Instrument müßte für fußwandernde Volksschichten verboten sein. Ich brauche Ihnen nicht zu sagen, wie wehmütig ich an das Guitarrenkonzert von Vivaldi dachte, an Venedig und den Frühling. Ich schwor mir, sollte ich jemals lebend wieder herunterkommen, nie mehr über die Baumgrenze hinauf zu steigen.
Meine Müdigkeit hinderte mich nicht, in quälenden Gedanken hellwach zu liegen. Sie haben vielleicht überhört, wie unsere Biwaklage beschaffen war: auf einem schmalen Plateau, leicht abfallend und schneebedeckt, stand unser Zelt. Draußen, das war leider nicht zu übersehen gewesen, knickte das Plateau in eine steile Wand hinunter. Felszacken, mit Tropfen von eisigem Schweiß übersät, ragten aus der Wand. Wie Wellen einer Brandung peitschte der Sturm schwefelgelbe Nebelfetzen von unten gegen das Plateau. Sie überschlugen sich, bäumten sich auf, wurden von einem anderen, noch heftigeren Sturm weggerissen und wirbelten in noch grausamere Höhen – wohin wir nächsten Tags steigen sollten.
Obwohl mir mein Leben in diesem Augenblick sinnlos erschien, hatte ich doch teuflische Angst, daß ich durch eine ungeschickte Bewegung hilf- und rettungslos dem Abgrund entgegenrollen könnte. Nicht der Tod ängstigte mich, nein, die Sekunden davor: wenn die spitzigen, nassen, kalten Felsen meine Kleider und meine Haut aufschlitzen würden, wenn ich in diesem heulenden Eismahlstrom entblößt und blutend selbst wenige Augenblicke noch zu leben gehabt hätte ... das Fegefeuer wäre

ein Paradies dagegen gewesen. O Feuer – Dante muß eine ähnliche Bergwanderung mitgemacht haben, ehe er das innerste Inferno eisstarrend schilderte.

Genug. Ich schlief dennoch ein. Aufgeweckt wurde ich diesmal nicht vom Lärm des Aufbruchs, sondern von Mynheer Cuypers, der die ganze Zeit Nummer neun in der Kette gewesen war. Er erzählte, daß es inzwischen noch kälter geworden sei und daß, als man Schnaps verteilen wollte, sich herausgestellt habe, daß sogar dieser in den Fäßchen gefroren war. Mynheer Cuypers war kein geladener, sondern ein zahlender Gast der Expedition. Er hatte sich den Spaß an die tausend holländische Gulden kosten lassen. Es war die zehnte Expedition, die er mitmachte. Er finde, sagte er, die Bergwelt grandios, aber vor allem ergötze ihn die Kameradschaft. Er bot mir darauf an, ihn zu duzen, und duzte mich, ohne ein Angebot meinerseits. Ich konnte allerdings nicht lange von dieser Duzfreundschaft Gebrauch machen ...
Der Aufbruch verzögerte sich, weil man vergeblich versuchte, ein Schnapsfäßchen aufzutauen. Dann verschaffte man uns wenigstens *eine* Bequemlichkeit: wir brauchten uns nicht mehr am Seil festzuhalten, es wurde uns jetzt um den Bauch gebunden, da ein Zunehmen des Sturmes an den ausgesetzten und zu passierenden Stellen zu erwarten stand. Diese Bequemlichkeit sollte das Ende Mynheer Cuypers herbeiführen. – Ich verspürte, nachdem wir einige Zeit gestiegen waren, einen gewaltigen Ruck. Mit knapper Not konnte ich mich festklammern: Mynheer Cuypers hatte den Halt verloren und wirbelte wie ein Luftballon in der Verankerung zwischen mir und Nummer zehn im Sturm aus der Wand. Es dauerte lange, bis man ihn wieder heruntergezogen hatte, wo sich dann allerdings herausstellte, daß er er-

froren war; vermutlich, wie Graf Severin meinte, infolge des fehlenden Schnapses.
›Mit Ausfällen‹, fügte er hinzu, ›haben wir gerechnet. Wer ist es? Mynheer Cuypers? Seine Witwe bekommt die Hälfte des Schußgeldes zurück, weil er nur herauf mitgegangen ist. Allerdings, die Taxe fürs Hinuntertragen muß ihr abgezogen werden.‹

Der Transport der Leiche gab Probleme auf, die die Expedition fast zum Scheitern gebracht hätten. – Keiner der Jäger oder Burschen wollte den unglücklichen Jagdgast tragen, nicht von wegen Verwesung und Leichengift – es war ja kalt wie in einem Gefrierfach –, sondern aus Aberglauben. ›Einen Toten?‹ flüsterten die einen, ›einen Protestanten?‹ flüsterten noch Vorsichtigere ... Endlich fand man eine Lösung: bis zum Hochplateau, das unser Ziel war, gäbe es, sagte man, ohnehin keine Möglichkeit mehr, warmes Essen zu bereiten – Mynheer Cuypers wurde also rollmopsartig in die Gulyás-Kanone gedreht. Oben wollte man ihn dann bis zum Abstieg vorläufig im Schnee bestatten. Auch die Abergläubigsten – ich habe dafür eine leichter aussprechbare Superlativform: die Aberstgläubigen – gaben sich damit zufrieden.
Nach unzähligen weiteren Gefahren, deren Reihenfolge mir nicht mehr geläufig ist, erreichten wir schließlich das gesetzte Ziel. Einmal, ich erinnere mich, mußten wir mit Steigeisen über eine abschüssige, parkettglatte, bestialisch gewölbte Eisfläche kriechen. Der Sturm hatte zu diesem Zeitpunkt nachgelassen – vielleicht hatten wir auch die Sturmregion überschritten. – Wolken und Nebel verschwanden. Die Sonne kam. Dabei wurde es so kalt, daß einem der Atem wie ein Pflock im Mund gefror. Die erhabene Bergwelt war in goldenes Licht getaucht und, so hieß es, glänze wie eine Feenwelt ... Leider sah ich ziem-

lich wenig, weil mich der Schnee so blendete. Später ging eine Lawine nieder, die beinahe die Haubitze mitgerissen hätte. Dann regnete es Steine und wir mußten Sturzhelme aufsetzen, die uns, weil schwer, die Schneebrillen bis zum Kinn hinunterdrückten. Und endlich hüpften wir über grausliche Gletscherspalten – deren Inneres, wenn man der Fachliteratur glauben darf, an Majestät fast gotischen Kathedralen gleichkommen soll. Da gotische Kathedralen demnach doch noch majestätischer sind, bestärkte dies erneut meinen Entschluß, künftig die Baumgrenze zu respektieren, der Gletscherspalten zu entraten und mich mehr an die Kathedralen zu halten.

Unser Ziel war, wie gesagt, ein Kessel aus Schnee und Eis, mit einem Durchmesser von etwa zweihundert Metern. Auf der einen Seite dieses Kessels sollte die Höhle des Wurms sein, den es zu erlegen galt. Sie wissen: der Tatzelwurm ist eine ostälplerische Spielart des alpinen Drachen. Nachdem an einer geschützten Stelle, der Höhle gegenüber, das Zelt errichtet worden war, wurde die Haubitze in Anschlag gebracht. Feuer waren entfacht worden und Wachen aufgestellt. Wir zogen uns ins Zelt zurück. Das Warten begann.

Der Tatzelwurm kam nicht.

Durch die Windstille begünstigt, verbreitete sich im Zelt allmählich Schweißgeruch. Der ungewaschene Mensch stinkt. Mehrere ungewaschene Menschen summieren ihren Eigengestank nicht, sie multiplizieren ihn. Ich muß mich wundern, daß die Luft in den Bergen so rein erhalten bleibt, bei den vielen Bergsteigern! Der Sturm, selbst die Angst auf dem unangenehmen Plateau waren Wonnen gewesen gegen diese Geruchsbelästigung. – Ein Wort von Hanslick sagt: Tschaikowsky habe es möglich gemacht, Musik stinken zu hören ... – Dort oben, so wahr ich hier sitze, habe ich den Geruch der Bergkameraden akustisch wahrgenommen. In welcher Form sich diese Gehörs-Zwangsvorstellung äußerte, möchte ich mit Rücksicht auf eine eventuelle Wagner-Freundschaft Ihrerseits verschweigen!

Ich meldete mich zur Wache, nahm mein Gewehr und meine Decken und legte mich draußen in ein Schneeloch. Vor der Höhle des Tatzelwurms hatte man einen eigens dafür mitgebrachten Schöpsen als Köder ausgelegt.

Alles wartete.

Was mit den Lötkolben nicht gelungen war, ergab sich durch die potenzierten Ausdünstungen der Gefährten: die Schnapsfäßchen tauten auf. Es gab also Schnaps. Auf der Wache wurden Pfeifen angezündet. Die Sterne blinkten. Der Tatzelwurm ließ sich nicht blicken. So verging die Nacht.

Am anderen Morgen durchlief eine elektrisierende Nachricht das Lager: aus der Höhle ziehe ein Faden grünlichen Rauches.

›Dös isch dr Wurm‹, erklärte Loisei, der Entdecker der Höhle, ›dös isch'r.‹

Graf Severin, der kühnste unter den Jägern, konstatierte, daß der Schöps zu weit weg vom Loch des Drachen liege. So, wie der Schöps jetzt liege, könne ihn der Wurm nicht wittern. Nachdem es wegen des grünen Rauches niemand wagen wollte, bis zur Höhle vorzugehen, wollte es Graf Severin allein unternehmen, den Schöps näher ans Loch zu schieben.

›Severin, oh, tu's nicht!‹ flehte die Gräfin.

›Leck mi am Arsch‹, sagte er.

Das waren seine letzten Worte zu ihr ...

Kaum hatte sich der unerschrockene Graf einige Schritte vorgewagt, wurde aus der Höhle ein grollendes Niesen vernehmbar. Statt einer stiegen jetzt zwei grüne Rauchfahnen auf.

Graf Severin stapfte in den Kessel hinunter und drüben zur Höhle hinauf. Das Niesen verstummte. Wir sahen, wie der Graf mit beiden Händen den Schöpsen ergriff und – da: der Graf schrie wütend zu uns herüber, zerrte am Schöpsen, aber der war sichtlich festgefroren! Blitzartig stieß ein blaßgrüngraues, nasenartiges, großes Ding aus der Höhle, stupste den Grafen an, daß er in den Schnee fiel, und verschwand wieder.

›Dr Wurm, dr Wurm‹, schrie Loisei.

›Auslassen!‹ brüllte man dem Grafen zu.

Der Graf aber war seinerseits am Schöpsen festgefroren. Dennoch rappelte er sich noch einmal auf. Schnell fuhr der Wurm aus der Höhle und stupste den Grafen ein zweites Mal um; grünlicher Dampf qualmte in pittoresken Kringeln gewaltigen Ausmaßes gen Himmel. Da der Schnee nicht schmolz, schlossen wir, daß es kalter, wenn auch vermutlich giftiger Dampf sein müsse. Die Jäger schrien durcheinander:

›Schiaßt's mitr Haubitzn!‹ – ›Na, schiaßt's net, ös trefft's 'n Grafn!‹ – ›Schiaßt's, sog i eich!‹

Man stieß sich gegenseitig von der Kanone weg. Inzwischen wiederholten sich die schnellen Angriffe des Drachen. Es sah aus, als picke ein Riesenvogel auf das gräfliche Körnlein hernieder. Noch ehe man sich entschließen konnte, nun doch zu schießen, hatte der Tatzelwurm dem Grafen bereits ein Bein abgebissen. Mit tausendfachem, ohrenbetäubendem Widerhall löste sich der Schuß aus der Haubitze. Hüben und drüben war die Szene in Dampf gehüllt. Als er sich verzog, sah man neben der Höhle ein kleines, schwarzes Loch: der Einschuß des Geschosses im Schnee ... Der Drache zog eben den Schöpsen und den daran festgefrorenen Grafen an dessen verbliebenem Bein in seinen Bau.

Ernst – man nahm die Hüte ab – bestimmten danach die

beiden jüngeren Grafen, daß für den Wurm jetzt absolut kein Pardon mehr am Platze sei. Beide gaben ihren Hutschmuck, die sogenannte Schneidfeder, der Gräfin und gelobten, die Federn nicht eher wieder an den Hut zu stecken, als bis der Drache getötet sei. Leider war der Schöps verloren, und man hatte keinen Reserveköder mitgenommen. Endlich kam jemand darauf, Mynheer Cuypers als solchen zu verwenden.
›Gut‹, sagte Graf Heinrich, ›dann erstatten wir der Witwe die volle Hälfte des Schußgeldes zurück.‹
Nachher, es war inzwischen zu Mittag gegessen worden, stellten sich einige technische Probleme ein: das Drachenvieh war jetzt satt und mußte demnach stärker als zuvor geködert werden; schöbe man aber Mynheer Cuypers tiefer in die Höhle hinein, so käme der Drache nicht weit genug heraus, um ein Ziel zu bieten! – Was tun? – Man beschloß, Mynheer Cuypers, der wie der Schöps der Länge nach aufgeschlitzt worden war, an ein langes Seil zu binden. So könne man ihn in die Höhle legen, lauern und ihn im rechten Moment dem Drachen vor der Nase weg wieder herausziehen. Damit er am Felsen nicht festfröre, wurde Mynheer Cuypers stark eingefettet.
Zwei mutige Jägerburschen schoben den Köder vorsichtig in die Höhle, stützten das Seil – um das Anfrieren zu unterbinden – mit Holzstangen ab, daß es frei hing, und spannten es über den Kessel herüber, wo es um eine Winde gelegt wurde. Die Haubitze wurde neu geladen. Alles legte sich auf die Lauer …

Nachdem sich der Drache den ganzen Nachmittag, die ganze Nacht, den darauffolgenden Vormittag und wieder bis in den Nachmittag hinein nicht hatte hören und noch viel weniger sehen lassen, waren sich die beiden übriggebliebenen Grafen einig, daß neue Maßnahmen ergriffen

werden müßten. Zwei andere mutige Jäger, angestachelt durch Hinweise auf den Heldentod des Grafen Severin und aufgemuntert durch eine Sonderprämie, nahmen Fackeln und kleine Silvester-Raketen und stiegen in den Drachenbau ein. Umständlich kletterten sie über das abgestützte Seil, winkten noch einmal zurück und verschwanden dann in der Finsternis der Höhle.
Es war wieder windig geworden. Gelbliche Wolkenschwaden überzogen den Himmel. Der aufkommende Sturm pfiff singend, später heulend durch die Riffe, die rings den Kessel umstanden. Lange warteten wir atemlos und herzbeklommen: kein Laut, kein Mucks. Plötzlich zischte ein feuriger Ball aus der Höhle und zerplatzte in einige rote Kugeln, die wiederum zerplatzten in viele blaue Sterne, und diese in Myriaden von grünen Funken, welche der Wind in ornamentalen Spiralen nach oben trug: eine der Raketen der Jäger war offensichtlich in die verkehrte Richtung losgegangen.
Wieder ereignete sich eine Zeitlang nichts. Es wurde finster. Der Wind wirbelte Nebelfetzen in den Kessel. Dann – die Jäger hatten nun gelernt, die Raketen richtig zu handhaben – krachte und dröhnte es drinnen in der Höhle. Es muß ein ohrenbetäubender Lärm gewesen sein: ein Bündel Raketen, alle auf einmal in einem geschlossenen, vermutlich kuppelartigen Raum gezündet! Die Jäger stürzten auch sofort darauf aus der Höhle.
›Was isch?‹ riefen die heraußen Wartenden, ›was isch?‹
›Er kimp, er kimp!‹ schrien die beiden.
Und da war der Tatzelwurm auch schon! Ein Jäger stolperte über das Seil, weil man begonnen hatte, Mynheer Cuypers herüberzuziehen. Der Drache zeigte aber an Mynheer Cuypers kein Interesse. Er blies nur grüne Dämpfe in die Nebelfetzen. Ein sehr beherzter Jäger schoß dem Wurm mit dem Gewehr ins Auge – die Augen wa-

ren das einzige deutlich Sichtbare am Drachen, sonst erschien er nur groß, schwarz und unförmig in der Dämmerung und dem grünen Dunst. Das glühende Auge, auf das der Jäger gezielt hatte, blinzelte. Der Drache verhoffte einen Moment. Herüben lief alles durcheinander.
›Schiaßt's!‹ brüllten die einen.
›Weck da driem!‹ schrien die anderen Burschen zu den Jägern hinüber.
Die beiden, die in die Höhle gestiegen waren, und die anderen, die vor der Höhle gewartet hatten, retteten sich so gut sie konnten herüber oder suchten hinter Felsbrocken und Schneewächten Deckung. Der besonders beherzte Jäger brannte dem Tatzelwurm noch einen Schuß ins Auge und lief dann ebenfalls weg. Der Drache – das eine Auge blinzelte jetzt stärker – öffnete sein Maul. Es war, als sähe man in eine Esse: gelbrote Glut dampfte giftig, und eine zwiegespaltene Zunge von der Größe einer mittleren Fahne fuhr darin hin und her.
Und dann brüllte das Tier ...
Laut, sehr laut, laut und anhaltend, so daß nicht nur einer der Jäger, ein sonst gesunder, kräftiger Bursche, eine Bewußtseins-Umgestaltung erfuhr – er glaubte in der Folge, der heilige Georg zu sein – und daß nicht nur fast alle anderen für die Zeit ihres restlichen Lebens unmusikalisch wurden: wir vermeinten von dem Gebrüll den Berg wackeln zu spüren, und – in der Tat, so wahr ich hier stehe – der Sturm wurde für einen Moment in eine andere Richtung gelenkt.
Dann sprang der Drache aus seiner Höhle heraus, mitten in den Kessel. Aus seinen Nüstern schnaubte er baumdicke Qualmringe. Das Auge blinzelte immer noch. Sein Schwanz peitschte hin und her und wirbelte den Schnee auf wie ein Orkan. Mynheer Cuypers wurde samt Seil und Winde hoch über die Zacken des Kessels geschleudert.

›Jatz!‹ hieß es.

Der beste Schütze unter den Jägern zielte mit verbissenem Gesicht, die Pfeife im Mund, ein Auge zugekniffen, das andere, an dem jetzt unser ganzes Heil hing, auch fast zugekniffen – tupfte das Geschütz ein wenig hin, ein wenig her, duckte den Kopf und riß plötzlich an der Abzugschnur. Der sonst beachtliche Knall schien uns, gegen das Gebrüll des Untiers, nicht lauter, als zöge man einen Stöpsel aus der Flasche.

Der Drache erstarrte.

Dann: langsam verdrehte das Tier die Augen, es schnaubte noch heftiger – jetzt allerdings grünlichen Dampf. Das eine Auge erlosch. Der grünliche Dampf war wohl die Form, in der ein Drache blutet, weil er wegen seiner hohen Körpertemperatur gasförmiges Blut hat.

Und – gottlob! – ohne noch einmal zu brüllen, drehte sich der Tatzelwurm um und fiel auf die Seite. Die Haubitzenkugel hatte ihn durchs Auge direkt ins Gehirn getroffen.

›Hin ischr, hin ischr!‹ schrien die Jägerburschen, aber niemand wagte sich an den sterbenden Drachen heran.

Es wurde heiß wie in einer Schmiede. Unter Brausen und Zischen entwich der grüne Blutdampf des Drachen. Die Wunde weitete sich wohl durch den Dampfdruck von innen, und zum Schluß stand eine kirchturmhohe, grüne Dampfsäule im Kessel, die der Wind ergriff und zerfetzte. Der Schnee schmolz in der Umgebung des toten Wurms, und wo er nicht schmolz, färbte er sich grün.

Als der Blutdampfstrahl endlich nachließ und nur noch stoßweise, wie bei einer Lokomotive, grüne Wolken aus dem Leib des Untiers hervorzischten, begann der Kadaver bleischwarz zu qualmen. Bald hüllte der schwere Qualm das ganze Tier ein und blieb im Kessel sich wäl-

zend und drehend hängen. Durch die Schwaden sah man hie und da das Verglühen des Tieres.
Am nächsten Morgen hatte sich der Qualm verzogen. Der Drache war erkaltet und mit leichtem Neuschnee bedeckt. Vorsichtig untersuchten wir den Kadaver. Bis auf die unzähligen Panzerglieder war alles andere zu einer schwammigen, rußigen, fettigen Masse verkohlt und zerfiel bei der geringsten Berührung. Wir sammelten die Panzerglieder auf: etwa handtellergroße, sehr flache Pyramiden, mit fünfeckiger Basis, deren Spitze in einen kurzen, gebogenen Stachel auslief.
Jeder Teilnehmer der Expedition erhielt ein solches Panzerglied als Souvenir. Die Witwe Cuypers sollte auch eines zugeschickt bekommen. Vom Grafen Severin fanden sich keine Spuren mehr.
Ersehnt genug, kam sodann der Abstieg. Er war kaum weniger beschwerlich als der Aufstieg. Jedesmal, wenn wir eine tiefere Station erreicht hatten, glaubte ich mich im Paradies. Und als wir gar im Jagdhaus unten angelangt waren, von wo aus telephonisch die Automobile beordert wurden, ergriff mich, beim abendlichen Anblick der Gipfel, von deren einem wir kamen, der Stolz der überstandenen Gefahren. – Nichts ist so süß wie überstandene Gefahr, hier noch versüßt für mich durch den gewiß gefaßten Entschluß, mich solchem nie, nie wieder auszusetzen.«

»Der Herr Ruinenbaumeister, Ruinenoberbaurat Weckenbarth läßt die Herren fragen, wie lange mit dem Gabelfrühstück noch gewartet werden soll?« sagte ein Uniformierter in grüner Uniform – die bisherigen hatten eine olivbraune getragen –, kaum hatte Dr. Jacobi das letzte Wort gesprochen.
»Das Gabelfrühstück!« sagte Dr. Jacobi.

»Ich wollte nicht unterbrechen, Dr. Jacobi«, sagte ich, »Sie haben aber nicht erwähnt, wo das war?«
Doch Dr. Jacobi war dem Uniformierten schon gefolgt, und ich mußte mich beeilen, um sie nicht zu verlieren.
Wir kamen durch einen Gang, in dem man einige Stühle vor kleine Gucklöcher gerückt hatte. Die Gucklöcher, überzeugte ich mich in Eile, gingen auch aufs Theater hinaus.
Dann führte uns der Weg eine Stiege hinunter, in einen unordentlichen Raum, wo viele Leitern standen.
»Nichts ist fertig geworden«, sagte Dr. Jacobi, »nichts!«
Durch eine Tapetentür gelangten wir in eine Bibliothek, vielmehr auf die Galerie einer Bibliothek, die in halber Höhe um den Raum führte. Ich glaubte zunächst, es sei derselbe Raum, durch den ich mit Don Emanuele zum Wiedersehen mit Weckenbarth und Jacobi geeilt war, aber als ich mich übers Geländer beugte, sah ich, daß ich mich getäuscht hatte: unter mir war nichts als dämmrige, gähnende Tiefe – man hatte keine Zeit mehr gehabt, den Fußboden einzuziehen! Die Treppe von der Galerie wand sich ins Leere ...
Wir gingen an den Büchern entlang. Es waren alte, herrliche und seltene Werke, allerdings nur an die Wand gemalt.
»Eine getreue Kopie der Klosterbibliothek von St. Gallen«, sagte Dr. Jacobi, »wir hatten gehofft, das Original noch herbeizuschaffen. – Alles vorbei ...«
Der Uniformierte geleitete uns zu meinem Erstaunen die bewußte Stiege hinunter; an einer schmalen Estrade, mitten in einer gemalten Ausgabe der ›Real-Enzyclopädie der classischen Alterthumswissenschaften‹ machte er halt, öffnete eine kleine Tür und führte uns auf einen von vielen Türen gesäumten Gang. Mit einem Lift fuhren wir ein paar Millimeter Quecksilbersäule aufwärts.
»Das war natürlich eine Täuschung«, sagte Dr. Jacobi.

»Was?«
»Daß der Stockwerkanzeiger so geht, als führen wir aufwärts. In Wirklichkeit fahren wir abwärts!«
»Wie?« sagte ich, »dann bin ich mit Don Emanuele nicht in die Erde hinunter, sondern in die Luft hinaufgefahren?«
»Das war wieder eine Täuschung«, sagte Dr. Jacobi. »Wenn der Feind einmal eindringen sollte, ist es so eingerichtet, daß er sich wenigstens beim Liftfahren nicht auskennt ...«
Wir kamen, dem Lift entstiegen, in eine Halle, die durch mächtige, finstere Pfeiler in einen größeren und einen kleineren Raum unterteilt war. Der kleinere war dunkel, der größere hell erleuchtet. Dort stand eine Tafel, an der an die hundert Personen saßen. Zwei Stühle waren noch frei.
»Verzeihen Sie«, sagte ich zu Herrn Weckenbarth, »ich habe mir nur die Hände gewaschen.«
»Setzen Sie sich neben mich, ich muß Ihnen etwas sagen. Nehmen Sie Leberknödelsuppe?«
Der Ruinenbaumeister erklärte mir sodann, daß meine Unhöflichkeit gar nicht groß gewesen sei. Sie, die vorausgegangen waren, hätten nicht länger als ein paar Minuten gewartet.
Je weiter man – räumlich – voneinander entfernt war, desto weniger stimmte die Zeit überein. Ich hatte also Glück gehabt, es hätte genausogut sein können, daß die Zeit des Herrn Weckenbarth und der Vorausgegangenen um etwa – relative – zwei Tage vorausgeeilt wäre ... und sie wären schon beim dritten Gabelfrühstück gewesen.
»Herr Ruinenoberbaurat«, sagte ich, »die da drüben, am andern Ende der Tafel, die sind doch gute, sagen wir, zehn Meter weit weg – haben sie eine andere Zeit als wir?«
»Wohl möglich«, sagte er.

»Kann man denn diese verwaschene Zeit nicht irgendwie auf ein System bringen?«
»Nur sehr schwer«, sagte er, »Sie müssen sich das etwa so vorstellen wie warme und kalte Luft in einem großen Raum. Durch unsichtbare Ursache und Wirkung, geleitet von kleinsten Imponderabilien, ziehen sich Zahren und Streifen von warmer und kalter Luft, den thermodynamischen Gesetzen folgend, hin und her. So ist es hier mit der Zeit. – Aber zu Wichtigerem: hier in der ›Zigarre‹, wir nennen es der Form halber so ... ich habe es Ihnen erklärt?«
»Ja«, sagte ich, »noch auf dem Schiff draußen.«
»Gut. Zigarre also, der Einfachheit halber. Es sind hier herinnen – das Militär ungerechnet – an die zehntausend Leute.«
»Ich weiß.«
»Woher?«
Ich erzählte es ihm. Herr Weckenbarth war aufgebracht über die Indiskretion oder die Überschreitung der Befugnis des ersten Uniformierten und flüsterte, während er die Hand auf meinen Arm legte, Herrn Alfred, der rechts neben ihm saß, etwas zu. Dann beugte er sich wieder zu mir und fuhr fort:
»Das Militär untersteht selbstredend einem eigenen Kommando. Aber die Zivilisten müssen auch irgendwie regiert werden. Es gibt jetzt Carola, die Ministerpräsidentin. Wir wollen ihr ein beratendes Gremium zur Seite stellen, ein Parlament sozusagen, oder eher einen Senat. Wären Sie bereit, sich für einen Senatorenposten zur Verfügung zu stellen?«
Ich wußte nicht recht, was dies bedeuten sollte. Herr Weckenbarth kannte mich ja überhaupt nicht. Die Korruption der Zeit einmal beiseite gelassen, hatte ich vor höchstens sechs Stunden seine Bekanntschaft gemacht.

Erschien ich ihm so bedeutend, daß er mich des Senatorenpostens für würdig erachtete? Oder war der Senatorenposten so unbedeutend?
Ich nahm jedenfalls dankend an, schon um künftig irgendeinen Zeitvertreib zu haben. Wer sollte wissen, wie lange wir hier herinnen bleiben mußten ...
»Gut«, sagte Herr Weckenbarth, »dann sind Sie also ab jetzt Senator.«
Ein wenig wollte ich der Sache doch auf den Zahn fühlen: »Sie sind, Herr Ruinenoberbaurat, wohl auch Mitglied des Senates?«
»Ja«, sagte er, »aber ich bin bei der Ernennung, unter gleichzeitiger Belassung des Titels, meiner Amtspflichten aus verschiedenen Gründen entbunden worden. – Jedoch: wir werden uns in Zukunft als Senatoren gegenseitig mit ›Kollege‹ anreden, nicht?« Ich wagte nicht zu lachen, obwohl mir sein Ernst bei dieser Bemerkung eher gespielt vorkam.

Ungewollt oder gewollt, mußte ich mir ein Gefühl gehobener Bedeutung eingestehen, als ich nach dem Gabelfrühstück zur ersten Sitzung des Senats geführt wurde, diesmal von einem Uniformierten in gelbem Dreß, der mich – offenbar war dies eine Auszeichnung, die mir die neue Würde einbrachte – von nun an als eine Art Leibbursche ständig begleiten sollte. Er hieß Lenz.
Die Sitzung fand in einem großen, niedrigen Saal statt. Ich hatte gehofft, Don Emanuele oder Dr. Jacobi unter den Senatoren zu finden, konnte aber unter den etwa zwanzig Anwesenden weder die große, massige, schwarze Gestalt des alten Abbate noch die lebendige, kleine, hagere – deren größtes Ausmaß die Nase war – des Doktors ausmachen. Sie waren wohl auch nur Senatoren honoris causa, wie Weckenbarth.

Wir warteten allesamt ein wenig. Die Leibburschen in der gelben Montur (alle Senatoren hatten Leibburschen, und alle Leibburschen trugen gelbe Uniformen) rückten für ihre Herren hohe Stühle zurecht und waren beschäftigt, das kalte Buffet und die Getränke für die Senatssitzung anzurichten. Im Lauf der nächsten zehn – relativen – Minuten erschienen zehn weitere Senatoren. Auch unter ihnen war niemand, den ich gekannt hätte.
Dann begann die Sitzung. Die Leibburschen (ich nannte meinen Lenz in der Folge gern Leibjäger) gingen hinaus. In der Wand, der alle Sessel zugekehrt waren, öffnete sich eine andere Tür. Eine Dame, ganz in Schwarz und mit vielen Schleiern behängt, trat ein: Carola, die Ministerpräsidentin. Sie schritt nicht ohne Feierlichkeit an ein Pult und hielt eine lange, solenne Eröffnungsrede. Der gewichtige Text paßte wenig zu ihrer zaghaften, etwas spröden, etwas zu hohen Stimme. Im übrigen hörte ich kaum auf die kunstlosen Floskeln, die durch die Tatsache, daß die Dame die Rede ablas, jede Wahrscheinlichkeit verloren, einigermaßen ehrlich gemeint zu sein.
Die Ministerpräsidentin war jung und schlank, wenn auch angenehm üppig an verschiedenen Stellen. Das schwarze Kleid verhüllte ihre Gestalt bis zum Boden. Man konnte nicht einmal sehen, was für Schuhe sie trug. An Schmuck hatte sie nur eine Kette aus purpurnen Perlen angelegt, die, von dem leise bebenden Busen bis zur Nabelgegend hängend, die bekannte Kettenkurve bildete.

Die Rede dauerte sehr lange.

Ich schaute nach links: dort saß ein älterer Herr mit schlohweißem Haar und großen, leicht vorstehenden Zähnen. Ich schaute nach rechts: hier saß ein jüngerer Mann, etwas über meinem eigenen Alter, mit einem unendlich langen Gesicht, das Kinn von der Nase so weit

entfernt, daß man meinen konnte, er gähne aus Schamhaftigkeit ständig bei geschlossenem Mund. Der junge Mann trug alle Anzeichen zur Schau gestellter Intelligenz: nach vorn gebürstete Haare, die bis zur Schläfe fast weggeschoren waren, eine dicke Brille mit schwarzem, schlicht-technischem Gestell (Aufdringlichkeit der Industrieform, Pathos des Unpathetischen; Meyrink nennt es: schlicht wie Läuse) und einen Rollkragenpullover. Ohne Zweifel hatte sich hier ein deutscher Dichter in den Senat gedrängt. Er hieß Jan Akne Uvesohn und meldete sich als erster zu Wort. Zunächst dachte ich, als ich ihn sprechen hörte, er sei ein Ausländer. Er war aber nur aus Pommern, ein Pommerer. Seine Rede war zwar spontan, ohne Manuskript, aber fast noch länger als die der Präsidentin. Ihren Inhalt habe ich aus drei Gründen nicht verstanden – einmal wegen seiner fremdartigen Sprechweise, zweitens (er stellte später allen das hektographierte Manuskript zu) wegen der verworrenen Gedanken und drittens weil ich nicht zuhörte.
Mit einem Mal schrak ich auf. Alles hatte sich erhoben. Ich stand ebenfalls auf und hatte somit, ohne es zu wissen, abgestimmt. Gegenstand der Abstimmung war gewesen, ob wir uns zum äußeren Zeichen unserer Senatorenwürde – außer dem gelben Diener – ein purpurnes Band anheften sollten. Alle – auch ich, wie gesagt – waren dafür. Wir bekamen purpurne Bänder zweifingerbreit, spannenlang, mit Goldlitze eingefaßt. Ich wäre dafür gewesen, sie hinten am Rockkragen herunterhängen zu lassen oder von der Gesäßtasche wie die Hidalgos ihre goldenen Schlüssel. Es wurde bestimmt, daß das Band entweder aus dem Kavalierstäschchen hängen sollte oder aber aus dem zweiten Westenknopfloch, von oben gezählt. Alle befestigten es also in entsprechender Weise. Nur Herr Uvesohn hängte es sich in hohem Ernst ans Ohr.

Dann, die Versammlung wollte eben auseinandergehen, meldete ich mich zum Wort. Es wird mir wohl nicht als Unbescheidenheit ausgelegt werden, wenn ich den Wortlaut meiner Rede – der die anderen vielleicht ebensowenig zuhörten wie ich den ihrigen – an dieser Stelle wiederhole:

»Patres conscripti«, begann ich. Die Anrede, obwohl zweifellos korrekt, erstaunte und befremdete. »Patres conscripti! Ich weiß nicht, ob meine Wahrnehmung nur auf mangelnden Orientierungssinn meinerseits zurückzuführen ist oder ob sie Anspruch auf objektive Gültigkeit hat; ich kenne mich hier herinnen nicht aus! Seit ich mich hier befinde – eine Zeitangabe ist ja wohl in Anbetracht der Dispositionsparallaxe überflüssig –, habe ich nicht den leisesten Anhaltspunkt für eine Orientierung gefunden, bin ich noch nie an einen Ort gekommen, von dem ich annehmen könnte, an ihm kreuzte ich einen meiner früheren Wege. Zwar hoffe ich, mein Leibbursche wird mich nach beendeter Sitzung von hier aus auf mein Zimmer führen und, sooft es sein muß, wieder hierher, ohne daß ich mich um den Weg zu kümmern hätte, aber, meine Herren, wir haben einen Ausnahmezustand! Wir müssen Umstände gewärtig sein, die erfordern, uns ohne Diener zurechtzufinden! Ist es nicht billig, wenn wir, der Senat, einen genauen Plan dieser ›Zigarre‹, mit allen tausendundsechzehn Stockwerken –«

»Woher wissen Sie das?« unterbrach mich die Ministerpräsidentin mit ihrer hohen Stimme.

»Exzellenz«, sagte ich, »Wissen ist für einen leitenden Mann ein nicht zu unterschätzendes Hilfsmittel zur Beherrschung der Situation ... – Sollte die Mehrheit des hohen Hauses dafür stimmen, militärische Gründe gegen diese ›Neugierde‹, wenn nicht sogar die Notwendigkeit sprechen zu lassen, beuge ich mich selbstredend, sowenig

ich es einsehe. Ich bitte also darüber abstimmen zu lassen, ob uns die detaillierten Pläne der ›Zigarre‹ zur Einsicht überlassen werden sollen oder nicht.«
Nach diesem Jungfern-Speech ging ich auf meinen Platz zurück. Ehe es zur Abstimmung über meinen Antrag kam, meldete sich ein dicker Senator mit rauher Stimme und einer polierten Glatze zum Wort. Er trug einen sichtbar teuren, aber ungepflegten Anzug. »So einfach«, sagte der Senator polternd, kaum war er ans Pult getreten, »ist das nun nicht! Ich weiß da ein wenig Bescheid. Ob jetzt nun militärisch oder nicht, das ist wohl nicht die Frage. Es ist nun so, daß unsere ›Zigarre‹ nicht fertig geworden ist. Sie wissen, sie schaut etwa so aus« – er deutete mit den Händen – »wie eben eine Zigarre. Die ›Zigarre‹ ist nun hohl. Vom ›Dom‹, also von der obersten Spitze, hängt ein ›Fädchen‹ herunter, bis zur Mitte etwa. An dem Fädchen hängt ein ›Tropfen‹. Um uns herum ist nichts. Das Fädchen, das sind die Liftschächte, unsere Verbindung zum Dom hinauf und unser einziger Halt. Innen hängen wir ja, ohne Verstrebung und so, im Leeren. Wir mußten rundherum genug Raum, also genug Zeit im Sinne der nun schon einmal erwähnten Dispositionsparallaxe, zwischen uns und die Außenwand bringen. Ursprünglich hätte dieser Tropfen am Fädchen bis zum unteren Ende der ›Zigarre‹ ausgebaut werden sollen. Leider ist das nun nicht fertig geworden. ›Tropfen‹ ist nun also falsch. Es ist ein unten abgeschnittener Tropfen. Unten offen.«
Mir kam das Grausen.
Als ich auf jener Galerie in der scheinbaren Bibliothek stand, hatte ich da nicht in einen Raum ohne Boden, hatte ich da ahnungslos in diese entsetzliche Tiefe geschaut? Wenn die verwirrende Zahl der Räume und Gänge und Hallen und Stockwerke, diese tausendsechzehn Etagen nur so einen kleinen ›Tropfen‹ ausmachten, wie tief mußte

es da hinuntergehen? Und ich, ich war nur durch ein schwaches Geländer davon getrennt gewesen ... Mir schwindelte.

»Über die Festigkeit des Fädchens brauchen Sie keine Bange zu haben. Die war für einen Tropfen berechnet, der etwa zwölfmal so groß sein sollte wie der, der nun jetzt geblieben ist. Natürlich enthält dieses Liftschachtbündel noch anderes, Zwischenstationen, militärische Anlagen etc.«

»Ist es möglich«, rief ich dazwischen, »vom Dom aus hinauszuschauen?«

»Selbstverständlich. Aber es ist gefährlich, jedenfalls verboten.«

»Auch für Senatoren?«

Der Redner sah betroffen zur Ministerpräsidentin hin.

»Dann möchte ich noch einen zusätzlichen Antrag stellen«, sagte ich. »Es soll den Senatoren gestattet sein, sich durch gelegentliche Blicke aus dem Dom über die jeweilige Lage zu orientieren.«

»Den Antrag muß ich zurückweisen«, sagte die Ministerpräsidentin, »darüber haben wir nicht zu entscheiden.«

So war der Senat für den zweiten Antrag nicht kompetent. Mein erster Antrag fiel bei der Abstimmung durch.

Ich erkundigte mich, ob eine Präsenzpflicht der Senatoren für die Sitzungen bestünde. Mit einer Entschuldigung, hieß es, könne man sich entfernen. Ich sagte, ich wollte schlafen gehen. Dies galt als Entschuldigung, und ich ging. Lenz riß die Flügeltür auf (woher wußte er, daß ich heraustreten würde?) und folgte mir. Ich rannte stur voraus. Wir kamen durch einen niedrigen, metallverkleideten, gewölbten Gang, der so schmal war, daß zwei nicht nebeneinander gehen konnten. Andere solche Gänge kreuzten ihn. An den Kreuzungen sah man, daß sie weit weg wiederum auf gleichgeartete Gänge mündeten.

Es war wie ein Maulwurfsbau, durch den ich eine Zeitlang im Sturmschritt kreuz und quer lief. Dann fragte mich der atemlose Lenz:
»Wo wollen Sie denn hin, Exzellenz?«
»Wieso ›Exzellenz‹?«
»Lenz ... und Exzellenz«, sagte Lenz, »ein Unterschied muß sein. Senatoren werden mit Exzellenz angeredet.«
Ich vermerkte, daß ich mir überlegen wolle, ob ich ihm derlei despektierliches Gerede nicht verbieten solle. »Im übrigen«, sagte ich, »möchte ich schlafen gehen. Ein guter Domestik errät so was.«
»Dann müssen wir dorthin.«
Wir eilten weiter – jetzt Lenz voran – durch einige Gänge und kamen dann in einen kuppelförmigen, ebenfalls metallisch verkleideten Raum, in den rundherum niedrige Gänge mündeten. Eine freistehende Leiter führte hinauf zu einer Luke in der Kuppel. Von dort ging eine etwas freundlichere Galerie ab, über deren Brüstung man wie durch Glas in die Kuppel hinunterschauen konnte. Herr Nanking, der Impresario der Revue-Truppe, begegnete uns; angesichts des gelbuniformierten Lenz und meines Purpurstreifens am Revers begrüßte er mich mit einem zeremoniösen Bückling.
»Das ist doch der Herr Nanking«, sagte ich und dachte sofort, zu welch blöder Art zu reden man doch kommt, wenn man Exzellenz geworden ist. Nanking aber strahlte. Bekanntlich hat sich schon Napoleon sklavisch treue Anhänger dadurch verschafft, daß er sich ihre Namen merkte.
»Immer noch in Rollkragen und Manchesterhose, der gute Nanking« – der exzellenzielle Tonfall war mir wie ein Maulkorb vorgehängt. War es ein Virus, der mit dem Titel gleichsam injiziert wird, oder – schrecklicher – sollte ich die geborene Exzellenz sein, die nur auf den Tag (Tag

cum grano salis, in Anbetracht der korrumpierten Zeit) gewartet hatte, um sie selbst zu werden ...?
»Ich hoffe, lieber ...« (– nicht zu oft den Namen, dachte ich –) »... lieber Freund, wir sehen uns einmal wieder.«
»Ganz meinerseits, ganz meinerseits, Exzellenz!«
»Und was machen seine kleinen Mädchen?«
»Wie bitte, Exzellenz?«
»Na ja, die Girls.«
»Ach so, Exzellenz. Wir studieren ein neues Programm ein.«
»Sehr schön, sehr schön. Lassen Sie es mich wissen, wenn Sie soweit sind. Heben Sie mir einen Hocker auf, für die Premiere ...« Als Exzellenz, dachte ich, muß man wohl Beziehungen zum Ballett haben.
»Oh«, sagte Nanking, »Exzellenz wollen uns beehren!«
»Sie vergessen mich also nicht!« Ich winkte ihm leutselig zu. »Alles Gute!«
Er machte eine stumme Verbeugung. Lenz und ich gingen weiter. Wir kamen zu einem Lift. Lenz sperrte auf. Wir fuhren – hinunter oder hinauf? – und gelangten nach einigem Hin und Her in mein Appartement. Es war weniger eine »Flucht« von Zimmern als ein »Bau«. Das Zentrum bildete ein Salon mit einem Bett in einem Alkoven. Durch die arkadenartigen Fenster, die mit Vorhängen zugezogen werden konnten, schaute man in zehn, zwölf kleinere Räume, von denen einer ein Bad war; in einem anderen logierte Lenz. Diesem Kranz von Zimmern war ein weiterer Kranz von Vestibülen und Foyers vorgelagert, die – ich inspizierte alles – verschiedene Ausgänge auf die unterschiedlichsten Gänge, Stiegen und Hallen hatten. Ich hieß Lenz alle Ausgänge absperren.
»Sag«, sagte ich dann – ich hatte einen Pyjama angelegt, den Lenz mir gereicht hatte –, »kannst du mir ein Buch besorgen?«

»Ein Buch ...«, sagte Lenz. »Gewiß. Was für eines? Lenz ist zu allem fähig. Sagten schon die alten Ägypter.«
»Für einen Domestiken redest du zuviel«, sagte ich. »Ein Buch, das mich nicht langweilt.«
Lenz brachte einen Band mit rotem Umschlag, auf dem eine strangulierte Frau in griechischem Kostüm abgebildet war. ›König Ödipus‹ lautete der Titel. Der Autor hieß Leopold Sagredo.
»Ach«, sagte ich, »das langweilt mich gewiß! Lies vor.«
Ich wusch mir die Hände und legte mich aufs Bett.
Lenz las, ich muß zugeben, nicht ohne dramatischen Ausdruck:

»KÖNIG ÖDIPUS
Tragödie in einem Akt.«

– Einem, gottlob, dachte ich.
»Von Leopold Sagredo.
– Ich übergehe das Vorwort und das sehr umfangreiche Personenverzeichnis«, sagte Lenz.
»Gut«, sagte ich.
»Die Szene ist eine hochliegende Terrasse im Königspalast von Theben.

Erster Auftritt. Zwei Wächter.

1. Wächter	Ohne die Hitze wäre es vielleicht nicht gekommen.
2. Wächter	Es wäre auf jeden Fall gekommen.
1. Wächter	Vielleicht nicht so arg wäre es gekommen, weil das Wasser nicht ausgeblieben wäre.
2. Wächter	Wenn es kommt, kommt es.
1. Wächter	Wenn die Quellen nicht versiegt wären, hätten die Leute sich waschen können, die

Fliegen wären nicht gekommen; diese gewissen großen Fliegen mit dem behaarten Hinterteil und den kleinen Flügeln.

2. Wächter In der Nacht brechen manche Quellen wieder hervor: es hilft nichts.

1. Wächter Nichts mehr; weil sie es alle schon haben.

2. Wächter Alle nicht.

1. Wächter Noch nicht, aber sie kriegen es. Alle kriegen es. Es gibt kein Mittel, wenn es einmal in der Stadt ist.

2. Wächter Auch vorher nicht. Überhaupt nicht. Es hilft nichts.

1. Wächter Sie haben einen nach Delphi geschickt.

2. Wächter Bis der zurückkommt, sind alle tot.

1. Wächter Wir im Schloß vielleicht nicht.

2. Wächter Dann bringt es uns der herein, der aus Delphi kommt.

1. Wächter Vielleicht bringt er uns einen rettenden Spruch?

2. Wächter Rettende Sprüche gibt es nicht.

1. Wächter Die Hitze ruht wie ein Turm aus Öl über der Stadt. Die Luft ist dick und süß wie zerronnenes, gezuckertes Fett. Der Wind kann sie nicht bewegen, kaum zum Zittern bringt er sie. Es ist, als sei es schon beschwerlicher geworden, in der hitzezähen Luft zu atmen. Wie eine glasige Wand, die alles bebend verzerrt, so dick ist die Luft. Als könnte man sie mit Händen greifen, Bälle kneten und sie nach den Mäusen werfen, die die toten Fliegen mit dem haarigen Hinterteil fressen – so dick ist die Luft.

2. Wächter Sie wird noch dicker.

1. Wächter	Schrecklich aber ist, wenn es – kaum daß die Sonne versinkt – atemlang beinern kalt wird, wenn der schwarz-glasig-schillernde Ölturm von Fäulnis und Dunst über die Stadt wie vom Flügelschlag eines mächtigen Vogels weggefegt scheint – Atemzüge lang. Man sagt, es seien die Horen, die die Seelen der Toten holen, die Seelen, die bis zur Dämmerung in ihren abgestorbenen Leibern ächzen.
2. Wächter	Man sagt's, aber wahr ist es nicht. Die vielen Würmer sind's, die gewissen Brandwürmer – glühende Dochte im Wachs des Leichnams, Legionen von Würmern, unter der toten Haut, die das Fleisch bewegen, als atme es noch. Hitze und Kälte kann ihnen nichts anhaben, sie vermehren sich ohne Ende. In rautenförmigen Zügen wälzen sie sich durch die Straßen. Bald werden sie über die Mauern dringen ...
1. Wächter	Wir wollen sie zertreten, mit bleisohlenen Sandalen.
2. Wächter	Es werden ihrer zu viele sein. Der Kommandant hat Besen binden lassen, damit sollen wir sie von den Mauern kehren.
1. Wächter	Und wenn sie heruntergekehrt sind, kriechen sie wieder hinauf. Ich will sie zertreten, mit bleisohlenen Sandalen.
2. Wächter	Es werden ihrer zu viele sein.
1. Wächter	Und wenn sie immer wieder heraufkriechen?
2. Wächter	Vielleicht verdrießt sie's nach zwei, drei Mal! Zudem sind die Besen geweiht. Teiresias nimmt heute die Borstenweihe vor.

1. Wächter Glaubst du an geweihte Besen?

2. Wächter Ich glaube an die Besen.

1. Wächter fährt zusammen.

2. Wächter Was hast du?

1. Wächter Rascheln ... hörst du's nicht? Rascheln oder Zischen oder Raspeln oder Bohren oder Huschen oder Schleichen: hin und her, unter uns oder über uns. Die fettige Luft trägt jedes Geräusch verzerrt vor sich her, man weiß nie, woher es kommt. Hörst du's nicht? Ich bin froh, daß ich nicht allein auf der Terrasse stehe!

2. Wächter Ich höre nichts. Vielleicht war's nur eine Taube aus dem Gehege, die im Schlaf ihre Flügel dehnt.

1. Wächter Die Tauben aus dem Gehege der Königin sind tot. Der heiße Wind hat sie umgebracht.

2. Wächter Dann war's ein Käfer.

1. Wächter Schrecklich ... Hör, schon wieder!

2. Wächter Tatsächlich. Es scheinen mir schleichende Schritte zu sein.

1. Wächter Es ist, als sei man in dieser Luft nie mehr allein. Man ist von Würmern und Käfern und Fliegen umgeben. Ich glaube, es gibt keine Luft mehr, nur Käfer, die den Augen toter Pferde gleichen. Doch sind sie ungeheuer lebendig, wenn sie dir mit ihren öligen, flaumigen Füßen über den Nacken kriechen ...

2. Wächter Mir scheint – horch? – es sind Schritte, schleichende Schritte ...

Er geht, um zu schauen, nicht auffällig, nicht interessiert, eher beiläufig.

1. Wächter Ich habe Angst, wenn die Kälte kommt.

2. Wächter Die Sonne ist noch nicht versunken.

1. Wächter Sie wird versinken. Die Augenblicke werden kommen, da die eisigen schwarzen Flügel der Nacht den Hitzeturm des Tages zum Einsturz bringen.

2. Wächter Es ist der verrückte Kreonssohn.

1. Wächter Was sagtest du?

2. Wächter Die schleichenden Schritte, die dich ängstigten: der blödsinnige Prinz Heimon, der Kreonide.

Zweiter Auftritt. Heimon und die Vorigen.

1. Wächter, *während Heimon langsam auftritt,*
Es hilft nichts. Die Angst, wenn man allein durch den Wald geht, wenn man in einsamen Kellergewölben sich aufhält, diese Angst vermag ein laut gesungenes Lied zu vertreiben. Wein und Gesellschaft vertreiben die Angst vor den schrecklichen Gedanken, die dich heimsuchen, wenn du an ewige Dinge denkst. Aber diese Angst, wenn die Hitze mit einem Schlag des Schwertes von feurigem Eis gespalten wird, diese Angst vermag nichts zu vertreiben. Es muß entsetzlich sein, in einem solchen Augenblick zu sterben.

2. Wächter Steh auf. Salutiere!

1. Wächter Der ist doch blödsinnig.

2. Wächter Auch blödsinnige Prinzen sind Prinzen. Zudem ist es gut, hier herinnen zu tun, als würde man stets beobachtet. Man wird fast immer beobachtet.

Sie salutieren. Heimon sieht sie kritisch an.

2. Wächter — Ich glaube, er merkt es gar nicht. Er weiß gar nicht, was das heißt: salutieren.

1. Wächter — Und wie er grunzt.

2. Wächter — Die Sphinx, sagen sie, hat ihn blöd gemacht.

Sie nehmen wieder eine legere Haltung an.

1. Wächter — Die Sphinx ... ob es die Sphinx überhaupt gegeben hat?

2. Wächter — Unser König hat sie besiegt.

1. Wächter — Ich weiß. Gesehen aber hat sie niemand.

2. Wächter — Heimon hat sie gesehen, ehe er verrückt geworden ist.

1. Wächter — Sagen sie ... und der König?

2. Wächter — Der hat sie besiegt.

1. Wächter — Man besiegt schnell, was es nicht gibt.

2. Wächter — Ich möchte an deiner Stelle vorsichtiger sein. Nicht wegen dem da. *(Er zeigt auf Heimon.)* Aber es wird schon einer unterwegs sein, der ihn einfangen soll; du wirst sehen, gleich ist einer da. Er ist sicher entkommen. Sie lassen ihn nie frei herumlaufen.

1. Wächter — Niemand weiß, wie die Sphinx ausgesehen hat. Man weiß nicht einmal, was es war. Die Sphinx, freilich, war die Sphinx. Das war alles. Kein Mensch hat sie gesehen.

2. Wächter — Viele haben sie sehen wollen. Viele haben sie gesehen. Keiner hat es überlebt, bis auf Heimon, der blödsinnig geworden ist, und den König, der sie überwunden hat.

1. Wächter — Es hat sie nie gegeben.

2. Wächter — Der König, sagt man, habe durchblicken lassen, wie sie aussah: ein Weib, ein Rie-

senweib, mit Brüsten wie geblähte Segel, mit Augen, unbeschreiblich schrecklich, mit einem Löwenleib von unfaßbarer Farbe, wie Perlmutter, aber doch nicht so, und mit einem unnennbaren Gestank und einer gräßlichen Zunge, einem Ding von Zunge, wie eine riesige, bleiche Kröte.

1. Wächter Die hat er besiegt?

2. Wächter Freilich, denn es gibt sie nicht mehr.

1. Wächter Weil es sie nie gegeben hat!

2. Wächter Unzählige sind verschwunden; später hat man ihre Gebeine im Tal der Sphinx gefunden ...

1. Wächter Ja. Lästige, unbequeme Gläubiger, Onkeln und Tanten, die ein großes Vermögen zu hinterlassen haben.

2. Wächter Und wer sollte – zum Beispiel – interessiert sein, den jungen Heimon verschwinden zu sehen?

1. Wächter Man erzählt sich einiges. Kreon hat die Tochter des Teiresias zum Weibe genommen. Heimon ist sein Sohn, nicht aber der ihre. Teiresias soll den unechten Enkel, dem der Vater mehr Liebe zuwendet als dem Erstgeborenen aus legitimem Bette, nicht gewogen sein.

2. Wächter Die Sphinx ist eine gerechte Strafe der Götter.

1. Wächter Wofür?

2. Wächter Für Ungewisses. Mag sein für Verbrechen, die noch im Schoße der Zukunft ruhen oder die wir nicht ahnen. Die Götter vermögen das Früher oder Später der Jahre

nicht zu unterscheiden. Für sie ist alles gleichzeitig. Mag sein, daß die Sühne vor der Schuld kommt.

1. Wächter Die Sphinx hat es nie gegeben.

2. Wächter Dann gab es sie von dem Augenblick an, da er sie überwunden hat. Was man überwunden hat, das gibt es.

1. Wächter Eine gewaltige Heldentat.

2. Wächter Hättest du sie vollbracht? Dann wärst du heute König von Theben und Gemahl der Königin.

1. Wächter Das alte Weib!

2. Wächter Die Königin ist herrlich. Die Königin ist eine Traube alabasterner Verheißung, ein Weib mit Haaren wie ein kühler Vorhang an einem heißen Sommermittag, mit Augen, die nach schwarzem Wein duften, mit einem Mund wie ein samtenes Lager, mit Brüsten, bebend wie der Dunst frisch geschlachteter Kälber, und mit Schenkeln, die wie weiße Fische in der Strömung zukken ...

1. Wächter Woher weißt du das?

2. Wächter Man erzählt es.

Heimon beginnt über die Mauer zu klettern.

1. Wächter Halt! *(Läuft hin.)* Komm, wir müssen ihn halten!

2. Wächter Wir haben keinen Befehl. Prinzen können tun, was sie wollen.

1. Wächter *hält Heimon fest, der laut schreit.*
Jetzt schreit er. Wir können ihn doch nicht über die Mauer fallen lassen.

Rufe von drinnen: Heimon!

Dritter Auftritt. Menökos junior, Alkaios und die Vorigen.

Menökos jun. Fängt denn keiner meinen Bruder?

2. Wächter Zu Befehl!

Die Wächter fangen Heimon.

Menökos jun. Ein hirnloses Volk, ohne den mindesten Eigenwitz. *(Zum 2. Wächter.)* Du bringst ihn wieder in seinen Käfig. Bleibst für die Nacht dort sitzen oder bis er schläft.

2. Wächter Zu Befehl mein Prinz!

Er führt Heimon weg.

Alkaios Hier heraußen scheint es mir noch schwüler – noch schwüler.

Menökos jun. Nicht nach Sonnenuntergang.

Alkaios Ist die Sonne – ist denn die Sonne schon untergegangen? Nein – ich weiß nicht, ob es mir nicht zu kühl wird, wenn die Sonne untergeht. Die Spaziergänge im Grünen fehlen mir. Ehe wir uns hier eingeschlossen haben, bin ich jeden Tag – fast jeden Tag – ein wenig unter den Bäumen spaziert, zur Abendstunde. Zur Abendstunde. Drei Wochen dauert es nun schon. Hoffentlich dauert es nicht noch drei Wochen.

Menökos jun. Sie haben einen Mann nach Delphi geschickt.

Alkaios Ach was!

Menökos jun. Irgend etwas muß man tun.

Alkaios Fürs Volk. Alles tut er fürs Volk. Er soll für uns etwas tun.

Menökos jun. Vielleicht bringt der Mann aus Delphi einen rettenden Spruch.

Alkaios — Ach, Menökos, rettende Sprüche ... Ich fürchte, der Mann geht gar nicht nach Delphi.

Menökos jun. — Wohin dann?

Alkaios — Ich habe feste Anhaltspunkte dafür. Er ist nur ein paar Stunden Weges vor die Stadt hinaus gegangen. Dort wartet er so lange, wie man nach Delphi braucht und zurück. Und wenn er wiederkommt, sagt ihm dein Großvater Teiresias, was er sagen soll.

Menökos jun. — Wenn es ein rettender Spruch ist, ist es gleichgültig, woher er kommt.

Alkaios — Von deinem Großvater? Mich geht's nichts an. Ich habe aber meine Anhaltspunkte dafür, meine Anhaltspunkte.

Menökos jun. — Ein Regen sollte kommen.

Alkaios — Auch ich wünschte, ein Regen käme. Seit jenem Tag, da sie die Schloßtore verriegelt haben, steigen aus der Stadt, aus den Häusern und von den Straßen Gerüche auf wie Rauch. Wie Blüten haben sich diese Gerüche in der Glut des Tages entfaltet, wie Schirme über dünnen, zitternden Stengeln, Schirme, die farblos-kranke, fadenförmige Wurzeln in die Erde geschickt haben, die – sich gegenseitig die Reste unverbrauchter Luft streitig machend – zu einem Knäuel von Schlingpflanzen aus Geruchsadern, zu einem Riesenschwamm aus Gerüchen verwachsen sind. Die plötzliche Kälte der Nacht zerreißt sie, aber sie vernichtet sie nicht, schichtet sie nur anders, daß sie wie Erdausbrüche erstarren, wie Lava.

Der Geruch der Kranken, der Geruch des

Schweißes, der Geruch der Ratten, der Modergeruch treiben langsam in Geruchsblöcken, Block an Block aneinandereckend, sich sperrig quälend, wälzend durch die Säle, über die Treppen, die Terrassen. Vermoderter Geruch von Moder. Man sagt, die Fäulnis reinigt, wie das Feuer. – Schöne Symbole! – Ich wollte, ein Regen käme, der alles gleichmacht, der alles nach Regen riechen ließe. – Ich liebe die Glatzköpfigen, denen der Regen – anders als den Hunden – nur Wohlgeruch verleiht, wie einem Feld von Mohn.

Menökos jun. Mein Vater! *(Er lacht.)*

Alkaios Ich bedauere, Menökos, daß du nicht glatzköpfig bist ... es gäbe nichts Bezaubernderes als einen glatzköpfigen Jüngling, und wäre er bucklig wie du. Dein Vater Kreon war ein glatzköpfiger Jüngling, um die Zeit, da ich seine Schwester zum Weibe nahm ..., aber sein Schädel war mit Krätze bedeckt. Er hat gestunken. Seit seinen frühesten Tagen hat er sich die Glatze vergoldet. So bedeckt, von der Luft abgeschlossen wird der Ausschlag zwar schlimmer, aber man sieht ihn nicht. Eines Tages jedoch werden die verkapselten Geschwüre die Hirnschale durchfressen haben, weil sie nicht nach außen aufbrechen können. Deinem Vater wird das Gehirn verfaulen, er wird nicht nur aus dem Mund stinken – was er schon tut –, sondern auch aus der Nase, aus den Ohren ... bis der Eiter in seine Augen steigt und sie

	herausstreibt. Möge der Himmel verhüten, daß es beim Essen geschieht.
Menökos jun.	Abends läßt er sich das Gold von der Glatze waschen und die Geschwüre mit Salben bestreichen.
Alkaios	Das hilft nichts – nichts, solange tagsüber unter der Bronzehaut Eiter und giftiges Blut in fingertiefen, wie Schrift in den Schädel gefressenen Geschwürgängen kochen ... Er liebt es ja, seine goldene Glatze vor dem Volk in der Sonne blitzen zu lassen. – Nein, ich wollte einen Jüngling lieben, dessen Kopf kahl und wohlriechend ist, wie ein zum Wettkampf gesalbter Schenkel.

Vierter Auftritt.
Hipponomene und die Vorigen.

Hipponomene ist plötzlich, lautlos aufgetreten.

Hipponomene	*(Zu Menökos jun.)* Dein Bruder Heimon ist entkommen.
Alkaios	Unsinn.
Hipponomene	Freilich!
Menökos jun.	Man hat ihn wieder eingefangen.
Alkaios	Und es interessiert Menökos nicht. Eine unsinnigere Neuigkeit, mit der du uns zu stören kämest, ist nicht denkbar.
Hipponomene	Ich störe?
Alkaios	Liebste! Diese Verhältnisse, diese drückende Last unüberwindlicher Umstände ... Mußt du mich reizen?
Hipponomene	Ich verstehe nicht, wie man Vorliebe für den Umgang mit Buckligen zeigen kann.

Alkaios — Die kühle Nacht wird dir schaden, die der bald einsetzenden Dämmerung ohne Zweifel heute wie immer folgen wird – obwohl auch darin Ungewißheit nicht mehr undenkbar scheint.

Hipponomene — Besonders Bucklige sind der Gefahr des Erkältens ausgesetzt. Ihr Blut fängt sich in den wirren, knotigen Adern des Höckers, bleibt dort länger als guttut, und abgekühlt fährt es eisig zum Gehirn, wo die Schnupfen entstehen. Geh ins Haus, lieber Neffe!

Menökos jun. — Es wird auch behauptet, Bucklige hätten überzählige Teile ihres Verstandes im Buckel.

Alkaios — Du wirst dich langweilen, Liebste.

Hipponomene — O nein, hier will ich mich setzen und auf meiner Maultrommel spielen. Vielleicht kommt der Mond ...

Alkaios — Den wird man vor Gestank nicht sehen. *(Zu Menökos jun.)* Wir müßten das Weib umbringen.

Hipponomene spielt auf ihrer Maultrommel.

Menökos jun. — Man möchte dies, ganz fern, für das Geschrei eines Huhnes halten, das in einem nicht zu tiefen Brunnen ertrinkt.

Alkaios — Ach was! Du hast nie ein Huhn gehört, das ertrinkt.

Menökos jun. — Ganz von fern – durch die Bäume, von einem hohen Felsen, über den Wolken, könnte man es für das Geschrei eines Huhnes halten. Vielleicht hört es ein Adler? Sticht in blitzendem Sturz herab und schlägt ihr ein Auge aus?

Alkaios seufzt.

Hipponomene Wie meintest du?
Alkaios Wir reden von Geflügel.
Hipponomene spielt weiter.
Alkaios Leider schlafen die Adler schon. Zudem haben sie keine Ohren. Es besteht also geringe Hoffnung, daß ein Adler deine Maultrommel spielende Tante für ein Huhn halten könnte. Dreimal waren wir in Delphi. Dort kreisen stets Adler über der bewußten Felsspalte. Keiner hat mein Weib für ein Huhn oder sonst etwas – vom Adleraspekt aus – Eßbares gehalten. Nach dem dritten Mal hat sie mir deine Kusine Anaxo geboren, die drei Brüste hat. Daran kannst du den Wert der Delphipilgerei ermessen. Wenn der Mann, den sie angeblich nach Delphi geschickt haben, wirklich nach Delphi gegangen ist, wird er ähnliches mitbringen ... mitbringen ... mitbringen ... mitbring... en...«

»Wie?«
»– mitbringen.«
»Wer soll was mitbringen, Lenz?«
»Das war das letzte Wort Alkaios', Exzellenz, dann kommt –«
»Jetzt bin ich doch bei derlei Hochliterarischem eingeschlafen. Ich glaube, das war vom Herrn Uvesohn.«
»Sie tun ihm zuviel der Ehre an.«
»Wie redest du von einem Senator!«
Ich richtete mich im Bett auf.
»Ich habe geträumt.«
»Vom Ödipus?«
»Du siehst, wie wenig mich diese Tragödie beeindruckt hat: Ödipus ist nicht im entferntesten vorgekommen. Nein,

es war ein ziemlich langer und komplizierter Traum. Ich erinnere mich deutlich, daß es Montag war, als ich gerettet wurde. Ich glaube aber nicht, daß das der Anfang war. Es scheint eher so, daß ich an dieser Stelle aus einem tieferen Traum in einen höheren, näher der menschlichen Gegenwart liegenden Traum quasi erwacht bin. Der tiefere Traum muß schrecklich gewesen sein, zum Glück hatte ich schon im höheren nur noch das Gefühl überstandenen Schreckens, keine eigentliche Erinnerung mehr. Insgesamt mögen es auch mehrere, ineinander liegende, besser, untereinander liegende Träume gewesen sein. Wenn ich ganz scharf an die Erinnerung aus dem obersten, harmlosen Traum denke, kommt es mir vor, als hätte ich da einen Hauch an Vorstellung von Schwimmen in einem dunklen Gewässer gehabt, nein, von Schwimmen in schwarzem Licht, das den Rand der vorstellbaren Welt einsäumt. Es ist nicht ausgeschlossen, daß ich von außerhalb des – wie man es betrachten will – endlichen Weltraumes kam, wo, ja, Lenz, ich weiß nicht, ob man das sagen darf, wo ein anderer Gott herrscht ...«

»Sie sollten irgendeine Medizin nehmen oder Karlsbader Salz. Solche Träume kommen von schlechter Verdauung, Exzellenz.«

»Hast du noch nie von jener geheimen Lehre gehört, die sich die ›Lehre von der räumlichen Kontinuität der Atomstruktur‹ nennt?«

»Wenn es eine geheime Lehre ist, kann ich schwerlich davon gehört haben.«

»Ich meine, die tieferen Beweise sind geheim; die Erkenntnisse sind zugänglich. Du weißt, Lenz, daß wir in einem Sonnensystem leben. Eine Anzahl Planeten umkreisen einen – relativ – fixen Stern, die Sonne. In zwar berechenbaren, wenn auch unvorstellbar großen Entfernungen bewegen sich andere Sonnensysteme, unzählig viele. Sie und – eine quantité negligeable – unsere bilden eine Galaxis, wie man das nennt, ein Milchstraßensystem. Aber auch Milchstraßensysteme gibt es ungeheuer viele, ungeheuer – es gibt kein anderes Wort –, ungeheuer weit von uns entfernt. All das besteht, sofern es Stoff ist und nicht das pure Nichts zwischen den Sternen, aus unterschiedlichen Zusammenstellungen chemischer Elemente: Molekülen – Atomverbindungen. Die kleinsten, unteilbaren Teile glaubte man längere Zeit in den Atomen zu sehen. Die Atome hingegen sind nichts anderes als unnennbar kleine, winzige Sonnensysteme, mit mehr oder weniger kleinen Planeten um – relativ – unbewegte Fixkörperchen. Daß diese ›allerkleinsten‹ Teilchen wiederum teilbar sind, steht außer Frage. Wahrscheinlich bestehen sie aus noch viel kleineren Atom-Atomen, die zu erforschen unseren Experten sicher gelungen wäre, wenn nicht dieser Krieg, oder wie man es heißen soll, dazwischengekommen wäre. Diese Atom-Atome wären erforscht worden, doch man hätte wohl nur erfahren, daß auch die Atom-Atome aus Atomen bestehen, Welten in immer kleineren Welten ... Was spricht dann gegen die Auffassung, daß wir, unser Sonnensystem, nur ein Atom im Molekül der Galaxis sind? Vielleicht bilden die ungeheuren Moleküle, nämlich unsere Galaxis und die anderen Galaxen, die wir mit unseren Fernrohren erkennen können, nur ein winziges, womöglich überflüssiges Stückchen Darmzottel in den Eingeweiden einer undenkbar außerweltlichen Gans? – Eine Bewegung der Gans, und unser ganzer Weltraum ist zerstört? Sie bewegt sich sicher einmal ... aber sei beruhigt, Lenz, die Zeit ändert sich mit dem Raum. Eine Sekunde für die große Gans können Abermillionen von Jahren für uns bedeuten.«

»Warum gerade eine Gans?« frage Lenz. »Hat man da Anhaltspunkte dafür?«

»Ach wo«, sagte ich, »ich habe nur irgendein Beispiel gewählt – vielleicht gibt es dort, *dort* ist der falsche Ausdruck, eigentlich ist es ja hier, gar keine Tiere. Aber: in dir, hier in deinem Haar, zum Beispiel, sind Tausende von Galaxen, Millionen von kleinen Welten, ein Augenblick für dich sind Jahrmillionen für sie. Vielleicht hat sich da eben eine Welt aufgebaut, von den Strudeln der feurigen Urmassen bis zur Erhöhung des Diskontsatzes auf viereinhalb Prozent infolge einer unvorhergesehenen Änderung des Zinn-Preises ... vielleicht denkt auf einem der winzigen Atom-Atome deiner Augenbraue ein Platon, liebt eine Julia.«

»Das ist mir«, sagte Lenz, jetzt doch ein wenig nachdenklich, »ein außerordentlich unangenehmer Gedanke, Exzellenz. Ich wage gar nicht mehr, mich zu rühren. Und das haben Sie alles geträumt?«

»Nein«, sagte ich. »Mir ist es, als wäre mir im letzten, obersten Traum so gewesen, als sei ich in eine dieser unvorstellbaren Welten – größer oder kleiner, jedenfalls furchterregend anders – gefallen und gerade noch gerettet worden. Ich kam, geschüttelt von dem nur geahnt vorhandenen Grauen, in ein großes schönes Landhaus. Es war Montag, sagte ich schon, und das Haus gehörte einem Bekannten von mir, der sich mit seinen sieben Nichten für eine Woche dort aufhielt. Dieser Bekannte war ein pensionierter Kastrate, seinerzeit ein berühmter Sänger, dem der Papst einen Herzogstitel verliehen hatte. Seine Nichten waren die Töchter seiner Schwester, einer Sängerin. Jede von ihnen – das ist vertraulich, selbstredend erwähnt man es dort nicht – stammte von einem anderen Vater, und jede bezeichnete mit ihrer Geburtsstadt eine Station in der Karriere der Primadonna.

›Wie schade‹, sagte der Herzog-Kastrate zu mir, ›daß Sie das Crockett verschlafen haben.‹

Er saß mit den jungen Damen in einem Raum des Hauses, der ›der weiße Salon‹ hieß. Die Tapeten waren ein wenig in sich gemustert, weiß in weiß, und wenn ich mich recht erinnere, bestand das Muster aus großen Rosen. Je nach Beleuchtung erschienen die Rosen oder aber der Grund heller. Stühle, mit dunklem, fast schwarzem Samt bezogen, waren um einen Tisch gruppiert, auf dem Näh- und Stickzeug, Kartenspiele und sonstige Unterhaltungen für Mädchen lagen. Die Nichten Fanny und Laura setzten sich etwas abseits und spielten an einem kleinen Tisch Domino. Der Herzog bat Dorimena, zwischen ihm und mir Platz zu nehmen.

›Sie wird uns jetzt bis zum Abendessen etwas erzählen‹, sagte er.

›Ich?‹ sagte Dorimena, die römische Nichte, ›ich kann doch gar nichts erzählen. Ich habe nichts erlebt, nur gelesen.‹

›Das besagt nichts‹, sagte der Herzog. ›Leute, die nichts erleben, haben mehr Zeit zum Denken.‹

›Aber ich denke doch nicht, lieber Onkel, ich bin eine Frau.‹

›Schon‹, sagte der Onkel, ›wir wollen ja nur, daß du ein bißchen lügst.‹

›Lügen kann ich schon gar nicht, ich könnte höchstens erzählen, wie ich –‹

›Du hast, verzeih, wenn ich dich unterbreche, du hast uns schon lange nicht mehr die Geschichte deiner unglücklichen Liebe zum jungen Campo Sant'angeli erzählt!‹

›Das ist nicht wahr, daß es eine unglückliche Liebe von mir gewesen wäre –‹

›Unglückliche oder glückliche Liebe, wer soll schon entscheiden, welche Liebe was ist. Die Trivialpsychologie bezeichnet als unglückliche Liebe diejenige, bei der die Liebenden gehindert sind, miteinander zu schlafen.‹

›Wie Romeo und Julia‹, sagte ich.
›Was wissen Sie‹, sagte der Herzog, ›was zwischen den Szenen passiert? Aber sollen Sie recht haben: ist nicht vielleicht solche Liebe ›glücklicher‹ als –‹
›Es war‹, unterbrach jetzt Dorimena, ›weder glückliche noch unglückliche Liebe, in diesem oder in anderem Sinn. Es war überhaupt keine Liebe. Wenn es in diesem Zusammenhang eine ›Liebe‹ gegeben hat – die allerdings unglücklich war –, so war es meine Liebe zum Violoncello. Diese Liebe war –‹
›Einen Moment‹, sagte der Onkel, ›ich lasse schwarzen Kaffee kommen.‹
– Bald war er serviert, in kleinen, achteckigen Tassen. Dorimena rührte, tief ins Sinnen versunken, ein paarmal in der ihrigen und fuhr dann fort:
›– diese Liebe war schicksalhaft und von vornherein zum Unglück bestimmt, denn ich habe zu kleine Hände. Mein Fis in der ersten Lage auf der C-Saite war immer so falsch, daß Campo Sant'angeli Ohrentrommeln bekam wie er sich ausdrückte: rullo negli orecchi. Das heißt, so falsch war es nicht, außer für das Ohr des Meisters, denn ich war damals, als ich zum ersten Mal von ihm hörte, immerhin schon Meisterstudentin unserer Akademie. Und als ich mein Debüt gab – ich spielte das Dvorák-Konzert – hatte ich nicht unfreundliche Kritiken.‹
›Wie Leda den Schwan‹, sagte der Onkel, ›schrieb ein offenbar poetischer Kritiker, hielt sie das Instrument mit den Knien umfangen, streichelte seinen Hals und entlockte ihm – man weiß nicht: Töne der Lust oder jenen sprichwörtlichen Schwanengesang.‹
Die Schwestern lachten.
›Das war natürlich recht albern von ihm, wenn ich auch zugebe, daß die Hingabe einer Frau an ein so männliches Instrument den Gedanken an Erotisches schon auf-

kommen lassen kann – abgesehen von der Haltung, die man beim Spielen einnehmen muß, wobei, namentlich bei kurzen Kleidern, die Knie häufig von der Musik ablenken ... Ich allerdings trug bei meinem Debüt goldfarbene Hosen!

Es muß wohl um diese Zeit gewesen sein, als in Kreisen tief eingeweihter Musikfreunde das Geraune von dem geheimnisvollen Meister Livio Campo Sant'angeli begann. Ich weiß nicht, wo ich seinen Namen zuerst hörte, wer ihn mir nannte. Der Name, wie man so sagt, tauchte auf wie eine Ahnung. Den Meister selber aber hatte niemand von denen, die ich kannte, jemals spielen gehört. Es war wie mit Gespenstern: jeder kennt Leute, die Leute kennen, die Gespenster gesehen haben. Doch jemanden zu treffen, dem selber einmal ein Gespenst begegnet ist, scheint schwer, wo nicht unmöglich. So kannte auch damals jeder irgend jemanden, der Campo Sant'angeli gehört haben wollte. Der eine hatte einen Freund, der gerade in Sydney war, als Campo Sant'angeli dort konzertierte. Der Freund hatte mit eigenen Augen die Plakate gelesen. Danach habe man Fabelhaftes von der Kunst des Meisters in der Stadt erzählt. Ein anderer hatte Bekannte in Zürich, wo Campo Sant'angeli ein Konzert geben wollte, es dann aber kurzfristig absagte. Auch in Zürich erzählte man sich, unbeschadet der Absage, Unerhörtes. Ein Dritter hatte ihn in Tokio sogar gesehen – allerdings nicht gehört. Er war begeistert. Mindestens zehn bis zwölf Konzerte sollte der Meister pro Jahr in Nordamerika geben. Man zählte Städte auf, deren Namen ich noch nie im Leben gehört hatte: Spokane, Topeka, Seattle ...

Kein Mensch kennt Seattle! – Ein vierter Freund hatte bei Freunden in Stockholm eine Platte, eine Privatpressung, im Handel nicht erhältlich, gesehen. Der Plattenspieler war zwar gerade kaputt gewesen, aber die schwedischen

Freunde erzählten Wunderdinge. – Ein flüchtiger Bekannter eines entfernten Vetters von uns wollte dabei gewesen sein, als Campo Sant'angeli in einer geschlossenen Matinée vor Casals spielte. Casals soll sich daraufhin eine Zeitlang mit dem Gedanken getragen haben, Klarinette zu lernen!‹«

»Casals konnte aber Klarinette spielen«, sagte Lenz.

»Das weiß ich auch, aber Dorimena wußte es scheint's nicht, und ich war taktvoll genug, es stillschweigend zu übergehen!« sagte ich.

»›Das alles‹, fuhr sie fort, ›von der raunenden Ahnung einiger Interpretations-Mystiker bis zur donnernden Gewißheit umfassenden Vorurteils anschwellend, festigte natürlich den Ruhm des Meisters. Man erfuhr bald auch von seinen Lebensumständen – äußerst Widersprüchliches –, so etwa von seinem sagenhaften, ererbten Reichtum, von seinem Eigensinn, von seinem spottkleinen Repertoire, wobei man allerdings nicht wissen wollte, ob er nicht in Wirklichkeit über ein geradezu gigantisches Repertoire verfügte und es – manche sagten, aus Demut, die anderen, aus Snobismus – nur nicht offenbarte. Dann kam auf einmal die Nachricht, Campo Sant'angeli habe sich für zwei Jahre in die Einsamkeit zurückgezogen, um ein neu aufgefundenes Konzert von Haydn zu lernen. – Das sei nicht wahr, sagten besser Informierte, er lerne keine Konzerte, es handle sich um eine bestimmte Passage in einer Sonatine von Dotzauer. Kurz darauf platzte die Neuigkeit wie eine Bombe, oder vielmehr fiel wie ein brennendes Zündholz in den vom Benzin des Vermutens triefend getränkten Werghaufen des präsumtiven Publikums: Campo Sant'angeli werde in der Arena von Verona ein Konzert geben. Leider erwies sich dies als unwahr, aber schon wollten gewisse Zeitungen etwas von einem Konzert in Moskau gehört haben. Und ein paar Tage später, als ich bereits ernsthaft überlegte, ob ich nicht nach Moskau fahren sollte, kündigten Plakate ein Konzert an – bei uns in Rom!

Es war ein denkwürdiges Ereignis. Auf dem Programm standen eine Solo-Suite von Bach, danach die Sonate von Debussy, dann eine Solo-Suite von Reger und zum Schluß die Arpeggione.

Über krumme Beziehungen hatte ich eine Karte erhalten und saß nun, bebend vor Aufregung, inmitten der Crème der internationalen Musikfreunde im großen Cäcilien-Saal, natürlich hoch oben.

Zunächst warteten wir eine gute halbe Stunde.

Dann verkündete ein von den vorderen Reihen kommendes Munkeln, Campo Sant'angeli sei soeben eingetroffen. ›Es dauert noch eine Zeitlang‹, sagten Kenner, ›er meditiert stets vor dem Vortrag.‹ – ›Wie lang?‹ – ›Zwei Stunden.‹ – ›Nein, er steht nur zehn Minuten auf dem Kopf!‹ ... Daraufhin brandete die Nachricht herüber, jetzt habe er seinen Frack angezogen. Die Spannung stieg. Von der anderen Seite des Saales wogte das Dementi heran: nein, nicht er, sein Klavierpartner habe den Frack angezogen. Leute sprangen auf und liefen nervös im Saal herum. Eine alte Dame, die noch Julius Klengel gehört haben soll, bekam Krämpfe. Ein Sanitäter wurde ohnmächtig und hinausgetragen. Experten neigten zu diesem Zeitpunkt noch zu der Ansicht, der Meister werde spielen ... Da trat der Impresario aufs Podium und erklärte, das Konzert fände nicht statt. Wir bekamen unser Geld zurück. In den Zeitungen hieß es tags darauf, der Meister habe dem erwähnten Sanitäter Blumen ans Krankenbett geschickt. Ich aber erlebte das seltsame Phänomen, daß alle, die das Konzert – wenn man es so nennen kann – besucht hatten, wie bezaubert waren. Es war ... ich kann es nicht anders sagen, es war eben ein Ereignis. Ein Charisma umgab uns alle.

Ich beschloß, koste es was es wolle, Unterricht bei Campo Sant'angeli zu nehmen, und bildete mir ein, dies lasse sich durch meine, sagen wir: guten Beziehungen zum Vatikan –‹ Der Onkel Kastrate lächelte. ›– arrangieren. Die vermögen doch sonst alles ... Man kann ermessen, wie schwer es war, Schülerin Campo Sant'angelis zu werden, wenn ich sage, daß sie hier nichts – vielmehr nur auf Umwegen genützt haben! Cardinal N., ein guter Freund meiner Mutter – ich nenne ihn Onkel – begab sich persönlich zur Mutter des Meisters, der frommen Witwe Campo Sant'angeli, mit deren Gatten, mithin dem Vater des Meisters, er aufs Gymnasium gegangen war. Campo Sant'angeli aber war bei geradezu entrückender Religiosität und strengstem Katholizismus scharf antiklerikal eingestellt. Ich erfuhr später, daß der Besuch des Cardinals ihn für einige Tage aufs Krankenlager geworfen hatte. Allein der Anblick eines Priesters konnte, bei ungünstigen Witterungsverhältnissen, Nasenbluten bei ihm hervorrufen. – Zum Glück erfuhr er nie den Zusammenhang zwischen dem Besuch des Cardinals und mir, sonst hätte es mir wohl auch nichts genützt, daß ein junger Freund des Cardinals intervenierte, der einen hohen Rang in der Jesuiten-Universität in Rom bekleidete, gleichzeitig – sagen Sie's nicht weiter! – Logenbruder Campo Sant'angelis in der Loge ›Vergänglichkeit zu den drei Pyramiden‹ war ... So kam ich – alles nahm mehr als ein Jahr in Anspruch – zu jenem eigenartigen Schreiben, einer Karte, auf der mit großer, aber dennoch eher weiblicher Schrift zu lesen stand: *Kommen Sie am nächsten Montag um 11 Uhr 24 zu mir, oder sonst irgendwann, wann es Ihnen paßt. L. C.* Campo Sant'angeli kümmerte sich offenbar beim Schreiben wenig um das Format des zu Beschreibenden, denn die Karte war nicht nur bis zum Rand vollgeschrieben, sondern er war mit seiner großen Schrift scheint's häufig

auch über den Rand hinausgefahren. Im ganzen machte die Note den Eindruck, als sei sie aus einem größeren beschriebenen Bogen ausgeschnitten.
Als ich ihn dann sah und mit ihm sprach, mußte ich feststellen, daß sich in den seine Person betreffenden Gerüchten Erfundenes und Wahres mischten. Von ererbtem Reichtum war er zweifellos. Er wohnte in einer Villa – Villa im alten Sinn – am Meer, und zwar an der ligurischen Küste, dort, wo sie ziemlich felsig ist. Die Landseite des Besitztums schützte ein breiter Park. Dem Meer zu war es offen. Die Villa stand auf einer Felszunge, die in das flache Meer hinausragte. Kunstvoll waren die natürlichen Stufen im Gestein in die Komposition eines weiten, bizarren Steingartens einbezogen. Vom Haus führten Treppen bis ans Meer hinunter. An ihrem Fuß, überschattet von Bäumen, umgeben von bizarren Felsbildungen und hie und da einer verwitterten Statue oder einer steinernen Vase, war eine Bank aus dem Felsen gehauen. Darüber fand sich eine Marmortafel, deren Inschrift aber nicht mehr zu lesen war. – Selten, und nur bei rauher See, schlugen die Wellen über den vorgelagerten Sandstrand, die Bank jedoch, die Stufen davor und eine kleine Balustrade waren so sinnvoll gestaltet, daß kein Tropfen sie traf: Campo Sant'angeli konnte ungefährdet das Meer betrachten, das wie ein an der Kette hängendes wildes Tier vor ihm tobte ... Aber ich greife vor. Diesen schwermütigen Lieblingsplatz des Meisters sah ich erst später. Er pflegte dort stundenlang zu sitzen, ein aufgeschlagenes Buch in der Hand, ohne darin zu lesen.
Campo Sant'angeli empfing mich in der Villa. Er saß auf einem Sofa, in schwarzem Rollkragenpullover, schwarzen Hosen und barfuß. Als er aufstand, sah ich, daß er sehr klein war, klein und schmal. Auf Bildern war er mit ganz kurzem Haar und einem stark gestutzten, jedoch nicht

ausrasierten Schnurrbart gezeigt gewesen. Auch jetzt trug er die Haare zwar kurz geschnitten und den Schnurrbart gestutzt, aber Haar und Bart schienen mir unwägbar ungepflegt.
Die ersten Minuten waren qualvoll, Campo Sant'angeli bot mir lediglich einen Platz an – weit weg von dem seinen – und ringelte sich wieder in sein Sofa. Die bloßen Füße deckte er jetzt mit einem Kissen zu. Er sprach kein Wort und schaute mich nur an. Ich wußte nicht, ob ich etwas sagen sollte, hatte aber andrerseits auch nicht das Gefühl, daß er es erwartete. Warum ich gekommen war, wußte er ja. Ich blieb also eine Zeitlang sitzen, dann stand ich auf; auch er erhob sich; er gab mir die Hand, sagte: ›Bene, tutto a posto ...‹, und ich ging. Ich fuhr noch nicht lang mit meinem Fiat auf der staubigen Landstraße in Richtung Rom, da überholte mich ein froschgrüner Maserati in höllischem Tempo, und während er vor mir waghalsig schlitternd in die nächste Kurve heulte, winkte mir Campo Sant'angeli aus dem offenen Wagen zu.

Ich kam nun öfter in die Villa. Manchmal war der Meister nicht da – eine feste Zeit mit ihm auszumachen war nicht möglich, seine ständige Redensart war ja: ›Kommen Sie um fünf Uhr zehn oder sonst irgendwann‹ – manchmal wartete er unten auf der Felsenbank; nie sagte er mehr als einen Gruß, vielleicht ein Wort über das Wetter allenfalls. Nur mit seiner Mutter plauderte ich hie und da.
Einmal traf ich ihn – es war eine völlig unübliche Zeit dafür – beim Essen. Er saß auf einer Terrasse in seinem schwarzen Rollkragenpullover und hatte einen Teller mit Käse, Oliven und Trauben vor sich. Er erklärte mir des langen und breiten das Wohltuende und Natürliche dieser Geschmackskomposition – ergänzt von grobem Weiß-

brot und leichtem Rotwein. Er beleuchtete das Problem des Essens aus allen möglichen Gesichtspunkten, vom Ästhetischen, vom Medizinischen, vom Historischen, ja vom Astrologischen und Mythologischen her, brachte allerlei geheimnisvolle hermetische Beziehungen zwischen die einzelnen Speisen und kam immer wieder auf die gepriesene Komposition von Käse, Oliven und Trauben mit grobem Weißbrot und leichtem Rotwein zurück. ›Denn im Grund‹, flüsterte er mir zu, ›im Grund bin ich ja, Sie sehen – Käse, Oliven ..., bin ich ja doch ein Bauer.‹ Inzwischen hatte er den Käse und die Oliven verzehrt, auch das Weißbrot und die Hälfte der Trauben. Auf dem Teller lag nur noch eine üppige Rebe neben dem Skelett eines abgepflückten Traubenstrunks. Das Bild berauschte ihn. Er hob den Teller hoch. ›Sehen Sie‹, sagte er, ›die schwellende Rebe und das abgegessene Skelett – Werden und Vergehen –‹ Er stellte den Teller auf das Geländer der Terrasse in die späte Sonne. Bis zu restloser Schwermut beglückte ihn, daß einer der Pfauen, die im Garten gehalten wurden, aufs Geländer sprang und eine Weinbeere, eine einzige, vom Teller pflückte und davonschritt.

Es war im Lauf der Zeit nicht zu umgehen, daß ich auch andere Schüler Campo Sant'angelis in der Villa traf. Waren es mehr als drei, die zufällig zusammenkamen, neigte der Meister dazu, eine Unterrichtsstunde zu erteilen.
Bei diesem Unterricht – die Stunde kostete übrigens, ich zitiere *15 282 Lire, oder wieviel Sie eben zahlen wollen* – rührte Campo Sant'angeli nie ein Cello an, und ich meine das wörtlich! Nicht nur, daß er nicht spielte, er vermied es auch ängstlich, mit einem der zwangsläufig sich im Raum befindlichen Instrumente in Berührung zu kommen. Er ließ uns spielen – ›Spielen Sie den ersten Satz der g-Moll Sonate von Beethoven, und zwar diese eine Passage im

soundsovielten Takt oder was Sie wollen –‹, manchmal nörgelte er Unverständliches vor sich hin. Oft, wenn er uns korrigierte, sang er die entsprechenden Stellen vor oder aber er platzte, nachdem er lang nach Worten gerungen hatte, mit einem ungeheuer schlüssigen Bild heraus. Ich erinnere mich an einen Schüler, der das Dvorák-Konzert studierte. Es handelte sich in diesem speziellen Fall um den herrlichen Einsatz auf h-Moll, den ersten Einsatz des Soloinstrumentes in der Reprise, nachdem, *grandioso*, das ganze Orchester das Thema vorgetragen hat; und das Cello in Doppelgriffen in hoher Lage quasi aus der allmählich beruhigten Orchesterraserei heraustritt. Es ging um Fragen der Dynamik. Unter der Solostimme steht, wenn ich mich recht erinnere, *fortissimo*, begleitet wird sie von Oboen – *piano*, Geigen – *pianissimo*, Violen – *forte/piano*, und noch ein bißchen anderem. Das Problem war, was unter ff hier zu verstehen sei.
Campo Sant'angeli pfiff und sang und äußerte bald dies, bald das, aber alles befriedigte ihn sichtlich nicht, bis er endlich sagte: ›Es kann ein wenig kreischen, es zuckt. Ich habe einmal in den Bergen an einem heißen Tag ein Gewitter aufziehen sehen. Eine schwarze Wolkenwand kam zwischen zwei Bergen herauf. Ich schaute mit einem Fernglas zufällig hin. Über dem Tal, noch in der klaren Luft, noch nicht vom unruhigen Dunst des Gewitters erfaßt, aber von den gespannten Schichten der Luft getragen, schwebte ein Vogel – jenseits aller Anstrengung – hoch über den Fichten, ein Falke vor dem Sturm –‹; er sang die Stelle gelöst vor, er hatte es gefunden: ein Falke vor dem Sturm …
Ungefähr ein Vierteljahr war ich bei ihm, da begann er, wenn das möglich war, noch launischer zu werden. Von seiner Mutter wußten wir, daß er kaum schlafen konnte. Er aß wenig, trank Tee von Hibiskusblüten und, ganz

ungepflegt aus Wassergläsern, viel Sekt. Flaschen kostbarsten französischen Champagners stöpselte er mit einem zusammengedrehten Zeitungsblatt zu und stellte sie, wie ein Biermusiker den Krug, unter seinen Stuhl. Nicht selten trank er aus der Flasche. Seinen Maserati, erfuhren wir, benutzte er kaum noch, denn er zitterte häufig am ganzen Körper, und lebensgefährlich war geworden, daß er anfing, links und rechts zu verwechseln. Sein Bewußtsein reagierte zeitweise spiegelverkehrt.

Als wir, die Schüler, zufällig einem außerordentlich aufgeregten dummen Menschen in Campo Sant'angelis Villa begegneten – es war sein Manager –, glaubten wir, den Grund für des Meisters körperlichen Verfall – ja, Verfall, anders war es nicht zu nennen – zu erkennen: der Meister hatte ein Konzert vereinbart, und das reute ihn jetzt. Aus irgendeinem Grund konnte oder mochte er die Zusage, so vermuteten wir, nicht zurücknehmen. Das nagte an ihm und zerfraß ihn. Ein besonders kecker Schüler sprach Campo Sant'angeli, es war im September, direkt darauf an. Es hatte furchtbare Folgen: der Meister bekam einen hartnäckigen tagelang währenden Schluckauf. – ›So als ob mindestens ein Dominikaner-Provinzial in der Nachbarvilla zu Besuch wäre‹, murmelte die Mutter besorgt.

Als der Schluckauf vorbei war und wieder einmal genügend Schüler für eine Unterrichtsstunde versammelt waren, schenkte uns der Meister mit verschmitztem Lächeln ein Plakat. Es war die vom Manager vorbereitete, aber von ihm noch nicht freigegebene Konzertankündigung. ›Nur‹, merkte er der Aushändigung an, ›– stimmt das Datum nicht; das Konzert findet einige Tage früher statt oder später.‹

In der Folge erfuhren wir von weiteren Mystifikationen: an verschiedenen Stellen Roms wurden Plakate mit un-

terschiedlichen Uhrzeiten angeklebt. Auch stimmten die Programme sonst nicht überein, in jeder Plakatversion gab es einen anderen – kalkulierten – Druckfehler in Campo Sant'angelis Namen.
Es war kurz vor dem Konzert, das dann, ich erinnere mich genau, am 6. November stattfand. Ich kam allein zu Campo Sant'angeli. Er versuchte gerade, ein kaltes Huhn zu essen, und ich sah mit Entsetzen, daß er immer wieder ein kleines Stück Fleisch in eine Schale mit Senfsauce tauchen wollte, aber die Schale nicht traf. Müde und entschuldigend lächelte er mich an. Dennoch war er sehr fröhlich, er erzählte mir, daß ihm eingefallen war, auch den Ort seines Konzerts, den Konzertsaal, zu verschleiern. Man hatte schon neue Plakate, um neue Versionen bereichert, in der Nacht über die alten geklebt. Insgesamt waren sechs oder sieben verschiedene Orte für das Konzert angegeben. Besonders belustigte Campo Sant'angeli, daß er unter anderem auch die Domus Aurea nennen ließ.
Das Publikum des Konzerts war also vom Zufall bestimmt, bestand es doch allein aus jenen, die die verhältnismäßig wenigen Plakate mit der richtigen Orts- und Zeitangabe gelesen hatten.
Vielleicht waren auch ein paar darunter, denen zwei einander korrigierende Irrtümer zu Hilfe gekommen waren, oder die die Plakate flüchtig und falsch und doch zufällig richtig gelesen hatten. Das Konzert fand im Festsaal des Palazzo Colonna statt (das ist der Saal, in dem die Kanonenkugel von 1848 in den Stufen zum Podium steckt), und an den anderen angeblichen Veranstaltungsorten rauften sich Hunderte die Haare: vor dem Eingang des Forums, am Grabmal der Cecilia Metella, am Teatro Argentina. Viele suchten die Kirche S. Meleagro delle Divine ... Man glaubt es kaum, aber diese Kirche gab es nicht, nicht einmal den betreffenden Heiligen.

Wir Schüler hatten wenige Stunden vor dem Konzert die richtigen Angaben erfahren. Pünktlich wurden die Saaltüren geschlossen. Trauben von Studenten wurden von den rigorosen Saaldienern abgewiesen. Fünf Minuten danach erschien Campo Sant'angeli in einem tadellosen Frack, der wie ein Korsett saß und auch – das wußten wir ja – die entsprechenden Funktionen ausübte. Bis dahin hatte ich ihn nur barfuß gekannt, jetzt trug er Lackschuhe, so klein, so schmal und spiegelblank – Schuhe, sage ich Euch, nicht von dieser Welt. Solche Schuhe hebt man in Vitrinen auf, nur treuesten Dienstboten ist es erlaubt, die abzustauben; fliegen dürfte man mit solchen Schuhen, wenn man es könnte. Den Boden berührt man mit ihnen eigentlich nicht.
Am Anfang stand die Sonate in g-Moll von Beethoven. Mit Erregung sahen wir einen ganz unüblichen Vorgang: Janos Starker, der, rasend applaudiert, gleichzeitig mit Campo Sant'angeli das Podium betreten hatte – Benjamin Britten, der am Klavier begleitete, ging zwei Schritte hinter ihnen –, trug das Cello des Meisters. Während Campo Sant'angeli mit gesenktem Kopf stehenblieb, stimmte Starker das Instrument. Eine geflüsterte Unterhaltung fand statt, auch Britten wurde mit einbezogen. Dann stimmte Starker noch einmal nach und zupfte an allen vier Saiten. Campo Sant'angeli nickte. Starker stand auf und reichte – es kam der Moment, an den wir alle nicht hatten glauben wollen – reichte unserem Meister das Cello. Der nahm es, ganz einfach, nahm es, schlenzte die Frackschöße hinter den Stuhl und setzte sich.
Die Sonate für Violoncello und Klavier von Ludwig van Beethoven, in g-Moll, opus 6, Nummer 2 beginnt mit einem g-Moll-Akkord des Klaviers. Das Cello spielt den Baß-Ton, die leere G-Saite, mit und hat dann eine längere Pause. Noch hatte Campo Sant'angeli den Bogen nicht

völlig ausgestrichen, da stürzte er vornüber und warf im Fall das Cello vor sich zu Boden. Der Steg schnappte um und schlug mit hartem Laut gegen den noch einmal nachhallenden Körper des berstenden Instruments – das brechende Herz, zuckte es mir durch den Sinn. Das alles spielte sich freilich in Bruchteilen von Sekunden ab. Das ›brechende Herz‹ ging unter im Aufschlag des Körpers auf das Podium. Benjamin Britten war aufgesprungen, als Campo Sant'angeli zunächst auf das Cello und dann seitlich aufs Podium fiel, wo er auf dem Rücken liegen blieb. Auch das Publikum sprang von den Sitzen. Mich kam ein Grausen an, wie sonst nur im Traum. Ich lief hinaus.
Wissen Sie, wenn man so etwas liest, wenn man es im Theater oder im Kino sieht, dann erfaßt man es. Wenn man es aber erlebt, dann erfaßt man es nicht. Es war, als ob dieses mächtige, grausige Erlebnis wie eine Explosion mein Bewußtsein gestreift, es flackern gemacht, vielleicht für einen, eben jenen Augenblick aus mir herausgeblasen hätte. Der Tod stand für eine Sekunde spürbar körperlich im Raum.
Nun, andere waren weniger empfindlich als ich. Sie stürzten aufs Podium und sicherten sich die Splitter des Cellos. Noch Jahre danach wurden sie zu hohen Preisen gehandelt. Denn jener einzige Ton, das G auf der leeren Saite, begründete endgültig den überragenden Ruhm des Meisters – in der schnellebigen Öffentlichkeit freilich nur für kurze Zeit, um sich dann aber im Kreis der Eingeweihten zur Gewißheit zu verdichten, daß Livio Campo Sant'angeli der größte Cellist war, den die Erde je getragen hat.‹«
»Sie haben aber eine ausgezeichnete Erinnerung an die Einzelheiten Ihres Traumes, Exzellenz.«
»Ach, habe ich vergessen zu sagen, daß mir der Herzog-Kastrate eine kleine rosa Pille gab, die ich nehmen sollte, um den Traum nicht zu vergessen?«

»Im Traum gab er Ihnen eine Pille?«
»Freilich, im Traum.«
»Und die wirkt danach?«
»Wann sonst?« sagte ich.
»Ein Wundertraum«, sagte Lenz, »oder eine Wunderpille. Wie froh müssen Sie sein, daß Ihnen Ihre Gigantengans nicht eine Pille gegeben hat.«
»Das allerdings! – Indessen ist mein Traum noch nicht zu Ende. Wir begaben uns, nachdem Dorimena ihre Geschichte beendet hatte, in den Speisesaal. Hernach spielte ich mit dem Herzog Billard. Tags darauf ritten die sieben jungen Damen aus – ein stolzes Bild – und ich spielte mit dem Herzog Crocket. Die Nichten sahen wir erst am Abend wieder, als Renata, die neapolitanische Nichte des Kastraten, im goldgelben Salon vor dem Abendessen *ihre* Geschichte erzählte:
›Es ist eine Geschichte aus meiner Vaterstadt‹, begann Renata, obwohl sie in Florenz anfängt, wo Messer Domenico Orlandini geboren wurde. Sein Vater, der alte Orlandini, einst ein berühmter Opernkomponist –, über den sich auch, aber das ist ja für uns Neapolitaner eher ein Lob, der dumme Marcello das Maul zerrissen hat –, war damals Kapellmeister am Dom von Florenz und großherzoglicher Kammervirtuose.
Der junge Orlandini, sowohl durch den Beruf des Vaters, als auch durch die augenfällige eigene Begabung zum Musiker bestimmt, wurde nach Neapel geschickt, das – da mag meine venezianische Schwester gern grinsen – bereits damals, das musikalische Herz der Welt war. Außerdem hatte schon der alte Orlandini dort gelernt, und der Vorname des Sohnes war nichts anderes, als eine Huldigung an den neapolitanischen Lehrer des Vaters.

Am Conservatorio dei Poveri di Gesú Cristo ausgebildet, dem ältesten und ehrwürdigsten der neapolitanischen Konservatorien, hatte Domenico mit einigen Messen, Vespern und Hymnen die Aufmerksamkeit der musikalischen Welt Neapels erregt – das hieß damals: aller Neapolitaner! –, so daß er vom Fürsten Crispo Cursi-Cicinelli, dem Haupt eines ebenso reichen wie alten und musikliebenden Hauses unserer Stadt, beauftragt wurde, zum Anlaß der Hochzeit seines Sohnes eine Oper zu komponieren. Sie wissen, in Neapel schied man nicht zwischen Kirchenkomponisten und solchen für die Oper. Von einem neapolitanischen Komponisten durfte man mit Recht annehmen, daß er, wenn er ein schönes ›Salve Regina‹ gesetzt hatte, ein ebenso schönes ›Alcandro lo confesso‹ komponieren würde.
Das heißt, nicht eigentlich bei der Hochzeit des Prinzen Gennaro Cursi-Cicinelli sollte die Oper aufgeführt werden – denn die Trauung fand in Salerno statt, da die Braut aus dem uralt-salernitanischen Geschlecht der Gisulfini stammte und somit eine Langobardin war –, sondern zur Feier des Einzugs der Braut in den Cursischen Stadtpalast.
Wie fast jeder Palast des neapolitanischen Adels, hatte auch der Palazzo Cursi sein eigenes Theater.
Die Uraufführung der Oper, an der Orlandini volle sieben Wochen gearbeitet hatte, wurde ein wahres Fest. Nicht nur, weil der König und die Königin, Carlo IV. und Maria Amalia von Sachsen, nebst dem ganzen Kranz der edlen Familien von Neapel dem jungen Paar die Ehre gaben, sondern weil erstens für ein ganz neues Libretto – ›Idaspe‹ – eine erhebliche Menge Geldes aufgewendet worden war und weil man zweitens, was die Ausstattung der Bühne, die Kostüme, das Orchester und selbstverständlich vor allem die Sänger anging, eine Verschwendung

getrieben hatte, die selbst in Neapel für derlei Anlässe nicht üblich war.
Tausende von Kerzen beleuchteten Bühne und Parkett, ein Duft von Rosen und der Jubel der vornehmen Welt Neapels, raubten dem jungen Maestro den Atem, als er hinaus ins Orchester und ans Cembalo trat, um die Ouvertüre – damals sagte man Sinfonia – zu dirigieren. Er verbeugte sich, geblendet vom Glanz der Lichter und als er sich wieder aufrichtete, sah er sich, über eine Entfernung von wenigen Metern, einer Schönheit gegenüber, strahlender als alle Kerzen, duftender als alle Rosen, atemberaubender als aller Beifall der vornehmen Welt: Teresa Principessa Cursi, aus dem Geschlecht der Gisulfini von Salerno, die kindliche Braut ... – Noch von einem Hauch Jungfräulichkeit umgeben, blond wie die selige Cäcilie, stand sie in einem schneeweißen Kleid, das kaum weißer als ihr Busen war, neben einem kleinen, frühdicken Bauernstoffel in jadegrünem Frack mit lächerlichen Orden – Seiner Exzellenz Gennaro Maria Aloysio et cetera, Principe Cursi-Cicinelli, dem Erben eines der größten Vermögen Neapels – ihrem Frosch von Mann.
Orlandini hatte, wie es der Anstand erforderte, seine Oper der Prinzessin gewidmet. Aber erst jetzt, als er sich einen Augenblick zu lang den großen Blicken der Fürstin gestellt, vollzog er heimlich, aber feierlich die nichtssagende Widmung zu wahrer Weihe.
Es sei nicht verhehlt, daß eben wegen dieser weihevollen Widmung der junge Orlandini am Cembalo einige Male danebengriff. Schon in der Sinfonia brachte er beide Fagotte draus. Die große Arie der Roxana wurde – das trug dem Dirigenten feurig-zornige Blicke der Primadonna ein – nur durch eine geistesgegenwärtige Koloratur der Sängerin gerettet: Orlandini hatte nämlich einen Moment lang seufzend überhaupt zu dirigieren vergessen! Vor

dem Finale endlich spielte er ein völlig unvorhergesehenes Solo auf dem Cembalo, eine Fantasia, ein schmerzlich schönes Stück, das ihm das erwachende Herz eingegeben hatte und das, versteht sich, das gesamte Orchester verwirrte. Obwohl ein Hornist, der seinen Einsatz gekommen glaubte, einmal dazwischen blies, machte gerade dieses improvisierte Stück ganz besonderen Eindruck. Vom Tag an wurde einige Saisons lang von den Kapellmeistern erwartet, daß sie vor dem Finale auf dem Cembalo schmerzlich schön phantasierten. Die junge Fürstin Cursi aber verlangte, als sie sich vor dem auf die Oper folgenden Ball bei Orlandini bedankte, daß er ihr die Fantasia aufschreiben und bringen möge.
Die Musik zum Ball leitete ein anderer, der fest besoldete Musikmeister des alten Fürsten. Orlandini war entlassen. Er ging nach Hause, und ihm war, als müsse sein Herz das kleine Zimmer im Conservatorio dei Poveri zersprengen. Er sah die Prinzessin im fürstlich-festlichen Saale tanzen – sogar über das Licht, das sie umfing, ereiferte er sich. In seinem Abgrund an Hoffnungslosigkeit war er so namenlos einsam, daß er überlegte, ob er der Prinzessin nicht seinen Kopf schicken sollte, mit einem beigefügten Zettel – etwa im dann ewig schweigsamen Mund –, hier, in dem Kopf sei die gewünschte Fantasia. Allein die sieghafte Jugend und die technischen Schwierigkeiten, diesen ausgefallenen Selbstmord zu verüben, ließen ihn sich an sein Schreibpult setzen und mit schwerer Hand die Fantasia zu Papier bringen. Einige raffinierte Harmonien nachträglich einzufügen, bereitete ihm sogar etwas Linderung.

Die Prinzessin im Ballsaal war aber nicht weniger einsam. Trostvoll für sie war einzig, daß der Ball so lange dauerte. Der tölpische Bräutigam würde hernach zu müde sein, um

sich ihr grob, wie er war, zu nähern. Und sie konnte die ganze Nacht von Orlandini sprechen, Orlandini loben, ohne aufzufallen – alles sprach von ihm, der heute neue Mode geworden war, und ihr Lob war, gemessen an manchen Äußerungen anderer Damen, geradezu kühl.
Noch während des Balles bat sie ihren Schwiegervater, ihr Orlandini als Musikmeister zu engagieren. Der alte Fürst versprach es zu versuchen, denn, so sagte er, der Maestro würde wohl am Morgen hundert solcher Angebote bekommen. Teresa gab es einen Stich ins Herz, und zitternd erwartete sie die Rückkunft des Boten, den sie um sechs Uhr früh ins Conservatorio entsandte.
Der Bote der Prinzessin war der siebzehnte. Gegen halb vier Uhr war ein Bote der alten Fürstin Aiutemicristo gekommen. Zehn Minuten später, der des als musikbesessen bekannten Alchimisten und Philosophen Graf Ferrario, um Viertel nach vier der Bote des englischen Gesandten, um halb fünf der des Fürsten Pozzo della Cisterna. Von fünf Minuten nach halb fünf an, als die Boten des Prinzen Ruffo di Calabria und des Malteser-Priors gleichzeitig eintrafen, fanden sich die Boten meist paarweise, später rudelweise ein. Hätte dem jungen Musiker nicht die frische Wunde der Liebe den Schlaf geraubt, hätten es die Boten getan.
Dem Boten der Prinzessin gab er die Nachricht mit, daß er sich erlauben werde, ihr am Vormittag, nach der Messe, seine Aufwartung zu machen. Die Prinzessin bebte bei dieser Antwort, die ihr die Ungewißheit um nichts minderte.
Als Orlandini um zehn erschien, ihr die Notenrolle mit der neuen Fantasia zu Füßen legte und ihre Frage, ob er ihr Musikmeister werden wolle, mit einem mehr erstickten als gehauchten ›Ich werde‹ beantwortete, da fiel die junge Fürstin in Ohnmacht. Einige anwesenden Tanten

lächelten. – Schau, schau, der tüchtige Gennaro, sagten sie zu sich. Aber Gennaro hatte, im wahrsten Sinne des Wortes, mit dieser Ohnmacht nichts zu tun.

Orlandini besuchte die Prinzessin Teresa von nun an fast täglich. Er gab ihr am Montag Gesangsunterricht, am Dienstag Cembalounterricht, am Mittwoch unterrichtete er sie in der Kunst der Harmonielehre, am Donnerstag gab er ihr Violinstunden, am Freitag Harfenstunden, am Samstag blies er mit ihr Flöte, und selbst am Sonntag fand Musikunterricht statt: die Prinzessin wünschte an diesem Tag im Kontrapunkt unterwiesen zu werden – wozu Orlandini ja in der Lage war, weil unsere Opernkomponisten davon etwas verstehen, im Gegensatz zu den venezianischen Nieten. – Hätte die Woche mehr als sieben Tage gehabt, die Prinzessin hätte zuletzt noch Posaunenblasen gelernt ...

Dieser Musikunterricht fand teils in einem ›Musikzimmer‹ teils im Theater statt, sooft es jedoch angängig war, in einem Pavillon im Garten. Wie viele Male stand Teresa hinter dem am Cembalo sitzenden Orlandini, ins gleiche Notenblatt schauend – Notenblätter können ja bekanntlich wie ein Sternenhimmel sein, wo sich bei gemeinsamer Betrachtung Liebende indirekt in die Augen blicken –, und wie oft, beim Einatmen vor einer Koloratur, streifte ihr weicher Busen scheinbar unbeabsichtigt seine Schulter.

Er aber – das Herz von der Heiligkeit seiner Anbetung bis auf die innerste Faser durchtränkt – wagte mit keinem Gedanken, die Möglichkeit auch nur zu erwägen, daß sie, die weniger durch den Unterschied ihres Standes, als vielmehr durch die Gloriole, die er um sie wob, himmelweit von ihm entfernt schien, seine Gefühle erwidern könnte. Wo einem Gewitzteren schon ein Hundertstel all der Auf-

merksamkeit Teresas alles verraten hätte, vermochte dem jungen Orlandini nicht einmal der Feuersturm auf ihren glühenden Wangen einen Verdacht mitzuteilen.
Teresa andrerseits wurde durch seine monatelange scheinbare Sachlichkeit verwirrt, und sie, die anfangs nur Hemmnisse moralischer Natur zu überwinden gehabt hätte, begann an seiner Neigung zu zweifeln.
So fochten sie einen Kampf gegeneinander, oder vielmehr gegen sich selbst, gegen eine aufkommende Verzweiflung, die sie zermürbte, bevor sie schließlich – wie sage ich: unterlagen oder siegten? Das kam so:
Es war im darauffolgenden Sommer, daß der Fürst Cursi-Cicinelli junior in einer wichtigen Geheimmission nach Madrid fuhr. Das heißt, er begleitete als blöder, aber standesgemäßer Gesandter einen schlauen Hofrat, der über die damals fällige Thronfolgeregelung zwischen den Königreichen Spanien und Neapel verhandeln sollte. Seine Gattin schickte der Fürst auf ein Landgut. Natürlich begleitete sie ihr Musikmeister ...
Orlandini hatte, um die übliche Langeweile des Landaufenthaltes zu vertreiben, eine kleine Oper komponiert, die von den anwesenden Mitgliedern der hohen Familie und von Teresa selber aufgeführt werden sollte. Der Text dieser Operette stammte angeblich von einem Don Sowienoch. In Wirklichkeit aber hatte Orlandini selbst seine und Teresas Geschichte leicht ätherisiert in Verse gefaßt – in der kindlichen Überzeugung, Teresa werde nichts davon bemerken. Selbstverständlich richtete Orlandini es so ein, daß er und Teresa die entsprechenden Rollen spielten.
Es gab da, am Ende des ersten Aktes, eine Szene – sinnigerweise auf dem Thema der Fantasia beruhend –, eine Szene inniger Umarmung auf der Bühne, züchtig und statuarisch, mehr angedeutet, schon weil Teresa da-

bei eine Koloratur zu singen hatte. Als der Vorhang fiel, und die beiden einzigen Akteure des Finales für einige Augenblicke allein im Dunkeln hinter dem Vorhang standen ... sie gestanden einander später, daß sie sich im gleichen Augenblick gesagt hatten: jetzt oder nie. Diesmal behinderte keine Koloratur die Umarmung und den glühendsten Kuß, der, wenn Sie das abgegriffene Bild erlauben, beinahe die Dekoration in Brand gesetzt hätte.

Leider war es aber schon das Ende des Sommers. Zur Begrüßung des Fürsten, der bereits auf dem Heimweg von Spanien war, sollte man in wenigen Tagen wieder in Neapel sein. Es war also eine Zeit atemlosen Glückes, ein tränenreiches und eher schmerzvolles Berühren von Wunden, dabei von jugendlicher Ehrenhaftigkeit: die beiden sprachen von nichts als davon, daß sie, vorerst getrennt, nach Rom gehen wollten, um den Heiligen Vater zu bestimmen, die Ehe der jungen Fürstin zu annullieren, wofür diese in ihrer übergroßen Liebe zu Orlandini kanonische Begründung mehr als genug sah. Gleichzeitig sollte der Papst durch die Musik Orlandinis bewogen, ja gezwungen werden, den Musiker zum Marchese zu erheben, wodurch dann auch der Standesunterschied beseitigt und der Weg für die Ehe der beiden frei wäre. Sie glaubten, ach ja, so fest an die selbstverständliche reibungslose Verwirklichung ihrer Pläne, daß sie es für vertretbar hielten, diese Ehe – Sie verstehen – sozusagen von hinten aufzuzäumen.

Kein Kissen im Haus, kein Rasenfleck im Park, kein Boot auf dem See, nichts, das nicht ihrer Liebe gedient hätte, sobald sie auch nur einen Augenblick allein waren.

Ein Brosamen dieser feuerpulsenden Leidenschaft fiel danach in Neapel auch für den ein wenig überraschten Fürsten ab, gerade so viel, daß der Sohn, den die Prinzessin

im Frühjahr darauf gebar, bei einigermaßen wohlwollender Berechnung als Kind des Fürsten gelten konnte.
Im Sommer des folgenden Jahres zog der Fürst mit dem ganzen Hofstaat auf ein anderes, größeres Landgut. Auch diesmal wurde die Fürstin von ihrem Musikmeister begleitet. Doch ihre und des Orlandini Liebe war, obwohl so heiß wie je, weniger glücklich, vielleicht weniger schmerzvoll, aber auch weniger rein. Die wenigen Nächte in einsamen Jagdhäuschen, wohin man auf getrennten Wegen gekommen war, unter tausend Ausreden vor den anderen, erfüllte sündige Glut. Im letzten Jahr hatten sie noch an ein ›stilles Glück‹ nach Annullierung der fürstlichen Ehe geglaubt, davon war heuer nicht mehr die Rede. Sie wußten, daß es bei der Sünde bleiben mußte, und mochte auch die Sünde ihre Leidenschaft nicht hindern, so war es doch das vergiftete Glück verlorener Hoffnungen.
Dazu war es selbstverständlich nur eine Frage der Zeit, bis sich der erste Verdacht regte. Mit den scharfen Augen des beruflichen Neides beobachtete der alte Musikmeister des Fürsten den jungen Kollegen. Auf die Dauer konnten ihm die wirklichen Erfolge des Rivalen nicht entgehen. Er hinterbrachte seinen Verdacht dem alten Fürsten.
Zwar konnte man Teresa und Orlandini nichts nachweisen, doch der Verdacht allein genügte, um einen Skandal zu entfesseln. Die Fürstin wurde gezwungen, ihren Musikmeister zu entlassen. Das Schrecklichste war der offizielle Abschied. An der Tafel, im großen Kreis, mußte er ihr die Hand küssen. Sie nickte nur – ›hoheitsvoll‹ sagten die Tanten billigend. Freilich nickte sie nur: sie war wie zu Stein gebannt. Und wie ein Wunder kam es ihr vor, daß jenes Band, das ihre Herzen aneinanderfesselte, in diesem Augenblick nicht plötzlich glühend sichtbar wur-

de. Wortlos schworen sie, nur einander zu gehören – und haben einander doch nie wiedergesehen.
Als Teresa im nächsten Frühjahr eine Tochter zur Welt gebracht hatte, von der sie wußte, daß auch sie ein Kind Orlandinis war, zog sie sich aus Neapel zurück. Sechzehn Jahre verbrachte sie mit ihren Kindern auf jenem einsamen Landgut ihres ersten Sommers, umgeben von Spionen des Fürsten. Carlo, der Sohn, erwuchs zum Ebenbild Orlandinis. Die Tochter, schon als Kind ein Wunder des Himmels, blond wie ein Engel, sog gleichsam in einem magischen Prozeß die Schönheit der verblühenden Mutter in sich auf:
Der Vollmond leuchtet in einen ruhigen Teich. Der Teich aber ist schwarz und spiegelt nicht sein Bild. Der Mond nimmt ein wenig ab – im Teich zeigt sich eine hauchfeine Sichel. Und je weiter der Mond oben abnimmt, Nacht für Nacht, desto mehr rundet sich die Sichel im Teich. Und wenn oben der letzte Strahl der sterbenden Sichel erlischt, blüht in der Tiefe des dunklen Wassers sein Spiegelbild zu vollem Licht auf ...
Als Teresa, Prinzessin Cursi-Cicinelli, nach sechzehn Jahren freiwilligen Exils starb, erstrahlte ihre Tochter am Sterbebett zu einer Schönheit von überirdischem Glanz. Das stumme Zeichen eines noch nicht gekommenen Leides aber stand auf ihrer mondfahlen Stirn.
Der Fürst hatte einen Beichtiger gesandt. Sei es, daß er ein *falscher* Priester, sei es, daß er ein falscher *Priester* war, er hatte den Auftrag, dem seit so vielen Jahren mißtrauischen Fürsten – Mißtrauen war offensichtlich seine einzige geistige Fähigkeit – die letzte Beichte der Fürstin zu berichten. Tatsächlich beichtete die Fürstin ihre Liebe zu Orlandini.
Der Fürst mietete drei Paar Bravi. Das erste Paar erwürgte Carlo im väterlichen Palast. Das zweite Paar machte sich

auf den Weg nach Capua, wo Orlandini seit Jahren Kapellmeister war. Das dritte Paar fuhr zum Landgut, wo der Fürst die Bastard-Tochter wußte.
Die Bravi kamen in Capua an, als Orlandini, ein früh gealterter, aber kräftiger Mann, der – was niemand deuten konnte, woran man sich aber gewöhnt hatte – stets nur geistliche Kleider trug, ohne Geistlicher zu sein, in die Kirche trat, wo er Organistendienst versah. Es wurde ein Requiem für einen Verstorbenen des Pfarrsprengels gelesen. Orlandini aber hatte vom Tod Teresas erfahren. Er spielte die Fantasia, den brav-bürgerlichen Trauernden fremde Töne einer Musik, die zu vernehmen sie nicht für möglich gehalten hätten: wie die Düfte unbekannter, leuchtender Pflanzen tönte es durch die Kirche, wie das milde, hundertfach sich brechende Licht persischer Edelsteine, wie die schimmernden Augen auf den Rädern kranker Pfauen die Sonnen ferner Himmelsteile widerspiegeln, so tönte es durch die Kirche, als Orlandini die Fantasia spielte, während ihm die Tasten unter den Fingern brannten. Er vermochte den Chor nicht zu leiten und übergab das Weitere einem Schüler. Taumelnd stieg er die Treppe von der Empore hinab, trat hinaus in den Quadriporticus der Kirche. Dort, an dem Ort zwischen Kirche und Straße, warteten die Mörder.
›Waren Sie das, Messer, der diese Fantasia gespielt hat?‹
Orlandini sah die Bravi an.
›Ich glaube‹, sagte der eine Bravo, ›es wäre eine Sünde, Sie umzubringen . . .‹
Der andere Bravo küßte nur stumm Orlandinis Hand. – Sie sehen, wie musikalisch bei uns in Neapel selbst berufsmäßige Mörder sind. –
Durch die Bravi erfuhr Orlandini von der Ermordung seines Sohnes und dem geplanten Anschlag auf seine Tochter. Er machte sich sofort auf den Weg. Glücklicherweise

traf er noch vor dem dritten Paar der Bravi auf dem Landgut ein. Dort stand ihm das jenseitig verklärte Ebenbild Teresas gegenüber, seine Tochter ...

›Mein Kind‹, sagte er und wollte noch sagen, daß alles Leid der Welt ihn ungebeugt treffen könne, wenn er nur sie, sein Kind, nicht in dem Augenblick verlieren müsse, da er sie zum ersten Mal gesehen ... Aber er konnte nichts sagen. Mit Sachlichkeit den Sturm seiner zerrissenen Brust dämpfend, erklärte er dem Mädchen alles. Als hätte sie es im geheimen gewußt – oder *hatte* sie es gewußt? – ertrug sie es ungerührt.

›Was soll ich tun?‹ fragte sie.

Sie solle mit der Kutsche, mit der er hergekommen, nach Venedig fahren. Dort wohne ein jüngerer Bruder von ihm, also ihr Onkel. Der würde auf anderem Wege verständigt und sich weiter um sie kümmern. Er nannte einen Gasthof, in dem sie absteigen sollte, und gab ihr alles Geld, das er in der Eile in Capua hatte zusammenleihen können.

– Ich fürchte, dachte er, als er der Kutsche nachsah, ihre Schönheit ist auffälliger als ein Brandmal auf der Stirn.

Die Mörder, die auf das Landgut kamen, fanden statt der Tochter nur Orlandini. Ihn zu ermorden hatten sie keinen Auftrag. Also kehrten sie wieder um.

Das Mädchen aber – wie sollte es bei einem so überstürzten Plan anders sein – traf den Onkel nicht an in Venedig, was vor allem daran lag, daß dieser inzwischen nach Mailand verzogen war.

Gehetzt von den Häschern ihres bisher vermeintlichen Vaters, allmählich in Geldnot, irrte sie durch Venedig. Endlich gelangte Nachricht an ihren Onkel, der ihr seinen Sohn, sie abzuholen schickte. Aber dieser Sohn verfehlte sie in Venedig. Vielleicht hat der Gondoliere, der ihn zu ihr bringen sollte, etwas falsch gemacht. Man weiß nur soviel: die mächtigen Verbindungen des Fürsten brachten es wenig später zuwege, das die Sbirren des Mädchens habhaft wurden. Schweigen wir über ihr weiteres, kurzes Geschick ...‹

Renata schwieg.

›Und wie hieß die Tochter?‹, fragte ich.

›Stellidaura‹, sagte Renata. ›Sie stutzen, als ob Sie mehr wüßten?‹«

»Reiche mir bitte noch etwas Tee«, sagte ich ... – »Ich übergehe, Lenz, den Abend und die Nacht.«

»Haha!« sagte Lenz.

»Aber nichts ›Haha!‹ – die Nichten waren außerordentlich streng erzogen worden. Der Onkel, bei dem sie aufwuchsen, war sorgsam darum bemüht gewesen, daß möglicherweise vorhandene Erbanlagen der zügellosen Mutter nicht zur Entfaltung kamen!«

»Das besagt gar nichts, Exzellenz. Im Gegenteil! Die Luderchen oder der alte Gauner haben Ihnen vielleicht auch eine nur nächtlich wirkende Gegenpille eingeflößt ...«

»Wie sprichst du vom Freund eines Senators!«

»Sie sagen doch selber, daß alles nur ein Traum war.«

»Das ist wie mit den Atom-Atomen. Es gibt Träume und Traum-Träume, und wir fallen von einem in den anderen, wachen von einem in den anderen auf. Du weißt *nie*, ob du nicht träumst. Während ich dir das noch erzähle, rührt mich vielleicht oben, in der Wirklichkeit – die möglicherweise wieder nur ein höherrangiger Traum ist – jemand an, und schon wache ich auf –«

»Und ich lebe hier im Traum weiter?«

»Ja.«

»Und was bin ich dann? Eine Seifenblase in Ihrem Traum, Exzellenz? Nein, danke, Exzellenz. Den Katechismus, den Sie mir da beibringen wollen, glaube ich leider nicht!«

»Vielleicht nehme ich dich mit?«
»Gott gebe, daß Sie es könnten.«
»Nun gut – ich übergehe also die Stunden bis zum folgenden Tag, dem Mittwoch, der nur insofern eine kleine Änderung brachte, als die Damen schon vormittags ausritten und lange fort blieben.«
»Die züchtigen Häschen«, sagte Lenz, »wo *die* wohl waren?«
»Der Herzog und ich speisten allein zu Abend. Danach trafen wir uns alle im perlhuhnfarbenen Salon, wo Mirandolina, die aus Wien stammte, alsbald zu erzählen begann:

›Es wird Euch nicht wundern, da wir ja schließlich aus einer musikalischen Familie stammen, daß auch ich eine musikalische Geschichte erzähle. Eigentlich ist es mehr ein Roman, aber ich finde, daß eine Geschichte um so besser ist, je mehr man davon wegläßt. ›Das Leben schreibt einen Roman‹, sagt man gemeinhin. Das ist gewiß wahr. Aber wie langatmig ist das Leben, wieviel Nebensächliches erzählt es!
Das Leben oder der sogenannte Roman, den das Leben erzählt, kommen mir vor wie ein Marmorblock, aus dem der Künstler erst den wahren Roman, ich möchte sagen: das wahre Leben herausarbeiten muß. Ich werde also meine Geschichte so kurz wie möglich erzählen, als eine Skizze zu einem Roman, und wenn sie einem gefällt, der schreiben kann, so mag er sie haben und zu einem bunten Bild ausmalen. Außerdem will ich Euch nicht allzu lang aufhalten, nicht bis nach Mitternacht, denn ich weiß nicht, ob es gut ist, wenn man gerade diese Geschichte nach Mitternacht noch erzählt.
In meiner Heimatstadt gab es einen jungen Mann, der war dreiundzwanzig Jahre alt und daher von hohen Idea-

len beseelt. Er hieß, sagen wir, Felix Abegg, und er war ein verinnerlichter Mensch. Er entstammte einer zahlreichen, der Anthroposophie zuneigenden Familie, war Vegetarier und vernachlässigte, wie es so Art der verinnerlichten Menschen ist, sein Äußeres, um seiner Seele und – das muß ihm zugestanden werden – auch seinem Geist zu leben.

Lange hatte er, über diverse echte Begabung verfügend, zwischen manchen Lebenszielen geschwankt. Sein Interesse für die Literatur war so groß wie seine Neigung zu den alten Sprachen, und mindere Studienzweige wie Jurisprudenz oder Soziologie hätte ihm sein ausnehmend gefügiges Gedächtnis bis zur Spielerei erleichtert. Über allem aber stand seine Liebe zur Musik. Bereits im Laufe seiner Schulzeit war er ein Pianist von beachtlicher Fertigkeit geworden, hatte einiges in der Harmonielehre und im Kontrapunkt privat erlernt und eigenständige, geistvolle Proben seiner Fähigkeit zur musikalischen Komposition geliefert. Auf dem Gymnasium immer – bis aufs Turnen, versteht sich – der beste, ein braver und den Lehrern angenehmer Schüler, hatte er die Schlußfeier seines Jahrganges durch eine Kantate für Tenor-Solo, Chor, Streichorchester und obligates Horn verschönt, die das Lob der Schule im allgemeinen und das der seinen im besonderen besang.

Man erwartete, so stand es im Maturazeugnis, Hohes von ihm.

Seinen mannigfachen und ungewissen Neigungen entsprechend, hatte er zunächst auf zwei Geleisen zu studieren begonnen: an der Musikhochschule Klavier und an der Universität alte Philologie. Obwohl er nicht nur die wenig bedarften Studienratsaspiranten auf den ersten Hörsaalbänken, ja auch die Assistenten mit seinen Kennt-

nissen der klassischen Literatur und seiner Aufnahmefreudigkeit für die lateinische und die griechische, bald auch die koptische, die ägyptische und hebräische Sprache beschämte, gab er sein Studium nach kurzer Zeit auf – zur freudigen Erleichterung der genannten Assistenten – und widmete sich ganz der Musik. Er kam in eine Klavier-Meisterklasse und daneben in eine renommierte Kompositionsklasse, wo er Schwierigkeiten nur dadurch fand, daß er einmal Lieder auf Texte komponierte, die auch sein Lehrer bereits vertont hatte. Zurückhaltend und brav, hätte er diese Lieder selbstredend für sich behalten, wenn nicht ein Schüler einer Gesangsklasse sie kennengelernt und darauf bestanden hätte, sie bei seinem eigenen Meisterklassen-Abschlußkonzert vorzutragen.
Felix Abegg sah diesem Konzert mit unguten Gefühlen entgegen, mußte er doch befürchten, je besser die Lieder gefielen, desto mehr seinen Lehrer zu beleidigen.
Viel Fataleres jedoch – freilich leise und ohne sich anzukündigen – sollte sich am Abend des Konzerts anbahnen ... Wäre ich poetisch, ich würde sagen, das Schicksal begann zu grollen.
An jenem Meisterklassen-Abschlußabend nämlich war auch Branković zugegen, Gabriel Branković, der berühmte Branković, Branković der Große.

Sie müssen dazu wissen, daß Professor Branković selber nie eine Musik-Hochschule, ein Konservatorium oder eine Akademie besucht hatte. Er war niemandes Schüler gewesen. Von der offiziellen modernen Musik zuerst ignoriert, also von den Unbeschuhten Adornianern, von der akademischen Kunstpflege geleugnet, hatte er die Musikwissenschaftler endlich von seinen Erfolgen, die, was nicht abzustreiten war, bei größtem Anspruch weiteste Kreise des musikalisch interessierten Publikums umspannten, zum

Kapitulieren gezwungen. Man bot ihm, nach Vorlesungen über sein Werk, nach Verleihung eines Ehrendoktors und so fort, eine Professur an. Branković akzeptierte das Angebot mit deutlich fühlbarer Herablassung. Er hielt eine Antrittsvorlesung über das Thema ›Die Überwindung des Akademischen durch Genialität‹, und diese Antrittsvorlesung sollte seine einzige Vorlesung überhaupt bleiben. Er hielt nur noch Seminare, und die nicht in der Hochschule, sondern auf Schloß Brankovina, seinem Wohnsitz. Man erzählte sich unglaubliche Dinge von wundersamen Konzerten im Schloß, von nahezu außermusikalischen Wiedergaben der ›Kunst der Fuge‹ in hohen Sälen bei Kerzen- oder Mondenschein, von Ausritten der Schüler zur Jagd – und von der schönen Herrin Brankovinas, Isabella Branković, der Schwester des Professors, die wie ein Engel Cembalo spielte und wie eine Göttin ritt, oder umgekehrt.
Von dem allem erfuhr man in der Akademie immer nur höchst Ungenaues, denn die Schüler, die zu Brankovićs Seminaren zugelassen waren, verbrachten das ganze Semester als Gäste des Professors auf dem Schloß, und kehrten sie einmal in die Akademie zurück, umgaben sie sich stets ein wenig mit der weltentrückten Aura des Meisters. Nur gelegentlich ließen sie Bruchstücke ihrer Erfahrungen neidvollen Kollegen gegenüber fallen, was zur Bildung atemberaubender wie auch haarsträubender Legenden führte, Branković selber wurde an der Akademie so gut wie nie gesehen. Höchstens, daß er beim Präsidenten hin und und wieder Visite machte. – Ein Abschlußkonzert oder dergleichen inferiorische Veranstaltungen, erinnerten sich allerälteste Semester, hatte Branković nie besucht.

So war es eine Sensation, als er unangekündigt zum besagten Konzert erschien. Selbst der Präsident, der bei solchen zwar theoretisch öffentlichen, im Grunde aber doch akademisch-internen Veranstaltungen selbstredend auch nicht zugegen war, hatte vom Besuch Brankovićs keine Ahnung gehabt. Der älteste der anwesenden Professoren begrüßte Branković, der seinerseits tat, als wäre es das Natürlichste von der Welt, daß er einfach so hereinschneite. Alles verlief dann, bis auf das durch die Brankovićsche Anwesenheit erhöhte Lampenfieber der Ausübenden, ohne große Besonderheit. Es wurde jedoch bemerkt, daß Branković etwas auf sein Programm kritzelte, und man wollte sogar gesehen haben, daß er es an den Rand der Ankündigung der Abeggschen Lieder gekritzelt habe.

Das Ganze ereignete sich in den letzten Januartagen, als das Wintersemester langsam zu Ende ging. Abegg sah sich plötzlich, zumindest klatschweise, in den Mittelpunkt des Interesses gerückt. Obwohl verinnerlichter Mensch, hätte auch ihn der überraschende Ruhm nicht unberührt gelassen, wenn nicht gleichzeitig ein anderes Ereignis eingetreten wäre: seine erste Liebe. – Sie hören recht, wenn ich bei einem Dreiundzwanzigjährigen heutigentags von ›erster Liebe‹ spreche. Felix Abegg war, wie er selber meiner Mutter, die ihn gekannt hat, gestand, völlig jungfräulich. Er kannte zwar die Liebe aus seiner Lektüre, wußte, daß man hie und da einander im Arm ruhte, wohl auch im Bett; da sich aber höhere Literatur – und nur die las er – bei exaktbiologischer Darstellung der entsprechenden Begleitumstände nobler Zurückhaltung befleißigt, blieb ihm von der Liebe letzten Endes keine andere Kenntnis als die, daß es sich dabei um ein hohes und heiliges Ding von weihevoller Idealität handeln müsse.

Von Äußerem eher grob, wenig anmutig oder gesellig im Benehmen und ohne finanzielle Güter, war er weiblicher Verführung kaum ausgesetzt, weshalb ihm also eine natürliche Korrektur seines literarischen Bildes vorenthalten blieb. Es muß aber wohl doch schicksalhaft in ihm begründet gewesen sein, daß bis zu jenem Tag nach dem Konzert, nicht wenigstens bezogen auf die eine oder andere Person oder ganz allgemein – auch nur der Wunsch in ihm aufgetaucht war, diese Korrektur herbeizuführen.

An jenem Tag nun besuchte ein gewisses Fräulein Frauke Frosch eine der Schwestern Abeggs. Die Schwester war Studentin der Psychologie und Fräulein Frosch ihre Kommilitonin. Frauke Frosch, eine zur Fülle neigende, nahezu busenlose Person mit nur eingebildeter Einsicht für höhere Dinge, hatte zu jener Zeit eine böse Erfahrung hinter sich gebracht.

Im Gegensatz zu Felix Abegg mit dem sie etwa gleichaltrig, war Frauke Frosch stets verliebt. Obwohl einerseits heftige Verfechterin der bedingungslosen Emanzipation – oder vielleicht gerade deshalb war sie unaufhörlich im Schwärmen für die Männlichkeit begriffen. Kein Kollege, kein Lehrer, kein Vetter, kurz, kein männlich geartetes Wesen ihrer Umgebung war ausgeschlossen von dem, was sie *Liebe* nannte, wurde mit dieser *Liebe* in der ganzen Skala ihrer Bedeutung überschüttet – wobei Fräulein Frosch sich selber wohlweislich im Unklaren darüber ließ, was im Einzelfall darunter zu verstehen war. So liebte sie es, nachts vor wirklicher oder eingebildeter Verliebtheit rhythmisch in Parks herumzuhüpfen, und bei Mondschein spazierte sie nackt unter wehenden Musselin-Nachthemden – *klassisch* nannte sie das – auf der Terrasse ihres Studentinnenwohnheimes.

Frauke Frosch war eine fleißige Studentin. Sie hing bedingungslos der Lehre eines Professors an – in den sie natürlich verliebt war – und brachte es mit Zähigkeit und eingebüffelter Theorie so weit, daß sie endlich eine halbe Assistenten-Stelle erhielt. Ihre Aufgabe bestand allerdings im wesentlichen darin, falsch eingeordnete Bücher herauszusuchen und im Seminar den Professor auf die Uhrzeit aufmerksam zu machen – bis ihr eines Tages Besseres zufiel:

Der Professor hatte damals, wie es so heißt, einen Fall. Es handelte sich um einen ehemaligen Ballett-Tänzer, einen jungen Mann aus guter Familie, der – es war in Venedig, und das Ganze wäre ein Roman für sich – in Schwermut verfallen war. Sein Leiden hatte zwar stark klinische Aspekte, die Mutter des Jünglings aber, eine früh verwitwete, wohlhabende Dame aus besten Kreisen, die ihren einzigen Sohn über alles liebte, erhoffte sich einiges von der Psychologie und hatte den Professor beigezogen.

Der junge Mann – Alexis Baswaldt hieß er – lag damals bereits seit einigen Jahren mehr oder weniger apathisch. Der Professor hatte zunächst blaßblaue Bettwäsche verordnet, später fügte er dieser Therapie die Musik hinzu: ein Tonband mit speziell ausgewählten Musikstücken: A capella-Chören, dem ›Tristan‹-Vorspiel, frühbarocker Orgelmusik usw. berieselte vom Nebenzimmer aus den Kranken. Danach hatte der Professor allmählich das Interesse an dem Fall verloren. Er übergab ihn seiner Assistentin Frosch, die dafür geeignet schien, weil sie gerade über musikologisch-psychoanalytische Grenzprobleme ihre Doktorarbeit schrieb: *›Verdrängung manischer Verdrängungen‹ bei Bach, dargestellt insbesondere anhand der Kantate ›Liebster Gott, wann werd ich sterben‹*. Frau Baswaldt war froh um Frauke Frosch. Nicht nur, daß die Assistentin mehr Zeit für den Patienten hatte als der Professor, es blieb auch nicht verborgen, daß sie sich selbstverständlich sofort in Alexis verliebt hatte. Frau Baswaldt, die nicht wußte, wer nach ihrem Tod die Pflege des Hilflosen auf sich nehmen sollte, erhoffte dies im Stillen von Frauke Frosch.

Es muß zur Ehre Frauke Froschs gesagt sein, daß ausschließlich hohe und ideale Liebesvorstellungen und nicht die Aussicht auf die zu erwartende beträchtliche Erbschaft sie dazu bewogen, den Antrag der alten Dame, ihren schwermütigen Sohn zu heiraten, anzunehmen. Es waren diesem Antrag zahlreiche Andeutungen, übereinstimmende Ahnungen vorausgegangen, bis sich die beiden Frauen endlich über Alexis' blaßblauer Bettdecke unter Tränen die Hände reichten.
Der Professor hatte für jene Zeit einen allerletzten lichten Moment bei Alexis vorausgesagt, auf den man nun – da alle bisherigen Voraussagen des Professors eingetroffen – mit Schmerzen wartete.
Der Moment kam. Fräulein Frauke, die, um ihn ja nicht zu versäumen, ständig im Haus lebte, wurde – angetan mit einem von ihr selbst entworfenen, idealen Vorstellungen entsprechenden bräutlichen Kleid, in jeder Hand eine Kerze – von der Mutter in Alexis' Zimmer geführt. Alexis Baswaldt öffnete langsam die Augen. Die Mutter sagte:
›Sieh, Alexis, deine Braut!‹ Langsam, langsamer noch, als er sie geöffnet, schloß Alexis Baswaldt die Augen wieder. Er hatte die Situation – es war also ein lichter Moment im wahrsten Sinne des Wortes – vollständig erfaßt. Dann sagte er mit verhältnismäßig starker Stimme: ›– Nein.‹
Es soll die weitere Beziehung des Fräulein Frosch zu Frau Baswaldt und ihrem Sohn nicht interessieren. Da die Geschichte, die ich Ihnen erzähle, wahr ist, hat sie den Nachteil, daß sie unendlich nach vorn und hinten und nach allen Seiten hin in andere Geschichten hineinverästelt und -verzweigt ist, und daß andere Geschichten in sie hinein-

ragen oder auch nur, fast unbemerkt, wie der Schatten eines fliegenden Vogels über sie hinwegziehen, daß sich also ihre Grenzen nur undeutlich bestimmen lassen im Gewirr der Geschichten, die unser Leben ausmachen, das heißt, in der einen, einzigen, eigentlichen Geschichte, die ›die Schöpfung‹ heißt.

Verzeihen Sie!‹, unterbrach sich Mirandolina, ›daß ein Mädchen so gescheit daherredet von der Welt, als erzählte Geschichte Gottes, vielleicht läßt sich die Dreieinigkeit auf die Weise verstehen ... oder auch nur einem ignoranten Mädchengehirn am ehesten deutlich machen!‹

›Wie?‹, fragten wir.

›Nun‹, sagte Mirandolina, ›Gott Vater erzählt Gott Sohn die Geschichte, die wir ›die Schöpfung‹ heißen, und der Heilige Geist paßt auf, daß die beiden nichts vergessen, was sie einmal erzählt oder gehört haben ...‹

›Wie töricht also‹, sagte der alte Kastrat lächelnd, ›wenn sich die Philosophen an den Ungereimtheiten der Welt stoßen. Sie ist eben noch nicht fertig erzählt!‹

›Und so‹, fuhr Mirandolina fort, ›bedeutet jede Geschichte einen Kompromiß – wir müssen willkürliche und vielleicht auch schmerzliche Grenzen ziehen. Lassen wir demnach die Affäre Baswaldt beiseite. Nun, Sie können sich die seelische Situation Frauke Froschs vorstellen: die Enttäuschung um Alexis Baswaldt, dazu der Umstand, daß sie sich seitdem – es war immerhin einige Tage her – nicht mehr verliebt hatte, machten sie zum Zeitpunkt ihres Besuches bei der Studiengenossin Abegg hochgradig anfällig. Dabei dürfen Sie nicht meinen, daß die Liebe Fräulein Froschs nur durch die bloße Gegenwart eines Mannes hervorgerufen wurde. Nein, es bedurfte schon eines kleinen Anstoßes, eines ›Staubkorns‹, um das sich dann ihre Leidenschaft zur Perle verdichtete. Die Tatsache allein, daß Felix Abegg gegen zehn Uhr ins Wohnzimmer trat, um zu üben – in welchem Zimmer aber gerade seine Schwester mit Fräulein Frosch saß –, hätte noch nicht genügt, diese zu entflammen. Erst als kurz darauf – Felix stand unschlüssig und ärgerlich herum, weil er nicht gern in Gegenwart Fremder übte – ein Telegramm für ihn abgegeben wurde, wurde dieser kleine Umstand das genannte Staubkorn für Fraukes Seele.

Das Telegramm nahm die Mutter Abegg in Empfang. Der Abeggsche Haushalt war bescheiden, der Vater Abegg fromm, brav und um nichts bemüht, als seinen Kindern mit dem Salär eines Buchhalters eine anständige Erziehung zu geben. Mondäne Dinge wie ein Telegramm waren im Abeggschen Hause unerhört. Die Mutter vermutete auch gleich die Nachricht vom Tod einer Tante oder Ähnliches, wiewohl es sich nicht damit zusammenreimen ließ, daß das Telegramm an Felix adressiert war.
Felix brach das Telegramm auf. Es war vom Präsidenten der Akademie. Er bat um einen Anruf. Die Schwester Abegg vermutete einen Scherz von Felixens Kollegen: es war immerhin Ende Januar und also mitten im Fasching. Felix, ein ernster Mensch und somit besonders günstiges Ziel kollegialer Scherze, wurde durch diese Andeutung in lähmenden Zweifel gestürzt. Eine Stunde lang grübelte er, legte Verdächte, Möglichkeiten und Risiken Punkt für Punkt klar, dann entschloß er sich zu telephonieren. Die bescheidenen, sparsamen Abeggs hatten – das gab es noch! – kein eigenes Telephon. Er ging aufs Postamt und meldete ein Gespräch an. Der Präsident hatte bereits ungeduldig gewartet. Kaum nannte Felix seinen Namen, begann der Präsident auf die Post zu schimpfen, die das Telegramm so langsam zugestellt hatte. Felix wollte umständlich mit der Erklärung über seine Stunde des Zweifels die Post in Schutz nehmen. Der Präsident sagte un-

geduldig etwas wie: – Gut, gut. Wann können Sie zu mir kommen? Der nächste Vorortszug ging um eins. – Gut, sagte der Präsident, nehmen Sie vom Bahnhof auf meine Kosten ein Taxi.
– Darf ich fragen, sagte Felix, worum …
– Später, später, sagte der Präsident, nichts Unangenehmes für Sie, im Gegenteil, im Gegenteil. Bringen Sie mir einen Zettel mit, was Sie für diesen Anruf zu zahlen hatten.

Angenehm verwirrt, wie in eine höhere Welt versetzt, kehrte Felix heim. Er teilte den Inhalt des Gespräches mit. Fräulein Frosch, in der das Embryo der jungen Liebe gedieh, lauschte. Die Schwester vermutete, daß Felix von der Akademie relegiert würde. Das mit ›nichts Unangenehmes‹ habe, vermutete sie, der Präsident nur gesagt, damit Felix überhaupt käme. Das aber glaubte nun Felix nicht mehr.
Es war noch Zeit bis zur Abfahrt des Zuges. Nicht nur, daß Felix Vegetarier war – kein solcher freilich wie unser Onkel, der sich sehr streng daran hält, nur Fleisch von pflanzenfressenden Tieren zu essen, Rind, Schaf, Schwein, Huhn also, und Löwen, Hunde, Katzen, Adler verschmäht, nur bei Forellen und Hechten eine Ausnahme macht! –, er pflegte mittags überhaupt nicht zu essen und liebte es, ein beschränktes Hungergefühl als Stimulans zu genießen. Fräulein Frauke, prallvoll mit keimender Liebe, ja gewissermaßen kreißend schon, lehnte ihrerseits eine Einladung der Frau Abegg ab, und so blieben die beiden im Wohnzimmer allein. Felix begann nun doch Klavier zu spielen. Seiner Stimmung nach hätte es etwas Jubelndes, Ekstatisches sein sollen, und er intonierte auch eine Sonate von Weber, bis er sich besann und fand, es wäre seinem Naturell angemessener, die Ekstatik zu un-

terdrücken. Da trat Frauke Frosch ganz nahe zu ihm, krabbelte mit ihren Fingern über seinen Handrücken und sagte:
– Ach! – Er zog entsetzt seine Hand zurück – aber ›ach‹, das hatte noch keine Frau zu ihm gesagt ... Felix schloß die Noten und begann mit äußerster Strenge, Bach zu spielen: Wohltemperiertes Klavier, die Inventionen, Französische Suiten, endlich – die Schwester war inzwischen wieder ins Zimmer gekommen – die *Chromatische Phantasie.*
Fräulein Frosch hatte zunächst zugehört, dann hüpfte sie ein wenig herum und begann mit den Armen zu fuchteln – sie analysierte das Stück, das Felix eben spielte, auf Grund der Beckingschen Kurven.
Die Schwester ging wieder hinaus in die Küche zur Mutter. – Mutter, sagte sie, es ist etwas Entsetzliches passiert. Felix hat sich in die Frosch verliebt! Sie hat mit ihren Beckingschen Rhythmus-Bewegungen die *Chromatische Phantasie* als von Brahms analysiert, und Felix hat nichts gesagt!
Es stimmte. Felix hatte nichts gesagt ... und Fräulein Frosch hatte ihre allerneueste Liebe bereits bei den Inventionen zur Welt gebracht.

An einem der ersten Februartage, die schön und klar, aber auch kalt waren, verließ Felix Abegg in Professor Brankovićs spezialpurpurnem Bugatti unsere Stadt. Man durchfuhr zunächst zügig die großen Straßen. Nach einer Stunde kam man in die Berge. Straße und Wetter wurden schlechter. Bleigraue Wolken zogen auf. Die Berge waren verhängt. Gegen vier Uhr wurde es finster, dann begann es zu schneien. Hie und da passierte man eine Ortschaft, im übrigen war das Schneetreiben zu dicht, als daß man in der aufkommenden Nacht die einsamen Höfe links und rechts auf den Hängen hätte sehen können. Anfangs hatte sich der Professor sehr kollegial und völlig anders, als seinem Ruf nach zu erwarten war, mit Felix unterhalten, hatte ihn ausgefragt, zurückhaltend, ganz sachlich und geschmackvoll, nach Herkunft, bisherigem Studiengang, Plänen. Später schwiegen beide. Branković war aufs Chauffieren konzentriert, und Felix wurde müde und kuschelte sich in seinen Wintermantel.

Es war alles überstürzt gekommen. Der Präsident der Akademie hatte Felix nicht allein empfangen, auch Branković war zugegen. Dieser machte Felix das Angebot – auf Grund der am Vorabend gehörten Lieder –, in sein Seminar einzutreten, nicht in das nächste, nein, in das laufende, wenn es auch nur noch einen knappen Monat dauerte. Der Professor war kaum zu bewegen gewesen, Felix eine Bedenkfrist einzuräumen, er besuchte ihn sogar zu Hause und redete groß und freundlich mit den Eltern. – Die Schwester vermutete, er wolle Felix auf seinem Schloß homoerotisch mißbrauchen.
Endlich hatte Felix nachgegeben, Abschied genommen und war von Branković abgeholt worden ...

Durch ein heftiges Schütteln wurde Felix plötzlich geweckt: Branković bog von der Landstraße in einen schmalen, von zwei tiefen Fahrrinnen gefurchten Waldweg ein. Zwei hohe, kantig behauene Steinsäulen flankierten die Einfahrt. Der Weg war kaum breiter als der Wagen. Links und rechts stand dichtes junges Nadelholz. Oben trieb der Sturm den Schnee waagrecht über die Wipfel. Im Weg aber fing sich der Wind und wirbelte die Schneeflocken in wilden Hexenkreisen durch die Lichtkegel der Scheinwerfer. So oft der Wagen tiefhängende Äste streifte, polterten Schneelasten aufs Verdeck. Bald wurde der Weg

steiler, der Wald höher. Aufheulend und leicht schlitternd nahm der Bugatti die vielen Kurven. Doch nun hörte Felix auch ein anderes Heulen: lang und hoch, bald ferner, bald näher. Zuerst hielt er es für ein Geräusch des Sturmes, bis er durchs Rückfenster sah, wie glühende Punkte – immer paarweise – dem Wagen folgten.
In einer besonders steilen Kurve hatte sich der Schnee an einem Holzstoß gefangen und den Weg verweht. Der Bugatti blieb stecken. Wohl in der Täuschung der schrecklichen Nacht kamen Felix die Wölfe groß wie Kälber vor, als sie jetzt, geduckt und lauernd, den Wagen auf beiden Seiten überholten. Wie eine harte Bürste streifte der peitschende Schweif der Tiere den Lack.
– Kreuzteufel, sagte Branković. Ich hätte gemeint, wir kommen ohne Schneeketten hinauf.
– Sind das Wölfe? fragte Felix.
– Ja, sagte Branković und öffnete den Schlag.
Sofort trieb es einen Schub Schnee herein. Die Wölfe heulten noch lauter. Branković sagte irgend etwas. Felix glaubte, es sei Lateinisch, verstand aber nichts im auftobenden Sturm. – Nur die Wölfe hatten es verstanden ... Sie hörten auf zu heulen, machten krumme Rücken und stellten die Haare auf. Endlich liefen sie seitlich in die Finsternis davon.

Mit Felixens ungeschickter Hilfe montierte Branković die Schneeketten, dann ging es weiter. Der Wald lichtete sich, und unversehens ragte aus dem Schneesturm ein großes Tor auf. Der Weg wurde breiter. Ein dunkler, mächtiger Klotz bot sich den Blicken: Brankovina.
Durch eine äußere und eine innere Toreinfahrt fuhr Branković in den Schloßhof.
– Gibt es denn hier noch Wölfe? fragte Felix.
– Mhm, sagte Branković beim Aussteigen.

– Verzeihen Sie, aber haben Sie keine Angst vor Wölfen?
– Während des Semesters sind ja die Studenten da, aber dazwischen, in der ruhigen Zeit, sind wir hier in dem einsamen Haus so gut wie allein. Da denkt man anders. Und ich lese viel in alten Büchern.
Der Professor nahm Abeggs kleinen Koffer aus dem Wagen. Dann schritten sie unter gedrungenen Arkaden aufs Schloßportal zu. Branković öffnete das schwere Eisengitter, und sie stiegen eine breite Treppe empor. Von oben her beleuchtete eine matte Birne den Aufgang. Felix sah, daß die Wände des Treppenhauses – sonst ohne Schmuck – über und über mit Hirschgeweihen bedeckt waren. Jede Trophäe trug, eingebrannt im Knochen zwischen den Augen, Datum der Jagd und Initialen des Jägers: J. B., A. B., F. B. . . . Johannes, Alexander, Ferdinand Branković, und wie sie alle geheißen haben mochten. Je weiter man hinauf kam, desto tiefer stiegen die eingebrannten Daten in die Jahrhunderte hinab. Auch in den Gängen, selbst an den Wänden der Galerien hingen zwischen den Bildern die Geweihe der toten Hirsche, Legionen toter Hirsche aus den Wäldern um Brankovina. Riesige Hirsche mußten es gewesen sein. – Im zweiten Stock nahmen die Geweihe noch gewaltigere Ausmaße an; oft waren sie über altersdunklen Eichenschränken angebracht und warfen gespenstisch verzerrte Schatten durch die Gewölbe. Felix schrak zusammen, als er über einem der Schränke, unter mächtigen Gabeln und Enden zwei Augen aufglühen sah.
– Tsch! machte Branković, und eine große Katze sprang herab.
– Der Herzog von Lazun, sagte der Professor.
– Wie bitte?
– Eine der Katzen meiner Schwester. Sie haben alle, wie sie sagt, charakteristische Namen. Dieser Kater heißt Herzog von Lazun. Er ist schön, böse und traurig.

Auf allen Gängen und Stiegen hatte eisige Kälte geherrscht, und so war es wie eine Erlösung, als Branković nun die Tür zu einem großen, hell erleuchteten und wohlig warmen Zimmer öffnete.
– Es ist schon spät, sagte er, und es wird niemand mehr auf sein. Aber man hat ein Abendessen für uns gerichtet. Entschuldigen Sie – er setzte sich und schob sein Gedeck beiseite. Auch Felix nahm Platz und war etwas pikiert: man hatte eine für zwei Personen mehr als üppige Tafel aufgetragen – Fasan, Karpfen, Aal, Roastbeef in Scheiben, ein paar kalte gefüllte Tauben, fast schwarz geräucherter Schinken, einiges vom Hirsch, ein gespickter Hase ... endlich entdeckte er zu seiner vegetarischen Erleichterung etwas Käse und Obst. Branković schenkte ihm Rotwein ein und nahm für sich selbst aus einem versperrten Wandschrank – der Schlüssel dazu hing an des Professors Hosenbund – eine offenbar besondere Flasche. Der Farbe nach war es ebenfalls Rotwein. Sobald er sich ein Glas eingegossen hatte, schloß er die Flasche wieder ein.
– Prost, sagte Branković.
Felix hob sein Glas. Eine, jetzt durch den Wein blutrot gefärbte, Hand war darin eingeätzt.
– Unser Wappen, sagte der Professor, eine abgehauene Schwurhand. Einer meiner Altvorderen hat – seinem Lehenseid zuwider – auf seiten der Türken auf dem Amselfeld gekämpft. Er ist gefallen, und aus seinem Grab ist Jahr und Tag nach der Schlacht die Schwurhand gewachsen. Sein Sohn hat sie zwar abgehackt, aber sie ist immer wieder nachgewachsen, sooft man sie auch abhieb – erzählt man. Als Sühne hat die Familie dann dieses Wappen angenommen. Sie werden es überall hier finden. Branković wies auf den Kaminsims, auf die Lehnen der Sessel, den Teppich und den Schirm der Lampe, überall war die abgehauene Schwurhand des altvorderen Branković.

Felix hatte gegessen und getrunken. Branković gähnte.
– Ich bringe Sie jetzt in Ihr Zimmer. Sie schlafen unten, im anderen Flügel, da haben Sie den Blick hinaus übers Tal.

Wieder ging es durch lange, kalte und finstere, mit Hirschgeweihen behangene Gänge.
– Das sind die ältesten Geweihe, sagte Branković, der beobachtet hatte, daß Felix die Jahreszahlen studierte. Die hat der unselige Konstantin Branković noch erlegt, der mit der abgehauenen Schwurhand.
– Wie kann man nur so viele Tiere töten, sagte Felix. Es sind Hunderte.
– Ich habe sie nie gezählt, sagte der Professor.
Er trat mit Felix in eine winzige Kammer. Es war jedoch nur – den dicken Mauern entsprechend – der Zwischenraum zwischen den Doppeltüren zu Felixens Zimmer. Das Zimmer selbst war riesig. Studenten, die vor Felix darin gewohnt hatten, behaupteten, es wäre so groß, daß man bereits ganz leicht die Erdkrümmung wahrnehme. In der entferntesten Ecke, mausklein, stand ein Bett. Davor lag ein Bettvorleger aus Dachsfell. Als stünden gekettete Sklaven in stummem Aufruhr, rüttelte der Sturm an den Fensterläden. Abegg las noch ein wenig. Bevor er das Licht löschte, bemerkte er, daß in das Leinen des Bettzeugs über und über, weiß in weiß, die abgehauene Schwurhand eingewoben war.
Er schlief gut. Nur einmal erwachte er – der Sturm hatte einen Laden losgerissen, der hin und her schlug – und er erschrak furchtbar: in der Ecke drüben stand ein Mann, in ein weißes, faltiges Tuch gehüllt, und erhob einen schwarzen Gegenstand. Felix zündete das Licht an: es war der Kachelofen. Er stieg aus dem Bett, öffnete mühsam das Fenster, vor dem der Laden im Wind hin und her gerissen

wurde, und machte ihn umständlich fest. Es mußte ganz früh sein, denn es herrschte noch immer schwarze Nacht. Der Sturm hatte um nichts nachgelassen, und nicht einmal die nächsten Bäume waren zu sehen. Nur die Wölfe, bildete sich Felix ein, hörte man von fern.

Er schlief lange, offenbar länger als die übrigen Schüler des Professors – sechs im ganzen –, denn beim Frühstück saßen nur Branković und seine Schwester. Der Professor trank wieder von seinem roten Privatwein. Die Schwester hatte ihr Gedeck nicht angerührt und rührte es auch nicht an. Isabella Branković war eine schöne Frau, fast noch eine junge Frau. In Anbetracht von Gabriel Brankovićs Alter, schien es kaum begreiflich, daß sie seine Schwester sein sollte. Sie hatte die Figur eines jungen Mädchens, große, schwarze Augen und rote Haare, auf deren Frisur sie stets große Sorgfalt und Phantasie verwandte. Einer der Schüler Brankovićs traf wohl etwas vom Wesen der Faszination, die von Isabella Branković ausging, als er sagte, sie sei ein Mädchen in der Dame und eine Dame im Mädchen. Trug sie lange, samtgrüne Hosen und eine Reitbluse – wie heute – und wippte sie, nach einem scharfen Ritt auf ihrem Lieblingspferd, mit der Gerte durch die frühe Luft, während sie, ein wenig außer Atem, lächelnd ein verfangenes Blatt aus ihrem Haar strich, so erschien sie einem wie verkleidet, und man sah sie unwillkürlich als grande dame, stolz, in weißer Spitze, mit einem Diadem, die Hand im blauen Handschuh auf dem Kaminsims ... Saß sie aber im Salon ihres Bruders – im langen, schwarzen Samtkleid mit hochgeschlossenem Kragen, das aufgesteckte Haar von einer Perlenschnur durchflochten, der weiße, schlanke Hals wie aus dem schwarzen Tuch erblühend – und kraulte, hoch aufgerichtet im steilen Sessel, mit der einen Hand einen der großen, federnden Jagdhunde, während die andere um den Rand ihres Weinglases spielte, dann glaubte

man in ihren Augen den Rauch der Wälder zu spüren und den Dunst des Moores, über das sie am Morgen wild und ausgelassen geritten war.
Isabella Branković schien immer gleichsam außerhalb ihrer eigenen Welt, immer nur wie das bloße Spiegelbild einer anderen, unsichtbaren Schwester, und die Funken dieser Bindung der sichtbaren an die unsichtbare Isabella Branković, waren der knisternde Reiz ihrer stets leicht abwesenden Gegenwart.
Sie war nicht nur eine bravouröse Reiterin, sie war auch eine ausgezeichnete Pianistin. Dabei mußte es wohl eher der Eindruck beim Hörer als der Wille der Spielerin sein, daß alles, was sie spielte, wie von Eis berührt und erstarrt wirkte – es sei denn, sie trug etwas besonderes Karges und Sprödes vor, das dann bei ihr wie von Glut verzehrt klang.

Professor Branković, wie gesagt, trank seinen Wein. Isabella stocherte lediglich in der Marmelade herum.

Felix fragte nach den Kollegen und nach dem Unterricht. Von den sechs Schülern waren zwei nach einem Konzert noch für ein paar Tage in der Stadt geblieben. Zwei weitere waren auf einer Jagdhütte auf der anderen Talseite, der Grenze zu. Einer hatte bereits sein Semester abgeschlossen und war aus irgendwelchen Gründen heimgefahren. Nur der Cellist, ein gewisser Burghardt, wäre noch da, aber schon in der Früh in den nächsten Ort geritten, um ein Pferd neu beschlagen zu lassen. Der bestimmte Artikel vor ›Cellist‹ hatte Abegg aufhorchen lassen. Da alle Kollegen höherer Semester einander kannten, wußte Felix, wer von den gegenwärtigen Schülern welches Instrument im Hauptfach studierte. – Sie bildeten demnach eine hübsche Kammermusikgruppe: Streich-

quartett, dazu eine Oboe und eine Klarinette; da der Klarinettist auch Horn spielte, einer der Geiger Fagott – dazu kam Isabella Branković als Pianistin –, konnte man wohl ein Semester lang ein interessantes Programm durchexperimentieren. Branković suchte sich also seine Schüler danach zusammen, wie sie ihm als Mitglieder seines kleinen Hausorchesters dienstbar sein konnten. Aber er, Felix? Es war ihm nicht recht erklärlich, was Branković mit einem – neben Isabella Branković – zweiten Pianisten anfangen wollte? Sollte er plötzlich Interesse an Musik für zwei Klaviere bekommen haben? Da hätte er, der selber ein guter Pianist war, ja mit seiner Schwester oder mit einem der anderen Schüler, die alle zumindest leidliche Pianisten waren, musizieren können. – Mußte Abegg daher nicht ein wirkliches Interesse Brankovićs an seinen Kompositionen vermuten?
Vorläufig aber blieb es bei der Kammermusik. Von Unterricht war keine Rede, und Felix wollte nicht danach fragen. Die allmählich, bis auf den einen, zurückkehrenden Kollegen schienen an Unterricht, oder zumindest etwas Ähnliches nicht zu denken. So spielte Felix tatsächlich mit Isabella zusammen immer wieder vierhändig. Sie liebte es besonders, die große Phantasie in f-Moll von Schubert zu spielen, dieses so sehr romantische Stück, das einen ganzen düster-lieblichen Herzensroman Schuberts widerspiegelte, und sie spielte ihren Part, als wäre er etwas wie ein verzauberter Chorauszug einer Palestrina-Messe.
Die Kammermusik nahm nur wenig Zeit in Anspruch. Man musizierte etwa eine Stunde lang, meist vor dem Abendessen, manchmal auch danach. Da der Professor keinen Wert auf Perfektion legte, erübrigte sich – wenigstens für Felix – das Üben. Hie und da spielte er für sich in seinem Zimmer, in das Branković einen herrlichen Flü-

gel hatte stellen lassen. Die restliche Zeit nahmen die Ausritte ein.
Isabella Branković war, wie erwähnt, eine passionierte Reiterin. Abegg, in bescheidenen Verhältnissen aufgewachsen und alles andere als ein Weltmann, hatte nie in seinem Leben auf einem Pferd gesessen. Schon beim ersten Frühstück – Isabella grüßte Felix mit einem stummen Kopfnicken, musterte ihn aber sehr aufmerksam – hatte sie unvermittelt die Rede aufs Reiten gebracht.
– Reiten Sie viel? hatte sie gefragt.
– Wie bitte?
– Ob Sie viel reiten?
– Wo?
– Auf einem Pferd …
– Ach so, nein, ich bin noch nie geritten.
– Das ist schade. Ich wollte Sie bitten, mit mir auszureiten. Oder gehen wir auf die Jagd?
Felix war Vegetarier aus Überzeugung. Lieber als ein Tier töten, wollte er es dann schon reiten. Er erklärte sich also bereit, reiten zu lernen. Isabella suchte ein besonders sanftes Pferd für ihn aus, und so lernte Felix statt der Kunst des Tonsatzes auf Brankovina Reiten. – Jeder andere Ort der Welt, Sie werden es im Lauf der Geschichte sehen, wäre geeigneter gewesen, die Kunst des Tonsatzes zu lernen, sofern es darin für ihn noch etwas zu lernen gegeben hätte.
Isabella Branković begnügte sich damit, selber ihr Pferd zu besteigen, Abegg aufsitzen und das Reittier ihres Schülers so lange hinter sich herlaufen zu lassen, bis dieser herunterfiel. Felix fiel anfangs ziemlich oft herunter, wobei Isabella hoch und hell, aber nie verletzend lachte. Hie und da schaute sie ihn, scheinbar in Gedanken verloren, an und äußerte dann schnell und nebenbei irgendeine Korrektur seiner Haltung oder seines Zügelgriffs. Da sie ihre Belehrungen nie wiederholte, verstand Felix meist

erst viel später deren Richtigkeit. Mit der Zeit wurde aber ein recht leidlicher Reiter aus ihm, so daß er, bald mit Kollegen, bald mit Isabella allein – nie aber mit Branković, der offenbar nicht ausritt – weite Spazierritte durch die verschneiten Wälder unternehmen konnte. Da er jetzt nicht mehr vom Pferd fiel, lachte Isabella nur noch, wenn sich durch den Widerhall des Hufschlags auf den festgefrorenen Wegen in den Fichten eine Schneelast löste und auf Felix herniederging.

Gegen Ende Februar wurde es etwas wärmer. Die Kraft des Winters war gebrochen. Im Tal begann der Schnee zu schmelzen. Zu Semesterschluß verließen die Kollegen das Schloß. Einer blieb noch die erste Märzwoche. Ihn fragte Felix, wann man schicklicherweise aus Brankovina abführe. Der Kollege sagte, daß man von Professor Branković mit der Bemerkung hinausgeworfen würde:

– Ich denke, Sie haben für dieses Semester genug gelernt; werden Sie nicht zu gescheit – Vollendung ist Vermessenheit.

Felix wartete auf dieses Stichwort. Es kam nicht. Es kam nie.

Die Zeit wurde still. Bei den Ausritten über die hohen Moore mußte man äußerst vorsichtig sein und auf den schmalen Wegen bleiben, damit man nicht in den Morast geriet. Isabella, die hier stets vorausritt, war darin von nachtwandlerischer Sicherheit, selbst wenn sie ihre Ritte bis in die Dämmerung hinein ausdehnten, wo sie die kleinen Irrlichter auf den höchsten Pfosten der Zäune sahen, und manchmal einen vermodernden, im Moor versinkenden Baumstamm, der wie von innen heraus leuchtete. Einmal stießen sie auf das Skelett eines Rehes.

– Sehen Sie, sagte Isabella, wenn man sie nicht schießt, reißen sie die Wölfe.

Dann begann sie – es war Mitte März – von einem Tag auf den anderen gesprächig zu werden. Sie ritten einen bequemen Weg nebeneinander.

– Wissen Sie, sagte Isabella, Sie können es glauben oder nicht: vor ein paar Semestern hatten wir einen verheirateten Studenten hier. Es war im Sommer. Mein Bruder gestattete ihm, seine Frau und seine beiden Kinder herzuholen. Sie blieben dann für den Rest des Semesters. – Es ist so lange her, daß es Kinder auf Brankovina gegeben hat, sagte sie fast schmerzlich, sehr lange her. Die Kinder, ein Mädchen und ein Bub, spielten im Hof und im Schloß, in allen Gängen und Sälen. Eines Tages bemerkten wir, daß sie von einem dritten Kind sprachen, einem Buben, der etwas älter wäre als sie. Wir hielten es für kindliche Phantasie. Sie bestanden aber darauf, daß sie immer mit einem dritten Kind Fangen und Verstecken spielten. Sie beschrieben das Kind als einen etwa neunjährigen Knaben in Ministrantentracht. Wo er herkam, wußten sie nicht, nur, daß er stets nach dem Spiel durch eine bestimmte Tür verschwand. Wir ließen uns die Tür zeigen. Die Kinder führten uns zur Schloßkapelle. Die Schloßkapelle ist seit vielen Jahren verschlossen, seit meine Mutter starb ... Die Kinder des Studenten behaupteten aber, daß die Tür zur Kapelle immer offen stünde. Wir holten die Schlüssel. Drinnen zeigten sie auf die Wand hinter dem Altar: hier gehe, sagten sie, das dritte, geheimnisvolle Kind hinein. Da war aber keine Tür. Wir – voraus ein technisch sehr versierter Schüler meines Bruders – untersuchten die ganze Wand, und tatsächlich entdeckten wir einen geheimen, fast schon unbeweglichen Mechanismus, der einen Teil der Täfelung öffnete. Wir fanden eine kleine Stiege, die zu einem Raum ohne Ausgang und ohne Fenster führte. Dort lag das Skelett eines etwa neunjährigen Kindes; es war mit Ministrantenkleidern angetan. Wir

ließen es im Dorf unten begraben. Seitdem kam das dritte Kind nicht mehr.
– Merkwürdig? – Wir schlossen aus der Art der Paramente, daß das Ministrantenkleid aus dem XVII. Jahrhundert stammen mußte. Wir lasen dann in unseren verschiedenen Chroniken nach und fanden heraus, daß im Dreißigjährigen Krieg die Schweden dieses Schloß überfielen und während einer Messe den Priester und die Ministranten in der Schloßkapelle niedermetzelten. Nun vermuten wir, daß einer der Ministranten in jenes kleine Gelaß floh und dort – weil er vergessen wurde und weil die Geheimtür nur von außen zu öffnen ist – umkam. Seitdem ist die Kapelle verschlossen.
– Ich dachte, sagte Felix, seit Ihre Frau Mutter verstorben sei?
– Ach ja, sagte Isabella. Seit meine Mutter gestorben ist.
– Es ist in der Tat merkwürdig, sagte Felix; aber noch merkwürdiger erscheint mir, in unserer aufgeklärten Zeit an die Erscheinung von Geistern zu glauben.
– Ich, sagte Isabella Branković, langsam und fast träumerisch, ich habe den Schwarzen Hahn gesehen, am Tag vor dem Tod meiner Mutter. Haben Sie, wandte sie sich schnell an Felix – haben Sie auf Brankovina jemals Hühner gesehen? Nein. Wir haben auch keine. Dennoch kam, als ich am Tag vor dem Tod meiner Mutter die Tür zur Bibliothek öffnete, drüben, durch die gegenüberliegende Tür, ein großer, schwarzer und fetter Hahn herein, ging durchs Zimmer – ich höre noch das Scharren seiner Klauen auf dem Parkett, ging an mir vorbei und zu der Tür, die ich geöffnet hatte, hinaus. Meine Mutter war die letzte des alten Grafengeschlechts der Valdharmin, die auf Hochalbions gesessen sind und vom heiligen Petrus abstammten. Es ging die Prophezeiung, daß der Hahn, der zweimal gekräht, nachdem

Petrus den Herrn dreimal verleugnet, wieder erscheine, wenn der Letzte des Geschlechtes stürbe. – Sehen Sie, und ich habe den Hahn gesehen ...

Felix hatte bei dem allem Frauke Frosch nicht vergessen. Obwohl er tiefste Scheu trug, von seinem – von ihm selbst in den langen Nächten auf Brankovina längst und exakt als Liebe analysierten – Gefühl jemandem mitzuteilen, trachtete er danach, sie wiederzusehen. Er erbat sich also von sich aus das ›Stichwort‹ und Branković gewährte ihm, wenn auch offenbar ungern, für acht Tage Urlaub. Bei dieser Gelegenheit kam zum erstenmal zwischen ihnen die Rede aufs Komponieren. Der Professor beschwerte sich, daß Felix die ganze Zeit über nichts komponiert habe.
– Woher wollen Sie das wissen?
Branković lächelte.

Tatsächlich hatte sich Abegg, seit er auf Brankovina weilte, mit keinem Gedanken an eine neue Komposition befaßt. Daran waren weder Fräulein Frosch noch die Anstrengungen des Reitenlernens und die Ausritte mit der Schloßherrin schuld. Es war eine natürliche Pause in der Inspiration, vielleicht bedingt durch den Klimawechsel. In den letzten Tagen aber hatte es sich in ihm schöpferisch zu regen begonnen: am Tag nach der ersten Geschichte Isabellas war Felix im Dorf auf ein eigenartiges Phänomen gestoßen. Er war gerade um die Mittagszeit hinuntergekommen, um irgend etwas an verschiedenen Zaumzeugen oder Sätteln herrichten zu lassen, und hörte das Zwölfuhrläuten. In das Läuten vom Pfarrturm, weitum berühmt wegen der alten, großen Glocken des Geläuts, mischten sich die Klänge dreier kleinerer Glocken, alle von unterschiedlicher Tonhöhe. Weil sich die Phasen, in denen die Glocken schwangen, nicht deckten, sondern überlagerten, gegeneinander verschoben, entstand durch Schwingungsschnittpunkte – hörbar vermutlich nur an bestimmten Stellen des Ortes – eine höchst eigenartige, reizvolle Melodie, und Felix hatte sich vorgenommen, dieses Prinzip irgendwie in seiner Kunst zu verwerten. Er deutete diesen Plan, nach dem eher scherzhaft hingeworfenen Vorwurf Brankovićs, dem Professor nun an. Die aufspringende Freude des Lehrers schmeichelte Felix, wenn er sie sich auch nicht recht erklären konnte.

Obwohl ein Mensch von ungeheuerem Beharrungsvermögen – manche nannten ihn deswegen phlegmatisch –, erschien Felix nach seinem Aufenthalt auf Brankovina dem Fräulein Frosch verändert. Dies allein auf die Reitstunden Isabella Brankovićs zurückzuführen, wäre wohl nicht ausreichend. Nein, ein anderer, stärkerer Einfluß hatte sich seiner bemächtigt, ohne daß er es ahnte, und einen Teil seiner Jungfräulichkeit hinweggefegt. – Nun, Frauke Frosch unternahm es, den Rest Jungfräulichkeit, soweit er körperlich war, in den – wie sie erfuhr – kurzen Tagen seines Besuches in der Stadt ihrerseits nach Kräften zu beseitigen ...

Ich hoffe, ich habe mich für ein Mädchen schicklich, aber deutlich genug ausgedrückt, damit Sie wissen, was ich meine.

Da Fräulein Frosch im Studentinnenheim zwar zur Not nächtens nackt auf dem Balkon lustwandeln konnte, ihr Zimmer aber mit einer Kollegin teilen mußte, beschloß sie – unter dem Vorwand, ihm einen hochinteressanten und wunderlichen Fall von Geisteskrankheit zeigen zu wollen –, Felix mit ins Haus Baswaldt zu nehmen. Dort allerdings, in dem ihr eingeräumten Zimmer, legte sie das ursprünglich für Alexis Baswaldt bestimmte bräutliche

Gewand an und bot sich so dem verdutzten Felix dar. – Dieser stellte sich fast noch ungeschickter an als beim Reitunterricht auf Brankovina. Etwas später indessen mußte er sich nach einigem Nachdenken gestehen, daß er eine Empfindung wie von geheimnisvoller Musik gehabt habe, gepaart mit der Zufriedenheit nach einem gelungenen Konzert.

Mit der Ausrede, die neuen Schüler für das kommende Semester auswählen zu müssen – bisher hatte er sich auf das Gutachten seiner professoralen Kollegen verlassen – kam Branković, kaum war Abegg eine knappe Woche fort, in die Stadt. Sogleich suchte er Felix auf, mußte aber von der Schwester erfahren, daß sich dieser zumeist in der Villa Baswaldt bei Fräulein Frosch aufhielt. Branković ließ anrufen und nahm Felix sogleich wieder mit nach Brankovina, wobei ihm, im Gegensatz zur Mutter Baswaldt – der Felix als ›Kollege‹ vorgestellt worden war –, der Zweck des Studienaufenthaltes im Zimmer der jungen Dame nicht ganz verborgen blieb.

Die Gegend um Brankovina kennt keinen eigentlichen Frühling; wenn die Kraft des Winters gebrochen ist, kündigen donnernde Lawinen den kurzen, heißen Sommer an. Wenn die hellen, noch unbelaubten Birken in der flammend-orangen Moorsenke vom Föhnsturm gebeugt werden, wenn das Balzen der Hähne über das streifenweise noch schneebedeckte, vom letzten Herbst brandrote und lohgelbe Riedgras geht, weht der hohe Wind vor blaßblauem Himmel den letzten brüchigen Schnee wie eine Fahne vom Gipfel überm Joch, und man weiß, der Winter ist vorbei, der Sommer kommt. Einen Frühling aber gibt es in Brankovina nicht. Das hat auch innere Folgen. Der allgemeine erotische Tatendrang der Natur,

von dem auch die Menschen nicht verschont sind, anderwärts auf einige Monate verteilt, drängt sich hier auf eine kurze Spanne Zeit zusammen, hat eigentlich gar keinen Platz. So drängt sich auch dieses pantheistische Weltgefühl, das im Deutschen beim Wort Lenz aufklingt, in ein namenloses, ohnmächtiges und doch tatendurstiges Sehnen zusammen, das zu nichts als zu Seufzern führt und erst im heißen Sommer zur Tätigkeit vergärt. Die Tage sind zwar schon länger, aber deswegen die Nächte noch immer nicht frei von Dämonen – wenn diese Zeit zwischen den Zeiten, diese Nichtzeit in der Gegend von Brankovina, dieser bloße Taktstrich im Ablauf der Jahreszeiten mit dem Vollmond zusammenfällt, ergibt sich ein unheilvoller Schnittpunkt dieser und jener Welt.
Als Felix mit Branković nach Brankovina zurückkehrte, schwiegen die Wölfe, aber der Vollmond stand über dem Tal und gebot der tönenden Ebbe und Flut des Föhnsturms – die Naturorgel nannte Branković dies.

Felix, ein Stadtmensch und als solcher der Natur nur soweit verbunden, als sie schön ist und Blümlein hervorbringt, war zwar, ohne es zu merken, der genannten zwiespältigen Stimmung jener Gegend unterworfen, erfaßte aber nichts von den übrigen Zeichen der beiden Welten um ihn. Außerdem war er beschäftigt, jene geheimnisvollen Klänge, die er der Erfahrung mit Fräulein Frosch verdankte, schöpferisch mit dem bereits beschriebenen akustischen Phänomen der Glocken zu verbinden.
Da die anderen Seminarmitglieder erst Anfang Mai erwartet wurden, konnte sich Felix den Ausritten nicht entziehen, die sich jetzt, da es nicht mehr kalt war und die Kammerkonzerte noch nicht stattfinden konnten, oft über den ganzen Tag erstreckten. Für Felix wurde in solchen Fällen Milch und harter, scharfer Käse mitgenommen. Isa-

bella aß etwas rohes, gesalzenes Rehfleisch. Dazu trank sie den blutroten Wein ihres Bruders.

– Nach dem Krieg, erzählte sie einmal, haben wir etwas Komisches erlebt. Sie wissen, daß hier die Engländer als Besatzung waren. In der ersten Zeit mußten auch wir eine Einquartierung dulden. Es handelte sich um Offiziere eines schottischen Regimentes. Ein Oberst, Lord Roslyn, war sogar irgendwie mit uns verwandt. Einer der Offiziere wollte nicht an unser ›Schreckliches Zimmer‹ glauben. – Es ist Ihnen doch bekannt, daß wir dieses merkwürdige Erkerzimmer haben, das auf den Graben hinausgeht?

Sie hielten gerade auf einer Lichtung, die den Blick auf das Schloß freigab, und Isabella zeigte mit der Reitgerte auf einen eigenartig siebeneckig geformten Erker an dem seitlich über einen steilen Felsabhang ragenden Turm.

– Seit Menschengedenken hat noch niemand eine Nacht darin verbracht, ohne es mit dem Leben zu bezahlen. Wir ahnten schon die scheußlichsten Unannehmlichkeiten, als drei junge Offiziere, wohl leicht angetrunken, gegenseitig und mit den anderen zu wetten anfingen, daß sie in diesem Zimmer schlafen würden. Der Oberst und mein Bruder versuchten es zu verhindern, aber umsonst. Es wurden Feldbetten darin aufgestellt, und die Offiziere erklärten, mit entsicherten Revolvern schlafen zu wollen, stundenweise einzeln zu wachen und beim geringsten Geräusch ohne weiteres scharf zu schießen. Sie warnten vor jedem Scherz, der tödlich ausgehen konnte, nahmen ein paar Flaschen Wein mit, untersuchten das Zimmer gründlich und schlossen sich dann ein. In der Nacht hörten wir Schüsse.

Am Morgen wurde die Tür aufgebrochen. Einer der Offiziere saß aufrecht und tot, mit offenen Augen auf seinem Feldbett. Der zweite lebte zwar, war aber unfähig, irgendein klares Wort hervorzubringen. Nach vergeblichen Heilungsversuchen wurde er in eine Anstalt für Geisteskranke gebracht, wo er, glaube ich, noch lebt. Der dritte war verschwunden. Erst später fand man ihn, flachgequetscht wie eine Flunder, hinter einem eichenen Schrank, der so schwer war, daß nur zwölf Mann ihn bewegen konnten.

Was danach kam, können Sie sich ja denken. Die Feldpolizei Seiner britischen Majestät hat das ganze Schloß umgekrempelt! Monate darauf wurden wir immer noch verhört. Wenn Sie bedenken, daß man damals der Besatzung gegenüber so gut wie rechtlos war, können Sie sich vorstellen, daß wir nur dank der Intervention des Obersten Roslyn diese ganze Geschichte heil überstanden haben. Man sagt aber, daß auch die königliche Armee nur sehr ungern diesen Fall preisgibt, wenn man danach fragt.

– Und das nennen Sie komisch? sagte Felix.

– Komisch, sagte ich? Ich wollte Ihnen wohl etwas anderes erzählen. Etwa die Geschichte von meinem Bruder mit dem Frosch. – Eines Tages fand mein Bruder im Wald einen ganz besonders großen, golden schimmernden Frosch. Meinem Bruder fiel die Farbe des Frosches auf, und er betrachtete ihn. Aber auch der Frosch betrachtete meinen Bruder, und plötzlich sagte er: Nimm mich mit nach Haus, nimm mich mit nach Haus!

Erstaunt nahm mein Bruder den Frosch mit nach Brankovina und setzte ihn vor dem Tor ins Gras. Der Frosch aber sagte: Nimm mich mit ins Haus, nimm mich mit ins Haus!

Mein Bruder nahm den Frosch mit ins Haus. Dort sagte der Frosch: Gib mir zu essen, gib mir zu essen! Er bekam ein paar Fliegen, die mein Bruder für ihn fing. Dann sagte er: Gib mir zu trinken, gib mir zu trinken! – Was trinkt

ein Frosch? Mein Bruder ließ ein Gläschen angewärmten Malvasier kommen. Dann sagte der Frosch – es war schon spät –: Nimm mich mit ins Bett, nimm mich mit ins Bett! Mein Bruder nahm ihn also mit in sein Bett ... Kaum lagen sie, der Frosch und mein Bruder, dort nebeneinander, da verwandelte sich der Frosch in ein wunderschönes Mädchen – und die Frau meines Bruders, die in dem Moment hereinkam, hat die Geschichte nie geglaubt.
Isabella lachte.
– War Ihr Bruder denn verheiratet?
– Ja, sagte Isabella, sie blickte Felix an, und ihre Augen leuchteten fast rötlich.

Obwohl müde vom Ritt, begann Felix in dieser Nacht seine Komposition, ein Chorwerk mit dem Titel ›Stundengebet‹, niederzuschreiben, nach einem Gedicht eines gewissen Raimund Berger, eines Ihnen vermutlich leider unbekannten Dichters, der das Pech hatte, Tiroler, ja noch schlimmer: aus Kitzbühel zu sein. In Tirol gilt nur ein Skilehrer etwas, ein Dichter nichts. An dieser Nichtachtung starb jener Raimund Berger. Nun gut – oder schlecht. Das besagte Gedicht beschreibt in kurzen Strophen die Stationen einer Nachtwache von der Stunde neun bis wieder zur Stunde neun. Die erste Strophe

> O Babylon, du frevler Turm,
> Wohin warf dich des Gottes Sturm!
> ...

wurde vom ganzen Chor unisono gesungen, in scheinbar einfacher Melodie, wie ein Choral. In den folgenden Strophen teilten sich die Stimmen immer mehr in sinn- und kunstreichen Wendungen. Durch Umkehrung, Krebsgang, mannigfache Verflechtungen steigerten sie sich zu einem Teppich an Kontrapunkt, aus dem, gleichsam zufällig, an gewissen Schnittpunkten der Stimmen, wie von kunstvoll gesetzten Knoten das Bild einer fremden Melodie auftauchte, einer Melodie, die eigentlich von keiner Stimme gesungen, trotzdem klar zu hören war, um

Zu Stunde Eins
Es tönt ein Ruf vom Turme her
In Erz: Einmal und nimmermehr ...

in ein gewaltiges Unisono zurückzufallen, das sich wiederum allmählich die Stunden hindurch regenerierte und erlöst, wieder zur ›Stunde Neune‹ auflöste.

Erduldet ist die Sühnenacht
Zu Golgatha: Es ist vollbracht.

Felix hatte es schon längst ersonnen, dieses Werk, hatte es auf den weiten Ritten durch die Wälder im Kopf fertig komponiert mit allen Finessen des hohen Spieles Kontrapunkt und es dann im Schoß seines unglaublichen Gedächtnisses ruhen lassen, um es in dieser Nacht zu Papier zu bringen – nicht ahnend, daß es ein anderer bereits getan hatte.
Wieder tobte der Föhnsturm und riß an den hohen Fensterläden. Felix saß lange über seinem Tisch und schrieb, da schien es ihm, als hätte der Sturm auch in dieser Nacht einen Ladenflügel aus seiner Befestigung gelöst. Er ging zum Fenster. Draußen – es ging steil hinunter, die Wipfel der letzten kühnen Fichten reichten längst nicht über den überhängenden Fels herauf – draußen auf dem schmalen Sims saß Branković. Kaum hatte Felix das Fenster aufgerissen, kletterte der Professor wie ein Wiesel Kopf voraus

auf allen vieren den Abgrund hinunter. Felix sah ihn in dem siebeneckigen Erker verschwinden ...
Am nächsten Morgen fand sich Abegg, obwohl er sich an nichts weiter erinnern konnte, in seinem Bett. Das Manuskript lag, von einer ähnlichen, aber doch fremden Hand sauber zu Ende geschrieben, auf dem Tisch.
Felix stellte Branković zur Rede. Er fordere, sagte Felix, im Namen der Vernunft und der unverlierbaren Güter der Aufklärung eine Erklärung für dergleichen jesuitische Mittelalterlichkeiten!
Branković lachte und begann ihm auseinanderzusetzen, daß der Jesuitismus – selbst der, den ein altertümlicher Protestantismus als solchen verstand – keineswegs ›Mittelalter‹ sei, sondern die Reaktion darauf, also letzten Endes Teil der Aufklärung. Er kam aber nicht weit. Felix, selbst im Zorn überlegt, nahm mit Bedacht eine Vase und warf sie in ungefährer Richtung des Professors auf den mit der Brankovićschen Schwurhand geschmückten Steinfußboden.
Branković wich zurück, aber nur, um aus der Lade seines Schreibtisches ein Heft zu holen. Er reichte es Felix. Es war die bereits gedruckte – bei Schott und Söhne verlegte – Partitur der Abeggschen Chorkomposition. Als Verfasser war angegeben: Gabriel von Branković.
Jetzt wich Felix zurück. Er ging langsam zur Tür. Branković machte keine Miene, ihm zu folgen. Felix riß die Tür auf, lief hinaus und hinunter in den Stall. Die Reitstunden Isabellas kamen ihm nun zugute. Rasch hatte er ein Pferd gesattelt, und ohne an seine geringe Habe auf Brankovina zu denken, ritt er in gestrecktem Galopp ins Dorf hinab. Dort stellte er das Pferd beim Wirt ein und wartete auf den nächsten Omnibus. Nichts passierte. Der Omnibus kam. Zum Glück trug Felix etwas Geld bei sich. Ohne Zwischenfall stieg er ein und setzte sich auf einen Fensterplatz. Endlich fuhr der Omnibus ab, langsam bewältigte er eine Stei-

gung hinter dem Dorf. Bevor er in die Senke zum nächsten, größten Tal hinunterbog, erreichte er eine Stelle, die auf gleicher Höhe wie Brankovina lag. An einer Kurve gaben die Bäume den Blick aufs Schloß frei: breit und grau stand es mit seinem runden Turm, an dem der siebeneckige Erker klebte, über den Abhängen zwischen den noch kahlen Bäumen, als ruhe es wie alles andere rundum in festgefügten Systemen von Raum und Zeit.

Der Omnibus ging bis in die nahe Bezirksstadt. Von dort aus fuhr Felix mit dem Zug weiter. Als er zu Hause angekommen war, bemerkte er, daß er noch immer das Heft mit der angeblichen Komposition Brankovićs in der Hand hielt.

Die Schwester erzählte ihm von der Krankheit Frauke Froschs. Er stellte also seine wirren Pläne, wie er gegen Branković vorgehen wollte, zurück und suchte seine Freundin auf: sie lag in der Villa Baswaldt, wo man sich rührend ihrer angenommen hatte. Frauke war elend anzusehen, ihre Fülligkeit war verschwunden, sie war kaum eines Wortes fähig und zu keiner Art von Liebe zu gebrauchen.

– Es ist eine merkwürdige Krankheit, sagte Frau Baswaldt besorgt zu Felix. Ohne daß ein äußeres Symptom irgendeinen Anhaltspunkt gegeben hätte, sei sie schwächer und schwächer geworden, sie habe keine Nahrung mehr aufnehmen können, jeder Wille sei ihr geschwunden, und sie habe entsetzlich schwere Träume.

– Branković! dachte Felix. Eine zunächst uneingestandene Angst erfaßte ihn, die jede Vernunft verblassen ließ und die nicht nur seine Nächte beherrschte wie ein Kinderalbtraum, sondern alle Tage, jede Stunde und jeden Ort. Gleichzeitig spürte er fast gegen seinen Willen, ein ungewöhnliches Anwachsen seiner schöpferischen Kraft.

Er blieb an der Seite Fraukes, deren Zustand sich zwar

nicht mehr verschlechterte aber auch nicht verbesserte. In diesen vierzehn Tagen schrieb er ein Konzert für Klavier und kleines Orchester ›Ohne Tonart‹. Es war ein Werk, das auf einem alten Einfall Felixens beruhte: ein Werk in einem Satz, mit einem langsamen Mittelteil zwischen schnelleren Seitenteilen, der herkömmlichen Konzertform angenähert. Ohne atonal zu sein, war es, wie sein Name sagte, ohne Tonart. Seine Themen mündeten alle in ein Nichts, in ein glasklares, zwar geistvolles, auch wohlklingendes, aber unfaßliches Nirwana.

Kaum hatte Felix das Werk ins Reine geschrieben, eilte er damit zum Rundfunk. Es gelang dem unbekannten Komponisten mit Mühe, zum zuständigen Referenten vorzudringen. Die Absicht Abeggs war klar: er wollte das Werk um jeden Preis so schnell wie möglich unter seinem Namen publik machen, um Branković, der allem Anschein nach über unheimliche Mittel verfügte, daran zu hindern, sich der Frucht seiner Inspiration und Arbeit ein zweites Mal zu bemächtigen. Er erzählte dem zuständigen Referenten eine verkürzte – Branković trotz allem schonende – Version seiner Erlebnisse und bat um Veröffentlichung seines Werkes.

Der Herr vom Rundfunk hörte sich, obwohl er behauptet hatte, unter äußerster Zeitnot zu leiden, Felixens Geschichte wortlos an.

– Sind Sie fertig? fragte er darauf.

– Wieso?

– Ihre Geschichte wäre ein herrlicher Opernstoff – Ihr Konzert aber gibt es schon. Er reichte Felix die neueste Nummer einer Musikzeitschrift. Dort würdigte ein Artikel die neuesten Arbeiten Brankovićs – die ersten Arbeiten nach sieben Jahren, in denen der Meister nichts veröffentlichte: das Chorwerk ›Stundengebet‹ und das Klavierkonzert ›Ohne Tonart‹.

Felix begehrte auf, aber der Referent beschwichtigte ihn. – Sehen Sie, sagte er. Wir spielen Ihr Konzert, oder sagen wir, *das* Konzert, selbstredend. Alle Sender müssen es bringen, weil es von Branković ist. Seien Sie froh, wenn es von Ihnen wäre, würde kein Mensch es spielen. Vielleicht arrangieren Sie sich mit Branković wegen der Tantiemen. Sie müssen uns natürlich verstehen: auch wir spielen lieber ein Konzert von Branković als eins von – wie war Ihr Name? –

– Abegg, sagte Felix.

– von Abegg ...

Als Felix zurück zu Frau Baswaldt kam, war diese gerade beschäftigt, Fraukes Zimmer auszulüften und umzuräumen.

– Ich bin so erleichtert, sagte sie, es wäre mit der Zeit zuviel gewesen für mich alte Frau. Ein Freund meines Sohnes hat Fräulein Frauke mit aufs Land genommen, wo sie sich sicher erholen wird.

– Wie?

– Ja, ein lieber Freund, den wir, seit mein Sohn so krank ist, kaum mehr gesehen haben – Alexis hat bei der Uraufführung eines seiner Ballette getanzt – der berühmte Professor Branković.‹

Mirandolina unterbrach ihre Erzählung und nahm einen Schluck Tee mit Slibowitz aus der perlgrauen Tasse.

›Jetzt geht es schon hart gegen Mitternacht!‹ scherzte der Onkel Kastrate in gespieltem Bedenken. Er zog seine Uhr und verglich die Zeit mit der großen Standuhr.

›Ich nehme lieber die Erscheinung eines eventuell auch hier eingemauerten Ministranten in Kauf‹, sagte ich, ›als daß ich auf das Ende der Geschichte verzichte.‹

›Das ist gleich erzählt‹, sagte Mirandolina.

›Nein, nein‹, sagte der alte Kastrate, ›nimm dir Zeit. Da du vor Mitternacht wohl nicht fertig wirst, ist es besser, du erzählst ausführlich, und wir bleiben noch bis eins beieinander.‹

Alle stimmten ihm zu. Die perlgrauen Tassen wurden neu gefüllt, zwei Scheite in den Kamin gelegt, wir rückten unsere Stühle ein wenig zusammen, und Mirandolina fuhr fort:

›Sie könne sich denken, daß Felix Abeggs erster Gedanke war, sofort nach Brankovina zu fahren, um seine Freundin zu befreien. Dann aber erfaßten ihn Ängste und Zweifel. ›Der zweite Gedanke ist vom Teufel‹, heißt es. In erster Linie war der Mensch gut, dann kam der Sündenfall. Die ersten Gedanken der Menschen sind gut, und gute Menschen sind die, die über ihre zweiten Gedanken, ihre Ängste und Zweifel, unbeirrt zu ihren ersten Gedanken zurückfinden. Felix fürchtete vor allem – naheliegenderweise –, selber in die körperliche Gewalt Brankovićs zu geraten, wenn er ihn allein in der einsamen Burg zum Kampf herausforderte. – Und wer sollte dann Frauke befreien? Felix brauchte also Hilfe. Er suchte einen Schulfreund auf, der Jura studiert hatte und daran war, Rechtsanwalt zu werden. Der Freund hörte interessiert zu, bezeichnete den Tatbestand als äußerst bemerkenswerte Form der Urheberrechtsverletzung, die jedoch weder in einem Kommentar berücksichtigt noch von einem höheren Gericht entschieden war. Er bot seine Hilfe bei einer Klage gegen Branković an, weiter aber nichts. Immerhin nahm er einen von Felix verfaßten genauen Bericht über die Vorfälle bei sich in Verwahrung.

Beim Akademiepräsidenten, der Felix im Hinblick auf dessen Wertschätzung durch Branković sofort empfing, stieß die Geschichte nach anfänglichem Wohlwollen auf eisiges Befremden und unbeirrbaren Unglauben.

Nach einigen weiteren ergebnislosen Versuchen rang sich

Felix zu seinem im ersten Gedanken gefaßten Entschluß zurück, allein nach Brankovina zu reisen. – Zwei Gründe sprachen dafür: einmal war es bereits Mai, das hieß, das Sommersemester hatte begonnen und die Seminarmitglieder mußten ohne Zweifel schon auf dem Schloß sein, er wäre also doch nicht allein. Und zweitens hatte er ja ein Mittel in der Hand, mit dem er Branković zwingen konnte: sich selber! Denn ihn, Felix Abegg, soviel war ihm in allen dunklen Zusammenhängen klar, brauchte Branković, ihn und seine Intuitionen, und zwar gesund und willensfähig.

Felix fuhr nach Brankovina. Im Dorf stieg er aus dem Omnibus und machte sich auf den Weg hinauf zum Schloß. Obwohl er Abkürzungen kannte, brauchte er gute zwei Stunden. Als er dort anlangte, war es Nacht. Die vergangenen Tage hatte es geregnet. Heute war Vollmond. Das Wetter hatte gewechselt. Die kurze, kaum Frühling zu nennende Zwischenzeit war vorüber. Es war die erste warme Sommernacht auf Brankovina.

Felix fand das Schloßtor geöffnet. Wurde er erwartet? Er trat in den Hof. Von drinnen hörte er Klavierspiel: Beethoven, die ›Eroika-Variationen‹. Es war dies der Gegenstand der ersten Instrumentationsversuche Abeggs gewesen, dem schon früh aufgefallen war, daß jede der Variationen wie geschaffen schien für ein jeweils anderes Instrument oder eine andere Instrumentengruppe. Auch das innere Tor stand offen. Felix stieg die Treppe zwischen den Hirschgeweihen hinauf. Die Musik kam aus dem sogenannten ›Tafel-Saal‹, in dem in der Regel die Seminaristen aßen und dem eine weite Terrasse vorgelagert war. Offenbar ist die Konzert-Stunde ausgedehnt worden, dachte Felix, da man sonst um diese Zeit schon

beim Schnaps oder beim Tarock saß, oder auch bei beidem, wenn man sich nicht Geschichten erzählte, weil man noch nicht schlafen gehen wollte.
Er machte einen Umweg und schlich sich auf die Terrasse. Eine weiße Gestalt stand, gestützt auf eine der halben Säulen, die als Blumenkästen dienten, und schaute hinaus in den Mond – Isabella. Ein langer, leichter seidener Schal wehte von ihren Schultern wie ein schlaffes Segel. Das Haar trug sie hoch aufgesteckt. Die vier rundbogigen Türen zum Saal waren geöffnet. Drinnen spielte Branković. Sonst war niemand zu sehen.
Eine Stehlampe neben dem Flügel warf vier schmale Streifen Licht, auf die in den Ritzen und Sprüngen von Moos durchwachsenen Platten der Terrasse.
Langsam drehte Isabella sich um.
– Wo ist Fräulein Frosch? sagte Felix ohne Gruß.
Da sah er, daß Isabella weinte. Sie wandte sich ab und lief die Stufen hinunter in den Garten.
Branković hatte sein Spiel unterbrochen und schaute hinter dem Flügel hervor; den Kopf gesenkt, blinzelte er über den Rand seiner schwarzen Brille. Er stand auf und trat zu Felix heraus.
– Was für eine Überraschung, sagte er.
– Wo ist Frauke Frosch? sagte Felix.
– Sie schläft, sagte Branković freundlich. Haben Sie schon gegessen?
– Sie sind ein Teufel!
– Zuviel Ehre, sagte Branković.
– Wo sind die anderen Seminarmitglieder?
– Ich halte dieses Semester kein Seminar. Das hätten Sie unschwer an der Akademie erfahren können. Aber *Sie* sind natürlich willkommen.
– Das kann ich mir denken, sagte Felix. Aber ich sage Ihnen, ich komponiere keinen Ton, ich denke keine Note,

ehe Sie nicht Fräulein Frosch gesund an mich herausgegeben haben!
Branković schnalzte mit den Lippen, als zöge er an einer imaginären Pfeife.
– Sie komponieren, ob Sie wollen oder nicht, sagte er dann. Ich weiß genau, daß Sie Ihren Einfällen nicht gebieten können, noch viel weniger aber können Sie Ihren Einfällen *verbieten*, daß sie kommen. In gewissen Stimmungen überfällt die Intuition den schöpferischen Menschen wie eine Schar von Räubern. Sie werden komponieren, ob Sie wollen oder nicht.
– Ich habe ein genaues Protokoll aller Ihrer teuflischen Ränke bei meinem Anwalt hinterlegt.
Branković ging hinein und kramte in einer Schublade. Er brachte ein Kuvert.
– Kennen Sie das?
Felix riß es auf. Es war das von ihm geschriebene Protokoll. Felix ließ die Blätter zu Boden flattern. Er stand dicht neben Branković. Der Professor war einen guten Kopf kleiner als er, außerdem war er ein alter Mann. Felix gab sich einen Ruck und stürzte sich auf ihn. Er versuchte ihn am Hals zu packen, aber Branković hob ihn auf und warf ihn ohne jede Mühe zu Boden.
– Ich werde, rief er ihm zu, Mittel finden, um Sie zum Komponieren zu zwingen.
Das Licht im Saal ging aus, und Branković war verschwunden. Isabella stand neben Felix.
– Hat er Ihnen weh getan?
Felix richtete sich auf. Er hatte sich die Ellenbogen und Knie wundgeschlagen, spürte es aber kaum.
– Er hat, sagte Isabella, die Kraft von zwölf Männern.
– Er ist nicht ein, er ist *der* Teufel, sagte Felix. Wo ist Frauke?
– Kommen Sie, sagte Isabella, setzen wir uns hinein.

Sie gingen hinauf in einen Salon ihres Flügels. Isabella nahm Felixens Hand. Als sich ihre Hände trafen, wurde ihm bewußt, daß er sie zeit seines Aufenthalts auf Brankovina noch nie berührt hatte. – Der Handschlag war bei den Brankovićs verpönt. – Er dachte vage, es müsse ihn schaudern wie bei der Berührung mit einem kalten Stein, aber er empfand nur eine tiefe Beruhigung. Er ließ Isabellas Hand nicht los, auch als sie sich setzten.
– Wo ist ..., hob er dennoch wieder an.
Isabella machte eine sanft gebietende Geste.
– Wissen Sie, sagte sie dann, etwas von Fliegen?
– Von was?
– Stubenfliegen, von den gewöhnlichen Fliegen? Es geht um den Begriff der Zeit. Fliegen leben nur ein paar Tage, will es uns scheinen. Ihnen scheint es anders, das heißt, ihnen, den Fliegen, *ist* es anders. Die Augen der Fliegen sind so gemacht, daß sie jede Bewegung ihrer Umwelt viel schneller aufnehmen als sie in Wirklichkeit ist. Wenn Sie also eine Fliege erwischen wollen und mit einem Fliegenwedel ganz rasch zuschlagen, dann kommt er für die Fliege zehnmal langsamer, quasi im Zeitlupentempo auf sie zu. Deshalb ist es so schwer, Fliegen zu fangen ... Aber das nur nebenbei. Bedenken Sie, wenn einer Fliege alles und jedes scheinbar zehnmal langsamer vor sich zu gehen scheint, die Bewegung Ihrer Hand und die Bewegung der Sonne, was ist dann der Effekt? Die Fliege lebt in ihrer eigenen Vorstellung zehnmal so lang, wie sie wirklich lebt. Aber was heißt ›wirklich‹ – die Fliegen haben eben eine andere *Zeit* als wir, vielmehr als Sie, Felix Abegg und Ihresgleichen.
– Was meinen Sie damit?
– Es gibt Tausende verschiedener Zeiten. Es gibt eine Geographie der Zeit, wie es eine des Ortes gibt. Wir sind viel weiter voneinander entfernt als man meint, selbst wenn

man am selben geographischen Ort ist. Das Zeitbewußtsein der Fliege wird durch einen verhältnismäßig einfachen Mechanismus – die Konstruktion der Augen – verändert. Können Sie sich vorstellen, daß durch eine komplizierte Veränderung eines komplizierteren Mechanismus, etwa der menschlichen Seele, ganz unglaubliche Zeitverschiebungen eintreten können?

Sehen Sie, ich weiß, daß man sich wundert, Branković und mich als Geschwister zu sehen, weil man immer eher anzunehmen geneigt ist, ich sei seine Tochter. Dabei bin ich in Wahrheit seine ältere Schwester. Er ist nur dreihundertundvierzehn Jahre alt, wenn ich richtig rechne, ich dagegen dreihundertzwanzig.

Felix wollte ihre Hand loslassen. Aber sie hielt die seine fest.

– Ich habe mich einmal verplappert, als ich von seiner Frau erzählte. Erinnern Sie sich? Ja? Er war verheiratet. Es ist fast dreihundert Jahre her. Er ist der letzte männliche Branković. Unsere Eltern wünschten, daß er sich vermähle. Ich aber wollte es nicht, denn ich liebte meinen Bruder. Nein, nicht so, wie die Schwester den Bruder liebt und lieben soll. Ich liebte grausig, heiß und teuflisch. Und ich haßte die hübsche junge Frau, die mit strahlenden Festen als Braut auf Brankovina gekommen war und nun das Bett meines Bruders teilte. Da habe ich in meinem Haß alte, längst verschüttet gehoffte Kräfte meiner Familie wieder in mir lebendig gemacht. Nächtelang saß ich unten in der Gruft bei den toten Brankovićs und riß ihre Gebeine aus den Sarkophagen …

Fürchten Sie sich dennoch nicht vor mir, ich wollte nur sie vernichten, die Frau meines Bruders. Tag und Nacht quälte ich sie mit grausamen Erscheinungen. Ich trieb sie hinaus in den Wald, ich verfolgte sie in einsame, verfallene Türme, ich vergiftete ihre Träume, ich gab ihr ein, daß sie bei lebendigem Leib vermodere. Sie glaubte ihren eigenen Modergeruch zu riechen, wo sie ging und stand. Das Zimmer mit dem siebeneckigen Erker war das Schlafgemach meines Bruders und meiner Schwägerin. Nach einigen Wochen stürzte sie sich aus dem Erker in die Tiefe. So gelang es mir, meinen Bruder zurückzugewinnen. Aber die einmal in mir geweckten Kräfte blieben am Leben, schlimmer noch: sie übertrugen sich auf meinen Bruder. Aneinandergefesselt leben wir, ohne sterben zu können, oder sind tot und müssen leben. Wir stehen im Zwischenreich der Welten. Wie es bei solcher Liebe nicht anders sein kann, schwankte sie auf scharfem Grat und wurde bald zu Haß, war vielleicht von Anfang an Haß gewesen, der uns nur wie Liebe, wenigstens wie Begierde erschien.

Endlich wurden die geheimen Kräfte in meinem Bruder stärker als die meinen. Er beherrscht mich. Und eines Tages kam ihm die Marotte, daß er geistige Unsterblichkeit erlangen müsse, um der irdischen Sterblichkeit wieder teilhaftig zu werden. Er überlegte lange und wählte dann, mehr aus Zufall der Gegebenheiten, die Unsterblichkeit als Komponist. Dieser Zufall bestand darin, daß ein junger Komponist von durchschnittlicher Begabung bei uns zu Gast weilte. Mein Bruder zwang mich, ihm seine Gedanken, seine Einfälle und endlich seine Kompositionen bereits beim Entstehen gleichsam auszusaugen. Es gelang mir leicht, weil er sich – wie fast alle seine Nachfolger – in mich verliebte. Ich brauchte nicht einmal, wie bei Ihnen, jede Nacht, sobald er schlief, sein Lager zu teilen. Seine Gedanken kreisten ohnehin beständig um mich, und so flogen mir seine Einfälle fast von selbst zu ...

Wie gesagt, er war ein mittelmäßiger Komponist. Das Ergebnis waren die Sachen – Werfel-Lieder etc., Sie wissen –, die mein Bruder später als ihm unangemessen zurückzog.

Immerhin erlangte Gabriel einen gewissen Ruf als Komponist. Bald konnten wir begabtere junge Leute an uns ziehen und in der beschriebenen Weise *melken*, wie es mein Bruder nannte. Jeder komponierte natürlich anders, wie, das können Sie an den Stilen der Brankovićschen Werke jener Jahre sehen. Besonders kluge Kritiker sagten dazu: ›Branković macht seine eigene Musikgeschichte durch.‹

Vor dem Krieg gelang uns dann der große Durchbruch. Ein eminent begabter junger Mann namens Magnus Wolf kam von sich aus zu uns. Er hatte ganz neue Ideen für den Fortgang der Musik. Ihm verdanken wir jenes erste Werk dieser Serie – Sie kennen es ja –, das so ungeheueres Aufsehen erregte und auf das hin mein Bruder alle früheren Arbeiten mit dem stolzen Wort zurückzog: ›Jetzt beginnen meine sämtlichen Werke ...‹

Der arme Wolf komponierte zwanzig Jahre lang. Er war verzweifelt. Wir hielten ihn gefangen und – es komponierte quasi in ihm. Dann war er zerbrochen. Er lebt heute noch in einem Keller in den Felsen. Aber er ist keines Gedankens mehr fähig. – Die berühmte schöpferische Pause im Werk Brankovićs trat ein. Vergeblich suchten wir nach einem geeigneten Nachfolger: es gab ja nur die Zwölf-und-der-gleichen-Töner, von deren Kompositionen sich mein Bruder wohl mit Recht keinerlei musikalische Unsterblichkeit erhoffen durfte. Er versuchte dann selber zu komponieren, indem er den Stil Magnus Wolfs, also sozusagen sich selber kopierte. – Sie kennen das kleine Theater-Mirakel-Stück ›Die Kupferknöpfe‹ –

Die Kritik reagierte unerwartet fein. Man empfand es nicht als echten Branković, sondern nur als einen Aufguß, eine Selbst-Imitation. Ich darf annehmen, daß keiner der Kritiker ahnte, wie recht er hatte. Gabriel ließ schleunigst sein eigenes Komponieren – sieben Jahre lang, dann kamen Sie ...

– Ich will zu Frauke Frosch, sagte Felix, entriß Isabella seine Hand und stand auf.
– Haben Sie nicht bemerkt, sagte Isabella, daß ich Sie liebe? Sie flüsterte: Wissen Sie, was das bedeutet, daß ich lieben kann? Ich sage nicht: retten Sie mich, ich sage: erlösen Sie mich.
– Sagen Sie mir, wo Frauke Frosch ist!
Ohne die Hände zu rühren, sank Isabella mit dem Gesicht hart auf die Tischplatte. Ihr aufgestecktes rotes Haar löste sich und umgab das Haupt wie eine Lache von Blut.
– Das, sagte sie mühsam, das wird Ihnen mein Bruder sagen.
Branković saß in der Bibliothek und las. Als Felix eintrat, lächelte er. Zögernd blieb dieser stehen, kehrte um, eilte in die Kammer, wo er die Jagdgewehre wußte, lud eines und trat wieder in die Bibliothek. Branković lächelte noch, als Felix das Gewehr auf ihn richtete. Der Knall des Schusses – Abegg bemerkte dieses Phänomen, ohne es recht zu wissen – stand *überdimensioniert* im Zimmer, wirkte unangebracht in der Stille der Bibliothek, warf ihre geistige Architektur drunter und drüber, der Raum schien durcheinanderzuwirbeln, schien – Felix erinnerte sich der Ausführungen Isabellas über die Zeit – in Bruchteilen von Sekunden Jahrhunderte zu durchschnellen. Nur Branković, Branković saß da und lächelte. Das Buch, das er vor seine Brust hielt, war durchlöchert. – Glauben Sie, es trug nur zufällig den Titel ›Die Handschrift von Saragossa‹?
Kaum war der Donner des Schusses verklungen, lachte Gabriel Branković auf. Er sagte kein Wort, lachte, hoch, meckernd, wie ein Echo in langen, leeren Gewölben. Aber noch ein anderer Laut war da, ein Schrei, ein Schreien. Eine gequälte Stimme schrie weit von unten herauf. Schrie nach Felix. Es war Frauke Froschs Stimme. – Die

Felsenkeller! – Felix stürzte hinunter, lief der Stimme nach, aber er konnte das Verlies nicht finden, in dem Frauke gefoltert wurde. – Nachdem er immer wieder vergebens geglaubt, der Freundin schon ganz nahe zu sein, sank er endlich erschöpft und verzweifelt in einem der Kellergänge auf einen feuchten Stein. Fraukes gellende Schreie, die kaum artikuliert die Martern nannte, die man ihr antat, wurden von den Wänden ruhig und fest, als handle es sich um Musik, hin- und hergeworfen, verwoben sich und verklangen wie eine Sarabande in einer Suite alten Stils. Der grausige Rhythmus dieser Schreie aber verwandelte sich in Felixens Hirn blitzschnell in glänzende Intuitionen. Er hielt sich die Ohren zu, aber in seinem Innern hörte er sie wieder und wieder: die Sarabande aus seiner neuen ›Suite im alten Stil‹ für ein kleines Orchester mit Harfe ...

So ging es tagelang. Wie das Schlagen einer schrecklichen Uhr hörte er stündlich für eine gewisse Zeit die Marterschreie Fraukes, folgte ihnen, verirrte sich in den zahllosen Gewölben, Kellern, Gelassen. Und stets verwandelten sie sich in seinem Innern zu Sätzen seiner neuen Suite: einmal wurden sie zu hohen Passagen der Harfe in der Gigue, das andere Mal zu schönen, tiefen Flötensolo im Trio des Menuetts, zum harten Stakkato im Rigaudon. Und oben hörte er Branković die Stücke auf dem Klavier nachspielen ...

An der Zahl der Sätze dieser Suite – Branković teilte sie später in zwei Suiten, weil Frauke Frosch manchmal in Kreuz-, manchmal in B-Tonarten geschrien hatte – können Sie Länge und Art der Qualen messen, die das arme Mädchen erleiden mußte.

Längst hatte Abegg aufgegeben, sich gegen die blutig entsprungenen musikalischen Einfälle zu wehren. Er lief nur noch wie irr durch die Keller, rannte in der Finsternis

gegen Ecken und Pfosten auf seiner verzweifelten nutzlosen Suche.
Dann – nach wieviel Tagen und Stunden? – sah er den Lichtschein. Zwar schienen ihm die Schreie der Freundin im gleichen Augenblick unendlich fern, doch er ging trotzdem darauf zu. Er fand ein Verlies, leer bis auf einen Strohhaufen im Hintergrund. Felix rüttelte an den Gitterstäben, da sprang mit einem Mal ein Wesen, ein nackter, über und über mit schmutzigen Haaren bedeckter Mensch aus jenem Strohhaufen und lief mit Zähneknirschen ans Gitter. Er öffnete den Mund, als wolle er etwas sagen, aber kein Laut drang heraus, nur – obwohl Felix gut zwei Meter zurückgewichen war – ein gräßlicher Geruch nach fauligem Fleisch.
Felix zitterte. Er wandte sich ab. Das Wesen, die Augen weit aufgerissen, doch eher unglücklich als schrecklich, drängte sich kraftlos an die Eisenstangen. Es war Magnus Wolf ...
Felix taumelte die Treppen hinauf. Die Schreie Fraukes waren verstummt. An der heiteren Suite im alten Stil fehlte nur noch ein Satz, ein einziger Satz an den zweimal neun Sätzen.
Die Sommernacht war schwül und drückend. Ein Dunstschleier überzog den Himmel. Wie ein firmamentenes Ebenbild zu Brankovina zog hinter den westlichen Bergen ein Schloß aus Wolken auf, schwärzer als die Nacht. Felix lief hinaus in den Wald. Ob er wirklich fliehen wollte, wußte er nicht. – Nahm er an, daß Frauke tot war, zu Tode gequält, um ihm, Felix, eine heitere Suite im alten Stil für Kammerorchester und Harfe zu entlocken? Er wußte nichts, nichts mehr, lief und lief. Das Gewitter brach los. Ohne Regen, trocken und dumpf, schlug der erste Blitz ein. In der bleichen, elektrisierenden Helligkeit des langen Blitzes sah Felix sie ... sie, die Hirsche. Tau-

sende von Hirschen, Skelette von Hirschen, weißgetrocknet die Knochen, zogen aus dem Tal herauf, zogen paarweise oder einzeln über die Lichtung. Waren sie auf Felixens Höhe angelangt, drehten sie ihm ihr Haupt zu und blickten ihn an, aus großen, leeren Augenhöhlen, mit einem Vorwurf, als hätte er und nicht die Generationen der Brankovićs sie getötet.

Die Blitze folgten jetzt dicht aufeinander, beleuchteten die Lichtung, über die die huschenden Schatten der riesigen Geweihe glitten, den lautlosen Zug phosphoreszierender Skelette. Und je mehr vorbeizogen, desto gewaltiger wurden die Nachfolgenden. Felix schien es endlich, als überragten ihre Geweihe die Wipfel der Bäume.

Wie eine Faust schlug ihn die Furcht zu Boden. Er schrie um ein menschliches Wesen, ein mitleidiges Wesen, das ihm beistehen möge. Da stand Isabella neben ihm.

– Ich habe Sie laufen sehen, sagte sie, aber ich bin nicht so schnell vorwärtsgekommen. Fast hätte ich Sie verloren ...

Felix barg sein Gesicht in den Falten ihres langen, samtenen Mantels.

– Sehen Sie sie auch, sagte er, die Hirsche?

– Ja, sagte sie, sie haben heute nacht ihre Geweihe geholt, oben im Schloß. Aber die eingebrannten Initialen an der Stirn müssen sie weiter tragen. Sie gehören uns.

– Die Hirsche, sagte Felix, sie sind so hoch wie die Bäume.

– Fürchten Sie sich nicht, sagte Isabella, ich werde Sie tragen.

Felix spürte, wie sie ihn aufhob, seinen Kopf an ihre Schulter bettete. Die Kräfte verließen ihn.

Auf dem Rücken liegend, im Schloßhof, kam er wieder zu sich. Sein Kopf ruhte in Isabellas Schoß; sie hatte ihre Hand – weiße, ausgebrannte Knochenhand – auf die

seine gelegt, und auf dem bein-blassen Schädel, der aus dem feinen spanischen Kragen ihres schwarzen Kleides ragte, türmte sich das rote Haar, zusammengehalten von einem Diadem mit der diamantenbesetzten abgehauenen Schwurhand.
Es war hell, kurz vor Sonnenaufgang.
Felix sprang auf. Das Skelett, an den Rand des versiegten Brunnens gelehnt, fiel in sich zusammen; das Diadem splitterte auf den steinernen Platten, und als mit schrecklichem Geräusch, mit einem trockenen, spröden Klang Isabellas Schädel barst, sprang auch jenes Thema in Felix auf, aus dem der letzte Satz der Suite gebildet ist, der gar nicht oder – die Gelehrten streiten sich – gerade zur übrigen Suite paßt und Requiem überschrieben ist:

Lächelnd stand Branković hoch oben am Fenster über dem Portal. Felix hob die Faust, um ihm zu fluchen, er bewegte die Lippen, aber nur ein Hauch von fauligem Fleisch drang aus seinem verzerrten Mund ... Eilig, mit beiden Händen, zog Gabriel Branković die Vorhänge zu – im nächsten Augenblick trafen die Strahlen der aufgehenden Sonne das Fenster.‹

Mirandolina schwieg.
Da wir nicht wußten, ob sie nur eine Pause machte oder ob die Geschichte zu Ende war, schwiegen auch wir.
›Ich bin fertig mit dem Erzählen‹ sagte sie endlich.
›Die Geschichte ist zu Ende?‹ sagte Dorimena.
›Ich sagte‹, antwortete Mirandolina, ›daß ich fertig mit dem Erzählen sei, nicht daß die Geschichte zu Ende ist.

Keine Geschichte ist wirklich zu Ende, habe ich vorhin gesagt, jede ist nur Teil einer größeren Geschichte und besteht aus erzählten oder verschwiegenen kleinen Geschichten. Und in jeder von ihnen, ob man will oder nicht, erzählt man wortlos all die Schatten der anderen mit. Deswegen ist es so: hat man nur einmal, ein einziges Mal eine Geschichte erzählt, eine Masche des Netzes der großen, einzigen Geschichte gelöst, läßt es einen nicht mehr los. Man muß weitererzählen. Und weil selber Geschichte, wie jedes Leben, wird man die Geschichte der Geschichten.‹

Da die Geschichte Mirandolinas weit über Mitternacht hinaus gedauert hatte, zogen wir uns danach sehr bald zurück. – Nachdem wir am Donnerstag den bereits üblichen Vergnügungen nachgegangen waren: wir hatten etwas Crocket gespielt, und am Nachmittag, nach dem Diner, hatte der alte Herzog mit seiner immer noch schönen Stimme (schön wie eine edle Ruine) ein paar italienische Arien von Caldara gesungen. Die Noten holte er aus einer mit saftgrüner Seide ausgeschlagenen Kirschbaumvitrine. Es waren, darauf wies er hin, Kostbarkeiten darunter, zeitgenössische Kopien. In einigen Opern, aus denen er vortrug, hatte er bei der Uraufführung selber mitgesungen. Zum Schluß nahm er mit tiefem Seufzer ein in einer goldbedruckten Saffianledermappe verwahrtes Blatt zur Hand: die Abschrift der Sextus-Arie ›Parto, parto, ma tu ben mio‹ aus dem ›Titus‹. ›Ich weiß nicht, ob Sie dieses gewaltige Spätwerk kennen, das hundertfünfzig Jahre musikalische Dummheit vergessen hat! Allein die obligate Klarinette hebt diese Arie vor allen anderen heraus ... und in dieser Abschrift, fassen Sie sie mit Ehrfurcht an, hat Mozart mit eigener Hand zwei Vorschläge und eine Vortragsbezeichnung, dieses ›f‹ hier eingetragen.‹ – Solveig Sangrail, die englische Nichte, hatte am Klavier begleitet, und Fanny, zu meinem Erstaunen, den anspruchsvollen Klarinettenpart gespielt. – Nach all dem also versammelten wir uns am Abend im smaragdgrünen Salon. Der Herzog Kastrate ließ einige Flaschen alten Champagners auftragen, und Fanny, die spanische Nichte, begann zu erzählen:

›Mozart ist fürwahr nichts hinzuzufügen. Beneidenswert und glücklich sind die, denen die Aufgabe zuteil wurde, seine Werke zu edieren, seine Briefe zu sammeln und den Spuren seines Lebens nachzuforschen. Unberufen dazu, spürte ich dennoch seit langem den Tag kommen, an dem auch ich nicht umhin kann, meine Kerze an seinen Altar zu stellen. Wenn ich mich auch nicht unterfangen werde, über seine heilige Person selber oder über seine Musik zu erzählen – das würde ohnedies in dem nichtssagenden und doch allesumgreifenden Satz gipfeln, wenn nicht in ihm bestehen: er ist der Einzige –, so werde ich doch gleichsam den Saum seines Mantels küssen. Dank der Kenntnis gewisser Zusammenhänge kann ich eine scheinbare Unstimmigkeit bereinigen helfen, die in einer seiner Opern anzutreffen ist. Wie die Knechte, die die Krüge mit Wasser vom Brunnen zum Haus der Hochzeit von Kanaan trugen – sie haben den HErrn nicht einmal zu Gesicht bekommen, haben nur die Krüge an der Schwelle den Dienern übergeben, wie diese Knechte ihr bescheidenes menschliches Maß zum Weinwunder des Herrn beigetragen haben, will also auch ich zum Wunder des Werkes Mozarts beitragen.
Die Mitglieder des höheren Adels bei uns hießen, wie Ihr ohne Zweifel wißt, die Granden. Nun gab es mehr oder weniger vornehme Granden, und man teilte sie deshalb in Klassen ein. Ich glaube, es waren drei Klassen, und das Ganze hatte vor allem etwas mit ihren

Hüten zu tun: die Granden erster Klasse durften in Gegenwart des Königs – der sie übrigens alle mit *mi primo,* das heißt ›mein Vetter‹ anredete – ihren Hut aufsetzen, bevor der König sie anredete. Die zweite Granden-Garnitur mußte die Anrede des Königs unbedeckten Hauptes abwarten, durfte dann aber den Hut aufsetzen und den König etwas fragen. Die drittrangigen Granden endlich mußten ihren Hut auch noch während der Frage an den König in der Hand halten, um dann, bedeckten Hauptes, die Antwort zu vernehmen. Da auch bei den Granden untereinander oder wenn sie Damen und Prälaten ansprachen, ein strenges Reglement bezüglich des Hutabnehmens und Hutaufsetzens herrschte, kann man sich denken, daß selbst eine mittelmäßig animierte Konversation am Hof hauptsächlich aus pausenlosem Hutgewedel bestand.
Don Gonzalo, sagen wir: er hieß so, denn ich weiß nicht, wie sein wirklicher Name lautete; Don Gonzalo also – wenn Sie wollen, erfinde ich auch einen vollen und klingenden Titel für ihn: Don Gonzalo de Ulloa de Santa Clara, aus dem Hause Barrientes, XIV. Baron von Alcoba, war nur ein Grande dritter Klasse, obwohl er andrerseits durch seine hohe Stellung im Alcantara-Orden einen gewissen, ihn über seine Klasse erhebenden Rang einnahm. Zu einer Zeit in den Alcantara-Orden eingetreten, da die Ritter sich noch dem Zölibat unterwerfen mußten, war er schon zum Komtur ernannt worden, als diese Pflicht aufgehoben wurde. So hatte er sich als ein alter Mann noch verheiratet. Nach dem Tode der Gattin – das war damals, als meine Geschichte spielte, schon einige Jahre her – hatte sich Don Gonzalo vom Hofe beurlauben lassen, und mit Doña Anna, seiner Tochter – dem einzigen Kind, das aus der späten Ehe hervorgegangen war und das beim Hinscheiden der Mutter gerade vierzehn Jahre zählte –

bewohnte er zurückgezogen, düster und würdig ein altes Stadtpalais in Sevilla.
Nur selten verließ der Greis die Stadt. Früher, da die Jagd ihm noch nicht zu beschwerlich wurde, war er mit der Tochter und einem Gefolge von Falknern zur Jagdzeit ins innere Kastilien auf ein Schloß der Familie gezogen. Jetzt zog er die regelmäßigen Gespräche mit dem ebenfalls alten Prior der Dominikaner vor; und hie und da, wenn der Tag nicht zu heiß war, saß er sinnend auf einer steinernen Bank im Garten. Einmal betrat er – und hier fängt meine Geschichte an – diesen Garten zu ungewohnter Stunde: es war die Stunde der Dämmerung. Der Kies irisierte wie von tags gespeichertem Licht, und die Reihe der Scharlachquittensträucher schien schwarz, wie von Tusche gezeichnet. Der alte Grande suchte seine Tochter. Doña Anna saß am Rande eines kleinen Brunnens und entlockte ihrer Laute die langsamen, seltsam herben und strengen Töne eines jener geometrisch anmutenden Liedsätze der alten spanischen Meister. Sie erhob sich ein wenig erstaunt, als der Vater so unvermutet unter den dunklen Scharlachquitten auf den Kies heraustrat. Don Gonzalo bat das junge Mädchen, weiterzuspielen. – Er setzte sich nicht, stützte sich nur auf seinen Stock und sagte endlich mit tief bewegter Stimme, daß er heute, eben erst vor einer halben Stunde, die Ankündigung seines Todes erhalten habe. Ein Bote, sagte er, ein Bote aus einer anderen Welt habe ihn aufgesucht.
Doña Anna legte die Laute zur Seite und fragte nach den näheren Umständen.
Stockend, mit brüchiger Stimme berichtete der Komtur, daß kurz nach Sonnenuntergang – er, Don Gonzalo, wäre eben damit beschäftigt gewesen, sein steifes Knie mit Kampfersalbe einreiben zu lassen – ein Mönch gekommen sei.

– Weder sagte er mir seinen Namen, sagte Don Gonzalo ächzend vom steifen Knie oder von Todesahnung, noch war aus seinem seltsamen grauen Habit zu erkennen, welchem Orden er angehörte. Du weißt, mein Kind, ich befasse mich seit einiger Zeit mit geistlichen Dingen, und ich verstehe mich auf Orden. Diese eigenartige graue Ordenstracht aber habe ich noch nie gesehen! Möglicherweise handelte es sich um ein Mitglied der sehr seltenen, in unserer Gegend kaum mehr vorkommenden Olivetaner Eremiten, vielleicht auch um einen der äußerst scheuen Armenischen Humiliaten? Er sagte, er sei von einem geschickt, den ich kenne, und er bot mir mein Grabmal an ...

– Und? sagte Doña Anna.

Drei – wie unter solchen Umständen nicht anders zu erwarten – dumpfe Schläge an ein fernes Tor unterbrachen die kurze Unterhaltung.

– Das werden sie sein, sagte Don Gonzalo.

Nach einiger Zeit kam ein Diener gelaufen. Er traf Vater und Tochter bereits auf dem Weg zurück ins Haus. Vier Männer mit einer Kiste und der Mönch von vorhin seien da, meldete der Diener.

Im Dunkel der Eingangshalle wartete der Mönch, fast völlig vermummt durch seine grobe, eigenartig geschnittene, wie gewickelt wirkende Kutte. Hinter ihm standen vier Männer um eine gewaltige Kiste. Der Mönch murmelte einen Segensspruch. Der Komtur seufzte und befahl, Licht zu bringen. Bald erhellten Kienfackeln die Vorhalle. Don Gonzalo wollte nun die Kiste in sein Schlafgemach tragen lassen.

– Ich werde ab jetzt unter meinem künftigen Grabmal schlafen, sagte er.

Der Mönch warnte jedoch vor dem großen Gewicht, unter dem der Fußboden durchbrechen könnte, und so ent-

schied Don Gonzalo, daß das Grabmal der Einfachheit halber gleich hier, zu ebener Erde, aufgestellt werden sollte. Er gab Order, es auszupacken. Der Mönch murmelte wieder. Der Komtur neigte sein Ohr.
– Aha, sagte er.
Es drehte sich um die Bezahlung. Don Gonzalo schickte nach seinem Leibdiener, der gleichzeitig quasi sein Almosenier war. Inzwischen ließ es sich der geheimnisvolle Armenische Homilit, oder was er war, nicht nehmen, den Komtur und – nachdem er sich erkundigt, wer sie war – auch Doña Anna zu segnen. Besonders Doña Anna segnete er ausführlich und küßte sie mehrfach auf beide Wangen. Als der Leibdiener mit der Geldkassette kam, zählte der Komtur den geforderten Preis heraus und übergab ihn dem Mönch. Der Mönch raunzte vor sich hin. Der Komtur gab vier weitere Geldstücke – für die Packträger –, dann noch eins – für die Kiste –; endlich befahl der Mönch, die Kiste aufzubrechen. Er hieß die Diener mit den Fackeln etwas zurücktreten, und die Packträger hieben die Bretter auseinander. Zum Vorschein kam die etwa lebensgroße Statue eines bärtigen Mannes mit gefalteten Händen. Tränenerstickt betrachtete der Komtur das Standbild.
– Sehr ähnlich, sagte Doña Anna, ist es nicht.
Der Mönch schnitt ihr die Rede ab:
– Eure Exzellenz brauchen sich jetzt nur noch den Sockel machen zu lassen.
– Das ist eine Arbeit von einem halben Tag, sagte der Komtur, grüßte den Mönch und stieg in seine Zimmer hinauf.
Doña Anna ließ, nachdem alle gegangen waren, noch einmal die Diener mit den Lichtern kommen und besah sich zweifelnd die Statue.
– Sehr ähnlich, wiederholte sie, ist es nicht! Allerdings,

fuhr sie fort, allerdings ist es merkwürdig, daß auch das Standbild die kleine runde Warze des Vaters auf der linken Nasenseite hat ...

Doña Anna hätte besser aus ihrem Fenster auf die enge Straße vor dem Haus geschaut. Möglicherweise wäre sie noch zweifelnder geworden, wenn sie gesehen hätte, wie sich der Mönch nur wenige Schritte gemessenen Fußes fortbegab, die Packträger entließ, ein wenig wartete, dann gellend durch die Finger pfiff. Alsbald führte ein junger Bursche zwei Pferde herbei. Der Mönch schürzte seine Kutte, sprang auf das eine, der Bursche auf das andere Pferd, und eilig sprengten sie davon, um noch aus der Stadt zu kommen, ehe die Tore geschlossen wurden. Vor der Stadt, vielleicht eine Viertelstunde gestreckten Galopps, lag eine Schenke. Dort stieg der Mönch ab, warf dem Burschen die Zügel zu, streifte im Gehen die Kutte ab und trat ein. Drinnen wartete Don Juan.

Der Name Juan ist ja in Spanien alles andere als selten. Wenn ich nobel bin und alle Spanier, die weder Bauern noch Domestiken oder sonst keine Herren sind, *Don* heiße, so hat es sicher zu jeder Zeit Tausende von Don Juans gegeben. Wenn ich aber zuvor von einem Komtur gesprochen habe, der eine Tochter namens Doña Anna hat und noch dazu in Sevilla lebt, dann werden Sie mich kaum fragen, um welchen Don Juan es sich in der spanischen Schenke am Wall von Sevilla gehandelt hat. – Und doch muß ich es Ihnen erklären, denn es war nicht der landläufige Don Juan oder Don Giovanni, sondern Don Juan d'Austria, oder vielmehr: es waren beide, in einer Person. Ja, durch geheimnisvolle Zusammenhänge im Leben unserer Mutter wurde mir das Wissen um diese Arabeske der Weltgeschichte vererbt.

Da Pontes geniales Buch vom bestraften Wüstling geht,

mit mancherlei Umwegen in der geistigen Genealogie, auf ein angebliches Theaterstück von Gabriel Tellez' zurück, der sich Tirso de Molina nannte und dem das Theaterstück ›El Burlador de Sevilla y convidado de piedra‹ zugeschrieben wird. Der wiederum soll eine alte Sage für sein Drama verwendet haben, die Sage vom Don Juan Tenorio, der im XIV. Jahrhundert am Hofe Peters des Grausamen von Kastilien als Silberkämmerer gelebt haben soll. Andere sagen, Tirso de Molina habe die Geschichte eines gewissen Miguel de Mañara benutzt oder beide Geschichten verquickt – die schon vor ihm von unbekannten Mönchen aufgeschrieben und in Klöstern als moralische Warnstücke aufgeführt worden waren.
Stellen Sie sich vor: die Geschichte Don Juans in einem spanischen Kloster, womöglich von Nonnen gespielt – neidvolle Schauer über die Verworfenheit müssen Darsteller und Zuschauer überwogt haben!
Aber leider ist das nur eine Spekulation, denn Tirso de Molina, wenn er es war, hat weder das auto sacramentale eines unbekannten Klosterdichters noch die eine oder andere Sage nacherzählt, sondern das Leben des Don Juan d'Austria, und zwar das, wie man heute sagen würde, Privatleben. Entschieden ist nur noch nicht, ob er den Don Juan Tenorio absichtlich wählte, um – übrigens kurze Zeit nach Don Juan d'Austrias Tod – in dessen Person die bewunderungswürdigen Schandtaten des königlichen Bastards und Siegers von Lepanto darzustellen, oder ob Don Juan selber sich der Sage vom Don Juan Tenorio als ›Maske‹ bediente, um unbehelligt seine 1003 Spanierinnen zu verführen, ehe ihn dann sein Halbbruder, der finstere Philipp, in die Niederlande schickte.
Ich wundere mich schon lange, daß dieses mein Geheimnis ein Geheimnis ist, da man nur mit wachem Auge ein paar Jahreszahlen vergleichen muß. Alles fügt sich inein-

ander wie die zwei Hälften einer auseinandergebrochenen Münze. Könnte man sich einen besseren Don Juan vorstellen, als jenen Don Juan d'Austria, den Sohn Kaiser Karls V. und der Regensburgerin Barbara Blomberg? Auf der einen Seite von kaiserlichem Geblüt, belastet mit dem düsteren Erbe der wahnsinnigen Johanna, seiner Großmutter, auf der anderen Seite ein Kind der Liebe, mit dem Mangel des Bastards behaftet, der ebensosehr ein Freibrief war? Ohne rechten protokollarischen Rang, den Granden des Reiches nachgestellt und doch Bruder des Königs, der ihn gleichzeitig bewunderte, beneidete und anfeindete? Der glänzende Türkensieger, der auszog, um sich in Tunis ein abenteuerliches Königreich zu erobern, und der so jung zu Namur angeblich an der Pest sterben mußte? –

Leopoldo de Badajoz, bekannter unter dem Namen Leporello, küßte, als er die ziemlich miserable Gaststube betreten hatte, in der Don Juan saß und wartete, diesem die Hand, zog dann aus der Tasche den Beutel mit dem Geld, das er vom Komtur erhalten, und übergab es endlich seinem Herrn, nachdem er eine Weile, den Beutel kastagnettenartig schwenkend, singend in der Stube herumgesprungen war und dafür einen Fußtritt Don Juans geerntet hatte.
– Du Idiot, sagte Don Juan, wie kannst du nur mit dem Geld so einen Lärm machen; soll dieser Halsabschneider von Wirt sofort wissen, daß wir welches haben?
– Herr, sagte Leporello, wenn das Geld leise wäre wie Schnee und unsichtbar wie die Luft, würde ein Wirt, und speziell dieser Wirt binnen …
Er hatte noch nicht ausgeredet, da kam der Wirt schon händereibend und mit jenem heimtückisch-salbigen Gesicht, das Wirte, Kellner und dergleichen Personen bis auf den heutigen Tag haben, in die Stube herein. Don Juan

wollte eben mit einem der fälligen Mahnung vorbeugenden Sperrfeuer von Schimpfworten beginnen, da bemerkte er hinter dem Wirt ein Mädchen.
– Ach, sagte Don Juan, habt Ihr noch eine dritte Tochter, Herr Wirt?
– Nein, sagte der Wirt, das ist meine Frau, meine zweite Frau, mit Verlaub; sie war ein paar Tage bei ihren Eltern – er nannte irgendeinen Ort, sagen wir Alcala oder El Pedroso. Don Juans zum Zorn bereite Miene besänftigte sich zu einem Lächeln. Er trat am Wirt vorbei, hinaus zur jungen Wirtin. Der Wirt ließ den Beutel mit dem Geld nicht aus den Augen. Don Juan warf ihn geschwind Leporello zu und sagte, während er die Tür zuzog:
– Zahle dem Herrn Wirt die schuldige Miete, Leporello, und ich denke, du wirst ein paar lustige Geschichten und Späße wissen, die den Herrn Wirt ein wenig unterhalten ...
Geschickt, wenn auch mürrisch warf Leporello den klingenden Beutel vor dem Wirt ein paarmal in die Luft und ließ ihn dann in seinen Hut fallen. Er drehte den Hut um – er war leer.
Oben – es war, wie schon gesagt, eine ziemlich miserable Gastwirtschaft und das obere Stockwerk vom unteren nur durch einen dünnen Bretterboden aus Bohlen getrennt – oben hörte man Schritte.
– Schau her, sagte Leporello. Er langte dem Wirt in den Hosenbund und zog den Beutel hervor.
– Wieviel hast du zu bekommen?
Der Wirt nannte den Betrag. Leporello ließ einige Geldstücke in die geöffnete Hand des Wirtes fallen und mußte dabei feststellen, daß dieser mißtrauisch nach oben lauschte, wo eben etwas zu Boden gepoltert war.
– Zähl nach, sagte Leporello.
Der Wirt wandte sich wieder dem Geld zu und wollte

nachzählen: da hielt er ein Ei in der Hand. Leporello lachte auf. Weil es oben zu rascheln begann von steifem Leinen und danach, als offenbar genug Steifleinenes geraschelt, ein leises, zärtliches Geräusch – vorsichtigem Schnitzelklopfen nicht unähnlich, begleitet von Knurren und Gurren – hörbar wurde, ergriff er eine Guitarre, die an der Wand hing, und fing an laut zu spielen und eine Romanze über die Schlechtigkeit der Wirte zu singen, während er im Zimmer herumhüpfte. Ihr kennt das Lied?

Traf ein Falke aus Toledo
eine Krähe ... usw.

Der Wirt verfolgte Leporello über Tische und Bänke und schrie:
– Ich will mein Geld und keine teuflische Zauberei!
Er warf das Ei nach Leporello, traf aber das Bild des heiligen Isidoro, der dadurch einen zweiten Heiligenschein bekam. Oben quietschte eine unverkennbar größere und ältere Holzkonstruktion auf, die Balken schienen sich zu biegen. Man hörte, ehe es zunächst ruhig wurde, einen sanft klatschenden Schlag.
– Wenn das die Inquisition erfährt! sagte Leporello.
Der Wirt war bei den Geräuschen erstarrt.
– Was erfährt? fragte er.
– Daß du mit Eiern auf deinen Namenspatron wirfst! Dann brauchst du das Geld höchstens noch, um deinen Scheiterhaufen zu bezahlen.
Der Wirt fluchte und wischte mit dem Ärmel den überflüssigen Heiligenschein ab.
– Und goldene Zähren weint er, dein Schutzpatron, sagte Leporello, es muß ein wundertätiges Bild sein!
Der Wirt wischte auch die goldenen Tränen ab.
Oben knarzte es, einmal, zweimal, fast unmerklich schneller werdend und auch lauter.

– Ja, sagte Leporello, die Ratten.
– Das sind keine Ratten, sagte der Wirt und wollte hinauseilen. Ich weiß schon, was dein Herr macht.
– Da! sagte Leporello und legte ein Goldstück auf den Tisch. Der Wirt hielt ein. Oben knarzte es noch immer. Langsam näherte sich der Wirt dem Goldstück.
– Wart, sagte Leporello, gleich verwandelt es sich in einen Frosch!
Der Wirt griff schnell zu und steckte das Goldstück ein.
– Da ist noch eins, sagte jetzt Leporello und legte ein zweites auf den Fenstersims. Wieviel hast du noch zu bekommen?
– Drei, ächzte der Wirt, und dann noch eines für die Pferde.
– Wucherer, sagte Leporello, wenn ich bedenke, daß ich nur der Inquisition sagen bräuchte, daß du den heiligen Isidoro mit Eiern bewirfst ...
Der Wirt hatte inzwischen auch das zweite Goldstück in Sicherheit gebracht. Er hielt es ganz fest, beäugte es scharf und biß darauf herum.
– Also gut, sagte er dann, die Pferde gehen umsonst, ihr Teufelsgesindel, aber das dritte Goldstück will ich noch.
– Lang auf deinen Kopf!
Der Wirt tat es; dort lag das dritte Goldstück.
Das Knarzen hatte ein Crescendo und Stringendo durchgemacht, schneller und lauter mochte nur eine Galeere im Sturm ächzen, da ... Ihr kennt die erregende Stelle im ›Tristan‹, wo das ganze Orchester schwillt und schwillt, und die Töne brausen, und dann kommt, wie man den großen Tusch erwartet – – Ruhe. So hier: das gewaltig gesteigerte Knarzen, dann ein spitzer Schrei – dann nichts mehr.
Der Wirt eilte hinaus, Leporello ihm nach.
– Schau! rief er.

Der Wirt, halb auf der Stiege schon, drehte sich um. Leporello ließ ein Goldstück über den Bretterboden direkt in ein Mauseloch rollen:
– Der heilige Isidoro ist es uns doch nicht wert, daß wir dich um den Hafer für die Pferde bringen.
Der Wirt zögerte, dann lief er auf das Mauseloch zu und begann, mit den Fingern darin zu bohren. Noch ehe er das Goldstück gefunden hatte, kam trällernd, ganz langsam, Don Juan die Stiege herunter.
– Was ist los? sagte er.
– Ein Goldstück, sagte Leporello, ist ins Mauseloch gefallen. (Exzellenz! flüsterte er ...)
– Was zischelst du da herum, Leporello, ist sonst noch was?
– Nein, sagte Leporello, nur, Exzellenz haben keine Hose an.
– Was für eine Nachlässigkeit! sagte Don Juan, man denke, Herr Wirt, Ihre Frau hätte mich gesehen.
Don Juan bedeckte seine Blöße mit dem Hut.
– Hört auf mit dem Graben im Mauseloch, Herr Wirt. Laßt den Dukaten Eure fernen Enkel finden, wer weiß, wie sie ihn einmal brauchen können. Leporello, gib dem Wirt ein neues Goldstück und ein zweites dazu, er soll uns seinen besten Wein bringen, ich bin guter Laune.
Der Wirt kratzte sich, stand verlegen auf und ging in den Keller.
– Euer Gnaden, der dünne Bretterboden hat uns zwei Goldstücke gekostet.
Wieviel hast du für den letzten Apostel bekommen?
Leporello nannte die Hälfte des erzielten Preises. Don Juan gab ihm eine Ohrfeige. Leporello gab drei Viertel zu, schwor, bei den Augen seiner Mutter, daß das alles wäre, bekam noch eine Ohrfeige, nannte die volle Summe und schwor erneut – Don Juan holte ein drittes Mal aus –

beim heiligen Isidor, der goldene Tränen weint, daß dies alles sei. Don Juan mußte über die Erfindung des neuen Attributes für den Heiligen so lachen, daß er ganz vergaß, nach dem Erlös für die Kiste zu fragen ...
– Setzt Euch zu uns, Herr Wirt, und trinkt, ich habe heute ein gutes Geschäft gemacht, sagte er, als der Wirt die Flasche brachte. Zunächst stumm und mißtrauisch, später durch den Wein, die Leutseligkeit Don Juans und die Geschichten Leporellos aufgemuntert, kündigte dieser gegen Mitternacht den allerbesten Wein – auf Kosten des Hauses – an. Er pfiff, die junge Frau erschien, und während sie mit niedergeschlagenen Augen den Befehlen ihres Gatten lauschte, steckte sie Don Juan die Hose zu. Der Wirt hieß sie, aus diesem und jenem Regal eine Flasche zu bringen. Die Frau ging und kehrte mit einer verstaubten, bauchigen Bouteille zurück. Dann wurde sie wieder hinausgeschickt. Der Enteilenden fuhr Don Juan mit einer Gabel in die Schleife, mit der ihr Rock hinten zugebunden war. Die Schleife löste sich, der Rock fiel zu Boden. – Sie wissen, daß Damen Unterhöschen und dergleichen erst seit einigen Jahrzehnten tragen. So können Sie sich denken, was unter dem Rock zum Vorschein kam! Die Wirtin schrie auf, Don Juan klatschte ihr auf den nackten Hintern. Der angeheiterte Wirt lachte, und Leporello dachte, daß er dieses sanfte Klatschen doch heute schon einmal gehört hatte ...
Die Zeit verging den drei Männern wie im Fluge, gut unterhalten wie sie waren – der Wirt ließ immer älteren Wein aus immer tieferen Kellern holen, und später tanzte die Wirtin mit den beiden Töchtern des Wirtes einen, sagen wir, Reigen; aus Anstand will ich ihn nicht länger beschreiben, jedenfalls wurde der heilige Isidor für die Zeit mit dem Gesicht zur Wand gekehrt. Alle waren übermütig gelaunt, selbst der Wirt. Ihr dürft nicht vergessen,

daß Don Juan nicht nur ein Frauenverführer war, er konnte auch Männer bezaubern. Und heute sprühte das Feuerwerk seines Charmes besonders prächtig, weil er nicht nur ein genossenes Abenteuer feierte, sondern sich zugleich auf ein neues freute: Leporello hatte ihm von Doña Anna erzählt, die er ja beiläufig beim Verkauf des letzten Apostels entdeckt hatte. Für Don Juan war es beschlossene Sache, noch in derselben Nacht ein Loch in der Mauer des Ulloa-Palastes zu suchen. So brach man denn kurz vor vier Uhr auf. Dieser Aufbruch war wesentlich weniger kompliziert, als es die Ankunft gewesen war. Während Don Juan jetzt nur sein Glas auszutrinken und dem Wirt kräftig die Hand zu schütteln brauchte, war die Ankunft mit den riesigen, tonnenschweren Kisten, die von einer richtigen Karawane von Mauleseln, Trägern und Hilfsdienern getragen wurden, eine aufregende Geschichte gewesen. Ja, vier Kisten waren es gewesen, und Leporello hatte dem Wirt geantwortet, als dieser besorgte Seufzer wegen des dünnen Fußbodens ausstieß, er solle froh sein, daß man schon zwei Drittel der ursprünglichen Last verkauft habe. Die zwölf steinernen, fast lebensgroßen Apostelfiguren – sie stammten aus der Konkursmasse eines Klosters – hatte ein Onkel Doña Elvira zur Vermählung geschenkt, damals, als sie in Burgos Don Juan heiratete. Die Trauung hatte übrigens Leporello vollzogen in der gleichen Wickelkutte, die er auch beim Komtur angehabt hatte ... Als Don Juan nach der Hochzeitsnacht floh, bestand Leporello darauf, die zwölf Apostel als rechtmäßiges und wohlerworbenes Eigentum mitzunehmen. Er wollte sie zu Geld machen, es stellte sich aber heraus, daß das gar nicht so einfach war.
In Valladolid versuchte er es in drei Klöstern vergeblich, erst in einem vierten erklärte sich der Prior bereit, zwei der Figuren abzunehmen. In jenem Kloster war nämlich

die Kirche renoviert worden, und dabei hatten unachtsame Steinmetzen mit dem Gerüst den heiligen Petrus und den jüngeren Jakobus so schwer lädiert, daß sie nicht mehr zu gebrauchen waren.

– Gut, hatte Leporello gesagt, aber Hochwürden müssen natürlich einsehen, daß die restlichen zehn Apostel längst nicht mehr soviel wert sind wie die komplette Serie. Die zwei kosten also mehr als zwei Zwölftel des Gesamtpreises.

Der Prior bezahlte.

In Olmeda bot Leporello die verbliebenen Apostel als die ›Zehn Gebote‹ an. Ein alter Guardian kaufte – für private Zwecke – ›die Unkeuschheit‹ und bezahlte, auf die entsprechenden Vorbehalte, wieder etwas mehr als ein Zehntel der gesamten Summe.

Die nächste Station war recht schwierig: doch gab es in Coca zum Glück einen fast blinden Hidalgo, dem Leporello in der Dämmerung eine der ›neun Musen‹ andrehte. In Segovia bot er ›Die acht Winde‹ an; mit den ›sieben Todsünden‹ mußte man die Pässe der kastilischen Berge bewältigen. In Madrid gab es Absatz für eine davon.

– Sechs, sagte Leporello, ist eine diffizile Zahl, und er ging lang mit sich zu Rate, bis er, ein wenig an den Haaren herbeigezogen, auf ›die sechs Söhne des Uranos‹ kam. Die wurden in Toledo angeboten. Dann wurde es leichter mit den Zahlen und auch mit dem Transport: in Cordoba kam man mit den ›Fünf Sinnen‹ an, vor Sevilla erschien die schon wesentlich leichter gewordene Karawane mit den ›Vier Elementen‹. Das ›Wasser‹ drehte Leporello einer Bordellwirtin an, dann ging er für einige Tage mit den ›drei Weltaltern‹ und, nachdem er eins an einen Notar namens Don Basilio verkauft hatte, mit ›Morgen und Abend‹ hausieren. Den ›Morgen‹ kaufte eine verwitwete Herzogin, weil er sie an ihren verstorbenen Beichtvater erinnerte;

übrig blieb also ›der Abend‹, jener wahrhaft proteusartige ehemalige Apostel Bartholomäus, der nacheinander ›das Vierte Gebot‹, ›Klio‹, der ›Boreas‹, ›die Lüge‹, ›Japetos‹, ›der Geruch‹, ›der Frühling‹ und ›das Eherne Zeitalter‹ gewesen war. Er hatte eine Warze auf dem linken Nasenflügel. Das gab Leporello die Idee ein, nach einem alten Mann mit solch einer Warze zu forschen. Ein Barbier konnte die gewünschte Auskunft geben und auf den Komtur Don Gonzalo d'Ulloa hinweisen.

– Ich möchte das Ganze nicht noch einmal machen, sagte Leporello nach dem Verkauf des letzten Apostels. Ein Glück, daß der Prior in Valladolid zwei Figuren genommen hat! Mit der Zahl elf hätte ich nichts anzufangen gewußt ...

Nun, ich sagte schon, der Aufbruch vollzog sich viel rascher als die Ankunft. Der letzte Bursche wurde entlassen – er bekam das letzte Maultier. Dann ritten Don Juan und Leporello in die Stadt. Kurz nachdem die Tore wieder geöffnet worden waren, langten sie beim Palast des Komturs an, und Don Juan ließ seinen Diener – keine Ruhe bei Tag und Nacht, sagte der – unter einem Torbogen warten, während er sich über die Mauer schwang ...

Das übrige kennen Sie, nun aber wissen Sie auch, wie es sich erklärt, daß der Komtur, so kurz nach seinem Tode schon ein Grabdenkmal hatte.‹

Der Herzog, der selber lange Zeit in Spanien gelebt hatte, sagte nichts zu der Geschichte. Er schmunzelte und trank noch ein Gläschen Champagner. – Ich glaubte, einen kleinen schmerzlichen Zug in seinem Lächeln wahrzunehmen.«

»Es wäre gut«, sagte Lenz, »Sie würden mir jetzt befehlen, das zu glauben. Das heißt, die Geschichte glaub' ich sowieso nicht, aber zu glauben, daß Sie das alles geträumt haben! Ich träume ja auch hie und da; manchmal geht es dabei hoch her, aber äußerstenfalls fliege ich einmal mit dem Fahrrad durch die Luft oder so. Aber was zuviel ist, ist zuviel. Kein Mensch kann so genau träumen!«

»Die kleine rosa Pille, Lenz«, sagte ich, »darfst du nicht vergessen!«

»Da hätte Ihnen Ihr Freund auch eine Pille für mich mitgeben sollen, die bewirkt, daß ich an Ihre Pille glaube.«

»Langweilen dich denn die Geschichten?«

»Sie sind kurzweiliger als Schuhputzen«, sagte Lenz.

»Es kam also der Freitag. Das Wetter war schlechter geworden, und wir mußten uns im Haus aufhalten. Nach dem Abendessen setzten wir uns in den goldgelben Salon.

›Es ist schade, daß meine Geschichte nie einem unserer großen Schriftsteller erzählt worden ist‹, sagte Solveig, die englische Nichte, nachdem wir es uns in der Ecke am Kamin bequem gemacht hatten – sie nippte an ihrem Irish Coffee und sah durch die Glastüren in den vom Regen früh dämmernden, dunklen Park hinaus –, ›er hätte wohl einen langen und vor allem soziologisch bedeutsamen Familienroman daraus gemacht. Einen Familienroman, der allen anderen voraus hätte, daß er zwei sehr unterschiedliche Familien beschriebe, die sich in einem Punkte treffen – in zwei Punkten eigentlich: in den beiden Helden meiner Geschichte – und von einem unheilvollen Strudel verschlungen werden, den sie buchstäblich selber hervorgerufen haben.‹

›Dein Roman‹, sagte der Onkel Kastrate, ›könnte also ›Der unheilvolle Strudel‹ heißen.‹

›Ihr braucht nicht zu lachen‹, sagte Solveig, ›die Geschichte ist außergewöhnlich traurig und noch dazu eine Weihnachtsgeschichte, eine, wenn ich so sagen kann, negative

Weihnachtsgeschichte. Ich schlüge eher den Titel ›Leise rieselt der Schnee‹ vor.‹
›Aha‹, sagte der Onkel, ›sogar schon im Titel eine musikalische Geschichte!‹
›Nur ganz am Rand – bis auf einen schwerwiegenden und wichtigen Aspekt, der aber von untergeordnetem musikalischem Interesse ist! Die eigentliche Musikalität meiner Geschichte und auch der beiden Familien erschöpft sich – aber damit wollte ich eigentlich gar nicht anfangen –, in Großonkel Nestor Bilberry. Großonkel Nestor war, trotz seines Namens, der jüngste von drei Brüdern; zwanzig Jahre jünger als sein älterer Bruder. Er wurde in Madagaskar geboren, wo Urgroßvater Sir Alexander Bilberry neun Jahre lang Konsul war – nicht gerade die Krönung einer politischen Laufbahn, wenn man, wie Sir Alexander, schon einmal Unterstaatssekretär gewesen ist. Nestor Bilberry war Komponist. Er hatte bei Vincent d'Indy studiert, doch seine Erfolge waren nicht übermäßig groß. Lediglich seine symphonische Dichtung ›Wuthering Heights‹ hatte einige Jahrzehnte lang zu schönen Hoffnungen berechtigt. Von ererbtem Reichtum lebte er in Paris; deswegen, und weil seine Ehe mit Blanche, einer Tochter des jungen Nicholas Forsyte, kinderlos blieb, war er, und damit die Musik als Kunst, eine eher ephemere Erscheinung im Bilde der sonst glänzenden Familie. Dieser Familie, der unter anderem Miss Mary Anne Rosalind Bilberry entsprossen war, Nestor Bilberrys Nichte, genannt Mizzi, die Mr. Arthur Sangrail geheiratet hatte und durch ihn Mutter meiner beiden Helden Nicholas und Clovis wurde.
Es ist, und so wollte ich ursprünglich anfangen, es ist eine Weihnachtsgeschichte – nichtsdestoweniger beginnt sie an einem sehr heißen Nachmittag im Juli auf einem ländlichen Friedhof:

Ein Zug ernster Damen und Herren verschiedenen Alters schritten hinter einem Sarg her. An der Spitze des Zuges, noch vor dem Sarg, gingen zwei kleine, entzückende Pagen, zwei Knaben von fünf und sechs Jahren, blond, mit üppigen Locken, die ihre Gesichter zart erscheinen ließen, ohne aber jenen leisen Anflug von Männlichkeit zu verwischen, der alle Damen – vornehmlich Mütter von Töchtern – in Begeisterung versetzt. Die Knaben waren in goldfarbenen Brokat gekleidet, trugen große weiße Spitzenkragen und streuten schwarze Rosen, wie es Familienbrauch war, denn man begrub ihren Großonkel, Sir Thomas Albert Bilberry, Ersten Viscount Semiquaver. Der Erste Viscount war der mittlere Sohn des schon erwähnten Sir Alec Bilberry und Onkel von der beiden Pagen Mutter – derjenige Bilberry, der den gesellschaftlichen Aufstieg der Familie zum Höhepunkt, aber leider auch zum Abschluß gebracht hatte. Er war Barrister gewesen, in jungen Jahren schon Unterhausmitglied, später Lordrichter und einige Jahre lang Vizekönig der Kronkolonie Groß-Popo auf den Malediven oder wo. Die Hitze dort hatte seine Gattin, die aus dem hochvornehmen Haus Campbell, aus dem Zweig Rommey stammte, Hofdame war und Ardele hieß, dörrobstartig ein-, ihn selber aber austrocknen lassen, so daß er kurz nach seiner Heimkehr nach England starb. Nach der Tradition streuten die jeweils jüngsten Mitglieder der Familie – diesmal, wie gesagt, Nicholas und Clovis Sangrail – zur Beisetzung schwarze Rosen.
Am Grab angekommen, durften die Pagen während der Ansprachen etwas zurücktreten. Sie bemerkten jetzt einen dunkel gekleideten, dunkelhäutigen Herrn mit grauen Haaren, der, untersetzt, so dick wie groß dastand, in Begleitung einer schlanken Dame in einem sehr kurzen Kleid. Der dunkle Herr grinste und gab Clovis einen bon-

bonartigen Gegenstand. Als alle Reden vorbei waren und jeder der Trauergäste von den Pagen eine Rose bekam, die er gesenkten Hauptes, also tief ergriffen, ins offene Grab warf, gab Clovis Lady Carmilla Bilberry-Semiquaver – die Schwiegertochter des Toten, eine geborene Lady Montague-Belfort – statt einer Rose das Bonbon. Lady Carmilla warf es tief ergriffen – also unbesehen – ins Grab.

Es war ein Knallfrosch.

Der dunkle Herr mußte mit der Dame im kurzen Kleid allein fortgehen, nahm auch nicht am Trauerbankett teil, obwohl – räsonierte Clovis später – bestimmt niemand gesehen hat, daß *er* mir den Knallfrosch gegeben hat.

Wenige Tage danach, kurz nachdem Clovis aus dem Holzverschlag auf dem Dachboden entlassen wurde – man sieht, die Erziehung der Knaben war streng; der Holzverschlag stammte aus der Zeit, als Mr. Arthur Sangrail, Vater der Knaben und Schiffsingenieur, mit wenig Erfolg versucht hatte, einäugige Pekinesen zu züchten-, wickelte sich folgender Dialog zwischen den Brüdern Nicholas und Clovis Sangrail ab:

– Weißt du, warum der Erste Viscount gestorben ist? fragte Clovis.

– Am Bauchweh.

– Nein, weil ich im Juli ein Weihnachtslied gesungen habe.

– Aha, sagte Nicholas.

– Ja, sagte Clovis, denn Tante Martha hat mir erklärt, daß, wenn man unterm Jahr ein Weihnachtslied singt, jemand stirbt.

– Jemand, sagte Nicholas, stirbt immer.

– Jemand aus der Familie!

– Was heißt *unterm Jahr*? fragte Nicholas.

– Das weiß ich nicht genau, jedenfalls nicht zu Weihnachten.
– Ist November *zu Weihnachten*?
Clovis stutzte.
– Nja; ich weiß nicht. Im Juli geht es aber. Ich habe hier heroben – die Knaben befanden sich in ihrem bevorzugten Versteck, dem Pekinesen-Verschlag auf dem Dachboden; man sieht, wie fehlgeleitet strenge Erziehung oft ist! – vorige Woche ›Leise rieselt der Schnee‹ gesungen, und schon ist der Erste Viscount gestorben.
– Da hätte ja genausogut ich sterben können, sagte Nicholas.
– Entschuldige, sagte Clovis, daran habe ich gar nicht gedacht.
– Na ja, sagte Nicholas, es ist ja noch einmal gut gegangen. Von jetzt an singen wir Weihnachtslieder unterm Jahr nur mehr gemeinsam, denn, das ist ja klar, nur so singen wir uns nicht gegenseitig tot.
Sie wechselten das Ehrenwort.
– Von Rechts wegen, sagte Clovis, müßte ja Tante Martha dran glauben, weil sie es mir gesagt hat.
– Geht es mit ›O Tannenbaum‹ auch?
– Ich glaube, es braucht nur ein Weihnachtslied zu sein, kein bestimmtes.

Die Beerdigung von Mrs. Barbara Sangrail, der Mutter Arthur Sangrails und zweiten Frau von dessen Vater Charles Sangrail – ehemals Friseur zu Newcamp-on-Oyse, der dank seiner Heirat mit ebendieser Barbara, geb. Quail (Tochter eines Versicherungsdirektors, welcher sein Landhaus in der Nähe von Newcamp hatte und seinen Schnurrbart beim alten Friseur John Sangrail schneiden ließ), seine nebenbei betriebene Trödlerei zum Antiquitäten- und endlich Kunsthandel ausweiten konnte –, diese Beerdigung hatte einen unübersehbar bürgerlichen Zuschnitt: keine Pagen, keine Rosen. Es regnete in Strömen, und man erinnerte sich angeblich keines kälteren Augustes. Onkel Simon Pettifogger, ein Bankkassier und Vetter Arthur Sangrails, verlor ein Paar Galoschen, weil sie in der aufgeweichten Friedhofserde stecken blieben.

– Großmutter Sangrail, sagte Clovis, während der kalte Augustregen auf das Dach prasselte, gilt eigentlich nicht.
– Warum, gehört sie nicht zur Familie, oder war sie kein Mensch?
– Schon, sagte Clovis, aber sie war krank und das so lange, daß sie auch ohne unser Weihnachtslied abgekratzt wäre.
– Wie scheußlich du von Großmutter redest!
– Wir singen noch einmal. Schauen wir, ob jemand stirbt, ohne daß er krank ist ...

Ob Mrs. Alfred W. Hobnob, die Frau des bekannten Boxpromotors und Sportmanagers Hobnob, eine geborene Jennifer Sangrail, jemals krank gewesen war oder woran sie starb, konnten nicht nur die Knaben, sondern auch die älteren Mitglieder der Familie – wenn es sie interessiert hätte – nicht nachprüfen. Mrs. Hobnob war die Tochter Nikanor Sangrails gewesen, des jüngeren Sohnes des ganz alten Friseurs John Sangrail (und mithin ein Großonkel von Nicholas und Clovis). Er war gelernter Bäcker gewesen und dann nach Amerika ausgewandert, von wo er mit einer sehr ordinären Amerikanerin, die einen furchtbar polnischen Namen trug, nach Newcamp zurückgekehrt und kurz vor dem Krieg wieder verschwunden war. Arthur Sangrail, der Schiffsingenieur, vermutete, daß sein Onkel Nikanor Spion wäre. Von der Existenz der Tochter erfuhr man erst durch die Todesanzeige. Von Großonkel Nikanor Sangrail selber hatte man nie mehr etwas gehört.

– Wir werden auch seine Todesanzeige noch bekommen, sagte Clovis tückisch lächelnd. Der Vater wußte nicht, was er mit dieser offensichtlich kindlichen Antwort anfangen sollte. Die Knaben aber begaben sich auf den Dachboden und sangen wieder ›Leise rieselt der Schnee‹.

Diesmal war Clovis auf der Beerdigung ungehalten. Er wußte sich vor Wut nicht zu fassen, vor allem, weil er wohl das Ungemach sich selber zuzuschreiben hatte: die Beerdigung von Mrs. Julia Pettifogger-Sangrail, der Mutter des Bankkassiers und Onkels Simon, der die Galoschen verloren hatte, fiel ausgerechnet auf Clovis' Geburtstag. Es war ein kalter Oktober, und diesem folgte ein besonders stürmischer und unangenehmer November, in welchem Mrs. Cordelia Sangrail, geb. Goot, im siebenten Kindbett starb. Tante Cordelia war die Frau Onkel Jack Sangrails, des älteren Stiefbruders von Arthur Sangrail; er stammte aus der ersten Ehe des ehemaligen Friseurs und späteren Antiquitätenhändlers Charles Sangrail aus Newcamp und hatte zum mütterlichen Erbe und dem väterlichen Geschäft, das jener übernahm und nach London verlegte, von seiner Gattin, eben der verblichenen Tante Cordelia, auch eine Mühle mit in die Ehe bekommen.

– Ich weiß nicht, sagte Clovis, eigentlich gehört ja Tante Cordelia gar nicht zur Familie. Sie war nur angeheiratet.
– Und außerdem, sagte Nicholas, haben wir in diesem November ein derartiges Scheißwetter, daß er womöglich schon für Weihnachten zählt.

– Probieren wir's noch einmal?
– Probieren wir's.
Tatsächlich starb niemand, außer Sir Lanfranc Baffle-Apis, der Tante Sarah Sangrail, die jüngste Schwester von Papa Arthur, geheiratet hatte, im übrigen Präsident einer Bank war und mit der Familie Sangrail aus Hochmut nicht verkehrte. Nur Onkel Simon Pettifogger, Kassier eben dieser Bank, ging aus familiären wie geschäftlichen Rücksichten auf die Beerdigung und verlor wieder – diesmal im Schneematsch – seine Galoschen.

Wie nicht anders zu erwarten, starb im Dezember niemand. Begieriger als auf das Weihnachtsfest selber waren die Knaben dieses Jahr – für ihre Umgebung völlig verblüffend – auf die Zeit nach Weihnachten, wo sie, sie brauchten sich ja jetzt nicht zu verstecken, laut Weihnachtslieder singend in der Wohnung herumliefen: an den beiden Weihnachtsfeiertagen, an Neujahr, an Epiphanias. Es wird niemand wundern, daß das Singen keinerlei Wirkung zeitigte. Nur Tante Martha wurde Mitte Januar krank.
Tante Marthas Zustand besserte sich gegen Ende Januar – eifrig sangen die Knaben –, im Februar erlitt sie einen empfindlichen Rückfall:
– Sie ist in einem dummen Alter, zweiundfünfzig, sagte Onkel Jack, da merkt man, wenn eine Frau nie einen Mann gehabt hat.

Der Februar war noch nicht vorüber, da erholte sich Tante Martha und war womöglich noch bösartiger als zuvor.

– Der Februar, sagte Nicholas, ist also scheint's auch noch Weihnachtszeit.

Da irrte er sich jedoch, denn er konnte damals noch nicht wissen – die Familie erfuhr es erst um Ostern herum –, daß eben im Februar Major Coenwulf Sangrail, des Vaters Bruder, samt seiner Frau Aemilia, einer geborenen Bibwig, und drei oder vier eingeborenen Boys in Indien, wo Onkel Coenwulf stationiert war, von einem Tiger gefressen worden war.

Abgesehen davon, sagte Clovis, daß es zu weit weg ist, verliert Onkel Petti wenigstens bei *diesem* Todesfall keine Galoschen!

Das Begräbnis von Mr. Orfric Pettifogger war schlicht und kaum von Bedeutung, wie auch der Beerdigte zu seinen Lebzeiten, nicht nur für die große Gesellschaft der Menschen, sondern auch in der Familie Sangrail kaum von Bedeutung war, bis auf einen ganz merkwürdigen Umstand – aber zuerst muß ich erzählen, wer Mr. Orfric Pettifogger war: er war ein angeheirateter Großonkel von Nicholas und Clovis, der Witwer der schon erwähnten, im Oktober entschlafenen Tante Julia und Vater des Bankkassiers Onkel Simon. Der alte Mr. Pettifogger war Heizer im Bankhaus gewesen, in dem es sein Sohn dann immerhin zum Kassier brachte, hatte sich aber schon vor Jahren in Ausübung seines Dienstes die Hände abgebrannt. Er wurde daraufhin Portier der Bank und öffnete mit viel Geschick die zu betreuende Türklinke mit den Zähnen. – Er muß, hatte Sir Lanfranc, der Bankpräsident, bei der Entscheidung über diese Verwendung gesagt, er muß ohnehin eine Verbeugung machen, wenn jemand kommt ...
Als Orfric Pettifogger auch seine Zähne verlor, bekam er, dank der verwandtschaftlichen Beziehungen zum Präsidenten, eine Pension.

Selbstverständlich verlor Onkel Petti bei der Beerdigung seines Vaters ein Paar besonders schmucke Galoschen in der vom Märzschnee aufgeweichten Friedhofserde.
Bei dieser Beerdigung aber tauchte jener dunkelhäutige, so dicke wie große Herr wieder auf, der Clovis bei der Beerdigung des Ersten Viscount Semiquaver den Knallfrosch geschenkt hatte. Das war – erinnern wir uns – bei einer Familientrauerfeierlichkeit von der Knaben *mütterlicher* Familie: was also tat der Herr bei dem Begräbnis eines weitläufigen Verwandten, noch dazu Heizers und Portiers aus ihrer *väterlichen* Familie? Der dunkle Herr war wieder in Begleitung der jungen Dame, die allerdings diesmal bald hinter dem Sarg schritt und ein – wenngleich außerordentlich kurzes – schwarzes Kleid trug. – Sie hat auch, sagte Nicholas später, eine schwarze Unterhose getragen, das habe ich gesehen, wie sie sich gebückt hat, um die Erde ins Grab zu werfen. Sie muß sehr stark getrauert haben!

Man hatte in diesem Jahr einen so schneereichen Spätwinter oder Vorfrühling gehabt, daß Februar und März ohne weiteres für Weihnachtszeit durchgehen konnten. Und nachdem sich der Zustand von Tante Martha nach einem neuen Rückfall wieder eher besserte, verloren die Knaben die Freude an dem Spiel und wandten sich anderem zu.
– Das langweilt einen ja, sagte Clovis, wenn man singt und singt und statt Tante Martha stirbt irgend jemand, den niemand kennt und der keine Hände hat!
– Na ja, sagte Nicholas, und summte die letzten Takte von ›Leise rieselt der Schnee‹ und deutete hinaus, wo tatsächlich der Schnee leise auf die ersten Blüten und das zarte neue Gras rieselte.

Sie wandten sich anderem zu, sagte ich, und vergaßen das Spiel; aber nicht lange. Eine, man kann schon fast sagen Serie von Ereignissen bestätigte schon bald über jeden Zweifel augenfällig die Wirksamkeit ihrer Bemühungen.

In der Karwoche hatte es noch einmal geschneit. Am Karsamstag erst setzte endlich ein starker, warmer Regen ein, der allen Schnee mitnahm und die Wege rund um das Haus – die Knaben befanden sich mit ihren Eltern auf dem Landsitz ihres Großvaters mütterlicherseits, des Reeders Nicholas Bilberry – in Abgründe von Morast verwandelte. Es war ein altes Haus aus roten Steinen, mit verschachtelten Dächern und großen, hohen Kaminen. Eine ebenfalls ziegelrote Mauer schützte den weiten Park, der das Haus umgab. Nicholas Bilberry, der älteste Sohn des Sir Alec Bilberry – des Konsuls in Madagaskar – hatte sich mit seinem mütterlichen Erbteil an einer Reederei beteiligt, hatte die Tochter des Präsidenten dieser Reederei geheiratet und sich später auch mit Gußstahl oder solchen Dingen befaßt. Im Gegensatz zu seinem Vater und seinem zweiten Bruder – dem Ersten Viscount Semiquaver – hatte er sich nie mit Politik beschäftigt, zog sich dafür aber bald aus dem tätigen Leben zurück, um antike Statuen zu sammeln. Die Reederei und den Gußstahl überließ er in ausgezeichnetem Zustand seinem Sohn, Alexander Oswald Algernon Bilberry, den die Knaben ›Onkel Kapitel‹ nannten, denn ihr Vater pflegte zu raunen, Onkel Oswald sei ein Kapitel für sich.
Großvater Nicholas Bilberry hatte zwei Kinder: Onkel Oswald, der eben genannte Kapitel, und Mary Anne Rosalind, die, wie erwähnt, in ihrer Jugend Mizzi genannt wurde und als Ehefrau von Mr. Arthur Sangrail Nicholas und Clovis geboren hatte. Als Oswald und

Mizzi noch Kinder waren, wurde das große Haus im Park jeweils nur wenige Wochen im Sommer bewohnt. Mizzi hatte es schon als Kind nicht gemocht, und voll Scherz pflegte ihr Vater die Äußerung Mizzis immer wieder im Familienkreis zu erzählen: sie hoffe, den Tod ihrer Eltern nicht zu erleben, weil sie das gräßliche Haus nicht erben wolle, das auch noch Mäuse habe. Später, nachdem sich Nicholas Bilberry aus dem Geschäftsleben zurückgezogen hatte, bewohnten er und seine Gattin das Haus das ganze Jahr über. Bald bevölkerten es wahre Legionen von gipsernen Göttern und Helden, was das Haus in den Augen der Tochter Mizzi nicht eben wohnlicher machte. Es soll nicht verschwiegen werden, daß nahezu alle Originale dieser Gipsabdrücke verkauft werden mußten, bald nachdem Onkel Kapitel die Firma übernommen hatte, denn dem – wenn auch nur literarischen – Erfolg seiner Gedichtsammlung ›Sag adieu auch zu den Schwänen‹ konnte er keinen gleichwertigen geschäftlichen an die Seite stellen.

– Es wird besser, sagte seine Mutter, wenn er heiratet.

Er heiratete aber lange nicht und endlich nur eine gewisse Adelaide Rabe, geschiedene Thompson, die einen Sohn aus erster Ehe mitbrachte – Herbert Balduin Thompson –, und ihren neuen Mann überredete, sich für einige Zeit in ein indisches Kloster zurückzuziehen. Adelaide sprach von Vereinigung mit dem Karma oder so ähnlich. Diese Expedition kostete natürlich viel Geld und war trotzdem wegen eines sehr haarigen, mageren und schmutzigen indischen Oberweisen – Oswald erzählte später, dieser Inder hätte ihn an einen Floh erinnert, den er einmal durch ein Mikroskop betrachtet hatte – ein ziemlicher Reinfall. Oswald Bilberry störte es verständlicherweise, daß Adelaide die Vereinigung mit dem Karma in einer Form vollzog, die auf den ersten Blick bei der sonstigen

Vergeistigung des flohartigen Oberweisen merkwürdig körperlich anmutete.
– Was verstehst du! hatte Adelaide gesagt. Auch die praktische Anwendung der heiligen Liebesbücher gehört zum Karma.
So vollzog Adelaide mit dem Oberweisen nach und nach alle Kapitel aller heiligen Liebesbücher. Einmal, das nötigte selbst Oswald Achtung ab, vollzog sie die Vereinigung mit dem Karma, respektive dem Großfloh, bei währendem Purzelbaumschlagen. Es störte dann Oswald auch nicht mehr, daß diese Karma-Geschichte in Anwesenheit aller Mönche geschah, die dabei im Kreis um das Geschehen saßen und unverständliche Lieder sangen. Endlich störte Oswald aber, daß Adelaide bei jenen ohnehin seltenen Gelegenheiten, wo sie Oswald die Gattinnenliebe – ohne Purzelbaum – gewährte, beim Ausbruch selbst zahmster Leidenschaft ihres Mannes zu sagen pflegte:
– Vorsicht, vergiß nicht, daß du ein Gefäß Gottes vor dir hast!
Der große Floh galt nämlich mit ziemlicher Sicherheit als Reinkarnation Buddhas oder sonst wessen. Den Abbruch der Seelenübungen durch Oswald und dessen Heimreise vereitelten stets irgendwelche wichtigen Ereignisse. Einmal wurde Herbert, Adelaides Sohn, in irgendein Geheimnis weiß Gott wievielten Grades eingeweiht. Man schor ihm den Kopf und stach ihm, wie es hieß, schmerz- und gefahrlos, eine lange Nadel durchs Bein. Der arme Junge brüllte fürchterlich, und das Beinchen blutete. Man habe ihn leider in einen etwas zu hohen Grad eingeweiht, sagte Adelaide wichtig. Das zweite Mal, als Oswald abreisen wollte, kündigte der Oberweise flugs an, er wolle auf Wasser gehen. Das interessierte nun auch Oswald, und er blieb. Es kam ihn buchstäblich teuer zu stehen.

Dem vergeistigten Hindu gelangen nämlich lediglich die einleitenden Gebete und Meditationen. Das Ganze spielte sich am Schwimmbecken des Provinz-Gesundheits-Vereins ab. Nach den Meditationen begab sich Mandavarananda, oder wie er hieß, an den Beckenrand. Er stellte einen Fuß fest aufs Wasser. Auch das gelang noch sehr gut. Als er jedoch den zweiten nachzog, fiel Mandavarananda ins Wasser und ging unverzüglich unter. Oswald mußte der aufgebrachten Zuschauermenge, die um ihr Wunder betrogen war, das Eintrittsgeld zurückgeben, um nicht mit den Mönchen gelyncht zu werden. Am Abend fand eine umständliche Reinigungszeremonie der Mönche statt, denn Mandavarananda war ja mit Wasser in Berührung gekommen.
Als ein Jahr um war, kehrten Oswald, Adelaide und der kleine Herbert nach England zurück. Zuvor aber mußte Oswald den Mönchen – zur Erleichterung der Meditation – ein Kino stiften.

Das war also Onkel Kapitel, wobei ich natürlich gerechterweise in Frage stellen muß, ob nicht eher Adelaide Bilberry-Rabe den Titel ›Tante Kapitel‹ verdient hätte.

Seit sich der alte Nicholas Bilberry aus dem, wie ich schon gesagt habe, tätigen Leben zurückgezogen hatte, war es üblich geworden, daß die Familie – also Oswald mit Frau und deren Sohn und Mizzi Sangrail-Bilberry mit Mann und Kindern, manchmal wohl auch der Neffe aus der geadelten Semiquaver-Linie – die höheren Feiertage in dem großen roten Haus auf dem Lande verbrachte. Die Abneigung gegen das großelterliche Haus hatte sich auch auf die dritte Generation übertragen. In ständiger Angst vor den Kentauren und Laokoonen, die besonders zur Nachtzeit in erschreckendem Scheinleben gespensterweiß die Gänge bevölkerten, aber auch am Tage aus dem Gebüsch verstaubter Blattpflanzen oder hinter schweren Samtvorhängen hervor, jäh ihre Arm- oder Beinstümpfe streckten, flohen die Knaben entweder in den Park oder auch hier auf den Dachboden.

Wie erwähnt, regnete es diese Ostern nach kurz vorangegangenem Schneefall. Nicholas und Clovis standen unter der Tür zum Garten und betrachteten den Weg, der, wie ein Schwamm von Regenwasser vollgesogen, noch vor der ersten Gruppe von Büschen in einer kaum durchscheinenden Mauer senkrechten, schweren Regens endete. Es hatte sich eingeregnet, wie man so sagt, und von unten her sprühten die aufspritzenden Regentropfen wie ein Sperrfeuer bis zur dritten, ja vierten Scheibe der Verandatür.

– Bei dem Weg würde nicht nur Onkel Petti seine Galoschen verlieren, sagte Clovis besinnlich.

– Wir haben schon lang nicht mehr gesungen, sagte Nicholas. Heute ist Ostersonntag, und da ist doch bestimmt besonders Nicht-Weihnachten!

– Wir gehen durch die Küche in den Dachboden. Drinnen streiten sie wegen des Geldes.

Die Knaben schlichen durch die Küche und nahmen bei der Gelegenheit einige Kekse mit.

– Sie streiten nicht wegen des Geldes, sondern wegen Tante Adelaide.

– Aber die ist ja gestern weggefahren.

– Eben.

– Es täte mir leid, sagte Clovis, als sie die steile Stiege hinaufkletterten – auch sie war von gipsernen Abdrücken flankiert –, wenn Herbie sterben würde, wo sie ihm doch in Indien durchs Bein gestochen haben.

– Da hab' ich keine Angst, er ist ja nur ein unechter Vetter, eigentlich überhaupt kein Vetter, gehört gar nicht zur Familie. Er heißt ja auch Thompson, und wenn der sterben sollte, müßte schon irgendein Thompson singen.

Kaum – und damit war die erste Überraschung da – hatten die Knaben den ersten Vers von ›Stille Nacht, heilige Nacht‹ zu Ende gesungen, gab es drunten im Haus einen harten und kurzen trockenen Knall. Die Knaben stürzten hinunter, den zweiten Vers sozusagen noch auf den Lippen, und fanden Onkel Oswald im Flur liegen. Das heißt, sie vermuteten nach dem goldbraunen, gesteppten Hausrock, daß es sich um Onkel Oswald gehandelt haben dürfte, denn Kopf war fast keiner mehr da. Er hatte sich – die kleine Pistole, mit Perlmutter am Griff verziert, hielt er noch in der Hand – in den Mund geschossen. Da die Kugel außerdem in eine gipserne Statue gefahren – kein besonderer Zufall in dem Haus – und die Statue dadurch in eine Wolke von Gipsstaub zerborsten war, überdeckte alles eine dünne Schicht wie von Mehl. Eine dabeistehende Venus von Milo wie auch eine Zimmerlinde zeigten eine ziemlich regelmäßige braunrote Tupfensprenkelung.

Selbstverständlich kamen auch die anderen Familienmitglieder gelaufen. Mary Anne Bilberry, die Großmutter, warf sich über den Sohn. Mizzi führte Clovis und Nicholas eilig weg. Arthur Sangrail hob etwas auf, was Oswald offenbar in der anderen Hand getragen hatte. Es war ein Exemplar von ›Sag adieu auch zu den Schwänen‹.
– Ich wette, sagte Clovis, daß es heuer nichts mit Ostereiern wird.
Nun, das stimmte. Die Knaben wurden aber dafür reichlich durch die Polizei entschädigt, die kam, um den Vorfall zu protokollieren.
Was aber die buchstäblich explosive Wirkung des Singens

anbetraf, so führten sie Nicholas und Clovis nicht nur darauf zurück, daß Ostern besonders Nicht-Weihnachten, sondern auch, daß ›Stille Nacht, heilige Nacht‹ ein außerordentlich penetrantes Weihnachtslied ist.

Obwohl Onkel Kapitels Tod nicht nur in einer kurzen Notiz im Times Literary Supplement, sondern leider auch in den amtlichen Veröffentlichungen über Konkurse Würdigung fand, wurde bei seinem Begräbnis nicht gespart. Doch gab es leider Zwischenfälle und Unannehmlichkeiten: zum ersten fand um diese Zeit ein Radrennen statt ... nein, ich muß anders anfangen: das Erbbegräbnis der Bilberry befand sich nicht in dem Ort, in dessen Nähe das Landhaus lag, sondern in Tanguilf-upon-Ooze, aus welcher Gegend die Bilberrys stammten. Man ließ also Onkel Kapitel dorthin überführen. Arthur und Mizzi Sangrail und die Kinder waren zunächst für zwei Tage nach Hause gefahren, um dann von London aus nach Tanguilf aufzubrechen. Es war geplant, daß man am Abend mit dem Wagen nach Tanguilf führe, im sogenannten besten Haus Tanguilfs übernachte und am nächsten Morgen von dort aus den Trauergang antrete. – Mein Gott, erinnerte man sich, hatte doch grad der arme Oswald bei der Beerdigung des Ersten Viscount gesagt: noch viele Begräbnisse und wir schleppen die Wanzen aus diesem sogenannten Hotel mit heim ... nicht ahnend, daß er der nächste sein würde! Das Gepäck war bereits im Wagen verstaut. Die Familie saß beim Tee, da wurde Mr. Hobnob gemeldet. Der Vater war eben dabei, sich einzugestehen, daß ihn der Name dunkel an irgend etwas erinnere, als ein eher untersetzter, aber außerordentlich hagerer junger Mann eintrat in kurzen kanariengelben Hosen und einem ferkelroten Trikothemd, auf dem ›Dunlop‹ stand.
Nun, um es kurz zu machen: es handelte sich um Jeremias

S. Hobnob, den Sohn der – wie man sich erinnert – jüngst in Amerika verstorbenen Cousine Arthur Sangrails, Jennifer, Tochter des verschollenen Nikanor Sangrail. Er war professioneller Radrennfahrer und nahm an einem Rennen quer durch England teil, das eben in London angelangt war und einen Tag pausierte. Diesen Tag habe er, sagte Hobnob, benutzt, um seine mütterliche Familie ausfindig zu machen. Er wurde zum Tee eingeladen. Allerdings brachte er etwas Unruhe in die stille Teestunde, denn er nahm den Tee hüpfend ein. Er müsse in Form bleiben, erklärte er. So hüpfte er also um den Tisch, mit federndem Knieknick, spritzte zwangsläufig den Tee zum Teil auf sein ferkelrotes Trikot und enttäuschte die Hoffnungen der Familie, daß er bald wieder hinaus und auf sein Fahrrad hüpfen werde, indem er erklärte – nachdem er von dem traurigen Anlaß der bevorstehenden Fahrt nach Tanguilf gehört –, es sei seine Ehrenpflicht mitzukommen. So fuhr denn Mr. Hobnob mit, obwohl er im Wagen stillsitzen mußte. Er bat darum, ›Onkel Jeremy‹ genannt zu werden. Auf der Fahrt erzählte er Schnurren aus dem Berufsradrennfahrer-Leben, wobei die Pointe meist allerdings darin bestand, daß irgend jemand, den zwar Onkel Jeremy gut kannte, der aber seinen Zuhörern fremd war, bei irgendeiner Gelegenheit – deren Komik, da aus dem Radrennfahrer-Leben gegriffen, ausführlicher Erläuterungen bedurfte – irgend etwas sagte, wobei Onkel Jeremy, um die Pointe verständlich zu machen, erklären mußte, was man von dem Betreffenden eigentlich gesagt erwartet hätte.
– Eines, sagte Arthur Sangrail später, ist gut, wenn einer recht umständliche Witze erzählt: er kann nicht viele erzählen.

In Tanguilf wurde der Regen noch eine Nuance heftiger. Als man am Morgen zur Beerdigung aufbrach – geschlos-

sen, denn alle Familienmitglieder wohnten im *ersten Haus am Platze* –, waren die Wege zu dem tiefer als der Ort gelegenen Friedhof bereits von ansehnlichen kleinen Sturzbächen gesäumt. Onkel Jeremy fiel allgemein auf, obwohl er sich in seinen kanariengelben Hosen und dem ferkelroten Trikot – er hatte ja nichts anderes zum Anziehen dabei – bescheiden hinten an den Zug anschloß.
Der Zugang zum Friedhof war überschwemmt. Man mußte einen Seiteneingang benutzten. Dabei war es nicht zu umgehen, daß die Sargträger mit dem Sarg, die Trauergäste mit ihren Schirmen und der ferkelrote Onkel Jeremy durch eine Wiese waten und über einen Stacheldrahtzaun steigen mußten.
Clovis und Nicholas streuten – ein Triumph der Tradition über die Materie – durchnäßte schwarze Rosen in den weichen Lehm des Weges. Der Regen trommelte wie mit Knochenfingern auf den Sarg. Aus den Kränzen floß Wasser. Als der Pfarrer, seiner Gewohnheit nach mit erhobenem Haupt nach oben deutend, den Mund zu den schönen Worten öffnete ›Dort oben werdet Ihr ihn wiedersehen‹, drang soviel Wasser ein, daß er mit einem nicht ungefährlichen Hustenanfall weggeführt werden mußte. Gerechterweise soll bemerkt sein, daß allein Onkel Jeremy, als Radrennfahrer an Wind und Wetter gewöhnt, eine würdige Haltung bewahrte.
Der Pfarrer kam zurück. Er stimmte ein Lied an, alle sollten mitsingen.
– Los, sagte Clovis, ›Leise rieselt der Schnee‹ ...
Zu ihrem Entsetzen bemerkten sie, daß der dunkelhäutige Herr mit seiner Dame im kurzen Kleid sie offenbar gehört hatte und augenzwinkernd mitsang. Es hatte verheerende Wirkung. Als Nicholas Bilberry, der Vater des Toten, an das offene Grab trat, rutschte er aus – es wurde auch die Version verbreitet, er sei absichtlich gesprungen – und

fiel, nicht polternd, nein, klatschend in das fast randvoll mit Wasser gefüllte Grab. Man fischte ihn zwar ohne große Mühe heraus, aber er war schon tot.
Selbstverständlich gab das Vorkommnis zur Bildung schöner Legenden Anlaß. Vorerst aber ging alles drunter und drüber. Die einen wollten dies, die anderen jenes: Großvaters Kleider aufknöpfen, Grab zuschaufeln, Kränze weg, Erde hin, Wiederbelebungsversuche, Beten ... Endlich einigte man sich, den Verunglückten hinauf in den Ort zu tragen – durch die Seitentür des Friedhofs, über den Stacheldraht, durch die Wiese. Einsam und erstaunt standen Nicholas und Clovis am Grab, das die kleinen Sturzbäche von den Wegen langsam zu überschwemmen begannen. Diesmal mußten der dunkelhäutige Herr und seine Dame – deren ohnedies enges und kurzes, diesmal krötengrünes Kleid durch den Regen zu schrumpfen begann – nicht unbegleitet von der, wenn man sie so nennen kann, Trauerfeierlichkeit weggehen. Onkel Jeremy begleitete sie, nachdem er sich, mit scharfem Blick erkennend, daß es sich bei dem Paar auch um ungebetene Gäste handelte, bekannt gemacht hatte. Gemeinsam hoben der Dunkelhäutige und Jeremias die Dame über den Stacheldrahtzaun. Dabei platzte deren Kleid.
– Schau, sagte Nicholas, was sie drunter angehabt hat, muß schon früher geplatzt sein.
Aber auch hier bewährte sich Jeremias S. Hobnob, der Amerikaner. Abgewandten Auges zog er sein ferkelrotes, garantiert wetterunempfindliches Trikot aus und streifte es der Dame über. Es war nicht viel kürzer, als ihr trockenes Kleid ursprünglich gewesen war.

Die beiden Knaben hatten, wie man so sagt, Onkel Jeremy Hobnob ins Herz geschlossen.
– Nie, sagte Clovis, nie im Leben werde ich so im Hüpfen

Tee trinken können wie er, und schüttete eben eine halbe Tasse auf den Teppich.
Zur Freude der Knaben hatte Jeremy versprochen, nach beendeter Radrenntour noch einmal nach London zu kommen und sie zu besuchen.
Mizzi Sangrail, die sonst nicht einmal die Zeitung las, studierte nun unablässig sogar den Sportteil, konnte aber Jeremias Hobnobs Namen nirgends finden.
– Er wird eben nicht gesiegt haben, sagte Arthur Sangrail, und die Knaben beschlossen, bis zur Rückkunft Jeremys nicht nur nicht zu singen, damit er nicht etwa in eine Schlucht oder sonst wohin falle, sondern, wie Nicholas sagte, ganz besonders nicht zu singen, damit er auch siege. Nun, das ergab sich ohnedies ganz gut, denn die Knaben entwickelten einen auf lange Frist berechneten Plan. Nicholas hatte widerwillig begonnen, in der Schule Blockflöte zu lernen. Clovis, der jüngere, hatte ihm beim Üben zugehört und darauf hingewiesen, daß er sich vorsichtshalber davor hüten solle, ein Weihnachtslied auch nur zu spielen – unterm Jahr. Weit davon, daß seine Fähigkeiten ausgereicht hätten, auch nur ein einfaches Weihnachtslied zu spielen, brummte Nicholas:
– Ich wollte, der Lehrer wäre mit uns verwandt, und warf Flöte und Noten in einen Winkel. Clovis aber verstand es, seinen Bruder für das Experiment zu begeistern, die Wirkung instrumentaler Weihnachtsmusik – womöglich zweistimmiger – zu erproben. Von den erstaunten Eltern verlangte auch Clovis eine Blockflöte. Bald hörte man die Knaben in herziger Eintracht Stunden um Stunden Blockflöte üben.
In diesem Sommer überstürzten sich die Ereignisse. Ich weiß gar nicht, wie ich die verzahnte und verfilzte Geschichte ordnen soll. –
Es ging damit weiter, daß jener eigenartig dunkle Begräb-

nisbesucher mit der Dame in den kurzen Kleidern zu Nicholas' und Clovis' Eltern kam. Sie brachten das ferkelrote Trikot von Onkel Jeremy zurück und mußten, da man eben beim Tee saß, wohl oder übel eingeladen werden. Er – Onkel Manda, sagte er, sollten die Knaben ihn nennen – trug einen großkarierten Anzug, so großkariert, daß er bereits entfernt einer mittelalterlichen Heroldstracht mit verschiedenfarbenen Hosenbeinen und entsprechend seitenverkehrt verschiedenfarbenem Rock glich. Sie, Tante Julie hieße sie, sagte die Mutter sauer lächelnd, trug einen grünen Turban auf dem Kopf – das war das Gros ihrer Bekleidung. Im übrigen war sie mehr oder weniger mit zwei Galerien Fransen behängt, die oben von zwei dünnen Trägern gehalten wurden.

– Der Dicke, sagte Nicholas später, hat sich auf den Sessel gesetzt, den wir neulich angesägt haben. Er hat gehalten.

– Wenn wir gesungen hätten ...

–... zu gefährlich, wer weiß, ob dann nicht Onkel Jeremy von einem Bären angefallen worden wäre.

– Die Radtour geht doch nicht durch Sibirien.

– Spielen wir lieber unsere Tonleitern.

Unten ließ die Mutter entzückt ihre Häkelarbeit sinken und sagte:

– Die Buben schlagen offenbar Onkel Nestor nach, der in Paris und auch so musikalisch ist.

(Wir erinnern uns: der Komponist der symphonischen Dichtung ›Wuthering Heights‹.)

Onkel Jeremy kam wirklich zurück, zwar nicht als Sieger, aber unversehrt. Er kam sozusagen außer Dienst, in einem normalen, wenn auch etwas scheckigen Straßenanzug. Den Tee nahm er nur auf ausdrückliches Bitten der Kinder im Hüpfen, sonst aber durchaus im Sitzen ein. Nach einigen Tagen – die Knaben hatten inzwischen wie-

der gesungen – verschwand er. Gleichzeitig war zu bemerken, daß auch die Mutter fehlte. Tante Martha, des Vaters Schwester, kam ins Haus und begann zu kochen, zu flicken und herumzuräumen, stänkerte und wurde nach wenigen Tagen vom Vater wieder hinausgeworfen. Sie bekam, wie die Knaben erfuhren, einen Rückfall in ihre Krankheit vom Frühjahr, aber sie starb nicht.
– Warte nur, sagte Clovis, wenn wir erst zu Pfingsten zweistimmig ›Ihr Kinderlein kommet‹ blasen, dann erwischt es sie garantiert!
Es kamen auch eine Menge Bilberry-Verwandte und überhaupt alle möglichen Leute. Ein endloses Hin und Her. Großmutter Bilberry sagte den Knaben unter Tränen:
– Ihr armen Würmer, Ihr seht Eure Mutter nimmermehr ...
Tante Carmilla Semiquaver schluchzte, obwohl nur angeheiratet, noch viel mehr und erzählte etwas von einem großen Unglück, durch das sie ihre Mutter verloren hätten.
– Eine schreckliche, schreckliche Krankheit, sagte Lady Carmilla, vielleicht die schrecklichste, die es gibt!
Als es einmal ausnahmsweise still im Hause war, nahm der Vater die beiden Knaben an der Hand und sagte mit ungewohnt tiefer Stimme, daß die Mutter durch einen Unfall mit dem Auto ums Leben gekommen sei.
– Und wo ist Onkel Jeremy? fragte Clovis.
Da bekam er eine Ohrfeige.

– Ich weiß nicht, sagte er später, ob das mit Mama mit dem Singen zu tun hat? Ich glaube nicht. Irgend etwas ist faul an der ganzen Geschichte. Und ein Begräbnis war auch nicht.

Aus dem erwähnten Trubel kristallisierte sich allmählich so etwas wie ein neuer Hausstand im elterlichen, jetzt mußte man wohl einschränken: väterlichen Haus der Knaben heraus. Es handelte sich um Personen, die zunächst nur einmal aus Neugierde hereinschauten, dann öfter und endlich ganz blieben: Tante Senta Flaer, geborene Pettifogger, die Schwester jenes galoschenverlierenden Bankkassiers Simon Pettifogger, die den Haushalt Arthur Sangrails versorgte, ihr Mann, Mr. Anthony Flaer, ein stellungsloser Fagottist, der sich mit dem Gedanken trug, ein eigenes Revue-Theater zu eröffnen, und beider Tochter – die niemand anderer war als Tante Julie, die Dame mit den kurzen Kleidern. Freilich dauerte es nicht lange, und es zog auch Onkel Manda – mit vollem Namen hieß er Thomas Radama Mandabonatave – zu, der sich die Gunst der Knaben dadurch verscherzte, daß ihm der Dachboden zugewiesen wurde, wo er allerhand Staffeleien und viel bemalte Leinwand aufstellte, um weitere Leinwand zu bemalen. Auch ein Stück einer marmornen Säule trugen die Möbelpacker in das ›Atelier‹, wie es jetzt hieß.
Die Knaben kannten einen speziellen Zugang zum ehemaligen Dachboden. Als sie einmal hinaufschlichen, sahen sie, wie Onkel Manda – in einem stark verschmierten Samtschlafrock – malte, viele Pinsel in der Hand und einen quer im Mund. Tante Julie saß nackt auf der Säule und hob einen Pantoffel in die Höhe.
Eigenartig, der Pantoffel, flüsterte Clovis, und Papa sitzt daneben und raucht eine Zigarre.
Das Geheimnis des Pantoffels lüftete sich bald, und zwar bei einem abendlichen Sommerfest, das weniger der Hausherr Arthur Sangrail als sein Gast, der Kunstmaler Thomas Radama Mandabonatave, gab. Es war an dem Tag, als die Knaben bei Inventarisierung ihrer musikali-

schen Fähigkeiten auf der Blockflöte feststellten, daß sie soweit wären ...

Die Ankunft der Gäste erlebten die Knaben von der Galerie aus mit, wo sie verbotenerweise, hinter Gummibäumen verborgen, durch das Geländer lugten. Es war ein heißer Juliabend. Die Luft war seit Tagen drückend gewesen. Selbst die hereinbrechende Dunkelheit hatte keine Linderung gebracht. In der allgemeinen Stimmung lag – und nicht nur dank dieser klimatischen Bedingungen – etwas Dräuendes. Ein Teil davon war wohl auf die etwas zu deutliche Kluft zurückzuführen, die zwischen den Gästen Arthur Sangrails und den Leuten klaffte, die Onkel Manda eingeladen hatte. Zum Beispiel hatte ein Onkel Manda in mehrfacher Weise kollegial verbundener Herr in einem gestreiften Hemd Onkel Edwy – Sir Edward Alexander Bilberry-Semiquaver, jetzt Zweiter Viscount Semiquaver – in etwas jovialer Art auf die Schulter geklopft und ihm zu verstehen gegeben, daß er es ausgesprochen lustig fände, hier den Mann zu treffen, dessen Vater – der Erste Viscount – ihn schon einmal zu vier Jahren Zuchthaus verurteilt habe.

Hausfrau spielte Julie Flaer, die selbstredend, neben einem Federturban, ein sehr kurzes Kleid trug, das auch tief ausgeschnitten war.

Nachdem alle Gäste versammelt waren, eröffnete Manda, daß er nun der Öffentlichkeit sein neuestes Werk vorführen wolle, ein Gemälde, das der Hausherr und Mäzen Arthur Sangrail erworben habe. Alles stellte sich im Halbkreis um das Sofa, Arthur Sangrail zog eine Sackleinwand zur Seite und gab das Bildnis der nackten Julie Flaer auf der Säule frei – allerdings hielt sie auf

dem Gemälde eine Fackel statt des Pantoffels in die Höhe.
Man klatschte, auch das Modell, das seinem Abbild zutrank. Dann geschah es.
Die Knaben waren auf ihr Zimmer gegangen und hatten zweistimmig ihr Weihnachtslied gespielt. Hätten sie sich danach nicht so beeilt, auf ihren Logenplatz zurückzukehren, sie wären um die Beobachtung der Frucht ihres Liedes betrogen worden. Als man allgemein in den Toast der halbnackten Julie auf die ganz nackte einstimmte, hatte sich der Zweite Viscount umgedreht und sein Glas auf die Konsole gestellt.
– Was hast du? fragte Arthur.
– Wenn du die Person ins Haus nimmst, sagte der Zweite Viscount, so ist das deine Sache. Schließlich ist sie ja irgendwie mit dir verwandt. Auch finde ich es zwar geschmacklos, aber immerhin noch angängig, diesen scheußlichen Schinken hier aufzuhängen, kaum zwei Monate nachdem Mizzi, die immerhin meine Cousine war ... ist, nachdem Mizzi nicht mehr ... aber dieses Theater, dessen Zeugen zu sein, du die Niedertracht hattest, uns zu zwingen, dieses unwürdige Theater ist eine Diffamierung meiner Familie!
– Und ich darf dich daran erinnern, sagte Arthur und stellte sein Glas ebenfalls auf die Konsole, daß der Maler dieses Bildes, Mr. Mandabonatave, immerhin dein Halbbruder ist.
Da gab der Zweite Viscount Arthur Sangrail eine Ohrfeige. Ich brauche den folgenden Tumult nicht zu schildern. Arthur und der Zweite Viscount gingen in den Garten, jeder hielt eine Pistole in der Hand. Ein paar Herren der Gesellschaft begleiteten sie. Die übrigen und die Damen blieben stumm im Haus. Einige der Damen schluchzten. Onkel Jack Sangrail, der Bruder Arthurs, goß sich etwas

Sekt ein, zitternd klirrte der Flaschenhals gegen den Rand des Glases.
Dann der Schuß aus dem Garten.
Die Damen schrien auf.
– Wenn sie nicht irrtümlich einen Sekundanten getroffen haben, hat es schon gewirkt, sagte Clovis. Beide sind ja mit uns verwandt.
Einige Sekunden vergingen, dann betrat Arthur Sangrail den Raum. Er legte die Pistole auf den Tisch und sagte zu einer Dame, indem er auf Vetter Canutus, den Sohn des Zweiten Viscount, wies:
– Ich hatte Ihnen eben Sir Canutus Albert Bilberry-Semiquaver vorgestellt, als wir unterbrochen wurden. Ich darf mich berichtigen: es handelt sich jetzt um den Dritten Viscount Semiquaver.
Freilich, Stimmung, wie man so sagt, kam in der Gesellschaft nicht mehr auf. Erschöpft vor Spannung und zufrieden gingen die Knaben zu Bett.
– Ein voller Erfolg ... es geht also auch instrumental, sagte Nicholas.
– Ja, ein Onkel tot, und Papa kommt ins Zuchthaus! sagte Clovis.
– Oder wird gehängt! Wahrscheinlich, weil wir zweistimmig gespielt haben.
Sei es, daß die Polyphonie nicht nur summierende, sondern multiplizierende Wirkung hatte, sei es, daß die heiße Sommernacht besonders nicht-weihnachtlich war: ein paar Stunden später wurden die Knaben durch ein außergewöhnliches Rumoren im Haus geweckt.
– Da schreit Onkel Manda, sagte Clovis, der die seltene, für ihn angenehme, für seine Umwelt aber in der Regel äußerst lästige Fähigkeit hatte, mit dem Erwachen sofort hellwach zu sein.
Die Knaben liefen hinunter. Onkel Manda, von oben bis

unten mit Blut bespritzt, schrie wie ein Stier, während einige Polizisten ihn festzuhalten und hinauszuschieben versuchten.
– Wo kommen denn die Polizisten plötzlich her? fragte Clovis leise.
– Schau, da drüben!
Splitternackt stand Julie Flaer schwer keuchend, so schwer, daß jeder Atemzug sie förmlich zusammenkrümmte, auf der Treppe und hielt sich mit beiden Händen am Geländer. Noch einmal keuchte sie, gurgelte dann und fiel die Stufen hinunter. Ein ziemlich langes Messer ragte aus ihrem Bauch. Einige Leute – Dienstboten und Polizisten trugen einen anderen blutüberströmten, nackten Körper aus Tante Julies Zimmer.
Papa! sagte Clovis.
– Mit *einem* Messerstich scheint's, sagte ein Polizist zu einem zweiten, hat er die beiden durchbohrt.
– Und das Federbett, sagte ein zweiter und wedelte die Wolken von Daunen, die aus dem Zimmer quollen, vor seinem Gesicht weg.

Ungefähr fünfundzwanzig Jahre später saßen zwei Herren in der Loge eines mittelmäßigen Revuetheaters. Das Tingeltangel hatte heute unter neuer Leitung Premiere. Es war um Pfingsten und ein schönes Jahr mit einem heißen Sommer.
Die beiden Herren, es waren Brüder, hatten sich schon länger nicht mehr gesehen. So war nichts natürlicher, als daß sie Erinnerungen und Gedanken an die Familie austauschten.
– Und Onkel Manda ist auch schon gestorben, sagte Mr. Clovis Sangrail.
– Ja, sagte Mr. Nicholas Sangrail, vor zwei Jahren im Zuchthaus.

– Und die gute Tante Sarah …
– Auch die gute Tante Sarah. Sie war wie eine Mutter zu uns, nachdem damals Papa …
– Ach ja, Tante Julie!
– Wer weiß, sagte Nicholas, vielleicht ist es für Tante Sarah besser, daß sie das hier nicht mehr miterleben muß: er deutete auf die Bühne, wo eine ziemlich zweitrangige Sängerin, bekleidet mit einer geschickt drapierten Federboa, ein sogenanntes Chanson vortrug. Es war die Sängerin Dollie Bapik, bürgerlichen Namens Miss Martha Baffle-Apisk, die Tochter jenes längst verblichenen Bankpräsidenten Sir Lanfranc Baffle-Apisk und der Tante Sarah, Schwester Arthur Sangrails.

Nach dem Familienblutbad hatte Tante Sarah die beiden Knaben bei sich aufgenommen und zusammen mit den wenig älteren eigenen Kindern erzogen.
Das älteste dieser drei eigenen Kinder, Geoffrey Baffle-Apisk, sollte nach dem Willen der Mutter und dem Testament des Vaters dessen Lebens- und Berufswerk fortsetzen und Bankpräsident werden. Er wurde aber ein wenig erfolgreicher Berufsspieler und lebte später davon, daß er abends von Restaurant zu Restaurant zog und gegen Geld an fremden Tischen Witze erzählte. Der zweite Sohn, Hochwürden Humphrey Baffle-Apisk, brachte es zum Sekretär eines Bischofs von mittlerer Bedeutung. Seine Karriere war zu Ende, als man entdeckte, daß er als Mitarbeiter der General British Encyclopedia of Churches aus reiner Bequemlichkeit zahlreiche mittelalterliche Scholastiker, deren Biographien und sogar eine komplette häretische Bewegung erfunden hatte. Um das jüngste Kind, Martha Baffle-Apisk, entbrannte zwischen Nicholas und Clovis ein heftiger Streit, den Martha umsichtig damit zu schlichten suchte, daß sie eine Zeitlang eine faktische Ehe zu dritt

unterhielt. Das ging nicht lange gut. Die Brüder entzweiten sich, jeder versuchte, Martha – sie wurde damals schon Dollie genannt – für sich allein zu gewinnen. Martha entschied sich für einen Dritten, der, was man bei dieser Gelegenheit erfuhr, schon länger als Vierter an jener Drei-Ehe partizipiert hatte. Als Mr. Anthony Flaer, der ehemalige Fagottist, seinen Traum verwirklichen konnte und ein eigenes Revue-Theater gründete, engagierte er Dollie, die inzwischen den Künstlernamen Bapik angenommen hatte. Und eine gewisse Sentimentalität – wie es so heißt – hatte Dollie nach all den Jahren veranlaßt, beiden Brüdern Sangrail eine Einladung zu ihrer Premiere zu schicken …

– Onkel Manda ist damals, nachdem er schon zum Tode verurteilt war, zu lebenslänglichem Zuchthaus begnadigt worden, sagte Clovis.
– Ja, sagte Nicholas leise, die Wirkung unseres zweistimmigen Blockflötenblasens muß sich vorzeitig erschöpft haben.
– Nein, sagte Clovis, es kam wohl daher, daß Manda nur ein Bastard-Sohn des Ersten Viscount mit einer Madegassin war. Der Vater des Ersten Viscount war ja Konsul in Madagaskar gewesen. Manda war sozusagen nur unecht verwandt.
In diesem Augenblick wurde die Aufmerksamkeit der beiden Brüder auf die Bühne gelenkt: Dollie Bapik sagte eine Zugabe an. Sie warf zwei Handküsse zur Loge der Brüder hinauf und hauchte ins Mikrophon:
– für Nicholas und Clovis!
Dann sang sie ein Weihnachtslied.

Unter den Toten, die der darauf folgende Einsturz der Galerie und eines Teiles der Logen forderte, waren auch Nicholas und Clovis Sangrail zu beklagen.

Seufzend zog der längst pensionierte Bankkassier Simon Pettifogger wieder einmal ein Paar neue Galoschen an. Er verlor sie bei der Beerdigung seiner Neffen.‹
Solveig lehnte sich zurück, nippte vom Sherry und faltete die genealogischen Tafeln zusammen, die sie bei ihrer Erzählung gelegentlich zu Hilfe genommen und auch herumgereicht hatte. Wegen dieser sehr klein geschriebenen Tafeln hatte der Herzog-Kastrate sein Lorgnon aus russischem Silber hervorgezogen, das er jetzt zusammenklappte und in die Brusttasche zurücksteckte.«

»Diese Geschichte dauerte wohl auch bis weit über Mitternacht hinaus«, sagte Lenz. »Und ich kann mir schon denken, wie die Samstags-Nichte hieß ...«
»So?«, sagte ich. »Hast *du* geträumt oder ich?«
»Das System, wie Ihr Kastrate oder seine saubere Schwester die Mädchen getauft haben, ist nicht sehr geheimnisvoll!«
»Und wie heißt dann die Samstags-Nichte?«
»Woher stammt sie?«
»Aus Venedig«, sagte ich.
»Auweh«, sagte Lenz, »das wird eine romantische Geschichte. Ich nehme an, sie heißt Lavinia.«
»Nein.«
»Ladislaia?«
»Nein.«
»Lais, Lamia?«
»Sie hieß Laura. Und der Salon, in dem wir uns am Samstag versammelten, war wohl das Jagdzimmer des alten Kastraten. Außer einigen Trophäen deutete auch ein großes Gemälde darauf hin, das einen guten Teil der dem Kamin gegenüberliegenden Wand einnahm: Das Bild zeigte einen Tisch, auf dem sich – üppig mit herbstlichem Laub verziert – reiche Jagdbeute türmte. Die Köpfe erlegter Fasanen

hingen über seinen Rand, zusammengebundene Hasen lagen auf einem Reh. Ein Jagdhorn lehnte daneben, und ein gefleckter Hund, der unter dem Tisch stand, schnupperte an einer toten Wildsau. Zu beiden Seiten des Gemäldes standen hohe, flammenfarbene Herbststräuße, die über den Rahmen in das altersdunkle Stilleben hineinrankten. Der flackernde Feuerschein des Kamins schien die echten und die gemalten Blätter gleichermaßen zu bewegen, und man glaubte einen phantastisch dekorierten Alkoven vor sich zu haben, der sich nach oben hin ins Dunkel des Zimmers verlor. Es war mir sogar, als ob der im Hintergrund des Bildes erst bei näherem Hinschauen sichtbare Jagdknecht gelegentlich mit den Augen zwinkerte.

Laura trat ein, in einem rosaroten Kleid, und tat erstaunt, als es hieß, man erwarte heute von ihr eine Geschichte.

›Da sich Simonis‹, sagte der Herzog, ›ausbedungen hat, am letzten Abend zu erzählen, bleibst nur du für die heutige Geschichte übrig. – Außerdem zierst du dich ja nur! Du hast dir längst eine ganz besondere Geschichte zurechtgelegt. Wer aus einer Stadt stammt, die so voll von Geschichten ist –‹

›Ganz recht‹, unterbrach Laura, ›aber wir erzählen sie nicht. Wir sind ja keine Neapolitaner ...‹

›Oho‹, sagte Renata.

›Wir *erleben* unsere Geschichten – das Erzählen überlassen wir den anderen. Wir Venezianer sind genug damit beschäftigt, zu leben. Und so erstaunt es auch nicht, wenn alle wirklich lustigen oder ergreifenden Geschichten in Venedig spielen –‹

›In der Oper‹, sagte der Kastrate und schenkte uns aus einer schlanken Karaffe hellroten Kretzer ein, ›und davon verstehe ich ja ein bißchen was, in der Oper ist es anders. Was eine wirkliche Oper ist, die spielt in Griechenland.‹

›Mitnichten‹, sagte Laura, ›seit die Türken Griechenland erobert haben, war mit Hellas natürlich Venedig gemeint. Alle die *Pomo d'oro* und *Lodoisca* spielen in Venedig. Von *Cosí fan tutte* ganz zu schweigen.‹

›Na, na‹, sagte Dorimena, ›die *Tosca* spielt aber in Rom.‹

›Und der *Rosenkavalier* in Wien‹, sagte Mirandolina. ›Es gibt auch Opern, die in Norwegen spielen: *Der fliegende Holländer*. Eine weiß ich, die handelt in Portugal: *Die Afrikanerin* von Meyerbeer, und eine andere, die spielt sogar im Paradies.‹

›*Die ersten Menschen* von Rudi Stephan‹, sagte Fanny, ›und die *Walküre*, zum Beispiel, handelt in Island oder irgendwo da oben ...‹

›*Der Ring des Nibelungen*‹, warf ich ein, ›bietet ein recht heikles geographisches Problem. Es läßt sich aber bei genauerem Studium Wagnerscher Regieanweisungen ohne Mühe schlüssig lösen. Erinnern Sie sich an die Szene im *Rheingold*, wo sich die ›Tiefen des Rheines‹ zunächst in Nebel auflösen und wo es dann bei Wagner heißt: ›*Allmählich sind die Wogen in Gewölke übergegangen, welches, als eine immer heller dämmernde Beleuchtung dahinter tritt, zu feinem Nebel sich abklärt. Als der Nebel in zarten Wölkchen gänzlich sich in der Höhe verliert, wird im Tagesgrauen eine freie Gegend auf Bergeshöhen sichtbar.*‹ – Dort, in der freien Gegend auf Bergeshöhen, lagern Fricka und Wotan und halten Siesta. Wagner erläutert aber diese Gegend noch näher: ›*Der hervorbrechende Tag beleuchtet mit wachsendem Glanze eine Burg mit blinkenden Zinnen, die auf einem Felsgipfel im Hintergrunde steht; zwischen diesem burggekrönten Felsgipfel und dem Vordergrunde der Szene ist ein tiefes Tal, durch welches der Rhein fließt, anzunehmen.*‹ – Dies, ich bitte Sie, jedes Wort genau zu beachten, dies: Felsgipfel, freie Gegend auf Bergeshöhen, tiefes Tal und Rhein gibt es nur in einer Gegend: in der Schweiz! Kein Zweifel, der Ring spielt, wenigstens zum wesentlichsten Teil, in Graubünden. Wagner, der die Ringdichtung ja schließlich drüben in Tribschen verfaßt hat, hat den germanischen Göttersitz auf dem Tödi und auf der Adua lokalisiert. – Eine verblüffende Parallele zum Wilhelm Tell. Und sind nicht die Tuben so etwas wie sublimierte Alphörner? Wie oft habe ich brünnhildenhafte Sennerinnen im Bündner Oberland gesehen, und wer kennt nicht die wotanischen Senner, die bei überschäumender kantonaler Rangelkonkurrenz ein Auge eingebüßt haben …?‹

›Unbedingt einleuchtend‹, meinte der Herzog-Kastrate, ›Siegfrieds Rheinfahrt findet natürlich rheinabwärts statt; die eine, aufrauschende Stelle in der Mitte stellt vielleicht den Rheinfall bei Schaffhausen dar.‹

›Ach‹, sagte Solveig, ›und wie schön stelle ich mir ›Winterstürme wichen dem Wonnemond‹ vor, wenn sich in Hundings Haus am Splügen die Tür öffnet und man nach Chiavenna ins Tal hinunter sieht, wo am Comer See die Magnolien blühen …‹

›Ja, ja‹, sagte der Herzog, ›so betrachtet, war Wagner gar kein schlechter Dichter. Hätte nur Offenbach die Musik zu seinen Libretti geschrieben.‹

›Offenbach wußte‹, sagte Laura, ›wo man Opern spielen läßt. Der Giulietta-Akt von Hoffmanns Erzählungen spielt wo? In Venedig! und er ist der schönste der ganzen Oper.‹

›Der *Don Juan* aber‹, sagte Fanny, ›die Oper aller Opern –‹

›Gerade der *Don Juan*‹, sagte Laura, ›– von den unzähligen Bühnenstücken bis zu Da Pontes und auch zu deiner schönen Geschichte – ist nichts als die Mystifikation einer eigenartigen und selbstverständlich wahren Begebenheit, die sich in Venedig zugetragen hat. Schließlich nannte Mozart seine Oper nicht umsonst ›Don Giovanni‹: eine feine Anspielung auf den wahren Schauplatz … Auch in der Musik werdet Ihr wenig Spanisches, aber viel Italienisches finden. Freilich spielt alles mögliche für Venedig Fremde in den Vorfall hinein, doch was heißt ›fremd‹ in Venedig.

Dieser Vorfall aber, aus dem man später, weil man ihn nicht ganz vertuschen konnte, die erwähnte Legende gemacht hat, hatte in Wirklichkeit nicht *einen* Helden, sondern zwei – ich sage lieber: Hauptfiguren, deren Erlebnisse und Umstände sich so ineinander verwoben, daß es, auch ungeachtet der absichtlichen Mystifikationen, Jahrhunderte gedauert hat, bis man die eigentlichen Zusammenhänge aufdeckte – und das, obwohl große Geister, ich nenne nur Goethe und Kierkegaard, sich eingehend damit befaßt haben.

Die Geschehnisse nahmen ihren Anfang auch gar nicht in Venedig, doch das macht nichts, denn sie nähern sich, wenn auch an der Peripherie beginnend, wie magisch der Nabe des Weltgeschehens, also Venedig, um dort schließlich, denn nur dort können sie es, zu kulminieren.

Wer und was die eine der Figuren war – ich werde sie als zweite einführen –, weiß man nicht recht. Die erste jedenfalls war, wie man damals so sagte, eine Blume der Christenheit; eigentlich schweizerischer Abstammung, aber von einer bayerischen Mutter und sowohl spanischen als auch französischen und, wenn ich mich nicht irre, polnischen, böhmischen und allen möglichen sonstigen Blutes: Don Giovanni meine ich, den berühmten Don Juan d'Austria. – Fanny hat uns die einleuchtende Theorie über den historischen Don Juan ja ausführlich erläutert ...‹

›Da haben wir also die ohne Zweifel vorbereitete Geschichte‹, lachte der Kastrate, ließ den Wein am Gaumen gluckern und rückte seinen schweren Leib in dem hochlehnigen Stuhl zurecht.

›Eine gelungene Improvisation‹, sagte Laura, ›ist nur eine Frage gründlicher Vorbereitung. So beginne ich denn meine improvisierte Geschichte mit jenem Tag in der Regierungszeit des Dogen Luigi Mocenigo, an dem der unglückliche Dichter Don Miguel de Cervantes Saavedra seine linke Hand verlor. Er verlor sie durch einen türkischen Schuß – zwei weitere sollten seinen linken Arm lähmen –, als er am 7. Oktober 1571 auf einem spanischen Schiff stand und seinerseits auf die Türken feuerte. Es war, wie um diese Jahreszeit in jener arkadischen Gegend nicht anders zu erwarten, ein strahlender Tag, aber der Pulverdampf der gewaltigen Kanonen auf den fünfhundert Schiffen – Freund und Feind zusammengezählt – verdüsterte den Himmel über der Meerenge zur Nacht. An den Felsen der Straße von Naupaktos – wir Venezianer nennen es Lepanto – brach sich der Donner der Geschütze. Brennende Galeeren, in denen angekettete Sklaven ungehört um Rettung schrien, verwandelten die künstliche, grauenvolle Nacht wieder in blutig lichten Tag. Es hatte als eine regelrechte Seeschlacht begonnen, doch die Entscheidung hatte auf diese Art nicht herbeigeführt werden können. So war man zum regellosen, brachialischen Nahkampf übergegangen, Schiff gegen Schiff und Mann gegen Mann. Hüben und drüben ging es in dieser dröhnenden Nacht aus Dampf und Asche um Sieg oder Tod, um mehr noch: Kreuz oder Halbmond ...

Die beiden riesigen Admiralsschiffe waren zusammengeprallt, und wie auf einer großen hölzernen Zitadelle kämpften Spanier und Janitscharen auf den blutverschmierten Decks, während rundumher, aufgepeitscht von den hektischen Manövern dieser letzten großen Galeerenschlacht, das Meer Wellen schlug wie im Sturm. Aufberstend sank eine brennende türkische Galeere in einen Strudel. Ein türkischer Hauptmann, wohl gräßliche, aber unhörbare Flüche ausstoßend, schwang seinen krummen Säbel, bis das wilde Wasser ihn und die Flagge des Halbmondes verschlang. Wie sich bei einem Zweikampf gleichstarker Gegner der Kampf bis zum Stillstand zuspitzen kann, bis zu dem Punkt, da sie Brust an Brust, die Degen am Heft gekreuzt, die letzten Kraftreserven sammeln – bis eine, eine einzige kleine Überlegenheit des einen den anderen ein wenig wanken macht, dieses Wanken einen die Übermacht gewinnen und schneller und schneller den Widerstand des anderen, nun schon so gut wie Besiegten abbröckeln läßt, bis er die Flucht ergreift oder die Kehle darbietet: so hatte sich die Schlacht – nur undeutlich war es von den anderen Schiffen durch Dunst und Rauch und Brände zu erkennen – in dem Duell der beiden Admiralsschiffe zugespitzt. Das eine trug die Standarte mit den drei Halbmonden; Ali Muensisade-Pascha, der Kapudan-Pascha – was bei den Türken soviel wie Groß-Admiral bedeutet – befehligte es. Auf dem anderen aber kommandierte Don Juan. Wie ineinander verbissen, mit zersplitterten Rudern, lagen die turmhohen Borde aneinander. Ein Atemzug, ein Hauch konnte jetzt die Schlacht entscheiden. Vielleicht war es das Signal einer Trompete, das einen weit vorgedrungenen Janitscharen einen, nur einen einzigen Schritt zurückweichen ließ, und schon vollzog sich lawinengleich die Niederlage der Türken. Die Janitscharen wurden auf ihr eigenes Schiff zurückgetrieben, die Venezianer drängten nach, selbst der greise Sebastiano Venier, Held von hundert Schlachten, ließ sich ein letztes Mal in den Harnisch gürten und folgte seinen Enkeln auf das türkische Schiff. Die Türken verteidigten nur noch das Achterdeck und einige erhöhte Punkte des Schiffes, doch das Gesetz der rasenden Lawine zwang sie unaufhaltsam ins Verderben. Der Kapudan-

Pascha fiel, der Hauptmast wurde erobert, die Standarte mit den drei Halbmonden sank, Entsetzen lähmte die nächstliegenden türkischen Schiffe. Die ersten wendeten zur Flucht, die Venezianer, die Spanier, die päpstlichen Schiffe, die Malteser und Savoyarden – weniger eifrig die Genuesen, die bereits Vorkehrungen getroffen hatten, im Falle türkischen Sieges unmerklich die Fronten zu wechseln – verfolgten den weidwunden Feind in die Bucht von Korinth hinein. Immer leichter fiel es ihnen, die türkischen Schiffe zu entern oder in Brand zu schießen. Zuletzt war es nur mehr ein grausiges, todbringendes Kesseltreiben auf die ziellos fliehende Masse von Schiffen, die in der Frühe noch die Flotte des Sultans gewesen war, die größte einheitliche Flotte der Welt.
300 000 Türken waren erschlagen, erschossen, gefangen oder ertrunken. 130 türkische Galeeren erobert, 12 000 christliche Sklaven befreit. Der christliche Sieg war vollkommen, das Frohlocken unbeschreiblich. Einer Gefahr, die zumindest seit der Eroberung Konstantinopels – die damals etwas mehr als hundert Jahre zurücklag – dem Abendland übersinnfällig vor Augen gestanden hatte, war die Spitze abgebrochen. Die Christenheit atmete auf. Die Spannung löste sich in dem nicht enden wollenden Tosen des Jubels, der, wenige Tage nach der Schlacht, die heimkehrenden Sieger in Venedig begrüßte und in einen Taumel tagelanger Feste stürzte.
Jedes der großen venezianischen Häuser rechnete es sich zur Ehre an, wenigstens einen der Helden in seinem Palast zu feiern: den Herzog Emanuel Philibert von Savoyen, den man ›Eisenkopf‹ nannte, den Großmeister der überaus tapferen Malteserritter, den edlen Pietro del Monte, den Herzog Don Ottavio Farnese von Parma, sogar Gian Andrea Doria, den genuesischen Admiral, und allen voran ihn selber, den strahlenden Mittelpunkt des

Triumphes – Don Juan d'Austria, der seitdem ›der Sieger von Lepanto‹ hieß und den die venezianischen Damen Don Giovanni nannten.

Einige Zeit vor diesen weltbewegenden Ereignissen kam ein anderer Fremder in die Serenissima. Seine Ankunft vollzog sich unbemerkt und so unauffällig, wie er – wenigstens auf den ersten Blick – selber wirkte. Der Fremde, ein alter, wenn auch offensichtlich rüstiger Mann, gelangte in Begleitung eines Dieners oder Faktotums auf dem Landweg nach Venedig, das heißt also, er nahm in Mestre eine der schwarzbraunen, unförmigen Barken, die täglich zu Hunderten über die Lagune setzten. Das Trinkgeld, die feine Art, sich zu bewegen, und die gewählte, aber auch gewählt unscheinbare Kleidung verrieten dem Fährmann, daß sein Fahrgast nicht zu den Armen gehörte. Und nur beim Ein- und Aussteigen, wobei ihm der Schiffer und der Diener behilflich sein mußten, war zu erkennen, daß er wohl doch viel älter und gebrechlicher war, als es zuerst scheinen mochte.

Der Fremde ließ sich zum Fondaco dei Tedeschi führen, dem konzessionierten Handelshaus der deutschen Kaufleute. Dort erkundigte er sich nach dem Residenten eines der reichsten Handelshäuser und zeigte eine Reihe von erlauchten Empfehlungsschreiben vor, die ihn als einen Doktor Vingerhut aus Böblingen auswiesen. Der Fuggersche Resident bemühte sich denn auch in eigener Person um angemessenes Quartier in einem der besser beleumdeten Gasthöfe der Stadt und erbot sich zu allen ferneren Diensten bereit, die der Fremde – jetzt können wir ihn ja Dr. Vingerhut nennen – jedoch kaum in Anspruch nahm. Vingerhut, stets in Grau gekleidet, beschäftigte sich in der ersten Zeit seines Aufenthaltes hauptsächlich damit, die schon damals weltweit bekannten Sehens- und Denkwürdigkeiten unserer Stadt gründlich zu betrachten, erkundigte sich bei jeder Kirche und jedem Palast nach dem Erbauer, Baumeister, Patron oder Besitzer und allen jenen Umständen, die reisende Fremde interessieren, wenn sie nichts zu tun haben. Aber auch das war kaum etwas Besonderes in Venedig, wenn man die unglaubliche Vielzahl der Deutschen, Franzosen, Polen, Spanier, ja der Finnen, Araber und Kuruzen bedenkt, die ständig kamen und gingen, und zudem die Aufregung jener Tage, da die Nachrichten über den bevorstehenden und endlich erfolgten Auslauf der Flotte der Heiligen Liga aus Messina sich überstürzten und die ganze Stadt um den Sieg des Don Juan d'Austria bangte, von dem – darüber war sich der letzte Bettler auf den Straßen vor San Marco klar – das ferne Schicksal der goldenen Serenissima in der Lagune abhing.

Es war wenig vor dem entscheidenden Tag von Lepanto – widersprüchliche Meldungen und Gerüchte jagten sich in der verängstigten Stadt –, in den Tagen der großen Bittgottesdienste und Prozessionen, als Dr. Vingerhut, scheinbar unberührt von der ganzen Aufregung, das zweite Mal in den Fondaco dei Tedeschi kam; diesmal um beim Fuggerschen Repräsentanten eine Auskunft zu erbitten: eine Adresse. Der Kaufmann erklärte sich selbstverständlich bereit, jede gewünschte Auskunft zu erteilen oder wenigstens zu beschaffen. Als er jedoch den Namen des Mannes hörte, dessen Wohnung er nennen sollte, da erbleichte er.‹

›Autoren gewisser historischer Romane‹, fuhr Laura nach einer kleinen Pause fort – ein Diener war gekommen und hatte die Nachricht gebracht, daß einer der herzoglichen

Lieblingskater, Ramses, von einem Nachbarhund gebissen worden war – ›geben sich gern den Anschein, als wüßten sie Dinge, die allen Geschichtsquellen unzugänglich sind, und die womöglich nicht einmal Zeitgenossen bekannt waren. Die klügeren dieser Autoren begeben sich dabei ins nicht Nachprüfbare. Besonders frech finde ich es aber, wenn gar der Inhalt von Gesprächen zwischen historischen Personen im Wortlaut wiedergegeben wird! Ich will mich also mit dem Folgenden nicht in die Gesellschaft jener Autoren begeben – ich behaupte weder, daß das Gespräch der beiden jungen Venezianer je stattgefunden, noch, daß es die zwei hochwürdigen Herren überhaupt gegeben hat: ich beuge mich lediglich der Forderung, daß eine gute Geschichte nicht nur unterhaltend, sondern auch belehrend sein soll, wenn ich nun den Herrn Marc Antonio Moro, Canonicus bei San Marco, mit einer Stimme sagen lasse, die nur schwer den Weg aus dem vor Fett förmlich ins Gesicht hineingeschrumpften Mund fand:
›Weiß eigentlich irgendein Mensch, warum dieser widerliche Peretti Cardinal geworden ist?‹
Die Herren führten, wie man sieht, ein theologisches Fachgespräch. Der zweite, ein gewisser Don Albano Sagredo, Präfekt der Schule von San Rocco, fast noch dicker als sein Freund, rieb seine bläuliche Nase und sagte nach langem Nachdenken: ›Voriges Jahr, voriges Jahr ist er schon Cardinal geworden.‹
›Und weiß ein Mensch, warum?‹, wiederholte der erste hochwürdige Herr.
›Er redet viel‹, sagte Don Albano, ›er redet furchtbar viel; wenn ich so viel reden möchte‹, er schnüffelte wie eine Wildsau nach Trüffeln, ›wäre ich schon längst Cardinal.‹
›Ich wette vier von meiner Mamma in Lorbeer gedünstete

Schweinshoden‹, Don Marc Antonio schlenzte die Zunge mit überraschender Fertigkeit spannenlang ums Kinn, ›gegen eine Haselnuß, wenn dieser geschwätzige Anconitaner nicht noch Papst wird!‹
›Der übernächste vielleicht, der nächste gewiß nicht‹, sagte Don Albano.
›Warum nicht?‹
›Weil er ein R im Namen hat.‹
›Ach so, ja‹, sagte Don Marc Antonio, ›er hat ein R im Namen. Wer wird dann der nächste Papst?‹
›Der jetzige hat vor der Wahl Michele Ghisleri geheißen, mit R –‹
›Ein widerlicher Mailänder‹, sagte Don Marc Antonio.
›– Der vorhergehende, Pius IV., hieß von Geburt aus Gian Angelo dei Medici – ohne R. –‹
›Auch ein Mailänder, ein Hurenbock, ein widerwärtiger, man sagt, er habe adelige Damen ganz nackend malen lassen!‹
›– Vor ihm regierte Paul IV., mit bürgerlichem Namen Gian Pietro Caraffa – mit R –‹
›Ein Neapolitaner, ein unangenehmer Betbruder – war der nicht sogar Mönch?‹
›Mit R, ohne R, mit R, ohne R –‹
›Regelmäßig‹, sagte Don Marc Antonio und gähnte, ›das kann nur das Wirken des Heiligen Geistes sein.‹
›Da der jetzige Papst ein R hat, muß der nächste zwangsläufig einer ohne R sein.‹
›Zwangsläufig‹, sagte Don Marc Antonio.
›Ich wette zwei junge Gondolieri gegen die Hühneraugenschneiderin von San Tommaso, daß der Kardinal von San Sisto der nächste Papst wird.‹
›Ugo Buoncompagni?‹
›Ja. Erstens ist er Bologneser. Ewig ist kein Bologneser mehr Papst gewesen. Der letzte Papst aus Bologna war –‹

Don Albano zwitscherte mit seinem Mäulchen und drehte die Augen nach oben, ›– war Lucius, ja, Lucius, 1144 gewählt. 1145 fiel ihm ein Stein auf den Kopf.‹
›Hochinteressant‹, sagte Don Marc Antonio.
›Ja. Und dann ist Buoncompagni Legat beim König von Spanien gewesen. Wäre heute Papstwahl, Buoncompagni würde allein deswegen Papst. Aber er wird es später auch noch.‹
›Ist das nicht der Verrückte, der immer über irgend etwas Bestimmtes redet – es fällt mir gerade nicht ein – irgend etwas will er einführen oder abschaffen. Die Uhren – nicht?‹
›Den Kalender‹, sagte Don Albano. ›Nach ihm wird dann Peretti Papst – mit R –, und danach tippe ich auf Giovanni Battista Castagna.‹
›Der ist ja noch nicht einmal Cardinal.‹
›Das wird er noch. Erzbischof von Rossano ist er schon zwanzig Jahre lang. Außerdem muß endlich wieder ein Römer Papst werden, sonst verrotzen die Fischweiber das Konklave; der letzte Römer war –‹ wieder zwitscherte Hochwürden mit erhobenen Augen im Nachzählen, ›– Otto Colonna, also Martin V., von 1417 bis 1431.‹
›Hoffentlich schafft der nicht auch etwas ab, die Schweinshoden zum Beispiel –‹
›Unsinn! Danach könnte Niccolò Sfondrato drankommen – mit R –, und darauf, es kann nicht anders sein, wird Antonio Facchinetti, der Bischof von Nicastro, gewählt: beim letzten Kniefall vor unserem Pius, als der Papst sich niederbeugte, um ihn aufzuheben, ist ihm die Tiara auf den Kopf gefallen. Ein untrügliches Zeichen. – Laß das!‹ Der junge Hochwürden schob die Hand des geistlichen Bruders sanft, aber nicht ohne Nachdruck von seinem Knie.
Das Fest, auf dem die beiden jugendlichen Neffen des

alten Prokurators Contarini dieses Gespräch führten, war ebenfalls eine der Feierlichkeiten zu Ehren Don Juan d'Austrias. Es war kein besonders fashionables Fest, wenngleich sich seine Veranstalter alle Mühe gegeben hatten, daß es dem Glanz der anderen Bälle und Empfänge in den Palästen der hohen Häuser am Canal Grande nicht nachstünde. Am Geld fehlte es jedenfalls nicht, und bei der zuständigen Behörde war man um die Genehmigung eingekommen, fünf Tage lang feiern zu dürfen. Die Genehmigung war erteilt worden; trotzdem figurierten im Festsaal des Fondaco dei Tedeschi – denn vom Fest der deutschen Kaufleute ist die Rede – nur eher drittrangige Nobili. Schon vier Tage hatte man mit zunehmender Trunkenheit und abnehmendem Festrausch gefeiert, als es einer wiederholten submissesten Vorstellung einer Abordnung der deutschen Kaufmannschaft endlich gelang, den Helden selber, Don Juan d'Austria – den die einladenden Herren ja nicht ganz zu Unrecht zur Hälfte ihrem Volke zuzählten – zu der Zusage zu bewegen, daß er am fünften Tag außer einer Reihe anderer Vergnüglichkeiten öffentlicher und privater Natur auch dem Fest im Fondaco dei Tedeschi die Ehre geben werde.
Blitzartig durchlief die Kunde, daß Don Giovanni das Fest der deutschen Kaufleute besuchen werde, die Informationskanäle all jener, die darauf angewiesen sind, stets dabei zu sein. Und so überwucherte eine Stunde oder eine halbe, bevor der Held eintraf, die Fröhlichkeit der venezianischen Crème – und dessen, was sich dafür hielt – das abgestandene Fest der erstaunten Deutschen.
Dann kam Don Juan. Sechzehn gemietete ›pifferari‹ bliesen auf ihren Trompeten, daß man meinte, der Fondaco fiele auseinander, und die Busen der Damen bebten, auch wenn ihre Trägerinnen das Atmen vergaßen. Don Juan war ein wenig kleiner, als diejenigen erwartet hat-

ten, die ihm noch nie gegenübergestanden waren, er war in weißen Brokat gekleidet, und um den Hals trug er die goldene Kette, die ihm die Republik geschenkt hatte. Ganz in Scharlach, begleitete ihn sein um zwei Jahre älterer Neffe Don Alessandro Farnese, Thronerbe von Parma.
Wohl genausowenig wie die beiden masthuhndicken Prälaten mochte Don Juan den bärtigen, grau gekleideten alten Herrn bemerken, der ruhig beobachtend in einer Ecke saß – auf den ersten Blick aber bemerkte er Donna Anna Contarini ...‹

Die Verwundungen des Katers Ramses, meldete ein Diener, der schon eine Zeitlang im Hintergrund gewartet hatte, bis Laura eine Pause machte, die Verwundungen seien nicht so schwerwiegend, wie man zunächst angenommen habe. Der Herzog-Kastrate verordnete Einreibungen mit Franzbranntwein.
Laura fuhr fort:
›Ich sagte, daß Don Giovanni den würdigen Alten wohl kaum bemerkt hätte, selbst wenn er ihm nicht unbekannt gewesen wäre. Der Greis jedoch, niemand anderer als Dr. Vingerhut, hätte Don Giovanni auch unangekündigt erkannt, obwohl er ihn nie zuvor gesehen hatte, weder lebend noch im Bild – jedenfalls nicht in irdischem Bild ...
Dem deutschen Kaufherrn war es nämlich nicht schwer gewesen, Dr. Vingerhut die Adresse jenes Mannes zu verschaffen, dessen Name ihn hatte erbleichen lassen. Ich will ihn Messer Simeone nennen – aber er hatte wohl viele Namen –, und er wohnte weit draußen, in irgendeiner Quergasse zum Rio della Misericordia. Dr. Vingerhut hatte schon vermutet, daß sich Messer Simeone nicht durch einen Palast auf kristallenen Säulen verraten würde – ein

so elendes Haus aber hatte er nicht erwartet. Zu ebener Erde verbreitete ein billiger Fleischerladen üblen Gestank. Fleischstücke hingen vor dem Laden. Die Sonne brannte auf sie hernieder, und das gelbe Fett war zu ranzigen, widerlichen Klümpchen herausgeschmolzen. Neben dem Laden hatte Messer Simeone offenbar seinen Privateingang, denn er winkte Dr. Vingerhut aus dem ersten Stock zu und deutete auf eine kleine Pforte. Kein Stiegenhaus, eher der Bohrgang einer riesigen Steinmade, die sich durch das Haus gefressen hatte, führte ohne Absatz, ohne Fenster schlupfeng zu einer Tür hinauf. Dort erwartete Messer Simeone, ein kleiner, rundlicher, bartloser Mann, seinen Besucher. Durch einen Raum, der mit alten Kleidern vollgestopft war – es roch unverkennbar nach Ratten – geleitete er, mit dem Fuß ein paar Lumpen beiseite fegend, Dr. Vingerhut in einen nächsten, etwas größeren Raum, der mit kupfernem und irdenem Geschirr und zahllosen Scherben angefüllt war. Eine Art Galerie folgte – überall lag fingerdick der Staub. Links ließ eine Reihe von halbblinden Fenstern mattes Licht hereindringen. Rechts standen hohe Glasschränke mit Fächern, aus denen im staubigen Halbdunkel präparierte Fische glotzten. Kugelige und schlangengleiche Ungetüme mit viereckigen Augen oder ohne Augen, mit peitschengleichen Flossen, grellfarbig, knochenbleich oder durchsichtig, starrten den Doktor an. Wesen von den tiefsten Tiefen des Meeres, oft nur aus Stacheln, Kapseln und Ringen bestehend, wie Figuren aus den krankhaften Träumen eines verkommenen Mathematikers. Es waren grauenvolle Wesen, unnennbar und unbeschreiblich, Wesen, wie sie auf den vorletzten Seiten gewisser Bücher abgebildet sind, auf Seiten, die man nicht aufzuschlagen wagt; Wesen, die die Sphäre am Ende des deutbaren Raumes bewachen – an ihnen vorbei stürzte man, schlüge man die allerletzten Seiten

jener Bücher auf, in den hellen Abgrund der namenlosen Unbegreiflichkeit, die selbst Gott fremd ist.
Lächelnd wie ein Aquarienfreund klopfte Messer Simeone an die Vitrinen – träge wirbelte der Staub auf ...
Der nächste Raum, am Ende der Galerie, war schon weniger dürftig: eine Art Vorratslager mit Flaschen voll irisierender Flüssigkeiten, wie von innen heraus glühender Essenzen, goldener Wasser, mit Regalen voll der Größe nach geordneten Totenschädeln, Embryonen in Spiritus, Gläsern mit toten Fliegen verschiedener Gattungen, getrockneten Fröschen, Wolfsohren, Pferdeaugen.
Ein Laboratorium mit dem üblichen gläsernen und kupfernen Gerät schloß sich an. Die gebräuchlichsten Zauberformeln waren an die Wände gemalt, manche allerdings mit Vorhängen verdeckt.
Zu guter Letzt erreichte man das Ziel: die Bibliothek. – Solche Häuser, müssen Sie wissen, oder besser, solche Konglomerate von Bauwerken, in denen Räume und verbindende Gänge sich über Hunderte von Metern durch Keller, Gewölbe und über verdeckte Kanäle hinziehen, gibt es in Venedig häufig. – Die Bibliothek endlich, ein hoher Raum, war einigermaßen wohnlich. Ein Globus – kein Erdglobus, auch kein Himmelsglobus, sondern ein Globus mit der Topographie der Unterwelt – stand unter einem elfarmigen Leuchter neben zwei bequemen Stühlen. Dorthin setzten sich Messer Simeone und sein Gast.
›Was kann ich für Sie tun?‹ fragte Messer Simeone.
›Das ist nicht mit einem Wort zu sagen. Ich hoffe, Sie haben ein wenig Zeit, mir zuzuhören.‹
›Wenn es nicht allzu lange dauert‹, murmelte Messer Simeone.
›Sehr freundlich von Ihnen. – Ich bin, wie Sie sehen‹, begann nun Dr. Vingerhut, die Hände vor dem Mund gefaltet, den Blick zur Decke erhoben und tief in seinen

Sessel zurückgelehnt, ›ich bin ein alter Mann. Die Last der Jahre hat meinen Leib gebeugt, die Kraft meines Geistes aber hat die Erkenntnis gebrochen, daß es das, wonach ich mein Leben lang geforscht, nicht gibt: den Sinn des Lebens, den Urgrund allen Seins.‹

›Schrecklich, schrecklich‹, sagte Messer Simeone.

›Wahrhaftig schrecklich, in des Wortes eigenster Bedeutung.‹

›Schrecklich‹, raunzte Messer Simeone, ›worüber sich die Deutschen Gedanken machen. – Aber fahren Sie fort. Es ist im Preis inbegriffen, wenn ich meinen Kunden zuhöre.‹

›Ich war ein Jüngling nicht ohne Feuer. Aber von früher Jugend an gehörte mein ganzes Streben den wesentlichen Dingen –‹ Dr. Vingerhut seufzte, ›– oder was man so nennt.

Im Alter knäbischer Spiele begeisterten mich Latein, Griechisch und Hebräisch. Ich konnte mich rühmen, jede heilige Zeile, die von Ovidius Naso erhalten ist, auswendig im Kopf zu haben. Während andere nach Mädchen schmachteten, saß ich nächtelang über Büchern. Die Kameraden, mit denen ich bald nichts mehr gemein hatte, lärmten singend in den Tavernen, ich aber stillte meinen Durst nach Erkenntnis an den Quellen der Mathematik. Allenfalls erlabte ich mich an einer Plautus-Komödie oder an einem geschliffenen Dialog mit einem Gelehrten über weltbewegende Dinge. War dies anfänglich nur unbewußter Drang nach Wissen, so wurde es, je mehr ich so erfuhr, zur zwingenden Suche nach Erkenntnis. Ich wollte das System der Welt erforschen. Überzeugt, daß es irgendwo einen Sinn geben müsse, glaubte ich, ihn dann ergründet zu haben, wenn ich alles wüßte, was dem menschlichen Wissen zugänglich ist. Alles Wißbare in mir bergend, sei es nicht schwer, meinte ich, den Bauplan des Seienden zu durchschauen.‹

›Ich hoffe, verzeihen Sie die Unterbrechung‹, sagte Messer Simeone, ›Sie zahlen in bar?‹
›Ah – ah – wie? Nein; ich habe gute Wechsel!‹
›Wechsel‹, grunzte Messer Simeone, ›habe ich nicht gern. – Wechsel – Auf wen sind sie gezogen?‹
›Lassen Sie mich alles der Reihe nach erzählen, lieber Messer Simeone: das System der Welt, sagte ich schon, schien mir erfaßbar, wenn man alles wüßte, was es zu wissen gibt. – Hätte man erst die ganze Erfahrung geordnet, träte dieses System in seiner Sonnenklarheit zutage, und es sei ein leichtes, das Fehlende, das uns Unbekannte einzusetzen wie die Zahlen in eine Gleichung. Auch das letzte Geheimnis, der Zweck unseres Lebens, würde offenbar. Zwar war ich Christ –‹
›Pfui –‹, Messer Simeone spuckte wild, ›Verzeihung, ein Haar ist mir in den Mund gekommen.‹
›– und hätte nur zu *glauben* brauchen. Ich aber wollte den Glauben durch ein Wunder gewinnen, durch das größte Wunder: das Wunder des Verstandes. So begann ich denn mit Ernst das Wissen zu sammeln. Meine besten Mannesjahre brachte ich mit Studien von extremer Gründlichkeit und Systematik zu.‹
›Mit einer Frau haben Sie nie geschlafen?‹ sagte Messer Simeone gähnend.
›Auch die körperliche Liebe schien mir ein Teil der wissenswerten Erfahrung. In meinem einundvierzigsten Jahr, zur Zeit meiner medizinischen Studien, heiratete ich meine Haushälterin und zeugte einige Kinder. Es versteht sich, daß ich dem Zeugungsakt, als für den Urgrund des Seins ausnehmend erkenntnisreich, immer große und ernste Aufmerksamkeit schenkte.‹
›Das arme Mädchen‹, sagte Messer Simeone. ›Ich schätze, Sie haben dann auch die Erfahrungen des Hahnreis gemacht?‹

›Ich trieb meine Studien‹ – Dr. Vingerhut überging Messer Simeones Frage mit einer Handbewegung – ›sozusagen vom Inneren ins Äußere, vom Engeren ins Weitere, vom Besonderen zum Allgemeinen, vom Physischen zum Metaphysischen. Die Mineralogie stand am Anfang meiner systematischen Studien; sie brachte mich zur Geologie, Geographie und Astronomie einerseits, andrerseits aber zu Botanik, Zoologie, Medizin; die Medizin führte zur Chemie, die Chemie zur Physik; von ihr als dem Besonderen ausgehend, studierte ich die allgemeinen Wissenschaften der Philosophie, der Staatskunde, der Geschichte, Juristerei und –‹
›– und leider auch Theologie‹, sagte der Herzog-Kastrate. Laura lachte.
›Ihr habt natürlich längst erkannt, wer Dr. Vingerhut in Wirklichkeit war! Ja: ›– und leider auch Theologie‹, sagte also Dr. Vingerhut. ›Dabei war ich gewiß nicht unglücklich, im Gegenteil. Bald hatte ich in gelehrten Kreisen einen gewissen Ruf. Ich bekam eine Lehrkanzel an der Universität in Freiburg, und wenn ich auch keine Reichtümer erntete, so hatte ich doch mein wohlhabendes Auskommen. Ohne Sorgen, nicht ohne weltliche Anerkennung – ich erinnere mich nur an die goldene Kette nebst ebensolchem Anhänger, die mir Otto Heinrich Magnanimus, weiland Fürst der Pfalz kurmildesten Angedenkens, hat übersenden lassen – lebte ich geregelt, wie nach der Uhr in meinem wohleingerichteten Haus, dessen Bibliothek alle Schätze des Geistes enthielt, die mir greifbar waren. Wenn ich mich zur gewohnten Stunde, ein unbeackertes Feld von Zeit vor mir, nach einem Glas alten Portweins in mein Arbeitszimmer zurückzog und mich im Licht der Lampe an mein Pult stellte, so mochten draußen die Stürme der Welt toben: ich fühlte mich im Pelz des ernsten Strebens für immer geborgen.‹

›Sie bringen mich auf eine gute Idee‹, sagte Messer Simeone. Aus einem versteckten Wandschrank nahm er eine Flasche Port und goß sich ein Glas haarebenvoll. Auch vor Dr. Vingerhut stellte er ein Glas hin, goß ein paar Tropfen hinein, überlegte und schenkte es dann gut halbvoll. Ächzend holte er einen Teller mit vier Plätzchen, von denen er schnell zwei aß. ›Bitte‹, sagte er – die Plätzchen staubten leicht aus seinem Munde – ›bedienen Sie sich.‹
Dr. Vingerhut nippte am Wein.
›Es war kein bestimmtes Ereignis, das mich beginnen ließ zu zweifeln. Ich könnte auch keinen Tag nennen, an dem alles begonnen hätte. Die Zweifel kamen wie eine schleichende Krankheit, ja wie das Alter. Zuerst wollte ich natürlich nicht an meinen verfehlten Weg glauben. Ich schritt nur noch eigensinniger fort. Mit der Zeit aber konnte ich mir selbst nicht mehr verhehlen, daß, je mehr Wissen ich häufte, desto brüchiger das Gebäude meiner Erkenntnis wurde. Erst ärgerlich, dann verzweifelt und endlich mit der Wut des schier Wahnsinnigen versuchte ich die höllischen Zweifel –‹
›Hem – hem‹, sagte Messer Simeone.
›Wie bitte?‹
›Nichts, nichts, fahren Sie nur fort.‹
›Es ging mir wie dem Käfer, der aus einem Sandtrichter zu entkommen sucht: je mehr er strampelt, desto schneller rutscht der Sand nach. – So war der Tag unausbleiblich, da ich mir die letzte wissenschaftliche Erkenntnis abtrotzte – nein, nicht ein Tag, eine Reihe von Nächten, in denen mich das Fieber des Grauens schüttelte. Ich summierte all mein Wissen. In einem Denkprozeß, der mich, glaube ich, körperlich zum Skelett abmagern und wie einen Wahnwitzigen durch Haus und Garten irren ließ, in einer einzigen, gewaltigen Anstrengung zog ich das Fazit – Null!

Es war mir nicht gelungen, das System der Welt zu begreifen; ich hatte nicht einmal das System zur Erkenntnis dieses Systems ergründet. Im Gegenteil: alles, was ich wußte, waren nur Indizien dafür, daß es einen Sinn der Welt nicht gibt. Diese Erkenntnis jedoch war weniger niederschmetternd als das Grauenvolle, das Unentrinnbare dessen, daß sie zu spät kam: ich war ein Greis! All die Nächte, was sage ich, all die Jahre, Jahrzehnte hatte ich verbraucht, um einem Phantom nachzujagen. Meine Manneskraft hatte ich vergeudet, meine Augen verdorben – für nichts. Ich hatte nicht gelebt ... In jener letzten Nacht wollte ich schon zu einem Becher greifen, in dem sich eine giftige Flüssigkeit befand. Aber dann wehrte ich mich. Ich wollte leben! – Mein bisheriges Dasein war ein Irrtum, für den ich nicht verantwortlich bin. Ich will leben. Ich will nicht, daß es zu spät ist! Ich will noch einmal anfangen. – Was verlangen Sie dafür?‹
›Sie wollen also jünger werden?‹
›Ja. Um nicht weniger als vierzig Jahre.‹
›Bei Ihnen wird das nicht einfach sein. Das heißt, Sie um vierzig Jahre jünger zu machen, ist nicht schwer. Aber da fangen Sie mit Ihrem Spintisieren höchstens gleich wieder von vorne an. – Sie müßten ein ganz anderer Mensch werden.‹
›Ich bin mit allem einverstanden.‹
›Ja!‹ lachte Messer Simeone. ›Den anderen müßte ich erst finden. Was meinen Sie, was ein Dreißigjähriger verlangt, bis er einwilligt, auf eins, zwei ein – verzeihen Sie – alter Tatterich zu werden?‹
›Ich habe zwei Wechsel mitgebracht. Beide sind auf die Bank des Aaron ben Mordechai gezogen. Jeder lautet auf tausend Dukaten.‹
›Aaron ben Mordechai ist nicht schlecht‹, sagte Messer Simeone interessiert, ›zeigen Sie.‹

›Es ist mein ganzes Vermögen. Den ersten Wechsel gebe ich Ihnen jetzt, den zweiten bekommen Sie nachher.‹
Messer Simeone trat mit der Tratte ans Fenster und prüfte die Unterschrift. ›Der Wechsel ist echt‹, sagte er dann. ›Kommen Sie.‹
Durch eine Geheimtür, eine steile Wendeltreppe hinauf, führte er den Professor in einen fensterlosen Raum, über dem sich wie eine Kuppel eine Eisenkonstruktion wölbte. Die Wände ringsum waren mit Teppichen verhängt.
›Der Raum ist eine Kugel‹, sagte Messer Simeone, ›in die ein Hohlboden eingezogen ist. Dadurch sind wir außerhalb gewisser magnetischer Strömungen. Die Teppiche hängen nur so da – man wird verrückt, wenn man sich länger in einer Kugel aufhält. – Ist Ihnen übrigens klar, daß es mit den Zweitausend nur getan ist, was mich betrifft?‹
›Es ist Ihre Provision, nehme ich an.‹
›*Ihn* müssen Sie mit was anderem bezahlen. Sie wissen, womit?‹
›Mit dem, was man Seele nennt. Ich wüßte nicht, wofür ich das unnütze Ding nach meinem Tod gebrauchen soll.‹
›Bei Ihnen hat die Sache natürlich einen ekelhaften Haken‹, Messer Simeone stellte den elfarmigen Leuchter auf einen kleinen Tisch. ›Hebräisch, sagten Sie, können Sie?‹
›Ja‹, sagte Dr. Vingerhut.
›Können Sie auch Koptisch?‹
›Auch Koptisch‹, sagte Vingerhut.
›Babylonisch, Persisch, Chinesisch?‹
Vingerhut nickte.
›Das habe ich mir nach all dem, was Sie vorhin erzählt haben, gedacht. Gibt es eine Sprache, die Sie nicht sprechen? Tschechisch, Finnisch, Gälisch?‹
›Es tut mir leid‹, sagte Vingerhut.
›Baskisch, Burjätisch?‹

›Burjätisch‹, sagte Dr. Vingerhut, ›ist mir fremd.‹
Messer Simeone nahm blitzschnell den Leuchter, rannte auf Dr. Vingerhut zu, schrie ihm einige unverständliche Wörter ins Gesicht und beobachtete dabei seine Augen.
›Wie bitte?‹ sagte der Doktor erschrocken.
Messer Simeone stellte ruhig den Leuchter zurück:
›Sie simulieren nicht. Sie können wirklich nicht Burjätisch. Dumm werd' ich sein und in einer Sprache beschwören, die mein Kunde versteht! Damit er sich die Formeln merkt und es in Zukunft selber macht. – Eine scheußliche Sprache, dieses Burjätisch. Hoffentlich stottere ich nicht.‹
Nun begann Messer Simeone wie im Gebet zu murmeln. Immer wieder blätterte er dabei in einem kleinen Buch:
›Ein burjätischer Diktionär –‹, sagte er entschuldigend, ›man vergißt die Vokabeln so schnell.‹
Auf einmal öffnete sich ein Spalt in den Teppichen, ein zierliches Kästchen glitt heraus. Messer Simeone setzte einen hohen, spitzen Hut auf und fuhr in seiner Litanei fort. Zwischendurch schimpfte er unvermittelt auf das Burjätische und schneuzte sich in ein großes Taschentuch. Das Kästchen sprang auf, und Messer Simeone holte ein dickes Buch daraus hervor. Zu Dr. Vingerhut sagte er:
›Setzen Sie sich ruhig da drüben hin. Kümmern Sie sich um nichts, was auch geschieht.‹
›Ist dies das magische Buch?‹
›Das da? Das ist mein Kassenbuch.‹ Messer Simeone nahm ein paar Eintragungen vor, zog eine Schublade in dem Kästchen auf und legte den Wechsel hinein. Er winkte dem Professor:
›Würden Sie bitte so freundlich sein, diesen Vermerk hier gegenzuzeichnen?‹
Dr. Vingerhut unterschrieb – Messer Simeone verdeckte die andere Seite des Buches so lange vorsorglich mit dem Ärmel und murmelte weiter Burjätisches.

Als Dr. Vingerhut zu seinem Stuhl zurückkehrte, sah er ein goldenes Ei unter dem Wandteppich hervorrollen.
›Schauen Sie!‹ rief er.
›Rühren Sie es nicht an‹, sagte Messer Simeone, ohne sich umzudrehen.
Der Doktor lehnte sich in den Sessel zurück und beobachtete mit Interesse, wie das kleine goldene Ei wuchs. Bald aber beanspruchte etwas ganz anderes seine Aufmerksamkeit: obwohl nicht weniger Kerzen als vorher brannten, war es im ganzen Raum dunkler geworden, bis auf eine Stelle hinter den Teppichen. Dort schien der Teppich durchsichtig zu werden, und dahinter bewegte sich eine helle Gestalt. Auch Messer Simeone verfolgte jetzt das Schauspiel, sprach weiter Burjätisch, winkte dann Dr. Vingerhut heran und zog den Teppich beiseite. Ein Spiegel wurde sichtbar und in diesem Spiegel der nackte Rücken einer jungen Frau, die eben ein Paar durchbrochene, kostbare florentinische Seidenstrümpfe anzog. Den anmutigen Hintergrund der Szene bildete das luxuriöse Schlafgemach der Dame – dort lag, auf einem Sofa halb hingestreckt, ein Mann. Die Frau schlüpfte nun in ihre Schuhe und trat zu dem Liegenden. Man merkte, daß die beiden miteinander sprachen, hörte sie aber nicht. Der Mann gab ihr ein Schächtelchen, allem Anschein nach ein Geschenk. Als sie sich umwandte, sah man, daß es eine lange goldene, mit Perlen und Edelsteinen prächtig verzierte Kette war. Jetzt posierte die junge Frau vor dem Spiegel und hielt sich das Geschmeide in sinnlichster Art an die verschiedensten Stellen ihres Körpers, schlang es in mannigfacher Weise um sich, drehte sich, deutete tanzende Schritte und – deutete auch wohl dem immer noch gelassen im Sofa Lehnenden die Art der Belohnung an. Messer Simeone hatte ein Vergrößerungsglas hervorgezogen.

›Eine maurische Arbeit‹, sagte er, ›die Perlen sind gut, die Steine scheinen nicht weit her zu sein. Mehr als achtzig Zechinen ist sie nicht wert.‹
Dr. Vingerhut aber hatte keinen Blick für die Kette. ›Das ist Helena!‹ rief er.
Messer Simeone lachte. ›Das ist die Lustdirne Zenobia. Allerdings eine der teuersten unserer Stadt.‹
›Und der Mann?‹
›Don Juan d'Austria.‹
›Aber Don Juan d'Austria ist doch auf See und kommandiert die Flotte der Heiligen Allianz?‹
›Was Sie hier sehen, wird sich in wenigen Tagen abspielen.‹
›Welch ein Weib!‹ sagte Dr. Vingerhut und drehte sich wieder dem Spiegel zu.
Messer Simeone wischte mit der Hand darüber. Der Spiegel trübte sich, das Bild verschwand.
›Bald werden Sie um vierzig Jahre jünger sein‹, sagte er und kicherte zweideutig. Dr. Vingerhut wandte sich um ...
– Das Übernatürliche, Unerklärliche, ja Grauenhafte in der ihm gemäßen Umgebung verliert, noch dazu wenn es nicht unerwartet kommt, viel von seinem Charakter. In einem Beinhaus um Mitternacht ein Totengerippe aus einem Sarg steigen zu sehen, mag nicht gerade angenehme Empfindungen wecken, einen besonnenen Menschen indessen dürfte es kaum überraschen.
Hier in dem außermagnetischen Kugelraum einen Hahn von etwa zweieinhalb Meter Größe mit – nach weitgehend Menschenart angenäherter Manier – übergeschlagenen Stelzen in einem Sessel sitzen zu sehen, entsetzte den scharfen Verstand Dr. Vingerhuts keineswegs; auch dann nicht, wenn er sich sagte, wer dieser Hahn sein müsse.

Messer Simeone war beschäftigt, die Scherben des ins Gewaltige angewachsenen Eies zusammenzukehren.
›Ich nehme an‹, sagte der Hahn mit angenehm klingender, wenngleich sehr hoher menschlicher Stimme und beobachtete das Tun des Messer Simeone – wobei Dr. Vingerhut, soweit ihm die Geflügelphysiognomie geläufig war, eine gewisse Belustigung in seinem Schnabelgesicht festzustellen glaubte –, ›ich nehme an, verehrter Professor, daß unser guter Meister Negrozefalo –‹
›Simeone heiße ich‹, sagte der.
›– auch Ihnen eine unverschämte Provision abgeknöpft hat.‹
›Das geht dich nichts an‹, sagte Messer Simeone.
›Von mir‹, sagte der Hahn zu Dr. Vingerhut, ›bekommt er immer die Eierschalen. Reines Gold. Daher ist es ihm um so lieber, je größer ich erscheine. Die heutige Schale ist gern ihre zehn –‹
›Halt den Schnabel‹, sagte Messer Simeone und fügte auf burjätisch einiges hinzu.‹

Wieder wurde Laura unterbrochen. Der Bediente brachte vorsichtig den blessierten, nun mit Franzbranntwein eingeriebenen und verbundenen Kater Ramses herein. Die Damen reichten das Tier herum, streichelten und küßten es – was dem Kater sichtlich unangenehm war; der Herzog-Kastrate übergab ihn endlich wieder dem Diener und befahl, Ramses schlafen zu legen. Der Diener entfernte sich.

›Ich will, da ich dauernd unterbrochen werde, den Besuch des Dr. Vingerhut weiter nicht so ausführlich schildern. Daß der Teufel für sein Erscheinen die Gestalt eines Hahnes gewählt hatte, war von Vorteil, denn so brauchte er – nachdem die Bedingungen ausgehandelt worden waren –

sich nur eine Feder auszurupfen und an Dr. Vingerhuts Arm eine Vene aufzupicken, damit dieser den Vertrag stilgerecht unterzeichnen konnte.
So kam es denn, daß wenige Tage darauf, beim Fest der deutschen Kaufleute, der Sieger von Lepanto dem Professor kein fremdes Gesicht mehr war. – Es war dies der letzte Abend des offiziellen Aufenthaltes Don Giovannis. Noch in derselben Nacht begab er sich auf sein Schiff, das am nächsten Morgen den Hafen verließ und vor Ancona, also einer päpstlichen Stadt, vor Anker ging. Allerdings ohne Don Juan! Vor der Abfahrt aus Venedig nämlich wurde am Admiralsschiff eine kleine Barkasse zu Wasser gelassen, in der ein vermummter Mann, in Begleitung eines Dieners, von einigen verschwiegenen Matrosen an Land zurückgerudert wurde: niemand anderer als Don Juan. Die Glocken, Böllerschüsse und Flaggengrüße, die das auslaufende Schiff verabschiedeten, grüßten wohl das Admiralsschiff, nicht aber seinen Admiral, der unterdessen mit gewohntem Geschick ein Abenteuer für die kommende Nacht vorbereitete und sich im übrigen in Gesellschaft der wohlbekannten Dame Zenobia die Zeit bis zur Abenddämmerung vertrieb. Dann ließ er sich, als ›Lieferant von Langusten‹, von bestochenen Dienern durch die Domestikentür in den Palazzo Contarini schmuggeln.
Ob für Donna Anna Contarini – zwar nicht die Tochter, denn Komture haben, so war es wenigstens in Italien, keine Töchter, zumindest keine legitimen, aber die Großnichte und das Mündel des Commendatore Bernardo Contarini – der heimliche Besuch Don Juans überraschend kam oder nicht, ob sie gar das Ihrige dazu getan hat, ihn zu ermöglichen, ist und war Gegenstand vielen Nachdenkens klügerer Köpfe. Es soll nicht Aufgabe meiner bescheidenen Geschichte sein, dies aufzuklären. – Jedenfalls kam der Komtur dazwischen, Don Juan versuch-

te zu fliehen, und es folgte jenes unglückliche Gefecht, das mit dem Tod des greisen und würdigen Mannes endete, der kurz zuvor noch bei Lepanto auf der Seite Don Juans gekämpft hatte.
Don Juan konnte aus dem Palast entwischen, war aber unverkennbar in eine Zwickmühle geraten. Sein Ruhm kehrte sich gegen ihn, denn als Sieger von Lepanto und eben noch gefeierter Staatsgast war er bekannter als ein bunter Hund. Zwar hielt er sich sozusagen inkognito in Venedig auf, doch Donna Anna wußte um ihn, und die Familie Contarini, eine der mächtigsten in Venedig, würde den Mörder eines ihrer Glieder und Schänder der Komtursnichte so oder so zu finden wissen.
Er begab sich wieder zu Zenobia, die von Berufs wegen nicht viel fragte und ihn einige Tage beherbergte. Der, wie bekannt, treue Diener Leporello schlief im Hausgang unter der Treppe und überbrachte seinem Herrn die Neuigkeiten aus der Stadt, daß die Contarini mit viel Tränen ihren Komtur-Oheim begraben hätten, und daß die Sbirren der Signoria ganz Venedig nach seinem Mörder absuchten. In der Nacht mußte Don Juan, um den Geschäftsgang der Dame Zenobia nicht zu stören, aus dem Haus. Mit tief in die Stirn gezogenem Hut irrte er durch die Gassen.
›Ich komme mir vor‹, sagte er zu Leporello, ›wie ein Zuhälter.‹ Leporello, der bei Zenobia nur die Unbequemlichkeiten seines Herren teilte, mitnichten aber die Vergnügungen, war unausgeschlafen und grantig:
›Das haben Exzellenz ganz sich selber zuzuschreiben!‹
›Als ob ich das nicht wüßte‹, sagte Don Juan.
›Wir könnten jetzt vor Ancona auf dem Schiff seelenruhig in unseren Betten liegen, Exzellenz.‹
Die Oktobernächte in Venedig sind in der Regel schon recht kühl – feucht sind sie das ganze Jahr. Don Juan fröstelte.

›Dabei frag' ich mich, ob diese unbequemen Fallen auf dem zugigen Schiff von Seiner Majestät, Eurem Bruder, wirklich *unsere Betten* sind?‹

Don Juan sagte nichts, wenn auch keineswegs, weil er nicht zugehört hätte.

›Gibt es überhaupt einen Flecken Erde, wo Sie ein eigenes Bett haben, Exzellenz?‹

›Im Reich meines Vaters ging die Sonne nicht unter, mein Bruder gebietet immer noch über die halbe Welt. Überall, wo sein Arm hinreicht, kann ich mein Haupt hinlegen‹, sagte Don Juan müde und wenig überzeugend.

›Jetzt, ja, Exzellenz, jetzt kann Sie Eures Bruders Majestät grad gebrauchen, weil Sie die Türken verdroschen haben. Und wenn es einmal anders steht?‹

›Ach was, Leporello, ich lebe – jetzt, nicht später!‹

›Erlauben, Exzellenz, mein Vater hat eine kleine Gastwirtschaft bei Valencia, in Torrente – Exzellenz werden das Nest nicht kennen. – Dort, in der Bodega von Torrente ist eine Stube unterm Dach, und wann immer ich komme und wie immer ich heimkehren sollte, arm oder reich, als Ehrenmann oder als Flüchtling: dort steht ein Bett für mich und ich kriege eine Schüssel Bohnen mit Speck. Wo ich auch bin, Exzellenz, ich weiß, daß ich dort hingehöre. – Wo aber gehören Exzellenz hin?‹

›Ich gehöre der Welt‹, sagte Don Juan. Es klang wie eine Ausrede.

›Haben Exzellenz auch nur *ein* elendes Bett in einer Dachkammer in irgendeinem Torrente, ein elendes, süßes Bett?‹

›Wo sollte ich das auch haben, Leporello?‹

›Sehen Sie, Exzellenz! Sie fliehen von einem Tag in den anderen. Ich beobachte Sie oft: die Zeit zerrinnt Ihnen schneller als einem Greis. Alle die Schlachten und Bälle, der Wirbel, der Ruhm, die Weibergeschichten ... alles ist nur ein Rauch. Der muffige Atem eines stinkenden Contarini – was ist schon ein Contarini – vermag Sie ins Verderben zu blasen. Und jetzt sind wir hier wie die Zuhälter.‹

›Wir sollten versuchen, mit einer Gondel nach Mestre überzusetzen.‹

›Darauf warten die Sbirren bloß! Die wissen genau, daß Sie das versuchen werden.‹

›Oder nach Chioggia, und ein Boot nehmen, ein festes Boot –‹

›Und nach Ancona segeln? Durch die Herbststürme? Ohne mich!‹

›Ich werde einen der Schergen bestechen.‹

›Auf Exzellenz' Kopf steht ein Preis, der höher ist als alle Barmittel, die Exzellenz bei sich tragen.‹

›Oder ich gehe zum Dogen, ganz einfach, und entschuldige mich und schreibe einen Brief an meinen Bruder . . .‹

›Wird Ihr Bruder Ihretwegen einen Krieg gegen Venedig anfangen? – Exzellenz dürfen froh sein, wenn er von der ganzen Geschichte nichts erfährt. Der läßt Sie in einen Kerker werfen, gegen den die Bleikammern das reinste Freudenhaus sind . . . Denken Sie an Don Carlos!‹

›– Wie spät ist es, Leporello?‹

›Gegen zwei Uhr wird's gehen, Exzellenz.‹

Don Juan seufzte. ›Noch drei Stunden. Um fünf dürfen wir heim.‹

›Ja, heim, Exzellenz. Ein sauberes Heim.‹

›Du weißt nicht, wie recht du hast. Leporello. Ich wollte auch, ich hätte so eine Dachkammer und eine Schüssel mit Bohnen und Speck. Dabei weiß ich nicht einmal, wer ich bin. Du bist Spanier. Aber ich? Halber Deutscher, Viertel Portugiese, Achtel Franzose, fast ein Prinz und fast ein Zigeuner – ich bin von allem ein wenig und nichts von jedem.‹

›Erlauben Exzellenz, Exzellenz müssen in einer falschen Stunde geboren sein, in einer Stunde zwischen den Sternen. Den Planeten, der Ihr Leben regiert, den Planeten gibt es nicht.‹

›Manchmal glaub' ich es selber, Leporello. – Ein Narr bin ich, ja, ein Narr.‹

›Wenn Exzellenz meinen –‹, sagte Leporello nicht ohne Befriedigung.

›Ja, Leporello, ich meine ... *Ich wollte, ich könnte es ändern!*‹

›Still, Exzellenz! Dort kommt jemand.‹

›Verschwinden wir!‹

In der dritten Nacht ließ sich Don Juan nach San Michele, der Friedhofsinsel, hinüberrudern. Leporello hatte untertags – einem launischen Wunsch seines Herrn zufolge – das frische Grab des Komturs ausfindig machen müssen, so daß man es jetzt in der mondhellen Herbstnacht bald fand. Eine Brise bewegte die Zypressen und das Wasser der Lagune. Streifen mattsilberner Wolken zogen rasch über den Mond.

Am Grab, das bereits ein gewaltiges Denkmal überragte, bemühte sich Don Juan gerade, die großspurige, racheverheißende Inschrift zu lesen, als Leporello aufschrie:

›Da! Da!‹

Don Juan zog seinen Degen. Einige Schritte vor ihnen, zwischen den mondbeleuchteten Grabsteinen, stand eine ruhige Gestalt.

›Wer sind Sie?‹ rief Don Juan.

›Der Teufel, der Teufel‹, wimmerte Leporello.

›Guten Abend, Exzellenz‹, sagte die Gestalt und trat näher, ›ich freue mich, den Sieger von Lepanto, den Helden des Abendlandes –‹

›Bleiben Sie, wo Sie sind, oder ich steche Sie nieder!‹
›Das glaube ich nicht, Don Juan, sonst wären Sie umsonst hierhergekommen.‹
›Wieso? –‹
›Ich habe Sie, ohne daß Sie es merkten, hierherbestellt. Oder wüßten Sie sonst, weshalb Sie so unbedingt das Grab Ihres Opfers aufsuchen wollten? Mörder zieht es in der Regel eher zum Ort ihrer Tat zurück ...‹
›Wer sind Sie?‹ fragte Don Juan noch einmal.
Der Fremde hatte sich zum Gehen gewandt und winkte nur stumm, ihm zu folgen. Am Anliegeplatz wartete eine Gondel. Don Juan, Leporello und der Unbekannte nahmen darin Platz. Die Gondel stieß ab. Was auf der Fahrt gesprochen wurde, verstanden weder Leporello noch der Gondoliere.
›Sie haben eine deutsche Mutter‹, hatte der Unbekannte nämlich auf deutsch gesagt, ›ich nehme also an, daß Sie Deutsch können?‹
›Ja‹, sagte Don Juan.
›Haben Sie die Inschrift auf dem Grab des Komturs gelesen?‹
›Irgend etwas von Rache –‹
›Dall'empio, che mi trasse al passo estremo/Qui attendo la vendetta‹ steht auf der Tafel. Keine Macht der Welt‹ – der Unbekannte betonte das Wort *Welt* – ›kann Sie vor den Bleikammern bewahren. Die Contarini werden Sie früher oder später finden.‹
›Sie werden nicht wagen, den Bruder des Königs von Spanien gefangenzunehmen.‹
›Sie werden sich hüten, den *Bruder des Königs von Spanien* in die Bleikammern zu werfen: sie bestrafen lediglich den *unbekannten Mörder des Komturs Contarini* ... Ja, sie posaunen überall herum, daß sie die Tat gerade deshalb so verwerflich finden, weil deren unglückseliges Opfer ein küh-

ner und tapferer Kampfgefährte des Don Juan d'Austria war.‹

›Aber Donna Anna weiß doch –‹

›Alle Contarini wissen es. Zur Vorsicht haben sie auch gleich eine ziemlich schwülstige Trauerdepesche an Sie geschickt.‹

›An mich?‹

›Na ja, an *Don Juan d'Austria auf dem Admiralsschiff, das in Ancona vor Anker liegt.* Sie lautet, ich benutzte vorhin schon die Formulierung: Keine Macht der Welt wird den Mörder der gerechten Rache entziehen.‹

›Und wer sind *Sie*?‹ fragte Don Juan zum drittenmal.

›Wenn Sie lebend aus Venedig entkommen wollen‹, sagte der Unbekannte und stieg aus der Gondel, die inzwischen in einem winzigen Rio an einem finsteren Haus angelegt hatte, ›dann müssen Sie ein anderer Mensch werden.‹

Im Gegensatz zu Dr. Vingerhut ging Don Giovanni ohne Zögern und längere Reflexionen an den ausgestopften Seemonstren der verstaubten Galerie vorüber, in der Leporello, zu seinem namenlosen Entsetzen – das durch eine fette Wurst aus der Metzgerei unten kaum gemildert wurde – zurückbleiben und warten mußte. Auch in der Bibliothek hielt sich Don Giovanni mit Messer Simeone ungleich kürzer auf als Dr. Vingerhut es getan hatte. Und anders als bei jenem, führte jetzt ein scheinbar ganz veränderter Simeone den Hauptteil des Gesprächs.

›Ich weiß schon lange von Ihnen, Exzellenz‹, sagte er, ›und Ihre Schwierigkeiten mit dem ermordeten Contarini und seiner entehrten Nichte‹ – die ironische Betonung auf *entehrt* war nicht zu überhören –, ›so wenig sie unterschätzt werden dürfen, sind für mich nicht mehr als der Anlaß, die längst geplante Verbindung mit Ihnen aufzunehmen. – Wie alt sind Sie?‹

›Im nächsten Februar werde ich fünfundzwanzig.‹

›Fünfundzwanzig! – und Sie haben, Exzellenz, wie man so sagt, schon allerhand für die Unsterblichkeit getan.‹

›Wie man's nimmt‹, sagte Don Juan.

›Hehe, wie man's nimmt – Sie haben dafür gesorgt, daß das Erzhaus Habsburg spanischer Linie bestimmt nicht ausstirbt, auch wenn Ihr Bruder, seine Verehrungswürdigste Allerkatholische Majestät, sich der Fortpflanzung enthalten sollte. Ihr Bemühen hat zahlreichen, jetzt noch recht jungen Damen und Herren Einlaß in das Haus Habsburg verschafft, wenn auch, Sie gestatten das etwas freie Wort, durch die Domestikentür ...‹

›Das ist ja ein ganz begabter Literaturprophet, dein Messer Simeone‹, sagte der Herzog-Kastrate belustigt.

›Was Wunder‹, meinte Laura, ›bei den Verbindungen! – Aber ich will mich seiner weiteren diesbezüglichen Äußerungen enthalten, wenn ich dadurch nur Unterbrechungen herbeiführe –‹

›Und es wird davon geredet‹, fuhr Messer Simeone fort, ›daß Sie aus Tunis die Seeräuber vertrieben haben und das Werk Ihres großen Herrn Vaters, weiland Seiner Kaiserlichen Majestät Carolis des Fünften vollenden und dort ein Königreich errichten sollen, dessen Herrscher Sie sein werden. – Aber abgesehen davon: vor drei Jahren ist Ihr unglücklicher Herr Halbneffe, der gute Infant Don Carlos ... verstorben, und bis jetzt wurde die neuerdings geschlossene Ehe Ihres Herrn Bruders Majestät nicht durch einen Sohn gesegnet – wer weiß?‹

›Na ja‹, sagte Don Juan, ›da sind immer noch meine Neffen in Österreich, die es verhindern werden, daß ein Bastard die Krone Spaniens erbt.‹

›Wäre es denn das erste Mal, daß ein ... gut, wie Sie wollen, das Regiment der Niederlande ist Ihnen jedenfalls gewiß. Sie werden in Brüssel wie ein König regieren, und die spanischen Provinzen dort sind reicher als aller übrige

Besitz Ihres Bruders, Indien mit eingeschlossen. Und die üppigen Niederländerinnen – hehe!‹
›Ich möchte nur eins wissen‹, sagte Don Juan, ›was Sie von mir wollen und wer Sie sind?‹
›Exzellenz‹, sagte er, ›Sie sind fast ein König, Sie sind ein ganzer Held. Sie sind reich und schön, die Welt liegt Ihnen zu Füßen, die Frauen vergöttern Sie, aber haben Sie ein Ziel? Ja – haben Sie bis jetzt überhaupt gelebt?‹
Don Juan schwieg.
›Kommen Sie!‹ Messer Simeone zog seinen Gast eilig hinter sich her die Stiege hinauf, in den magischen Kugelraum und warf den Vorhang zur Seite.
Der Spiegel blinkte hell auf und zeigte ein sonniges Tal zwischen rebenbedeckten Anhöhen. Neben einem alten Haus vorbei führte ein schmaler Weg den Hügel hinauf. An die Flanke des Hauses geschmiegt und von einem hohen Baum beschattet, standen ein steinerner Tisch und eine Bank. Ein bejahrter, aber rüstiger Mann saß dort, sorgfältig gekleidet. Die Sonne blinkte durch die Zweige in sein Weinglas, und mit ausgesuchtem Bedacht tranchierte er einen Fasan, der auf goldgelben, ohne Zweifel duftenden Blättern vor ihm auf dem Teller lag. Nachdem er den Fasan verzehrt, brach er ein Stück Brot von einem Wecken, nahm dann langsam, mit zwei Fingern, das Glas und trank es aus. Der Zeiger der gemalten Sonnenuhr an der Hauswand zeigte die vierte Nachmittagsstunde. Der alte Mann erhob sich und ging ins Haus. Durch ein Fenster sah man, wie er in seine Bibliothek trat.
›Er hat‹, sagte Messer Simeone, ›die Beschäftigung mit Firlefanz aufgegeben. Er schreibt ein Werk über die Logik, ein Werk, das die Entwicklung des menschlichen Denkens für Jahrhunderte beeinflussen wird. Er hat das Werk nach Jahren gründlichen Studiums begonnen. Sein Umfang ist so berechnet, daß seine Vollendung – bei klug

eingeschränkter täglicher Arbeit – nach menschlichem Ermessen mit der Vollendung seines Lebens übereinstimmen wird.‹

Der Mond war über dem Tal aufgegangen. Das Dach des Hauses verschwand fast im Schatten des Hügels.

›Und morgen‹, sagte Messer Simeone und ließ den Vorhang vor den Spiegel gleiten, ›morgen geht er auf eine nicht zu beschwerliche Jagd, die ihm ein wenig Beute bringen – die er im übrigen nicht nötig hätte – und ihn vor allem angenehm ermüden wird. Er hat einen köstlichen Schlaf.‹

Nun machte Laura von sich aus eine Pause.

›Und?‹ fragten wir.

›Den Rest der Geschichte könnt Ihr Euch wohl denken.‹

›Keineswegs‹, sagte der Onkel.

›Dann habt Ihr nicht richtig aufgepaßt!‹

›Oder du hast die Geschichte nicht richtig erzählt!‹ maulte er.

›Haha!‹, sagte Laura. ›Ich habe meine Geschichte sehr kunstvoll erzählt. Alles, was notwendig ist, um sie zu Ende zu führen, ist darin enthalten. Man braucht nur richtig zuzuhören und weiterzudenken. Eine gute Geschichte, die einmal an einem bestimmten Punkt angelangt ist, rollt von selber weiter. Je früher dieser Punkt erreicht ist, desto besser.‹

›Das ist apodiktisch. Es gibt auch Geschichten, deren Qualität es ist, daß sie Zickzacksprünge machen wie ein verfolgter Hase. Kein Mensch kann voraussagen, wie sie enden. Dann gibt es solche, deren Sinn und Witz bis zum letzten Moment aufgespart bleiben, die den Zuhörer bis zuletzt, bis zur entspannenden Lösung in beständiger Unruhe halten. Und endlich gibt es jene, in denen von allen Seiten alles mögliche, scheinbar Unsinnige und Ungereimte, Unzusammenhängende zusammengetragen wird, in denen man vor einem unverständlichen Gewirk bunter Fäden steht, bis der Autor mit einem einzigen kleinen Trick – vorher hat er alles getan, damit wir selber nicht zu früh hinter diesen Schlich kommen – das Gewirk einfach umdreht. Dann gehen uns die Augen auf: wir haben nur die Rückseite des Teppichs betrachtet, dessen leuchtende Vorderseite uns nun den nicht allein kunstvollen, sondern auch leicht begreiflichen Sinn der Geschichte, das ›Muster‹, klar vor Augen führt. Solche Geschichten konnte nur einer erzählen –‹, sagte der Herzog-Kastrate.

›Wir wissen es‹, sagte Laura, ›und es bedrückt uns auch nicht, daß wir uns mit Chesterton nicht messen können. Wer könnte das? Und so muß ich also Eure trägen Nasen darauf stoßen, daß auch für Don Juan das goldene Ei hereingerollt und der große Hahn erschienen ist – wobei ich nicht entscheiden möchte, ob Don Juan den Pakt schloß, weil er den Wunsch verspürte, wirklich ein anderer Mensch zu werden, oder weil ihn die tödliche Zwickmühle, in die er geraten war, dazu zwang.

Der Rest ist denkbar einfach: Messer Simeone vertauschte Don Juan und Faust.

Faust, der eben noch in seiner Gastwirtschaft ein Buch gelesen hatte, nickte in seinem Sessel ein. Mild schien die Nachmittagssonne durchs Fenster. – Don Juan, der eben seiner Freundin Zenobia die uns schon bekannte Kette geschenkt hatte, nickte infolge der aufregenden Nacht, in der er ja so gut wie nicht geschlafen hatte, auf dem bewußten Sofa ein. Beiden waren die Augen nicht länger als ein, zwei Sekunden zugefallen, da wachten sie wieder auf. Don Juan davon, daß sein Buch zu Boden polterte, und Faust, weil ihn Zenobia mit den Brüsten an der Nase kitzelte ...

Es muß ein unbeschreibliches Erlebnis sein, wenn man sein Leben wie eine alte Haut abstreift und in ein fertiges neues Leben schlüpfen kann. Jeder Schritt und jeder Griff muß ein atemberaubendes Abenteuer sein. Die Welt, kennte man sie noch so gut, würde einem in ein neues Licht geboren.
Faust, nun Don Juan, stürzte sich sofort in allerlei galante Gaunereien, was natürlich zur Folge hatte, daß ihn die Contarini aufspürten, bis in das Haus der Zenobia verfolgten und dort stellten. Da die vereinbarte Lebensfrist noch nicht abgelaufen war, mußte Messer Simeone eingreifen. Zum Entsetzen der Verfolger erschien der Adept als lebendes Komtursgrabmal und holte den Bösewicht.
›Don Juan‹ erzählte die Geschichte hin und wieder und hob hervor, wie sehr er sich bemühen mußte, bei dem *Pèntiti! – No!* nicht zu lachen. Er ließ sich – samt Leporello – schnell wie der Wind von Messer Simeone nach Ancona bringen, schlug sich in den Monaten danach für die Genueser herum und trat dann die Statthalterschaft der Niederlande an, wo sich die hübschen, runden Niederländerinnen in ihren gestärkten Spitzenkragen schon die schönsten und berechtigte Hoffnungen machten.
Don Juan, der neue Faust, zog heim nach Freiburg, schrieb an seinem Werk über die Logik und verzehrte auf der kleinen Steinbank unter dem großen Baum Fasane auf Weinkraut.

Soweit wäre die Geschichte zu Ende‹, sagte Laura. ›Damit sie aber auch nach den Theorien unseres Onkels Qualität bekommt, will ich einen Schluß hinzufügen, der aus der bisherigen Entwicklung nicht zu erwarten ist ...
Einige Jahre vergingen, und die beiden Verwandelten genossen ihr neues Leben. Ist aber Gottes Werk schon nicht ganz vollkommen, so ist es das des Teufels noch viel we-

niger: ein Rest des alten Wesens blieb den beiden. ›Don Juan‹ begann zu sinnieren, und Leporello griff sich an den Kopf ob seines Herrn Befehl, ›das hübsche Hürchen von Brügge herbeizubringen, das so schön über den Tod plaudern kann‹. – ›Faust‹ aber fühlte sich durch manche Freiburgerin in seinen hohen Gedanken über die Logik gestört. Als einmal eine der Mägde die oberen Winterfenster aushängte, kniff er ihr geschwind in die stramme Wade, daß nicht nur das Winterfenster, sondern auch der Aristoteles auf dem Schreibpult zu Boden fiel.

So ergab es sich, daß einige Jahre nach der Schlacht von Lepanto, beide – Don Juan und Faust – wieder unabhängig voneinander, wieder gleichzeitig in Venedig eintrafen. Jeder verlangte von dem äußerst ungnädigen Messer Simeone – welcher Kaufmann wäre auch über eine Reklamation glücklich? – die ursprüngliche Gestalt zurück.

In einem Seitenkanal des Canal Grande, einem kleineren Rio, der in das Judenviertel führte, begegneten sich zwei Gondeln: in der einen saß ein Greis mit gestutztem und gefärbtem Bart, die Augen rot gerändert, die Kleidung viel zu bunt für sein Alter – die engen Hosen umschlossen kaum mehr als das Skelett des alten Gecken! In der anderen aber stand ein junger Mann von edlen Zügen. – Melancholie mag, auch und gerade bei Männern, wie nichts sonst geeignet sein, schon vorhandene Schönheit zur Unwiderstehlichkeit zu steigern: dieser junge Mann hingegen war abgezehrt von äußerer und innerer Krankheit, bleich, ungepflegt, nicht melancholisch, sondern verzweifelt; ein früher Greis. ›Faust‹ richtete sich zitternd in seiner Gondel auf und öffnete den Mund, um es auszusprechen: ›Was hast du aus mir gemacht!‹ ›Don Juan‹ wich einen Schritt zurück, die Gondel schwankte. Die Gondolieri stießen einen hellen, warnenden Schrei aus. Auch ›Don Juan‹ öffnete die Lippen zu einem ›Was hast du aus

mir gemacht!‹ – Doch dann überlegte jeder: Was heißt du und mir? Wer bin ich? Wer bist du? Wer ist Don Juan und wer ist Faust? Wer hat ein Recht auf sich?
Einen Augenblick schwankten die Gondeln Rumpf an Rumpf, dann rammten die Gondolieri mit einem standesüblichen Fluch ihr langes Ruder in den Grund und trieben sie auseinander. Eine Sekunde standen sich ›Don Juan‹ und ›Faust‹ oder Faust und Don Juan auf Armeslänge gegenüber – und sagten nichts.
Im magischen Kugelsaal saß Messer Simeone Negrozefalo und rechnete wieder einmal in seinem Hauptbuch nach. Als er sich umblickte, sah er, daß sich der Hahn in einem der Sessel plusterte:
›Welch hohe Ehre in meinem geringen Haus‹, sagte der Magus. ›Ich finde es läppisch von dir, in dieser kindischen Gestalt hier aufzutauchen, wenn keine Kundschaft da ist.‹
›Don Juan war eben bei dir?‹
›Ja, Don Juan oder ›Faust‹, wie du's nimmst. Und weißt du, warum?‹
›Der andere ist auf dem Weg hierher.‹
›Sollte mich nicht wundern.‹
›Sie sind unzufrieden?‹ fragte der Hahn.
›Ich will dir ganz deutlich etwas sagen‹, wandte sich jetzt Messer Simeone dem Hahn zu und schob seine Brille auf die Glatze, ›du hast elendiglich gepfuscht! Die äußeren Gestalten zu vertauschen; na ja – das ist eigentlich nicht mehr als ein besserer Taschenspielertrick. Das traue ich mir fast alleine zu.‹
›Hoho-hoho‹, krähte der Hahn.
›Ihre *Seelen* hättest du vertauschen müssen. – So haben sie zwar kraft der Gewöhnung, die in ihren neuen Körpern steckte, für eine Weile den Schwung oder die Richtung ihres neuen Lebens beibehalten, aber im Grunde

sind sie geblieben, wer sie waren. Und jetzt zerreißt ihr Geist förmlich ihren Körper.‹

›Ein faustischer Don Juan und ein donjuanesker Faust; köstlich, köstlich‹, sagte der Hahn.

›Ich finde es gar nicht lustig‹, sagte Messer Simeone.

›Wie kann ich zwei so ehrenwerte Leute aus dem Haus werfen, wenn ich selber zugeben muß, daß ihre Reklamationen nicht ganz unberechtigt sind?‹

›Jetzt brauchst du nur noch zu sagen, du hättest ein Wegiß-Giwik-Kiweß ...‹

›Gewissen‹, sagte Messer Simeone und freute sich, wie der Hahn sich bei dem Worte wand, ›Gewissen, Gewissen, ja: *Gewissen*.‹

›Ja – ja, ja, ja! Es langt, wenn du es einmal sagst, ich bin nicht taub‹, der Hahn schüttelte sich. Eine Feder flog davon. Messer Simeone hob sie schnell auf und legte sie in den Schrank.

›Wenn wir den Don Juan wieder in Don Juan und Faust wieder in Faust verwandeln‹, sagte Messer Simeone, ›ich wette, es würde nur noch schlimmer. Sie leben nun fast sieben Jahre in ihrer anderen Gestalt. Etwas davon würde ihnen garantiert zurückbleiben, denn ich habe allen Anlaß anzunehmen, daß du auch das zweite Mal pfuschst.‹

›Ich habe einen ganz anderen Plan –‹

›Oh, du mein liebes Beelzebübchen von Campoformio!‹ sagte Messer Simeone. ›Was denn für einen Plan?‹

›Wir vereinigen die beiden.‹ Der Hahn sprang auf und flatterte durchs Zimmer. ›Das wird die Welt sprengen! Don Juan und Faust in einer Person: die Tat und der Zweifel in einer Seele. Der tätige Zweifel und die zweifelnde Tat. Negrozefalo, das hat es noch nie gegeben! Wohlweislich hat der da oben diese beiden menschlichen Wesenszüge pedantisch getrennt. Die Tat mit dem Zweifel vereinigt, das müßte das Böse schlechthin sein.‹

›Flattere nicht so herum‹, schrie Messer Simeone, ›du wirfst alles durcheinander.‹
›Don Juan und Faust in einer Person. Das entreißt dem da oben die Macht über die Welt. Don Juans übermenschliche Kraft und Fausts übermenschlicher Geist, das ist der archimedische Punkt. Ich habe erst neulich mit einigen Cardinälen gesprochen. Sie wären nicht abgeneigt, falls mein Plan gelingt, Don Juan-Faust zum Papst zu wählen. Mit einigen Anstrengungen dürfte es nicht schwer sein, ihn auch zum König von Spanien zu machen, wenn die alte Betschwester im Escorial einmal abkratzt. Und dann müßte man – ich will einmal über die Kurfürsten nachdenken und was da zu machen ist – Negrozefalo: Don Juan-Faust wird Kaiser der Welt!‹

So bereiteten die beiden, der große Hahn und sein Magus, die gewaltige Vereinigung vor. Messer Simeone ließ Don Juan und Faust rufen. Es war am 1. Oktober 1578. Ein Herbstgewitter zog von Istrien her über die Adria herauf. Die Lagune kräuselte sich in drohenden Wellen. Die Gondeln vor den Palästen stießen unruhig aneinander. Noch war es windstill, aber die hellen Paläste und der Turm von San Marco leuchteten vor den schwarzen Wolken in drohendem Licht. Kaum jemand war unterwegs. Nur zwei Gondeln befanden sich auf dem Weg in den Rio Misericordia, die eine vom oberen, die andere vom unteren Ende des Canal Grande. Eben begannen die Glocken der Stadt mit ihrem geweihten Schall gegen das Wetter zu läuten, da fuhr ein blendender Blitzstrahl vom Himmel und wischte wie mit einer Flammenhand das Haus einer billigen Metzgerei hinweg. Eine unerklärliche Springflut, gleich der Tatze eines gewaltigen Tieres, löschte die Feuerstelle Sekunden später. Vom Haus aber war nichts mehr zu sehen, nicht einmal ein rauchender Balken.

Dann brach das eigentliche Gewitter los und tobte eine Zeitlang über der Stadt, richtete jedoch weiter keinen Schaden an. Hätte in der Zeit danach irgend jemand die Leute am Rio Misericordia nach jenem Haus gefragt, er würde kaum einen gefunden haben, der etwas davon hätte wissen wollen. Sicher wäre ihm auch mehrfach die Auskunft zuteil geworden, es habe dieses Haus nie gegeben.‹
Wieder trat ein Diener ein und räusperte sich gedämpft, um anzudeuten, daß er etwas zu sagen habe.
›Meine Geschichte ist im Moment zu Ende‹, sagte Laura, ›mit zwei, drei Sätzen:

Es war der erwähnte Tag, wie schon gesagt, der 1. Oktober 1578. In seinem Zelt im Feldlager von Namur wurde Don Juan tot aufgefunden. Man sagt, er sei an der Pest gestorben ... Faust aber lag unter dem steinernen Tischchen, an dem er mit Unlust einen Fasan zu verzehren begonnen hatte.
So weit, so gut. Allein auch Teufelswerk ist nicht ohne Spuren: von Namur und von Freiburg machten sich je ein kleiner, mechanischer Zwerg äußerst eilig auf den Weg. Sie hatten zwölf Stunden Zeit, um einander zu treffen, denn nur der eine vermochte den Mechanismus des anderen aufzuziehen ... Zweifellos‹, sagte Laura, ›kennt Ihr diese Fortsetzung der Geschichte.‹
›Ich kenne nicht nur die Fortsetzung, ich kenne sogar die Zwerge‹, sagte ich. Der Herzog-Kastrate aber wandte sich dem Diener zu, der die Nachricht brachte, daß ein Bruder des Ramses, der Kater Moses, dem Nachbarhund ein Ohr abgebissen und so Ramses gerächt habe.
›Ein außerordentlich befriedigender Ausgang der Geschichte‹, sagte der Herzog, während er sich wieder zu uns kehrte.

Am nun folgenden Sonntag hörten wir in des Kastraten Hauskapelle gemeinsam die Messe. Ein Monsignore, ein Freund des Hauses, zelebrierte sie, und der Herzog sang ein Ave Maria von, wenn ich mich recht erinnere, Leonardo Leo. Anschließend gingen wir alle, auch der Monsignore, in den silbernen Salon – so genannt wegen seiner weißen, mit silbernen Maßliebchen gemusterten Tapeten. Dort war eine besonders festliche Tafel gedeckt, denn Simonis, die St. Petersburger Nichte des Herzogs, hatte Namenstag. Als sie eintrat, trug sie das Kollier aus Opalen, Heliotropen und Diamanten, das ihr der Onkel geschenkt hatte.
Während des Diners sagte der Herzog-Kastrate:
›Da wir gegen Abend in die Stadt zurückfahren, schlage ich vor, Simonis erzählt uns ihre Geschichte nachher, beim Kaffee.‹
›Ich werde keine Geschichte erzählen‹, sagte Simonis, ›ich werde Euch eine vorlesen. Ich habe sie neulich in einem kleinen Buch entdeckt. Wenn ich mich nach dem Essen umziehe, will ich das Büchlein mitbringen –‹

Und hier endet mein Traum«, sagte ich. »Fällt dir auf, daß das letzte Wort meines Traumes ›mitbringen‹ war?«
»Ja, und?« fragte Lenz.
»Auch das letzte Wort, das du mir aus deinem Ödipus vorgelesen hast, war ›mitbringen‹. Mag sein«, sagte ich, »daß sich mein ganzer großer Traum an dem einzigen, unbedeutenden Wort ›mitbringen‹ entzündet hat! Aber nun geh, Lenz. Ich habe etwas vor. Geh hinaus und warte, bis ich dich rufe.«
Ich badete, kleidete mich an und rief wieder nach Lenz.
»Exzellenz?«
»Lenz, folgendes ...«
»Pardon, Exzellenz – die Ministerpräsidentin hat sie rufen lassen.«

»Merk dir, daß ich sie aufsuchen will, wenn wir zurück sind. Jetzt gehen wir in den Dom.«
»In den Dom?«
Lenz wich zurück.
»Warum nicht?«
»Aber das ist verboten!«
»Reden«, sagte ich, »ist für einen Untergebenen bereits anstößig. Denken ist noch mehr: überflüssig und womöglich sogar gefährlich. Gehen wir.«
Wir kamen ohne Anstände hinauf. Wo ich erschien, wurde salutiert. Türen, falls Lenz keinen Schlüssel dazu hatte, wurden auf mein Geheiß geöffnet. Entweder war das Verbot nicht streng, hier heroben gar nicht bekannt oder meine Unbekümmertheit imponierte.
– Ich werde, überlegte ich, in der nächsten Senatssitzung den Antrag einbringen, daß jedem Senator ein Fanfaren-Quartett zugebilligt wird, das ihm vorausschreitet und gelegentlich bläst. Das purpurne Bändchen am Rock und die gelbe Uniform des Burschen erschöpften vielleicht nicht alle Möglichkeiten, die sich einem Senator eröffnen konnten.
Ich ließ mich zum diensthabenden Kommandanten des höchstgelegenen Vorpostens führen. Es war dies ein Major in roter Uniform, der in einer kleinen, aber recht bequem ausgestatteten Kasematte oben im »Dom« saß und Papiere sortierte.
Er sprang auf, als ich eintrat.
»Womit kann ich Exzellenz dienen?«
»Ich möchte hinausschauen.«
Der Major wiegte den Kopf.
»Es ist nicht schön draußen ...«
»Darauf bin ich gefaßt«, sagte ich.
»Wenn Exzellenz darauf bestehen –« Er läutete.
»Sind wir hier schon über der Erdoberfläche?«

»Nein«, sagte der Major.
Ein grün Uniformierter trat ein. Der Major gab einige Befehle. Ein Hauptmann in rosa Uniform setzte sich an den Schreibtisch des Majors, und wir, der Major, Lenz und ich, fuhren weiter hinauf – hinauf über die Erde, die alte Erde, von der wir durch die Dispositionsparallaxe mehr als Millionen Lichtjahre entfernt waren.
Wenn es sie noch gab, die einstmals gesegnete Erde, so war sie ein Leichnam, weniger noch, ein Skelett: Kegel von Asche türmten sich in einer Wüste aus verkohltem Stein, so weit das Auge reichte. Vor dem Eingang, den Don Emanuele und ich damals in letzter Minute passiert hatten, stand jetzt ein gutes Dutzend merkwürdiger Figuren – kleine Tote, zierliche Skelette, um die Beckenknochen ein flitterbesetztes Sternenhöschen, die Füße in knöcheltiefer Asche: der Rest der Nanking-Girls, die den Spalt nicht mehr rechtzeitig erreicht hatten. Vor den Brustkorb drückten sie fahl gewordene Fächer aus Straußenfedern ...
Ein leises Heulen füllte plötzlich den Raum.
»Himmel!« rief der Major, »weg, weg.«
Durch das Periskop sah ich gerade noch – ehe der Major mich fortzog – wie aufrechte, weiße, ja, weiße Schatten zwischen den Skeletten der Revuegirls auftauchten.
»Ein Angriff ...«
Wir eilten eine kleine Stiege hinunter, in einen verdunkelten, schwarz ausgeschlagenen Raum mit einem silbernen Drudenfuß am Plafond. Dort warteten Offiziere.
»An die Kampfplätze!« kommandierte der Major.
Jeder der Offiziere setzte sich an ein Tischchen vor eine etwa kopfgroße, gläserne Kugel, der Major selber an eine leicht größere in ihrer Mitte. In seiner Kugel züngelte bald eine schwache, bläuliche Flamme. Streifen kniehohen, weißen Nebels bedeckten den Boden. Ich hielt den Atem

an. Das Heulen verdichtete sich zu einer Silbe wie »Aum« oder »Oom« gleichsam von Wand zu Wand reflektiert, schwang sie klöppelartig durch den Raum. Hie und da wirbelten die Nebelstreifen zu einer Pyramide auf, die aber kraftlos wieder in sich zusammensank.
Dann: eine der Kugeln zerbarst! – Zehn, zwölf Pyramiden schossen übermannshoch um den Tisch des unglückseligen Soldaten empor ...
Der Major sprang vom Stuhl, warf sich einen dunkelblauen Mantel um und tat ein paar Schritte wie in einem alten Tanz. Langsam verzog sich der Nebel. Übrig blieb nur blutrotes Pulver am Boden, das die Offiziere – es wurde nun Licht eingeschaltet –, bedenkliche Mienen machend, mit der Lupe untersuchten. Der eine Offizier, dessen Kugel geplatzt war, wurde auf einer Tragbahre hinausgetragen.
»Ist er – tot?« fragte ich den Major.
»Solche Scharmützel, mehr ist es nicht, erleben wir ... alle Tage, hätte ich gesagt, wenn es noch Tage gäbe! Kommen Sie, gehen wir in die Offiziersmesse.« Als er den blauen Mantel auf einen Stuhl warf, streifte dessen Saum meine Hose. Er brannte ein längliches, weißgerändertes Loch hinein; es hatte die Form dreier ungefüllter Rosenkreuze.

Die Offiziersmesse war, was wohl eher architektonische Spielerei denn Notwendigkeit bedeutete, wie das Innere eines Zeltes gehalten. Hier lernte ich einen, wie er sich selbst bezeichnete, alten Haudegen kennen, der Baron von Schwweyszhauszsz hieß. Die zwei W's, erklärte er mir, habe, gerade noch im rechten Augenblick vor der Errichtung der Republik, der letzte deutsche Kaiser im November 1918 seiner Familie verliehen. Das heißt, dem Kaiser war das Patent zur WW-Verleihung zur Unterschrift vorgelegt. Aber bekanntlich wurde ja Wilhelm II. beim Unterschreiben von der Revolution überrascht. – Eben hatte er das letzte Schreiben vor dem WW-Patent signiert, da kam die Revolution, und er mußte abdanken. Der erste Reichspräsident, Ebert, der die kaiserliche Unterschriftenmappe mit übernahm, hatte dann achtlos dieses eine Patent, das aus der Mappe zu entfernen vergessen worden war, unterzeichnet. Dank dieses Versehens wäre die Familie, die generationenlang durch Anhäufung von Konsonanten die Unkeuschheit ihres Namens zu verbergen gesucht, endlich zu einem anständigen Namen gekommen ... Er wolle mir das nur sagen, meinte er, im Falle ich je auf das weitverbreitete, saudumme Gerücht stieße, seine Familie habe die beiden W's von einem bayerischen Hofmetzger gekauft, der zum Grafen von Weißwurst geadelt worden war und der sich nach getätigtem Verkauf »von Eiß-Urst« hätte nennen dürfen. In der Folge erzählte mir Oberst Schwweyszhauszsz eine kuriose Geschichte, die ihm kurz vor dem Angriff widerfahren war.

»Wissen Sie, Exzellenz«, sagte er zu mir, »die Leute sind einfach zu verwöhnt! Es war verdammt unverantwortlich von den diversen Staaten, respektive Staatsmännern und so fort – ich kümmere mich ja weiter nicht darum, wer da zuständig ist etc. pp. – in letzter Zeit ist einfach zuwenig Krieg geführt worden! Die Leute, ich meine die Zivilisten, hatten keine Ahnung mehr vom Krieg. Ja, früher, da hat so zirka jede Generation ihren Krieg gehabt, da hat jeder gewußt, im Krieg, da ist es so und so, und so fort. Aber dieser ewige Frieden, diese fortdauernde Bequemlichkeit – es war einfach zuviel Eigentum da, zu viele Häuser, zuviel Geld, das nicht für die Rüstung ... Ach was, es soll mich nicht gekümmert haben, Exzellenz. Nur jetzt, Exzellenz, jetzt sehen wir es! Die Zivilisten verlieren den Kopf. Weiß der Teufel, auch mir gehen frische Forellen ab, aber so wie diese alte Hexe heute: nein! – Ich

war unten im Kommando IV und gehe gerade über den Gang, um – salva venia – meine Notdurft zu verrichten, begegnet mir da nicht ein Weib, eine Zivilistin.
Mir vergeht auf der Stelle jede kostbare Notdurft.
›Ja‹, sage ich, ›was machen denn Sie da?!‹
Sie sagt nichts, versteckt nur etwas Großes, Längliches hinter ihrem Rücken.
›Was haben Sie da?‹ frage ich. ›Wissen Sie nicht, daß es hier verboten ist für Zivilisten?‹
Ich ziehe sie herüber ins Kommando IV und heiße sie das Ding herausrücken, das sie hinter ihrem Rücken versteckt. Sie wehrt sich. Ich rufe eine Ordonnanz. Was sehen wir, Exzellenz? Eine Bratpfanne! Die alte Hexe tobt und schreit, die Ordonnanz hebt den Deckel ... Exzellenz, mein Wort, wenn ich nicht ein alter Soldat wäre, bei dem, was wir in der Bratpfanne entdeckten, wäre mir nicht nur noch einmal die Notdurft vergangen, sondern auch der Hunger: ein Kind war in der Bratpfanne! Gebraten, mit Sauce.
›Mensch‹, sage ich zu ihr, obwohl sie Zivilistin ist, ›wer hat Ihnen erlaubt, ein Kind zu braten!‹
›Es ist meine Tochter‹, sagt die Hexe.
Also hören Sie, Exzellenz, brät dieses Weib seine Tochter! Zwölf Jahre alt soll das Kind gewesen sein. In der Pfanne hat es kaum Platz gehabt; Knie angezogen, wie ein Huhn. – Die Leute verlieren einfach den Kopf. Sie meinte, sie hätte verhungern müssen. Für sieben Millionen sind Vorräte hier, Zehntausend sind herinnen. Und sie brät ihre Tochter. – Na, Exzellenz, was sagen?«
»Ich werde den Fall im Senat zur Sprache bringen, Baron«, sagte ich.
Als wir wieder »unten« waren, erinnerte mich Lenz daran, daß mich die Ministerpräsidentin hatte rufen lassen.
»Wir reden uns«, sagte ich, »einfach auf die Dispositionsparallaxe heraus.«

Ich zog mich um. Dann führte mich Lenz zum Ministerpräsidialamt. Dort erfuhren wir, daß die Präsidentin in ihren Privatgemächern sei. Ich wollte nicht stören, sagte ich dem diensthabenden Adjutanten. Nein, sagte er, er habe ausdrückliche Order, mich vorzulassen.
Der Adjutant geleitete uns nun in die Privatgemächer der Präsidentin. Nach vielfachen Anmeldungen – ich ahnte nicht, wie bald ich sie nicht mehr brauchen würde – kam ich in ein großes, bequemes Zimmer, in dem außer der Präsidentin der Ruinenbaumeister Weckenbarth, Dr. Jacobi, Lord Alfred und ein vierter, mir unbekannter Herr saßen.
Der Unbekannte sprach gerade, als ich den Raum betrat. Er unterbrach seine Rede nicht, winkte mir aber, wie die anderen, freundlich zu. Die Ministerpräsidentin warf mir – ich traute meinen Augen kaum – lächelnd eine Kußhand zu.
– Sie muß mich mit irgend jemand verwechseln, überlegte ich und warf einen vorsichtigen Blick in ihre Richtung. Die Präsidentin lächelte mich noch immer an. Sie trug eine Ballrobe aus weißen Spitzen, und erst jetzt fiel mir auf, daß auch die anderen in Abendkleidung waren: Weckenbarth, Dr. Jacobi, Lord Alfred – dessen Frack ein eigenartiges Streifenmuster zeigte: Ketten aus winzigen, grauen Rosen, die auf der einen Seite, links neben dem Revers, in eine große, schöne Wappenrosette zusammenliefen. – Nur der Unbekannte hatte einen Tagesanzug an, grasgrün, eine feine Nuance heller als sein grasgrünes Gesicht ...

Der Ewige Jude – denn niemand anderer war der Unbekannte, der hier höflichkeitshalber als »Herr Ahasver« angeredet wurde – war jener abendliche Gast gewesen, erfuhr ich jetzt, mit dem man sich auf dem kleinen Flußdampfer getroffen hatte. Er hätte meistens, so auch als ich aufs Schiff kam, mit den Herren Karten gespielt. – Bekanntlich sei er ja dazu verflucht, nicht sterben zu können und sich stets bewegen zu müssen bis zum Jüngsten Tag: solange sich das Schiff jedoch bewegte, konnte er sitzen und Bridge spielen, vor allem aber fast wie ein normaler Mensch leben. – Hier in der Zigarre allerdings hätte sich herausgestellt, daß sich Herr Ahasver nicht mehr ständig zu bewegen brauche.

»– Möglicherweise, meint Weckenbarth, sei dies auf die Dispositionsparallaxe zurückzuführen«, erklärte mir Dr. Jacobi und fügte hinzu: »*Ich* fürchte, es ist auf etwas anderes zurückzuführen ...«

Wie kaum ein anderer wußte der Ewige Jude Geschichten zu erzählen. Er, der Kain gewesen war, hatte die Welt der Menschen fast von Anfang an miterlebt, wenn er sich auch Zeit seines verfluchten Lebens hauptsächlich für das interessiert hatte, was ihm selber jahrtausendelang verwehrt war: der Tod. Er war dabeigewesen, als Platon starb, er stand am Totenbett des heiligen Augustinus. Er erzählte uns vom Tod des einsamen und verbitterten deutschen Kaisers Heinrich, des vierten dieses Namens, in Lüttich, und davon, wie er den todkranken Kaiser Karl V. begleitete, als er an einem milden Spätsommertag ein letztes Mal durch den Garten von San Yuste spazierte. Herr Ahasver war zugegen, als an einem düsteren und trüben Novembertag der Hofrat Leibniz in Hannover starb, und am 5. Mai 1821 befand er sich selbstredend auf St. Helena.

Immer wieder, erzählte er, habe er seine Unsterblichkeit auf die Probe gestellt. Einmal habe er es unternommen, allein im Fußmarsch die Antarktis zu durchqueren. Acht Jahre hätte er dazu gebraucht, aber sein Fluch bewahrte ihn, wie ein grausamer Schutzengel, und es sei ihm kein Erbarmen geworden.

»Sie haben doch sicher«, sagte Dr. Jacobi leise zu mir, »den Schuß auf dem Flußboot gehört?«
»Ja.«
»Alfred hat geschossen. Wir erfuhren damals – sie hielten sich mit Don Emanuele Da Ceneda an Deck auf – dank Freund Weckenbarths guten und nützlichen Beziehungen, was bevorstand. Da zog Alfred einen Revolver und feuerte auf Herrn Ahasver. Wenn das Ende der Welt noch nicht gekommen sei, sagte er, töte der Schuß Ahasver nicht, denn vor dem Weltende könne er nicht sterben. Sei aber das Ende der Welt gekommen, so stürbe er sowieso.«
»Und er ist durch den Schuß nicht getötet worden?« sagte ich und deutete auf Herrn Ahasver.
»Wie Sie sehen, nein. Doch hat Lord Alfred nicht bedacht, daß Ahasver zwar bedingt unsterblich, nicht aber schmerzunempfindlich ist. Vorher haben sie oft gemeinsam Karten gespielt; jetzt reden sie nicht mehr miteinander. Die Kugel hat obendrein eine von Ahasvers bevorzugten Westen ruiniert: zwei Löcher, eins vorn, eins hinten, vom Hemd und der Wäsche zu schweigen.«
»Wir können froh sein, daß wir Herrn Ahasver und seine Geschichten haben. Mit der Unterhaltung ist es ja mager bestellt, wo die Bücher alle nur an die Wand gemalt sind.«
»Die Bibliothek – sechs Millionen Bände – war geplant; aber wie so vieles ist auch sie nicht fertig geworden. Wenigstens haben ein paar Leute von sich aus Bücher mitgebracht – natürlich eine lächerliche Anzahl und von recht zufälliger Zusammensetzung.«
»Ich bin zwar Gegner aller Zwangsmaßnahmen, speziell solcher auf kulturellem Gebiet«, sagte ich, »aber ich will überlegen, ob ich nicht im Senat eine Vorlage einbringen soll, daß alle Bücher meldepflichtig gemacht werden.

Dann könnte man eine Kartei anlegen, eine strenge Ver- und Entleihungsregelung ausarbeiten, und die wenigen Bücher wären allen Interessenten zugänglich.«
»Kein schlechter Gedanke«, sagte Dr. Jacobi. »Man könnte daneben einen Aufruf erlassen, daß jeder, der ein literarisches Kunstwerk auswendig kann, und sei es nur ein kurzes Gedicht, sich melden soll. Ein Literatursekretariat könnte dann alles aufschreiben. – Vielleicht fänden sich sogar Leute, die, wenn sie zusammenarbeiten, die ›Odyssee‹ etwa oder den ›Faust‹ rekonstruieren könnten.«
»Ein Gedicht weiß ich auswendig«, sagte ich, »es stammt von der großen musikalisch-poetischen Doppelbegabung Otto Jägermeier:

Eine Dame aus Heidenheim an der Brenz,
Die hat einen Dackel mit vierzehn Schwänz'.
  Schaut man hin nicht genau
  Hält man ihn für ein' Pfau.
Nur wer näher hinschaut, der kennt's.«

»Ach«, sagte Dr. Jacobi, »der gute alte Jägermeier! Er ist ja in Madagaskar verschollen. Ich kannte seinen ersten und einzigen Biographen, Max Steinitzer, den Freund von Richard Strauss. Auch ich kann ein Jägermeier-Gedicht:

Mein Onkel aus Leverkusen,
Der hat, obzwar Mann, einen Busen.
  Ich seh ihn oft weinen,
  Drum will es mir scheinen,
Daß seine Komplexe drauf fußen.«

Da wandte sich Weckenbarth zu uns. Er hatte zugehört: »Sie vergessen die wichtige Fußnote Jägermeiers:

›Der Dichter bittet, den falschen Indikativ in der letzten Verszeile damit zu entschuldigen, daß der besungene Onkel aus Leverkusen, also aus Norddeutschland stammt, wo man keinen Konjunktiv kennt.‹ Doch erlauben Sie auch mir, ein Gedicht zur Rekonstruktion Jägermeierscher poetischer Werke beizusteuern:

Ein Forstadjunkt aus Schaffhausen
Pflegt' sich im Freien zu brausen
  Bis eine Gouvernante
  Ihn kurzweg entmannte,
Da vergingen ihm solcherart Flausen.«

Nun erhob auch Herr Ahasver eine sonore Stimme und sagte: »Hier ein apokryphes Gedicht von Jägermeier:

Der preußische Komponist Quantz,
Ersann einen Nashörnertanz,
  Doch Friedrich der Große
  Besah sich die Chose
Und sagte nur schlicht: Firlefanz!«

»Wußten Sie«, sagte ich, »daß Friedrich II. von Preußen in Wirklichkeit ein vertauschter österreichischer Oberleutnant war?«
»Was für ein Unsinn!« sagte Weckenbarth.
»Wenn Sie erlauben, will ich Ihnen ganz kurz die, übrigens nicht von mir stammenden, Theorien entwickeln: Geschichte und Person Friedrichs II. von Preußen – den die Preußen selber ›den Großen‹ heißen – haben uns ja bis in die jüngste Zeit zahlreiche Rätsel aufgegeben. Warum, zum Beispiel, sprach er nur französisch? Warum konnte er vor den Schlesischen Kriegen Flöte blasen und danach nicht mehr? Wie war das mit seiner Frau? Mit

dem Bruder Heinrich? Mit seinen Symphonien, die er von Graun hatte komponieren lassen und als eigene ausgab, obwohl er in seiner Jugend selber komponierte? Warum wurde er 1742 geizig? Wie gesagt, erst in jüngster Zeit haben die historischen Forschungen des Zwi Ygdrasilovič verblüffendes Licht in die vielbeschriebene, aber dennoch dunkle Biographie Friedrichs II. gebracht.
Kernpunkt der Ereignisse ist die Schlacht bei Mollwitz am 10. April 1741. Die Schlacht entwickelte sich sehr günstig für die Preußen. Der preußische Sieg war durch des österreichischen Feldzugmeisters Neipperg Feldherrenuntalent kaum gefährdet, aber ernstlich in Frage gestellt durch des preußischen Königs eigensinnige Befehle, so daß der preußische General Schwerin dem König in einer historisch gewordenen Szene höchster Verzweiflung – er soll dabei in Friedrichs Stiefel gebissen haben – eine bald zu erwartende Niederlage vorgaukelte. Er bat den König, sofort das Schlachtfeld zu verlassen, denn er – Schwerin – könne für das Leben und die Freiheit des Königs nicht mehr garantieren. Raunzend stieg Friedrich auf sein Pferd und ritt gegen Oppeln, das aber inzwischen von einer Eskadron ungarischer Czaky-Husaren besetzt worden war. Nichtsahnend verlangte Friedrich vor den Toren Oppelns Einlaß. Der ungarische Husarenleutnant Werner – so sagt die offizielle preußische Historiographie – habe den König erkannt, aber (›Laß mir laufen, Cerl, ick werd dichs lohnen‹, soll Friedrich gesagt haben) nicht gefangengenommen. Auf dem Rückweg habe dann Friedrich die Nachricht vom Sieg bei Mollwitz erfahren.
Soweit die offizielle Version. Sie ist eine Fälschung. Tatsächlich hat nämlich Werner den König Friedrich gefangen. Er wurde auf ein Schloß in Ungarn gebracht. Sodann begann Maria Theresia mit dem preußischen Oberkommando Geheimverhandlungen. General von Schwerin, der

über den segensreichen Verlust des königlich-strategischen Hemmschuhs alles andere als unglücklich war und die Gefangennahme des Königs tunlich verschwiegen hatte, lehnte es ab, den König auszulösen. Man war sich in Österreich danach auch nicht mehr so sicher, ob man mit der dubiosen Person wirklich den König gefangen hätte, versäumte es aber nicht, sie jedenfalls streng zu bewachen und den Aufenthalt außerordentlich geheimzuhalten.

Karl Alexander von Lothringen, der sich gerade grantig vom Oberbefehlshaberposten des österreichischen Heeres zurückgezogen hatte, kam dazu noch – nach langem Nachdenken – auf die zunächst blendend erscheinende, wie sich aber herausstellen sollte, folgenschwere und nachgerade tragische Idee, zur Irreführung feindlicher Agenten einen Doppelgänger Friedrichs auf einem nicht ganz so geheimgehaltenen Schloß festzusetzen. Es fand sich auch im österreichischen Heer ein junger Leutnant verblüffender Ähnlichkeit mit Friedrich, ein gewisser Diodat Chaos, Freiherr von Richtberg. Chaos wurde als Pseudo-Friedrich abkommandiert und gefänglich im Schloß Salaberg bei Haag in die Obhut des ahnungslosen Grafen Sprintzenstein gegeben.

Die Täuschung der feindlichen Agenten gelang so vollkommen, daß über die alsbald geknüpften Fäden der gefoppten preußischen Geheimpolizei auf Allerhöchste Weisung Maria Theresias ungemein verwirrende Cabinetts-Ordres ins feindliche Lager geschickt werden konnten. Beinahe hätte Österreich dadurch den Krieg gewonnen. Jedenfalls aber soll Maria Theresia darüber so gelacht haben, daß eine ihrer zahlreichen Fehlgeburten darauf zurückzuführen gewesen sei.

Das Lachen verging der armen Frau, als es den feindlichen Agenten gelang – nebenbei: *gegen* den Befehl des einsichtigen Schwerin – den falschen Friedrich zu befreien. Maria Theresia präsentierte sofort den echten, der hohnlachend zurückgewiesen wurde. Eine Flugschrift mit der Aufklärung des wahren Sachverhalts wurde als plumpe österreichische Propaganda abgetan. Der falsche Friedrich hütete sich begreiflicherweise, seine Identität mit dem Leutnant Chaos preiszugeben. Was wußte er, was die Preußen mit einem falschen Friedrich alles anfingen? Er spielte den König weiter. Es stellte sich aber heraus, daß der König – was Wunder – nun ein ganz anderer König war. Er bewies nach und nach nicht nur ein erstaunliches Feldherrntalent, die Preußen gewahrten an ihrem König auch die an Geiz grenzende Sparsamkeit, eine chaotische Familienerbeigenschaft, die ja mit ›Friedrich‹ in die Geschichte eingegangen ist. Die Hofhaltungskosten wurden auf jährlich 200 000 Gulden beschränkt, ein Betrag, den Ludwig XV. von Frankreich allein für das Bügeln der Schuhbandel seiner Ersatz-Violinisten aufwandte. Um seine Unkenntnis der preußischen Sprache zu verbergen, sprach Chaos, als Friedrich, von Stund an nur mehr französisch. Der unmusikalische Chaos versuchte zwar Flöte zu spielen – er hielt es zunächst für eine Art Cricket –, erregte aber bereits den Verdacht Quantz'. Da erklärte Friedrich, also Chaos, ein hartnäckiges Wimmerl an der Unterlippe verbiete es ihm, weiterzublasen, und er wolle sich nun der Literatur zuwenden, einer Kunst, dachte er sich, in der Talentlosigkeit kaum oder nicht so rasch auffällt. Das Komponieren stellte er ein. Philipp Spitta datierte die letzten Kompositionen Friedrichs auf 1753. Die Echtheit aller Stücke nach 1741 ist aber von der Musikwissenschaft unabhängig von den Forschungen des Historikers Ygdrasilovič längst angezweifelt. Seinen Lieblingsbruder, den Prinzen Heinrich, schickte er nach Rheinsberg. Die Königin – wer wäre wohl geeigneter gewesen, den Betrug zu durchschauen? –

schickte er nach Schönhausen, und, wie es so schön in der amtlichen Geschichtsschreibung heißt, er entsagte dem ehelichen Leben, besuchte die Königin nie und sah sie nur noch bei Galafesten, wo er ihr gelegentlich zuwinkte. Wie minuziös die ganze Geschichte dann vom falschen Friedrich durchgehalten wurde, zeigt die Sache mit dem Husarenleutnant Werner, der ihn nach der offiziellen Version in Oppeln hatte laufenlassen. Als Werner in des falschen Friedrichs Dienste getreten war, machte ihn Chaos – ein Hohn der wahren Umstände – in Anerkennung seiner Verdienste zum General.

Alles in allem: eine Tragik Österreichs, denn niemals hätte die feldherrliche Niete eines echten Friedrich die Schlesischen Kriege gewonnen. Erst mit dem österreichischen Leutnant Chaos zog sich Österreich – wie so oft – gleichsam als umgekehrter Münchhausen mit eigener Hand an den Haaren *in* den Sumpf. –

Interessant ist daneben das Geschick des echten Friedrich, der, zunächst tobend, dann resigniert dem Lauf der Dinge zusehen mußte. Was lag näher, als – ein wahrhaft österreichischer Gedanke – mit dem echten Friedrich nun die sozusagen vakant gewordene Person des Leutnants von Chaos aufzufüllen? Friedrich wurde – auch diesen Betrug merkte niemand – Theaterintendant in Linz (was der bedeutende Linzologe Ludwig Plakolb, auf zuverlässige Quellen gestützt, herausgefunden hat), reüssierte auch hier nicht und wurde dann Flötist am Theater auf der Wieden. Der in dunkle Zusammenhänge wie immer eingeweihte Schikaneder wußte wohl, warum er gerade für dieses Theater die ›Zauber*flöte*‹ (!) schrieb. Friedrich blies bei der Uraufführung die zweite Flöte, lang nach seines falschen Ebenbildes Tod, und überlebte auch dieses Ereignis um gute fünf Jahre, bis er 1796 im Kreise seiner zahlreichen Nachkommenschaft starb. Die Familienverhältnisse dieser Nachkommenschaft wurden durch eine Reihe nahezu inzestuöser Ehen im Laufe zweier Generationen so verwickelt, daß selbst die Familienmitglieder oft nicht mehr durchschauten, wer Onkel und Tante, wer Neffe und Nichte war, was man in Wien als ›chaotische Familienverhältnisse‹ bezeichnete ...«

Eine Zeitlang schwiegen alle. Dann sagte Weckenbarth lächelnd: »Ist Ihr Herr Ygdrasilović auch hier in der Zigarre?«

»Ich fürchte, nein«, sagte ich.

»Dann sind wir wenigstens vor seinen weiteren Nachforschungen sicher. Er wiese am Ende noch nach, daß Kleopatra in Wirklichkeit ein Transvestit war und Leo hieß – oder Hitler eine Dame, und daß Udet sich nur aus verschmähter Liebe das Leben genommen hat.«

»Nein«, sagte ich etwas gekränkt, »das kann er jetzt wohl nicht mehr.«

»Der Roman«, sagte Dr. Jacobi, »der Roman ›Welt‹ ist abgeschlossen.«

»Und wir?« sagte die Präsidentin, nicht ohne kleinen Vorwurf in der Stimme.

»Ihr Amtsoptimismus ist zu loben«, sagte Weckenbarth.

Dr. Jacobi schmunzelte: »Wir sind, sozusagen, der Epilog. Eigentlich leben wir ja gar nicht mehr. Wir sind überflüssig. Wer wollte das leugnen? Von *Handlung* kann hier wohl nicht mehr die Rede sein.«

»Fast –« sagte ich.

»Ja«, sagte Dr. Jacobi, »grad soviel wie im ›Zerbrochenen Krug‹.«

»Das will ich nicht einmal sagen«, warf ich ein, »wenn das nicht dramatisch ist, was ich vorhin gehört habe –«

Ich begann zu erzählen, was ich vom Obersten v. Schwweyszhauszsz über die Frau erfahren hatte, die ihre Tochter gebraten.

»Hierorts schon bekannt«, sagte Weckenbarth.
»Die Frau«, sagte Dr. Jacobi, »ist gar nicht die Mutter des Kindes. Die Alte ist eine Hexe namens Bertha ...«
»Jetzt sagen Sie nur: die Hexe Bertha von Schottland, die den König Nathalocus ...«
»Ganz recht.«
»Mein Gott«, sagte ich, »ihn wird es auch nicht mehr geben, den Tänzer Daphnis, der gewußt hat, daß ich das dunkle Bier lieber mag als das helle.«
»Wir haben die Hexe Bertha – Pedauque, ›mit dem großen Fuß‹ nennt sie sich jetzt, denn sie hat, wie alle Hexen, einen Schwanenfuß – wegen ihrer gewaltigen spiritistischen Fähigkeiten als Generalstabsadjudantin engagiert. Durch Sabotage ist sie außer Gefecht gesetzt worden. Wie einem Jagdhund durch Salmiak die Schnauze verdorben wird, hat man ihr durch einen Usia-Zauber die medialen Fähigkeiten blockiert.«
»Welchen Usia-Zauber? fragte Herr Ahasver.«
»Das wissen wir nicht genau. Ich vermute einen Tier-Usia. Etwa durch Tötung eines heiligen Käfers in einer magischen Schüssel – nach der Art, wie er in den Anweisungen des Pariser Zauberpapyrus steht. Der Doktor glaubt aber eher an einen Namens-Usia, daß sie draußen ihren wahren Namen erfahren haben ... mag auch sein.«
»Wir haben jedenfalls«, sagte Don Emanuele, »die Hexe eingesperrt und das Kind sequestriert. Wer weiß, wofür wir es noch brauchen können.«
»Der Feind draußen«, sagte die Präsidentin, »ist gefährlicher, als wir angenommen haben. – Aber jetzt sollten wir zur Premiere aufbrechen.«
»Premiere?« fragte ich.
»Die Nanking-Revue«, sagte die Präsidentin.
»Dieser Schurke«, sagte ich, »hat mir versprochen, eine

Einladung zu schicken. Er hat es nicht getan. Aber ich hätte sowieso keinen Frack.«
»Sie keinen Frack?«
»Woher?«
»Aber was! In Ihrer Senatorenausrüstung gibt es doch einen Frack. Noch etwas: ich habe Sie rufen lassen – deswegen hätten Sie allerdings nicht sofort zu kommen brauchen – Sie waren in der letzten Senatssitzung nicht da –«
»Es tut mir leid, Magnifizenz –«
»Nennen Sie mich Carola, chéri – Sie haben die Verteilung der Geschäftsbereiche versäumt. Jetzt sind Sie ohne Geschäftsbereich.«
»Schrecklich«, sagte ich.
»Macht nichts«, sagte sie. »Ich habe eine wirkliche Aufgabe für Sie: Sie kennen Alfred?«
»Unseren Alfred?«
»Ja. Wissen Sie, wer er ist?«
»Nein.«
»Lord Alfred Coenwulph Herbrand Plantagenet Russell, als zweiter Sohn des vierzehnten Herzogs von Bedford Marquess of Travistock.«
»Und?« sagte ich.
»Es handelt sich um die sehr schwierige Frage: Lord Alfred ist der einzige Sproß der Familie Russell, der sich hier herein gerettet hat. Da also anzunehmen ist, daß sein Vater und sein Bruder – der älteste Sohn und eigentliche Erbe des Titels – tot sind, erbt er als zweiter Sohn den Titel.«
»Was ist da schwierig?«
»Schwierig ist, festzustellen, der wievielte Herzog von Bedford Lord Alfred geworden ist. Sein Vater war der vierzehnte Herzog – starb der Bruder Lord Alfreds vor dem Vater, so ist Lord Alfred direkter Erbe, also fünfzehnter Herzog. Starb der Vater vor seinem ältesten Sohn,

so war dieser, wenn auch vielleicht nur für Sekunden, der fünfzehnte, und Lord Alfred wäre demnach der sechzehnte Duke of Bedford. Verstehen Sie?«

»Hm«, sagte ich, »das wird allerdings kaum zu klären sein.«

»Sie werden schon etwas finden, chéri – und weil Sie mit dieser kritischen Aufgabe betraut sind, chéri, genügt es natürlich nicht, daß Sie bloß Senator sind. Ich ernenne Sie hiermit zum Kammerherrn. Das berechtigt Sie zum Tragen eines marineblauen Schulterbandes und Ihren Diener zum Tragen ebensolcher Handschuhe. Außerdem privilegiert es Sie zum Öffnen und Schließen meiner Reißverschlüsse – eine Art Reminiszenz an die ursprüngliche Bedeutung des Titels. Also dann, wir sehen uns in der Loge?«

Ich ging – Lenz begleitete mich – zurück in mein Appartement.

»Lenz«, sagte ich im Gehen, »kennst du vielleicht auch Herrn Daphnis und das alles?«

»Wo nicht?« sagte er.

»Und die Hexe Bertha?«

»Zu dienen, Exzellenz.«

»Der Tänzer hat mir seinerzeit die Geschichte mit dem König Nathalocus von Schottland nicht ganz fertig erzählt –«

»Ich weiß. Und wieweit kennen Exzellenz die Geschichte?«

»Bis daß der gute König Nathalocus«, ahmte ich die Erzählweise des Tänzers Daphnis nach, »seinen Mignon Findoch, unwissend zu wem, zur Hexe Bertha sandte, um seine zukünftige Fata erforschen zu lassen, und daß damit die Hexe die Stunde ihrer Rache kommen gesehen hat.«

»Dann wissen Exzellenz sowieso fast alles, und es gibt wenig weiter zu erzählen. Die Hexe Bertha dachte sich ein impertinentes und höchst wirksames Mittel aus, um

den König, aber auch den Findoch zu verderben. Als der Lord in ihre Hütte trat, um zu fragen, was dem König künftig noch begegnen werde, gab sie zur Antwort: der König würde ehestens von einem seiner Lairds ermordet werden. Und als Findoch, dadurch tieftraurig geworden, weiter fragte: ›Von welchem Laird?‹, so sagte die Hexe: ›Von dir.‹ Da dies dem guten König mitzuteilen dem treuen Lord Findoch nicht wohl möglich war – denn es wäre doch sein eigener Tod gewesen –, er sich aber anders seinem König gegenüber nie eine Lüge zu gebrauchen unterfangen hätte, wußte er nichts anderes, als den König, statt einer Antwort, umzubringen, obgleich er ihm sein Leben lang treu gedient.
So ist es ungewiß, ob die Hexe Bertha nur prophezeit oder aber auf hinterhältige Weis eigentlich gemordet hat. Dem Geschlecht des Findoci aber – der nach Nathaloci Tod König geworden ist – war ein sehr unruhiges Ende beschieden. Unter seinem Urenkel König Crathilind – Sohn eines Enkels Donaldi III., Enkel seines Sohnes Donaldi des Zwoten – verlor sich im Jahre CCCVIII p. C. n. des Königs Hündgen und lief über die schottländische Grenze zu den Pictis, mit denen die Schotten gemeinerweise in beständigem Tumult lagen, und als nun ein Wärter des Hündgens wieder kriegen gehen wollt, entstand darüber ein Krieg, weil besagter Wärter die Grenze für unberechtigt passiert hatte, und der König, seine Söhne und alle Lairds oder Lords wurden von den Pictis mit Tannenschlegeln erschlagen.«
»Und die Hexe?«
»Die hat sich durchgeschmuggelt bis zum heutigen – quasi heutigen – Tag.«
»Woher weißt du das alles?«
»Ja mei«, sagte Lenz, »Lenz heißt ins Alt-Schottländische übersetzt: ›Findoch‹ –«

Wir standen vor meinem Bau. Über der Tür brannte ein rotes Licht.
»Was bedeutet das Licht?« fragte ich.
»Exzellenz haben als Kammerherr Anspruch auf ein rotes Licht über der Tür.«
»So«, sagte ich, »das hat mir Carola gar nicht gesagt, ich hatte schon gedacht, hier wäre ein Bordell. Oder ich wäre Hebamme geworden und nicht Kammerherr. Den Frack, Lenz.«
Der Frack saß tadellos. Ein handbreites, marineblaues Band, am Rand weiß marmoriert, zog sich über Frackbrust und Weste von der Schulter zur Hüfte. Statt des Senatorenbändchens trüge man dazu – sagte Lenz – eine purpurne Rosette am linken Ärmel. Dann reichte er mir einen Frackmantel und einen Zylinder.
»Wozu?« sagte ich.
»Es macht sich schlecht, wenn wir an der Garderobe nichts abzugeben haben.«
Wir gingen. – Übrigens hatte Nanking doch an mich gedacht. Ich fand im Appartement ein Briefchen von ihm vor, das mich einlud und an das ein Programm geheftet war. –

Vorne in der Mittelloge – es war ein anderes Theater und größer als jenes, das ich damals beim Händewaschen durch den Spiegel gesehen – saß die Ministerpräsidentin, links neben ihr Dr. Jacobi in violettem Ornat mit einem weißen Schwertkreuz auf der Herzseite seines Umhangs, dann Don Emanuele im Frack mit schwarzer Hemdbrust, Weste und Schleife, und rechts von Carola Alfred, der fünfzehnte – oder sechzehnte? – Herzog von Bedford. Der äußerste Stuhl war frei. Ich setzte mich und schaute ins Parkett hinunter. Dort, in der ersten Reihe, thronte Herr Uvesohn und winkte mir zu.

Das Orchester, noch nicht vollzählig, stimmte und schwatzte. In den Reihen gab es geräuschvolles Hin und Her, die offenen Türen ließen ein glanzvolles Foyer voll goldenen Lichts ahnen. Hinter dem Vorhang wurde gehämmert.
Ich warf einen Blick aufs Programm – mir schwindelte. Da stand:

Zum ersten Male:
ENDYMEON
und (oder)
DEF BASSGEIGER VON WÖRGL
oder
UND ODER ODER
Untertitel: Eine Pantomime für Blinde

Nähere Bezeichnung der Art des Stückes:

1. Serenata notturna teatrale vel radiofonica.
2. Funkserenade.
3. Funkgemäße Serenade.
4. Funkelnde Serenade.
5. Serenata notturna brillante.

Die Personen und ihre Darsteller: ...

»Sie werden blaß?«
Ich schreckte auf. Die Präsidentin hatte mich – über den wie immer stummen Lord Alfred Coenwulph etc. Plantagenet etc. hinweg – angesprochen.
»Das Stück ...«, sagte ich. »Ich habe nie gedacht, daß dieses Stück –«
»Das Stück Ihres Freundes Uvesohn?«
Plötzliche Dunkelheit senkte sich über den Saal. Mir wurde heiß und kalt: der pommeranische Kerl hatte die Stirn

gehabt, mein Stück, dessen Manuskript ihm der Teufel zugespielt haben mußte, für seines auszugeben!

Aber man wartete mit einer – wenn möglich – noch verblüffenderen Überraschung für mich auf: bei verdunkeltem Raum ertönte meine – meine! – Stimme aus einem Lautsprecher:

»Der Saal wird während der ganzen Vorstellung – da es sich, wie angekündigt, um eine Pantomime für Blinde handelt – um der Illusion willen verdunkelt –

verdunkelt –

verdunkelt –«

Dann hörte man Stimmen von der Bühne:

Amtsacurator: Sie wünschen?

Gemurmel

Amtsacurator: Ich bitte um gefällige deutliche Antwort!

Gemurmel, daraus die Wörter: ›Bitte ... Bittschrift ... Kreuzfahrer ... erster August ...‹ zu hören sind.

Amtsacurator: Wenn alle zugleich murmeln, wird's auch nicht deutlicher. Also?

Mehrere: Es handelt sich

Mehrere andere: ... der erste August ...

Eine dritte Gruppe: ... Peter von Amiens ...

Amtsacurator: Jetzt soll einer reden. Du da.

Der Angeredete hustet, dann:

Herr Amtsacurator, es dreht sich um zwei Fragen, zwei verzweiflungsvolle Fragen, die Wert oder Unwert zweier Unternehmungen mit einem Federstrich sozusagen ...

Amtsacurator: Hätten Sie die Güte, mir zu sagen, mit wem ich es überhaupt zu tun habe?

Der Angeredete: Visigothus Schniller.

Amtsacurator: Und die anderen?

Schniller: Ich kenne nur die Hälfte davon.

Wieder Gemurmel.

Amtsacurator: Wird eine Ruhe sein? Oder nicht? Soll einer von der anderen Hälfte hervortreten. Du da.

Der zweite Angeredete: Anonymus Rosenbein mein Name.

Amtsacurator: Hm, hm, ein eigentümlicher Vorname!

Rosenbein: Es ist eigentlich kein Vorname, eigentlich. Eigentlich ein Nicht-Vorname, halten zu Gnaden.

Amtsacurator: Was dann?

Rosenbein: Ich verfüge nicht über einen eigentlichen solchen, über einen richtigen Vornamen. Es ist auf ein Malheur zurückzuführen. Zu meiner Zeit, also Geburtszeit, vor etliche sechsundneunzig Jahre also, hat in den dazumaligen Lodomerischen Kronlanden die Personenstandsvorschrift gegolten, daß einem neugeborenen Kind binnen vier Wochen ein Vorname zu geben war, so bei Vermeidung der Strafe des Därmens. Wissen Ihro Gnaden, was därmen gewesen ist? Dazumalen in Lodomerien? Sonst hat diese Strafe nur Verwendung gefunden für Forstfrevler, außer, wie gesagt, für Personenstandsfrevler. Beim Därmen ist dem Frevler der Bauch aufgeschlitzt worden, so viel, daß einem mit einem Fiskalnagel ein desinfiziertes Darmende an einen Baum angenagelt werden konnte, worauf der Delinquent gehalten war, um den betreffenden Baum – der in der Regel eine Buche war – so lange herumzulaufen, bis die Därme des Delinquenten am Stamm auf-

	gezwirnt waren. Ist der Tod des Delinquenten – wie meist – nach dieser Strafe eingetreten, sind die Därme gesetzmäßig der öffentlichen Hand angefallen zur traditionsmäßigen Weiterleitung –
Amtsacurator:	An die Hofmetzgerei?
Rosenbein:	Weit gefehlt, Euer Gnaden: das wäre ja Kannibalismus, selbst wenn man bloß Roßwürste daraus machen würde. Nein: zur Weiterleitung an die Philharmoniker, weil dadurch der Etat für die Baßgeigensaiten – Geiger weigern sich erfahrungsgemäß auf anderen als auf Schafdärmen zu spielen – reduziert werden konnten.
Amtsacurator:	Ich verstehe. In letzter Minute hat also Ihr Herr Vater –
Rosenbein:	Nein, nein, mein Vater selig nicht, da schon eher meine Mutter, die aber auch nicht, meine Mutter selig war nämlich schon zur Strafe des Därmens verurteilt –
Amtsacurator:	Aha! Ihr Herr Bruder heißt auch –
Rosenbein:	Nein, wegen Waldfrevels, sie hat nämlich früher –
Amtsacurator:	Bleiben Sie bei der Sache!
Rosenbein:	Jawohl. An Schwangeren durfte die Strafe nur mit Einwilligung des Erzbischofs von Kalocsa vollstreckt werden. Es trafen aber damals zwei Umstände zusammen, nämlich der, daß das Erzstift Kalocsa grad vakant war, und zwar für längere Zeit, weil der Kandidat des Kaisers für den Bischofsstuhl noch nicht zum Priester geweiht und der Kandidat des lodomerischen General-Landtags, ein gewisser Szlafroc, noch

nicht getauft war. Der zweite Umstand war der, daß meine Mutter, ehe sie meine Mutter ward, sich – es ist nicht anders zu sagen – mit Vorbedacht an einem Gefängnisaufseher verging, wessen Frucht, sozusagen, ich bin. Der Mensch hieß Rimpel. Er hatte ein gewisses Talent zum Malen, wurde später sogar durch seine, allerdings leicht ins Gynäkologische hin überspielenden bäuerlichen Akte berühmt, die ihm den Spitznamen *Unter-Leibl* eintrugen. Der Gefängnisaufseher hat das Vergnügen – wenn man bei den gegebenen Gitterstäben von einem solchen überhaupt sprechen kann – mit einer Strafversetzung büßen müssen. Meiner Mutter aber war es sohin möglich, in Anbetracht der Sedisvakanz in Kalocsa, mich zur Welt zu bringen. – Mit Tränen in den Augen erzählte ich später anläßlich meiner Firmung Sr. Erzbischöfl. Gn., Exzellenz von Schlafrock, der dann endlich doch als Antonius de Padua XIII. den betreffenden Bischofssitz erstiegen hatte, daß ich ihn als meinen wirklichen eigentlichen Vater betrachte. Nach anfänglichen Mißverständnissen schloß er mich gerührt in die Arme. –

Trotz inständiger, ja flehentlicher Bitten der gesamten lodomerischen Personenstandsverwaltung war meine Mutter nicht zu bewegen, mir binnen der gesetzlichen Frist einen Vornamen zu geben. Nicht einmal die zu Herzen gehenden Worte Sr. Exzellenz, des Obersthofpersonaladjunkten – damals ein gewisser Graf von Saint John-Zamoskij zu Pimodan, Luitpold-Agamemnon, derjenige, der durch seinen Holzfuß berühmt geworden ist, mit dem er immer seine Frau geschlagen hat, eine geborene Comtesse Almássy-Bretzenheim –, der sich endlich selber zu meiner Mutter begeben hatte, konnte ihren Starrsinn rühren. Sie beharrte auf ihrem Standpunkt, daß sie ohnedies gedärmt würde, also spottete sie der gleichen Strafe, die auf den Personenstandsfrevel stand. Da zweimaliges Därmen an ein und derselben Person aus naheliegenden Gründen fast unmöglich ist, waren die Beamten ganz Lodomeriens verzweifelt.

Amtsacurator: Eine ganz renitente Person, Ihre Frau Mutter.

Rosenbein: Man fand endlich den nicht ganz befriedigenden Ausweg, daß meine Mutter durch Gerichtsbeschluß verpflichtet wurde, die Hälfte der Schmerzen beim Därmen als Sühne für den Forst-, die andere Hälfte aber als Sühne für den Personenfrevel zu empfinden.

Amtsacurator: Da lachte die Person höchstens beim Därmen!

Rosenbein: Und ich hatte nach wie vor keinen Vornamen. Da nach der gesetzlichen Frist aber die Erteilung eines Vornamens ausgeschlossen ist, blieb mir nichts anderes übrig, als mich Anonymus zu heißen.

Amtsacurator: Ein gefährlicher Präzedenzfall, wenn man bedenkt, daß verantwortungslose Eltern aus Vorwitz oder Jux die gesetzliche Frist verstreichen lassen und sich beim Därmen in der Vorstellung sonnen, daß sich die Beamten vor Seelenpein winden, weil es wieder einen Anonymus mehr gibt. Denn: Ist Anonymus nun ein Vorname oder nicht? Wenn es einer ist, wäre er unzulässig, also keiner – ich will das Problem, das ich lebhaft nachfühle, gar nicht aufrollen.

– Ich hoffe, daß sich Ihr nicht minder merkwürdiger Vorname, Herr Schniller, nicht ebenfalls aus solcherart anarchistischer Gesinnung erklärt?

Schniller: Mitnichten. Aber ich darf vielleicht das, im übrigen noch gar nicht geklärte Problem meines Vornamens hintanstellen, um die Sprache wieder auf Probleme zu bringen, die uns hierhergeführt haben –

Amtsacurator: Oh, welche Einfallslosigkeit! Mit Ihrem Vornamen, Visigothus, auf Probleme zurückzukommen. Wissen Sie, wie ich getauft bin? Rubicon!

Schniller: Und sonst nichts? Kein Rubicon Maria Emanuel?

Amtsacurator, *bescheiden:* Rubicon Theseus Ansegisil Salvator.

Schniller: Hübsch.

Gewaltiger Donner. Regen. Akten werden naß. Schreien der bisher Murmelnden. Eine gewaltige Baßstimme:

Halt!

Amtsacurator: Das ist die Göttin Minerva selig.

Minerva: Ich dulde es nicht länger. Es muß jetzt endlich etwas geschehen! Das Publikum sitzt schon eine Stunde da, und noch immer ist nicht das leiseste Zeichen einer dramatischen Entwicklung zu erkennen. Ich nehme die Sache selber in die Hand!

Zwei bärtige Genien bringen ein gesticktes Polster, knöpfen es mittels sinnreicher Knopflöcher der Göttin an zwei, hinten in Hüfthöhe angebrachte Knöpfe. Die Göttin setzt sich dann auf den somit automatisch gepolsterten Stuhl des Amtsacurators.

Minerva: Wer seid Ihr?

Amtsacurator *kopfschüttelnd:* So direkt!

Rosenbein: Wir sind die Ballettgruppe des Kaiser Franz-Joseph-Jubiläums-Greisenasyls.

Minerva: Und die dort?

Schniller: Wir sind der Chor der Landes-Tuberkulosen-Anstalt.

Minerva: Und was begehrt ihr?

Rosenbein: Wir sind verwechselt worden, hohe Göttin.

Schniller: Wir wissen nicht, ob der erste August nach dem griechischen oder nach dem lateinischen Kalender berechnet werden soll.

Minerva: Eins nach dem anderen. Wer hat Euch verwechselt?

Rosenbein: Der Setzer vom Amtsblatt.

Minerva: Hm. Was tun wir da?

Amtsacurator, *verzweifelt, aber eigentlich mehr ärgerlich:* Gesetzt ist gesetzt.

Minerva: Mit wem seid Ihr verwechselt worden?

Rosenbein: Sie mit uns, und wir mit ihnen. Wir, die Ballettgruppe des Kaiser-Franz-Joseph-Jubiläums-Greisenasyls, hätten sollen anläßlich des neunhundertfünfundsechzigsten Jahrestags der Ankunft des ersten Kreuzzuges in Konstantinopel vor den Insassen des Taubstummen-Gymnasiums eine Pantomime aufführen, während sie, die Choristen von der Landes-Tuberkulosen-Anstalt, eine Kantate aus eben dem Anlaß im Blindenheim hätten darbieten sollen. Und der Setzer hat die Ankündigungen verwechselt. Jetzt sollen wir vor den Blinden tanzen, und sie sollen vor den Taubstummen singen.

Schniller: Und außerdem wissen wir nicht: soll der erste August, was der Tag ist, auf den das hohe Ereignis fällt, nach dem griechischen Kalender – weil das Kreuzheer nach *Konstantinopel* gekommen ist – oder nach dem lateinischen Kalender – weil *das Kreuzheer* nach Konstantinopel gekommen ist – berechnet werden?

Minerva: Der Setzer hat's verwechselt?

Rosenbein: Ja.

Minerva: Hm, hm. Den könnten wir zwangspensionieren.

Amtsacurator: – oder därmen?

Rosenbein: Und unsere Pantomime?

Minerva: Was einmal im Amtsblatt gedruckt ist – ich weiß nicht.

Amtsacurator: Auch ich bin bedenklich.

Minerva: Abermals *halt*! Wo sollen die Darbietungen stattfinden?

Rosenbein: Im Festsaal.

Minerva: In welchem?

Rosenbein: Im jeweiligen.

Minerva: Steht das im Amtsblatt?

Rosenbein: Na ja, angedeutet ist es.

Minerva: Selbstredend kann also die Anordnung mit dem Festsaal nicht umgestoßen werden, aber es soll so sein, daß beide Veranstaltungen im gleichen Festsaal ...

Jubel

Minerva: Ruhe bitt' ich mir aus! ... stattfinden. Wobei die Blinden sich allerdings verpflichten müssen, nach bestem Vermögen zu versuchen, das Ballett zu sehen, und die Taubstummen, die Kantate zu hören.

Schniller: Und an welchem ersten August?

Minerva: Das entscheidet die Rota Romana.

›Entsetzlich‹, dachte ich – es wurde hell im Saal.

Ich fand mich auf dem Stuhl neben der Präsidentin, wo vorher Lord Alfred gesessen – der jetzt rechts außen saß – und mein Kopf ruhte in den Armen und am Busen Carolas. Auf der Stirn hatte ich ein mit Eau de Cologne getränktes Spitzentaschentuch ...

»Da sind Sie ja wieder bei sich, chéri«, sagte die Präsidentin, »gerade wollte ich einen Sanitäter holen!«

Ich richtete mich auf.

»Eine kleine Ohnmacht«, sagte Dr. Jacobi. »Es ist Ihnen scheint's schlecht geworden –?«

Ich war benommen.

»Endymeon –« sagte ich.

»Wie bitte?« fragte die Präsidentin.

»Mir ist schlecht geworden?« lachte ich. Mir war, wenn vorher schlecht, jetzt doppelt wohl.

Gottlob, dachte ich, so ein Stück habe ich ja gar nie geschrieben!

Auf der Bühne tanzten im roten Licht die Girls des Herrn

Nanking, ein Bein in die Luft gestreckt, kreiselnd, und lächelten ins Publikum.
»Habe ich etwas versäumt?« fragte ich die Präsidentin.
»Fast nichts«, sagte sie. »In der ersten Szene kam ein Mädchen auf die Bühne und hat aus einer Aschentonne ein Plakat gezogen. Sie entrollte das Plakat. Auf dem Plakat war ein anderes Mädchen dargestellt, das einen Bikini trug. Offenbar regte dies das Mädchen auf der Bühne zum Wunsch nach einem Bikini an. Sie entnahm der Aschentonne zwei Fetzen Stoff, zog sich, hinter die Tonne geduckt, aus und legte die Kleider auf eine Bank. Da kam ein Mann mit einer zweiten Aschentonne. Das unbekleidete Mädchen sprang rasch in die erste Tonne. Der Mann sah die scheinbar herrenlosen Kleider, warf sie in die Tonne, die er bei sich trug, fand auch die beiden Fetzen Stoff, warf sie in die nämliche Tonne und hob sie sich auf den Rücken. Er war vermutlich von der Müllabfuhr. Er nahm dann auch die zweite Tonne, die hatte aber keinen Boden: das Mädchen saß also, durch Vorwitz nackend, auf der Straße. Das Publikum klatschte.«
»Und das Mädchen?«
»Das rührte sich nicht. Der Vorhang fiel.«
»Hm«, sagte ich, »das war wohl bestenfalls die Exposition des Stückes.«
Die Girls tanzten jetzt im grünen Licht. Sie lächelten ununterbrochen und hüpften dann hinaus.
Der Vorhang senkte sich, ging aber sogleich wieder auf und gab den Blick auf eine Schneelandschaft frei, in der im Halbkreis acht Schneemänner standen. Ein Paar tanzte – und imitierte dabei verblüffend das Schlittschuhlaufen – um die Schneemänner herum, spielte Fangen – wohl eine Art »Liebeswerben«, denn das Orchester spielte Tschaikowsky – und als es endlich vereint tanzte, erschien oben auf einer Schaukel Amor und schoß einen

Pfeil ab. Der männliche Teil des Tanzpaares fing den Pfeil auf, riß ihn auseinander: es wurde ein großes Herz daraus. Das Herz begann grell zu leuchten, daraufhin schmolzen die Schneemänner, und aus jedem Schneemann – »das also war des Schneemanns Kern« – sprang ein Nanking-Girl, nur mit vagen Resten von Schnee bedeckt. Die ehemaligen »Schneemänner« holten tanzend einen Schlitten. Das Paar nahm darin Platz und wurde von den Girls hinausgezogen.

Es folgte eine Szene, in der die Girls, zur Hauptsache mit Flügelhäubchen und Holzschuhen bekleidet, als Holländerinnen um eine Windmühle tanzten, aus der eine Kuh das Lied ›Junge, komm bald wieder ...‹ sang.

Dann kam die Pause.

Herr Weckenbarth flüsterte mit Lord Alfred, Dr. Jacobi hörte den beiden zu und machte ein bedenkliches Gesicht. Don Emanuele war hinausgegangen.

In aller Unschuld trat ich zu Dr. Jacobi und fragte, was los sei.

Sehr unmutig, ja kränkend, wies mich Herr Weckenbarth zurück, so, als wäre ich nicht Senator, nicht Kammerherr, sondern ein beliebiges, dahergelaufenes Subjekt aus dem Parterre, ein Schulbub, der in die Lehrerkonferenz eingedrungen war. Ich mag den Wortlaut nicht wiedergeben.

Die Ministerpräsidentin nahm meinen Arm und zog mich, wie um mich zu trösten, in die Loge zurück. Dort setzten wir uns.

»Ärgern Sie sich nicht«, sagte Carola. »Es geschieht aus Rücksicht auf Sie.«

»Wieso?«

Sie schwieg.

»Es scheint mir, irgend etwas ist passiert. Sagen Sie mir die Wahrheit.«

»Nichts ist passiert«, sagte sie und wandte sich ab, »nichts.«
»Ist es ernst?« fragte ich.
»Bitte?«
»Ich bitte Sie schlicht um die Aufklärung der Vorgänge, warum Weckenbarth so geheimnisvoll tut, und Sie geben vor, mich nicht zu verstehen. Wenn wer nicht zu verstehen das Recht hat, bin ich es.«
»Einen Ton, chéri, haben Sie.«
»Verzeihen Sie, aber – geht es Ihnen nicht so? – man wird langsam verrückt.«
»Ich fühle mich normal.«
»Mir geht die Zeit ab hier herinnen, der Widerstand, die Reibungswärme, die die Angst vor dem Älterwerden erzeugt, wenn wir uns dagegen sperren, sinnlos, aber immerhin erfrischend. Ich rede gar nicht von den frischen Forellen, die wir fürs Leben abgeschrieben haben dürften, gar nicht vom gesunden Schlaf. Mir fehlt die Notwendigkeit, einen *élan vital* zu beweisen – was heißt schon Leben hier herunten, ich weiß ja kaum, ob das noch Leben ist, dieser verdammte ewige Tag, der eine Nacht ist, ohne Stunden, ohne Datum, ohne Jahreszeit – möglicherweise ohne Tod ... – Ist das Leben des Ewigen Juden ein Leben? – Eben! Wissen Sie jetzt, was es heißt: das Leben hat seinen Sinn erst durch den Tod? Wir verzehren uns, wenn wir wissen. worum es geht: um uns zu bestätigen. Die Zeit vor uns ist der Lehmberg, aus dem wir Ziegel brennen für unsere Zwingburg gegen den Tod. Steht diese Burg, ist der Berg unseres Lebens abgetragen. Um die Burg der Unsterblichkeit zu errichten, mußten wir Stück für Stück unseres Lebenslehmes ins Feuer schieben. Wir können nicht beides zugleich haben, Berg und Burg. Wir können nicht ewiges Leben und Unsterblichkeit vereinigen auf der Welt. –

Chérie, geht es Ihnen nicht auch so, ich drohe vor Unlust zu zerspringen?«
»Sie haben das erste Mal ›chérie‹ zu mir gesagt ...«
Es läutete. Die Pause war zu Ende, aber die anderen kamen nicht zurück. Ich fragte nach ihnen.
»Die werden sich, glaube ich«, sagte Carola, »den zweiten Teil des Programms nicht anschauen können.«
»Warum nicht?«
»Psst, es wird dunkel.«
Nach einer kurzen Ouvertüre hüpften die Nanking-Girls erneut in wechselnd buntem Licht.
Dann trat ein Zauberer auf und machte ein paar Kartenkunststücke. Auf die Entfernung konnte man die Kunststücke nicht erkennen. Nach einigem Beifall steckte er die Karten wieder ein und bat eine junge Dame aus dem Parkett zu sich aufs Podium. Die Dame trug merkwürdigerweise einen Reitzylinder zum Abendkleid. Der Zauberer zauberte zunächst ihr Abendkleid hinweg, dann die Unterröcke – sie trug drei –, dann die Schuhe, wodurch die Dame zu einem netten Hupfer gezwungen wurde, und dann die Strümpfe. Endlich ging es an die Unterwäsche, Stück für Stück, bis die Dame, die Arme überm Busen notdürftig gekreuzt, den Zylinder auf dem Kopf, in einem schwarzen Höschen auf der Bühne stand. Jetzt hexte der Zauberer auch das Höschen beiseite; blitzschnell riß die Dame den Reitzylinder vom Kopf und hielt ihn – unter Preisgabe des Busens – vor ihren Schoß. Der Zauberer holte zu einer großen Geste aus, das Mädchen schaute ängstlich um sich, die Musik ließ ein leises Bässegrollen hören, alles hielt den Atem an – Tusch der Musik: der Zauberer hatte das Mädchen weggezaubert, nur der Hut hing an alter Stelle bewegungslos in der Luft. In einem goldenen Schlafrock kam das Mädchen hinter dem Vorhang hervor, setzte den

Zylinder wieder auf und verbeugte sich mit dem Zauberer.
»Na«, sagte Carola, »immer noch grantig?«
»Es muß höllisch peinlich gewesen sein, sofern das Spiel nicht abgekartet ist, so unvorbereitet auf offener Bühne entkleidet zu werden. Ich begrüße es, daß Sie in der Loge sitzen und nicht zu derartigen Vorstellungen vom Zauberer geholt werden können.«
»Ach wissen Sie, – unter so engen Kleidern – ich hätte schon nach dem ersten Zauber zum Zylinder greifen müssen und hätte, wie Sie sehen, gar keinen bei mir gehabt ...«
Der Beifall war orkanartig gewesen. Der Zauberer mußte sich bereit erklären, die Szene zu wiederholen. Er bat eine sehr alte Dame aus dem Publikum zu sich. Das Publikum zischte und pfiff. Der Zauberer wollte die Dame daraufhin zurückschicken, aber die Dame bestand auf ihrem Auftritt. Seufzend zauberte der Zauberer sie sofort weg.
Dann holte er wieder ein junges Mädchen aufs Podium. Das Mädchen trug ein rotes Kleid, der Zauberer aber war offenbar durch das Vorkommnis mit der alten Dame zerstreut, und statt dem Mädchen das rote Kleid, zauberte er sich selbst die Hosen weg. Er lief in die Kulissen, holte die Hose und zog sie unter Entschuldigungen wieder an. Darauf zauberte er ordnungsmäßig die Hüllen des Mädchens weg. Als er beim schwarz-weißen Spitzenmieder angelangt war, stürzte ein Herr auf die Bühne, der behauptete, der Bräutigam des Mädchens zu sein, drohte und tobte. Der Zauberer schaute eine Weile zu, machte dann eine Zauberbewegung, und der Mann war eine Zimmerlinde geworden. Lächelnd reduzierte er dann mit Souveränität und ohne weitere Störungen die Garderobe des Mädchens bis auf ein – diesmal lindgrünes – Höschen. Da das Mädchen keinen Hut trug, drehte es sich

geistesgegenwärtig um. Der Zauberer zauberte dann dem rücksichtslos tobenden Publikum den Popo des Mädchens frei, verbeugte sich und wollte gehen. Das Mädchen schrie auf. Der Zauberer stutzte, griff sich, seine Zerstreutheit lächelnd bedauernd, an den Kopf, machte ein Zauberzeichen, und statt des Mädchens huschte eine Maus über die Bühne und in den Souffleurkasten. Mit einem entsetzlichen Schrei kam die Souffleuse aus dem Kasten gesprungen. Auch die Souffleuse war ein junges Mädchen.

Der Zauberer, einmal im Fahrwasser seiner Kunst, zauberte auch ihr das Kleid weg. Die Souffleuse kreischte und sprang hin und her, wollte von der Bühne herunter, wurde aber unter Anfeuerung des Publikums gnadenlos Hülle um Hülle frei gezaubert. Verzweifelt hielt sie ihr heringsblaues Höschen fest – es half nichts, wie von einem Sog gepackt, wurde es weggefegt. Splitternackt kletterte die Souffleuse den Vorhang hinauf, in dessen Falten sie sich verbarg. Der Zauberer zauberte noch einmal. Es krachte und blitzte, der Vorhang wurde zugezogen, und auf dem Vorhang zeigte sich das Bild der nackten Souffleuse in Perl-Stickerei.

Man war außer sich vor Beifall.

Der Zauberer kam vor den Vorhang, verbeugte sich, machte eine kleine Bewegung, und vier Damen aus dem Publikum flohen kreischend und nackt in die Garderobe ...

Ich schaute zu Carola hinüber: sie trug ihr honiggelbes, futteralenges Abendkleid noch. Der Zauberer aber wurde von der Direktion mit Gewalt hinter den Vorhang gezerrt, ehe er Weiteres hinwegzaubern konnte.

Die folgenden Darbietungen vermochten nach dem Zauberer unsere Aufmerksamkeit begreiflicherweise kaum noch zu fesseln. Dennoch hatte ich bis zum rauschenden Finale Weckenbarth und die anderen vergessen.

Sie waren während des ganzen zweiten Teils der Revue nicht mehr erschienen, auch nicht die elenden mechanischen Zwerge, die sich bis zur Pause im Hintergrund der Loge herumgedrückt hatten. Jetzt allerdings – nachdem der frenetische Applaus verklungen und Nanking sich wieder und wieder vor dem Publikum verbeugt –, als wir von der Loge ins Foyer traten, fand ich sie dort versammelt. Sie sprachen nichts und taten sehr beschäftigt: Weckenbarth entkorkte eine Flasche Champagner, Dr. Jacobi bekränzte einen Kelch mit Lorbeer, Don Emanuele und Lord Alfred legten einen roten Läufer durch die Flügeltür hinaus in die Wandelhalle. Die Zwerge streuten aus Körben – wohl künstliche – Rosenblätter. Draußen bildete sich eine Traube von Neugierigen. Mit anderen Uniformierten war Lenz beschäftigt, die Menge im Zaum und eine schmale Gasse frei zu halten. Aus den Schaulustigen winkte mir Kollege Uvesohn zu.
Durch eine Seitentür schlüpften die zwei Hornisten, die beiden Trompeter und die drei Posaunisten des Orchesters herein, spuckten in die Mundstücke ihrer Instrumente, bliesen verhalten den einen oder anderen Ton und wurden von Alfred im Hintergrund des Foyers zwischen zwei Säulen postiert.
Jetzt wurden Vivat-Rufe laut. Die Musiker setzten ihre Instrumente an. Weckenbarth füllte die Gläser und reichte jedem von uns eins. Seines und den bekränzten Kelch stellte er auf ein Tablett. Wir ordneten uns zu einem Halbkreis, und dann kam Nanking ...
Ein Tusch der Bläser – ein tausendfaches Vivat der Menge. Weckenbarth reichte ihm den lorbeerbekränzten Pokal, die Zwerge warfen die restlichen Rosenblätter in die Luft, so daß sie auf den Gefeierten herniederrieselten. Don Emanuele bekränzte den Schädel des Impresarios mit einem Ölzweig. Weckenbarth erhob nun sein Glas,

die Bläser spielten eine langanhaltende Fanfare, und alles trank auf das Wohl des Herrn Nanking. – Noch wußte ich nicht, daß dies seitens meiner Freunde tiefste Heuchelei war ...

Ich hatte den Gedanken, mein ausgetrunkenes Glas auf dem Marmorfußboden zu zerschleudern. Man tat es mir begeistert nach, zuletzt Nanking, der zuvor noch den umkränzenden Lorbeer küßte.

Dann gratulierten wir. Nanking stellte seine Protagonisten vor: den Zauberer, die Tänzerinnen, den Kapellmeister.

Dr. Jacobi sagte zu mir: »Schrecklich, jetzt ist er sicher der glücklichste Mensch.«

»Wieso schrecklich?« sagte ich.

Er sah mich erstaunt an. Die anderen hatten sich zum Hinausgehen formiert. Voran schritt Nanking, dann Herr Weckenbarth, danach die Präsidentin mit Lord Alfred, dann kamen Dr. Jacobi, Don Emanuele und ich, die Zwerge und die übrigen. Nahezu im Gänsemarsch drängten wir uns durch das jubelnde Publikum, bis es eine Stauung gab. Man hatte sich Nanking auf die Schultern gehoben! Wieder brausten Vivat-Rufe, und die Uniformierten mußten eingreifen, um die Menge etwas zu zerteilen. Endlich flüchteten wir uns mit Nanking in einen Seitengang. Die Musiker wurden entlassen. Wir begaben uns in jenen clubzimmerartigen Raum, wo ich nach unserer Rettung seinerzeit die Freunde wiedergetroffen hatte.

Auch hier war, neben einem kleinen Imbiß, Champagner kaltgestellt.

Allmählich wurde es ruhiger. Ich unterhielt mich mit dem Kapellmeister, einem gewissen Herrn Franzelin aus Bruneck, als Weckenbarth sich zu uns gesellte.

Ich bin ein schnellverzeihender Mensch und vergaß allen

Kummer, den mir der Ruinenbaumeister zugefügt hatte, sobald er in der alten Freundlichkeit zu mir sagte:
»Kammerherr und Conpater, kommen Sie einmal mit mir beiseite.«
Wir traten zum Kamin.
»Ich muß Ihnen die sonst geheime Mitteilung machen, die Ihnen als Senator nicht vorenthalten werden darf und soll, daß wir eine Spinne, *eine lebendige Spinne* hier herinnen gesehen haben! Und was noch schlimmer ist: wir haben sie bis jetzt nicht erwischt. Womöglich hat sie schon Junge...«
Er schlug mir leicht auf die Schulter und entfernte sich. Ein allgemeines Aufbrechen begann. Die Gäste verliefen sich, zurück blieben nur wir, die zum engeren Kreis der Präsidentin gehörten, und Nanking.
Alles schwieg.
Nanking, der eben noch mit Don Emanuele gesprochen hatte, sah sich plötzlich allein. Betroffen schaute er sich um. Da näherten sich ihm die beiden Zwerge. Er wich zurück und ließ sein Glas fallen. Dann schrie er. Die Zwerge versetzten ihm einen Schlag mit der flachen Hand in die Hüften. Nanking sank zusammen und schrie weiter. Ich – ich wußte nicht, ob ich Nanking helfen sollte – blickte zu Weckenbarth hinüber. Mehr als ernst, mit Priesterfeierlichkeit sah er auf Nanking und die Zwerge. Ich wußte nicht mehr, was ich denken sollte.
Die Zwerge packten Nanking, der sich anfänglich wehrte, aber nach einigen Würgegriffen der Zwerge den Widerstand aufgab. Dann zogen sie ihn an den Füßen hinaus. Weckenbarth, Don Emanuele, Dr. Jacobi und der Herzog folgten mit Kondukts-Gesichtern. Ich wollte ihnen nach, aber Carola hielt mich zurück.
»Wir gehen da hinaus«, sie deutete auf die Haupttüre des Zimmers. Davor warteten Lenz und zwei Trabanten der Präsidentin.

»Sagen Sie, was bedeutet das?«
»Gardez aux serviteurs ...«
Wir gelangten in die Gemächer Carolas, die so fuchsbauartig angelegt waren wie die meinigen, nur weitläufiger und kostbarer ausgestattet.
Lenz und die Trabanten salutierten und blieben zurück. Wir durchquerten einen weiten Saal, an dessen Ende eine Zofe wartete; Carola beurlaubte sie. Dann traten wir in den zentralen Raum der Suite. Er sah aus wie die erste Szene einer besonders verschwenderisch dekorierten Festaufführung des ›Rosenkavalier‹. In der Mitte des Zimmers, wie ein großes Schiff vor Anker, ruhte ein mit purpurnen Vorhängen verhangenes Himmelbett. An der Wand fiel mir ein kleiner Kupferstich auf, er zeigte einen fetten alten Mann, umgeben von sieben jungen Mädchen. Der Mann war mit Orden geschmückt und saß in einem Lehnstuhl.
»Den Mann kenne ich«, sagte ich.
»Ein Familienstück«, sagte Carola.
»Haben Sie Ihre Familienstücke in der Eile retten können, oder trugen Sie es zufällig bei sich?«
»Dieses Mädchen hier ist meine Urgroßmutter. Die andern sind ihre Schwestern. Der Mann ist ihr Onkel. Er war der berühmte Kastrat Torroni. Seine Schwester, meine Urahne, war Sängerin, vielleicht noch berühmter als er: Giuseppina Torroni, genannt La Forlisana. Leider zeugen die sieben Töchter nicht eben von einem soliden Lebenswandel meiner Vorfahrin, jede hat nämlich einen andern Vater ...«
»Die Geschichte kommt mir bekannt vor«, sagte ich.
»Aber jetzt walten Sie Ihres Amtes.«
»Welchen Amtes?«
»Ich sagte Ihnen doch, als Kammerherr sind Sie berechtigt, meine Reißverschlüsse zu öffnen. Sie sind sogar dazu verpflichtet!«

Die Vorhänge des Himmelbettes glitten zur Seite. Nicht Carola weckte mich, sondern Lenz.
»Der Lenz ist da!« sagte er.
Ich erhob mich. Ich war allein. Zwar hatte ich ausgiebig geschlafen, doch stets – so auch jetzt – stimmte es mich mißmutig, nicht an einem frischen Morgen zu erwachen, sondern bei künstlichem Licht aufstehen zu müssen. Lenz hatte mir einen Tagesanzug mitgebracht. Ich war einige Male veranlaßt, seine Anzüglichkeiten zu verweisen. Dann ließ ich mich von ihm zum Speisesaal führen.
Weckenbarth, Lord Alfred, die Zwerge und, zu meinem Erstaunen, Oberst Baron von Schwweyzshauszsz waren dort. Da der Platz zwischen Weckenbarth und dem Herzog frei war, setzte ich mich dort hin. Der Ruinenbaumeister beugte sich zu mir.
»Na?«
»Was ›na‹?«
»Wie war's?«
»Was?«
»Sie tun aber verschämt! Wie war's mit Carola?«
»Hat sich das schon herumgesprochen?«
»Man müßte ja blind sein. Außerdem macht Ihnen niemand einen Vorwurf.«
»Sie ist sehr ... sehr exzentrisch ... Sie hat mir, wie soll ich sagen, im Moment, wo ... im Moment, als ... da ...«
»Schon gut«, grinste Weckenbarth, »also?«
»Nun ja, just in dem Moment also, hat sie mir den Rang eines ›Komtur des Lindwurmordens von der Wiedererweckung des Lazarus‹ verliehen ...«
»So –«, sagte Weckenbarth, »im Bett?«
»Natürlich, wo denn sonst!« sagte ich. »Ich glaube: mit Honiggelbem Band.«
»Ja«, sagte der Ruinenoberbaurat schmunzelnd, »mit Honiggelbem Band. – Damit ist der erbliche Freiherrenstand

verbunden. Jetzt wissen Sie vielleicht auch warum ... et cetera.«

»Ach?« sagte ich. »Und was meinen Sie mit ›warum ... et cetera‹?«

»Na ja; vielleicht fürchtete oder hoffte Carola, in eben jenem Moment ... Sie verstehen! Und da sollte doch der Vater mindestens Baron sein. Sie ist da eigen.«

Später, ich kann nur sagen »später«, denn die absolute Zeit gab es ja nicht mehr, zog ich mich in mein Appartement zurück.

Einen geregelten Rhythmus von Wachen und Schlafen gab es nicht. Man legte sich hin, wenn man schläfrig war, man stand auf, wenn man erwachte und nicht mehr weiterschlafen wollte, oder – wie jetzt – wenn man geweckt wurde.

Weckenbarth stand neben meinem Bett. Ich merkte sofort, daß er anders war als sonst. Der ironisch-gelangweilte Insel- und Ghetto-Ton, den wir uns angewöhnt hatten, war besorgtem Ernst gewichen:

»Ich bin durch den Ihnen bisher unbekannten Noteinstieg hereingekommen. Ihr Bursche braucht nichts zu wissen. Kommen Sie bitte mit.«

Ich sprang aus dem Bett und kleidete mich rasch an.

»Was ist los?« fragte ich.

Der Ruinenbaumeister war in ein kleines Taschenbuch vertieft und antwortete nicht.

»Ich bin soweit«, sagte ich schließlich.

Weckenbarth schaute auf, steckte sein Taschenbüchlein ein und ging mir voraus in eines der meinen Zentralsalon umschließenden Zimmer. Dort war die Lüsterrosette heruntergeklappt. Eine schmale eiserne Leiter ragte aus der dunklen Öffnung. Wir stiegen hinauf. Oben betätigte Weckenbarth einen Mechanismus, der die Leiter einzog und die Luke schloß. Wir befanden uns in einem weiten, mäßig hohen Raum. Unzählige, in regelmäßigen Abständen gesetzte Aluminiumsäulen stützten, soweit man sehen konnte, den Plafond. Decke und Fußboden waren spiegelglatt.

Der Ruinenbaumeister bestieg einen kleinen Elektrokarren, ich sprang hinten auf und hielt mich fest, während der Karren zwischen den Säulen hindurchsauste. Endlich kamen wir an einen Lift. Dr. Jacobi wartete dort und hielt die Tür auf. Auch er sah ernst und besorgt drein.

»Schnell«, sagte Weckenbarth und trat, ohne Höflichkeiten zu berücksichtigen, als erster in den Aufzug. Die Tür schloß sich. Als sie wieder aufging, eilte Weckenbarth in einen holzgetäfelten Gang voraus. Wir liefen um einige Ecken, dann sahen wir Lord Alfred, der uns vor einer geöffneten Tür erwartete. Ohne weiteren Gruß traten wir über die Schwelle.

In einem dämmerigen Raum, dem man das Aussehen einer Kapelle zu geben versucht hatte, kniete Don Emanuele vor einem Katafalk und sprach laut die Totengebete der römischen Kirche. Schizeon und Paitikles, die Achtermaler, standen in Ministrantengewändern links und rechts neben ihm und schwangen Weihrauchgefäße. Zu beiden Seiten des Katafalks brannten drei hohe Kerzen.

Wir waren, Weckenbarth folgend, im Sturmschritt hereingekommen. Beim Anblick der geschilderten Szene blieb ich verwundert stehen. Weckenbarth bedeutete mir mit einem Nicken, näher an den Sarg zu treten.

Im Sarg lag der Ewige Jude.

»Ist er tot?« flüsterte ich.

Der Ruinenbaumeister sagte nichts.

»Haben die Zwerge ihn umgebracht, wie Nanking?«

»Nein«, sagte Weckenbarth, ebenfalls flüsternd, »der wäre wohl nicht geeignet gewesen. Kommen Sie.«

Er führte mich am Katafalk vorbei – ich blickte Herrn Ahasver ins Gesicht; die grüne Farbe war fast ganz daraus gewichen, er sah lebendiger aus als zu Lebzeiten – durch eine andere Tür in einen kleinen, schmucklosen Nebenraum.

»Sie wissen«, sagte Weckenbarth, nachdem wir die Tür geschlossen, »was das bedeutet?«

»Ja«, sagte ich, »das Ende der Welt.«

»Setzen wir uns, mein Freund, Sie haben wohl recht. Ahasver wurde tot in seinem Zimmer aufgefunden. Woran er gestorben ist, wissen wir nicht, haben wir auch nicht weiter untersucht; äußere Verletzungen haben wir nicht festgestellt, ist auch gleichgültig. Ahasvers Tod ist nicht das einzige alarmierende Zeichen. Die Spinnen sind eingedrungen!«

»Führen wir Krieg gegen *Spinnen*?«

»Aber nein«, sagte Weckenbarth gereizt, fügte aber gleich versöhnlicher hinzu: »Natürlich können Sie das alles gar nicht wissen. Wir haben keine Ahnung, gegen wen wir Krieg führen. Das ist jedoch nicht das schwierigste Problem, wenn unsere militärische Führung auch nicht verkennt, daß dies – unsere Unkenntnis des Gegners – unser strategisches Vorgehen erheblich erschwert. Sie wissen, was man vor einigen Jahrzehnten ›konventionellen Krieg‹ nannte?«

»Ja«, sagte ich, »mit Kanonen, Panzern, Flugzeugen und so.«

»Danach kam – das ist schon ein Endchen praktiziert worden – der Atomkrieg. Dann, in der Theorie, der chemische Krieg, dann der biologische; jetzt haben wir den spiritistischen Krieg; das ist nur eine logische Fortsetzung.«

»So was Ähnliches habe ich schon vermutet, als ich einmal oben war.«

»Durch gewisse Verfahren zwingt unser Militär den Gegner, sichtbar zu werden. Dann können wir ihn vernichten. Mehrfach ist uns das auch schon geglückt, aber ein durchschlagender Erfolg ist uns bisher versagt geblieben. Damals, kurz vor Nankings Revuepremiere – Sie erinnern sich – ist eine Spinne eingedrungen. Vermutlich sind diese Spinnen gegnerische Instrumente. Das Eindringen der Spinne seinerzeit bedeutete also eine erhebliche Gefahr – nicht so sehr der Spinne selber wegen, als der damit offenbaren Tatsache, daß der Gegner Mittel und Wege hat, die von uns für unüberwindlich gehaltene Dispositionsparallaxe zu durchdringen. Die Spinne ist nämlich, das haben wir inzwischen herausgefunden, nicht von oben, durch den Dom, sondern direkt in den Kern der Zigarre eingedrungen. Wir haben den Angriff durch ein – bitte erschrecken Sie nicht«, Weckenbarth stand auf und wandte sich ab, wie um mir sein Gesicht nicht zeigen zu müssen, »– durch ein Menschenopfer abgewehrt.«
»Nanking«, sagte ich.
»Ja, Nanking. Deshalb haben wir ihm den Triumph seiner Revue verschafft, denn bei diesem Menschenopfer muß ein *glücklicher* Mensch geopfert werden.«
»Und wie«, begreiflicherweise sprach ich mit etwas belegter Stimme, »wurde er geopfert?«
»Schrecklich, sage ich Ihnen«, Weckenbarth blickte mich wieder an, »schrecklich. Sie werden es sehen.«
»Gott bewahre mich«, sagte ich langsam.
»Jetzt sind neuerdings Spinnen – nicht *eine* Spinne, *Spinnen* eingedrungen! Sie haben uns von oben abgeschnitten, das heißt, wir müssen befürchten, daß es oben nichts mehr gibt. Vier Fünftel unserer Armee sind nicht mehr, alle, die oben lagen. Unsere Anstrengungen haben zwar vermocht, daß sich die Spinnen im Augenblick ruhig verhalten, zweifellos bereiten sie aber einen neuen

Angriff vor. – Wir müssen ein zweites Menschenopfer bringen.«
»Wen?« fragte ich.
»Wir haben Anhaltspunkte, daß der Gegner irgendwie das weibliche Prinzip verkörpert; wir müssen deshalb eine Frau opfern. – Ich nehme an, Sie wissen jetzt, warum ich Sie hierhergebracht habe?«
»Carola«, sagte ich.
»Die Spinnen haben zwar die Leitung zum Haupt-Elektrizitäts-Kraftwerk unterbrochen, vielleicht sogar das Werk zerstört, wir haben aber noch das Notaggregat. Es reicht so lange, daß wir nicht beunruhigt zu sein brauchen, selbst wenn an dem Ball, den ich habe ausrichten lassen, nicht an Licht gespart wird – es ist unsere letzte Chance!«
»Jetzt ein Ball?« fragte ich.
»Ein Ball für Carola«, sagte der Ruinenoberbaurat, »es muß ein glücklicher Mensch geopfert werden, und daß Carola glücklich ist, das ist Ihre Aufgabe!«
Ich stand auf. »Was ist Glück?« sagte ich.
»Für theoretische Erörterungen haben wir jetzt keine Zeit. Gehen Sie und ziehen Sie sich um. Dann holen Sie Carola ab.«
»Ich –« sagte ich, »ich bin sicher ... ich bin bestimmt kein glücklicher Mensch ...«
Lenz war gerufen worden. Er wartete an der Tür, draußen vor der Kapelle, in der Don Emanuele noch immer die Exequien für den Ewigen Juden las, und führte mich zurück in meine Suite, in der das Licht, es war nicht zu verkennen, schwächer brannte ...

Der Ball fand im Theater statt. Die Stühle waren aus dem Parkett entfernt worden. In den Logen und auf den Rängen standen festlich gedeckte Tische. Lenz begleitete mich hin. Ein Leibgardist Carolas führte mich in die Mittelloge. Ich trug meinen Frack und meine verschiedenen Orden. – Der Senat hatte mir unter anderem, freilich nur um sich meiner Gunst zu versichern, für meinen mit der Zeit bekannt gewordenen Ausflug in den Dom das Sternenkreuz für Tapferkeit vor dem Feinde verliehen. – Don Emanuele, Ruinenbaumeister Weckenbarth, Lord Alfred und Dr. Jacobi, die bereits in der Loge saßen, trugen eigenartige scharlachrote Umhänge.

»Ist das ein Maskenfest?« fragte ich.

Die Stimmung war verständlicherweise gedrückt. Weckenbarth schaute auf:

»Vom Militär sind nach dem großen Feindeinbruch nur die Garden, die hier unten stationiert waren, und ganz geringe Truppenreste, nämlich diejenigen Soldaten, die aus irgendeinem Grunde nicht oben waren, übrig geblieben. Offiziere gibt es fast keine mehr, alle Generäle sind tot. Das hier«, Weckenbarth schlug den Umhang auseinander, und ich sah, daß er eine scharlachrote Uniform trug, »ist eine Generalsuniform.«

»Sie alle sind also Generäle?«

»Wir alle sind Generäle«, sagte Weckenbarth, aber niemand lachte.

Ich setzte mich.

»Das Fest findet zu Ehren von Carola statt?« sagte ich nach einer Weile.

Don Emanuele seufzte. Weckenbarth sagte: »Ich habe ihr erzählt, ich hätte nachgerechnet, daß heute draußen ihr Geburtstag sei.«

»Das stimmt aber nicht?«

»Keine Spur – das heißt: wer weiß, vielleicht ist es wirklich ihr Geburtstag. Niemand könnte das ausrechnen.«

»Aber ihr Todestag ist es«, sagte ich leise. Alles schwieg.

Wie von Weckenbarth angekündigt, wurde an Licht aus

dem Notaggregat nicht gespart. Ein Symphonieorchester spielte.
Dr. Jacobi beugte sich zu mir. »Mit der Musik ist es ähnlich wie mit der Literatur, wenn Sie sich an unser damaliges Gespräch erinnern – auch ein musikalisches Archiv war vorgesehen, auch dazu kam es nicht mehr. Zwar haben bestimmt nur die wenigsten Noten mitgenommen, da schon eher Bücher, und der eine oder andere Musiker hat vielleicht mit seinem Instrument Stimmen mitgebracht, aber das hilft nicht viel. Dafür ist es aber mit dem Musikgedächtnis besser bestellt: die Arbeitsgemeinschaft der Musiker konnte, bis auf die ›Zweite‹, alle Beethovensymphonien, von Schubert das Forellen-Quintett, einige Haydn-Symphonien, durch die Hilfe einer Pianistin das B-Dur-Konzert von Brahms, und durch die eines Cellisten das Dvorák-Konzert rekonstruieren. Jetzt arbeiten sie sogar an der Achten von Bruckner. Und der Kerl da, der junge Kapellmeister, hat allein eine Reihe von Strauß-Walzern auswendig gewußt, samt der Instrumentation.«
»Für eine Rekonstruktion der ›Don-Giovanni‹-Partitur könnte ich der Arbeitsgemeinschaft meine Mitwirkung zur Verfügung stellen.«
»Das würde der Arbeitsgemeinschaft sicher eine Ehre sein«, sagte Dr. Jacobi, »aber eine ›Don Giovanni‹-Partitur habe ich immer bei mir.«
Das Orchester hatte schon einige Walzer gespielt. Getanzt wurde noch nicht. Jetzt, mitten in ›*Gschichten aus dem Wienerwald*‹ klopfte der Dirigent ab, drehte sich um, und das Orchester intonierte einen Tusch. Die Tür unserer Loge flog auf. Wir standen auf und traten zur Seite. Carola, ganz in Schwarz, trat ein. Alle Anwesenden jubelten zur Loge hinauf, ein Regen von – leider wieder nur künstlichen – Blumen fiel vom Plafond des Saales. Mit Würde schritt die Ministerpräsidentin an den Rand der Loge und

grüßte herzlich ihr Volk. Rasch und unauffällig entfernte sich Weckenbarth. Wir hatten uns kaum gesetzt, erschien er unten vor dem Vorhang und hielt eine Rede. Ohne Zweifel war er ein Mann von Selbstbeherrschung. Ich mag ihm Unrecht tun, aber ich werde den Gedanken nicht los, daß das Maß an Selbstbeherrschung, ja Selbstverleugnung, das er beim Ablesen dieser Rede zeigte, ohne Zynismus nicht denkbar gewesen wäre. Einmal sprach er sogar von Carolas Opfern für uns alle, und zum Schluß sagte er: »Ich kann Ihrer Magnifizenz kein langes Leben wünschen, wie man es wohl gemeinhin bei Geburtstagslaudationes tut, denn was ist – bei unserer korrumpierten Zeit – ein langes Leben, da wir es weder an Tagen noch an Jahren messen können? Aber ich wünsche Ihnen, Magnifizenz, des Lebens Erfüllung für den denkenden Menschen: Ihren Anlagen gemäß verbraucht zu werden.«
Wieder jubelten die Leute, ohne den schrecklichen Doppelsinn zu ahnen. Draußen vor der Logentür warteten schon, das hatte ich gesehen, Schizeon und Paitikles, die Henker.
Auf die Rede Weckenbarths folgte ein Ballett der Nanking-Girls, ganz klassisch, in Weiß und Frou-Frou. Sie tanzten einen Gratulationswalzer, jenen ›*Congratulation-Waltz*‹ den Johann Strauß in Boston zum Hundertjahrjubiläum der Unabhängigkeitserklärung geschrieben hatte.
»Johann Strauß hat auf alles etwas geschrieben«, sagte Dr. Jacobi, »A. W. Ambros sagte einmal – das wäre ja jetzt sehr aktuell – zum Ende der Welt hätte Johann Strauß, ohne mit der Wimper zu zucken, die ›Posaunen des Letzten Gerichts-Quadrille‹ komponiert. – Es ist etwas Unbegreifliches um diese Musik. Es ist ein Zauber in diesen Walzern, dem sich kaum jemand entziehen kann, selbst wenn er sonst nur in Parsifal-Gewässern schwimmt, wie weiland Knappertsbusch. Dabei ist dieser

Zauber unergründlich: die Melodien sind einfach, manchmal simpel, streng in viertaktige Perioden gepaßt, die äußere Form sogar kunstlos – eine schlichte Aneinanderreihung von gleich langen Walzerthemen; zwar ist der Wechsel zwischen belebten und ruhigen, breit fließenden und sprunghaften, gemütvollen und großartigen Abschnitten stets außerordentlich kunstreich, gewiß ist die Instrumentation äußerst geschickt und effektvoll – aber das allein kann es nicht ausmachen ... sie haben etwas von der Magie der Vollendung.«
»Ich nehme an« – wie lang war es her, daß davon die Rede war? – »Sie haben ein Buch darüber geschrieben?«
Mit Augen, aus denen das Entsetzen sprach, schaute Dr. Jacobi mich an. »Ja. Oder glauben Sie, daß ich *jetzt* frische Gedanken hätte für so etwas?«
Nach dem Ballett erfolgte die Geburtstagscour. Wir begaben uns dazu in den saalartigen Vorraum der Präsidentenloge. Gardisten begleiteten die Gratulanten herein. Alle Senatoren, die verbliebenen Offiziere, der Kapellmeister und die Nanking-Girls kamen, um der Ministerpräsidentin Glück zu wünschen.
Während der Cour standen wir hinter ihr, Carolas schwarzes, bodenlanges Kleid wurde nach unten hin weiter; von den Hüften aufwärts eng anliegend, umschloß es mit einem hohen Kragen aus dichten Spitzen den Hals. Aus Spitzen waren auch – ein Kontrast zur Strenge des Kleides – die außerordentlich weiten, spielerischen Ärmel, durch die ihre vollen Arme schimmerten. In den Händen hielt sie einen geschlossenen schwarzen Fächer.
Ich faßte einen verrückten Plan. Auf die Gratulationscour sollte, so hatte mich Weckenbarth informiert, der eigentliche Ball folgen. Carola und ich sollten ihn mit dem ersten Tanz, Carolas Ehrenwalzer, eröffnen.
– Gewiß, sagte ich mir, ist es Weckenbarth, auch Dr. Ja-

cobi und den anderen gegenüber undankbar. Doch was heißt undankbar? Gut, Don Emanuele hatte mich, vielleicht mußte man sogar sagen: ohne Rücksicht auf sich selber, gerettet. Und Weckenbarth verdankten wir die ›Zigarre‹. Was aber war das schon, wenn sie nur zu einem Hundertstel oder Tausendstel ihrer Fassungskraft gefüllt war? Außerdem überhaupt nicht fertig. Es war ja auch ein Hohn, ausgerechnet einen Ruinenbaumeister, selbst wenn er ein so kluger Mann wie F. Weckenbarth war, mit dem Bau zu beauftragen.

– Andrerseits: hatte man je versucht, mit unseren Feinden zu verhandeln? Ich wußte es nicht, mußte ich mir sagen; ich war Senator, Kammerherr, Ritter mit Honiggelbem Band und weiß der Kuckuck was noch alles: und ich wußte nichts! Nach oben, an die Front war ich aus eigener Initiative gegangen, gegen Weckenbarths Befehl – denn sicher gingen diese Befehle von ihm aus. Alles ging von ihm aus. Was legitimiert einen Ruinenbaumeister, über zehntausend Zivilisten und eine ganze Armee zu kommandieren? Hie und da wurde ich – ich, Senator und Exzellenz – über unwichtige Nebensachen, oder erst wenn schon alles vorbei war, informiert. Einfluß war mir nicht gewährt. Ich war keine Exzellenz, ich war ein Hanswurst, oder beides.

Undankbar oder nicht: ich beschloß, Carola zu warnen. Die beiden Zwerge, auf dem Kopf ihre aus Eitelkeit überhohen Hüte, waren ins Logenfoyer getreten – aber nicht, um sich der Gratulationscour anzuschließen.

Sie standen Hand in Hand und warfen giftige und gierige Blicke auf Carola.

Ich würde Carola, beschloß ich, während des Tanzes warnen. Ohne Zweifel war sie über das Schicksal Nankings und darüber, was damit zusammenhing, unterrichtet. Ein Wort würde genügen, um ihr die Lage klarzumachen.

Schließlich war sie Ministerpräsidentin. Sie hatte, dem Namen nach, die Macht über die Zigarre. In Wirklichkeit – oder waren Wahrheit und Schein hier herinnen ebenso korrumpiert wie die Zeit? – in Wirklichkeit wußte sie wahrscheinlich so wenig wie ich. Aber sie hatte eine Garde, und ich hatte den treuen Lenz. Es müßte gelingen, uns mit einem Handstreich die Macht zu verschaffen, wenn es sein mußte, durch schlagartige Beseitigung Weckenbarths, Jacobis, Lord Alfreds und ... den greisen Don Emanuele konnte man vielleicht verschonen.
Zumindest könnten wir versuchen, aus der Zigarre zu fliehen ... Es war alles Unsinn, das wußte ich, das Verhandeln, die Flucht. Aber ich wollte wenigstens nicht zu den Schlächtern Carolas gehören. Es galt, unverzüglich zu handeln. Draußen wartete Lenz. Ich stahl mich aus dem Raum, um ihn soweit nötig einzuweihen und meine Befehle zu erteilen.
Die Zwerge musterten mich feindselig, als ich mich an ihnen vorbeidrückte.
– Wer hat die Figur des lächerlichen Schneiders mit dem Bocksbart erfunden? Des spindeldünnen Männchens, das immer ein Bügeleisen mit sich herumtragen muß, um vom Wind nicht weggeblasen zu werden? Ich kenne einen Schneider, der ist zwei Meter groß und stark wie ein Bär; es gibt dicke Schneider und dünne, wie es dicke und dünne Bäcker gibt oder Schlosser und Spengler.
Die Zwerge, gezwungen, vor den Schneidern ihre wahren Maße bloßzulegen, haben das Märchen vom dürren Schneider in Umlauf gebracht. Eine billige Rache. – (Das schoß mir durch den Kopf beim Anblick der Zwerge. Was man nicht alles denkt, selbst wenn alles schwirrt.)
Der Gang war menschenleer. Man drängelte sich im Gratulationszimmer ums kalte Buffet. Lenz stand nicht, wo ich ihn warten geheißen hatte. Ich zog meinen Revolver,

entsicherte ihn und rannte von Tür zu Tür. Alle Türen waren versperrt. »Lenz!« schrie ich. – Dr. Jacobi, Don Emanuele und Lord Alfred waren drinnen bei Carola, Weckenbarth, das hatte ich noch gesehen, fehlte. Hätte ich ihn jetzt getroffen, ich hätte ihn niedergeschossen. Ich rief noch einmal nach Lenz. Hinter einer Tür antwortete mir ein Stöhnen. Ich nahm einen Anlauf und rannte die Tür ein. In einem kleinen Zimmer lag, gefesselt, auf dem Boden, Weckenbarth. Ein breiter Leukoplaststreifen war ihm über den Mund geklebt.

Einen Augenblick zuvor hätte ich ihn noch erschossen ... Ich kannte mich nicht mehr aus.

Ich kniete mich neben ihn und riß ihm – eine schmerzhafte Prozedur – den Leukoplaststreifen vom Mund.

»Die Zwerge«, ächzte er.

Ich legte meinen Revolver beiseite.

»Sie wollten mich wohl erschießen«, sagte Weckenbarth, »um mit Carola zu fliehen oder so etwas? – Das war zu erwarten. Es war sogar einkalkuliert. Aber damit konnte niemand rechnen.«

»Womit?«

»Wären Sie so gut, mir die Fesseln zu lösen?«

Ich zögerte.

»Wenn ich Ihnen sage: Ihre Wut auf mich, auf uns alle, war einkalkuliert, gehörte zum Plan. Ich trage Ihnen nichts nach. – Machen Sie den Knoten auf, aber schnell. Wir haben keine Sekunde zu verlieren.«

»Ich verstehe nichts mehr«, sagte ich und begann den Knoten aufzunesteln. Mit einem Rest meines Zornes fügte ich hinzu: »Freilich, mir sagt man ja nie etwas.«

»Beruhigen Sie sich, auch wir hatten keine Ahnung, daß Carola die Geliebte der Zwerge war.«

»Ach –« würgte ich hervor. »Und – und ich?«

Weckenbarths eine Hand war nun frei, und wir knüpften

gemeinsam die übrigen Knoten auf. »Sie Simpel – verzeihen Sie, wir alle waren Simpel. Das war doch bloß Theater. Ich weiß nur noch nicht: wollten die Zwerge und Carola die Macht an sich reißen, vielleicht einen von uns opfern ... oder sind sie Verräter und von denen da draußen gekauft.«

Weckenbarth war frei. Er rieb sich die steifen Gelenke. »Sie werden sich mit Recht fragen, wie das mit Carola und den Zwergen zugegangen ist. Ich weiß es auch nicht. Allerdings wurde seit längerem von einem nachgerade wundertätigen, künstlichen Penis gemunkelt, den die Zwerge besitzen sollen ...«

»Müssen Sie mir das erzählen?« sagte ich.

»Sie haben recht. Verlieren wir keine Zeit.«

Ich wurde von Weckenbarth in den Saal geschickt. Er selber eilte in anderer Richtung davon. Meine Direktive war, unter den Leuten keine Unruhe aufkommen zu lassen. Ich suchte also eilends Kapellmeister Franzelin und veranlaßte ihn, das Orchester weiterspielen zu lassen. Vier Nanking-Girls mußten auf dem Parkett einen Tanz improvisieren, um die Aufmerksamkeit der Ballgäste abzulenken. Schreie und Unruhe in und hinter der Präsidentenloge waren so fürs erste überspielt. Zur Vorsicht rannte ich noch hinter die Bühne, ließ den Saal verdunkeln und den Vorhang aufziehen. Die übrigen Nanking-Girls hetzte ich, wie sie waren: in Straßenkleidern, in Unterwäsche oder nackt – was seine Wirkung nicht verfehlte – ins Rampenlicht. In aller Hast hatte ich einen Requisiteur auf die Suche nach Theaterrevolvern geschickt. Damit wurden die Girls ausgestattet. Auf der Bühne war der dritte Akt Parsifal aufgebaut. Paßt! dachte ich mir. Die Girls führten einen Pistolentanz auf und schossen mit den Platzpatronen fürchterlich um sich. Kapellmeister Franzelin und sein Orchester improvisierten mit viel Geschick ›Glühwürmchen, Glühwürmchen, flimmre‹. Das Publikum war begeistert. Als ich in der Loge oben Schüsse hörte, ergriff ich ein paar Feuerwerksraketen und hüpfte, sozusagen Fred Astaire vor Augen, auf die Bühne, schlenkerte ein wenig mit den Füßen, warf den Girls Kußhände zu, tanzte an die Rampe und schoß die Feuerwehrskörper in den Saal. Das Publikum tobte. Als die Saaldekoration Feuer fing, ergriff man die Flucht. Wer nicht schnell genug war, wurde von der Feuerwehr naß gespritzt. Es herrschte ein totales Chaos. Niemand achtete mehr auf die Präsidentenloge. Weckenbarth sagte mir später, ich hätte meine Sache gut gemacht ...

In all dem Durcheinander sah ich Lenz auf der Beleuchterbrücke stehen. Er winkte mir heftig zu. Ich kletterte hinauf. Von der Beleuchterbrücke aus führte eine eiserne Tür auf einen Korridor. Den Korridor entlang kam Carola: aufrecht und stolz in ihrem schwarzen Kleid. Im ersten Moment erschien sie mir wie eine Siegerin. Ohne einen Blick für mich ging sie an mir vorbei. Jetzt aber sah ich, daß sie von zwei großen, schweren, bärtigen Männern in gelber Uniform mit Maschinenpistolen (wohl Trabanten Weckenbarths) abgeführt wurde. In die Bärte der Trabanten waren kleine Zettel – mit Zauberformeln, wie ich später erfuhr – geflochten. Hinter ihnen schritten der Ruinenbaumeister und Lord Alfred. Beide hatten ihre Revolver gezogen. Weckenbarth winkte mir mit den Augen, und ich schloß mich dem Zug an.

In einem weiten gekachelten Saal, voll kaltem Dunst, warteten etwa ein Dutzend Männer – nackt bis auf große rote Gummischürzen. Glitschige Holzroste bedeckten den Boden. Darunter gurgelte es in verdeckten Gullys. Den Plafond entlang, quer durch den Raum, zogen sich gewaltige Eisentraversen, von denen an Ketten glitzernde Haken herunterhingen.

Als Carola die zwölf Männer in den Gummischürzen sah, schrie sie zum ersten Mal. Und da schrie es auch hinter mir unmenschlich auf. Ich drehte mich um: man hatte die mechanischen Zwerge gefesselt hereingeführt. Sie gebärdeten sich wie Verrückte ....

Die Opferung Carolas sollte nicht vergebens gewesen sein. – Man hatte mich zwar danach – sicher auf Anordnung Weckenbarths – aus Rücksicht auf meine, wie man so sagt, Gefühle allein gelassen, und so erfuhr ich erst durch Lenz und später auch von Weckenbarth, daß sich die Lage etwas normalisiert habe. Der untere, eigentlich bewohnte Innenteil der Zigarre war vom Feinde gesäubert. Eine überraschend große Anzahl Soldaten im »Dom« war nicht tot, nur eingeschlossen gewesen und konnte befreit werden. Freilich, der »Dom« mußte geräumt werden. Dafür war es gelungen, einige Spinnen lebend zu fangen. Experten waren bereits dabei, sie zu analysieren.
Als ich wieder mit den anderen bei Tisch saß, redete – ich merkte Sorge um mich – niemand von Carola. So fing ich selber davon an.
»Wer wird Carolas Nachfolger?« fragte ich.
Dr. Jacobi, neben mir, zuckte die Schultern: »Der Senat muß ihn wohl wählen.«
»Mehr Kopfzerbrechen bereitet mir, wer Oberkommandierender werden soll« sagte Weckenbarth. »Es wäre übrigens gut«, wandte er sich zu mir, »wenn Sie ein Generalkommando übernähmen.«
»Ich habe aber doch gehört, daß eine Menge Soldaten entsetzt werden konnten? Waren denn keine Generäle darunter?«
»Schon«, sagte Weckenbarth, »aber die haben, wie der Feindeinbruch gezeigt hat, völlig versagt. Das muß alles

kriegsgerichtlich untersucht werden. Inzwischen sitzen sie im Gefängnis.«

»Oberst Schwweyszhauszsz auch?«

»Ich glaube, ja.«

»Nein«, sagte ich. »Ich bleibe lieber Senator. Ich werde den Senat einberufen und über eine Nachfolgeregelung für Carola abstimmen lassen. Ich denke an einen gemischt zivil-militärischen Präsidialrat, der vorerst die Amtsgeschäfte des Ministerpräsidenten übernimmt.«

»Wie Sie wollen«, sagte Weckenbarth – der übrigens wie auch Dr. Jacobi, Lord Alfred und Don Emanuele wieder die scharlachrote Uniform trug –, »das ist vielleicht gar nicht schlecht. Ich denke nämlich daran, und das wäre Ihre Sache, die Vorlage im Senat als Notverordnung in Ihrem neuen Präsidialrat durchzubringen: ich möchte gern«, er sagte das ganz leise zu mir, »daß Lord Alfred das Oberkommando bekommt und Generalfeldmarschall wird.«

»Am meisten«, sagte Dr. Jacobi, der nicht merkte, daß er uns unterbrach, »fehlt mir der Ewige Jude.«

»Jetzt, wo es immer dunkler wird«, sagte Don Emanuele, »wäre er mit seinen Geschichten doppelt wertvoll.«

»Wie steht es eigentlich mit der Stromversorgung?« fragte ich.

»Das Notaggregat arbeitet«, sagte Weckenbarth.

»Und das Elektrizitätswerk?«

»Ein paar Techniker untersuchen, ob es wiederhergestellt werden kann.«

»Wie die lehrreiche Geschichte von dem pünktlichen Mann ausgeht, die Herr Ahasver kurz vor seinem Tod zu erzählen angefangen hat«, klagte Don Emanuele, »werden wir nie erfahren. – Und ich wollte ihm«, seine Stimme wurde traurig, »noch die Frage stellen, ihr wißt ja, meine Frage –«

»Hatten Sie ihn denn nicht längst nach Ihrer Stellidaura gefragt?« sagte der Ruinenbaurat.
»Er hat ja ununterbrochen selber erzählt. Ich bin nicht dazu gekommen. Dabei war doch gerade er so weitgereist. Wenn jemand –«
»Vielleicht«, sagte ich, »vielleicht kann ich Ihnen helfen.«
»Sie?« sagte Don Emanuele. »Aber ich habe Ihnen doch die Geschichte schon erzählt, und Sie haben nichts gewußt.«
»Ich habe inzwischen etwas erfahren.«
»Hier herinnen? Hier kann man nichts mehr erfahren.«
»Sagen Sie das nicht«, sagte ich.
»Ist Stellidaura hier in der Zigarre?« fragte Don Emanuele schnell, »haben Sie sie gesehen? Ich habe mir doch gleich gedacht, eins von –«
Ruinenbaumeister Weckenbarth lachte laut. Don Emanueles Begeisterung schwand augenblicklich; seine Rede wurde langsamer, »– eins von den – Nanking-Girls – gleicht ihr ...«
»Nein, Don Emanuele«, sagte ich. »Ich habe von ihr, vielmehr: über sie geträumt.«
»Warum machen Sie sich über einen alten Mann lustig?« fragte er traurig und ein wenig gereizt.
»Was war das für eine Geschichte vom pünktlichen Mann, die Ahasver zu erzählen angefangen hat?« warf Dr. Jacobi, wohl nicht ohne Absicht, unvermittelt ein.
»Es ist die Geschichte eines Mannes namens Willi Haager«, sagte Don Emanuele, »und sie lautet ungefähr so:
Willi Haager war vielleicht schon ein halbes Jahr an jedem Arbeitstag um eine bestimmte Straßenecke gebogen, die auf seinem Weg zum Büro lag, ehe er die Uhr bemerkte. Willi Haager war ein Mann mittleren Alters. Er war nicht klein, hatte die typische magere Gestalt des Magenkranken und versuchte, seine erheblich fortgeschrittene Stirn-

glatze dadurch zu verbergen, daß er sich die Haare auf der einen Seite länger wachsen ließ und sie sorgfältig und unter Verwendung von viel unparfümiertem Haarwasser quer über den Kopf legte – ein Haar neben das andere, wie Sardellen auf ein Butterbrot. Willi Haager war von einer, wie man so sagt, eisernen Pflichtauffassung, benützte im Büro nur sein eigenes Toilettenpapier und mußte zu genau festgelegten Zeiten von einer Sekretärin mit speziellem Gesundheitstee – der ins Bläuliche schimmerte – versorgt werden.
Jene Straßenecke mit der Uhr lag ziemlich in der Nähe von Haagers Büro. In eine stark belebte Hauptverkehrsstraße mündete an dieser Stelle eine etwas ruhigere Nebenstraße, und in einer Nebenstraße dieser Nebenstraße lag Haagers Firma. Die betreffende Ecke war für das Büro von gewisser Bedeutung, weil dort eine billige Schnellgaststätte betrieben wurde, die auch über die Straße verkaufte. Die Angestellten in Haagers Abteilung bezogen hier einfache Gerichte zum Mittagessen, die der Bürobote oder ein Lehrling holen mußte. Auch Haager ließ sich hie und da etwas mitbringen, selber holte er es sich selbstverständlich nicht, schon weil er in seiner eisernen Pflichtauffassung auch während der Mittagspause stets irgendwelche wichtigen Dinge zu erledigen hatte. Haager kam somit nur einmal am Tag an der Ecke vorbei: am Morgen, auf dem Weg ins Büro. Denn nach Feierabend – montags bis donnerstags um fünf, freitags um halb fünf Uhr – ging er in einer anderen Richtung zur Straßenbahnhaltestelle. Das hing mit seinem Magenleiden zusammen. Er war nämlich überzeugt, nur ein ganz bestimmtes Magendiätbrot zu vertragen. Dieses Brot aber gab es in einer Bäckerei in der Gegend seines Büros. Auch wenn es einen Umweg bedeutete – jeden Tag kaufte Haager dort ein, und zwar, damit sie immer

möglichst frisch sei, stets nur die Ration für Abendessen und Frühstück.
Wenn von ›Haagers Firma‹ berichtet wurde, so war nicht etwa gemeint, daß die Firma Haager gehörte, mitnichten. Haager war zeit seines Lebens von so außerordentlicher Solidität gewesen, daß dies jeden Ansatz von Geist und Phantasie – wenn ein solcher Ansatz je vorhanden gewesen war – in ihm unterdrückt hatte. Er war ein Mann ›von Grundsätzen und Charakter‹. Am wohlsten fühlte er sich in einem möglichst starren System von Befehl und Gehorsam. In einem solchen System wurden auch seine Vorzüge, die sich mehr oder weniger in der Fähigkeit zum ›Ersitzen‹ und seiner bedingungslosen Gewissenhaftigkeit erschöpften, am ehesten offensichtlich, und nur in einem solchen System waren diese Vorzüge seinem Fortkommen dienlich. Seine beste Zeit waren daher die Militärzeit und der Krieg gewesen, ja sogar die Jahre danach, denn Haager war nicht nur ein guter Soldat, er war auch ein vorzüglicher Kriegsgefangener gewesen. – Wenn man seinen Charakter so betrachtet, hätte er, alles zusammengenommen, den geborenen Beamten abgegeben. Da Haager aber gewisse formale Voraussetzungen für die Beamtenlaufbahn fehlten und da über die Einstellung von Beamten in Behörden wiederum Beamte, also Leute von etwa den Gaben Haagers entschieden, entgingen ihrem Einsichtsvermögen die angeborenen Beamteneigenschaften Haagers. Haager, gelernter Versicherungskaufmann mit buchhalterischen Kenntnissen, diente nach dem Krieg zwanzig Jahre lang in einer Firma für Baubedarf. Er wurde jeweils dann ›befördert‹, wenn man ihn bei der Besetzung der nächsthöheren Stelle mit dem besten Willen nicht mehr übergehen konnte. So brachte er es im Lauf der Jahre zu einer ›mittleren Position‹. Seine große Stunde schlug, als ein wohlhabender Teilhaber dieser Firma Chef

eines in einer anderen Stadt aufgekauften und zum ›Tochterunternehmen‹ ausgebauten Zweigbetriebes wurde. Der neue Chef bot Haager einen Abteilungsleiterposten an. Nach Überwindung eines zähen Beharrungsmomentes nahm Haager an, packte seinen speziellen Gesundheitstee und sein privates Abortpapier ein und siedelte in die neue Stadt über. Seine Familie, versteht sich, kam nach einiger Zeit nach, denn Haager – das wußte man in der Lohnbuchhaltung aus seiner Steuerklasse – war verheiratet, obwohl, wie vor allem die Damen raunten, man sich weder vorstellen konnte, daß er eine Frau habe, noch wie sie aussah. Selbstverständlich hielt er sein Privatleben vom Beruf so streng getrennt, daß niemand aus der Firma Frau Haager je zu Gesicht bekam, weder beim Betriebsausflug noch bei der Weihnachtsfeier. Respektlose Firmenangehörige witzelten gern über den vermutlich pünktlich geregelten Vollzug ehelicher Liebe in der Ehe Haager – da Pünktlichkeit, das braucht nach dem Erzählten nicht eigens betont zu werden, das Um und Auf des Haagerschen Lebens war.
So ging Haager nun seit etwas mehr als einem halben Jahr in der ihm nicht mehr ganz fremden Stadt jeden Arbeitstag einmal an jener Ecke vorbei, an der der Schnellimbiß lag, über dem er an jenem Tag die Uhr zum ersten Mal bemerkte.
Die Häuser der Gegend waren meist grau. Mittlere Firmen, Großhandlungen für reizlose, aber ernste und wichtige Artikel, Anwaltskanzleien und Versandgeschäfte hatten in ihnen ihren Sitz. Ein Tourist hätte sich dorthin höchstens verirrt, und überhaupt ging man in diese Gegend nur – außer man arbeitete da –, um unter Ausnutzung günstiger Beziehungen einen Anzugstoff oder Bodenbelagplatten zu Engrospreisen zu bekommen. Ein Juwelier oder eine Modeboutique wäre hier von vornherein

zum Konkurs verurteilt gewesen. Auch die Uhr über dem Schnellimbißlokal war an sich ohne Besonderheiten.
– Als Willi Haager sie bemerkte, zeigte sie eine Minute vor acht an. Das bedeutete, daß er um Punkt acht Uhr in seinem Büro sein werde, wobei ihn weniger diese Tatsache befriedigte als der Umstand, daß es selbstverständlich war.

Fortan schenkte Haager der Uhr jeden Tag im Vorbeigehen – besser: im Drunterdurchgehen, denn die Uhr war an einem Nasenschild befestigt, das aus der Hauswand hinausragte – einen Blick. Jeden Tag erfüllte es ihn mit neuer Befriedigung, daß die Uhr genau eine Minute vor acht zeigte. Nun war es in der Firma von Herrn Haager nicht so, daß irgendwelche Kontrolleure über die Pünktlichkeit wachten: Portiers oder gar an greisenhafter Bettflucht leidende, stets seit Morgengrauen anwesende Chefs gab es nicht. Es gab auch keine Stechuhren, denn die Angehörigen der Firma waren keine Arbeiter, die ihren Lohn nach Stunden bezahlt bekommen hätten, sondern Angestellte. Ihre Arbeitszeit begann um acht Uhr, und im Lauf der Viertelstunde von 7 Uhr 55 bis 8 Uhr 10 fanden sie sich nach und nach dort ein; solche, die in Vororten wohnten, hatten wohl auch die Erlaubnis, ein bißchen später zu kommen, wie es sich eben mit dem günstigsten Zug gerade traf. Haagers Pünktlichkeit war – vor dem Tag, da er jene Uhr bemerkte – nicht so zur Pedanterie ausgewachsen, daß er immer pünktlich um Schlag acht in der Firma erschienen wäre. Zwar gehörte er nicht zu denen, die um zehn nach acht noch schnell hereinhuschten, aber es kam wohl vor, daß er drei Minuten später oder auch früher eintraf, was schon deswegen unvermeidlich war, weil er die Straßenbahn benutzen mußte. Von dem Tag an, da Haager die Uhr bemerkte, genaugenommen vom nächsten Tag an, als er wieder eine Minute vor acht Uhr dort vorbeikam, änderte sich das. Von Stund an war er auf die Minute pünktlich um acht Uhr im Büro. Verließ er sich zunächst auf den Zufall und seine ohnedies hervorragende Pünktlichkeit, so verwendete er zunehmend größere Sorgfalt darauf, pünktlich um eine Minute vor acht die bewußte Uhr zu passieren. Er beobachtete alle Uhren auf seinem Weg, vergewisserte sich hie und da durch einen Blick auf die eigene, selbstverständlich stets exakt gestellte Armbanduhr, beschleunigte oder verzögerte seinen Schritt, je nachdem. War er zu früh dran, schaute er in das eine oder andere Schaufenster, war die Zeit knapp, beschleunigte er seinen sonst metronomisch regelmäßigen Schritt. Dabei bemerkte er nicht ohne Befremden, daß sich jedesmal, kurz ehe die Uhr in sein Blickfeld kam, sein Herzschlag leicht beschleunigte und sein Atem stockte. Anfangs fielen ihm die Uhr und seine Pünktlichkeitsspielerei erst dann ein, wenn er an der gewohnten, dem Büro zunächst liegenden Straßenbahnhaltestelle ausstieg. Allmählich aber überzog der Gedanke an die Uhr immer weiter sein Bewußtsein: er dachte schon in der Straßenbahn daran, später bereits beim Einsteigen, dann beim Frühstück, bis endlich sein ganzes Denken von einer Minute vor acht bis zur nächsten einen Minute vor acht Uhr von seiner Pünktlichkeitsidee eingesponnen war. Es muß ihm zugute gehalten werden, daß er sich des Krampfhaften dieser Idee, wenigstens in der ersten Zeit, bewußt war. Das hinderte ihn jedoch nicht, wie gehetzt mit seiner Uhr um die Wette zu laufen, wenn die Zeit knapp, oder andererseits völlig belanglose Schaufenster zu besichtigen, wenn noch zu viel Zeit war. Einmal verzichtete er sogar, weil er es eilig hatte, den Bergungsaktionen zuzuschauen, als eine Frau von der Trambahn überfahren worden war – ein Schauspiel, das er sich sonst nicht hätte entgehen lassen.

So ging es ein Vierteljahr. Durch den erwähnten dauernden leichten Erregungszustand verschlimmerte sich zwar Haagers Magenleiden; er war aber auch nie, kein einziges Mal, an keinem Tag ohne jede Ausnahme, anders als um eine Minute vor acht Uhr unter seiner Uhr durchpassiert. Dann kam der Tag der Katastrophe ...«

Don Emanuele schwieg.

»Und?« sagte Weckenbarth.

»Ich habe versucht, die Geschichte wiederzugeben, wie sie mir der Ewige Jude erzählt hat. Mehr hat er nicht erzählt.«

»Jetzt haben Sie noch eine Geschichte«, sagte Dr. Jacobi, »die Sie allen Leuten erzählen können, damit Sie vielleicht von irgend jemand den Schluß erfahren.«

»Seien Sie nicht albern, Dr. Jacobi«, sagte Don Emanuele, und sofort umflorten Tränen seinen Blick, »da sind Welten dazwischen.«

»Ich kann mir den Schluß denken«, sagte, ich schnell. »Es ist eine jener Geschichten, die, wenn sie einmal an einem gewissen Punkt angelangt sind, von allein den ihnen bestimmten Weg weiterrollen. Ich kann zwar nicht dafür einstehen, daß es in der Erzählung von Haagers Uhr in allen Einzelheiten so weitergegangen wäre, aber über das Grundsätzliche bin ich mir sicher.

Eines Tages hätte, sagen wir, die Chefsekretärin, Geburtstag. Die Belegschaft schenkt ihr ein Fläschchen teures Parfum. Am nächsten Tag bringt die Chefsekretärin das Fläschchen wieder: der Verschluß – ein angerauhter Glasstöpsel, fest in die Flaschenöffnung gedrückt – geht nicht auf. Auch Haager versucht sich an der Öffnung des Fläschchens; er kommt auf die Idee mit dem Erhitzen. Ein Lehrling stellt sein Gasfeuerzeug zur Verfügung. Das Fläschchen – Parfum enthält ja Alkohol – explodiert. Ein betäubender Duft erfüllt die ganze Abteilung, Willi Haager aber

ist durch einen Splitter im Auge verletzt. Zunächst versucht man es mit Erster Hilfe. Als Haager Krämpfe bekommt und Blut aus dem Auge rinnt, holt man die Rettung. Die Rettung transportiert ihn auf schnellstem Weg ins Krankenhaus. Der schnellste Weg führt an der Uhr vorbei. Mit dem unverletzten Auge sieht Haager, daß sie eine Minute vor acht zeigt. In Wirklichkeit muß es aber ungefähr vier Uhr sein. Die Uhr steht seit Monaten.
Um einen runden Abschluß herbeizuführen, könnte ich noch hinzufügen, das Haager – sei es durch eine Blutvergiftung, durch das plötzlich, vielleicht gerade deshalb akut gewordene Magenleiden oder durch den Zusammenbruch dessen, was man bei einem Menschen wie Haager getrost ›Weltbild‹ nennen kann – wenige Tage später stirbt. Bei der Beerdigung sehen die Betriebsangehörigen zum ersten Mal Frau Haager und die zwei Kinder. Soweit man es durch die schwarzen Schleier beurteilen kann, entspricht ihr Aussehen in etwa den Vorstellungen, die man in der Firma von ihr gehabt hatte: ein farbloses, von einem Pedanten gedankenlos gepeinigtes Wesen.«
»Na ja«, sagte Weckenbarth, »Ihre Vermutung dürfte zutreffen. Aber ich halte es für übertrieben, wenn sie den armen Haager – darauf wollen Sie ja hinaus – an seiner stehengebliebenen Uhr sterben lassen.«
»Vergessen Sie nicht«, sagte Dr. Jacobi, »daß Ahasver ein Todesspezialist war. Er kannte alle Todesarten. Vielleicht wollte er uns gerade mit dieser Geschichte zeigen, an welchen Kleinigkeiten Leute schon gestorben sind.«
»Und er selber«, sagte Don Emanuele, »konnte die Antarktis zu Fuß durchwandern: ihm blieb der Tod vorenthalten, bis zum ...« Don Emanuele stockte.
»Bis jetzt«, sagte Ruinenbaumeister Weckenbarth und stand auf. Er entschuldigte sich mit wichtigen Geschäften.

Kollege Uvesohn überraschte mich mit seinem Besuch, als ich in meine Wohnung zurückkehrte. Er war sehr höflich, wartete ab, bis ich mir die Hände gewaschen und ihm einen Stuhl angeboten hatte, und erkundigte sich – auf deutsch –, wie es mir gehe. Dann begann er pommeranisch zu reden. Ich hörte eine Weile zu und versuchte zu erraten, wovon er sprach.

Er sprach ruhig, die Augenbrauen weit über den oberen Rand seiner Brille gezogen. Dadurch geriet sein Gesicht etwas außer Façon. Die Brille, die als totes Ding seine Mimik nicht mitmachte, rief eine Spannung zwischen ihren drei Stützpunkten hervor: der Nasenwurzel und den beiden Ohren. Da die Nasenwurzel nicht nachgab, zogen die gekrümmten Brillenbügel, sobald Uvesohn die Stirn runzelte, die Ohren flügelartig vom Kopf weg. Durch deren große, aber zarte Muscheln schimmerte das Licht der Lampe. Da der Dichter, je länger er sprach, um so öfter die Stirn runzelte, hatte ich die geheime Hoffnung, er würde davonflattern wie ein Falter.

Bei dem Gedanken lachte ich laut auf.

Da erhob er sich, verstummte, glättete die Stirn – die Ohren legten sich wieder an – machte eine Verbeugung und ging.

Ich rief Lenz.

»Lenz, hast du zugehört?«

»Nein, Exzellenz.«

»Ich habe kein Wort verstanden, was dieser Mensch geredet hat. Es war zu pommerisch.«

»Exzellenz Uvesohn, halten zu Gnaden, Exzellenz, sprachen von Exzellenzens Eltern.«

»Von meinen Eltern?«

»Nein, nicht von Ew. Exzellenz Eltern, sondern von Sr. Exzellenz, Exzellenz Uvesohns Exzellenzen Eltern.«

»Ich hoffe, du bist dir darüber im Klaren, warum ich dein Exzellenzen-Gerede erdulde: allein weil es meine Repu-

tation als Senator und Kammerherr erfordert, einen Leibjäger zu haben.«
»Halten zu Gnaden, Exzellenz.«
»Kannst du nicht einfach sagen: er hat von seinen Eltern gesprochen?«
»Er hat von seinen Eltern gesprochen.«
»Gut. Kannst du denn pommeranisch?«
»Lenz kann alles.«
Drohend griff ich nach dem Band mit der Tragödie des Herrn Sagredo.
»Lenz!« sagte ich, »Lenz ...«
Lenz duckte sich. Ich legte das Buch wieder beiseite.
»Was hat er von seinen Eltern gesprochen?«
»Er ist, sagte er, einer von den Parentophagen.«
»Was meint er damit?«
»Das sind die, die ihre Eltern essen.«
»Wie?«
»Deswegen nennen sie sich Parentophagen.«
»Komische Zeiten«, sagte ich, »Eltern essen ihre Kinder, Kinder ihre Eltern. Hat er jetzt eben seine Eltern verspeist?«
»Nein«, sagte Lenz, »schon früher, noch in Pommern. Zuerst haben er und seine Mutter gemeinsam den Vater gefressen, und die Mutter, die hat er dann allein vertilgt. – Ja, ja. An einem pommeranischen Vater ißt man lang. Leider, sagte Exzellenz Uvesohn, habe er sich dadurch einen reziproken Kronos-Komplex zugezogen. Seitdem schreibe er Bücher.«
»So.«
»Und dann haben Exzellenz gelacht.«
»Bedauerlicherweise an der entschieden falschen Stelle. Höre: es war interessanter, als ich mir gedacht habe. Du wirst in Zukunft immer lauschen, wenn Uvesohn mich besucht.«

Wenig später erreichte mich – im Schlaf, Lenz nahm die Nachricht an meiner Statt von einer Abordnung des Senats entgegen – der Senatsbeschluß, daß eine alte Vorlage, jedem Senator ein Posaunenquartett beizugeben, mit der Modifikation angenommen worden war, dieses Posaunen-Privileg auf die Mitglieder des Präsidialrates und die drei Senatsältesten zu beschränken, und von einem entsprechenden Antrag abhängig zu machen.
Erwacht, ließ ich mir von Lenz rapportieren und schickte ihn sodann mit einem Zettel, der den Antrag enthielt – ich blieb der einzige Senator, der von seinem Vorrecht Gebrauch machte –, in die Senatsgeschäftsstelle. Alsbald kam er mit vier Posaunisten zurück. – Ohne Zweifel buhlte man im Senat um meine Gunst, weil ich der Vertraute Weckenbarths war.
Die Posaunisten brachten ihre Instrumente gleich mit. Ich hätte gern auch eine Diskant-Posaune gehabt, aber leider stand kein entsprechendes Instrument zur Verfügung. Sofort ordnete ich an, daß eine Diskant-Posaune angefertigt werde. Ich wollte doch sehen, wie weit die Anstrengung des Senats ging, sich meiner Gunst zu versichern.
Dann komponierte ich meine Fanfare:

Es konnte einem nun schon passieren – Senatoren und dergleichen blieben vorerst verschont und litten keinen Mangel –, daß man in den Korridoren einem Zug Evakuierter begegnete. Man hatte begonnen, einen Teil der Bevölkerung in tiefer gelegene Etagen umzusiedeln, vornehmlich Familien mit Kindern. Es gab übrigens bereits Kinder, die hier in der Zigarre geboren waren; auch eine Auswirkung der korrumpierten Zeit. Nicht, daß die Frauen weniger als neun Monate gebraucht hätten, um ihre Kinder auszutragen, nur kam es den Vätern manchmal kaum wie Stunden vor. Es versteht sich von selber, daß dieser Umstand einer weitverzweigten Promiskuität Vorschub leistete, was jedoch in unserer Grenzsituation, die keine Werte mehr kannte (oder besser: die sogenannten Werte auf das Notwendigste reduzierte), niemanden störte.

Das Elend der Evakuierten hielt sich in Grenzen. Zwar schimpften sie über den Eingriff in ihre persönlichen Angelegenheiten und verlangten Sonderzuwendungen als Flüchtlinge, sonst aber fehlte es ihnen nicht am Lebensnotwendigen. Die Vorräte, die ja für ein Vielfaches an Bewohnern berechnet waren, hatten noch nicht merklich abgenommen, obwohl man bei der Räumung der oberen Stockwerke aus taktischen Gründen Dutzende von Magazinen dem Feind überlassen mußte – der mit unseren Lebensmitteln vermutlich gar nichts anfangen konnte ...

So kümmerte es mich wenig, als ich einmal, mit meinem Posaunenquartett unterwegs zu Dr. Jacobi (Lenz trug eine vergoldete Tafel voran, auf der, umkränzt mit ebenfalls vergoldetem Lorbeer, mein Name stand), von einem Zug Flüchtlingen wegen dieses Aufwandes beschimpft wurde. Ich wollte zu Jacobi, um ihm meine Fanfare vorspielen zu lassen.

Er saß mit Weckenbarth in seinem Salon. Sie legten eine Streitpatience und sprachen über Politik. Jan Ake Uvesohn war inzwischen Vorsitzender des Präsidialrates geworden.

»Ein Mensch, der Jan Ake mit Vornamen heißt«, sagte Weckenbarth, »kann nichts taugen.«
»Das ist ein Vorurteil«, sagte Dr. Jacobi, »was kann *er* dafür?«
»Natürlich kann er nichts dafür«, sagte der Ruinenbaumeister, »aber was heißt da Vorurteil? Ist es ein Vorurteil, wenn ich von einem sage, er sei dumm? Wer kann was dafür, daß er dumm ist? Vornamen haben einen gewaltigen Einfluß auf den Charakter. Wenn einem unseligen Menschen von zartester Kindheit an der Rufname Jan Akne ins Bewußtsein gehämmert wird, dann geht das nicht ohne Schäden ab; schließlich identifiziert sich das Bewußtsein mit dem ›Jan Akne‹. Ein Jan Ake ist a priori ein Gehirnkrüppel.«
»Was ist denn an Jan Ake so schlimm?«
»Die Kürze«, sagte Weckenbarth. »Ich lasse mir nicht nehmen, daß zum Beispiel nur ein unbegabter Theaterdichter die Heldin einer Tragödie Elsa nennen kann. Einsilbigen und sonst sehr kurzen Namen haftet stets etwas Dienstbotenhaftes an; nur logisch: Diener und Küchenmädchen werden häufig gerufen, ihre Namen schleifen sich ab. Fürsten dagegen werden nie gerufen, nicht einmal mit ihrem Namen angeredet. Sie können also ruhig Salomanassar oder Ferdinand-Weiprecht-Maria-Balthasar heißen. Elsa für eine Herzogin ist komisch, weil unpassend, genauso wie Nebukadnezar oder Schionotulander für einen Kammerdiener.«
»Sie haben aber auch einen einsilbigen Namen«, sagte ich zu Weckenbarth, »den Sie mit zwei römischen, respektive österreichischen Kaisern teilen –?«
»Richtig«, sagte der Ruinenbaumeister. »Ist Ihnen noch nie aufgefallen, daß gerade diesen Fürstlichkeiten etwas speziell Hausdienerartiges anhaftet?«
»Schon«, sagte Dr. Jacobi, »aber deswegen bleibt Ihnen der Name doch.«

»Erstens«, antwortete Weckenbarth, »ist dieser Name durch Verwendung für die erwähnten Majestäten sowie zahlreicher Erzherzöge mit Tradition umgoldet – kein Kaiser, kein König, nicht einmal der windigste, nicht kanonisch gewählte Gegenpapst aber hat jemals Bengt oder Uwe geheißen –; zweitens habe ich noch eine Anzahl weiterer Vornamen, und drittens wurde ich seit frühester Jugend in der Familie und später im Freundeskreis Memoraldi gerufen.«
»Ein Kind«, sagte ich, »das von gewissenlosen Eltern den Namen Jörn erhielt, könnte also durch den Spitznamen Svetovzar gerettet werden?«
»Zweifellos«, sagte der Ruinenbaumeister Weckenbarth.
»Es ist also mit zwingender Schärfe nachgewiesen, daß unser Präsidialratsvorsitzender ein Trottel ist«, sagte Dr. Jacobi und nahm wieder eine Karte aus dem Talon auf. »Dann muß man ihn wohl absetzen.«
»Bewahre«, sagte Weckenbarth, »wo käme man hin, wenn man ein Staatsoberhaupt nur deswegen absetzte, weil es ein Vollidiot ist«, und nahm auch eine Karte.
»Bevor die Herren weiterspielen«, sagte ich, »möchte ich Ihnen – deswegen bin ich nämlich hergekommen – etwas vorführen.«
»So?« sagte Weckenbarth, »haben Sie Bauchreden gelernt oder so was?«
»Nein«, sagte ich und rief meine vier Posaunisten. Ich ließ sie in einer Reihe antreten. »Sie wohnen jetzt der Uraufführung einer der letzten Tonschöpfungen der abendländischen Musikgeschichte bei: *Fanfare macabre in C für vier Posaunen, opus 1, von mir.*«
Weckenbarth und Jacobi applaudierten. Ich hob die Hand und gab den Einsatz. In diesem Moment ging das Licht aus und schlagartig erfüllte ein hohes, unangenehm metallisch-tolzendes Geräusch den Raum. Obwohl meine

Posaunisten aus Leibeskräften bliesen, war kein Ton zu hören. Dafür erglühten die Instrumente in rotem, blauem und gelbem Licht, aus den Stürzen ergossen sich Kaskaden von herrlichen Flammen, Kringeln, aufberstenden Kugeln, die sich zu tanzenden Figuren mischten, in grellfarbenen Schleiern von Wand zu Wand reflektierten und alsbald erloschen, nachdem die Posaunisten erschrocken ihre Instrumente abgesetzt hatten. Ich wollte kommandieren: »weiterblasen!« aber meinem Mund entfuhr nur ein grüner, irisierender Strahl. Weckenbarth sprang auf und warf dabei seinen Stuhl um, ein rotgoldener, lautloser Blitz zuckte zum Plafond, prallte dort ab und sank in tausend silbernen Punkten langsam zu Boden. Im Licht des Silberregens sah ich, daß Lenz nach seiner Stablampe griff. Als er sie einschaltete, gab sie kein Licht, sondern ein dumpfes, ratterndes Klirren von sich.
Die Phänomene dauerten jedoch nur kurze Zeit, dann verstummte das unangenehm pulsierende Geräusch. Das Licht blieb aus. Die vier verdutzten Musiker standen im Schein von Lenzens Stablampe. Wir konnten jetzt wieder sprechen; Weckenbarth rannte hinaus. Dr. Jacobi sagte: »Gratuliere, gratuliere, eine hervorragende Komposition! Skrjabin, der wenig glückhafte Erfinder des Farbenklaviers, wäre begeistert gewesen.«
Bald stellte sich heraus, daß der Gegner einen neuen Angriff vorgetragen und das Notaggregat zerstört hatte; dabei waren für einige Sekunden Licht- in Schallwellen und umgekehrt verwandelt worden. Trotz fieberhafter Bemühungen konnte das Aggregat nicht mehr repariert werden. Es war »Nacht« geworden, und die Lage war nun zweifellos ernst.

Die Evakuierung der oberen Stockwerke wurde vorangetrieben. Geführt von einem Feldjäger mit einer Laterne stolperten Kolonnen von Männern, Frauen und Kindern in immer tiefere Räume der Zigarre. Weil man im spiritistischen Krieg nicht in räumlichen Gegebenheiten denken kann, war diese Maßnahme ziemlich sinnlos, beruhigte jedoch die Bevölkerung und gab der Regierung Gelegenheit zu Aktivität. Zwar arbeitete eine Spezialgruppe von Ingenieuren am Notaggregat, aber die Hoffnungen auf eine Reparatur wurden immer geringer. Alles Material in und um das ehemalige Notaggregat zerfiel in kleine, feuchte, grießige Klumpen. – Die daran arbeitenden Ingenieure später übrigens auch. – Da wir uns ausmalten, welches Chaos der Feind mit dem Vertauschen von Schall- und Lichtwellen anrichten könnte, wenn ihm solches neuerlich gelänge, ließen wir das Phänomen analysieren. Es war überall in der Zigarre, allerdings unterschiedlich lang und – wenn man so sagen kann – in unterschiedlicher Reinheit beobachtet worden. So wurden alle Bewohner nach ihren Beobachtungen gefragt, die Ergebnisse ausgewertet, und man kam auf eine gewisse Gesetzmäßigkeit der Erscheinung. Sehr wertvoll dabei war die Aussage des tüchtigen Kapellmeisters Franzelin, der geistesgegenwärtig in den fraglichen Sekunden seine Stimmgabel angeschlagen, die ein starkes, leicht ins Ziegelfarbene weisendes rotes Licht verbreitet hatte. Die Erkenntnisse aus diesen Untersuchungen wurden für die Ausarbeitung einer Farbkommandosprache verwendet. Alle gängigen Befehle, selbst Ehrenbezeugungen und Feldgebete, wurden in Farbsignale übersetzt, damit wir uns in einer eventuellen neuerlichen, womöglich andauernden vertauschten Licht-Schall-Situation verständigen könnten. Es wurde angeordnet, daß jedermann die Farbsignale auswendig lernen müsse, und Kurse wurden eingerichtet, in denen man übte, wie sie zu geben seien. Leider krankten diese Kurse daran, daß sie sich ausschließlich im Theoretischen bewegten. Auch kamen die diesbezüglichen Anordnungen in dem bald einsetzenden Durcheinander nicht mehr recht zum Tragen. Ich bezweifle, daß sich das System im Notfall bewährt hätte. Das Interesse des Generalstabes an dieser Sache erlosch auch ziemlich bald über anderen Plänen.

»Es ist eine Gegenoffensive geplant«, sagte Dr. Jacobi zu mir.

»Aha«, sagte ich, »ein neues Menschenopfer?«

Dr. Jacobi nickte.

»Wo werden Sie wohl«, fuhr ich fort, »in dem Wirrwarr einen glücklichen Menschen finden?«

»Einer reicht gar nicht mehr aus, heißt es.«

»Um so schwieriger«, sagte ich.

»Es dreht sich gar nicht um glückliche Menschen – was ist schon Glück –«

»Auf einmal?« sagte ich.

Dr. Jacobi schüttelte den Kopf. »Das haben wir Ihnen nur vorgemacht. Es wäre doch auch gar nicht logisch. Warum sollte es ein Opfer sein, wenn ein glücklicher Mensch ... es sei denn, er opfert sich selber; nein: es müßte ein Mensch geopfert werden, der *gebraucht* wird; das ist ein Opfer.«

»Und der Ball für Carola?«

»Nanking hat man geopfert, als er bewiesen hatte, daß er ein hervorragender Regisseur war. Er war Gold wert für die Zerstreuung der Leute.«

»Und Carola?«

»Den Ball gaben wir für *Sie*. Wir nahmen an, Sie bräuchten Carola, verstehen Sie? Der Verlust Carolas sollte Sie bis zum Wahnsinn schmerzen.«

»Ich danke schön«, sagte ich.

»Die Geschichte mit den Zwergen hat dann alles zunichte gemacht – beinahe –, denn wir erkannten im letzten Mo-

ment, daß die Zwerge Carola viel notwendiger brauchten –«
»Dann schlage ich vor, daß jetzt der Generalstab geopfert wird.«
»Ist das Ihr Ernst?« Dr. Jacobi lachte.
»Wen brauchen wir denn sonst noch?«
»Sie müssen umgekehrt fragen: wer liegt uns am wenigsten zur Last?«
»Und das wäre?«
»Die Nanking-Girls.«
»Wegen des weiblichen Prinzips –« sagte ich, »oder war das auch nur Schwindel?«
»Selbstredend«, sagte Dr. Jacobi.
»Wie viele Nanking-Girls sollen ...«
»Alle«, sagte er, »wenigstens soll es die Masse machen.«
Meine Anwesenheit bei der Opferung der Nanking-Girls war nicht erforderlich.
»Wenn Sie aber hingehen möchten«, sagte Lenz, »dann dürften wir schon, Exzellenz.«
Wir saßen in meinem Appartement, das von einigen Petroleumlampen notdürftig erhellt war. »Lieber nicht, Lenz«, sagte ich.
»Aber bedenken Sie, Exzellenz, so viele Mädchen, die ganz nackend, mit Verlaub gesagt, ausgezogen sind –«
»Und dann werden sie getötet, Lenz.«
»Frauen«, sagte Lenz, »bringen doch nur Unglück.«
»Wie kannst du das sagen, Lenz: war deine Mutter keine Frau?«
»Meine Mutter war kein Nanking-Girl.«
»Schon gut, schon gut«, sagte ich. »Ich gehe trotzdem nicht hin. – Es ist nicht nur alles relativ, es ist auch alles absolut.«
»Fünfundzwanzig hübsche Mädchen in Schnürstiefeln! – Exzellenz!«

»Nein, Lenz!«
Lenz hatte einen flehentlichen und jammervollen Ton angenommen.
»Exzellenz«, sagte er jetzt kleinlaut, »Exzellenz ... darf ich hingehen?«
»Ach so«, sagte ich – »meinetwegen.«

Es dauerte – für mich jedenfalls, wohl infolge der Dispositionsparallaxe – keine fünf Minuten, da kam Lenz zurück.
»Es war grandios, Exzellenz ...«
»Ich will nichts wissen.«
»Ich stand fast ganz vorn, direkt hinter Exzellenz Lord Alfred, dem Herrn Generalfeldmarschall ...«
»Hast du nicht gehört, ich will davon nichts hören –«, nach dem Ausfall des Notaggregats konnte ich meinen elektrischen Rasierapparat nicht mehr gebrauchen, »– außerdem mußt du mich jetzt rasieren. Ich muß zu Weckenbarth zur Quartett-Probe.«
»Soll ich Sie rasieren, Exzellenz, solange mir vor Aufregung die Hände so zittern? Meine Hände zittern so lange, bis ich es jemandem erzählt habe.«
»Ich will nichts hören«, sagte ich, »beim Einseifen kannst du zittern, danach wirst du dich beruhigen.«
»Oh, Exzellenz«, sagte Lenz, »fünfundzwanzig Mädchen, hübsche Mädchen, und unverzüglich nachdem sie in den großen gekachelten Saal geführt worden waren, wurden sie völlig entkleidet ...«
»Wenn du nicht sofort still bist ...«
»Sie sehen doch, Exzellenz, daß ich das Rasierzeug schon herrichte. Setzen Sie sich in den Sessel da, hier ist die Serviette – ... sie merkten natürlich nicht, was los war, ungefähr jedenfalls, als die große eiserne Tür hinter ihnen zuschlug ...«

»Bitte, erspare mir wenigstens die Einzelheiten, außerdem verdampft das Wasser auf dem Spirituskocher.«
Lenz rannte hinaus und redete im Laufen weiter: »Sie hüpften durcheinander wie die Hühner, wenn der Habicht kommt –«
»Wurden ihnen denn nicht die Schnürstiefel angezogen?«
»Nein, das wäre zu umständlich gewesen. Außerdem gab es nicht so viele Schnürstiefel. Die großen Kerle in ihren roten Gummischürzen griffen sich aus dem Rudel nackichter, rosiger Mädchen immer wieder eine heraus, hielten sie fest und verschnürten sie mit Spagat, daß sie sich nicht mehr rühren konnten. Zum Schluß lagen sie alle in einer Reihe da, dann kam der Apostolische Feldkurat, Sie kennen ihn doch, den dicken Pfarrer Schwerdtauer mit der Glatze, der segnete sie –«
»Paß doch auf, du Esel, bist mir mit dem Pinsel ins Ohr gefahren!«
»Verzeihung, Exzellenz; ja, dann hat der Feldkurat bei jeder einzelnen den Munitionssegen vorgenommen, mit Weihwasser – ganz genau gesegnet hat er«, Lenz lachte, »das alte Schwein –«
»Du brauchst reden«, sagte ich.
»Und danach hat er noch die spiritistische Kanone geweiht.«
»Was?«
»Weil es schneller geht als bei der Methode, die bei Nanking angewendet wurde und bei – bei Ihrer – äh – Exzellenz ...«
»Eine spiritistische Kanone?«
»Es war wie ein großes Faß aus Stein, mit Glasperlenschnüren rundherum, und Hebeln und Rädern.«
»Und damit wurden die Mädchen erschossen?«
»Aber nein, Exzellenz. Die Kanone wurde mit den Mädchen geladen. Ruck-zuck, eine nach der anderen mit dem

Kopf voraus hinein – ein spiritistischer Vorderlader –, der spiritistische Kanonier zog ab, und es gab jedesmal einen unheimlichen Knall.«
»Weiß man schon, ob es Erfolg hatte?«
»Nein, so schnell nicht, Exzellenz. Nur der Feldkurat ist vor Aufregung ohnmächtig geworden.«
Dann begann Lenz, endlich beruhigt, mich zu rasieren.
Es war also »Nacht« geworden. Wir vereinbarten nun, regelmäßige – soweit bei der Dispositionsparallaxe von zeitlicher Regelmäßigkeit gesprochen werden konnte – Proben für unser Quartett abzuhalten. Treffpunkt war Dr. Jacobis Appartement. Im Salon brannten an die dreißig stark rußende Fackeln: zusammengedrehte, mit brennbarer Flüssigkeit getränkte Teppiche. Nach dem Ausfall des Notaggregates mußten wir uns damit behelfen. Dabei waren wir noch gut dran, denn während für andere die Teppiche streng kontingentiert wurden, durften wir verbrennen, soviel wir wollten.
Der Ruß an den Wänden, das flackernde, rötliche Licht erschienen in der technischen Umgebung fast wie ›Natur‹. Das Bewußtsein, daß nicht mehr alles stimmte, ließ jene von mir bisher vermißte Unbequemlichkeit aufkommen, die uns versicherte, daß wir lebten. Es herrschte eine Art Schiffbrüchigen- oder Feldlageratmosphäre. Ich empfand die Vorrechte, die uns trotz allem noch verblieben, als die wohltuend deplacierten, fast ein wenig perversen, jedenfalls reizvollen Bequemlichkeiten auf einem Vorposten. Jetzt waren wir eine – wenn auch unnachahmlich komfortable – Arche Noah. Jetzt waren wir in der Grenzsituation, am Scheitelpunkt, am Born, wenn man so will, des eigentlichen Lebens.
Dr. Jacobi war allein. In der Mitte des Zimmers standen fünf Stühle und fünf Notenständer.
»Warum fünf?« fragte ich.

»Ach so«, sagte Dr. Jacobi, »Sie wissen es noch nicht: wir wollen auch Lord Alfred mitspielen lassen. Wir spielen also nicht das d-Moll-Quartett, sondern das op. 163. Haben Sie etwas dagegen?«
»Ich habe dieses Quintett ohnedies längst ›Abschied von der Welt‹ genannt.«
Ich schlug die Noten auf. »Wer spielt was?« fragte ich.
»Weckenbarth die erste Geige, Lord Alfred die zweite, Don Emanuele Bratsche. Ob Sie erstes oder zweites Cello spielen wollen, überlasse ich Ihnen. Ich nehme dann das andere. Schwer sind sie beide.«
»Zweites«, sagte ich.
»Weil Sie mit zehn Takt Pause anfangen können? Täuschen Sie sich nicht: wir proben zuerst den zweiten Satz. Da dürfen Sie eine halbe Stunde pizzicato spielen.«
»Als Enkelschüler von Mainardi«, sagte ich, »bin ich das sogenannte Zweifinger-Pizzicato gewöhnt ...«
Weckenbarth trat ein, bald nach ihm die beiden zum Quintett noch Fehlenden.
»Bis auf Herrn Ahasver selig sind wir wieder vollzählig wie auf dem Flußdampfer ...«
»Ach ja«, sagte Weckenbarth und schlug träumerisch die Stimmgabel an den Notenständer. Dr. Jacobi verteilte die Instrumente, die er aus einem großen, schwarzen Kasten nahm. Man setzte sich.
»Wieweit sind Sie«, fragte mich Lord Alfred, »mit dem Memorandum betreffend die Frage, ob ich der 14. oder 15. Herzog von Bedford bin?«
»Ich bin noch mit den Vorarbeiten beschäftigt, Mylord. Gelegentlich dieser Vorarbeiten bin ich jedoch darauf gestoßen, daß Ihnen – was Ihnen vielleicht nicht bekannt ist – der Titel eines Obersterbsalzgrafen des Herzogtums Ragusa und der gefürsteten Oberen Grafschaft Remisl zusteht, mit der Anrede ›Ew. Salzgnaden‹ und dem wohl jetzt

gegenstandslosen Privileg, beim Hochamt in Gegenwart des österreichischen Kaisers oder mehr als vier volljähriger, erbberechtigter, nicht unter Kuratel gestellter männlicher Mitglieder des Erzhauses zur Kommunion anstatt der Hostie eine geweihte Salzgurke zu empfangen.«
Wir stimmten unsere Instrumente und begannen mit dem zweiten Satz.
»Nja ...«, sagte Dr. Jacobi danach, »wir machen's gleich noch einmal.« Er räusperte sich, grub in seinen Taschen und beugte sich zu mir, während die anderen ihre Instrumente nachstimmten und Fingersätze in die Noten schrieben: »Wissen Sie, mein Freund: wir Cellisten haben allen Instrumenten eins voraus: wir können mit Anstand beim Spielen rauchen.«
Ich dachte nach.
»Die Bläser«, fuhr er fort, »fallen sowieso weg. Die Orgel ... in der Kirche raucht man nicht! Können Sie sich einen Harfenisten mit einer Zigarre vorstellen? Oder einen Pauker?«
»Pianisten«, sagte ich.
»Mit Anstand«, sagte er, »habe ich gesagt. Natürlich kann ein Jazzpianist Zigaretten rauchen. Das nenne ich weder Musik noch Anstand.«
»Und – Kontrabassisten«, sagte, vielmehr fragte ich.
»Die müssen viel zu stark mit dem Kopf wackeln. – Nein nein, es bleibt den Cellisten vorbehalten. Das ist auch das Geheimnis von Casals, er hat es mir selber gesagt: Pfeifenrauchen während des Cellospielens.«
Dr. Jacobi hatte sich eine Pfeife gestopft und zündete sie jetzt an.
Erneut begannen wir den Satz. Zu jedem zweiten schweren Taktteil, mit pünktlicher Regelmäßigkeit und dem bekannten paffenden Geräusch, erhob sich ein Rauchpilz aus Dr. Jacobis Pfeife.

Wir mußten die beängstigende Feststellung machen, daß das Liftschachtbündel, an dem der von uns bewohnte und verteidigte »Tropfen« hing, an einer Stelle stark beschädigt war. General Weckenbarth wagte ein tollkühnes Husarenstück: er flog in einem kleinen Flugzeug, einer Art Hubschrauber, hinaus und sah sich den Schaden aus der Nähe an.

Er war höchst besorgt, als er zurückkam. Es sei nicht ausgeschlossen, meinte er, daß der Gegner nun negative Materie gegen uns einsetzte. Wenn es ihm gelänge, den Lichtschacht zu durchtrennen, würde der ›Tropfen‹ hilflos in der Zigarre schweben, und wir könnten kaum Widerstand leisten, wenn uns der Feind *en bloc* an die innere Wand der Zigarre schöbe. Dort aber würde unser »Tropfen« infolge der freiwerdenden Spannungen wie ein Wassertropfen auf dem heißen Stein in einer unvorstellbaren Explosion verzischen.

Fieberhaft arbeiteten die Laboratorien, soweit sie unversehrt waren, an Abwehrmitteln gegen die negative Materie.

Vorsitzender Uvesohn berief eine Extrasitzung des Senats ein, in der eine kräftige Durchhalteparole beschlossen und ein Notausschuß des Senats mit umfassenden Sondervollmachten ausgestattet wurde.

Generalfeldmarschall Lord Alfred (in tiefvioletter Uniform) hielt eine Truppenschau ab und gab einen markigen Tagesbefehl aus (ein besseres und zutreffenderes Wort für Tagesbefehl konnten wird in der Eile nicht finden). Wir müßten, hieß es darin, solange kein Kampfmittel gegen die negative Materie gefunden sei, mit herkömmlichen Mitteln – also mit dem Spiritismus – versuchen, den Feindeinbruch wenigstens so lange abzuriegeln, bis die Entwicklung besserer Waffen gelungen sei. Der Generalfeldmarschall ließ zum Angriff blasen.

Ziel unseres Gegenangriffs war, die beschädigte Stelle im »Liftschacht« zu erreichen und ein weiteres Abschnüren dieser Stelle zu verhindern, gleichzeitig aber den schrecklichen Saal, den man verschämt »Generalstabszelt XII« nannte, das Menschen-Schlachthaus, zurückzuerobern. Denn, das war angeblich klar, ohne neue Menschenopfer war ein dauernder Erfolg – wenn es ihn für uns überhaupt noch gab – nicht zu erzielen.
Die Garden verbrannten kampflos und so gut wie wehrlos im Aufzucken eines großen pulsierenden weißen Sterns, der an der fraglichen Stelle des Liftschachtkanals erschien. Wie zum Hohn blieb ein einziger Soldat unverletzt, der diese endgültige Niederlage dem Generalfeldmarschall melden konnte. Wenig später gab es keinen Zweifel mehr: der Liftschacht war durchtrennt. Wir trieben gegen die Wand der Zigarre. Ich wurde von Lenz – der als Leibjäger eines Präsidialratsmitgliedes, wie übrigens auch meine vier Posaunisten, vom letzten Fronteinsatz freigestellt worden war – zum Vorsitzenden Uvesohn gerufen. Die Präsidialratsmitglieder versammelten sich in einem Nebenraum des Uvesohnschen Appartements. Als wir alle da waren, kam der Vorsitzende mit Lord Alfred herein. Es sei seine Pflicht, sagte Lord Alfred, den Präsidialrat davon zu unterrichten, daß wir eine entscheidende Niederlage erlitten hätten. Weiterer Widerstand sei nicht nur zwecklos, sondern auch unmöglich. Unsere Vernichtung sei allein eine Frage der Zeit. Der Generalfeldmarschall salutierte und ging hinaus.
Da stand Uvesohn langsam auf. »Hiermit«, sagte er, »übernehme ich die alleinige, unumschränkte Macht.« Er zog einen Revolver aus der Tasche und legte ihn vor sich auf den Tisch. »Wagt jemand zu widersprechen? Ich mache Sie darauf aufmerksam, daß dies ein Staatsstreich ist.

Die hier Anwesenden betrachte ich vorerst – bis das Gegenteil bewiesen ist – als Gefangene ...«
Wie gut, daß Lenz meinem Befehl, stets an der Tür zu lauschen, wenn Uvesohn sprach, so brav nachkam. Die Tür flog auf, Lenz stürmte mit gezogener Pistole herein, schoß in den Teppich und brüllte furchtbar. Die übrigen Präsidialratsmitglieder krochen unter den Tisch. Uvesohn rüttelte an seinem Revolver, wohl um ihn zu entsichern. Das Posaunenquartett kam, mit klingendem Spiel, hereingelaufen und schlug dem Vorsitzenden die Instrumente über den Kopf. Uvesohn sackte zu Boden. Sofort krochen die Senatoren unter dem Tisch hervor und stürzten sich auf den erfolglosen Usurpator. Im selben Moment erschütterte uns ein gewaltiger Stoß. Wir hielten den Atem an – es folgte aber noch keine Explosion.
»Ist es soweit?« fragte ich Lenz.
»Exzellenz erlauben, zu bemerken, daß wir außerordentlich schnell in Exzellenzens Zimmer eilen sollten«, sagte Lenz.
Er lief so schnell, daß ich ihm kaum zu folgen vermochte. Schwächere und stärkere Stöße in ungleichen, aber sichtlich kürzer werdenden Abständen warfen uns zu Boden, ließen uns mühsam die Gänge entlang stolpern. Einmal holte mich einer der Posaunisten ein, er war Unteroffizier und der Ranghöchste unter ihnen. Atemlos fragte er mich, ob ich sie beurlaube. Ich beurlaubte sie. Ehe ich noch ein kurzes Dankwort für ihre treuen Dienste sprechen konnte, war er schon fort.
Wir erreichten meine Suite. Die Stöße, noch immer lautlos, aber – wenn ich mich nicht täuschte – jeweils von einem kleinen, kaum spürbaren Elektrisieren begleitet, erfolgten jetzt in Sekundenabständen. Aus der Tatsache, daß sie überall, wo wir auf unserem Lauf hingekommen waren, gleichbleibend ihre Frequenz erhöht hatten, schloß

ich, daß – vermutlich durch das Abtrennen des Liftschachts – die Dispositionsparallaxe zerstört worden war. Lenz reichte mir Kleider.
»Soll ich mich denn noch umziehen?«
»Das sind die Kleider, die Sie getragen haben, als Sie von draußen hereingekommen sind, Exzellenz.«
»Ach so –« Rasch zog ich mich um. Dann befahl ich Lenz, mich zu Weckenbarth zu führen. »Das kann ich nicht«, sagte Lenz, »ich weiß nicht, wo er ist.«
Das kam freilich unerwartet. Die eiserne Leiter fiel mir ein ... Ich lief in den betreffenden Raum, untersuchte ihn, konnte aber den Mechanismus nicht finden, der die Rosette öffnete.
»Was suchen Exzellenz?«
»Mit der Exzellenz ist's vorbei, Lenz.«
»Was soll hier sein?«
»Durch die Rosette kann man eine Leiter herablassen.«
»Das ist nicht möglich, das müßte ich wissen.« Die Stöße folgten jetzt so dicht aufeinander, daß sie bereits ein gleichförmiges Rattern ergaben.
»Wie kommt man in den Raum über uns?«
»Das weiß ich nicht, Exz. ... es sind Geheimräume.«
»Das habe ich mir gedacht«, sagte ich. »Gibt's hier irgendwo eine Leiter oder eine Staffelei?«
Lenz holte einen Tisch und stellte einen Stuhl darauf. Die Stöße ratterten so, daß ich kaum hinaufklettern konnte. Lenz lief hinaus.
»Was ist, Lenz?« schrie ich.
»Es hat geklopft«, rief er zurück.
Ich suchte nach einer Ritze oder einem Spalt an der Rosette. Sie schloß fugenlos ab.
Lenz kam zurück. »Kommen Sie«, sagte er, »es ist jemand da.« – Weckenbarth schickt nach mir, dachte ich. Draußen stand ein Soldat, der eine Posaune trug.

»Melde gehorsamst, Exzellenz«, schnarrte er, »die Diskant-Posaune ist fertig. Ich bin der Diskant-Posaunist und melde mich zur Stelle.«

Ich beurlaubte auch diesen Posaunisten.

Als ich wieder in den Nebenraum mit der vermaledeiten Rosette trat, war diese heruntergeklappt, die Leiter jedoch nicht ausgefahren, weil Tisch und Stuhl im Weg standen. Don Emanuele schaute durch das Loch herunter und winkte heftig. »Kommen Sie schnell herauf, es ist schon wieder fast zu spät!«

Ich stieg hinauf. Lenz stand unten und zögerte. Don Emanuele winkte auch ihm.

Diesmal wartete kein Elektrokarren. Wir mußten laufen. Der unabsehbare Wald von Aluminiumsäulen – oder aus was immer sie sein mochten – phosphoreszierte im Dunkel.

»Rühren Sie keine der Säulen an. Sie schützen uns ein wenig vor der negativen Materie.«

Ich blickte zurück. Aus der Rosettenöffnung kletterte, ja, wahrlich, kletterte ein blendend heller, weißer, pulsierender Stern, der seine fünf Zacken wie Gliedmaßen bewegte.

Auch Don Emanuele hatte ihn gesehen. »Es wird nicht lange dauern, und sie haben herausgefunden, wie sie das Hindernis überwinden können.«

Wir liefen auf eine größere Säule zu, die nicht phosphoreszierte, und rannten ein paarmal drum herum. Don Emanuele klopfte daran.

»Zu spät?« fragte ich.

Da öffnete sich eine Tür in der Säule. Eine betäubende Explosion erschütterte den Raum: Der pulsierende Stern hinter uns war geplatzt. Aber schon kroch ein anderer Stern aus dem Loch. Wir schlüpften durch die Tür und schlossen sie hinter uns. Ich hatte die Säule ja ein paarmal umlaufen, konnte also ihren Umfang abschätzen, und es dünkte mir, als hätten wir drei nur knapp darin Platz. Nun allerdings erschien sie mir geräumiger; doch – sagte ich mir – konnte ich mich täuschen, denn es war stockfinster. Lenz zündete sein Feuerzeug an.

»Danke«, sagte Don Emanuele. Er schaute nach oben. Die hohle Säule wollte kein Ende nehmen; weit über uns glühte es rötlich. »Jetzt aber schnell«, sagte Don Emanuele und fingerte am Schloß einer Tür herum.

»Das Glühende da oben, ist das der Feind?« fragte ich.

»Das ist die Schließ-Masse, mit der die Säule aufgefüllt wird. Sie läuft schon herein.«

Wir standen dicht gedrängt, es wurde heißer. Die glühende Masse dort oben sauste vermutlich mit Fallgeschwindigkeit auf uns zu. Endlich brachte Don Emanuele die zweite Tür auf, wir drängten uns hinaus und befanden uns in einem Raum, der allem Anschein nach als Abstell- oder Abfallkeller benutzt wurde. Aschentonnen standen herum. In einer Ecke lagen ein Bündel Hirschgeweihe und ein alter Kinderwagen.

»Achtung!« Wir traten zurück. Die Säule glühte rot auf, augenblicklich verbreitete sich eine Hitzewelle, dann verblaßte die Säule und färbte sich weiß. Don Emanuele ging um sie herum, betastete sie und brummte, offenbar befriedigt.

»Ach –« sagte ich, »das Rattern hat aufgehört.«

Don Emanuele steuerte auf eine steinerne Treppe ohne Geländer zu, die an der Längsseite der Wand schräg aufwärts führte. Wir folgten ihm. Oben traten wir durch eine Tür in einen geräumigen Wintergarten, wo eine größere Gesellschaft versammelt war. Die Sonne stand niedrig am Himmel und warf das leuchtende Muster dreier hoher bunter Glastüren mit runden Oberleuchten aufs Parkett. Es war Nachmittag. Die leise Ahnung des kommenden

Abends hatte die Hitze des Hochsommertages gebrochen. Die Damen und Herren der Gesellschaft, die hier versammelt war, hatten sich ohne Zweifel vor nicht allzu langer Zeit von einem stärkenden Mittagsschlaf erhoben, um hier zur Teestunde zusammenzukommen. Ruinenbaumeister Weckenbarth saß mit dem Rücken zu mir, Lord Alfred winkte uns zu, als er uns eintreten sah, und Dr. Jacobi sprach mit dem Herzog-Kastraten – leise, um Simonis nicht zu stören, die zwischen ihren Schwestern saß, ein kleines, in weiße Seide gebundenes Buch in der Hand hielt und eben sagte:
»Wenn ich Euch auch keine von mir erfundene oder gar erlebte Geschichte erzähle, sondern eine vorlese, so brauche ich dennoch nicht zu fürchten, daß sie irgend jemand in diesem Kreis schon bekannt wäre. Von dem Büchlein hier – es enthält ›meine‹ Geschichte, die den merkwürdigen Titel ›Die Morgel‹ trägt – existieren vermutlich kaum mehr als ein halbes Dutzend Exemplare. Gedruckt wurden zwar ziemlich viele davon, doch fast ebenso viele wieder eingestampft. Sein Verfasser war ein nicht unvermögender Mann, aber ein recht glückloser Schriftsteller: Clemens Graf Karatheodory. Dieser Graf Karatheodory bekleidete dank seines Reichtums und seiner guten gesellschaftlichen und familiären Verbindungen eine Reihe von glänzenden Ehrenämtern. Auch als Autor feinsinniger Gedichte war er hervorgetreten. – Sie wissen, wie man von einem häßlichen Mädchen sagt: aber sie hat schöne Augen ... kann man von jedem Gedicht, das sonst keine Qualitäten hat, sagen, es sei feinsinnig. – Doch ›hervorgetreten‹ ist vielleicht der falsche Ausdruck: Karatheodory hatte hie und da einer Literaturbeilage oder einer Kulturzeitschrift eines seiner Gedichte aufgenötigt ... genug allerdings, um Verleger vor seinen literarischen Ambitionen zu warnen, und das um so mehr, als Gerüchte

zirkulierten, der Graf habe ein umfangreiches Versepos fertiggestellt, das die russische Kriegsgefangenschaft deutscher Soldaten zum Gegenstand habe. Ein Verleger indessen kam dem Grafen – der Vergleich ist bei ihm, der selbstverständlich Jäger war, nicht unangebracht – bei vollem Schußlicht so günstig vor die Flinte, daß dieser einen Blattschuß anbringen konnte. Der Verleger nun, einmal in gefährliche Nähe des Grafen geraten, war binnen weniger Tage, ja Stunden dermaßen in das Netz der Gastfreundschaft des Grafen und der Dankesverpflichtungen gegen diesen verstrickt, daß er sich nicht anders retten konnte, als die Drucklegung eines Manuskriptes zuzusagen. Das war nach einem Fest auf dem gräflichen Landsitz gewesen – einem Fest, welches zu Ehren des Verlegers veranstaltet worden war ... Herrliche Weine ganz unsagbarer Jahrgänge, Rehrücken und Fasane und zwei Nichten des Grafen waren für den Verleger aufgeboten worden, unzählige Toasts wurden auf ihn ausgebracht, zum Schluß alle Gläser und das Klavier zertrümmert – kurzum, ein herrlicher Mulatschak. Der Verleger konnte nicht mehr zurück, er mußte das Manuskript annehmen.

Mit einem erheblichen Katzenjammer kam der Verleger am nächsten Tag in seinen Verlag, legte das Manuskript auf den Schreibtisch seines Cheflektors, zog sich in sein Arbeitszimmer zurück und gab zwei Anweisungen: 1. das Manuskript sei unverzüglich zu setzen; 2. einen Eisbeutel zu beschaffen. ›Hoffentlich‹, sagte der Verleger, mit Mühe seine Gedanken sammelnd, ›ist es wenigstens nicht das Versepos!‹ Der Lektor sah das Manuskript mit Befremden. Er blätterte darin herum und war verärgert darüber, daß sein Chef ein Buch angenommen hatte, ohne ihn überhaupt um seine Meinung befragt zu haben. Er beschloß, die Blamage vollkommen zu machen. Wie das

Manuskript war, ohne die geringste Änderung, ja ohne die Tippfehler auszumerzen, wurde es in Druck gegeben. Der Cheflektor ordnete eine Auflage von 100 000 Exemplaren an. Die Sekretärin hatte Bedenken. Heimlich strich sie eine Null. Aber auch das hielt der Verlagsbote noch für einen Irrtum. Er strich eine weitere Null. So wurden tausend Exemplare gedruckt. Zweihundert konnten an Buchhandlungen ausgeliefert werden. Einhundertachtundneunzig kamen nach einiger Zeit als Remittenden zurück. Nicht ohne Genugtuung teilte der Cheflektor dies dem Grafen mit. Der Graf erkundigte sich interessiert nach den Buchhandlungen, in denen die beiden Exemplare verkauft worden waren. Die eine Buchhandlung konnte dem erfreuten Autor dann sogar den Käufer des Buches ermitteln: es war ein Sonderling, der Bücher adeliger Autoren sammelte. Von ihm gelangte es, nebenbei gesagt, durch Erbgang mit der ganzen Sammlung erlauchter Literatur in meine Hände. Der Käufer des anderen Buches konnte nicht mehr festgestellt werden, bis eines Tages, es war Jahre danach, der Graf bei einem Freunde eingeladen war. Dieser Freund wohnte in einer der neuen Siedlungen am Rande der Stadt, dort, wo lauter hohe, häßliche Häuser stehen. Der Freund, auch ein passionierter Jäger, erzählte dem Grafen Karatheodory von diesen häßlichen Häusern und der Entstehung der Siedlung und unter anderem, daß merkwürdigerweise – als eine versöhnliche Geste der Natur – auf dem Hause, das dem des Freundes gegenüberlag, ein Paar Turmfalken horsteten. Der Freund holte sein Fernglas und ging mit dem Grafen auf den Balkon, um ihm die Falken zu zeigen. Das gegenüberliegende Haus hatte acht Stockwerke. Ganz oben, über dem achten Stock, sollte der Horst des Falken sein. Der Blick des Grafen jedoch blieb am achten Stockwerk haften: dort saß ein Mann auf dem Balkon und

las ein Buch – *sein* Buch, des Grafen Karatheodorys Buch, ›Die Morgel‹. Den einen Käufer kannte der Graf ja, der war es nicht. Da dieser erste Käufer, der Sonderling, die Bücher nicht las, nur sammelte, verlieh er sie auch nicht. Der Mann dort auf dem Balkon im achten Stock mußte also der Käufer des zweiten Exemplars sein!«
»Hoffentlich«, sagte der Kastrate, »ist das Buch so aufregend wie seine Entstehungsgeschichte.«
»Habent sua fata libelli«, erlaubte ich mir einzuflechten.
»Ich habe beobachtet«, sagte Weckenbarth, »daß die *fata* interessanter Bücher meist auch interessant sind. Im Gegensatz zu den Menschen. Abenteurer sind meist *im Kern* langweilig.«
»Ja – nein«, sagte Simonis, »ich habe das Buch vor vielen Jahren gelesen. Damals hat es mir ausnehmend gut gefallen. Es hat mir so gut gefallen, daß ich es nicht nur gelesen habe, sondern . . .«
Simonis stockte.
»Sondern?« fragte der Kastrate.
»Nichts, nichts«, sagte Simonis. »Vielleicht gefällt es mir heute gar nicht mehr. Man ändert sich ja mit den Jahren. Ich habe vorhin, als ich es aus der Bibliothek geholt habe, einen Blick hineingetan: es ist stilistisch überfrachtet, wenn Sie verstehen, was ich meine. Es ist überinstrumentiert. Die Singstimme kommt nicht richtig durch. Ich werde im Lesen einige Passagen übergehen.«
»Jetzt sind alle endgültig gespannt auf die Geschichte«, sagte Don Emanuele und grunzte ein wenig.
»Ich lese also doch«, sagte Simonis, »nachdem ich es schon einmal aus der Bibliothek geholt habe.«
Simonis schlug das Buch auf. Bevor sie aber zu lesen beginnen konnte, zog eine eigenartige Erscheinung unsere Aufmerksamkeit auf sich: draußen fuhren langsam drei Leute auf Fahrrädern durch den Park. Einer radelte ein

wenig voraus – die beiden anderen im Dienstbotenabstand hinterher. Die beiden hinteren waren die mechanischen Zwerge, der, der vorausfuhr, trug einen grünen Anzug, eine Nuance heller als sein grasgrünes Gesicht … Eben als er an der Glasfront des Wintergartens vorbeikam, winkte er nach hinten, die Zwerge traten kräftiger in die Pedale, holten auf, der eine reichte ihm eine Tasse und der andere steckte ihm ein Sandwich in den Mund. Während die Zwerge wieder den gebührenden Abstand herstellten, winkte Herr Ahasver freundlich zu uns herein.

Alle winkten zurück. Dann senkte Simonis den Blick ins Buch, sagte aber vorher noch:

»Die Geschichte beginnt mit einem Dialog. Ich versuche, den Stimmen individuellen Charakter zu geben:

›Durchlaucht erinnern sich, mir das Orgelspielen vor weniger als acht Tagen verboten zu haben.‹

›Sie haben sich an mein Gebot nicht gehalten.‹

›Die Tatsache des Verbotes allein war zuviel Kränkung, als daß ich mich nicht mit Orgelspiel hätte trösten müssen.‹

›Und warum wollen Sie mir – wenn ich Ihnen für die Zukunft die Musik gestatte – nicht helfen …‹

›Ich spiele nicht für Ihren Geburtstag. Ich weiß nicht, warum, aber ich weiß, daß die Musiker abgesagt haben, weil Durchlaucht Frau Fürstin sie nicht bezahlen können …‹

›Sie sind boshaft, Leon.‹

›Nein, Durchlaucht, nur seit einer Woche gekränkt.‹

Der Diener Leon wandte sich um und begann, die Bände der französischen Romane (ein Bändchen fehlte in der Reihe, eines aus der Feder von Madame Gyp) auf der Konsole des porphyrnen Empire-Kamines auszurichten. Die Herrin – Fürstin Beniamina Karatheodory – rückte,

ebenfalls abgewandt, die ohnedies sauber ausgerichteten Stühle am Tisch in der Mitte des Saales zurecht.
›Es sei denn, Durchlaucht –‹
Die alte Fürstin drehte sich um: ›Es sei denn, Leon?‹
›Es sei denn, Durchlaucht treten mir den Blasbalg.‹
›Sie sind übergeschnappt, verzeihen Sie. Natürlich werde ich Ihnen niemals den Blasbalg treten. Gehen Sie.‹
›Es ist –‹, antwortete Leon leise und drehte das Staubtuch, mit dem er eben die großen Blätter der Pegu-Pflanze abgestaubt, wie ein Windrad, ›– es ist die höchste Prüfung, die ich je meiner Geduld und meinem Stolz auferlegt habe, wenn ich jetzt zwar ohne eine weitere Anmerkung zu der Sache gehe, mich aber – hören Sie, Durchlaucht? – dennoch für eine Abend-Tafel-Musik zur Verfügung halte, vorausgesetzt ... vorausgesetzt, Durchlaucht treten mir den Blasbalg.‹
Der Diener entfernte sich. Die Fürstin wandte sich erneut den Stühlen zu. Seufzend rückte sie den einen oder anderen um Millimeter vor oder zurück, verließ dann durch eine Tür, die stets offen blieb, weil jede Berührung den Zerfall des grau gewordenen, morschen Holzes herbeiführen konnte, das Zimmer und trat in ihren Musik-Salon. Beniamina Karatheodory setzte sich ans Spinett und schlug einen Ton an, der sich zitternd in dem großen Raum brach und, durch die eigenen Obertöne zum merkwürdigen Akkord vervollständigt, die Spinnweben an der hohen Decke zur Resonanz zu bringen schien. Einen zweiten Ton schlug die Fürstin an, dann eine Reihe, um eben daraus den Anfang einer zierlichen Invention zu ziehen – die ihr Gemüt getröstet hätte – als die Wände von Tönen erbebten, die nicht allein die feinen Spinnweben, sondern auch den Fußboden zum Beben brachten: Leons Orgelgewitter, ein Geflecht von gedackten und Flöten-Registern mit der Kraft und Fülle der Zungen-Pfeifen,

ausgeweitet in obere und untere Oktaven durch Aliquote und Oktavkoppeln, begleitet von dem regelmäßigen Hämmern des Windwerks wie von einer musikalischen Schmiede.
Ungetröstet ließ die alte Fürstin Karatheodory die Hand vom Spinett sinken. Ihr Blick richtete sich zur Wand, wo die ehemals malvenfarbene Tapete leise unter der Kraft der Orgeltöne bebte, der Mörtel des Mauerwerks dahinter niederfiel und hie und da, durch einen Riß in der Bespannung, als feiner Rauch in den Raum stäubte, um in den hauchzarten, schrägen Strahlen der sinkenden Sonne emporzuwirbeln.

Die Orgel des Schlosses Coriandoli, sive Karatheodory, ein unerkannter Wert, war eines der wenigen erhaltenen Werke von der Hand des Meisters Zaparini – völlig verwahrlost, als der Diener sie vorfand. Eine weltliche Orgel, wie die frühen Orgeln in den Schlössern überhaupt, war das Werk nicht für den Gottesdienst bestimmt, sondern in einem Festsaal errichtet worden, vielmehr: der ehemalige Schloßherr (Hercules, Baron Coriandoli, Feldmarschall) hatte den Festsaal um diese Orgel herum bauen lassen. Der Verfall des Saales und des Orgelwerkes hatte vermutlich um die Zeit der galanten Tafelmusiken mit Travers-Flöten, Viola d'amore und Clavicembalo begonnen. Als man später die rauhe Mühe des Orgelschlagens wieder in Kauf genommen hatte, war der Saal bereits soweit heruntergekommen, daß darin ein lustvolles Tafeln schon wegen des Durchzuges unmöglich war. So zog die Orgel den Saal, der Saal das Orgelwerk mit in den Verfall.
Geringe Reste von Gobelins bedeckten die Wände. Das Mauerwerk – unterbrochen durch Halbpfeiler tragende Giganten – stand größtenteils bloß. Die geschnitzten Gi-

ganten, ehemals *finti di marmo*, waren bei einer im vorigen Jahrhundert begonnenen, wenig fachgerechten Restauration mit Ölfarbe bestrichen, die ihrerseits bereits abgeblättert war: nackt und wurmstichig standen die Kolosse, denen obendrein nicht selten das eine oder andere Glied, durchwegs aber die Nase fehlte.

Leon, der Diener, hatte das Orgelwerk in den ersten Tagen seines Dienstes entdeckt. Die Fürstin hatte ihm gerne zugestanden, den alten Festsaal als Dienerlogis zu beziehen – kopfschüttelnd zugestanden allerdings, denn woran das Schloß einzig keinen Mangel litt, war die Fülle an Räumlichkeiten. In den folgenden Jahren hatte Leon das Werk von Staub und Ungeziefer gereinigt, das Pfeifenwerk vom Rost befreit, viele Pfeifen ersetzt, das Regierwerk herausgenommen und fast gänzlich neu geschnitzt, den Blasbalg aufgefrischt und zuletzt das Bronzegitter mit dem Coriandoli-Wappen und einigen musizierenden Göttern abgebrochen, das – obwohl hochkünstlerisch – Leons Zwecke für die Orgel störte; denn Leon brachte einige neue Register an, etwa fünf, und diese Register waren äußerst merkwürdig ... Sie waren nicht mit der Registerschleife verbunden, sondern regulierten die Entleerung je eines kleinen Holzbottichs, von denen Leon entsprechend viele hinter den Pfeifen anbrachte. (Einige der Pfeifen mußten sogar später, als er die Abzweigung vom Blasbalg baute, geopfert und durch stumme Pfeifen ersetzt werden. Diese Abzweigung führte an ein gesondertes Ventil und an eine Art von Druck- oder Staukasten. Der Staukasten hatte etwa das Aussehen eines kleinen Zentralheizungskessels: schweres Metall, mit Stahlgurten und Schraubenverschluß. Leon hatte ihn mit technischer Findigkeit in das Werk eingelassen, so daß er hinter den geschnitzten Verzierungen und unter dem Pfeifenwerk nicht zu sehen

war. Eine neu eingefügte Pedaltaste regulierte die Abzweigung vom Blasbalg zum Staukasten.)
Diese – nach Abschluß der Arbeiten völlig unsichtbaren – Neuerungen sollten das göttliche oder hier wenigstens weltliche Instrument zu einem teuflischen Werkzeug machen ...
Es begab sich, daß der Diener Leon diese Restauration am Meisterwerk des Zaparini knapp eine Woche vor dem erwähnten Geburtstag der Fürstin Karatheodory, genau um Mitternacht zu Ende führte.
Er lief zum Gärtner Silberschwan (einem jungen Mann, der gegen die Empfehlung Leons eingestellt worden war, deswegen von Leon grob behandelt wurde und demselben aus diesem Grunde Respekt entgegenbrachte), weckte ihn, hieß ihn – im Nachthemd – den Blasbalg treten und spielte die ganze Nacht hindurch bis in den frühen Morgen.
Die Fürstin, die durch das Orgelspiel aus ihrem längst kostbar gewordenen Schlaf gerissen wurde (weniger durch den Lärm zwar als durch die vom Plafond auf ihr Bett fallenden Spinnen), nahm sich vor, ihrem Diener weiteres, wenigstens nächtliches Orgelspiel zu verbieten. Aber Leon war am Morgen nach der Vollendung der Restauration nicht zu sprechen. Er schlief den ganzen Tag. Da auch der Gärtner nicht zu wecken war, mußte sich die Fürstin selber in der Küche behelfen. Früh legte sie sich zu Bett.
Am Abend aber stand Leon auf, und, ohne sich anzuziehen, im Nachthemd, wie letzte Nacht der Gärtner, setzte er sich auf die Orgelbank und begann zu spielen.
Ein großer, wenn auch nicht vordringlich gewollter Vorteil des Staukastens war, daß der Wind sozusagen gespeichert werden konnte. Das Blasbalgtreten des Gärtners vorige Nacht hatte nebenbei auch die Windreserve gefüllt.

Bei vorsichtigem Öffnen einiger Ventile am Staukasten – durch ein unvorsichtiges Öffnen hätte der gestaute Wind das ganze Werk zerrissen – konnte also der Organist, je nachdem, zwei oder drei Stunden ohne Blasbalg-Treten spielen.
Pianissimo, mit sparsamen Registern, intonierte Leon eine jener merkwürdigen Melodien der frühen spanischen Orgelkünstler.
Nach einigen Toccaten unterbrach der Diener sein Spiel, rutschte von der Orgelbank, schlüpfte in die Pantoffeln und kramte aus verschiedenen Schubladen und Fächern Papiere und Zeichnungen (die technischen Pläne zur Verbesserung der Orgel). Dann holte er eine Pfanne, häufte das Papier darin auf, entfachte es an einer Kerze und hielt die Pfanne schnell am langen Stiel aus dem Fenster. Die Flammen warfen ihren Schein bis zu den Granatbäumen des Parks hinüber und illuminierten den Brunnen, der, früher ein hoher Springbrunnen, jetzt nur mehr ein von Wasserlinsen überwachsener, von Fröschen bewohnter Teich war.
Nachdem die Flammen das Papier aufgezehrt hatten, zerrieb er die Rückstände zu feiner Asche. Diese füllte er in einen der hinter dem Windwerk angebrachten Holzbehälter. Dann setzte er sich erneut an die Orgel. Leise nahm er die Melodie von vorhin wieder auf, widmete ihr aber nur geteilte Aufmerksamkeit, denn sein Hauptaugenmerk galt einem kleinen Manometer am Rand des Manuals. Das Manometer stieg. Sein Zeiger erreichte einen roten Punkt. Da löste Leon ein Ventil: mit heiserem Pfeifen stob die schwarze, durch den hohen Druck im Staukasten zu Staub zerriebene Asche durch eine haarzarte Düse. Diese Düse befand sich in Brusthöhe in dem sargengen, aufrechten Schrein für den Blasebalgtreter.
›Ah –‹ sagte Leon und drehte sich zufrieden den Ma-

nualen zu, während seine Pläne und Skizzen in Staub verwandelt im Saal umherzogen und sich endlich zu dem vielen anderen Staub in den Ritzen und Ecken des Saales breiteten.

Leon spielte ungeniert und mit vollem Werk, bis der Windvorrat erschöpft war, so daß die Fürstin, auch heute aus ihrem kostbaren Schlaf gerissen, schon gegen fünf Uhr das Bett verließ und zornig beschloß, sich endlich das Orgelspiel zu verbitten. Leon aber war wieder einmal nicht zu sprechen, schlief, bis die rötliche Abendsonne durch die Jalousien schien und die verschossenen Gobelins über seinem Bett mit allerhand Phantasmagorien sprenkelte. Dann erhob er sich. Vorwurfsvoll trat er – vom Gärtner Silberschwan schadenfroh gerufen – vor die Fürstin.

Das folgende Verbot hatte keine Wirkung. Eindringliches Bitten und die flehentliche Darstellung der Kostbarkeit des Schlafes der hohen Dame machten jedoch soweit Eindruck auf den Diener, daß er sich bereit erklärte, für die Zukunft auf *mitternächtliches* Orgelspiel zu verzichten. Lange, dachte er sich dabei, wird es ohnedies nicht mehr dauern ... So hörte er tatsächlich an den folgenden Tagen gegen zehn Uhr mit dem Orgelspiel auf und begann erst wieder kurz vor sechs Uhr in der Früh. Dazu war er ausnehmend guter Laune, war der Fürstin gefällig und setzte ihr sogar in einem zwanglosen Gespräch seine Meinung über das Phänomen Shakespeare auseinander. Insbesondere faszinierte ihn an diesem Manne, sagte Leon, daß es ihm vergönnt gewesen sei, ein fabelhaft exaktes Alter zu erreichen, das heißt: an seinem Geburtstag zu sterben. Die Fürstin war über die Leutseligkeit ihres Dieners beglückt.

Das Hauswesen führte im übrigen, soweit er nicht mit Blasbalgtreten beschäftigt war, der Gärtner. – Die Fürstin

ernährte sich in der Zeit von Eiskartoffeln. – Merkwürdig war deshalb, daß Leon sich plötzlich ohne Aufforderung erbot, für den von der Fürstin bang erwarteten Festtag die Küche zu besorgen. Noch merkwürdiger aber war, daß er sich immer noch weigerte, seine sonst so störende Liebhaberei ihrem ursprünglichen Zweck entsprechend zu verwenden und die erwarteten Gäste durch Tafelmusik zu erfreuen.
Weniger wegen der Tafelmusik, auf die ja zu verzichten gewesen wäre, als weil sie fürchten mußte, Leon würde sich durch die beleidigende Zurückweisung seines Vorschlages vom Blasbalgtreten auch davon abhalten lassen, das Essen für den Abend zuzubereiten, begann die hohe Dame, den Gedanken an den demütigenden Vorschlag wenigstens mit sich zu diskutieren. Sie läutete dem Gärtner und ließ Leon rufen. Ein Beobachter, der aus dem feinsten Vorkommnis seine Schlüsse zieht, hätte aus der Tatsache, daß Leon, als der junge Gärtner Silberschwan ihm den Ruf der Fürstin überbrachte, sofort sein Spiel abbrach und vor der Fürstin erschien, Schlüsse ziehen können.
›Es bedarf keines weiteren Wortes, wenn Durchlaucht den Blasbalg nicht treten wollen.‹
›Leon – ich hätte mir gedacht, wenn der Gärtner den Blasbalg . . .‹
›Wenn der Gärtner den Blasbalg tritt, wer, Durchlaucht, wird dann wohl die Speisen servieren, die ich – wie Durchlaucht sich denken mögen – natürlich nur bei guter Laune zubereiten werde?‹
›Das habe ich befürchtet.‹
›Was meinen Durchlaucht, wird den hohen Gästen merkwürdiger erscheinen: der Gärtner tritt den Blasbalg, ich spiele die Orgel, und *Durchlaucht* tragen auf? Oder aber: der Silberschwan – man wird sehen, ob ich meine Livree

nicht etwas ausstauben kann und ob von Weihnachten her nicht einige Paketlitzen zu finden sind, die man ihr ankleben könnte –, der Gärtner also trägt auf – und ich spiele die Orgel ...‹

›Könnte man das Blasbalgtreten nicht überhaupt lassen? Sie haben doch, erzählte mir Silberschwan, in Ihre Orgel etwas eingebaut, daß Sie auch ohne Orgeltreter eine Weile spielen können.‹

›Eine Weile nur, Durchlaucht.‹

›So lang bräuchten Sie auch wieder nicht zu spielen.‹

›Man kann mit dem Eingebauten nicht sehr laut spielen, und nicht alle Register. Ich hingegen gedenke, zu Ehren von Durchlauchts Fest, mein volltöniges Musikstück ›Musiquiana‹ aufzuführen, das sehr laut ist und aller Register bedarf.‹

›*Ihr* Musikstück?‹ fragte die Fürstin. Silberschwan kicherte, Leon wandte sich ab.

›Bleiben Sie hier, Leon. Silberschwan, was gibt es da Lächerliches, schweig! In Gottes Namen, Leon, also –‹

›Ich will sagen: es mag weniger merkwürdig erscheinen, wenn der Gärtner aufträgt, ich die Orgel spiele und Durchlaucht es sich nicht nehmen lassen wollen, dem Neffen den Liebesdienst des Blasbalgtretens zu erweisen.‹

›Welchem Neffen?‹

›Ich dachte mir, Durchlaucht könnten mich für den Abend als Durchlauchts Neffen ausgeben.‹

Die Fürstin schluckte und blickte auf Silberschwan.

›Durchlaucht schweigen‹, sagte Leon, ›mein Stolz hat meine Geduld noch nicht völlig erschöpft. Ich bleibe – vorausgesetzt, Durchlaucht wissen – zu durchlauchtiger Verfügung.‹

Leon entfernte sich. Die Fürstin, auf einen der nach Millimeter ausgerichteten Stühle gestützt, wickelte ihre Hals-

kette um die Hand und drehte sie in immer engere Schlingen, als wollte sie sich selber strangulieren.
Gegen Mitternacht, in aller Stille – Leon hatte es aufgegeben, wie man weiß, nach zehn Uhr zu spielen – saß die Fürstin Karatheodory in ihrer Bibliothek. Auf den Knien hielt sie ein Buch, in dem sie seit seinem Erscheinen alle Jahre an die sechs, sieben Seiten gelesen hatte: *Bob au Salon de 88* von der Gräfin Gabrielle de Martel de Jauville, einer geborenen Riquetti de Mirabeau, die unter dem Pseudonym »Gyp« schrieb. Jedesmal war Fürstin Beniamina über die Gräfin de Martel und ihren *Bob au salon de 88* empört und beschloß, nicht mehr weiterzulesen.
Heute hatte sie nicht mehr als vier Zeilen von *Bob au Salon de 88* gelesen, als sie das aufgeschlagene Buch sinken ließ und sich ihren Gedanken hingab. In den höchsten Regalen, kaum sichtbar im Dunkel des großen Raumes über der Zone Lichtes, den die Spectral-Multiplex-Biform-Bibliothekslampe verbreitete, standen die ältesten Werke der Bibliothek von Coriandoli. Die selteneren und wertvolleren davon waren vor Jahren schon verkauft worden. So klafften zwischen den Pergament- und Schweinslederbänden höhlengleiche Lücken, aus denen jetzt die Fledermäuse ausschwärmten.
– Wenn sie doch einmal die ganzen Spinnen fressen wollten, dachte die Fürstin gerade, als Silberschwan eintrat.
›Sie haben zu klopfen vergessen‹, sagte die Fürstin.
Der junge Gärtner stand stumm unter der Tür und wischte sich die Hände an seiner grünen Schürze.
›Sie haben vergessen zu klopfen – aber Sie können nichts dafür, Sie sehen es nicht anders, als daß mein Personal mich wie einen Affen behandelt, einen undressierten.‹
Silberschwan wischte sich immer noch die Hände an seiner Gärtnerschürze. Er setzte an, etwas zu sagen, da stand die Fürstin auf und warf *Bob au Salon de 88* auf den Tisch,

wo er über die Platte schlitterte, zu Boden fiel und das schwarzseidene Tischtuch mit sich riß. Die Fürstin stützte sich mit beiden Fäusten auf die Marmorplatte.

›Sie wollen sagen, Silberschwan ...‹ die Fürstin setzte sich wieder, ›... Sie wollen sagen ...‹, wiederholte sie mit müder, leiser Stimme: ›... daß man ein Klopfen hier im Haus für gewöhnlich gar nicht hören würde. Ja – warum spielt er nicht, dein Freund, daß man dein Klopfen oder dein Nicht-geklopft-Haben nicht gehört oder meinen könnte ...‹ Sie nahm die Fäuste vom Tisch und versuchte vergeblich, im Sitzen das vorhin weggeworfene Buch mit der ausgestreckten Hand zu erreichen, ›... oder meinen könnte, das vermeintliche Klopfen überhört, vielmehr: nicht ... Warum läßt du mich alte Frau so lange reden, wenn du siehst, daß ich keine Sätze mehr ... Ich weiß nicht, was ich sagen will. Gib mir das Buch her.‹

Mit zwei Sprüngen auf den Zehenspitzen – dennoch schwirrten sofort einige erschreckte Fledermäuse aus den obersten Bücherregalen und kamen erst nach längerem Geflatter wieder zur Ruhe – war Silberschwan am Tisch, ließ die grüne Gärtnerschürze los und reichte der Fürstin das Buch.

›Durchlaucht wissen ...‹

›Ach was.‹

Silberschwan hob nun auch die Tischdecke auf und wischte sich die Hände damit.

›Durchlaucht wissen, daß Leon nicht mein Freund ist. Ich könnte Durchlaucht eine Geschichte erzählen, davon, wie ich geglaubt habe, Leon wollte sich mir freundlich zeigen ... wie ich die Gefälligkeit von einem *Feind*, von Leon, denn er war mein Feind, das heißt: auch heute noch ...‹

›Mir scheint, auch du weißt nicht, was du reden willst.‹

›Nein, Durchlaucht haben recht, ich wollte Durchlaucht

diese Geschichte von meinem Feind Leon, und wie es dazu gekommen ist, daß er mich hierher in Ihro Durchlaucht Schloß ... und so weiter, eben nicht erzählen, sondern etwas anderes.

›Es interessiert ...‹

aaaa!

iiiiiii ...‹

Die Fürstin fuhr sich in ihre Perücke, zog den Kopf ein und rutschte aus dem Stuhl zu Boden.

›Ein ... ein ... ein ...

iiiiiii ...‹, schrie sie um noch eine Stimmlage höher. ›Sehen Sie ...‹

Eine der aufgeschreckten Fledermäuse hatte sich an den Schirm der Spectral-Multiplex-Biform-Lampe gehängt, Silberschwan sprang mit drei weiteren Sprüngen um den Tisch herum, das seidene Tischtuch in beiden Händen gerafft, wie ein Toreador, musterte die am Schirmrand mit dem Kopf nach unten hängende Fledermaus. Beide, die Fledermaus und der junge Gärtner, blinzelten. Endlich begann Silberschwan vorsichtig, der Fledermaus ins Gesicht zu blasen. Die blinzelte daraufhin heftiger.

›Sie sind blöde‹, sagte die Fürstin unter dem Tisch heraus. Sie nahm dem Gärtner das Tischtuch aus der Hand und schlug nach dem Tier.

Getroffen pendelte die Fledermaus nur noch an einer ihrer Pfoten am Schirmrand und flatterte, von einem zweiten Schlag mit dem Tuch verfolgt, wieder zu den hohen Regalen mit den alten Büchern hinauf.

Der junge Silberschwan nahm die eine Hand der Fürstin – mit der anderen stützte sie sich am Boden – und zog sie auf den Stuhl.

›Wir sollten‹, der Gärtner war einige Schritte zurückgetreten und stand dort, wo er am Anfang gestanden hatte,

›den Leon‹, Silberschwan keuchte, ›entlassen, bevor es zu spät ist.‹
›Ach‹, sagte die Fürstin, mit neuerlichem Blick nach oben, ›ach, Silberschwan!‹
Silberschwan verbeugte sich, trat einen weiteren Schritt zurück und blieb dann, außerhalb des Lichtkegels der Spectral-Multiplex-Biform-Lampe, im Dunkeln stehen. Die Fürstin nahm das Buch und schlug es auf. Silberschwan schnaubte ein paar Mal durch die Nase.
›Du hast dich noch nicht entfernt, Silberschwan?‹
Silberschwan sagte wie mit Grabesstimme: ›Wir sollten Leon entlassen, bevor es zu spät ist.‹
Die Fürstin legte das Buch zur Seite. ›Ich werde gestorben sein, bevor ich das Buch gelesen habe ..., obwohl das ganze Buch natürlich ... Ich möchte wissen, ob andere Bücher anders sind. Und dann‹, sie hob die Stimme, ›möchte ich wissen, was Sie berechtigt, Silberschwan, mich und sie in dem Wort »wir« zusammenzufassen?‹
›Ich bitte um Entschuldigung ...‹
›Gut. Sie können gehen.‹
›Aber *warum* können wir Leon nicht entlassen?‹ Der Gärtner faltete die Hände wie zum Beten.
Da begann die Fürstin zu weinen, erhobenen Hauptes und mit weit aufgerissenen Augen, ohne die Hand vors Gesicht zu schlagen; sie weinte mit tiefer, wunder Stimme. Wie eine gefangene Kassandra, vom Lokrer Ajas geschändet, stieß sie, Tränen schluckend, Verwünschungen aus, die in erster Linie Leon, aber auch den Gärtner Silberschwan, sie selber, ihren Geburtstag und die Stunde ihrer Geburt, ihre Geburt und Geburten überhaupt betrafen.«
»*Wie eine gefangene Kassandra, vom Lokrer Ajas geschändet ...*« sagte der Herzog-Kastrate nicht ohne ein wenig Hohn in der Stimme, »bist du sicher, Simonis, daß es sich

bei dem, was du uns vorliest, nicht doch um das Versepos handelt?«

»Nein«, sagte Simonis schlicht, »das würde man doch an den Zeilen merken. Aber wenn ich aufhören soll ...? bitte –«

»Nein, nein«, sagte Weckenbarth, »wir sind jetzt mindestens schon so weit wie Ihre Fürstin im *Bob au salon de 88*.«

Simonis las weiter:

»Der junge Gärtner wartete, ohne sich zu rühren, bis die Fürstin, erstickt in Tränen, keine weiteren Verwünschungen mehr äußerte.

›Warum können wir den Leon nicht entlassen?‹

›Ich habe morgen Geburtstag.‹ Zwischen jedem Wort führte die Fürstin einen zusammengedrehten Zipfel ihres Taschentuches an Augen und Nase.

›Und ohne Leon hätten Durchlaucht nicht Geburtstag?‹

›Aber ich erwarte Gäste.‹

›Die Gäste kommen wegen Leon?‹

›Nein, bei Gott; aber die Küche ...‹, die Fürstin drehte einen zweiten Zipfel des Taschentuches zusammen.

›Leon‹, rekapitulierte der Gärtner weiter, ›weigert sich, für die Gäste zu kochen.‹

›Und die Musiker haben abgesagt.‹

›Hätten die Musiker nicht abgesagt –‹

›– hätte mir‹, die Fürstin drehte heftig am dritten Zipfel, ›Leon nicht offerieren können, die Küche zu besorgen.‹

›Soweit verstehe ich es, weiter nicht. Gestatten mir Durchlaucht, mich zu setzen?‹

›Den Blasbalg soll *ich* treten.‹

Der junge Gärtner Silberschwan lehnte sich in seinen Sessel zurück. Die Fürstin Karatheodory begann vom vierten Zipfel aus, mit dem sie sich die letzte Träne getrocknet hatte, das Taschentuch mit aufgeregten Händen zu einer großen Wurst zu drehen.

›Aha‹, sagte der Gärtner, ›er will, daß Durchlaucht den Blasbalg treten.‹
›Er will‹, nickte die Fürstin, ›daß ich den Blasbalg trete.‹
›Und deswegen können wir ihn nicht entlassen?‹
›Nein, wir können ihn nicht entlassen, weil er für die Gäste kochen wird.‹
›Und warum soll *ich* nicht kochen, Durchlaucht?‹
›Können Sie Eiskartoffeln machen?‹
›. . . nun, . . . nein . . .‹
›Eben.‹
›Eben‹, sagte auch Silberschwan und dachte mit streng gefurchter Stirn nach, während die Fürstin aus dem endlich zur großen Wurst zusammengedrehten Taschentuch einen noch größeren, mühevollen Knoten machte. Silberschwan beugte sich vor: ›Ich habe einen Plan. Wir müssen ihn also in einen Zustand versetzen, der ihn zwar die Orgel spielen und die Küche besorgen läßt, ihn aber unfähig macht, Durchlaucht zu zwingen, den Blasbalg zu treten, und überhaupt‹, fügte er leiser hinzu, ›anzuschaffen.‹
›. . . einen *Plan*?‹
›Ja, ich habe einen Plan.‹
›Einen Plan?‹ seufzte die Fürstin ungläubig.
›Jawohl, einen Plan: wir müssen Leon *verzaubern*.‹
›Silberschwan‹, sagte die Fürstin, ›Sie genieren mich.‹
Ohne auf den Vorwurf und das begleitende, offensichtlich markierte Gähnen seiner Herrin zu achten, setzte sich Silberschwan auf den Tisch, dicht neben die Fürstin, das ganze Gewicht auf den einen Arm gestützt, so daß die entsprechende Schulter sich eng an das Ohr drückte, erklärte er, mit der freien Hand in scheinbar erläuternden, aber völlig unverständlichen Begleitzeichnungen über den geäderten Stein des Tisches fahrend, seinen Plan:
›Leon muß, das ist das erste, Durchlaucht, Orgel spielen

können, weil er ja Tafel-Musik machen soll; zweitens muß er auch kochen können; also muß er denken können wie vorher, wie jetzt, will ich sagen, das heißt: nicht ganz so, eher ein bißchen weniger – oder nicht weniger, nur langsamer, und ..., aber kochen, und halt: er darf uns nichts tun können, er muß kleiner werden, nicht viel, sonst kann er nicht mehr Pedal treten, und nicht mehr auf den Herd langen, aber ein bißchen kleiner, kleiner als ich auf alle Fälle, und schwächer, und dümmer. Und häßlich ... Also, Durchlaucht, wie wollen wir es machen, daß Leon kleiner, schwächer und dümmer wird, aber nur grad so dumm und klein und schwach, daß er noch kochen kann?‹

Die Fürstin beantwortete die rhetorisch gemeinte Frage mit: ›Silberschwan, du bist so dumm, daß ...‹

›Nein, Durchlaucht‹, Silberschwan malte weiter erläuternde Figuren, ›nein, aber: wir müssen ihn *verwandeln.*‹

›Du sagst es.‹

›Ja. In eine Meerkatze.‹

Die Fürstin schaute zu Silberschwan auf.

›In eine Meerkatze?‹ sagte die Fürstin. ›Und wie willst du das machen?‹

›Mit gehäckseltem Fischdarm‹, sagte Silberschwan freudig über das Interesse der Herrin.

›Geht das?‹

›Ja. Fischdarm vom Karpfen. Weil die Darmflora ...‹

›Die Darmflora?‹

›Die Darmflora des Karpfens –‹, sagte Silberschwan, ›jedenfalls: gehäckselten Karpfendarm.‹

›Aber dann wird er ja ein Karpfen?‹

›Nein‹, sagte Silberschwan, ›eine Meerkatze.‹

›Gut‹, sagte die Fürstin.

›Ich habe es in einem Buch gelesen‹, sagte Silberschwan. ›Der fünfte Graf von Howbergh hat gehäckselten Fisch-

darm gegessen und ist zweihundert Jahre alt geworden, ungefähr, und eine Meerkatze.‹
›Ich weiß‹, sagte die Fürstin, ›daß der selige achte Earl of Howbergh ein Affe war, bei Gott, ein Affe. Im ersten Krieg ist ihm irgend etwas, eine Granate oder so, auf den Kopf gefallen, oder eine Kugel hat ihn gestreift; und seitdem ist er immer eingeschlafen, sobald er lachen hat müssen. Ist ein Affe und eine Meerkatze das gleiche?‹
›Der fünfte Earl of Howbergh ist *wirklich* eine Meerkatze.‹
›Mit Haaren?‹
›Überall mit Haaren.‹
›Hast du ihn gesehen?‹
›Nein, ich habe nur das Buch gelesen.‹
›Du hast ein Buch gelesen? Hier?‹
Silberschwan wollte sich nicht ablenken lassen: ›Wir müssen Leon gehäckselten Fischdarm geben, und schnell.‹
›Und dann wird der Leon wie der fünfte Earl of Howbergh sofort eine Meerkatze?‹
›Sofort?‹ sagte Silberschwan langsam, ›ach so, sofort natürlich nicht.‹
›Wie lange hat der fünfte Earl of Howbergh gebraucht, bis er eine Meerkatze geworden ist?‹
›Ja‹, sagte Silberschwan noch langsamer, ›an die hundertfünfzig Jahre.‹
›Silberschwan‹, sagte die Fürstin und seufzte, ›gehen Sie.‹
Der junge Gärtner rutschte langsam vom Tisch und wollte sich bedrückt entfernen, als ihn die Fürstin mit heiserer Stimme zurückrief:
›Silberschwan, es muß ja nicht eine Meerkatze sein!‹
›Wie meinen Durchlaucht?‹
›Wir können ihn ja in etwas anderes verwandeln, in etwas, das schneller geht.‹
›Zum Beispiel?‹

›Zum Beispiel, zum Beispiel ...‹, sagte die Fürstin unwillig, ›in irgend etwas.‹
›Irgend etwas, hm. In einen *Klippdachs.*‹
›In einen was?‹
›Klippdachs.‹
›Was ist das?‹
›Das weiß niemand. Der Klippdachs kommt in der Bibel vor.‹
›In der Bibel? Bist du sicher?‹
›Ganz sicher. Wir hatten einen Religionslehrer, er hieß Dichsklapp, dem war aus naheliegenden Gründen der Klippdachs besonders ans Herz gewachsen. Er hat uns oft jene Bibelstelle, wo der Klippdachs vorkommt, lesen lassen. Und er war traurig, daß niemand weiß, was ein Klippdachs ist.‹
›Dann hätte er‹, sinnierte die Fürstin, ›den Vorteil, daß, wenn wir Leon in einen Klippdachs verwandeln, die Welt endlich weiß, was ein Klippdachs ist – oder?‹
›Ja, nur: womöglich beißt er.‹
›Da hast du wieder recht. In was also?‹
›In eine Forelle.‹
›Eine Forelle kann nicht kochen‹, sagte die Fürstin.
›Aber man kann eine Forelle kochen.‹
›Ah – du bist großartig, Silberschwan – wirklich großartig! Von *einer* Forelle sollen meine Gäste satt werden?‹
›Wir verwandeln ihn in vierundzwanzig Forellen.‹
›Oder vierundzwanzig Fasane?‹
›Nein, Durchlaucht, bitte nicht. Nicht Fasane.‹
›Warum nicht?‹
›Weil –‹
›Weil?‹
›Weil man einen Fasan köpfen muß; eine Forelle stirbt von allein, wenn man sie aus dem Wasser nimmt. Ich möchte nicht vierundzwanzig Mal Leon köpfen.‹

›Richtig‹, sagte die Fürstin, ›richtig. So ist es gut. Und jetzt gehe ich schlafen, Silberschwan.‹
›Durchlaucht‹, sagte der Gärtner: ›aber wie, *wie* wollen wir aus Leon eine Forelle machen?‹
›Verwandeln‹, sagte die Fürstin einfach, ›verzaubern.‹
›Können Durchlaucht zaubern?‹
›Bin ich eine Hexe?‹
›Wie wollen wir aber dann ...‹
›Man kann es doch *lernen*, Silberschwan, wir werden eben zaubern lernen. Da!‹ sie zeigte auf die obersten Regale der Bibliothek, ›es werden doch, um alles in der Welt, ein paar Zauberbücher da herumstehen. Oder nicht? Warten Sie‹, die Fürstin stand auf, ›bevor ich schlafen gehe, werden wir rasch nachsehen; damit es erledigt ist. Steig hinauf und suche, ich warte noch einen Moment.‹
Die Fürstin verdrehte den Lampenschirm. Das Licht fiel in einem großen Halbkreis über die eine Wand der Bibliothek, bis hinauf zur obersten Reihe der Bücher. Erschreckt, mit feinem Sirenenton, stob wie hinweggesaugt ein Schwarm von Fledermäusen in die finsteren Ecken des Raumes. Als Silberschwan auf der Bibliotheksleiter bis fast unter den Plafond gestiegen war und die ersten Bände aus dem staubigen Regal zog, mit dem sie durch die Spinnweben der Jahrhunderte und die Exkremente der Fledermäuse nahezu verwachsen waren, fiel eine Unzahl von mumifizierten Fledermausleichen herunter – kleine, violettgraue, ovale, steinharte Körperchen, wie getrocknete Zwetschgen mit Ohren.
›Nur zu‹, sagte die Fürstin, ›werfen Sie die Bände auf das Sofa herunter, alle.‹
Silberschwan warf einen Band nach dem anderen auf das breite, alte, mit silbernen Rosen bestickte Sofa, das ihren schweren Fall etwas dämpfte.
Mit Hilfe ihres Pincenez musterte die Fürstin, noch wäh-

rend der Gärtner Silberschwan oben auf der Leiter stand und immer neue Folianten herunterwarf, unter Gefahr, fatal getroffen zu werden, die wie zu einem Autodafé aufgehäuften Bände:

›Memoiren des Schnellrechners Dase, welcher seiner Zeit in Wiesbaden eine 60ziffrige Zahl mit einer anderen 60ziffrigen Zahl bei lebhafter Unterhaltung der Gesellschaft in zwo Stunden, neunundfünfzig Minuten multipliziert. Kngl. preuss. Hofschnellrechner.‹
Johann Theodor Edler von Trattner: ›Der Arzt der Mannsperson‹;
›Christlich. Bericht von Denen Heb-Ammen, sampt angehangt. Unterweysung in Trostsprüchen‹ von Christoph Völter zu Stuttgart;
›Der scheinheilige Betrüger, in den nachdenklichen Begebenheiten des schalkhaften, verliebten, kriegerischen, leichtfertigen, andächtigen und gefährlichen Herrn Tartüffe Windrohrs‹;
›Geöffneter Ritter-Platz, worinnen die vornehmste Ritterliche Wissenschaften und Übungen, Sonderlich by der Fortification, Civil-Bau-Kunst, Schifferey & Jägerey ...‹ von Benjamin Schiller;
›Hieronymi Delphini Eunuchii conjugium, sive die Capaunen-Heyraht‹;
Karl von Knoblauch: ›Anti-Traumaturgie oder die Bezweifflung der Wunder‹;
›Joseph vom Wurmbrand politisch Glaubensbekenntnis mit Hinsicht auf die jüngst stattgehabte franz. Revolution und deren Folgen‹ vom Baron von Knigge;
Erasmus Darwin: ›Anleitung zur Education des weiblichen Geschlechts in accurater deutscher Bear-

beitung von Herrn Dr. Christoph Wilhelm Hufeland‹;

und tatsächlich:

›Daniel Bortholomäi termini magici iconibus illustrati, seu, Specula physico-magico-historico notabilium ac mirabilium scientiorum, seu des Wolerfarnen Herrn Alexii Gzmaroq Kunnstpuch von mancherleyen geheymbden und bewerten secreten & magie-Künnsten, worinnen gezeiget wird die Beruffung div. Gäh-Teyffel, Teyffelinnen, et angehänkten Caii Morisoti Unterweysungen zu deren Spontanen Metamorphoso von Manns- & Waibspersonae in hoche und nidere Bestien zum uso Dero Durchlauchtigsten Frau Hertzogin Eleonora Charlotta zu Mümppelgart, Wittib Sr. im vergangenen 1656. Jahr verblassten Hoheit des Herrn Hertzogs Sylvius Fridericus zu Wirttemberg atque Öls in Schlesien.‹

›Sehen Sie da, sehen Sie da, kommen Sie sofort herunter‹, die Fürstin las den Titel.
Eilig stieg Silberschwan die Leiter herab, schob mit dem Fuß die Fledermausmumien beiseite und trat zur Fürstin.
›Das ist es‹, sagte Silberschwan.
›Das ist es‹, sagte die Fürstin, ›... zu deren spontanen Metamorphoso von Manns- & Waibspersonae in hoche und nidere Bestien ... und jetzt kann ich zu Bett gehen. Legen Sie das Buch beiseite, die übrigen räumen Sie wieder hinauf. Gute Nacht.‹
›Durchlaucht‹, weniger aus Neugier, als um der Mühe zu entgehen, die schweren Folianten sofort wieder hinaufräumen zu müssen, hielt der Gärtner seine Herrin zurück: ›Ob auch für die Verwandlung in Forellen etwas drin steht?‹
›In dem Buch?‹

Silberschwan legte den nahezu quadratischen Band, der etwa einen Meter im Geviert maß und einen Fuß dick war, auf den Marmortisch. Als er ihn aufschlug, lief ein junger Bücherskorpion eilig über die Tischplatte davon. Entsetzt, aber nicht wegen des Skorpions, der kaum größer als der Nagel seines kleinen Fingers war, blickte der junge Gärtner in den Band. Er ließ die Blätter des Buches durch seine Finger gleiten und sagte tonlos:
›Können Durchlaucht Griechisch?‹
›Griechisch? Natürlich nicht. Wieso?‹
›Das Buch ist griechisch geschrieben.‹
›Alles?‹
›Alles.‹
Der junge Gärtner setzte sich, unbekümmert darum, daß die Fürstin stand, in den Sessel neben der Lampe und beobachtete den aufgeregten Skorpion.
›Leon‹, sagte er nach einer Weile, ›Leon kann Griechisch.‹
Fürstin Beniamina Karatheodory richtete sich auf, zog ihr geblümtes Kleid mit kräftigem Ruck in die richtige Länge, schüttelte den Kopf und begann mit verhaltener Stimme zu fluchen:
›Leon ...!‹ sagte sie und setzte ab. Der lange nicht geschneuzte Docht der Spectral-Multiplex-Lampe hatte zu qualmen, der Strunk der Lampe zu glühen angefangen, und während die Gestalt der Fürstin sich mit orakelischem Dunst umhüllte, verfärbte sich die ganze Szene ins höllisch Rote.
›Leon ...‹, der greise Busen der Fürstin hob und senkte sich, der Skorpion auf dem Tisch lief hin und her, ›Leon ... den grindigen Arskratzer ...‹, der Busen hob und senkte sich mit hörbarem Knistern der Corsetten, die Spectral-Biform-Lampe begann leise zu zischen. ›Leon, den Arskratzer‹, schrie die Fürstin, ›soll der Teufel holen.‹

Da zerriß es die Spectral-Multiplex-Biform-Lampe. Wie eine Fahne wehte der löchrige Store in hohem Bogen in den Raum, denn die Tür war aufgerissen worden. Im Mondlicht, das nach der momentanen Finsternis die Bibliothek erhellte, stand Leon.
Der Fürstin verschlug es den Atem. Zwitschernd umschwärmten die Fledermäuse den Diener, der jetzt, mit den Händen fuchtelnd wie ein Signal-Matrose, um sich der Tiere zu erwehren, Schritt für Schritt auf die Fürstin zutrat.
Die Fürstin wich zurück. Silberschwan ließ sich lautlos unter den Tisch gleiten.
Die Fürstin, zitternd vor Angst, aber nicht ohne Würde, trat die Flucht nach vorn an: ›Leon, ich habe Sie eben rufen lassen wollen. Sie sollen mir etwas aus dem Griechischen übersetzen.‹
Leon blieb stehen. Der Gärtner unter dem Tisch erwartete etwas Ungewöhnliches, eine Katastrophe, von der er, gedeckt durch den schwarzen Marmor, unversehrt zu bleiben hoffte. Noch ungewöhnlicher aber als alles Erwartete war, den sonst so aufsässigen Diener mit ganz normaler und fester Stimme durchaus angemessen dienerhaft sagen zu hören:
›Aus dem Griechischen ... Man wird wohl vorher ein Licht holen müssen. Silberschwan!‹
Silberschwan erhob sich. Leon wies ihn an, in das untere Stockwerk zu gehen und eine neue Multiplex-Biform-Lampe zu holen.
›Aus dem Griechischen‹, wiederholte die Fürstin Karatheodory, als Silberschwan mit der neuen, mild brennenden Spectral-Biform-Lampe hereinkam, ›aus diesem Buch.‹
Leon ging um den Tisch herum, musterte den Haufen Bücher und dann die Lücken in den Regalen. Ohne den

Folianten zu berühren, blickte er in die aufgeschlagenen Seiten: ›Wer sagt, daß das Griechisch ist?‹
Die Fürstin schaute Silberschwan an; der zuckte mit den Achseln.
›Es ist natürlich nicht Griechisch‹, sagte Leon. ›Es ist Koptisch.‹
›Koptisch?‹
›Ja. – Was soll ich übersetzen, das ganze Buch?‹
›Leon‹, sagte die Fürstin, ›lieber Leon. Bevor ich Ihnen sage, was Sie übersetzen sollen: bitte fragen Sie mich nicht, *warum* Sie es übersetzen sollen. Es ist ein sehr merkwürdiger Text, und Sie werden sicher ...‹
›Durchlaucht –‹
›Nein, bitte, Leon, fragen Sie nicht; es handelt sich um ... es handelt sich um nichts, um gar nichts ...‹
Silberschwan trat hinzu, die Spectral-Multiplex-Lampe in der Hand, und sagte:
›Gestatten, Durchlaucht; fragen Sie nichts, Herr Leon, selbst wenn der griechische Text ...‹
›Koptisch, Esel.‹
›– koptische Text Ihnen noch so verdächtig vorkommt. Fragen Sie nicht, fragen Sie nichts. Übersetzen Sie und schweigen Sie, das heißt ... ja: *denken* Sie sich nichts, gar nichts. Nicht wahr, Durchlaucht?‹
›Und wenn Sie‹, fuhr er fort, ›den koptischen Text recht schön übersetzen ...‹, Silberschwan lächelte und zwinkerte der Fürstin zu, ›wenn Sie ihn schön übersetzt haben, Herr Leon, so wird Ihnen Durchlaucht Frau Fürstin morgen den Blasbalg treten.‹
Leon sagte: ›Gut. Nur: soll ich nun das ganze Buch, oder was soll ich übersetzen?‹
›Ist‹, fragte die Fürstin, ›in dem Band ein Register?‹
›Nein‹, sagte Leon, nachdem er die letzten Seiten des Buches durchgeblättert hatte.

›Dann muß es im Inhaltsverzeichnis stehen: Forellen. Sie sollen das Kapitel von den Forellen übersetzen.‹
›Es ist auch kein Inhaltsverzeichnis da. Was wollen Durchlaucht von den Forellen wissen?‹
›Sie fragen nichts?‹
›Nein, wenn ich es doch sage.‹
›Gut: ich will einen Menschen in eine Forelle verwandeln.‹
›In vierundzwanzig Forellen‹, sagte Silberschwan.
›Forellen‹, sagte Leon. ›Ich sehe, daß das Buch, wie nicht anders zu erwarten, nach Planeten geordnet ist. Da die Forelle der Venus heilig ist, vermute ich ...‹, er blätterte in dem Band hin und her und fand nach einer Welle eine Seite mit der ungelenken Abbildung eines dicken Fisches und der Unterschrift – auf koptisch –: Forelle.
›Wie ich sehe‹, referierte Leon nach kurzem Studieren, ›gibt es an die sechzig Zauber, einen Menschen in eine Forelle zu verwandeln.

... ertha athrak koyth Salpiel Tabithia parek chiao
Amanu, Phurat, Phurani,
ihr drei Wächter, Starke in eurer Kraft!
Adonai Ermusur,
der innerhalb der sechs Vorhänge wohnt,
Sarthiel, Tarbioth, Urach, Thurach, Armuser, Jecha,
und die sechs unaussprechlichen Sterne,
die im Zelte der Tochter brennen!‹

›Schrecklich, schrecklich‹, jammerte die Fürstin.
›Ich denke, es drehte sich um nichts Ernstes?‹
›Lesen Sie weiter‹, flüsterte Silberschwan; die Biform-Multiplex-Lampe in seiner Hand zitterte.
›Adon Abrathona‹, deklamierte Leon und wuchs etwas,

›der auf Abimelech Schlaf sandte
für vierundsiebzig Jahre,
geh zum Westen
unter deinen Berg,
unter deine Bergdecke,
hinab zu Eluch, Beluch, Barbaruch.

Dann rufe sechsmal:

S A T O R
A R E P O
T E N E T
O P E R A
R O T A S

Da –‹

Da explodierte auch die zweite Spectral-Multiplex-Biform-Lampe.

Winselnd sank der Gärtner Silberschwan in die Knie. Er ließ den glühenden Strunk der ehemaligen Multiplex-Biform-Lampe nicht aus der Hand. Bald begann es nach verbrannter Haut zu stinken. Die Fürstin war in Ohnmacht gefallen.

Leon, dem die Explosion alle Haare straff in eine Richtung geblasen hatte, ergriff Silberschwans Arm, schüttelte den langsam verglühenden Strunk aus dessen Hand und sagte:

›Das wäre das Rezept gewesen, Durchlaucht, mit dem Sie *jemanden* in vierundzwanzig Forellen verwandeln wollten. Ich empfehle mich. Und Silberschwan geht mit.‹

Mit kräftigem Griff zog er den Lallenden, der wie ein am Vorderbein geführter Affe auf drei Gliedmaßen humpelte, hinter sich her, während der Wind, der durch die zerbro-

chenen Scheiben zog, das Kleid der ohnmächtigen Fürstin wie ein Segel aufblähte.
Nach einigen Minuten war es still. Ein kleiner Trompeter über dem Zifferblatt einer kunstvollen Uhr auf der Konsole des Kamins setzte sein Instrument an die Lippen und machte ein einziges Mal:
›– ting.‹

Es mag dies der vielleicht am wenigsten ungeeignete Moment sein, einige notwendige technische Erläuterungen in den Gang der Handlung einzufügen:
Der Strahl einer Flüssigkeit, mit hohem Druck aus einer überfeinen Düse gepreßt – wie aus jener, die Leon in das sargähnliche Gehäuse des Blasbalgtreters eingebaut hatte –, wirkt wie eine Injektion. Schmerzlos, ja unbemerkt dringt ein Strahl von so hoher Feinheit durch die Haut, von wo die Flüssigkeit ohne Umwege ins Blut gelangt. Kleidung, selbst solche aus Leder, bietet einem solchen Strahl kein Hindernis. Keine Spur bleibt zurück. Ist die Flüssigkeit, die durch die Düse gespritzt wird, für den Körper giftig, hat sie selbstverständlich die Wirkung einer Giftinjektion. Bei Benzin etwa tritt der Tod nach wenigen Minuten, die Bewußtlosigkeit sofort ein.

Über ungewisse Schatten, von hohen Fensterkreuzen auf den ausgetretenen Marmorboden langer Gänge geworfen, zog Leon den willenlosen Silberschwan wie beschrieben hinter sich her. Die fahle Helligkeit des beginnenden Septembertages löste das bleiche Mondlicht ab und füllte die Räume des Schlosses langsam mit dem entzaubernden Grau der Morgendämmerung. Durch das nach Osten hin gelegene und deswegen schon fast taghelle Stiegenhaus zerrte Leon den Gärtner, der sich an den Stufen hin und

wieder patschend Kinn und Nase anschlug, in den Gigantensaal hinunter.
Leon hatte die dreizehn nasenlosen Giganten bunt gestrichen: kindlich fleischfarbene Leiber, etwas zu rot die Hautfarbe, schwarze Bärte, weiß rollende Augen, grelle Gewänder in Rot und Blau.
Der Platz des Blasbalgtreters, die schmale Box, war mit zwei Taxus-Bäumen geschmückt. Silberschwan wurde von Leon aufgerichtet und in die Tret-Kiste gedrängt. Willenlos befolgte der junge Gärtner den Befehl: »Treten!« Er trat, ohne daß Leon spielte, und füllte so die Luftreserve des Werkes. Starr, wie blödsinnig, ohne zu verstehen, blickte er dabei auf die schmale, winzige Düse dicht vor seiner Brust.
Leon setzte sich vor den Spieltisch und zog die Schuhe aus. Er begann zu tremolieren. Aus schillernden Tönen erhob sich allmählich *Isoldes Liebestod,* der die bunten Giganten erzittern ließ. Leon streckte den *Liebestod* – was bei der Struktur des Stückes ohne weiteres zu machen ist – auf viereinhalb Stunden. Danach war Leon nahezu bis zur Bewußtlosigkeit erschöpft. Silberschwan aber war wahnsinnig geworden. Er behauptete vierundzwanzig Fasane zu sein und bat um die Erlaubnis beichten zu gehen.
›Ab durch die Mitte‹, bellte Leon.
Silberschwan hüpfte hinaus, kletterte im Park auf einen Baum und krähte leise.
Die Fürstin Karatheodory entsetzte sich über die unvermutete Veränderung an den hölzernen Riesen fast zu Tode, als sie am nächsten Morgen – ihrem Geburtstag – unangeklopft in den Gigantensaal trat.
Leon, in flanellenem Pyjama, eine flache Schlafhaube auf dem Kopf, richtete sich im Bett empor. Das Bett stand, umgeben von einem einfachen hölzernen Geländer, auf einer halbmannshohen Estrade.

›Leon‹, sagte die Fürstin, ›Leon, ich gebe es rundweg zu, daß ich Sie verwandeln wollte. Aber Sie dürfen mich jetzt nicht im Stich lassen.‹
Leon kratzte sich schlaftrunken.
›Weil doch heute mein Geburtstag ist.‹
Mit kaum geöffneten Augen sagte Leon: ›Ich gratuliere!‹
›Ich danke Ihnen. Aber Sie dürfen mich nicht verlassen, jetzt, wo Silberschwan verrückt geworden ist.‹
›Silberschwan ist verrückt geworden?‹
Leon richtete sich auf. Er nahm ein Paar Feder-Hanteln, ließ sie ein paarmal schnappen, sprang aus dem Bett und in die Grätsche und brachte seine Arme in Position I.
Die Fürstin wandte sich ab.
Leon spreizte die Arme mit den Hanteln straff seitwärts ab und winkelte sie wieder an. Jedesmal ging er dabei leicht in die Knie, so daß die Estrade zitterte und der zunächst stehende Gigant mit seinem schadhaften Kopf zu nicken begann.
›Eins, zwei – zwei, zwei – drei, zwei ...‹ sagte Leon leise.
›Ich soll Durchlaucht die Küche besorgen?‹ Leons Rede war kurz und abgerissen.
›Ja.‹
›Und die Orgel?‹
›Ich werde Ihnen den Blasbalg treten, aber ... das erfordert doch Kraft. Ich ... eine alte Frau ...‹
›Lange, zwei – zwei‹, sagte Leon, ›wird es ohnedies nicht dauern.‹ Er sprang wieder in Position I und hielt schnaufend inne.
›Und‹, sagte Leon, ›für den Tag bin ich Durchlauchts Neffe.‹
›Mein Neffe? – Nun – auch noch mein Neffe – wie wollen Sie heißen?‹
›Karatheodory.‹ Leon legte die Hanteln wieder unters Bett.

›Karatheodory? Möchten Sie nicht vielleicht lieber ein angeheirateter Neffe sein?‹
›Nein. Karatheodory. Den Vornamen teilen mir Durchlaucht im Lauf des Tages noch mit. Und jetzt darf ich Durchlaucht bitten, mich allein zu lassen. Ich bete.‹
Leon nahm die flache gestrickte, eisbeutelförmige Schlafmütze von der Farbe hellen Flieders vom Kopf und kniete sich neben das Bett.

So wurde Leon nicht in vierundzwanzig Forellen, sondern in einen jungen Fürsten verwandelt: in den Prinzen Laioté Karatheodory Pascha von Samos – wie man im Lauf des Tages übereinkam. Bereits zur Vorbereitung des Mahles, das aus drei Gängen Eiskartoffeln bestand, trug er, wenn auch durch eine Gummischürze geschützt, einen Frack – allerdings mit einer etwas stillosen, selbst entworfenen Extravaganz, welche die Fürstin nicht zu bemängeln wagte: eine angedeutete, rosarot gesteppte Husarenverschnürung an der Weste.
Daneben hatte der gute Leon noch Zeit gefunden, den Gigantensaal mit Taxus-Girlanden zu schmücken. Von Mund zu Mund der Giganten zog sich das Gewinde um den ganzen Saal herum. Es sah aus, als hielten die Holzkolosse eine unförmige grüne Wurst zwischen den Zähnen.

Gegen halb zehn Uhr erschienen die ersten Gäste. Neunzehn Gedecke waren aufgelegt.
Die Fürstin und Leon erwarteten die Gäste am Portal.
›Chère Béatrix – chère Christine‹, begrüßte die Fürstin ihre Cousinen, ›dieser junge Mann ist mein Neffe, also auch der Eure, der Organist Karatheodory.‹
›Wußten Sie‹, sagte die Prinzessin Beatrix zur Prinzessin Christine, ›daß wir einen Organisten in der Familie hätten?‹

Es erschienen insgesamt siebzehn Cousinen der Fürstin, alle, versteht sich, aus bester Familie, auch Frau Alienor Gruber, illegitime Tochter des vorletzten österreichischen Kaisers aus dessen kurzer, aber heftiger Liaison mit einer Meernymphe, die der Khedive von Ägypten dem Kaiser anläßlich eines Staatsbesuchs im Jahr 1897 mitgebracht hatte. Die Meernymphe wurde später – der Erzbischof gab keine Ruhe – getauft und wurde Äbtissin des eigens gegründeten Stifts *U. l. F. zum Stern im Meere* in Ragusa. Frau Gruber hatte das Recht, das Prädikat *Geheime Kaiserliche und Königliche Hoheit* zu führen.
Die Damen trugen blaßviolette, resedengrüne, scharlachfarbene und schwarze, jedoch immer golddurchwirkte Roben mit Schleppen, wie schlaffblühende, riesengroße, vielleicht nicht ungiftige Orchideen.

Als man sich schon zu Tisch gesetzt hatte, erschien, im weißen Mantel, die Prinzessin Thamara Makrembolitissa-Bagration Porphyrogenete, Despotissa von Epiros und Sevastokratissa von Thessalien, kaiserliche Prinzessin von Byzanz.
An Schönheit kam ihr keine der Damen gleich. ›Verzeihung‹, sagte sie mit leicht näselndem, unvergleichlich vornehmem Akzent, ›daß ich trop tard bin. Aber was ist das für ein Klippdachs, der auf dem Baum draußen sitzt und kräht?‹
Die Damen nahmen in hohen Stühlen aus schwerem, dunklem Holz Platz, verziert mit geschnitzten Baldachinen wie Chorgestühl oder Nischen für Heiligenfiguren. Leise knisterten Seide und Brokat der weiten Gewänder, die faltenreich zwischen die engen Lehnen gezwängt wurden.
Nachdem Silberschwan nicht zu gebrauchen war, konnte sich Leon nicht sogleich an die Orgel setzen, wie er

es gern getan hätte, sondern mußte sich trotz allem bequemen, selber – von der Fürstin natürlich mit einer langen, komplizierten und unverständlichen Ausrede entschuldigt – die Eiskartoffeln aufzutragen. Danach bat Leon seine ›Tante‹ an den Blasbalg und begann das Präludium seiner ›Musiquiana‹. – Solche Potpourris, allerdings begrenzterer Art, sind auch von anderen Komponisten bekannt: ›Scarlattiana‹, ›Mozartiana‹ oder ›Smetaniana‹; ähnlich diesen, nur umfassender, hatte Leon ein Potpourri der Weltmusik schlechthin geschaffen und ihm den Titel ›Musiquiana‹ gegeben. Die chronologische, geographische und musiktheoretische Ordnung außer acht lassend, folgte die Reihe der Musikstücke in Leons ›Musiquiana‹ einer höheren, inneren Ordnung. Sie fing mit einer Fuge von Ozingas in 32füßigem Untersatz an, um bald spinnwebgleich und schillernd Motive aus dem ›Trompeter von Säckingen‹ und den Hymnus ›Laudant pastores‹ von Max Hildebrandt dem Jüngeren hineinzuverweben.

– Pianisten (allerdings nur männliche, ein noch nie untersuchtes Phänomen) pflegen das Klavier aufzuwühlen, die Tastatur wie einen Teig zu kneten, ekstatisch zu hämmern, oder aber mit gekrümmten Rücken ihr Instrument wie Seide äolisch zu streicheln oder sich gar, wie in den Leib einer Buhlerin, lustvoll-überstürzt hineinzukrallen. Der Organist dagegen sitzt stets ruhig vor seinem Instrument, strumpfsockig, wie wir wissen, um die Pedale besser zu erfühlen, mit unbewegtem Oberkörper, aufrecht und königlich. So saß Leon an der dunklen Zaparini-Orgel, die ihn wie ein Thronhimmel überragte. Die Fürstin ächzte in ihrem Gehäuse.

Organo pieno schloß das Präludium der ›Musiquiana‹ in einem gewaltigen Fugen-Finale unter Beifügung mehrerer neuer Melodien – etwa des Liedes ›Ich küsse Ihre

Hand, Madame‹. Dann servierte Leon den zweiten Gang: marinierte Eiskartoffeln auf Kohlblättern.
Nach einigen vermittelnden Akkorden begann der Hauptteil des Werkes: Kaum mehr im einzelnen kenntlich, aber insgesamt von großer Wirkung, waren eine Unzahl von Melodien und Motiven aller Art ineinander verschlungen, so daß nur hie und da der halbe Takt einer Händelschen Horn-Pipe oder der Wahnsinns-Arie der Lucia di Lammermoor, hier im Superoktävlein, dort im Grobgedackt aufschimmerte. Ein Schwall von Weihrauchessenz – aus einer harmlosen Düse im Werk – füllte den Raum, mischte sich mit dem Taxusduft und umwogte die achtzehn noblen Damen, die jetzt, halb betroffen, halb erregt, mit Silberlöffeln die marinierten Eiskartoffeln aus den von der Orgelgewalt bebenden Tellern schäufelten. Als das feine Echo-Werk mit einer myxolydischen Sequenz über dem Ostinato eines böhmischen Furiant erklang, hörte man die Fürstin wieder ächzen.
›Leon‹, sagte sie, ›c'est impossible ...‹, während sie keuchend den Blasbalg trat. Da zog Leon eine Serie besonderer Register, die eine Reihe seiner neu konstruierten Pfeifen freigaben. Sogleich erscholl die Melodie eines bekannten Salon-Stückes, wie von rauhen Kehlen undeutlich in einer fremden Sprache gesungen. – Grölten die nasenlosen Giganten den urweltlichen Ritualhymnus einer vergessenen Gottheit? – Die Riesen nickten mit ihren Köpfen, so daß die Girlanden zwischen den weiß leuchtenden Zähnen wind-wirbelnd auf und ab geschleudert wurden ...

Die Reaktionen der Damen waren unterschiedlich. Während einige, vornehmlich die schwer bewegliche Gräfin Dietrichstein-Proskau-Leslie, sich erhoben und so unauffällig wie möglich gegen den Ausgang des Saales zurückzogen, stand die Prinzessin Makrembolitissa ein wenig erschreckt, ein wenig belustigt auf und trat einen Schritt gegen den Orgelspieltisch hin, was Leon am Knistern des weißseidenen Gewandes erkannte. Ohne von den Tasten abzulassen, drehte er den Kopf und blickte in das Gesicht der Prinzessin, die unbewegt, gedankenlos durch seine Stirne hindurchschaute.

Vergessend, daß der letzte Gang, Eiskartoffeln in den Hausfarben der Fürstin, noch zu servieren war, ohne die bescheidenen diesbezüglichen Winke seiner Herrin auch nur zu bemerken, zog Leon Register um Register, ging ohne Pause zum Finale seiner ›Musiquiana‹ über; führte hie und da über die fünf, sechs sich kontrapunktierenden Stimmen eine improvisierte siebente und achte Jubelstimme hinaus, feuerte die Fürstin mit ›plus vite, ma tante‹ an und beobachtete kaum noch jenes Manometer am Rand der Tastatur, dessen Zeiger langsam stieg und sich schon in der Nähe der roten Marke befand.

Die fünf, sechs Stimmen, selbst die Jubelstimme in einem Akkord verschwellen lassend, vereinigte Leon jetzt das volle Werk der Orgel zu einer Stimme. Eine auf- und abwallende, ja, auf- und abrollende urwelt-, lawinenmäßige Melodie entquoll dem Instrument.

Der Zeiger des Manometers hatte die rote Marke erreicht. Mit einer Hand führte Leon die prunkende Melodie von vorhin in ungewisses Akkordgeplätscher hinaus. Im Pedal stimmte er eine Melodie von ganz eigenartigem Charakter an – die einzige Melodie in der ganzen ›Musiquiana‹, die von ihm selber stammte – und langte mit einer schlaffen Bewegung ans Register ›Benzin‹ ...

Die alte Fürstin sank zusammen, wurde von den nachwippenden Tretbrettern wieder nach oben geschleudert und fiel dann aus dem Kasten. Die Damen schrien auf, selbst die Prinzessin Makrembolitissa. Frau Aliënor Gru-

ber sagte: ›Und kein Dessert?‹ Die Tür sprang auf, Silberschwan hüpfte herein und krähte. Er versuchte, einige der hohen Damen zu bespringen, die jedoch ausnahmslos flohen.
Leon zog seine Schuhe wieder an, gab Silberschwan eine gewaltige Ohrfeige und öffnete dann ein Fenster. Im Licht des Mondes bewegten sich die Granatbäume im milden Wind. Leise kräuselte sich das Wasser im Teich. Das Knirschen der Kaleschenräder der fliehenden Damen verklang. Durch das äußere Tor am Ende der Allee glaubte Leon das helle Kleid der Prinzessin Makrembolitissa verschwinden zu sehen.«
»Ist das der Schluß der Geschichte?« frage Weckenbarth.
»Der Schluß des ersten Kapitels«, sagte Simonis.
»Hm«, machte Dr. Jacobi.
»Es ist ziemlich spät geworden«, sagte der Herzog-Kastrate.
»Die Geschichte soll wahr sein?« fragte ich.
»So hat es mir jedenfalls der Verfasser gesagt. Er habe über den Tod seiner Tante geschrieben.«
»Ich vermisse das Motiv«, sagte Weckenbarth, »aber vielleicht wird das in den restlichen Kapiteln noch erklärt. Wieviel sind es?«
»Ungefähr zwanzig«, sagte Simonis.
»Dann schlage ich vor«, sagte Dr. Jacobi, »wir lassen es beim ersten Kapitel bewenden und versuchen den Schluß zu erraten. Was sagen Sie, Weckenbarth?«
»Leon«, sagte Weckenbarth, »ist ein Bösewicht. Ermordet aus Vergnügen.«
»Oder«, sagte Don Emanuele, »er ist Sozialist und will den Adel ausrotten.«
»Vielleicht«, meldete ich mich, »hat ihn die Perfektion seiner Mordmaschine so begeistert, daß ihm jede moralische Schranke abhandengekommen ist?«

»Etwas anderes«, sagte der Kastrate, »der Verfasser war der Neffe der alten Fürstin, und er sei sehr reich gewesen.«
Simonis ließ das Buch sinken und schwieg.

Es war fast Abend geworden. Die Sonne stand tief über den Bäumen des Parks. Die leuchtenden Muster der drei Glastüren zogen sich quer durch den Raum. Das starke, goldene Abendlicht hatte die hohen Zimmerpalmen erfaßt und warf ihre verlängerten und verfeinerten Abbilder als Schatten über Teppiche und Möbel.
Es war zunächst eine Weile still. Dann sagte Weckenbarth:
»Warum hat der Neffe ihr nicht geholfen? Und warum ist er übrigens nicht Prinz, wenn die Tante Prinzessin ist?«
»Das war eine andere, gefürstete Karatheodory-Linie. Der Graf und die Fürstin waren zwar verwandt, aber nur weitläufig. Das Vermögen des Grafen war angeheiratet, und die Fürstin war die letzte des fürstlichen Zweiges, der sich, glaube ich, schon im soundsovielten Jahrhundert vor Christi vom Haupt-Karatheodory-Stamm abgesondert –«
»Halt, halt!« sagte Weckenbarth, »vor Christi Geburt dürfte bei allem Respekt vor der edlen Größe und dem Alter des Hauses, sei es fürstlich oder gräflich, doch etwas zu weit gehen!«
»Also dann nach Christi Geburt«, sagte Simonis und legte das Büchlein – eher war es ein kleines Werfen – auf das Taburett neben sich.
»Und warum hat ihr der reiche Graf nicht geholfen?« fragte Dr. Jacobi.
»Außer dem fürstlichen«, sagte Simonis schnell, »gibt es noch zahllose gräfliche, markgräfliche, reichsgräfliche, freiherrliche und weiß der Teufel was für Nebenlinien des

Hauses Karatheodory, die alle miteinander verarmt sind. Wenn er allen hätte helfen wollen, bloß weil sie Karatheodory hießen, wäre er wohl selber bald zum Bettler geworden.«

»Diese ewigen Eiskartoffeln«, sagte Dr. Jacobi und steckte ein Biskuit in den Mund, »da müßte es den Fühllosesten erbarmen.«

»Was geschah mit Silberschwan? Wurde Leon ein Prozeß gemacht?« sagte der Ruinenbaumeister.

»Der Gärtner Silberschwan starb bald darauf im Irrenhaus. Einen Prozeß gegen Leon gab es nicht, denn Beweise konnten nicht vorgelegt werden.«

»Vielleicht«, sagte Weckenbarth, »führt uns die Bedingung Leons, seine Herrin müsse ihn als Neffen ausgeben, auf die Spur zum Motiv.«

»Sie meinen«, sagte Lord Alfred, »daß Leon auch ein Testament gefälscht hat, und nach dem Tod der Gräfin gehörte ihm das Schloß?«

»Ich kann mich nicht mehr recht erinnern, wie es ausgeht«, sagte Simonis, langte nach dem Buch und begann darin zu blättern.

»Und womöglich hat er eine testamentarische Adoption gefälscht«, sagte ich.

»Eine testamentarische Adoption gibt es nicht«, sagte Weckenbarth.

»Augustus ist von Cäsar im Testament adoptiert worden.«

»Auch das war schon eine Fälschung«, sagte Dr. Jacobi.

»Und Sie haben ein Buch darüber geschrieben?«

»Einen Aufsatz«, sagte Dr. Jacobi und lächelte.

»Eine Delphina Martini spielt in den späteren Kapiteln noch eine Rolle«, erinnere ich mich dunkel.

»Die in Wirklichkeit eine Prinzessin Makrembolitissa ist?«

»Und die Fürstin Beniamina war ein Mann und Agent der Weltverschwörung –«
»Zum Schluß heiratet Leon die Prinzessin und wird Kaiser von Byzanz.«
»Da wäre er Leon VIII.«
»Als Papst wäre er Leo XIV.«
»Der Klippdachs würde mich interessieren«, sagte Lord Alfred, »kommt der wirklich in der Bibel vor?«
»Ja«, sagte Dr. Jacobi, »und um gleich gewissen Fragen die Spitze abzubrechen: das ist einer der wenigen Gegenstände, über die ich noch keine Abhandlung geschrieben habe.«
»Wer war«, fragte Weckenbarth, »der zweite Käufer? Der Mann auf dem Balkon des Hauses mit dem Turmfalken?«
»Natürlich der alte Leon, ständig auf der Flucht vor der Polizei ... der Autor ist der Detektiv.«
»Vielleicht«, sage ich, »ist der Autor identisch mit dem Mörder? Der Autor nannte sich nur Karatheodory, hieß nicht so. Hieß auch nicht Clemens, sondern Leon.«
»Noch besser wäre es«, sagte Dr. Jacobi, »wenn der Leser des Buches der Mörder wäre. Aber das, stelle ich mir vor, ist sehr schwer zu gestalten.«
»Ich nehme an«, sagte Weckenbarth, »der *Verleger* ist der Mörder. Er hat den Grafen Clemens Theodory nachfolgend mit dem Manuskript seines Versepos' erschlagen.«
Die allgemeine Unterhaltung über die traurige Geschichte und die verschiedenen Mutmaßungen über deren ferneren Verlauf spaltete sich in Einzelgespräche auf, die den großen Raum mit geselligem Konversationsgemurmel füllten. Schon während Simonis die Geschichte vorgelesen hatte, war mir ein Gedanke gekommen.
Ich ging zu Renata und sagte: »Sie haben am Dienstag die Geschichte des unglücklichen Musikmeisters Orlandini erzählt?«

»Ja«, sagte Renata, »haben Sie etwa bis heute darüber nachgedacht? Das sollen Sie nicht. Sie ist bestimmt höchstens halb so wahr wie Simonis' Geschichte.«
»Ich weiß«, sagte ich, »daß Ihre Geschichte wahr ist! Vielleicht haben Sie ein paar Namen geändert – die Geschichte aber ist wahr.«
Renata wurde ein wenig ernster: »Woher wissen Sie das?«
»Würden Sie sich die Mühe machen, Ihre Geschichte, wenigstens in kurzen Zügen, jenem Herrn dort, Don Emanuele Da Ceneda, zu wiederholen?«
»Warum sollte ihn die Geschichte interessieren?«
»Sie werden staunen«, sagte ich, nahm sie bei der Hand und führte sie zu Don Emanuele. Der war gerade dabei, Grappa in seinen Kaffee zu gießen.
»Diese junge Dame«, sagte ich, »wird Ihnen eine Geschichte erzählen, die Sie bestimmt hören wollen –«
»Fräulein Renata?« sagte er staunend und galant.
»Es ist mehr als eine Geschichte, es ist eine Nachricht für Sie, eine Nachricht von ...«, ich beugte mich zu seinem Ohr und flüsterte den Namen, der sein Leben – so und so – verzaubert hatte.
Stumm bat er Renata auf den Platz neben sich. Es war nicht zu verkennen, daß das Herz des alten Mannes bis zum Halse schlug. Das Löffelchen in seiner Hand klapperte gegen die Untertasse, aber er merkte es nicht – Renata hatte zu erzählen begonnen.

Ich trat in den milden Abend hinaus. Die Gesellschaft hatte sich aufgelöst. Einige Damen gingen sich umkleiden. Man war im Aufbruch begriffen, um in die Stadt zurückzukehren. Eine Ruine, die Weckenbarth erbaut hatte, sollte nach Einbruch der Dunkelheit mit einem Feuerwerk feierlich eingeweiht werden. Überhaupt war es ein Ehrentag des Ruinenoberbaurats. Er feierte heute seinen fünfzigsten Geburtstag, war zum Ruinenbaudirektor ernannt und mit einem hohen Orden dekoriert worden. Außerdem war eine seiner Ruinen, wie vorausberechnet, auf den Tag genau eingestürzt.

Ich hatte ihm gratuliert, bevor ich auf die Terrasse hinausgetreten war.

»Kommen Sie mit zum Feuerwerk?« hatte er gefragt.

Ich hatte mir erklären lassen, wo es stattfände, und gesagt, ich käme vielleicht nach.

Die Stunde der Schwalben war gekommen, die kurze, stumm jubelnde Stunde der Schwalben, wenn der Tag schon fast vergangen, die Dämmerung noch nicht herabgekommen ist. Der Himmel war immer noch klar und ohne eine Wolke. Die Sonne ging hinter einem der vielen sanften, bewaldeten Hügel unter. Der Hügel war mit einer Gloriole von Gold ausgezeichnet, während die Baumgipfel der westlichen Anhöhen in zartem Orange leuchteten. Fast der ganze Park lag im leichten Schatten. Nur eine sattgrüne Wiese vor mir überzog noch ein breiter Streifen Lichts. Ein einzelner Baum stand in ihrer Mitte; er war von rötlich-goldenem Schein umspielt und warf einen unendlich langen, tiefvioletten schlanken Schatten über das Gras, der geschmeidig allen, auch den geringsten Erhebungen und Vertiefungen der Wiese folgte.

Der Tag im Park gehört den Tauben und Spatzen, auch den Enten und Schwänen in den Teichen, und den Pfauen. Jetzt aber, kurz vor der Dämmerung, war die Stunde der Schwalben gekommen.

Schwalben singen nicht. Die kleinen, grellen Laute, die sie im Fluge ausstoßen, nehmen sich eher wie Fluggeräusche, wie die Reibung der trägen Luft an den pfeilschnellen Federkörpern aus. – Nein, Schwalben haben einen anderen Gesang. Sie jagen, allein, zu zweit, höchstens zu dritt, kreuz und quer durch ihr unsichtbar abgestecktes

Revier zwischen den Wänden eines weiten, luftigen Himmelszimmers; manchmal schießen sie mit angezogenen Flügeln den kleinen Teil einer riesigen Kreisstrecke entlang oder linealgerade dahin: dies, wenn sie dann im Sonnenlicht aufblitzen – denn bei ihnen oben ist noch Tag – und in geheimnisvoller Vielstimmigkeit die Linien ihrer flüchtigen Geometrie in den blassen Himmel zeichnen, dies ist der lautlose Gesang der Schwalben. Aber ihr kurzer, goldener, hundertachtundzwanzigstimmiger Kanon ist rasch verweht – wenn die Dämmerung hereinbricht, beginnt die lange Stunde der Nachtigall.

Lenz stand hinter mir.
»Dort, Exzellenz«, sagte er und deutete nach links über die noch besonnte Wiese, »ist der Tempel. Wenn Sie genau hinschauen, sehen Sie das Dach zwischen den Baumkronen.«
Ich drehte mich erstaunt um: »Woher weißt du das?«
»Ich kenne den Park recht gut.«
»Das meine ich nicht. Woher weißt du, was ich suche?«
Lenz schwieg.
»Seid Ihr alle Masken, die mir etwas vorspielen? Selbst wenn Ihr Euch nur einen Spaß daraus machtet: es wäre doch zuviel Aufwand für mich!«
»Ich verstehe Sie nicht, Exzellenz –«
»Schon gut, Lenz. Ich erwarte nicht, daß sich einer von Euch verrät.«
»Ich verstehe Sie wirklich nicht, Exzellenz. Ich wollte nur fragen, ob Exzellenz mich noch brauchen?«
»Nein«, sagte ich, »nein, Lenz, danke.«
»Ich danke Ihnen auch, Exzellenz. Wenn Sie den Weg dort hinüber einschlagen, der Wiese entlang, kommen Sie direkt zum See.«
Von der anderen Seite des Hauses her hörte man den

Lärm des Aufbruchs, Anlassen der Motoren, Schlagen der Autotüren. Ich beschritt den Weg in die Stille des Parks hinein. Nach einigen Schritten wandte ich mich um. Lenz war schon fort.

Im allerletzten Abendlicht lag der Rundtempel auf einem inmitten dichter Laubbäume baumlosen kleinen Hügel am See. Unter den Säulen saß Daphnis, der Tänzer. Er saß vor einer zierlichen Feldstaffelei und malte. Ich stieg zu ihm hinauf. Er wurde meiner gewahr und grüßte freundlich, aber wortlos. Da sah ich, daß er nicht, wie ich angenommen, die dämmrige Parklandschaft um den Teich malte, sondern einen französischen Herz-König entwarf. Mehrere fertige Blätter lagen auf einem Feldstuhl neben ihm. Er räumte sie zur Seite und lud mich ein, Platz zu nehmen.

»Übrigens«, sagte er und langte in eine tiefe Reisetasche, »hier ist Ihr Hut.«

Er reichte mir meinen Hut, den ich auf der Bank unter der Trauerweide am anderen Ufer vergessen hatte.

»Es ist sehr liebenswürdig von Ihnen, daß Sie diese Kleinigkeit so lange im Gedächtnis bewahrt haben.«

»Allzu lange Zeit ist eine halbe Stunde nicht«, sagte er, »ich vertrage mich nur schlecht mit den mechanischen Zwergen.«

»Niemand verträgt sich mit den mechanischen Zwergen«, sagte ich.

»Sie sind eine Fehlkonstruktion. – Ich bin herüber gerudert; wenn Sie wieder Durst haben ...« er wies lächelnd zum Boot hinunter. Zwei Schnüre, die von der einen Rudergabel straff ins Wasser führten, deuteten an, daß dort zwei Flaschen Bier eingekühlt lagen.

»Ja«, sagte ich, »nur kann ich nicht verstehen, wieso Sie von einer halben Stunde sprechen ...?«

Er sah mich erstaunt an, stieg dann über den mit kniehohem, weichem Gras bewachsenen Abhang hinunter und holte die beiden Flaschen herauf.

»Sind Sie noch immer an Ihrem namenlos trauernden Genius interessiert?«

»Ich will Ihnen keine Ungelegenheiten machen«, sagte ich.

»Es ist gar kein Geheimnis«, sagte der Tänzer und lachte. Er nahm einen schmutzigen, zerknitterten Zettel aus der Tasche und gab ihn mir.

»Das kenne ich doch«, sagte ich, »diese Zeichnung oder Schrift oder wie man es nennen soll, habe ich doch irgendwo schon einmal gesehen –«

Eben wollte eine feine Erinnerung, eine Erinnerung wie an einen fast vergessenen Traum in mir aufsteigen, aber ehe ich sie fassen konnte, sagte Daphnis:

»Natürlich haben Sie das schon einmal gesehen; so sind die Löcher am Marmorsockel Ihres namenlos trauernden Genius' angeordnet.«

»Löcher –« sagte ich und dachte scharf nach.

»Aber wahrscheinlich bedeuten sie gar nichts. Das Denkmal ist nämlich ein Witz. Es war nie vollendet. Die Schrift hat es nie gegeben, der Flügel hat immer schon gefehlt. Das Denkmal ist die Arbeit eines gewissen Weckenbarth.«

»Den kenne ich«, sagte ich, »Ruinenbaumeister F. Weckenbarth!«

»Das ruinöse Denkmal hat er vor langer Zeit für einen Freund errichten lassen, damals war er noch Ruinenbauassessor, heute ist er schon –«

»Heute wird er«, sagte ich, »Ruinenbaudirektor.«

»Ja«, sagte Daphnis.

Die Dämmerung war rasch fortgeschritten. Hier unter den Säulen war es schon finster. Ich schloß die Augen und sah, weil ich das Blatt eine Weile angestarrt hatte,

die Punkte nun weiß auf schwarzem Grund. – Und plötzlich hatte ich die Lösung ... Aber wie jede Lösung eines wirklichen Geheimnisses ergab sie nur ein neues Geheimnis.
»Die Inschrift hieß«, sagte ich mit geschlossenen Augen:

S A T O R
A R E P O
T E N E T
O P E R A
R O T A S

»Geben Sie mir bitte das Blatt«, sagte Daphnis.
Ich öffnete die Augen und war von der plötzlichen Helligkeit verwirrt.
»Ich habe vorhin vergessen, es an mich zu nehmen«, sagte der Kriminalinspektor, »wir brauchen es für die Akten. Wer weiß, vielleicht ist es eine Geheimschrift, und Einsteinchen womöglich ein Spion.«
Ich reichte ihm das Blatt und wollte noch etwas sagen, aber da fuhr der Zug, und wurde dabei merklich langsamer, in eine hell erleuchtete Bahnhofshalle ein. Der Inspektor grüßte hastig und entfernte sich. Ich zog das Fenster herunter und schaute hinaus. Während es unverständlich aus dem Lautsprecher dröhnte, stiegen Nonnen über Nonnen aus den Wagen und schwärmten zu einer Unterführung, denn der Anschlußzug nach Lourdes stand auf einem anderen Bahnsteig.

ENDE

Bitte beachten Sie die
folgenden Seiten:

Ein großer deutscher Gesellschaftsroman, von der Kritik wegen seiner sprachlichen und kompositorischen Originalität einhellig begrüßt, jetzt in neuer Fassung. Das literarische Kabinettstück eines der wohl brillantesten deutschsprachigen Schriftsteller.

**Die Werkausgabe:
Herbert Rosendorfer
bei
nymphenburger**

Die Lebensgeschichten eines prinzlichen Halbaffen und eines Erbprinzen oder eine politisch hintergründige Gesellschaftssatire à la Rosendorfer.

Ein Stück deutscher Geschichte wird nachgeholt. Exakte Geschichtsschreibung, in der sich Information und Imagination zur lebendigen Darstellung einer Figur und eines Zeitalters verbinden.

Zwei Erzählungen, die wieder einmal mehr das brillante erzählerische Spektrum Herbert Rosendorfers sichtbar werden lassen: Seine Sprachkunst, die hellsichtige Weltschau, die Hintergründigkeit seines Witzes und die Sicherheit des Wortes.

Kao-tai, ein chinesischer Gulliver des 20. Jahrhunderts, berichtet über seine Eindrücke aus der turbulenten, der »Ordnung des Himmels« entglittenen Welt der »Großnasen«. Ein großes Thema, mit Witz und Weisheit behandelt, Satire und Komödie in Vollendung.